한국
단편소설과 시
100

RINA BOOKS

차 례

한국
단편소설과 시
100

시대별 한국현대문학사

1910년대

개화기 소설의 주를 이룬 신소설은 고대 소설과 현대소설을 이어 주는 다리 역할을 하였다.

- 소설 : 문명개화에 대한 계몽적 내용을 주제로 이인직, 이해조, 안국선 등의 대표 작가가 있다.

- 시 : 상징주의 영향으로 이전의 정형시에서 벗어난 자유시를 지향하였다. 특히 이 시대는 '시가(詩+歌)'라는 명칭으로 사용되었다. 대표 작가는 한용운, 이상화, 김소월, 주요한 등이 있다.

1920년대

일제의 침탈이 본격화되면서 민족의 곤궁하고 비참한 처지에 대한 현실 고발적인 작품들이 많이 등장하였다. 특히 3.1 운동의 실패로 인한 좌절감은 문학에 큰 영향을 주었고, 사회주의 사상이 수용되면서 다양한 단체들이 나타나기 시작하였다. 한편으로 문예잡지 발행 등 서구 문예사조를 수용하는 시기이기도 하다.

- 소설 : 최서해, 박영희, 조명희, 이기영 등 사회주의 영향을 받아 카프 소설이 나타났고, 염상섭, 현진건, 나도향, 김동인 등 민족의 비참한 현실을 고발하는 사실주의적 단편소설이 주류를 이루었다.

- 시 : 좌절, 우울, 슬픔을 주제로 한 상징주의 시들과 신경향파와 카프의 영향을 받은 시들이 혼재하였다.

1930년대

일제의 강압 통치와 함께 언론의 검열을 강화하며 사상 통제가 강화되었다. 카프 등 사회단체를 강제로 해산시켜 문학에 영향을 주었고, 궁핍으로 나라를 떠나는 사람들이 늘어났다.

- 소설 : 카프의 해산 후 우회적, 간접적 방식의 풍자소설과 세태소설, 농민소설, 역사소설 등으로 주제의식의 다양화가 나타났다. 대표작가로는 채만식, 김유정, 이광수, 박종화 등이 있다.
- 시 : 카프 해산으로 시문학파, 생명파, 전원파, 청록파 등의 순수시 위주의 흐름으로 바뀌게 되었다. 한편 현대문명과 도시생활을 그린 모더니즘의 시가 등장하게 되었다.

1940년대

일제의 노골적인 군국주의로 문학계도 상당히 위축되었으나, 시적 순수성과 아름다움을 바탕으로 한 황순원과 모더니즘 경향을 띤 최명익의 소설들이 주목받았다. 해방 직후에는 이데올로기의 혼란과 대립 속에서 이를 반영한 작품들이 등장하였고, 식민지적 삶의 극복을 다룬 채만식의 '논 이야기' 등이 발표되었으며, 박종화의 '홍경래' 등 역사 소설이 부각되기도 하였다.

- 소설 : 해방과 함께 일제시대를 반성하는 작품들과 정치적 혼란기를 풍자한 소설들이 등장하였다. 한편으로는 분단문제를 인식한 작품과 순수문학을 잇는 작품들이 발표되었다.
- 시 : 문학가동맹과 청문협의 정치적 대립은 48년 이후 우익 청문협을 중심으로 순수문학 중심으로 전개 되었다.

1950년대

6.25 전쟁을 기점으로 현대 소설은 전쟁 소설과 전후 소설로 그 경향을 달리하게 된다. 전쟁 소설은 물질적, 정신적 피해 체험을 소설화하였고, 전후 소설은 옛 가치관이나 윤리 의식에 반발하는 실존주의적 경향을 보여 준다.

-소설 : 전쟁의 영향 및 전쟁 후의 다양한 현실을 인식한 소설들이 등장하였다. 한편으로 손창섭, 오상원, 장용학 박경리 등 신인작가들이 대거 등장하였다. 실존주의 영향을 받은 작품들과 자연회귀의 순수소설 작품들이 집필되었다.

-시 : 사회 인식과 전쟁 체험을 기반으로 구상, 조지훈, 유치환 모윤숙 등과 서정시의 흐름을 계승한 박재삼, 이형기, 박용례 등이 활동하였고 현대문명의 구조와 그 의식의 단면을 실험적 기법으로 한 모더니즘 계열의 박인환, 김경린, 김수영, 김광섭 등이 있다.

1960년대

4.19 혁명과 5.16 군사쿠데타 이후 작가들은 작품을 통해 인간의 정신적 자유와 사회의 민주화를 표출하였다. 시대에 대한 은유적인 비판과 자유에 대한 갈망들이 최인훈, 김정한, 송영 들을 통해 형상화되었다. 급속한 경제개발로 인한 농촌의 궁핍, 전통의 소멸, 인구의 도시집중 및 환경파괴, 빈부의 갈등에 대한 비판적 작품들도 발표되었다.

-소설 : 이청준, 김승옥를 중심으로 방황하는 젊은이의 내면세계와 도시적 삶의 고독감과 개인주의를 담은 모더니즘 소설을 발표하였다. 안수길, 박경리 등은 역사 소설을 발표하였다.

-시 : 본격적 현대시의 성격이 확보되는 시기이다. 박봉우, 김수영, 신동엽을 중심으로 현실 참여시가 발표되었고, 박재삼, 조병화, 김남조, 이동주를 중심으로 순수 서정시가 발표되었다.

1970 · 80년대

1970년대 산업화가 가속화됨에 따라 소설은 현실적 삶에 초점을 맞추었다. 노동자들의 열악한 현실과 저항 의지, 전쟁에 대한 기억과 상처를 다양한 소설적 시도가 나타나기도 했다.

1980년의 5.18 광주 민주화 운동을 계기로 사회의 모순과 역사의식을 갖게 되었다. 조정래와 황석영은 민중적 시각으로 우리 역사를 재해석하였다. 양귀자와 신경숙은 자본주의 발달의 양면성을 보여 주는 소시민의 삶을 섬세하고 감각적으로 그려 냈다.

-소설 : 70년대는 민중문학, 80년대는 민족문학으로 사회적 혼란을 비판하였다. 신경린, 이청준, 문순태, 황석영 등은 농촌의 붕괴와 전통의 소멸을 비판하였고, 고은, 김지하, 전상국 등은 독제 상황에 대한 저항을 글에 담았다.

-시 : 황동규, 강은교, 기형도, 오규원 등에 의해 한국적 모더니즘 시가 발표되었다.

문예사조

계몽주의

신채호·박은식·장지연 등이 중심이 되어 일으킨 계몽주의 문학은 근대화를 통하여 국권을 수호하자는 것을 기본노선으로 삼았다. 애국계몽운동이라고 일컬어지는 운동을 언론과 출판을 통하여 전개하면서, 성리학적인 명분론에서 벗어나 민족의 위기를 바로 깨닫고 개혁과 구국의 의지를 가다듬고자 하였다. 그 후 최남선과 이광수는 민족의 전통을 계승하는 것보다는 서양 또는 일본 근대문학의 전례를 이식하는 것이 더욱 긴요한 방법이라고 생각하였다. 그래서 최남선은 신체시(新體詩)를 시험하고, 이광수는 「무정 無情」 등의 새로운 소설을 마련하였다. 그러나 1919년 이후의 문학운동이 등장하자 비판의 대상이 되었다.

유미주의

유미주의란 미에 대한 철학적 연구가 아닌, 예술이나 미가 예술과 인생에 있어서 어떻게 표현되고, 어떠한 중요성을 가지느냐에 대한 신념을 이야기한다. 한국 현대문학에 있어서 유미주의는 유파를 형성한 하나의 예술운동이라기보다 그때그때의 시대상황과 관련하여 드러났다.

김동인(金東仁) 단편 「광화사 狂畫師」(1935)·「광염(狂炎) 소나타」(1930)는 예술을 위한 예술, 생활과 윤리의 배제, 미적 가치의 절대적 우위를 보여준 점에서 유미주의 특색을 잘 드러낸 것으로 평가된다.

김영랑(金永郎)의 시 「모란이 피기까지는」, 이효석(李孝石)의 「분녀粉女」(1936)·「화분」(1942) 등, 특히 「화분」에서 보여준 에로티시즘 등은 유미주의의 특성을 보여준다.

사실주의

넓은 의미의 사실주의란, 현실을 있는 그대로 묘사하는 것이라고 할 수 있다. 우리나라는 일본의 자연주의 문학 및 3·1운동 실패 후의 암담한 시대적 환경이 사실주의 문학의 산출 조건으로 작용했다. 우리나라 작가로는 김동인, 염상섭, 현진건, 나도향 등이 여기에 속한다.

1919년 창간된 잡지 [창조(創造)]에는 김동인(金東仁)의 <약한 자의 슬픔>, 전영택(田榮澤)의 「천치(天痴)? 천재(天才)?」가 게재되어 처음으로 사실주의적 경향을 드러냈다. 이들 작품은 자연주의 문학으로 분류되지만 자연주의나 사실주의가 모두 현실에 바탕을 두고 있다는 점을 감안한다면 이들의 작품도 사실주의의 범주에 포함시킬 수 있을 것이다.

모더니즘

극단적인 개인주의와 도시 문명이 가져다 준 인간성 상실에 대한 문제의식 등에 기반을 둔 문예사조이다. 우리나라에서는 모더니즘이 하나의 문학적 주류로서 확립된 것은 1930년대이다. 모더니즘 이론들을 가장 많이 받아들여 소개한 이는 김기림(金起林)과 최재서(崔載瑞)이다. 이들은 낭만주의 시들이 지닌 내용 위주의 편향성, 지나친 감정 노출 등을 비판하고 단단한 형식, 지성에 의한 감정의 통제 등을 표방하였다. 1930년대의 모더니즘은 이와 같은 시대적, 사회적 변화를 배경으로 하고 있고, 다른 한편으로는 영미 모더니즘 이론의 영향에 의해 촉발되었다고 할 수 있다.

1950년대의 모더니즘 문학은 청록파의 전통적 세계를 부정하고 도시적 감수성을 바탕으로 문명을 비판하고 전위적 기법을 도입하였다. 박인환, 김규동, 김수영 등의 현대 도시 문명의 문제점들을 당시의 상황과 연결시켜 짙은 불안감과 위기의식을 표출하였고, 유치환, 구상, 정한모, 박남수 등의 직접적인 전쟁 체험을 바탕으로 생명 의식, 민족애, 평화를 이야기하였다. 김경린, 김춘수, 김현승, 전봉건 등은 언어의 지성적 운용을 통해 인간 존재와 문명에 대해 이야기하였다.

신체시

개화기 시가의 한 유형으로 한국 근대시에 이르는 과도기적인 형태의 시가. 신시라고 불렀다.

고시가(古詩歌)나 애국가 유형(愛國歌類型), 개화가사(開化歌辭) 및 창가(唱歌)에 대한 새로움의 의미를 나타내고 있다. 신체시의 기점은 최남선의 「해에게서 소년에게」로 잡는 것이 통설이다. 신체시는 고시가의 율문적인 정형성에서 벗어나 '새로움'의 자유율화한 시가 형태인 산문적인 속성으로 변하는 과정은 근대시사에서 매우 큰 의의를 지닌다.

자유시

정해진 규칙적 형식의 리듬에서 벗어난 시를 말한다. 우리나라에서 자유시 형식의 시도는 최남선(崔南善)의 「태백산부 太白山賦」와 「평양행 平壤行」이라는 작품에 실린 시작품과 이광수(李光洙)의 「곰 熊」등이 1910년대 중엽에 발표한 일련의 시작품에서 비롯된다.

낭만주의

감성적인 세계인식, 유기체적 세계관, 관념주의를 중심내용으로 삼는 근대적 문예사조이다. 우리나라는 1920년대에 낭만주의가 대두하였다. 동인지 《백조(白鳥)》를 중심으로 홍사용, 박종화, 이상화 등이 중심이 되어 전통적 도덕과 인습에 반발하면서 개인의 가능성과 창조적 가능성에 관심을 기울였다. 그러나 이들의 추구는 낭만적 정열이기보다는 낭만적 허무에 빠져 낭만주의의 한계성을 드러냈다.

신경향파

1920년대 초 백조파의 감상적 낭만주의와 창조파의 자연주의 경향을 비판하고 등장한 사회주의 경향의 문학유파이다.

신경향파라는 용어는 박영희의 〈신경향파의 문학과 그 문단적 지위〉(개벽, 1925. 12)라는 글에서 처음 사용되었다. 당시 사회주의 사상에 관심이 많았던 사람들은 민족해방운동을 목적으로 여러 단체를 결성하는 동시에 《개벽》·《신생활》·《조선지광》 등의 잡지를 발행하여 종래의 관념적·퇴폐적인 문학을 버리고 현실을 바탕으로 문학을 해야 한다고 주장했다. 그러나 사회적 불평등과 억압의 원인을 사회구조적 관점에서 올바르게 형상화하지 못하고 현실에 대한 직접적인 폭로와 고발에 그친 한계를 지닌다. 그 결과 주인공의 행동이 주로 개인적인 복수나 본능적인 반항·살인·방화·자살 등으로 끝나고 있다.

카프

1925년에 결성되었던 사회주의 혁명을 위한 문학가들의 실천단체.'카프(KAPF)'라 한다. KAPF 결성 뒤 창작보다는 주로 평론을 통한 정론적 예술비평이 주조를 이루었다. 이 시기의 작품은 박영희·최서해(崔曙海) 등의 단편소설이 있으며, 준기관지 『문예운동 文藝運動』(1926)을 발간하여 그들의 이념을 전파하였다. 1927년 자체 내의 이론 투쟁을 거쳐 박영희의 《문예운동의 방향》이 발표된 이후 목적의식기의 프로문학 운동은 그 이론과 함께 작품에도 방향 전환이 반영되었다. 전환기의 대표적인 작품은 조명희의 《낙동강》(洛東江)이었다. 이 작품은 빈궁의 원인을 민족적·계급적 사정과 환경으로 제시했다. 문학에서 자각적인 계급의식을 내세움으로써 목적의식에 입각한 프로문학으로 방향을 전환하는 데 중요한 역할을 했다.

1934년 프로문학의 지도적 이론가였던 박영희가 "얻은 것은 이데롤로기요, 잃은 것은 예술이었다"고 자기비판의 결론을 내렸던 것처럼, 당시 프로문학은 대부분 도식적(圖式的)인 목적의식의 선행으로 작가의 창조성을 위축시킨 결과 참다운 작품의 생산이 이룩될 수 없었다.

시의 갈래

형식적 구분

정형시(定型試) : 일정한 운율적 형식의 제약을 받는 시, 우리나라의 경우에는 음보율을 지닌 정형시다. 서양의 소네트, 중국의 한시, 우리나라의 향가나 시조 등이 해당된다.

자유시(自由詩) : 형식적 제약에서 벗어난 자유로운 형식의 시. 행과 연의 구별이 있고 내재율을 가진 시로 현대시의 주류를 이룬다. 우리나라에서의 자유시는 최남선(崔南善)의 신체시 「해(海)에게서 소년(少年)에게」(1908년) 이후로 보고 있다.

산문시(散文詩) : 자유시보다 형식상 더 자유로워진 시로서 외형상 산문과 다름없는 시, 조지훈의『봉황수』, 정지용의『백록담』등이 이에 속한다.

내용적 구분

서정시(抒情詩) : 주관시라고도 한다. 언어의 의미 전달기능보다 감동을 전달하는 순수시와 깊은 관련이 있다. 서정시는 개인적인 체험에 의해서 쓰여 진다. 그래서 주관적이라 말할 수 있다.

서사시(敍事詩) : 객관시라고도 한다. 일정한 사건이나 장면을 서술하는 장편의 구조를 가지고 있다. 그래서 객관적이라고 말할 수 있다.

극시(劇詩) : 운문으로 표현된 희곡 형태의 시를 말한다. 극시는 희곡과 밀접한 관계가 있을 수밖에 없다. 극시는 무대에서 공연하여 극적 효과를 얻을 수 있는 것과, 글로서 읽기에 적합한 것이 있다.

시의 요소

구성 요소

음악적 요소 : 시의 운율, 리듬 → 순수시에서 중시
회화적 요소 : 시의 심상, 이미지 → 주지시, 회화시에서 중시
의미적 요소 : 시의 사상과 정서 → 관념시, 철학시에서 중시
느낌의 요소 : 어조 또는 말투

내용 요소

주제(主題) : 시에 담긴 중심 사상
제재(題材) : 가장 중심이 되는 소재
소재(素材) : 시의 내용을 이루는 재료
이미지(心象) : 시를 읽을 때 떠오르는 감각적 인상

형식 요소

운율 : 시를 읽을 때 느낄 수 있는 리듬
시어(詩語) : 시인의 사상이나 감정을 담은 함축적 언어
시행(詩行) : 시어들이 모여 이루어진 한 줄
연(聯) : 몇개의 시행이 모여 이루어진 의미와 이미지의 결합 단위

현진건

(玄鎭健, 1900년 8월 9일 ~ 1943년 4월 25일)

1920년 ≪개벽開闢≫에 <희생화犧牲花>를 발표함으로써 활동을 시작, 홍사용(洪思容), 이상화(李相和), 나도향(羅稻香), 박종화(朴鍾和) 등과 함께 ≪백조(白潮≫ 창간 동인으로 참여하여 1920년대 신문학운동에 본격적으로 가담

1936년 동아일보 사회부장시 일장기말살사건으로 구속

1937년 동아일보를 그만두고 친일문학에 가담하지 않은 채 빈궁 속에서 지냄

1943년 장결핵으로 사망

작품분석

1. 운수 좋은날

- 갈래 : 단편 소설, 사실주의 소설
- 배경 : 시간(일제 강점기) / 공간(서울)
- 시점 : 전지적 작가 시점
- 경향 : 사실주의
- 주인공 김첨지 - 일제 압박 속에서 어렵게 살아야 했던 하층민
- 아내에 대한 김첨지의 애정을 나타내면서 비극적인 결말을 더하게 하는 것 - 설렁탕
- 비극적 결말을 더욱 뚜렷하게 부각시키는 표현 기법 - 반어, 상황의 아이러니(Irony)
- 하루 종일 내리는 비 - 비극적 결말 암시
- 아내의 죽음을 확일 할 때, 비극적 분위기를 고조시켜 주고 있는 소재 - 개똥이의 울음소리

2. 빈처

- 갈래 : 단편 소설, 신변 소설
- 배경 : 시간(개화기 초) / 공간(서울 종로)
- 경향 : 사실주의
- 시점 : 1인칭 주인공 시점
- 성격 : 자전적, 고백적
- 표현 : 자전적 이야기를 객관적으로 치밀하게 묘사함.
- 1920년대 당대 지식인이 적응하기 곤란했던 사회를 배경으로 정신적 가치와 물리적 가치의 대립을 보여줌
- 물질보다는 정신적 행복에 만족하는 가난한 무명작가의 부부애

3. B사감과 러브 레터

- 갈래 : 단편 소설
- 배경 : 시간(1920년대) / 공간(어느 여학교)
- 시점 : 전지적 작가 시점
- 문체 : 설명적 묘사체
- 작가는 본능과 권위 의식이라는 대립 구조를 통해 위선적인 인간성을 풍자
- 반어와 풍자 수법을 사용, 해학적 요소를 나타냄
- 외양 묘사를 통한 성격 창조와 인간 내부 심리까지 묘사

운수 좋은날

새침하게 흐린 품이 눈이 올듯하더니 눈은 아니 오고 얼다가 만 비가 추적추적 내리는 날이었다.

이날이야말로 동소문 안에서 인력거꾼 노릇을 하는 김첨지에게는 오래간만에 닥친 운수 좋은 날이었다. 문안에(거기도 문밖은 아니지만) 들어간답시는 앞집 마마님을 전찻길까지 모셔다 드린 것을 비롯으로 행여나 손님이있을까 하고 정류장에서 어정어정하며 내리는 사람 하나하나에게 거의 비는 듯한 눈결을 보내고 있다가 마침내 교원인 듯한 양복쟁이를 동광학교(東光學校)까지 태워다 주기로 되었다.

첫 번에 삼십전, 둘째 번에 오십전 -

아침 댓바람에 그리 흉치 않은 일이었다. 그야말로 재수가 옴붙어서 근 열흘 동안 돈 구경도 못한 김첨지는 십전짜리 백동화 서 푼, 또는 다섯 푼이 찰깍 하고 손바닥에 떨어질제 거의 눈물을 흘릴 만큼 기뻤었다. 더구나 이날 이때에 이 팔십 전이라는 돈이 그에게 얼마나 유용한지 몰랐다. 컬컬한 목에 모주 한 잔도 적실 수 있거니와 그보다도 앓는 아내에게 설렁탕 한 그릇도 사다 줄 수 있음이다.

그의 아내가 기침으로 쿨룩거리기는 벌써 달포가 넘었다. 조밥도 굶기를 먹다시피 하는 형편이니 물론 약 한 첩 써본 일이 없다. 구태여 쓰려면 못쓸 바도 아니로되 그는 병이란 놈에게 약을 주어 보내면 재미를 붙여서 자꾸 온다는 자기의 신조(信條)에 어디까지 충실하였다. 따라서 의사에게 보인 적이 없으니 무슨 병인지는 알 수 없으되 반듯이 누워 가지고 일어나기는 새로 모로도 못 눕는 걸 보면 중증은 중증인 듯, 병이 이대도록 심해지기는 열흘전에 조밥을 먹고 체한 때문이다. 그때도 김첨지가 오래간만에 돈을 얻어서 좁쌀 한 되와 십 전짜리 나무 한 단을 사다 주었더니 김첨지의 말에 의지하면 그 오라질 년이 천방지축으로 냄비에 대고 끓였다. 마음은 급하고 불길은 달지 않아 채 익지도 않은 것을 그 오라질년이 숟가락은 고만두고 손으로 움켜서 두 뺨에 주먹덩이 같은 혹이 불거지도록 누가 빼앗을 듯이 처박질하더니만 그날 저녁부터 가슴이 땡긴다, 배가 켕긴다고 눈을 흡뜨고 지랄병을 하였다. 그때 김첨지는 열화와 같이 성을 내며,

"에이, 오라질년, 조랑복은 할 수가 없어, 못 먹어 병, 먹어서 병! 어쩌란 말이야! 왜 눈을 바루 뜨지 못해!"

하고 앓는 이의 뺨을 한 번 후려갈겼다. 흡뜬 눈은 조금 바루어졌건만 이슬이 맺히었다. 김첨지의 눈시울도 뜨끈뜨끈하였다.

이 환자가 그러고도 먹는 데는 물리지 않았다. 사흘 전부터 설렁탕 국물이 마시고 싶다고 남편을 졸랐다.

"이런 오라질 년! 조밥도 못 먹는 년이 설렁탕은. 또 처먹고 지랄병을 하게."라고, 야단을 쳐보았건만, 못 사주는 마음이 시원치는 않았다.

인제 설렁탕을 사줄 수도 있다. 앓는 어미 곁에서 배고파 보채는 개똥이(세살먹이)에게 죽을 사줄 수도 있다 - 팔십 전을 손에 쥔 김첨지의 마음은 푼푼하였다.

그러나 그의 행운은 그걸로 그치지 않았다. 땀과 빗물이 섞여 흐르는 목덜미를 기름주머니가 다된 왜목 수건으로 닦으며, 그 학교 문을 돌아 나올 때였다. 뒤에서 "인력거!" 하고 부르는 소리가 난다. 자기를 불러 멈춘 사람이 그 학교 학생인 줄 김첨지는 한번 보고 짐작할 수 있었다. 그 학생은 다짜고짜로,

"남대문 정거장까지 얼마요."라고 물었다.

아마도 그 학교 기숙사에 있는 이로 동기방학을 이용하여 귀향하려 함이리라. 오늘 가기로 작정은 하였건만 비는 오고, 짐은 있고 해서 어찌할 줄 모르다가 마침 김첨지를 보고 뛰어나왔음이리라. 그렇지 않으면 왜 구두를 채 신지 못해서 질질 끌고, 비록 고구라 양복일망정 노박이로 비를 맞으며 김첨지를 뒤쫓아 나왔으랴.

"남대문 정거장까지 말씀입니까."

하고 김첨지는 잠깐 주저하였다. 그는 이 우중에 우장도 없이 그 먼 곳을 철벅거리고 가기가 싫었음일까? 처음 것 둘째 것으로 고만 만족하였음일까? 아니다 결코 아니다. 이상하게도 꼬리를 맞물고 덤비는 이 행운 앞에 조금겁이 났음이다. 그리고 집을 나올 제 아내의 부탁이 마음이 켕기었다 - 앞집 마마님한테서 부르러 왔을제 병인은 뼈만 남은 얼굴에 유일의 샘물 같은 유달리 크고 움푹한 눈에 애걸하는 빛을 띄우며,

"오늘은 나가지 말아요. 제발 덕분에 집에 붙어 있어요. 내가 이렇게 아픈데……."라고, 모기 소리같이 중얼거리고 숨을 걸그렁 걸그렁하였다. 그때에 김첨지는 대수롭지 않은듯이,

"아따, 젠장맞을 년, 별 빌어먹을 소리를 다 하네. 맞붙들고 앉았으면 누가 먹여 살릴 줄 알아."

하고 훌쩍 뛰어나오려니까 환자는 붙잡을 듯이 팔을 내저으며,

"나가지 말라도 그래, 그러면 일찍이 들어와요."

하고, 목메인 소리가 뒤를 따랐다.

정거장까지 가잔 말을 들은 순간에 경련적으로 떠는 손 유달리 큼직한 눈 울듯한 아내의 얼굴이 김첨지의 눈앞에 어른어른하였다.

"그래 남대문 정거장까지 얼마란 말이요?"

하고 학생은 초조한 듯이 인력거꾼의 얼굴을 바라보며 혼자말같이,

"인천 차가 열한 점에 있고 그 다음에는 새로 두 점이든가."라고 중얼거린다.

"일 원 오십 전만 줍시요."

이 말이 저도 모를 사이에 불쑥 김첨지의 입에서 떨어졌다. 제 입으로 부르고도 스스로 그 엄청난 돈 액수에 놀랐다. 한꺼번에 이런 금액을 불러라도 본지가 그 얼마만인가! 그러자 그 돈벌 용기가 병자에 대한 염려를 사르고 말았다. 설마 오늘 내로 어떠랴 싶었다. 무슨 일이 있더라도 제일 제이의 행운을 곱친 것보다도 오히려 갑절이 많은 이 행운을 놓칠 수 없다 하였다.

"일 원 오십 전은 너무 과한데."

이런 말을 하며 학생은 고개를 기웃하였다.

"아니올시다. 잇수로 치면 여기서 거기가 시오리가 넘는답니다. 또 이런 진날은 좀 더 주셔야지요."

하고 빙글빙글 웃는 차부의 얼굴에는 숨길 수 없는 기쁨이 넘쳐흘렀다.

"그러면 달라는 대로 줄 터이니 빨리 가요."

관대한 어린 손님은 이런 말을 남기고 총총히 옷도 입고 짐도 챙기러 갈데로 갔다.

그 학생을 태우고 나선 김첨지의 다리는 이상하게 거뿐하였다. 달음질을 한다느니보다 거의 나는 듯하였다. 바퀴도 어떻게 속히 도는지 구른다느니보다 마치 얼음을 지쳐 나가는 스케이트 모양으로 미끄러져 가는 듯하였다. 언 땅에 비가 내려 미끄럽기도 하였지만.

이윽고 끄는 이의 다리는 무거워졌다. 자기 집 가까이 다다른 까닭이다. 새삼스러운 염려가 그의 가슴을 눌렀다.

"오늘은 나가지 말아요, 내가 이렇게 아픈데"

이런 말이 잉잉 그의 귀에 울렸다. 그리고 병자의 움쑥 들어간 눈이 원망하는 듯이 자기를 노리는 듯하였다. 그러자 엉엉 하고 우는 개똥이의 곡성을 들은 듯싶다. 딸국딸국 하고 숨 모으는 소리도 나는 듯싶다.

"왜 이리우, 기차 놓치겠구먼."

하고 탄 이의 초조한 부르짖음이 간신히 그의 귀에 들어왔다. 언뜻 깨달으니 김첨지는 인력거를 쥔 채 길 한복판에 엉거주춤 멈춰 있지 않은가.

"예, 예."

하고, 김첨지는 또다시 달음질하였다. 집이 차차 멀어 갈수록 김첨지의 걸음에는 다시금 신이나기 시작하였다. 다리를 재게 놀려야만 쉴새없이 자기의 머리에 떠오르는 모든 근심과 걱정을 잊을 듯이.

정거장까지 끌어다 주고 그 깜짝 놀란 일 원 오십 전을 정말 제 손에 쥠에 제 말마따나 십리나 되는 길을 비를 맞아 가며 질퍽거리고 온 생각은 아니하고 거저나 얻은 듯이 고마웠다. 졸부나 된 듯이 기뻤다. 제 자식뻘밖에 안 되는 어린 손님에게 몇 번 허리를 굽히며,

"안녕히 다녀옵시요."라고 깍듯이 재우쳤다.

그러나 빈 인력거를 털털거리며 이 우중에 돌아갈 일이 꿈밖이었다. 노동으로 하여 흐른 땀이 식어지자 굶주린 창자에서, 물 흐르는 옷에서 어슬어슬 한기가 솟아나기 비롯하매 일 원 오십 전이란 돈이 얼마나 괜찮고 괴로운 것인 줄 절절히 느끼었다.

정거장을 떠나는 그의 발길은 힘 하나 없었다. 온몸이 옹송그려지며 당장 그 자리에 엎어져 못 일어날 것 같았다.

"젠장맞을 것, 이 비를 맞으며 빈 인력거를 털털거리고 돌아를 간담. 이런 빌어먹을 제 할미를 붙을 비가 왜 남의 상판을 딱딱 때려!"

그는 몹시 화증을 내며 누구에게 반항이나 하는 듯이 게걸거렸다. 그럴 즈음에 그의 머리엔 또 새로운 광명이 비쳤나니 그것은 '이러구 갈 게 아니라 이 근처를 빙빙 돌며 차오기를 기다리면 또 손님을 태우게 될는지도 몰라'란 생각이었다. 오늘 운수가 괴상하게도 좋으니까 그런 요행이 또 한번 없으리라고 누가 보증하랴. 꼬리를 굴리는 행운이 꼭 자기를 기다리고 있다고 내기를 해도 좋을 만한 믿음을 얻게 되었다. 그렇다고 정거장 인력거꾼의 등쌀이 무서우니 정거장 앞에 섰을 수는 없었다. 그래 그는 이전에도 여러 번 해본 일이라 바로 정거장 앞 전차 정류장에서 조금 떨어지게 사람 다니는 길과 전찻길 틈에 인력거를 세워 놓고 자기는 그 근처를 빙빙 돌며 형세를 관망하기로 하였다. 얼마 만에 기차는 왔고 수십 명이나 되는 손이 정류장으로 쏟아져 나왔다. 그 중에서 손님을 물색하는 김첨지의 눈엔 양머리에 뒤축 높은 구두를 신고 망토까지 두른 기생 퇴물인 듯 난봉 여학생인 듯한 여편네의 모양이 띄었다. 그는 슬근슬근 그 여자의 곁으로 다가들었다.

"아씨, 인력거 아니 타시랍시요."

그 여학생인지 만지가 한참은 매우 때깔을 빼며 입술을 꼭 다문 채 김첨지를 거들떠보지도 않았다. 김첨지는 구걸하는 거지나 무엇같이 연해연방 그의 기색을 살피며,

"아씨, 정거장 애들보담 아주 싸게 모셔다 드리겠습니다. 댁이 어디신가요."

하고 추근추근하게도 그 여자의 들고 있는 일본식 버들고리짝에 제 손을 대었다.

"왜 이래, 남 귀치않게."

소리를 벽력같이 지르고는 돌아선다. 김첨지는 어랍시요 하고 물러섰다.

전차는 왔다. 김첨지는 원망스럽게 전차 타는 이를 노리고 있었다. 그러나 그의 예감(豫感)은 틀리지 않았다. 전차가 빡빡하게 사람을 싣고 움직이기 시작하였을제 타고 남은 손하나가 있었다.

굉장하게 큰 가방을 들고 있는 걸 보면 아마 붐비는 차 안에 짐이 크다 하여 차장에게 밀려 내려온 눈치였다. 김첨지는 대어섰다.

"인력거를 타시랍시요."

한동안 값으로 승강이를 하다가 육십 전에 인사동까지 태워다 주기로 하였다. 인력거가 무거워지매 그의 몸은 이상하게도 가벼워졌고 그리고 또 인력거가 가벼워지니 몸은 다시금 무거워졌건만 이번에는 마음조차 초조해 온다. 집의 광경이 자꾸 눈앞에 어른거리어 인제 요행을 바랄 여유도 없었다.

나무 등걸이나 무엇 같고 제 것 같지도 않은 다리를 연해 꾸짖으며 질팡갈팡 뛰는 수밖에 없었다. 저놈의 인력거꾼이 저렇게 술이 취해 가지고 이 진땅에 어찌 가노, 라고 길가는 사람이 걱정을 하리만큼 그의 걸음은 황급하였다. 흐리고 비오는 하늘은 어둠침침하게 벌써 황혼에 가까운 듯하다. 창경원 앞까지 다다라서야 그는 턱에 닿은 숨을 돌리고 걸음도 늦추잡았다. 한 걸음 두 걸음 집이 가까워 갈수록 그의 마음조차 괴상하게 누그러웠다. 그런데 이 누그러움은 안심에서 오는 게 아니요 자기를 덮친 무서운 불행을 빈틈없이 알게 될 때가 박두한 것을 두리는 마음에서 오는 것이다. 그는 불행에 다 닥치기전 시간을 얼마쯤이라도 늘이려고 버르적거렸다. 기적(奇蹟)에 가까운 벌이를 하였다는 기쁨을 할 수 있으면 오래 지니고 싶었다. 그는 두리번두리번 사면을 살피었다. 그 모양은 마치 자기 집 — 곧 불행을 향하고 달아가는 제 다리를 제 힘으로는 도저히 어찌할 수 없으니 누구든지 나를 좀 잡아 다고, 구해 다고 하는 듯하였다.

그럴 즈음에 마침 길가 선술집에서 그의 친구 치삼이가 나온다. 그의 우글우글 살찐 얼굴에 주홍이 덧는 듯, 온 턱과 뺨을 시커멓게 구레나룻이 덮였거늘 노르탱탱한 얼굴이 바짝 말라서 여기저기 고랑이 패고 수염도 있대야 턱밑에만 마치 솔잎 송이를 거꾸로 붙여 놓은 듯한 김첨지의 풍채하고는 기이한 대상을 짓고 있었다.

"여보게 김첨지, 자네 문안 들어갔다 오는 모양일세그려. 돈 많이 벌었을테니 한잔 빨리게."

뚱뚱보는 말라깽이를 보던 맡에 부르짖었다. 그 목소리는 몸집과 딴판으로 연하고 싹싹하였다. 김첨지는 이 친구를 만난게 어떻게 반가운지 몰랐다. 자기를 살려준 은인이나 무엇같이 고맙기도 하였다.

"자네는 벌써 한잔한 모양일세그려. 자네도 오늘 재미가 좋아 보이."

하고 김첨지는 얼굴을 펴서 웃었다.

"아따, 재미 안 좋다고 술 못 먹을 낸가. 그런데 여보게, 자네 왼몸이 어째 물독에 빠진 새앙쥐 같은가. 어서 이리 들어와 말리게."

선술집은 훈훈하고 뜨뜻하였다. 추어탕을 끓이는 솥뚜껑을 열적마다 뭉게뭉게 떠오르는 흰김 석쇠에서 뻐지짓뻐지짓 구워지는 너비아니구이며 제육이며 간이며 콩팥이며 북어며 빈대떡……

이 너저분하게 늘어놓인 안주 탁자에 김첨지는 갑자기 속이 쓰려서 견딜 수 없었다. 마음대로 할양이면 거기있는 모든 먹음먹이를 모조리 깡그리 집어삼켜도 시원치 않았다 하되 배고픈 이는 위선 분량 많은 빈대떡 두 개를 쪼이기도 하고 추어탕을 한 그릇 청하였다. 주린 창자는 음식맛을 보더니 더욱더욱 비어지며 자꾸자꾸 들이라 들이라 하였다. 순식간에 두부와 미꾸리든 국 한 그릇을 그냥 물같이 들이켜고 말았다. 셋째 그릇을 받아 들었을 제 데우던 막걸리 곱배기 두 잔이 더웠다. 치삼이와 같이 마시자 원원이 비었던 속이라 찌르를 하고 창자에 퍼지며 얼굴이 화끈하였다. 눌러 곱배기 한 잔을 또 마셨다.

김첨지의 눈은 벌써 개개 풀리기 시작하였다. 석쇠에 얹힌 떡 두개를 숭덩숭덩 썰어서 볼을 불룩거리며 또 곱배기 두 잔을 부어라 하였다.

치삼은 의아한 듯이 김첨지를 보며,

"여보게 또 붓다니, 벌써 우리가 넉 잔씩 먹었네, 돈이 사십 전일세."라고 주의시켰다.

"아따 이놈아, 사십 전이 그리 끔찍하냐. 오늘 내가 돈을 막 벌었어. 참 오늘 운수가 좋았느니."

"그래 얼마를 벌었단 말인가."

"삼십 원을 벌었어, 삼십 원을! 이런 젠장맞을 술을 왜 안 부어…… 괜찮다 괜찮다, 막 먹어도 상관이 없어. 오늘 돈 산더미같이 벌었는데."

"어, 이 사람 취했군, 그만두세."

"이놈아, 그걸 먹고 취할 내냐, 어서 더 먹어."

하고는 치삼의 귀를 잡아 치며 취한 이는 부르짖었다. 그리고 술을 붓는 열다섯 살 됨직한 중대가리에게로 달려들며,

"이놈, 오라질 놈, 왜 술을 붓지 않어."라고 야단을 쳤다. 중대가리는 희희 웃고 치

삼을 보며 문의하는 듯이 눈짓을 하였다. 주정꾼이 이 눈치를 알아보고 화를 버럭 내며,

“에미를 붙을 이 오라질 놈들 같으니, 이놈 내가 돈이 없을 줄 알고.”

하자마자 허리춤을 훔칫훔칫하더니 일 원짜리 한 장을 꺼내어 중대가리 앞에 펄쩍 집어던졌다. 그 사품에 몇 푼 은전이 잘그랑하며 떨어진다.

“여보게 돈 떨어졌네, 왜 돈을 막 끼얹나.”

이런 말을 하며 일변 돈을 줍는다. 김첨지는 취한 중에도 돈의 거처를 살피는 듯이 눈을 크게 떠서 땅을 내려다보다가 불시에 제 하는 짓이 너무 더럽다는 듯이 고개를 소스라치자 더욱 성을 내며,

“봐라 봐! 이 더러운 놈들아, 내가 돈이 없나, 다리뼉다구를 꺾어 놓을 놈들 같으니.”

하고 치삼의 주워 주는 돈을 받아,

“이 원수엣돈! 이 육시를 할 돈!”

하면서 풀매질을 친다. 벽에 맞아 떨어진 돈은 다시 술 끓이는 양푼에 떨어지며 정당한 매를 맞는다는 듯이 쨍 하고 울었다.

곱배기 두 잔은 또 부어질 겨를도 없이 말려 가고 말았다. 김첨지는 입술과 수염에 붙은 술을 빨아들이고 나서 매우 만족한 듯이 그 솔잎 송이 수염을 쓰다듬으며,

“또 부어, 또 부어.”라고 외쳤다.

또 한 잔 먹고 나서 김첨지는 치삼의 어깨를 치며 문득 껄껄 웃는다. 그웃음 소리가 어떻게 컸던지 술집에 있는 이의 눈은 모두 김첨지에게로 몰리었다. 웃는 이는 더욱 웃으며,

“여보게 치삼이, 내 우스운 이야기 하나 할까. 오늘 손을 태고 정거장에 가지 않았겠나.”

“그래서.”

“갔다가 그저 오기가 안됐데그려. 그래 전차 정류장에서 어름어름하며 손님 하나를 태울 궁리를 하지 않았나. 거기 마침 마마님이신지 여학생이신지 (요새야 어디 논다니와 아가씨를 구별할 수가 있던가) 망토를 잡수시고 비를 맞고 서 있겠지. 슬근슬근 가까이 가서 인력거 타시랍시요 하고 손가방을 받으랴니까 내 손을 탁 뿌리치고 홱 돌

아서더니만 '왜 남을 이렇게 귀찮게 굴어!' 그 소리야말로 꾀꼬리 소리지, 허허!"

김첨지는 교묘하게도 정말 꾀꼬리 같은 소리를 내었다. 모든 사람은 일시에 웃었다.

"빌어먹을 깍쟁이 같은 년, 누가 저를 어쩌나, '왜 남을 귀찮게 굴어!' 어이구 소리가 처신도 없지, 허허."

웃음소리들은 높아졌다. 그러나 그 웃음소리들이 사라도 지기 전에 김첨지는 훌쩍훌쩍 울기 시작하였다.

치삼은 어이없이 주정뱅이를 바라보며,

"금방 웃고 지랄을 하더니 우는 건 또 무슨 일인가."

김첨지는 연해 코를 들이마시며,

"우리 마누라가 죽었다네."

"뭐, 마누라가 죽다니, 언제?"

"이놈아 언제는, 오늘이지."

"엣기 미친놈, 거짓말 말아."

"거짓말은 왜, 참말로 죽었어, 참말로…… 마누라 시체를 집에 뻐들쳐 놓고 내가 술을 먹다니, 내가 죽일 놈이야, 죽일 놈이야."

하고 김첨지는 엉엉 소리를 내어 운다.

치삼은 흥이 조금 깨어지는 얼굴로,

"원 이 사람이, 참말을 하나 거짓말을 하나. 그러면 집으로 가세, 가."

하고 우는 이의 팔을 잡아당기었다.

치삼의 끄는 손을 뿌리치더니 김첨지는 눈물이 글썽글썽한 눈으로 싱그레 웃는다.

"죽기는 누가 죽어."

하고 득의가 양양.

"죽기는 왜 죽어, 생때같이 살아만 있단다. 그 오라질 년이 밥을 죽이지. 인제 나한테 속았다."

하고 어린애 모양으로 손뼉을 치며 웃는다.

"이 사람이 정말 미쳤단 말인가. 나도 아주먼네가 앓는단 말은 들었는데."

하고 치삼이도 어느 불안을 느끼는 듯이 김첨지에게 또 돌아가라고 권하였다.

"안 죽었어, 안 죽었대도 그래."

김첨지는 화증을 내며 확신 있게 소리를 질렀으되 그 소리엔 안 죽은 것을 믿으려고 애쓰는 가락이 있었다. 기어이 일 원어치를 채워서 곱배기 한 잔씩 더 먹고 나왔다. 궂은비는 의연히 추적추적 내린다.

김첨지는 취중에도 설렁탕을 사가지고 집에 다다랐다. 집이라 해도 물론 셋집이요 또 집 전체를 세든 게 아니라 안과 뚝 떨어진 행랑방 한간을 빌려 든 것인데 물을 길어 대고 한 달에 일 원씩 내는 터이다. 만일 김첨지가 주기를 띠지 않았던들 한 발을 대문에 들여놓았을 제 그곳을 지배하는 무시무시한 정적(靜寂) — 폭풍우가 지나간 뒤의 바다 같은 정적이 다리가 떨렸으리라. 쿨룩거리는 기침 소리도 들을 수 없다. 그르렁거리는 숨소리조차 들을 수 없다. 다만 이 무덤 같은 침묵을 깨뜨리는 — 깨뜨린다느니보다 한층 더 침묵을 깊게 하고 불길하게 하는 빡빡 하는 그윽한 소리, 어린애의 젖 빠는 소리가 날 뿐이다. 만일 청각(聽覺)이 예민한 이 같으면 그 빡빡 소리는 빨 따름이요, 꿀떡꿀떡 하고 젖 넘어가는 소리가 없으니 빈 젖을 빤다는 것도 짐작할는지 모르리라.

혹은 김첨지도 이 불길한 침묵을 짐작했는지도 모른다. 그렇지 않으면 대문에 들어서자마자 전에 없이,

"이 난장맞을 년, 남편이 들어오는데 나와 보지도 않아, 이 오라질 년."

이라고 고함을 친게 수상하다. 이 고함이야말로 제 몸을 엄습해 오는 무시무시한 증을 쫓아 버리려는 허장성세인 까닭이다.

하여간 김첨지는 방문을 왈칵 열었다. 구역을 나게 하는 추기 — 떨어진 삿자리 밑에서 나온 먼지내 빨지 않은 기저귀에서 나는 똥내와 오줌내 가지각색 때가 켜켜이 앉은 옷내 병인의 땀 썩은 내가 섞인 추기가 무딘 김첨지의 코를 찔렀다.

방 안에 들어서며 설렁탕을 한구석에 놓을 사이도 없이 주정꾼은 목청을 있는 대로 다 내어 호통을 쳤다.

"이런 오라질 년, 주야장천 누워만 있으면 제일이야. 남편이 와도 일어나지를 못해."

라는 소리와 함께 발길로 누운 이의 다리를 몹시 찼다. 그러나 발길에 채이는 건 사람의 살이 아니고 나무등걸과 같은 느낌이 있었다. 이때에 빽빽 소리가 응아 소리로 변하였다. 개똥이가 물었던 젖을 빼어 놓고 운다. 운대도 온 얼굴을 찡그려 붙여서 운다는 표정을 할 뿐이다. 응아 소리도 입에서 나는 게 아니고 마치 뱃속에서 나는

듯하였다. 울다가 울다가 목도 잠겼고 또 울 기운조차 시진한 것 같다.

발로 차도 그 보람이 없는 걸 보자 남편은 아내의 머리맡으로 달려들어 그야말로 까치집 같은 환자의 머리를 꺼들어 흔들며,

"이년아, 말을 해, 말을! 입이 붙었어, 이 오라질 년!"

"……"

"으응, 이것 봐, 아무 말이 없네."

"……"

"이년아, 죽었단 말이냐, 왜 말이 없어."

"……"

"으응, 또 대답이 없네. 정말 죽었나 버이."

이러다가 누운 이의 흰 창을 덮은 위로 치뜬 눈을 알아보자마자,

"이 눈깔! 이 눈깔! 왜 나를 바라보지 못하고 천장만 보느냐, 응."

하는 말 끝엔 목이 메였다. 그러자 산 사람의 눈에서 떨어진 닭의 똥 같은 눈물이 죽은 이의 뻣뻣한 얼굴을 어룽어룽 적시었다. 문득 김첨지는 미친 듯이 제 얼굴을 죽은 이의 얼굴에 한데 비비대며 중얼거렸다.

"설렁탕을 사다 놓았는데 왜 먹지를 못하니, 왜 먹지를 못하니…… 괴상하게도 오늘은! 운수가, 좋더니만……."

빈처

1.

"그것이 어째 없을까?"

아내가 장문을 열고 무엇을 찾더니 입안말로 중얼거린다.

"무엇이 없어?"

나는 우두커니 책상머리에 앉아서 책장만 뒤적뒤적하다가 물어보았다.

"모본단 저고리가 하나 남았는데……."

"……"

나는 그만 묵묵하였다. 아내가 그것을 찾아 무엇 하려는 것을 앎이라. 오늘 밤에 옆집 할멈을 시켜 잡히려 하는 것이다.

이 2년 동안에 돈 한 푼 나는 데는 없고 그대로 주리면 시장할 줄 알아 기구(器具)와 의복을 전당국창고(典當局倉庫)에 들이밀거나 고물상 한구석에 세워 두고 돈을 얻어 오는 수밖에 없었다. 지금 아내가 하나 남은 모본단 저고리를 찾는 것도 아침거리를 장만하려 함이라.

나는 입맛을 쩍쩍 다시고 폈던 책을 덮으며 후~ 한숨을 내쉬었다.

봄은 벌써 반이나 지났건마는 이슬을 실은 듯한 밤기운이 방구석으로부터 슬금슬금 기어나와 사람에게 안기고 비가 오는 까닭인지 밤은 아직 깊지 않건만 인적조차 끊어지고 온 천지가 빈 듯이 고요한데 투닥투닥 떨어지는 빗소리가 한없는 구슬픈 생각을 자아낸다.

"빌어먹을 것 되는 대로 되어라."

나는 점점 견딜 수 없어 두 손으로 흩어진 머리카락을 쓰다듬어 올리며 중얼거려 보았다. 이 말이 더욱 처량한 생각을 일으킨다. 나는 또한번, “후~” 한숨을 내쉬며 왼팔을 베고 책상에 쓰러지며 눈을 감았다.

이 순간에 오늘 지낸 일이 불현듯 생각이 난다.

늦게야 점심을 마치고 내가 막 궐련[卷煙] 한 개를 피워 물적에 한성은행(漢城銀行) 다니는 T가 공일이라고 놀러 왔었다.

친척은 다 멀지 않게 살아도 가난한 꼴을 보이기도 싫고 찾아갈 적마다 무엇을 꿔어 내라고 조르지도 아니하였건만 행여나 무슨 구차한 소리를 할까봐서 미리 방패막이를 하고 눈살을 찌푸리는 듯하여 나는 발을 끊고 따라서 찾아오는 이도 없었다. 다만 이 T는 촌수가 가까운 까닭인지 자주 우리를 방문하였다.

그는 성실하고 공순하며 소소한 소사(小事)에 슬퍼하고 기뻐하는 인물이었다. 동년배(同年輩)인 우리 둘은 늘 친척간에 비교(比較) 거리가 되었었다. 그리고 나의 평판이 항상 좋지 못했다.

“T는 돈을 알고 위인이 진실해서 그 애는 돈푼이나 모을 것이야! 그러나 K(내 이름)는 아무짝에도 못 쓸 놈이야. 그 잘난 언문(諺文) 섞어서 무어라고 끄적거려 놓고 제 주제에 무슨 조선에 유명한 문학가가 된다니! 시러베아들놈!”

이것이 그네들의 평판이었다. 내가 문학인지 무엇인지 하는 소리가 까닭없이 그네들의 비위에 틀린 것이다. 더군다나 나는 그네들의 생일이나 혹은 대사(大事) 때에 돈 한푼 이렇다는 일이 없고 T는 소위 착실히 돈벌이를 하여 가지고 국수밥소래나 보조를 하는 까닭이다.

“얼마 아니 되어 T는 잘살 것이고 K는 거지가 될 것이니 두고 보아!”

오촌 당숙은 이런 말씀까지 하였다 한다. 입 밖에는 아니 내어도 친부모 친형제까지라도 심중(心中)으로는 다 이렇게 생각할 것이다. 그래도 부모는 달라서 화가 나시면, “네가 그리하다가는 말경(末境)에 비렁뱅이가 되고 말 것이야”라고 꾸중은 하셔도, “사람이란 늦복 모르느리라” “그런 사람은 또 그렇게 되느니라” 하시는 것이 스스로 위로하는 말씀이고 또 며느리를 위로하는 말씀이었다. 이것을 보아도 하는 수 없는 놈이라고 단념(斷念)을 하시면서 그래도 잘되기를 바라시고 축원하시는 것을 알겠더라.

여하간 이만하면 T의 사람됨을 가히 알 수가 있다. 그러고 그가 우리집에 올 것 같으면 지어서 쾌활하게 웃으며 힘써 자미스러운 이야기를 하였다. 단둘이 고적(孤寂)하게 그날그날을 보내는 우리에게는 더할 수 없이 반가웠었다.

오늘도 그가 활발하게 집에 쑥 들어오더니 신문지에 싼 기름한 것을 '이것 봐라' 하는 듯이 마루 위에 올려놓고 분주히 구두끈을 끄른다.

"이것은 무엇인가!"

나는 물어보았다.

"저 - 제 처의 양산(洋傘)이야요. 쓰던 것이 벌써 다 낡았고 또 살이 부러졌다나요."

그는 구두를 벗고 마루에 올라서며 나오는 웃음을 참지 못하여 벙글벙글 하면서 대답을 한다. 그는 나의 아내를 보며 돌연히,

"아주머니 좀 구경하시렵니까?"

하더니 싼 종이와 집을 벗기고 양산을 펴 보인다. 흰 비단 바탕에 두어 가지 매화를 수놓은 양산이었다.

"검정이는 좋은 것이 많아도 너무 칙칙해 보이고…… 회색이나 누렁이는 하나도 그것이야 싶은 것이 없어서 이것을 산걸요."

그는 '이것보다 더 좋은 것을 살 수가 있나' 하는 뜻을 보이려고 애를 쓰며 이런 발명까지 한다.

"이것도 퍽 좋은데요."

이런 칭찬을 하면서 양산을 펴 들고 이리저리 홀린 듯이 들여다보고 있는 아내의 눈에는, '나도 이런 것을 하나 가졌으면' 하는 생각이 역력(歷歷)히 보인다.

나는 갑자기 불쾌한 생각이 와락 일어나서 방으로 들어오며 아내의 양산보는 양을 빙그레 웃고 바라보고 있는 T에게,

"여보게, 방에 들어오게그려, 우리 이야기나 하세."

T는 따라 들어와 물가폭등에 대한 이야기며 자기의 월급이 오른 이야기며 주권(株券)을 몇 주 사두었더니 꽤 이익이 남았다든가 이번 각 은행 사무원 경기회(競技會)에서 자기가 우월한 성적을 얻었다든가 이런 것 저런 것 한참 이야기하다가 돌아갔었다.

T를 보내고 책상을 향하여 짓던 소설의 결미(結尾)를 생각하고 있을 즈음에,

"여보!"

아내의 떠는 목소리가 바로 내 귀 곁에서 들린다. 핏기 없는 얼굴에 살짝 붉은빛이 돌며 어느결에 내 곁에 바싹 다가 앉았더라.

"당신도 살 도리를 좀 하셔요."

"……"

나는 또 '시작하는구나' 하는 생각이 번개같이 머리에 번쩍이며 불쾌한 생각이 벌컥 일어난다. 그러나 무어라고 대답할 말이 없이 묵묵히 있었다.

"우리도 남과 같이 살아 보아야지요!"

아내가 T의 양산에 단단히 자극(刺戟)을 받은 것이다. 예술가의 처 노릇을 하려는 독특(獨特)한 결심이 있는 그는 좀처럼 이런 소리를 입 밖에 내지 아니하였다. 그러나 무엇에 상당한 자극만 받으면 참고 참았던 이런 소리를 하게 되는 것이다. 나도 이런 소리를 들을 적마다 '그럴 만도 하다'는 동정심이 없지 아니하나 심사가 어쩐지 좋지 못하였다. 이번에도 '그럴 만도 하다'는 동정심이 없지 아니하되 또한 불쾌한 생각을 억제키 어려웠다. 잠깐 있다가 불쾌한 빛을 드러내며,

"급작스럽게 살 도리를 하라면 어찌할 수가 있소. 차차 될 때가 있겠지!"

"아이구, 차차란 말씀 그만두구려, 어느 천년에……."

아내의 얼굴에 붉은빛이 짙어지며 전에 없던 흥분한 어조로 이런 말까지 하였다. 자세히 보니 두 눈에 은은히 눈물이 괴었더라.

나는 잠시 멍멍하게 있었다. 성낸 불길이 치받쳐 올라온다. 나는 참을 수 없다.

"막벌이꾼한테 시집을 갈 것이지 누가 내게 시집을 오랬어! 저 따위가 예술가의 처가 다 뭐야!"

사나운 어조로 몰풍스럽게 소리를 꽥 질렀다.

"에그……!"

살짝 얼굴빛이 변해지며 어이없이 나를 보더니 고개가 점점 수그러지며 한 방울 두 방울 방울방울 눈물이 장판 위에 떨어진다.

나는 이런 일을 가슴에 그리며 그래도 내일 아침거리를 장만하려고 옷을 찾는 아내의 심중을 생각해 보니, 말할 수 없는 슬픈 생각이 가을바람과 같이 설렁설렁 심골(心骨)을 분지르는 것 같다.

쓸쓸한 빗소리는 굵었다 가늘었다 의연(依然)히 적적한 밤공기에 더욱 처량히 들리고 그을음 앉은 등피(燈皮) 속에서 비추는 불빛은 구름에 가린 달빛처럼 우는 듯 조는 듯 구차(苟且)히 얻어 산 몇 권 양책(洋冊)의 표제(表題) 금자가 번쩍거린다.

2.

장 앞에 초연히 서 있던 아내가 무엇이 생각났는지 고개를 끄덕끄덕하며 들릴 듯 말 듯 목 안의 소리로,

"으흐…… 옳지 참 그날……."

"찾었소!"

"아니야요, 벌써…… 저 인천(仁川) 사시는 형님이 오셨던 날……."

"……"

아내가 애써 찾던 그것도 벌써 전당포의 고운 먼지가 앉았구나! 종지 하나라도 차근차근 아랑곳하는 아내가 그것을 잡혔는지 아니 잡혔는지 모르는 것을 보면 빈곤(貧困)이 얼마나 그의 정신을 물어뜯었는지 가히 알겠다.

"……"

"……"

한참 동안 서로 아무 말이 없었다. 가슴이 어째 답답해지며 누구하고 싸움이나 좀 해보았으면 소리껏 고함이나 질러 보았으면 실컷 울어 보았으면하는 일종 이상한 감정이 부글부글 피어오르며, 전신에 이가 스멀스멀 기어 다니는 듯 옷이 어째 몸에 끼여 견딜 수가 없다.

나는 이런 감정을 노골적으로 드러내며,

"점점 구차한 살림에 싫증이 나서 못 견디겠지?"

아내는 무엇을 생각하는지 모르게 정신을 잃고 섰다가 그 게슴츠레한 눈이 둥그래지며,

"네에? 어째서요?"

"무얼 그렇지!"

"싫은 생각은 조금도 없어요."

이렇게 말이 오락가락함을 따라 나는 흥분의 도(度)가 점점 짙어 간다.

그래서 아내가 떨리는 소리로,

"어째 그런 줄 아셔요?"

하고 반문할 적에,

"나를 숙맥(菽麥)으로 알우?"라고, 격렬(激烈)하게 소리를 높였다.

아내는 살짝 분한 빛이 눈에 비치어 물끄러미 나를 들여다본다. 나는 괘씸하다는 듯이 흘겨보며,

"그러면 그걸 모를까! 오늘날까지 잘 참아 오더니 인제는 점점 기색이 달라지는걸 뭐! 물론 그럴 만도 하지마는!"

이런 말을 하는 내 가슴에는 지난 일이 활동사진 모양으로 얼른얼른 나타난다.

육 년 전에(그때 나는 십육 세이고 저는 십팔 세였다) 우리가 결혼한 지 얼마 아니 되어 지식에 목마른 나는 지식의 바닷물을 얻어 마시려고 표연히 집을 떠났었다. 광풍(狂風)에 나부끼는 버들잎 모양으로 오늘은 지나(支那) 내일은 일본으로 굴러다니다가 금전의 탓으로 지식의 바닷물도 흠씬 마셔 보지도 못하고 반거들충이가 되어 집에 돌아오고 말았다. 내게 시집올 때에는 방글방글 피려는 꽃봉오리 같던 아내가 어느결에 기울어 가는 꽃처럼 두 뺨에 선연(鮮姸)한 빛이 스러지고 이마에는 벌써 두어 금 가는 줄이 그리어졌다.

처가덕으로 집간도 장만하고 세간도 얻어 우리는 소위 살림을 하게 되었다. 처음에는 그럭저럭 지내었지마는 한푼 나는데 없는 살림이라 한 달 가고 두 달 갈수록 점점 곤란해질 따름이었다. 나는 보수(報酬) 없는 독서와 가치 없는 창작으로 해가 지고 날이 새며 쌀이 있는지 나무가 있는지 망연케 몰랐다. 그래도 때때로 맛있는 반찬이 상에 오르고 입은 옷이 과히 추하지 아니함은 전혀 아내의 힘이었다. 전들 무슨 벌이가 있으리요, 부끄럼을 무릅쓰고 친가에 가서 눈치를 보아가며 구차한 소리를 하여 가지고 얻어 온 것이었다. 그것도 한번 두번 말이지 장구한 세월에 어찌 늘 그럴 수가 있으랴! 말경에는 아내가 가져온 세간과 의복에 손을 대는 수밖에 없었다. 잡히고 파는 것도 나는 알은체도 아니 하였다. 그가 애를 쓰며 퉁명스러운 옆집 할멈에게 돈푼을 주고 시켰었다.

이런 고생을 하면서도 그는 나의 성공만 마음속으로 깊이깊이 믿고 빌었었다. 어느 때에는 내가 무엇을 짓다가 마음에 맞지 아니하여 쓰던 것을 집어던지고 화를 낼 적

에,

"왜 마음을 조급하게 잡수셔요! 저는 꼭 당신의 이름이 세상에 빛날 날이 있을 줄 믿어요. 우리가 이렇게 고생을 하는 것이 장래에 잘 될 근본이야요."

하고 그는 스스로 흥분되어 눈물을 흘리며 나를 위로한 적도 있었다.

내가 외국으로 돌아다닐 때에 소위 신풍조(新風潮)에 띄어 까닭 없이 구식 여자가 싫어졌다. 그래서 나의 일찍이 장가든 것을 매우 후회하였다. 어떤 남학생과 어떤 여학생이 서로 연애를 주고받고 한다는 이야기를 들을적마다 공연히 가슴이 뛰놀며 부럽기도 하고 비감(悲感)스럽기도 하였었다.

그러나 낫살이 들어갈수록 그런 생각도 없어지고 집에 돌아와 아내를 겪어보니 의외에 그에게 따뜻한 맛과 순결한 맛을 발견하였다. 그의 사랑이야말로 이기적 사랑이 아니고 헌신적(獻身的) 사랑이었다. 이런 줄을 점점 깨닫게 될 때에 내 마음이 얼마나 행복스러웠으랴! 밤이 깊도록 다듬이를 하다가 그만 옷 입은 채로 쓰러져 곤하게 자는 그의 파리한 얼굴을 들여다보며,

"아아, 나에게 위안을 주고 원조를 주는 천사여!"

하고 감격이 극하여 눈물을 흘린 일도 있었다.

내가 알다시피 내가 별로 천품은 없으나 어쨌든 무슨 저작가(著作家)로 몸을 세워 보았으면 하여 나날이 창작과 독서에 전심력을 바쳤다. 물론 아직 남에게 인정(認定)될 가치는 없는 것이다. 그 영향으로 자연 일상생활이 말유(末由)하게 되었다.

이런 곤란에 그는 근 이 년 견디어 왔건마는 나의 하는 일은 오히려 아무 보람이 없고 방 안에 놓였던 세간이 줄어가고 장농에 찼던 옷이 거의 다 없어졌을 뿐이다.

그 결과 그다지 견딜성 있던 저도 요사이 와서는 때때로 쓸데없는 탄식을 하게 되었다. 손잡이를 잡고 마루 끝에 우두커니 서서 하염없이 먼 산만 바라보기도 하며 바느질을 하다 말고 실심(失心)한 사람 모양으로 멍멍히 앉았기도 하였다. 창경(窓鏡)으로 비치는 어스름한 햇빛에 나는 흔히 그의 눈물 머금은 근심 있는 눈을 발견하였다. 이럴 때에는 말할 수 없는 쓸쓸한 생각이 들며 일없이,

"마누라!"

하고 부르면 그는 몸을 흠칫 하고 고개를 저리로 돌리어 치맛자락으로 눈물을 씻으며,

"네에?"

하고 울음에 떨리는 가는 대답을 한다. 나는 등에 찬물을 끼얹는 듯 몸이 으쓱해지며 처량한 생각이 싸늘하게 가슴에 흘렀었다. 그렇지 않아도 자비(自卑)하기 쉬운 마음이 더욱 심해지며, '내가 무자격한 탓이다.' 하고 스스로 멸시를 하고나니 더욱 견딜 수 없다. '그럴 만도 하다.' 는 동정심이 없지 아니하되 그래도 그만 불쾌한 생각이 일어나며, '계집이란 할 수 없어.' 혼자 이런 불평을 중얼거리었다.

환등(幻燈) 모양으로 하나씩 둘씩 이런 일이 가슴에 나타나니 무어라고 말할 용기조차 없어졌다. 나의 유일의 신앙자(信仰者)이고 위로자이던 저까지 인제는 나를 아니 믿게 되고 말았다.

그는 마음속으로, '네가 육 년 동안 내 살을 깎고 저미었구나! 이 원수야!' 할 것이다. 이렇게 생각하매 그의 불같던 사랑까지 엷어져 가는 것 같았다. 아니 흔적도 없이 사라지고 만 것 같았다. 나는 감상적으로 허둥허둥하며,

"낸들 마누라를 고생시키고 싶어 시켰겠소! 비단옷도 해주고 싶고 좋은 양산도 사주고 싶어요! 그러길래 왼종일 쉬지 않고 공부를 아니 하우. 남 보기에는 편편히 노는 것 같아도 실상은 그렇지 안해! 본들 모른단 말이요."

나는 점점 강한 가면(假面)을 벗고 약한 진상(眞相)을 드러내며 이와 같은 가소로운 변명까지 하였다.

"왼 세상 사람이 다 나를 비소(誹笑)하고 모욕하여도 상관이 없지만 마누라까지 나를 아니 믿어 주면 어찌한단 말이요."

내 말에 스스로 자극이 되어 마침내,

"아아."

길이 탄식을 하고 그만 쓰러졌다. 이 순간에 고개를 숙이고 아마 하염없이 입술만 물어뜯고 있던 아내가 홀연,

"여보!"

울음 소리를 떨면서 무너지는 듯이 내 얼굴에 쓰러진다.

"용서……."

하고는 북받쳐 나오는 울음에 말이 막히고 불덩이 같은 두 뺨이 내 얼굴을 누르며 흑흑 느끼어 운다. 그의 두 눈으로부터 샘솟듯 하는 눈물이 제 뺨과 내 뺨 사이를 따

뜻하게 젖어 퍼진다.

내 눈에서도 눈물이 흘러내린다. 뒤숭숭하던 생각이 다 이 뜨거운 눈물에 봄눈 슬듯 스러지고 말았다.

한참 있다가 우리는 눈물을 씻었다. 내 속이 얼마큼 시원한 듯하였다.

"용서하여 주셔요! 그렇게 생각하실 줄은 몰랐어요."

이런 말을 하는 아내는 눈물에 불어오른 눈꺼풀을 아픈 듯이 끔적거린다.

"암만 구차하기로니 싫증이야 날까요! 나는 한번 먹은 마음이 있는데……."

가만가만히 변명을 하는 아내의 눈물 흔적이 어룽어룽한 얼굴을 물끄러미 바라보며 겨우 심신이 가뜬하였다.

3.

어제 일로 심신이 피곤하였던지 그 이튿날 늦게야 잠을 깨니 간밤에 오던 비는 어느결에 그치었고 명랑한 햇발이 미닫이에 높았더라. 아내가 다시금 장문을 열고 잡힐 것을 찾을 즈음에 누가 중문을 열고 들어온다. 우리는 누군가 하고 귀를 기울일 적에 밖에서,

"아씨!"

하는 소리가 들렸다.

아내는 급히 방문을 열고 나갔다. 그는 처가에서 부리는 할멈이었다. 오늘이 장인 생신이라고 어서 오라는 말을 전한다.

"오늘이야! 참 옳지, 오늘이 이월 열엿샛날이지, 나는 깜빡 잊었어!"

"원 아씨는 딱도 하십니다. 어쩌면 아버님 생신을 잊으신단 말씀이요. 아무리 살림이 자미가 나시더래도……."

시큰둥한 할멈은 선웃음을 쳐가며 이런 소리를 한다.

가난한 살림에 골몰하느라고 자기 친부의 생신까지 잊었는가 하매 아내의 정지(情地)가 더욱 측은하였다.

"오늘이 본가 아버님 생신이라요. 어서 오시라는데……."

"어서 가구려……."

"당신도 가셔야지요. 우리 같이 가셔요."

하고 아내는 하염없이 얼굴을 붉힌다.

나는 처가에 가기가 매우 싫었었다. 그러나 아니 가는 것도 내 도리가 아닐 듯하여 하는 수 없이 두루마기를 입었다.

아내는 머뭇머뭇하며 양미간을 보일 듯 말 듯 찡그리다가 곁눈으로 살짝 나를 엿보더니 돌아서서 급히 장문을 연다.

'흥, 입을 옷이 없어서 망설거리는구나' 나도 슬쩍 돌아서며 생각하였다. 우리는 서로 등지고 섰건만 그래도 아내가 거의 다 빈 장안을 들여다보며 입을 만한 옷이 없어 눈살을 찌푸린 양이 눈앞에 선연함을 어찌할 수가 없었다.

"자아, 가셔요."

무엇을 생각는지 모르게 정신을 잃고 섰다가 아내의 부르는 소리를 듣고 나는 기계적으로 고개를 돌리었다. 아내는 당목옷을 갈아입고 내 마음을 알았던지 나를 위로하는 듯이 방그레 웃는다. 나는 더욱 쓸쓸하였다.

우리집은 천변 배다리 곁에 있고 처가는 안국동에 있어 그 거리가 꽤 멀었다. 나는 천천히 가느라고 가고 아내는 속히 오느라고 오건마는 그는 늘 뒤떨어졌었다. 내가 한참 가다가 뒤를 돌아보면 그는 늘 멀리 떨어져 나를 따라오려고 애를 쓰며 주춤주춤 걸어온다. 길가에 다니는 어느 여자를 보아도 거의 다 비단옷을 입고 고운 신을 신었는데 아내만 당목옷을 허술하게 차리고 청목당혜로 타박타박 걸어오는 양이 나에게 얼마나 애연(哀然)한 생각을 일으켰는지!

한참 만에 나는 넓고 높은 처가 대문에 다다랐다. 내가 안으로 들어갈 적에 낯선 사람들이 나를 흘끔흘끔 본다. 그들의 눈에,

'이 사람이 누구인가. 아마 이 집 하인인가 보다.'

하는 경멸히 여기는 빛이 있는 것 같았다. 안대청 가까이 들어오니 모두 내게 분분히 인사를 한다. 그 인사하는 소리가 내 귀에는 어째 비소하는 것 같기도 하고 모욕하는 것 같기도 하여 공연히 가슴이 두근거리고 얼굴이 후끈거리었다.

그 중에 제일 내게 친숙하게 인사하는 사람이 있다. 그는 아내보다 삼년 맏이인 처형이었다. 내가 어려서 장가를 들었으므로 그때 그는 나를 못 견디게 시달렸다. 그때는 그가 싫기도 하고 밉기도 하더니 지금 와서는 그때 그러한 것이 도리어 우리를 무관하고 정답게 만들었다. 그는 인천 사는데 자기 남편이 기미(期米)를 하여 가지고 이

번에 돈 십 만원이나 착실히 땄다한다. 그는 자기의 잘사는 것을 자랑하고자 함인지 비단을 내리감고 치감고 얼굴에 부유한 태(態)가 질질 흐른다. 그러나 분으로 숨기려고 애쓴 보람도 없이 눈 위에 퍼렇게 멍든 것이 내 눈에 띄었다.

"왜 마누라는 어쩌고 혼자 오셔요!"

그는 웃으며 이런 말을 하다가 중문편을 바라보더니,

"그러면 그렇지! 동부인 아니하고 오실라구!"

혼자 주고받고 한다.

나도 이 말을 듣고 슬쩍 돌아다보니 아내가 벌써 중문 안에 들어섰더라.

그 수척한 얼굴이 더욱 수척해 보이며 눈물 괸 듯한 눈이 하염없이 웃는다. 나는 유심히 그와 아내를 번갈아 보았다. 처음 보는 사람은 분간을 못 하리만큼 그들의 얼굴은 혹사(酷似)하다. 그런데 얼굴빛은 어쩌면 저렇게 틀리는지! 하나는 이글이글 만발한 꽃 같고 하나는 시들시들 마른 낙엽 같다. 아내를 형이라 하고, 처형을 아우라 하였으면 아무라도 속을 것이다.

또 한번 아내를 보며 말할 수 없는 쓸쓸한 생각이 다시금 가슴을 누른다.

딴 음식은 별로 먹지도 아니하고 못 먹는 술을 넉 잔이나 마시었다. 그래도 바늘방석에 앉은 것처럼 앉아 견딜 수가 없다. 집에 가려고 나는 몸을 일으켰다. 골치가 띵하며 내가 선 방바닥이 마치 폭풍에 도도(滔滔)하는 파도같이 높았다 낮았다 어질어질해서 곧 쓰러질 것 같다. 이 거동을 보고 장모가 황망(惶忙)히 일어서며,

"술이 저렇게 취해 가지고 어데로 갈라구. 여기서 한잠 자고 가게."

나는 손을 내저으며,

"아니에요. 집에 가겠어요."

취한 소리로 중얼거리었다.

"저를 어쩌나!"

장모는 걱정을 하시더니,

"할멈! 어서 인력거 한 채 불러오게." 한다.

취중에도 인력거를 태우지 말고 그 인력거 삯을 나를 주었으면 책 한 권을 사보련만 하는 생각이 있었다. 인력거를 타고 얼마 아니 가서 그만 잠이 들고 말았다.

한참 자다가 잠을 깨어 보니 방 안에 벌써 남폿불이 키었는데 아내는 어느결에 왔

는지 외로이 앉아 바느질을 하고 화로에서는 무엇이 끓는 소리가 보글보글하였다. 아내가 나의 잠 깬 것을 보더니 급히 화로에 얹은 것을 만져 보며,

"인제 그만 일어나 진지를 잡수셔요."

하고 부리나케 일어나 아랫목에 파묻어 둔 밥그릇을 꺼내어 미리 차려 둔 상에 얹어서 내 앞에 갖다 놓고 일변 화로를 당기어 더운 반찬을 집어 얹으며,

"자아 어서 일어나셔요."

나는 마지못하여 하는 듯이 부시시 일어났다. 머리가 오히려 아프며 목이 몹시 말라서 국과 물을 연해 들이켰다.

"물만 잡수셔서 어째요. 진지를 좀 잡수셔야지."

아내는 이런 근심을 하며 밥상머리에 앉아서 고기도 뜯어 주고 생선뼈도 추려 주었다. 이것은 다 오늘 처가에서 가져온 것이다. 나는 맛나게 밥한 그릇을 다 먹었다. 내 밥상이 나매 아내가 밥을 먹기 시작한다. 그러면 지금껏 내 잠 깨기를 기다리고 밥을 먹지 아니하였구나 하고 오늘 처가에서 본 일을 생각하였다. 어제 일이 있은 후로 우리 사이에 무슨 벽이 생긴 듯하던 것이 그 벽이 점점 엷어져 가는 듯하며 가엾고 사랑스러운 생각이 일어났었다. 그래서 우리는 정답게 이런 이야기 저런 이야기를 하게 되었다. 우리의 이야기는 오늘 장인 생신 잔치로부터 처형 눈 위에 멍든 것에 옮겨 갔다.

처형의 남편이 이번 그 돈을 딴 뒤로는 주야 요리점과 기생집에 돌아다니더니 일전에 어떤 기생을 얻어 가지고 미쳐 날뛰며 집에만 들면 집안사람을 들볶고 걸핏하면 처형을 친다 한다. 이번에도 별로 대단치 않은 일에 처형에게 밥상으로 냅다 갈겨 바로 눈 위에 그렇게 멍이 들었다 한다.

"그것 보아 돈푼이나 있으면 다 그런 것이야."

"정말 그래요. 없으면 없는 대로 살아도 의좋게 지내는 것이 행복이야요."

아내는 충심(衷心)으로 공명(共鳴)해 주었다.

이 말을 들으매 내 마음은 말할 수 없이 만족해지며 무슨 승리자나 된 듯이 득의양양하였다.

그리고 마음속으로, '옳다, 그렇다. 이렇게 지내는 것이 행복이다.' 하였다.

4.

이틀 뒤 해 어스름에 처형은 우리집에 놀러 왔었다. 마침 내가 정신없이 무엇을 생각하고 있을 즈음에 쓸쓸하게 닫혀 있는 중문이 찌긋둥 하며 비단옷 소리가 사으락사으락 들리더니 아랫목은 내게 빼앗기고 웃목에 바느질을 하고 있던 아내가 문을 열고 나간다.

"아이고 형님 오셔요."

아내의 인사하는 소리가 들리더니 처형이 계집 하인에게 무엇을 들리고 들어온다.

나도 반갑게 인사를 하였다.

"그날 매우 욕을 보셨지요. 못 잡숫는 술을 무슨 짝에 그렇게 잡수셔요."

그는 이런 인사를 하다가 급작스럽게 계집 하인이 든 것을 빼앗더니 그속에서 신문지로 싼 것을 끄집어내어 아내를 주며,

"내 신 사는데 네 신도 한 켤레 샀다. 그날 청목당혜를……"

말을 하려다가 나를 곁눈으로 흘끗 보고 그만 입을 닫친다.

"그것을 왜 또 사셨어요."

해쓱한 얼굴에 꽃물을 들이며 아내가 치사하는 것도 들은 체 만체하고 처형은 또 이야기를 시작한다.

"올 적에 사랑양반을 졸라서 돈 백 원을 얻었겠지. 그래서 오늘 종로에 나와서 옷감도 바꾸고 신도 사고……."

그는 자랑과 기쁨의 빛이 얼굴에 퍼지며 싼 보를 끌러,

"이런 것이야!"

하고 우리 앞에 펼쳐 놓는다.

자세히는 모르나 여하간 값 많은 품 좋은 비단일 듯하다. 무늬 없는 것, 무늬 있는 것, 회색 옥색 초록색 분홍색이 갖가지로 윤이 흐르며 색색이 빛이 나서 나는 한참 황홀하였다. 무슨 칭찬을 해야 되겠다 싶어서,

"참 좋은 것인데요."

이런 말을 하다가 나는 또 쓸쓸한 생각이 일어난다. 저것을 보는 아내의 심중이 어떠할까? 하는 의문이 문득 일어남이라.

"모다 좋은 것만 골라 샀습니다그려."

아내는 인사를 차리느라고 이런 칭찬은 하나마 별로 부러워하는 기색이 없다.

나는 적이 의외의 감이 있었다.

처형은 자기 남편의 흉을 보기 시작하였다. 그 밉살스럽다는 둥 그 추근추근하다는 둥 말끝마다 자기 남편의 불미한 점을 들다가 문득 이야기를 끊고 일어선다.

"왜 벌써 가시려고 하셔요. 모처럼 오셨다가 반찬은 없어도 저녁이나 잡수셔요."

하고 아내가 만류를 하니,

"아니 곧 가야지. 오늘저녁 차로 떠날 것이니까 가서 짐을 매어야지. 아직 차 시간이 멀었어? 아니 그래도 정거장에 일찍이 나가야지 만일 기차를 놓치면 오죽 기다리실라구. 벌써 오늘저녁 차로 간다고 편지까지 했는데……."

재삼 만류함도 돌아보지 아니하고 그는 훌훌히 나간다. 우리는 그를 보내고 방에 들어왔다.

나는 웃으며 아내에게,

"그까짓 것이 기다리는데 그다지 급급히 갈 것이 무엇이야."

아내는 하염없이 웃을 뿐이었다.

"그래도 옷감 바꿀 돈을 주었으니 기다리는 것이 애처롭기는 하겠지."

밉살스러우니 추근추근하니 하여도 물질의 만족만 얻으면 그것으로 위로하고 기뻐하는 그의 생활이 참 가련하다 하였다.

"참, 그런가 보아요."

아내도 웃으며 내 말을 받는다. 이때에 처형이 사준 신이 그의 눈에 띄었는지 (혹은 나를 꺼려 보고 싶은 것을 참았는지 모르나) 그것을 집어 들고 조심조심 펴보려다가 말고 머뭇머뭇한다. 그 속에 그를 해케 할 무슨 위험품이나 든 것 같이.

"어서 펴보구려."

아내는 이 말을 듣더니,

'작히 좋으랴.'

하는 듯이 활발하게 싼 신문지를 헤친다.

"퍽 이쁜걸요."

그는 근일에 드문 기쁜 소리를 치며 방바닥 위에 사뿐 내려놓고 버선을 당기며 곱게 신어 본다.

"어쩌면 이렇게 맞어요!"

연해연방 감탄사를 부르짖는 그의 얼굴에 흔연한 희색이 넘쳐흐른다.

"……"

묵묵히 아내의 기뻐하는 양을 보고 있는 나는 또다시,

'여자란 할 수 없어!'

하는 생각이 들며,

'조심하였을 따름이다!'

하매 밤빛 같은 검은 그림자가 가슴을 어둡게 하였다. 그러면 아까 처형의 옷감을 볼 적에도 물론 마음속으로는 부러워하였을 것이다. 다만 표면에 드러내지 않았을 따름이다. 겨우,

"어서 펴보구려."

하는 한마디에 가슴에 숨겼던 생각을 속임 없이 나타내는구나 하였다. 내가 무엇을 생각하고 있는지 저는 모르고 새신 신은 발을 조금 쳐들며,

"신 모양이 어때요."

"매우 이뻐!"

겉으로는 좋은 듯이 대답을 하였으나 마음은 쓸쓸하였다. 내가 제게 신 한 켤레를 사주지 못하여 남에게 얻은 것으로 만족하고 기뻐하는도다…….

웬일인지 이번에는 그만 불쾌한 생각이 일어나지 아니하였다. 처형이 동서(同壻)를 밉다거니 무엇이니 하면서도 기차를 놓치면 남편이 기다릴까 염려하여 급히 가던 것이 생각난다. 그것을 미루어 아내의 심사도 알 수가 있다. 부득이한 경우라 하릴없이 정신적 행복에만 만족하려고 애를 쓰지마는 기실(其實) 부족한 것이다. 다만 참을 따름이다. 그것은 내가 생각해야 된다. 이런 생각을 하니 전날 아내에게 그런 말을 한 것이 후회가 난다.

'어느 때라도 제 은공을 갚아 줄 날이 있겠지!'

나는 마음을 좀 너그럽게 먹고 이런 생각을 하며 아내를 보았다.

"나도 어서 출세를 하여 비단신 한 켤레쯤은 사주게 되었으면 좋으련만……"

아내가 이런 말을 듣기는 참 처음이다.

"네에?"

아내는 제 귀를 못 미더워하는 듯이 의아(疑訝)한 눈으로 나를 보더니 얼굴에 살짝 열기가 오르며,

"얼마 안 되어 그렇게 될 것이야요!"라고 힘있게 말하였다.

"정말 그럴 것 같소?"

나는 약간 흥분하여 반문하였다.

"그러문요, 그렇고말고요."

아직 아무도 인정해 주지 않은 무명작가인 나를 다만 저 하나가 깊이깊이 인정해 준다. 그러기에 그 강한 물질에 대한 본능적 요구도 참아 가며 오늘날까지 몹시 눈살을 찌푸리지 아니하고 나를 도와준 것이다.

'아아, 나에게 위안을 주고 원조를 주는 천사여!'

마음속으로 이렇게 부르짖으며 두 팔로 덤썩 아내의 허리를 잡아 내 가슴에 바싹 안았다. 그 다음 순간에는 뜨거운 두 입술이…….

그의 눈에도 나의 눈에도 그렁그렁한 눈물이 물 끓듯 넘쳐흐른다.

B사감과 러브 레터

C여학교에서 교원 겸 기숙사 사감 노릇을 하는 B여사라면 딱장대요 독신주의자요, 찰진 야소꾼으로 유명하다. 사십에 가까운 노처녀인 그는 주근깨투성이 얼굴이, 처녀다운 맛이란 약에 쓰려도 찾을 수 없을 뿐인가, 시들고 거칠고 마르고 누렇게 뜬 품이 곰팡슬은 굴비를 생각나게 한다.

여러 겹 주름이 잡힌 훨렁 벗겨진 이마라든지 숱이 적어서 법대로 쪽 찌거나 틀어 올리지를 못하고 엉성하게 그냥 빗겨 넘긴 머리, 꼬리가 뒤통수에 염소 똥만하게 붙은 것이라든지, 벌써 늙어 가는 자최를 감출 길이 없었다.

뾰족한 입을 앙다물고 돋보기 너머로 쌀쌀한 눈이 노릴 때엔 기숙생들이 오싹하고 몸서리를 치리만큼 그는 엄격하고 매서웠다.

이 B여사가 질겁을 하다시피 싫어하고 미워하는 것은 소위 '러브 레터'였다. 여학교 기숙사라면 의례히 그런 편지가 많이 오는 것이지만 학교로도 유명하고 또 아름다운 여학생이 많은 탓인지 모르되 하루에도 몇 장씩 죽느니 사느니 하는 사랑타령이 날아들어 왔었다. 기숙생에게 오는 사신을 일일이 검사하는 터이니까 그 따위 편지도 물론 B여사의 손에 떨어진다. 달착지근한 사연을 보는 족족 그는 더할 수 없이 흥분되어서 얼굴이 붉으락푸르락 편지든 손이 발발 떨리도록 성을 낸다.

아모 까닭 없이 그런 편지를 받은 학생이야말로 큰 재변이었다. 하학하기가 무서웁게 그 학생은 사감실로 불리어 간다. 분해서 못견디겠다는 사람모양으로 쌔근쌔근하며 방안을 왔다 갔다 하던 그는, 들어오는 학생을 잡아먹을 듯이 노리면서 한 걸음 두 걸음 코가 맞닿을 만큼 바싹 다가들어서 딱 마주선다. 웬 영문인지 알지 못하면서도 선생의 기색을 살피고 겁부터 집어먹은 학생은 한동안 어쩔 줄 모르다가 간신히 모기만한 소리로,

"저를 부르셨어요?"

하고 묻는다.

"그래, 불렀다. 왜!"

팍 무는 듯이 한 마디 하고 나서 매우 못마땅한 것처럼 교의를 우당퉁탕 당겨서 철썩 주저앉았다가 학생이 그저 서 있는 걸 보면,

"장승이냐? 왜 앉지를 못해!"

하고 또 소리를 빽 질르는 법이었다.

스승과 제자는 조그마한 책상 하나를 새에 두고 마주 앉는다. 앉은 뒤에도,

"네 죄상을 네가 알지!"

하는 것처럼 아모 말없이 눈살로 쏘기만 하다가 한참만에야 그 편지를 끄집어내어 학생의 코앞에 동댕이를 치며,

"이건 누구한테 오는 거냐?"

하고 문초를 시작한다. 앞장에 제 이름이 쓰였는지라,

"저한테 온 것이야요."

하고 대답 않을 수 없다. 그러면 발신인이 누구인 것을 채쳐 묻는다.

그런 편지의 항용으로 발신인의 성명이 똑똑치 않기 때문에 주저주저하다가 자세히 알 수 없다고 내대일 양이면,

"너한테 오는 것을 네가 모른단 말이냐?"

고 불호령을 나린 뒤에 또 사연을 읽어 보라하여 무심한 학생이 나직나직하나마 꿀 같은 구절을 입술에 올리면 B여사의 역정은 더욱 심해져서 어느 놈의 소위인 것을 기어이 알려한다. 기실 보도 듣도 못한 남성의 한 노릇이요 자기에게는 아모 죄도 없는 것을 변명변명하여도 곧이듣지를 않는다.

바른대로 아뢰어야 망정이지 그렇지 않으면 퇴학을 시킨다는 둥, 제 이름도 모르는 여자에게 편지할 리가 만무하다는 둥, 필연 행실이 부정한 일이 있었으리라는 둥, 하

다못해 어디서 한 번 만나기라도 하였을 테니 어찌해서 남자와 접촉을 하게 되었느냐는 둥.

자칫 잘못하여 학교에서 주최한 음악회나 '바자'에서 '혹' 보았는지 모른다고 졸리다 못해 주워댈 것 같으면 사내의 보는 눈이 어떻더냐, 표정이 어떻더냐, 무슨 말을 건네더냐, 미주알고주알 캐고 파며 얼르고 볶아서 넉넉히 십년감수는 시킨다.

두 시간이 넘도록 문초를 한 끝에는 사내란 믿지 못할 것, 우리 여성을 잡아먹으려는 마귀인 것, 연애가 자유이니 신성이니 하는 것도 모두 악마의 지어낸 소리인 것을 입에 침이 없이 열에 띠어서 한참 설법을 하다가 닦지도 않은 방바닥(침대를 쓰기 때문에 방이라 해도 마룻바닥이다.)에 그대로 무릎을 꿇고 기도를 올린다. 눈에 눈물까지 글썽거리면서 말끝마다 하느님 아버지를 찾아서 악마의 유혹에 떨어지려는 어린 양을 구해 달라고 뒤 삶고 곱삶는 법이었다.

그리고 둘째로 그의 싫어하는 것은 기숙생을 남자가 면회하러 오는 일이었다. 무슨 핑계를 하는지 기어이 못 보게 하고 만다. 친부모, 친동기간이라도 규칙이 어떠니 상학 중이니 무슨 핑계를 하든지 따돌려 보내기가 일쑤다.

이로 말미암아 학생이 동맹 휴학을 하였고 교장의 설유까지 들었건만 그래도 그 버릇은 곤치려 들지 않았다.

이 B사감이 감독하는 그 기숙사에 금년 가을 들어서 괴상한 일이 생겼다.

아니 괴상한 일이 '생겼다' 느니보담 '발각되었다'는 것이 마땅할는지 모르리라. 왜 그런고 하면 그 괴상한 일이 언제 '시작된' 것은 귀신밖에 모르니까.

그것은 다른 일이 아니라 밤이 깊어서 새로 한 점이 되고 두 점이 되어 모든 기숙생들이 달고 곤한 잠에 떨어졌을 제 난데없는 깔깔대는 웃음과 속살속살하는 말낱이 새어 흐르는 일이었다. 하룻밤이 아니고 이틀 밤이 아닌 다음에야, 그런 소리가 잠귀 밝은 기숙생의 귀에 들리기도 하였지만 자던 잠결이라, 뒷동산에 구르는 마른 잎의 노래로나, 달빛에 나래를 번뜩이며 울고 가는 기러기의 소리로나 흘려들었다. 그렇지 않으면 도깨비의 장난이나 아닌가 하여 무시무시한 증이 들어서 동무를 깨웠다가 좀처럼 동무는 깨지 않고 제 생각이 너무도 어림없고 어이없음을 깨달으면, 밤소리 멀리 들린다고 학교 이웃집에서 이야기를 하거나 또는 딴 방에 자는 제 동무들의 잠꼬대로만 여겨서 스스로 안심하고 그대로 자 버리기도 하였다.

그러나 이 수수께끼가 풀릴 때는 왔다. 어째 공교롭게 한방에 자던 학생 셋이 한꺼번에 잠을 깨었다. 첫째 처녀가 소변을 보려 일어났다가 그 소리를 듣고, 둘째 처녀와 셋째 처녀를 깨우고 만 것이다.

"저 소리를 들어 보아요. 아닌 밤중에 저게 무슨 소리야?"

하고, 첫째 처녀는 호동그래진 눈에 무서워하는 빛을 띤다.

"어젯밤에 나도 저 소리에 놀랬어. 도깨비가 났단 말인가?"

하고 둘째 처녀도 잠 오는 눈을 비비며 수상해 한다. 그 중에 제일 나이 많을 뿐더러 (많았자 열 여덟밖에 아니 되지만) 장난 잘 치고 짓궂은 짓 잘하기로 유명한 셋째 처녀는 동무 말을 못 믿겠다는 듯이 이윽히 귀를 기울이다가,

"따는 수상한걸. 나도 언젠가 한 번 들어본 법도 하구면. 뭘 잠아니 오는 애들이 이야기를 하는 게지."

이때에 그 괴상한 소리는 떽때굴 웃었다. 세 처녀는 으쓱하며 귀를 소스라쳤다. 적적한 밤 가운데 다른 파동 없는 공기는 그 수상한 말낱을 곁에서나 나는 듯이 또렷또렷이 전해주었다.

"오, 태훈씨! 그러면 작히 좋을까요?"

간드러진 여자의 목소리다.

"경숙씨가 좋으시다면 내야 얼마나 기쁘겠습니까? 아아, 오즉 경숙 씨에게 바친 나의 타는 듯한 가슴을 인제야 아셨습니까?"

정열에 띤 사내의 목청이 분명하다.

한동안 침묵…….

"인제 고만 놓아요. '키스' 가 너무 길지 않아요? 행여 남이 보면 어떡해요?"

아양 떠는 여자 말씨.

"길수록 더욱 좋지 않아요? 나는 내 목숨이 끊어질 때까지 키스를 하여도 길다고는 못하겠습니다. 그래도 짧은 것을 한하겠습니다."

사내의 피를 뿜은 듯한 이 말 끝은 계집의 자지러진 웃음으로 묻혀 버렸다.

그것은 묻지 않아도 사랑에 겨운 남녀의 흐무러진 수작이다. 간검이 지독한 이 기숙사에 이런 일이 생길 줄이야! 세 처녀는 얼굴을 마주보았다. 그들의 얼굴은 놀랍고 무서운 빛이 없지 않았으되 점점 호기심에 번쩍이기 시작하였다. 그들의 머리속에는

한결같이 '로맨틱' 한 생각이 떠올랐다.

이안에 있는 여자 애인을 보려고 학교 근처를 뒤돌고 곰돌던 사내 애인이 타는 듯한 가슴을 걷잡다 못하여 밤이 이슥하기를 기다려 담을 뛰어 넘은지 모르리라. 모든 불이 다 꺼지고 오직 밝은 달빛이 은가루처럼 서린 창문이 소리 없이 열리며 여자 애인이 흰 수건을 흔들어 사내 애인을 부른지도 모르리라. 활동사진에 보는 것처럼 기나긴 피륙을 나리어서 하나는 위에서 당기고 하나는 밑에 매달려 디룽디룽하면서 올라가는 정경이 있었는지 모르리라. 그래서 두 애인은 만나 가지고 저와 같이 사랑의 속살거림에 잦아졌는지 모르리라……. 꿈결 같은 감정이 안개 모양으로 흐릿하게 무지개 모양으로 부시게 세 처녀의 몸과 마음을 휩싸 돌았다. 그들의 뺨은 후끈후끈 달았다. 괴상한 소리는 또 일어났다.

"난 싫어요, 난 싫어요, 당신 같은 사내는 난 싫어요."

이번에는 매몰스럽게 내어대는 모양.

"나의 천사, 나의 하늘, 나의 여왕, 나의 목숨, 나의 사랑, 나를 살려주어요, 나를 구해주어요."

사내의 애를 졸이는 간청…….

"우리 구경 가 볼까?"

짓궂은 셋째 처녀는 몸을 일으키며 이런 제의를 하였다. 다른 처녀들도 그말에 찬성한다는 듯이 따라 일어섰으되 의아와 공구와 호기심이 뒤섞인 얼굴을 서로 교환하면서 얼마쯤 망설이다가 마침내 가만히 문을 열고 나왔다.

쌀벌레 같은 그들의 발가락은 가장 조심성 많게 소리나는 곳을 향해서 곰실곰실 기어간다. 컴컴한 복도에 자다가 일어난 세 처녀의 흰 모양은 그림자처럼 소리 없이 움직였다.

소리 나는 방을 어렵지 않게 찾을 수 있었다. 찾고는 나무로 깎아 세운 듯이 주춤걸음을 멈출 만큼 그들은 놀래었다. 그런 소리의 출처야말로 자기네 방에서 몇 걸음 안 되는 사감실일 줄이야! 그렇듯이 사내라면 못 먹어하고, 침이라도 배앝을 듯하던 B여사의 방일 줄이야! 그 방에선 여전히 사내의 비두발괄하는 푸념이 되풀이하고 있다.—

"나의 천사, 나의 하늘, 나의 여왕, 나의 목숨, 나의 사랑, 나의 애를 말려죽이실 테요? 나의 가슴을 뜯어 죽이실 테요? 내 생명을 맡으신 당신의 입술로……"

셋째 처녀는 대담스럽게 그 방문을 빠끔히 열었다. 그 틈으로 여섯 눈이 방안을 향해 쏘았다. 이 어쩐 기괴한 광경이냐! 전등불은 아즉 끄지 않았는데 침대 위에는 기숙생에게 온 소위 '러브 레터'의 봉투가 너저분하게 흩어졌고 그 알맹이도 여기저기 두서없이 펼쳐진 가운데 B여사 혼자—아모도없이 제 혼자 일어나 앉았다. 누구를 끌어당길 듯이 두 팔을 벌이고 안경벗은 근시안으로 잔뜩 한 곳을 노리며 그 굴비쪽 같은 얼굴에 말할 수 없이 애원하는 표정을 짓고는 '키스'를 기다리는 것같이 입을 쫑긋이 내어민채 사내의 목청을 내어가면서 아깟말을 중얼거린다. 그러다가 그 넋두리가 끝날 겨를도 없이 급작스레 앵돌아지는 시늉을 내며 누구를 뿌리치는 듯이 연해 손짓을 하며 이번에는 톡톡 쏘는 계집의 음성을 지어,

"난 싫어요. 당신 같은 사내는 난 싫어요."

하다가 제물에 자지러지게 웃는다. 그러더니 문득 편지 한 장을(물론 기숙생에게 온 '러브 레터'의 하나) 집어들어 얼굴에 문지르며,

"정 말씀이야요? 나를 그렇게 사랑하셔요? 당신의 목숨같이 나를 사랑하셔요? 나를, 이 나를."

하고 몸을 추스르는데 그 음성은 분명히 울음의 가락을 띄었다.

"에그머니, 저게 웬일이야?"

첫째 처녀가 소곤거렸다.

"아마 미쳤나 보아. 밤중에 혼자 일어나서 왜 저러고 있을꾸?"

둘째처녀가 맞방망이를 친다.

"에그 불쌍해!"

하고 셋째 처녀는 손으로 고인 때 모르는 눈물을 씻었다…….

(1925년 1월 4일)

채만식

(蔡萬植, 1902년 7월 21일 ~ 1950년 6월 11일)

친일반민족행위자

1924년 문단에 등극

1942년 조선문인협회가 주관한 순국영령방문행사에 참석, [춘추]와 [매일신보]에 산문과 소설을 통해 지원병을 선동선전. 그 후에도 친일활동에 적극 참여

1945년 낙향했다가 다음해 이리로 옮겨 1950년 그곳에서 폐결핵으로 사망

작품분석

1. 이상한 선생님

- 갈래 : 단편소설
- 시점 : 1인칭 관찰자 시점
- 배경 : 시간- 해방 직전,직후 / 공간-시골 어느 마을
- 주제 : 해방 전후 혼란한 시기를 틈타 기회주의적 행동을 하는 인물들의 모습을 풍자
- '박 선생님'의 외모와 행동을 과장되게 표현하여 희화화 함
- 등장인물 '박 선생님'과 '강 선생님'의 외모, 일본말 사용, 해방 소식, 해방 후 모습으로 비교

2. 맹순사

- 갈래 : 현대소설, 풍자소설
- 시점 : 전지적 작가 시점
- 성격 : 비판적, 풍자적

- 주제: 해방 직후에 미온적이었던 친일파 청산문제와 허술한 행정체계를 풍자한 소설
- '집'과 '파출소'라는 서로 다른 공간에서 느끼는 맹순사의 심리가 나타남
- 맹순사의 청백관 - 돈을 받아쓰고 쌀, 나무, 반찬거리를 얻어먹고 술대접을 받았지만 자신은 깨끗한 사람이라고 생각

3. 미스터 방

- 갈래 : 단편 소설
- 배경 : 시간(광복 직후) / 공간(서울)
- 성격 : 풍자적, 비판적, 해학적
- 시점 : 전지적 작가 시점
- 권력을 이용 자신의 이익만을 추구하는 당시 세태와 인간상에 대한 풍자
- 판소리 사설체를 이용 서술자의 개입이 자주 나타남
- 해방 직후 강대국의 개입으로 보잘것없는 처지의 방삼복이 기회를 틈타 권세를 누리고 친일 행위를 하던 백 주사는 통역관이 된 방삼복에게 머리를 숙이는 상황은 당시의 부정적인 인간형을 풍자적으로 표현
- 역순행적 구성 방식으로 인물의 과거 행적을 들추어 냄

이상한 선생님

1.

우리 박선생님은 참 이상한 선생님이었다.

박선생님은 생긴 것부터가 무척 이상하게 생긴 선생님이었다.

키가 한 뼘밖에 안 되는 박선생님이라서, 뼘생 또는 뼘박이라는 별명이 있는 것처럼, 박선생님의 키는, 키 작은 사람 가운데서도 유난히 작은 키였다. 일본 정치 때, 혈서로 지원병을 지원했다 체격검사에 키가 제 척수에 차지 못해 낙방이 되었다면, 그래서 땅을 치고 울었다면, 얼마나 작은 키인 것은 알 일이다.

그런 작은 키에, 몸집은 그저 한 줌만 하고.

이 한 줌만한 몸집의, 한 뼘만한 키위에 가서, 그런데, 이건 깜짝 놀랄 만큼 큰 머리통이, 보매 위태위태하게 올라앉아 있다. 그래서 박선생님의 또 하나의 변명을 대갈장군이라고도 하였다.

머리통이 그렇게 큰 박선생님의 얼굴은 어떻게 생겼느냐 하면, 또한 여느 사람과는 많이 달랐다.

뒤통수와 앞이마가 툭 내솟고 내솟은 좁은 이마 밑으로 눈썹이 시꺼멓고, 왕방울 같은 두 눈은, 부리부리하니 정기가 있고도 사납고, 코는 매부리코요, 입은 메기입으로 귀밑까지 넓죽 째지고 그리고 목소리는 쇠꼬챙이로 찌르는 것처럼 쨍쨍하고.

이런 대갈장군의 뼘생 박선생님과 아주 정반대로 생긴 이가 강선생님이었다.

강선생님은 키가 크고, 몸집도 크고, 얼굴이 너부룻하고, 얼굴이 검기는 하여도 순하지 사남이 든 데가 없고, 눈은 더 순하고, 허허 웃기를 잘 하고, 별로 성을 내는 일이 없고, 아무하고나 장난을 잘 하고……강선생님은 이런 선생님이었다.

뼘박 박선생님과 강선생님은 만나면 싸움이었다.

하학을 하고 나서, 우리들이 소제를 한 교실을 둘러보다가든지, 또는 운동장에서든지(그러니까 우리들이 여럿이는 보지 않는 곳에서 말이다) 두 선생님이 만난다치면, 강선생님은 괜히 장난이 하고 싶어, 박선생님을 먼저 건드리곤 하였다.

"뼘박아, 담배 한대 붙여 올려라."

강선생님이 그 생긴 것처럼 느릿느릿한 말로 이렇게 장난을 청하고, 그런다치면 박선생님은 벌써 성이 발끈 나가지고

"까불지 말아, 죽여놀 테니."

"얘야, 까불다니, 이 덕집엔 좀 억울하구나…… 아무튼 담배나 한 개 빌리자꾸나."

"나두 뻐젓한 돈 주구 담배 샀어."

"아따 이 사람, 누가 자네더러, 담배 도둑질했대나"

"너두 돈 내구 담배 사 피우란 말야."

"에구 요 재리야! 체가 요렇게 용잔하게 생겼거들랑, 속이나 좀 너그럽게써요."

"몸 크구서 속 못 차리는 건, 볼 수 없더라."

하나는 커다란 몸집을 해가지고 싱글싱글 웃으면서, 하나는 한 뼘만한 키에, 그 무섭게 큰 머리통을 한 얼굴을 바싹 대들고는 사남이 졸졸 흐르면서, 그렇게 마주서서 싸우는 모양은, 마치 큰 수캐와 조그만 고양이가 마주만난 형국이었다.

2.

다른 학교에서도 다 그랬을 테지만, 우리 학교에서도, 그때 말로 '국어'라던 일본말, 그 일본말로만 말을 하게하고, 엄마 아빠 할 적부터 배운 조선말은, 아주 한 마디도 쓰지 못하게 하였다.

그러나 주재소의 순사, 면의 면서기, 도 평의원을 한 송주사, 또 군이나 도에서 연설하러 온 사람, 이런 사람들이나 조선 사람끼리 만나도 척척 일본말로 인사를 하고 이야기를 하고 하였지, 다른 사람들이야 일본 사람과 만났을 때 말고는 다들 조선말

로 말을 하고, 그래서 학교 문 밖에만 나가면 만판 조선말로 말을 하는 사람들이요, 더구나 집에 돌아가면, 어머니, 아버지, 언니, 누나, 애기, 모두들 조선말로 말을 하고 하였다. 그러니까 우리들도 학교에 가서도, 교실에서 공부를 하고 나와 운동장에서 우리끼리 놀고할 때에는 암만해도 일본말보다 조선말이 더 많이, 그리고 잘 나와지고 하였다.

학교에서고, 학교 밖에서고 조선말로 말을 하다 선생님한테 들키는 날이면 경을 치는 판이었다.

선생님들 중에서도 제일 심하게 밝히는 선생님이 뼘박 박선생님이었다. 교장선생님이나 다른 일본 선생님은 나무라기만 하고 마는 수가 있어도, 뼘박 박선생님은 절대로 용서가 없었다.

나도 여러 번 혼이 나 보았다.

한번은 상준이 녀석과 어떡하다 쌈이 붙어서, 둘이 서로 부둥겨 안고 구르면서, 이 자식아, 저 자식아, 죽어봐, 때려봐 하면서 한참 시방 때리고 제기고 하는 참이었다.

그러는 참인데, 느닷없이

"고랏! 조셍고데 겡까 스루야쓰가 이루까," (이놈아! 조선말로 쌈하는 녀석이 어딨어.)

하면서, 구둣발길로 넓적다리를 걷어차는 건, 정신없는 중에도 뼘박 박선생님이었다.

우리 둘이는 그 자리에서 빰이 붓도록 따귀를 맞았고, 공부 시간에 들어가지도 못하고서 그 시간 동안 변소 소제를 하였고, 그리고 조행에 점수를 듬뿍 깎이고 하였다.

이렇게, 뼘박 박선생님한테 제일 중한 벌을 받는 것이 무엇이냐 하면, 조선말로 지껄이다 들키는 때였다.

강선생님은 그와 반대로 아무 시비가 없었다.

교실에서 공부를 할 때 외에는 그리고 다른 선생님 —— 그중에서도 교장이하 일본 선생님들과 뼘박 박선생님이 보지 않는 데서는, 강선생님은 우리들한테, 일본말로 말을 하지 아니하였다. 우리들이 일본말로 하여도 강선생님은 조선말로 하곤 하였다.

우리들이 어쩌다, 선생님은 왜 '국어'(일본말)로 아니 하세요? 하고 물으면, 강선생님은 웃으면서, 나는 '국어'(일본말)가 서툴러서 그런다하고 대답하였다.

그렇지만, 우리가 보기에도 강선생님은 일본말이 서투른 선생님이 아니었다.

3.

해방이 되던 바로 그 이튿날이었다. 여름 방학으로 놀던 때라, 나는 궁금하여서 학교엘 가보았다.

다른 아이들도 한 오십 명이나 와서 있었다.

우리는 해방이라는 말은 아직 몰랐고, 일본이 전쟁에 지고, 항복을 한 것만 알았었다.

선생님들이 그중에서도 뼘박 박선생님이, 그렇게도 일본(우리 대일본 제국)은 결단코 전쟁에 지지 않는다고, 기어코 전쟁을 이기고, 천하에 못된 미국 영국을 거꾸러뜨려 천황폐하의 위엄을 이 전세계에 드날릴 날이 멀지 않았다고 하루에도, 몇 번씩 그런 말을 해쌓던 그 일본이, 도리어 지고 항복을 하다니, 도무지 모를 일이었었다.

직원실에는, 교장선생님과 두 일본 선생님과, 그리고 뼘박 박선생님과 이렇게가 모여 앉아서 초상난 집처럼 모두는 코가 쑤욱 빠져가지고 있었다.

우리들은 운동장 구석으로, 혹은 직원실 앞뒤로 패패로 모여 서서, 제가끔 아는 대로, 일본이 항복한 이야기를 하고 있었다.

그때에 육학년에 다니던 우리 사촌언니 대석이가, 뒤늦게야 몇몇 동무와 함께 떨떨거리고 달려들었다.

똘똘하고, 기운 세고, 싸움 잘하고, 그러느라고 선생님들한테 꾸지람과 매는 도맡아 맞고, 반에서 성적은 제일 꼴찌요 한 천하 말썽꾼이었다.

대석언니네 집은, 읍에서 십리나 되는 곳이었고, 그래서 오늘 아침에야 소문을 들었노라고 하였다.

대석언니는 직원실을 넘싯이 넘겨다보더니, 싱긋 웃으면서, 처억 직원실안으로 들어섰다.

직원실 안에 있던 교장선생님이랑, 다른 두 일본 선생님이랑은 못 본체하고 고개를 숙이고 있는데, 뼘박 박선생님이 눈을 흘기면서, 영락없이 일본말로

"난다?"(왜 그래?)

하고 책망을 하였다.

대석언니는 그러나 무서워하지 않고 한다는 소리가

"선생님, 덴노헤이까가 고오상(천황폐하가 항복)했대죠?"

하고 묻는 것이었었다.

뼘박 박선생님은, 성을 버럭 내어 그 큰 눈방울을 부라리면서, 여전히 일본말로

"잠자쿠 있어 잘 알지두 못하면서…… 건방지게시니."

하고 쫓아와서 곧 한 대 갈길 듯이 을러대었다.

대석언니는 되돌아서서 나오면서 커다랗게

"덴노헤이까 바가!"(천황폐하 망할 자식!)

"………"

만일 다른 때 누구든지 그런 소리를 했단 당장 큰일이 나는 판이었다. 그러나 교장선생님이랑 두 일본 선생님은 그대로 못 들은 척 코만 빠치고 앉았고, 뼘박 박선생님도 잔뜩 눈만 흘기고 있을 뿐이지 아무렇지도 않았다.

그런 걸 보면 정녕 일본이 지고, 덴노헤이까가 항복을 하였고, 그리고 그래서 인제는 들 기승을 떨지를 못하는 모양인 것 같았다.

마침 강선생님이 땀을 뻘뻘 흘리면서 헐떡거리고 뛰어왔다. 강선생님은 본집이 이웃 고을이었다.

"오오, 느이들두 왔구나. 잘들 왔다. 느이들두 다들 알았지? 조선이, 우리 조선이 해방이 된 줄 알았지? 애들아, 우리 조선이 독립이 됐단다, 독립이! 일본은 쫓겨가구…… 그 지질히 우리 조선 사람을 못살게 굴구, 하시하구, 필 빨아먹구 하던 일본이, 그 왜놈들이, 죄다 쫓겨가구, 우리 조선은 독립이 돼서, 우리끼리 잘살게 됐어, 잘살게."

의젓하고 점잖던 강선생님이 그렇게도 들이 납뛰고 덤비고 하는 것은 처음 보았다.

"자아, 만세 불러야지, 만세. 독립만세, 독립만세 불러야지. 태극기 없니? 태극기. 아무두 아니 가졌구나! 느인 참 태극기가 어떻게 생긴 지 구경두 못했을 게다. 가만 있자. 내, 태극기 맨들어 가지구 나오께."

그러면서 강선생님은 직원실로 들어갔다.

강선생님이 직원실로 들어서는 것을 보고, 교장선생님이랑 두 일본 선생님은 인사를 하려고, 풀기 없이 일어섰다.

강선생님은 교장선생님더러 말을 하였다.

"당신들은 인제는 일 없어. 어서, 집으루 가 있다. 당신네 나라루 돌아갈도리나 허우."

"………"

아무도 대꾸를 못하는데, 뼘박 박선생님이, 주저주저하다가

"아니, 자상히 알아보기나 하구서……"

하는 것을, 강선생님이 버럭 큰 소리로

"무엇이 어째? 자넨 그래, 무어가 미련이 남은 게 있어, 왜놈들허구 대가리 맞대구 앉어서 수군덕거리나? 혈서(血書)루 지원병 지원 한번 더해보구퍼 그리나? 아따 그다지 애닯거들랑, 왜놈들 쫓겨가는 꽁무니 따라, 일본으루 가 살게 그려나. 자네 같은 충신이면 일본서두 괄신 아니하리."

"………"

뼘박 박선생님은 그만 두말도 못하고 얼굴이 벌개서, 어쩔 줄을 몰라하였다. 뼘박 박선생님이 남한테 이렇게 꼼짝을 못하는 것을 보기는, 우리는 처음이었다.

강선생님은 반지를 여러 장 꺼내어놓고, 붉은 잉크와 푸른 잉크로, 태극기를 몇 장이고 그렸다.

그려 내놓고는 또 그리고, 그려 내놓고 또 그리고, 얼마를 그리면서, 그러다 아주 부드럽고 조용한 목소리로

"여보게 박선생?"

하고 불렀다. 그러고는, 잠자코 담배만 피우고 앉았는 뼘박 박선생을 한번 돌려다보고 나서

"내가 좀 흥분해서, 말이 너무 박절했나 보이. 어찌 생각하지 말게…… 그리구, 인제는 자네나 나나, 그동안 진 죄, 우리 조선 동포 앞에 속죄해야 할 때가 아닌가? 물론 이담에, 민족이 우리를 심판하구, 죄에 따라 벌을 줄 날이 오겠지. 그러나 장차에 받을 민족의 심판과 벌은, 장차에 받을 민족의 심판과 벌이고, 시방 당장, 조선 민족의 한 분자루, 할일이 조옴 많은가 우리, 같이 손목 잡구, 건국에 도움될 일을 하세. 자아, 이리 와서 태극기 그리게. 독립만세부터 한바탕 부르세."

"………"

뼘박 박선생님은 아무 소리도 않고, 강선생님의 옆으로 와서 태극기를 그리기 시작하였다.

그 뒤로 강선생님과, 뼘박 박선생님은 사이가 매우 좋아졌다.

뼘박 박선생님은, 학과 시간마다 여러 가지로 좋은 이야기를 많이 하여 우리한테 들려주었다.

일본이 우리 조선을 뺏어, 저의 나라에 속국(屬國)을 삼던 이야기도 하여주었다.

왜놈들은 천하의 불측한 인종이어서, 남의 나라와 전쟁하기를 좋아하는 백성이라고 하였다. 그래서 임진왜란 때에도 우리 조선에 쳐들어왔고, 그랬다가 이순신(李舜臣) 장군이랑 권율(權慄) 도원수한테 아주 혼이 나고 쫓기어 간 이야기도 하여주었다.

우리 조선은 역사가 사천 년이나 오래고, 그리고 세계의 어떤 나라보다 못하지 않게 훌륭한 문화가 발달된 나라라고, 이야기도 하여 주었다.

뼘박 박선생님은 한편으로 열심히 미국말을 공부하였다. 그러면서 우리들 더러도 졸업을 하고 중학교에 가거들랑, 미국말을 제일 무엇보다도 많이 공부하라고, 시방은 미국말을 모르고는 훌륭한 사람이 되지 못한다고 하였다.

뼘박 박선생님은 한 일 년 그렇게 미국말 공부를 하더니, 그 다음부터는 미국 병정이 오든지 하면, 일쑤 통역을 하고 하였다. 중학교에 다닐 때에 조금 배운 것이 있어서, 그렇게 쉽게 체득을 하였다고 하였다.

미국 병정은, 벼 공출을 감독하러 와서, 우리 뼘박 박선생님을 그 꼬마자동차에 태워가지고, 동네동네 돌아다녔다.

뼘박 박선생님은 미국 양복을 얻어 입고, 미국 담배를 얻어 피우고, 미국 통조림이랑 과자를 얻어먹고 하였다.

해방 뒤에 새로 온 김교장 선생님이 갈려가고, 강선생님이 교장이 되었다.

강선생님이 교장이 된 다음부터는, 뼘박 박선생님은 강선생님과 도로 사이가 나빠졌다.

우리는 한번 뼘박 박선생님이 미국 담배를 피우고 있는 것을, 교장선생님이

"자넨 그건 무어라구, 주접스럽게 얻어 피우군 하나?"

하고, 핀잔을 하는 것을 보았다.

강선생님은 교장이 된지 일 년이 못 되어서 파면을 당하였다.

어른들 말이, 강선생님은 빨갱이라고 하였다. 그리고, 그래서 파면을 당하였느리라고 하였다.

또 누구는, 뼘박 박선생님이, 강선생님을 그렇게 꼬아댄 것이지, 강선생님은 하나도 빨갱이가 아니라고도 하였다.

강선생님이 파면을 당한 뒤를 물려, 뼘박 박선생님이 교장선생님이 되었다.

교장이 된 뼘박 박선생님은, 그 작은 키가 으쓱하였다.

뼘박 박선생님은 미국을 침이 마르도록 칭찬을 하였다.

이 세상에, 미국같이 훌륭한 나라가 없고, 미국 사람같이 훌륭한 백성이 없다고 하였다.

우리 조선은, 미국 덕분에 해방이 되었으니까, 미국을 누구보다도 고맙게 여기고, 미국이 시키는 대로 순종을 하여야 하느니라고 하였다.

우리가 혹시 말끝에 '미국놈……'이라고 하면, 뼘박 박선생님은, 단박 붙잡아다 세우고 벌을 키우곤 하였다. 전에, '덴노헤이까 바가'라고 한 것만큼이나 엄한 벌을 주었다.

"이놈아, 아무리 미련한 소견이기로, 자아 보아라, 우리 조선을 독립을 시켜주느라구, 자기 나라 백성을 많이 죽여가면서 전쟁을 했지. 그래서 그덕에 우리 조선이 왜놈의 압제에서 벗어나서 독립이 되질 아니했어? 그뿐인 감? 독립을 시켜주구 나서두 우리 조선 사람들, 배 아니 고프구, 편안히 잘 살라구, 양식이야, 옷감이야, 기계야, 자동차야, 석유야, 설탕이야, 구두야, 무어 죄다 골고루 가져다 주지 않어? 그런데 그런 고마운 사람들더러, 미국놈이 무어야?"

벌을 세우면서, 뼘박 박선생님은 이렇게 꾸짖곤 하였다.

우리는 뼘박 박선생님더러, 미국에도, '덴노헤이까' (천황폐하) 있느냐고 물었다. 미국에도 덴노헤이까가 있지 않고서야, 우리 조선 사람을, 그렇게 일본의 '덴노헤이까'처럼 친아들(赤子[적자])과 같이 사랑하고, 우리 조선 사람들이 잘 살도록 근심을 하며, 온갖 물건을 가져다주고 할 이치가 없기 때문이었다. (해방전에, 뼘박 박선생님은, 덴노헤이까는 우리 조선 사람들을 일본 사람들과 같이 사랑하고, 우리 조선 사람들이 잘 살기를 근심하신다고 늘 가르쳐 주고 하였었다.)

뼘박 박선생님은 미국에는 덴노헤이까는 없고, 덴노헤이까보다 훌륭한 '돌맹이'라는 양반이 있다고 대답하였다. 우리는 그럼, 이번에는 그 '돌맹이'라는 훌륭한 어른을 위하여 '미국 신민노세이시'(美國[미국]신민서사)를 부르고, 기미가요 대신 돌맹이가요을 부르고 하여야 하나보다고 생각하였다.

아뭏든 뼘박 박선생님은 참 이상한 선생님이었다.

孟巡査
맹순사

맹순사가 동양의 대현이라는 맹자님과 어떤 혈통의 관계가 있는지 없는지, 또 우리나라 명재상 맹고불이 맹정승과는 제 몇대손이나 되는지, 혹은 아무것도 안되는지, 그런 것은 상고하여 보지 못하였다.

"칼자루 십 년에, 집안 여편네 유똥치마 하나 못해 준 주변에, 헐 말이 무슨 헐 말이우?"

증왕의 순사 아낙에 세 가지 특색이 있으니, 가로되 언변 좋은 것, 가로되 건방 진 것, 가로되 옷 호사 잘하는 것이라고. 실로 이 계집의 허영으로 인하여, 순사들이 얼마나 더 악착히 '순사질'을 하였음인고. 맹순사의 아낙 서분이도 미상불 언변 좋고, 똑똑하고(즉 객관적으로 바꾸어 치면 건방지고) 하기로는 좀처럼 남에게 질 생각이 없으나, 오직 옷 호사 한가지만은 어엿이 고개를 들 자신이 와락 없었다. 천하에 순사의 아낙 되어 옷 호사를 못하다니, 유감이 깊을지매. 자못 동정스런 노릇이었다.

그러나 서분이가 순사의 아낙으로 옷 호사에 자신이 없다는 것이 결단코 서분이 스스로의 무능한 소치거나 과실이거나 한 것은 아니었다. 그 소위 칼자루 십년에—실상은 팔 년이었다—팔 년 순사에, 집안 여편네 유똥치마 한 벌도 해주지 못할 지경으로, 남편 맹순사란 위인이 지지리 주변머리가 없었기 때문이었다.

8•15바로 후에 칼을 풀어놓았고, 그래서 시방은 순사 적이라는 것이 이미 옛말같이 된 터이었지만, 그러니 놓친 찬스를 두고두고, 심하여는 임종하는 자리에까지 내내 미

련겨워하기를 마지 아니하는 것이 항용 아녀자의 넓지 못한 속…… 해서 오늘 아침만 하여도 하찮은 일로 시초가 되어, 쫑쫑대고 생동거리고 하던 끝에 필경은 나오는 것이 그 유똥치마의 푸념이요 주변없음의 공박이요 하였던 것이었었다.

"거, 옷은 그대지 많이씩 장만해 무얼 하는구? 입구 벗을 꺼면 고만 아냐? 난 참, 여자들 그러는 속 모르겠드라."

부드럽고 조용한 말씨다. 이와 정반대로 서분이의 음성은 높고 가시같다.

"입구 벗을 옷이 어딨어? 날 언제 옷 해줬길래, 옷 많이씩이냐는 건구?"

"아니, 해필 임자가 옷이 많다는 게 아니라, 보통 여자들이 말야."

"넉살두 좋으이. 날 같으믄 입이 짱우리 구멍이래두 헐 말 없겠네. 바보, 빈충이, 천치."

"못난 남편 싫여?"

"졸 게 어딨어?"

"그럼, 갈릴까?"

"제발 좀."

"허!"

"아주 신물이 나요."

"그러든지, 순살 도루 댕기든지."

"집안 여편네 옷 한가지 어엿이 못 채려 내놓는 사내가 무슨 사내값에 가는고."

"그러니깐 도루 순사 댕겨서, 유똥치마두 해주구, 깜장 낙타 두루마기두 해주구 양단저구리두 해주구, 백금시계도 사주구……"

"그 따위 주변에 순살 두 번 아냐 골백번 댕겨보지. 유똥치마커녕 거지치마 한감 얻어들이나."

"허허허허. 나물 먹고 물 마시고 팔을 베고 누었으니, 대장부 살림살이 이만하면 넉넉하고나, 이런 노래 들어보지 못했어"

"정신 차려요 괘니. 인전 돈두 몇푼 남은 거 없구, 무얼 가지구 살림은 해나가랄 텐구? 낼 모리믄 쌀 남구 들여와야 해요."

"나두 걱정야말루 그 걱정이로세."

그러면서 맹순사는, 식후에 피워 물었던 담배를 재털이에 비비고는, 출입할 채비를 차리려고 푸스스 일어선다.

흐렸던 하늘이, 부슬부슬 가을비가 내리기 시작한다.

서분이는 올에 스물다섯, 새파란 젊은 색시였다. 열일곱에, 서른 살 난 맹순사의 후취로 시집을 왔었다. 맹순사는 그 전해에 상처를 하였었다.

서분이는 그의 호릿하고 가냘픈 외형대로, 성질도 날카로왔다.

이른바 신경질이요 요망스런 부류의 여자였다.

성질은 그러한데다 겸하여 나이 많은 남편의 황차 후취요 하니, 응석을 삼아서도 남편한테 포달을 떨고, 볶아대고, 버르장머리 없이 굴고 하염즉은 한 노릇이었다. 맹순사는 그것을 잘 받아주고. 맹순사는 나이 서른 여덟이었다. 열세 살이나 어린 아낙이 딸자식 같아서 더욱 귀여웠다. 자식이고 계집이고 간에 귀여우면, 흉이 흉이 아니요, 흉도 이쁜 법이었다.

맹순사는 내일 모레가 사십이다. 사람이 나이 사십이 되느라면, 속이 대개는 썩을 대로 썩고, 모나던 성질이 둥그러지고 하여, 감정생활이 누그러지는 것이 보통이었다. 이 나이가 시키는 외에 맹순사는 타고난 천품이 본시도 유한 인물이었다. 웬만한 일에는 성 같은 것이 나지를 아니하였다. 남에게다 나의 의견이나 고집을 굳이 세우러 들 줄을 몰랐다. 그러고 싶지도 않고 그래지지도 않거니와, 그럴 필요를 느끼지도 아니하였다. 그렇기 때문에 남과 시비와 갈등 같은 것이 생기는 일이 드물었다. 좋게 말하면 원만이요, 사실대로 말하면 반편스럽고 지조없고 무능이요 하였다.

아뭏든 그런 성질의 그런 남편이고 보매, 아낙이 아무리 포달을 떨고 볶아대고 구박을 하고 하여도, 좀처럼 맞서서 언성을 높여 탄하고 싸우고 하는 법이 없었다 아낙은 기를 쓰고 싸우자고. 대들어도, 시종여일하게 한 목소리 한 낯으로 순순히 대껄을 하고 할 따름이었다.

"좌우간, 내가 그만침이나 청백했기 망정이지, 다른 동간들 당했단 소리 들었지? 누구는 맞아죽구, 누구는 집에다 불을 지르구, 누구는 팔대리가 부러지구."

푸스스 일어서다가, 비 오는 뜰을 이윽히 내어다보면서, 맹순사는 곰곰이 그렇게 아낙을 타이르듯 한다. 서분이에게는, 그러나 그런 소리가 다 말 같지도 아니한 소리요 억지엣 발명이었다.

"흥, 가네모도상은 그렇게 들이 긁어먹구두, 되려 승찰 해서 부장이 된 건 어떡허구?"

"며칠 가나."

"그렇게만 생각허믄 뱃속은 무척 편하겠수. 여주루 내려갔든 기노시다상넨, 이살 해 오는데, 재봉틀이 인장표루다 손틀 발틀 두 개에, 방안짐이 여덟 개에, 옷이 옥상옷만 도랑꾸루 열다섯 도랑꾸드래요. 그리구두 서울루 뻐젓이 와서 기계방아 사놓구 돈벌이만 잘 허믄서, 활개 펴고 삽디다. 죽길 어째 죽으며, 팔대리가 부러질 팔대린 어딨어?"

"그런 게 글쎄 다 불한당질루 장만한 거 아냐?"

"뱃속에서 꼬록 소리가 나두, 만날 청백야?"

"아무렴, 사람이 청백하면, 가난해두 두려울 게 없는 법야, 흠."

맹순사는 마침내 양복장 문을 연다. 연방 청백을 뇌던 끝에, 이 양복장을 보자니 얼굴이 간지러웠다. 유치장 간수로 있을 때에, 가구장수 하나가 경제범으로 들어와 있었는데, 서분이가 쪽지 한 장을 그에게다 주어달라고 졸랐다. 못이기는 체하고 전해주었다. 그런지 이틀 만에 이 양복장이 방 웃목에가 처억 놓여진 것을 보았으나, 그는 내력을 물으려고 아니하였다.

양복점 안에서 떼어 입은 대마직 국민복은 양복장보다도 조금 더 청백 순사를 얼굴 간지럽게 하였다.

작년 초가을, 좋지 못한 풍문이 들리는 파출소 건너편의 양복점에서 마추어 입은 것이었다. 공정가격 32원 각순데, 양복을 찾아들고는, 지갑을 꺼내는 체하면서

"얼마죠?"

하고 물었다. 지갑에는 돈이라야 3원밖에 없었다.

양복점 주인은, 온 천만에 말씀을 다 하신다면서, 어서 가시라고 등을 밀어 내었다.

이 양복장이나 양복은 한 예에 불과하고, 팔 년 동안 순사를 다니면서, 그중에서도 통제경제가 강화된 이삼 년, 육십 몇원이라는 월급으로는 도저히 지탱해 나갈 수 없는 생활을 뇌물 받는 것으로써 보태어 나왔다. 몇십 원씩, 돈 백 원씩 쥐어주는 것을, 사양하다가 못이기는 체 받아넣기 얼말는지 모른다. 자청해 주는 것을 따담기만 한 것이 아니라, 아쉰 때면 그럴싸한 사람을 찾아가서

"수히 갚을 테니 백 원만……"

하고 가져다 쓰기도 여러 번이었다.

술대접을 받기는 실로 부지기수였다. 쌀, 나무, 고기, 생선, 술 모두 다 그립지는 아니할 만큼 들어도 오고, 청해다 먹기도 하고 하였다. 못해 주었네 못해 주었네 하여도, 아낙의 옷감도 여러 번 얻어다 준 것이었었다. 공교로이 그 유똥치마만은 기회가 없고서 8•15가 덜컥 달려들고 말았지만.

이렇게 그는 작은 것이나마 뇌물을 먹지 아니한 것이 아니면서도, 스스로 청백 하였노라고 팔분의 자신이 있었다. 맹순사의 생각엔 양복벌이나 빼앗아 입고, 돈이나 몇십 원, 돈 백 원 받아쓰고, 쌀 나무며 찬거리나 조금씩 얻어먹고, 술대접이나 받고 하는 것은 아무나 예사로 하는 일이요, 하여도 죄될 것이 없고, 따라서 독직이 되거나 죄가 되는 것이 아니었다. 그것이 적어도 독직이나 죄가 되자면, 몇만 원 집어먹고서 소위 팔자를 고친다는 둥, 허리띠를 푼다는 둥의 수준에 올라야 비로소 문제가 되는 것이었었다. 맹순사는 몇만 원은 커녕, 한 번에 백원 이상을 얻어먹어 본 적이 없었다. 그런 고로 맹순사는 스스로 청백타 하던 것이었었다.

주위의 동간들은 가만히 눈치를 보면, 열에 아홉은 들뭇들뭇한 한몫을 보고 늘어져 만 원짜리 집을 사느니, 오십 석 추수의 땅을 양주에다 사놓았느니, 상사회사를 꾸며가지고 대주주가 되어 사직하고 나가느니 하였다. 맹순사는, 나도 제발 그런 거리가 하나 걸렸으면…… 하다못해 집한 채 살 거리라도 좀 걸렸으면…… 하고 초조와 더불어 연방 그런 구멍을 여새겨 보았었다. 그러나 어인 일인지, 한번도 걸리는 적이 없었다. 그래서 끝내야 쓰레기판만 뒤지다가, 소위 청백한 채로 칼을 풀어놓고 말았다.

큰 덩치를 먹을 욕심과 기대가 있기는 하였으나, 그 의사는 문제가 아니었다.

아뭏든지 큰 것을 먹지 아니하였으니, 따라서 부자가 되지를 아니하였으니, 나는 청백하였노라, 이것이 맹순사의 청백관이었다.

부슬비를 우산으로 가리면서, 맹순사는 군정청 경찰학교로 향하였다. 품에는 진작부터 써가지고 다니던 지원서와 이력서가 들어 있었다.

8•15 직후, 줄곧 누가 몽둥이로 후려갈기는 것만 같아서, 으슥한 골목을 지나느라면 시퍼런 단도가 옆구리를 푹 찌르는 것만 같아서, 예라 사람 감수하겠다고 칼을 풀어놓기는 하였었다. 그러나 그것이나마 직업을 잃고 나니, 하루하루 다가든다는 것이 반갑지 아니한 생활난이었다. 아까 아낙이 하던 말이 아니라도, 수중에 돈냥 있는 것

은 거진 밑바닥이 보이고, 비로소 쌀 나무 들일 길이 막연할 판에 이르렀다.

세상은 돈도 흔하고, 일거리도 많고, 퍽이나 풍성풍성한 것 같았다. 그러나 순사밖에 다닐 줄 모르는 전 순사 맹아무에게는 그리 수월이 딴 직업이 천신되어지지를 아니하였다.

'배운 도적질이 그뿐이니 무가내하로다. 쯧, 세상도 새세상이니, 설마 어떠리.'

마침내 이렇게 단념 같은 결심을 하기에 이르렀던 것이었었다.

모자도 정복도 패검도 다 옛것이요, 완장 한 벌로써, 해방조선의 새 순사가 된 맹순사는 ××파출소로 가기 위하여 종로를 동쪽으로 걸었다. 팔 년이나 다닌 경험자라서, 그 경험을 증명할 만한 몇마디 테스트를 하더니, 그 당장 채용을 하였고 ××경찰서로 배속을 시켰다. 그리고 이튿날 출근을 하였더니, ××파출소에 근무를 하라는 영이어서 시방 그리로 가고 있는 참이었었다.

옛날의 순사와 꼭같이 차리고 하였건만 맹순사는 웬일인지 우선 스스로가 위엄도 없고 신도 나는 줄을 모르겠고 하였다. 만나거나 지나치는 행인들의 동정이, 전처럼 조심하는 것 같은, 무서워하는 것 같은 기색이 없고, 그저 본숭만숭이었다. 더러는 다뿍 적의와 경멸의 눈초리로 흘겨보기까지 하였다.

함부로 체포도 아니하고, 위협도 아니하고, 뺨 같은 것은 물론 때리지 못하게 되었고 하니, 전보다 친근스러하고 안심한 얼굴로 대하고 하여야 할 것인데, 대체 웬일인지를 모르겠었다.

걸으면서 곰곰 생각하여 보았다.

"전에 많이들 행악을 했대서"

정녕 그것인 성싶었다.

'애먼 사람, 불쌍한 사람한테 못할 짓도 많이 했지.'

'쯧. 지금 와서 푸대접 받아도 한무내하지.'

'화무십일홍이요, 달도 차면 기우는 법인데, 한때 잘들 해먹었으니 인제는 그 대갚음도 받아야겠지.'

무엇인지 모를 한숨이 절로 내쉬어졌다.

마침내 ××파출소에 당도하였다. 여기서 맹순사는, 백성들이 순사를 멸시하는 눈으로 보는 연유를 또 한 가지 발견하여야 하였다.

뚜벅뚜벅 파출소 안으로 들어서는 소리에, 테이블에 엎드려 졸고 있다가 놀라 깨어, 고개를 번쩍 드는 동간……

맹순사는 무심결에

“아니, 네가 웬일이냐?”

하면서, 다시금 짯짯이 그를 바라다보았다.

노마.

볼때기에 있는 붉은 점이 아니더라면, 얼굴 같은 딴 사람인가 하였을 것이었다.

행랑아들 노마였다.

맹순사는 금년 봄, 시방 사는 홍파동으로 이사해 오기까지 여섯 해를 눌러, 사직동 그 집에서 살았다. 그 행랑에 노마네가 전 주인때부터 들어 있었고, 왼편 볼때기에 붉은 점이 박힌 노마는 열두 살이었다. 근처의 삼 년짜리 학원을 일 년에 작파하고서, 저무나 새나 우미관 앞에가 놀다간, 깃대도 받아주고 삐라도 뿌려주고 하는 것이 일이요, 집에 들어와서는 어멈 아범한테 매맞기가 일이요 하였다. 조금 더 자라더니, 우미관패에 들어가지고, 밤거리로 행패를 하고 다녔고, 사람을 치다 붙잡혀간 것을 몇 차례 놓이게 하여주기도 하였다.

노마는 계면찍은 듯, 그러나 일변 반갑기도 한 듯, 싱글싱글 웃으면서

“이렇게 됐읍니다, 나리. 많이 점 가르켜 줍쇼, 나리.”

“동간끼리두 나린가, 이 사람.”

나이가 시킴이리라. 맹순사는 내색을 아니하고 소탈히 그러면서 같이 웃었다.

그러나 속으로는

‘저런 것이 다 순사니, 수모도 받아 싸지.’ 하였다.

무식하여서, 기록 같은 것을 죄다 대신 하여주기가 성가시기는 하였으나, 그 대신 순 같은 것도 제가 다 돌고, 사사 심부름도 시원시원 하여주고 하여서, 옛노마를 부리는 양 실없이 해롭잖았다.

한 일주일 노마순사를 하인삼아, 맹순사는 편안한 영감 노릇을 하였다. 그러자 노마순사가 다른 파출소로 옮아가고서, 새로 뽑힌 후임자가 오게 되었다.

‘대체 누굴꼬?’

노마 때에 겪음이 있는지라, 이런 궁금한 생각을 하면서 신문을 보고 앉았는데, 철그럭하더니

"안녕헙쇼."

하는 소리와 더불어 한 장한이 척 들어섰다.

무심코 고개를 드는 순간 맹순사는

"억!"

하고 놀라면서, 하마 뒤로 나가자빠질 뻔하였다. 머리가 있는 대로 곤두서는 것 같고, 등에서는 식은땀이 흘렀다.

새 동간은 맹순사를 더 잘 알아보았다. 그는 그 흉악한 상호를 싱긋 웃으면서

"외나무대리서 만났구려"

"……"

"금새 상성을 했나? 얼음판에 자빠진 황소 눈깔처럼, 눈만 끄머억허구 앉어서…… 남이 인살 하면 대답을 해야 아니해? 적어두 새조선의 경관으로."

"평안허슈?"

"아뭏든 지질힌 오래 댕기는구려."

강봉세…… 살인강도, 무기징역수 강봉세였다.

재작년 맹순사가 경찰서에서 ××유치장 간수를 볼 때에, 이 강봉세가 살인강도질을 하고 붙잡혀 들어왔었다. 맹순사는 반년이나 그를 간수하였다. 그러느라고 아주 숙면이 되었었다.

한 번은 이런 일이 있었다.

유치장 안에서 담배를 달라고 야료를 하여서, 낮번을 하던 간수가 점심과 저녁을 굶겼다. 강봉세는 밤번으로 들어온 맹순사더러 밥을 달라고 졸랐다. 조르다조르다, 성이 나가지고는 이를 북북 갈면서

"오냐, 두구 보자. 사형을 아니 받구서 무기증역이래두 살다가 요행 다시 세상 구경을 하게만 돼봐라. 네놈의 배때긴 칼루 푹 찌르면 뀌여지지 말란 법 있대드냐?"

하고 저주를 하는 것이었었다.

그러던 살인강도 강봉세였다.

맹순사는 동간 강봉세가

"봐라 인석아."

하면서 패검을 뽑아 배를 푹 찌르는 것만, 푹 찌르는 것만 같아, 하루종일 간이 콩만하였다. 다시 순사 된 것을 못내 후회하면서, 어서 시간이 되기만 기다렸다. 그 몇 시간이 하마 십 년 감수는 되는 것 같았다.

오후에 헐떡거리며 집으로 돌아온 맹순사는, 정복 정모와 패검을 보따리에 싸놓고 사직원을 썼다.

"그새, 벌써 사직예요"

아낙 서분이가 구박이었다.

"괘니, 과부 아니 된 것만 천행으루 알아요."

"……?"

"사상범, 정치범만 석방을 하라니깐, 살인강도꺼정 말끔 다 풀어놨으니, 그놈들이 그래 심청이 그래야 옳담? 심청머리가 그리구서야 전쟁에 아니 져"

"살인강도가 났어요."

"난 게 아니라, 들어왔드라우."

"뉘 집엘"

"파출소루…… 칼 차구, 정복 정모 잡숫구."

"에구머니! 가짜 순사 말이죠?"

"흥, 뻐젓이 사령장꺼정 받은 진짜 순사드랍니다요. 당당헌 경찰학교 졸업생이 시구."

"절 으찌우? 그럼 인전 순사헌테두 맘 못 놓겠구료?"

"허기야 예전 순사라는 게 살인강도허구 다를 게 있었나! 남의 재물 강제루 뺏어먹구, 생사람 죽이구 하긴 매일반였지.

미스터 방

주인과 나그네가 한가지로 술이 거나하니 취하였다. 주인은 미스터 방(方), 나그네는 주인의 고향 사람 백(白)주사.

주인 미스터 방은 술이 거나하여 감을 따라, 그러지 않아도 이즈음 의기 자못 양양한 참인데 거기다 술까지 들어간 판이고 보니, 가뜩이나 기운이 불끈불끈 솟고 하늘이 바로 돈짝만한 것 같은 모양이었다.

"내 참, 뭐, 흰말이 아니라 참, 거칠 것 없어, 거칠 것. 흥, 어느 눔이 아, 어느 눔이 날 뭐라구 허며, 날 괄시헐 눔이 어딨어, 지끔 이 천지에. 흥 참, 어림없지, 어림없어."

누가 옆에서 저를 무어라고를 하며 괄시를 한단 말인지, 공연히 연방 그 툭 나온 눈방울을 부리부리, 왼편으로 삼십도는 넉넉 삐뚤어진 코를 벌씸벌씸 해가면서 그래 쌓는 것이었었다.

"내 참, 이래봬두, 응, 동양 삼국 물 다 먹어 본 방삼(方三)복이우. 청얼(淸語) 뭇 허나, 일얼 뭇 허나, 영어야 뭐 말할 것두 없구……."

하다가, 생각난 듯이 맥주컵을 들어 벌컥벌컥 단숨에 다 마신다. 그리고는 시꺼먼 손등으로 입술을 쓱, 손가락으로 김치쪽을 늘름 한 점, 그러던 버릇이, 미스터 방이요, 신사요, 방선생으로도 불리어지는 시방도, 무심중 절로 나와, 손등으로 입술의 맥주 거품을 쓱 씻고, 손가락으로 나조기 한 점을 집어다 우둑우둑 씹는다.

“술은 참, 맥주가 술입넨다…….”

어느 놈이 만일 무어라고 시비를 하거나 괄시를 한다면 당장 그 나조기를 씹듯이 우둑우둑 잡아 씹기라도 할 듯이 괄괄하던 결기가, 그러다 별안간 어디로 가고서 이번엔 맥주 추앙이 나오던 것이다.

“술두 미국 사람네가 문명했죠. 죄선 사람은 안직두 멀었어.”

“멀구말구. 아직두 멀었지.”

쥐 상호의 대추씨만한 얼굴에 앙상한 노랑수염 백주사가, 병을 들어 주인의 빈 컵에다 따르면서 그렇게 맞장구를 쳐 보비위를 한다.

“아, 백상두 좀 드슈.”

“난 과해.”

“괜히 그리셔. 백상 주량을 다아 아는데. 만난 진 오랬어두.”

“다아 젊었을 적 말이지, 지금은…….”

“올에 참 몇이시지?”

“갑술생 마흔여덟 아닌가!”

“그럼 나버담 열한 살 위시군. 그래두 백상은 안 늙으신 심야. 허허허허.”

“안 늙는 게 다 무언가. 머리 신 걸 보게!”

“건 조백이시지.”

백주사는 흔연히 수작을 하면서 내색은 아니 하나, 어심엔 미스터 방이 괘씸하기 짝이 없었다. 향리의 예법으로, 십 년 장이면 절하고 뵈어야 한다. 무릎 꿇고 앉아야 하고, 말은 깍듯이 공대를 해야 한다. 그 앞에서 주초(酒草)가 당치 않고, 막부득이한 경우면 모로 앉아 잔을 마셔야 한다. 그런 것을, 마치 제 연갑 친구나 타관 나그네게나 하는 것처럼, 백상이니, 술 드슈, 조백이시지 하고 말버릇이 고약해, 발 개키고 앉아서 정면하고 술을 먹어, 담배 뻐끔뻐끔 피워, 이런 괘씸할 도리가 없었다.

또 나이도 나이려니와, 문벌이나 지체를 가지고 논한다면, 이건 도저히 용서할 수 없는 일이었다.

이래보여도 나는 삼대조가 진사를 하였고(그 첩지가 시방도 버젓이 있다) 오대조가 호조판서를 지냈고(족보에 그렇게 분명히 올라 있다) 칠대조가 영의정을 지냈고(역시 족보에 그렇게 분명히 올라 있다) 이런 명문거족의 집안이었다. 또 내 십이촌이 ××

군수요, 그 십이촌의 아들이 만주국 ××현 ××촌 촌장이요 하였다. 또 그리고, 시방은 원수의 독립인지 막덕인지 때문에 다 그렇게 되었다지만, 아무튼 두 달 전까지도 어느 놈, 그 앞에서 기침 한번 크게 못 하던 백부장——--훈팔(八)등에 ××경찰서 경제계 주임이던 백부장의 어르신네 이 백주사가 아닌가. 두 달 전 그때만 같았어도,

'이놈!'

하고 호통을 하여 당장 물고를 내련만, 그 좋은 세상이 어디로 가고 이지경이란 말인지 몰랐다.

하여튼 그만치나 혼란스런 백주사에다 대면 미스터 방의 근지야 아주 보잘 것이 없었다.

미스터 방의 증조가 타관에서 떠들어온 명색 없는 사람이었다. 그 조부가 고을의 아전을 다녔다.

그 아비가 짚신장수였다. 칠십에, 고로롱고로롱, 아직도 살아 있지만, 시방도 짚신 곱게 삼기로 고을에서 첫째가는 방첨지가 바로 그였다. 그리고 이 방삼복이는……. 먹고 자고 꿍꿍 일하고, 자식새끼 만들고 할 줄밖에는 모르는 상일꾼(농부)였었다. 그러나마 삼십을 바라보도록 남의 집 머슴살이로, 이집 저집 살고 다니는 코삐뚤이 삼복이었다. 물론 낫 놓고 기역자도 못 그리는 판무식이었다.

상일꾼일 바엔 남의 세토(貰土:소작) 마지기라도 얻어 제 농사를 짓는 것이 아니라, 삼십을 바라보도록 남의 집 머슴살이만 하고 다니던 코삐뚤이 삼복이가 하루아침 무슨 생각이 났던지, 돈벌이를 간답시고, 조석이 간데없는 부모에게다 처자식 떠맡기고는 훌쩍 일본으로 떠나 버렸다. 그것이 열두 해 전.

떠난 지 칠팔 년을 별반 신통한 벌이도 못 하는지, 돈 한푼 보내는 싹도 없더니, 하루는 느닷없이 중국 상해에 와 있노라 기별이 전해져 왔다. 그리고는 감감 소식이 없다가, 삼 년 만에 푸뜩 고향엘 돌아왔다. 십여 년을, 저의 말따나 동양 삼국 물 골고루 먹고 다녔으면서, 별로이 때가 벗은 것도 없어 보이고, 행색은 해어진 양복 누더기에 볼 꿰어진 구두짝을 꿰고 들어서는 모양이, 군데군데 김질은 하였으나 빨아 다린 무명 고의적삼을 입고 고향을 떠날 적보다 차라리 초라한 것 같았다.

늙은 어미 아비와, 젊은 가속이 뼈품으로 버는 것을 얻어먹으며 굶으며 하면서 한 일년 빈둥거리고 놀더니, 적이 회심이 들었는지, 이번엔 처자식 데리고 서울로 올라왔

다.

서울로 올라와서는 현저동 비탈의 다 찌부러진 행랑방을 얻어 살면서, 처음 일년은 용산 있는 연합군 포로수용소엘 다니며 입에 풀칠을 하였고——--이 동안 그는 상해에서 귀로 익힌 토막영어가 조금 더 진보되었고.

다시 일년이나는, 그것 역시 상해에서 익힌 것을 밑천삼아 구두 직공으로 구둣방엘 다니며 그럭저럭 살았고. 그러다 일본이 싸움에 지느라고, 구두를 너무 해트려 가죽이 동이 나서, 구둣방이 너나없이 문을 닫는 바람에, 할 수 없이 이번엔 궤짝 한 개 짊어지고 신기료장수로 나서고 말았다.

골목골목 돌아다니며, 혹은 종로 복판의 행길에 가 앉아 신기료장수를 하자니, 자연 서울 온 고향 사람의 눈에 종종 뜨일밖에. 소식이 고향에 퍼지자, 누구 한 사람 칭찬은 없고 저마다 빈정거리는 소리뿐이었다.

“일본으로, 청국으로, 십여 년 타국 바람 쏘이고 온 놈이 겨우 고거야?”

“부전자전이로구먼. 아범은 짚신장수, 자식은 구두 깁는 장수.”

“아마 신발 명당에다 무덤을 썼든감.”

이렇듯, 근지는 미천하고, 속에 든 것 없고, 가랑이가 찢어지게 가난하고, 생화(生貨)라는 것이 고작 거리에 앉아 오는 사람 가는 사람 해어지고 고린내 나는 구두짝 꿰매어 주고 징 박아 주고 닦아주고 하는 천업이고 하던, 그 코삐뚤이 삼복이었었다.

‘흥, 개구리가 올챙이 적을 못 생각한다더니, 발칙한 놈, 고얀 놈.’

백주사는 생각하자니 속으로 이렇게 분개스럽지 않을 수가 없었다.

그러나 일변으로는, 그러던 코삐뚤이 삼복이가 그야말로 선영이 명당엘 들었단 말인지, 무슨 조화를 지녔단 말인지, 불과 몇 달 지간에 이렇게 훌륭히 되고, 부자가 되고, 미스터 방인지 구리다 방인지가 되고 하여 가지고는, 갖은 호강 다하며 천하에 무설 것이 없고 기광이 나서 막 이러니, 한편 생각하면 신기하기도 하고 부럽기도 하고 또한 안타깝기도 하였다.

‘사람의 운수란 참 모를 일이야.’

백주사는 속으로 절절히 이렇게 탄복도 아니치 못하였다.

코삐뚤이 삼복의 이 눈부신 발신은, 그러나 백주사가 희한히 여기는 것처럼 무슨 명당 바람이 났다거나 조화를 지녔다거나 그런 신기한 곡절이 있는 바가 아니요, 지극히 간단하고도 수월한 것이었었다. 다못 몸에 지닌 재주 가운데 총기가 좀 좋아서 일찍이 영어 마디나 익힌 것을 잊어버리지 아니하였다는, 일종의 특수조건이 없던 바는 아니지만.

1945년 8월 15일, 역사적인 날.

이날도 신기료장수 방삼복은 종로의 공원 건너편 응달에 앉아서, 구두 징을 박으면서, 해방의 날을 맞이하였다. 그러나 삼복은 감격한 줄도 기쁜 줄도 모르겠었다. 지나가는 행인이, 서로 모르던 사람끼리면서 덤쑥 서로 껴안고 기뻐하고 눈물을 흘리고 하는 것이, 삼복은 속을 모르겠고 차라리 쑥스러 보일 따름이었다. 몰려 닫는 군중이 오히려 성가시고, 만세 소리가 귀가 아파 이맛살이 지푸려질 지경이었다.

몰려다니고 만세를 부르고 하기에 미쳐 날뛰느라고 정신이 없어, 손님이 없어, 손님이 부쩍 줄었다.

"우랄질! 독립이 배부른가?"

이렇게 그는 두런거리면서 반감이 솟았다.

이삼 일 지나면서부터야 삼복에게도 삼복에게다운 해방의 혜택이 나누어졌다.

십전이나 십오 전에 박아 주던 징을, 오십 전을 받아도 눈을 부라리는 순사를 볼 수가 없었다.

순사가 없어졌다면야, 활개를 쳐가면서 무슨 짓을 하여도 상관이 없고 무서울 것이 없던 것이었었다.

"옳아, 그렇다면 독립도 할 만한 건가 보다."

삼복은 징 열 개를 박아 주고 오 원을 받아 넣으면서 이렇게 속으로 중얼거리기까지 하였다. 그러나 며칠이 못 가서 삼복은 다시금 해방을 저주하여야 하였다. 삼복이 저 혼자만 돈을 더 받으며, 더 받아 상관이 없는 것이 아니라, 첫째 도가(都家)들이 제 맘대로 재료값을 올리던 것이었다. 징, 가죽, 고무, 실 모두가 오곱 십곱 비싸졌다. 그러니 신기료장수는 손님한테 아무리 비싸게 받는댔자 재료를 비싼 값으로 사야 하니, 결국 도가만 살찌울 뿐이지 소득은 전과 크게 다를 것이 없었다.

"이런 옘병헐! 그눔에 경제겐 다 어디루가 뒈졌어. 독립은 우라진다구 독립을 헌담."

석양 때 신기료궤짝 어깨에 멘 채 홧김에 막걸리청으로 들어가, 서너 사발 들이켜고는 그는 이렇게 게걸거렸다.

그럭저럭 구월도 열흘이 되고, 서울거리에는 미국 병정이 꼬마차와 함께 그득히 퍼졌다. 그 미국 병정들이, 거리를 구경하면서 혹은 물건을 사려면서, 말이 서로 통하지를 못하여 답답해하는 양을 보고 삼복은 무릎을 탁 쳤다. 그러나 슬플진저, 땟국과 땀에 찌든 이 누더기를 걸치고는 가망이 없을 말이었다.

'무슨 도리가 없을까'

반일을 궁리를 하다가 정오 때에야 한 줄기 서광을 얻었다.

총총히 집으로 돌아가, 마누라를 시켜 구두 고치는 연장 일습과 재료 남은 것에다 이불이며 헌옷가지 해서 한 짐을 동네 아는 가게에다 맡기고는 한 달 기한으로 돈 백 원을 서푼 변으로 취해 오게 하였다.

그 돈 백 원을 가지고 삼복은 흔한 넝마전으로 가서 백 원 돈이 꼭 차는 한도까지에 양복이란 명색 한 벌과 모자를 샀다. 신발은 부득이 안방 사람의 병정구두 사 신은 것을 이다음 창갈이 거저 해주겠다는 조건으로, 닷새만 제 것과 바꾸어 신기로 하였다.

이튿날 아침 느지감치, 새로 장만한 헌 양복 헌 모자에 헌 구두로써 궤짝 멘 신기료장수보다는 제법 말쑥하여진 차림을 차리고 마악 나서려는데, 간밤부터 통통 부어가지고는 시중도 말대꾸도 잘 아니하던 애꾸쟁이 마누라가 와락 양복 뒷자락을 움켜쥐고 늘어진다.

"바른 대루 대요."

"이게 별안간 미쳤나?"

"요 망난아, 반해 가지군 이럭허구 찾아가는 고년이 어떤 년야? 응?"

"속을 모르거든 밥값을 내지 말랬어, 요 맹추야."

"날 죽이구 가지, 거전 못 가."

"이년아, 너 이랬단, 내 인제 둔 벌문, 증말 첩 얻는다."

"오냐 잘한다. 날 죽여라, 날……."

"아, 이 우라 주리땔 앵길 년이……."

한주먹 보기 좋게 갈겨 넘어뜨리고는, 찌부러진 오두막집을 나서 종로로 향을 잡았다. 노예도 노예 이전이면 상전을 선택할 자유를 가지는 수도 있다고. 삼복은 종로서 전차를 내려 동쪽으로 천천히 걸으면서 물색을 하였다. 생김새가 맘씨 좋아 보이고,

여느 병정이 아니라 장교쯤 가는 이라야 할 것이었다.

청년회관 앞에서 담뱃대를 사고 있는 하나가, 몸집이 부대하고, 여느 병정은 아닌 듯하고, 얼굴이 사뭇 선량하여 보이는 게 선뜻 마음에 들었다. 구경하는 체하고 넌지시 그 옆으로 가 섰다. 미국 장교는 담뱃대를 집어 들고 기물스러하면서 연방 들여다보다가 값이 얼마냐고,

"하우 머치? 하우 머치?" 하고 묻는다.

담뱃대장수 영감은, 삼십 원이라고 소래기만 지른다.

알아들을 턱이 없어 고개를 깨웃거리면서 다시금 하우 머치만 찾는 것을, 기회 좋을씨고라고, 삼복이가 나직이,

"더티 원."

하여 주었다.

홱 돌려다보더니,

"오, 캔 유 스피크?"

하면서 사뭇 그러안을 듯이 반가워하는 양이라니. 아스러지도록 손을 잡고 흔드는 데는 질색할 뻔하였다. 직업이 있느냐고 물었다. 방금 실직하였노라고 대답하였다. 그럼, 내 통역이 되어 주겠느냐고 물었다. 그러겠노라고 대답하였다.

이 자리에서 신기료장수 코삐뚤이 삼복이 미스터 방으로 승차를 하여, S라는 미국 주둔군 소위의 통역이 되었다. 주급 십오 불(이백사십 원) 가량의.

거진 매일같이 미스터 방은 S소위를, 낮에는 거리의 구경으로, 밤이면 계집 있는 술집으로 인도하였다. 한번은 탑골공원의 사리탑을 구경하면서, 얼마나 오랜 것이냐고 S소위가 물었다. 미스터 방은 언젠가, 수천 년 된 것이란 말을 들었기 때문에, 투사우전드 이얼스라고 대답하였다. 또 한번은, 경회루를 구경하면서 무엇 하던 건물이냐고 물었다. 미스터 방은 서슴지 않고,

"킹 드링크 와인 앤드 댄스 앤드 싱, 위드 댄서."

라고 대답하였다. 임금이 기생 데리고 술 마시고, 춤추고 노래 부르고 하던 집이란 뜻이었었다.

내가 보기엔, 조선 여자의 옷이 퍽 아름답고 점잖스럽던데, 어째서 양장들을 하는지 모르겠다고 S소위가 물었다. 미스터 방은, 여자들이 서양 사람한테로 시집을 가고파서

그런다고 대답하였다. 서울역을 비롯하여 거리에 분뇨가 범람한 것을 보고, 혹시 조선 가옥에는 변소가 없느냐고 S소위가 물었다. 미스터 방은, 있기야 집집마다 다 있느니라고 대답하였다.

쎡 좋은 조선 그림을 한 장 사고 싶다고 하여서, 문지방 위에다 흔히들 붙이는, 사슴이 불로초를 물고 신선이 앉았고 한 것을 오 원에 한 장 사주었다. 제일 재미있고 유명한 소설이 무엇이냐고 물어서, 추월색이라고 대답하였고, 그럼 그것을 한 권 사고 싶다고 하여서, 여러 날 사러 다니다 못해 동네 노마네 집에 치를 이 원에 사주었다. 이 밖에도 미스터 방은 S소위에게 조선을 소개한 공로가 여러 가지로 많으나, 대강은 그러하였다.

그 공로에 정비례해서, 미스터 방은 나날이 훌륭하여져 갔다. 8·15이전에 어떤 은행의 중역의 사택이라던 지금의 이 집으로, 현저동 그 집에서 옮아오기는 S소위의 통역이 되는 사흘 후였었다. 위 아래층을 다, 양식 절반 일본식 절반으로 꾸민 호화스런 저택이었다. 정원엔 때마침 단풍과 가을 화초가 아름다웠고, 연못에선 잉어가 뛰놀고 하였다.

시방 주객이 앉아 술을 마시는 방은, 앞은 노대가 딸리고, 햇볕 잘 들고 밝아서, 여러 방 가운데 제일 좋은 방이었다. 그러나 방 안에는 벽에 그림 한 장 붙어 있는바 아니요, 방에 알맞은 가구 한 벌 놓여 있는바 아니요, 단지 방일 따름이어서, 싱겁게 넓기만 하였다. 그렇지만 미스터 방은 실내의 장식 같은 것쯤 그다지 관심할 줄을 아직은 몰랐다. 처음엔 식모를 두었다. 그 다음엔 침모를 두었다. 그 다음엔 손심부름할 계집아이를 두었다.

하루에도 방선생을 찾는 이가 여러 패씩 있었다. 그들의 대개는 자동차를 타고 오고, 인력거짜리도 흔치 않았다. 그렇게 찾아오는 그들은 결단코 빈손으로 오는 법이 드물었다. 좋은 양과자 상자 밑바닥에는 으레 따로이 뿌듯한 봉투가 들었곤 하였다. 미스터 방의, 신기료장수 코삐뚤이 삼복이로부터의 발신 경로란 이렇듯 심히 간단하고 순조로운 것이었었다. 주인 미스터 방이 백주사의 컵에다 술을 따르려고 병을 집어 들다가,

“오이, 기미코.”

하고 아래층으로 대고 부른다.

“심부럼 갔어요.”

애꾸쟁이 마누라의 꼬챙이 같은 대답.

“안주 어떻게 됐어”

“글쎄, 안주 시키러 갔어요.”

“증종 있지?”

“……”

층계 밟는 소리가 나더니, 퍼머넌트한 머리가 나오고, 좁디좁은 이마에 이어서 애꾸눈이 나오고, 분 바른 얼굴이 나오고, 원피스 입은 커다란 젖통의 가슴이 나오고, 마지막 비단 양말 신은 두리기둥 같은 두 다리가 나오고 한다.

“서주사가 이거 두구 갑디다.”

들고 올라온 각봉투 한 장을 남편에게 건네어 준다.

“어디?”

그러면서 받아 봉을 뜯는다. 소절수 한 장이 나온다. 액면 만 원 짜리다.

미스터 방은 성을 벌컥 내면서,

“겨우 둔 만 원야?”

하고 소절수를 다다미 바닥에다 홱 내던진다.

“내가 알우?”

“우랄질 자식, 어디 보자. 그래 전, 걸 십만 원에 불하 맡아다 백만 원 하난 냉겨먹을 테문서, 그래 겨우 둔 만 원야? 엠병헐 자식, 내가 엠피(MP)헌테 말 한마디문, 전 어느 지경 갈지 모를 줄 모르구서.”

“정종으루 가져와요?”

“내 말 한마디에 죽을 눔이 살아나구, 살 눔이 죽구 허는 줄을 모르구서. 흥, 이 자식 경 좀 쳐봐라…… 증종 따근허게 데와. 날두 산산허구 허니.”

새로이 안주가 오고, 따끈한 정종으로 술이 몇 잔 더 오락가락하고 나서였다.

백주사는 마침내, 진작부터 벼르던 이야기를 꺼내었다.

백주사의 아들 백선봉은, 순사 임명장을 받아 쥐면서부터 시작하여 8·15 그 전날까지 칠 년 동안, 세 곳 주재소와 두 곳 경찰서를 전근하여 다니면서, 이백 석 추수의 토지와, 만 원짜리 저금통장과, 만 원어치가 넘는 옷이며 비단과, 역시 만 원 어치가 넘는 여편네의 패물과를 장만하였다. 남들은 주린 창자를 졸라맬 때 그의 광에는 옥 같은 정백미가 몇 가마니씩 쌓였고, 반년 일년을 남들은 구경도 못 하는 고기와 생선이 끼니마다 상에 오르지 않는 날이 없었다. ××경찰서의 경제계 주임으로 있던 마지막 이 년 동안은 더욱더 호화판이었었다. 8·15 그날 밤, 군중이 그의 집을 습격하였을 때에 쏟아져 나온 물건이 쌀말고도,

광목 여섯 통

고무신 스물세 켤레

지카다비 여덟 켤레

빨랫비누 세 궤짝

양말 오십 타

정종 열세 병

설탕 한 부대

이렇게 있었더란다. 만 원 어치 여편네의 패물과, 만 원 어치의 옷감이며 비단과 만 원짜리 저금통장은 그만두고 말이었다. 물건 하나 없이 죄다 빼앗기고, 집과 세간은 조각도 못 쓰게 산산 다 부시고, 백선봉은 팔이 부러지고, 첩은 머리가 절반이나 뽑히고, 겨우겨우 목숨만 살아 본집으로 도망해 왔다.

일변 고을에서는 백주사가 자식이 그런 짓을 해서 산 토지를 가지고 동네 사람한테 거만히 굴고, 작인들한테 팔 할 가까운 도지를 받고, 고리대금을 하고 하였대서, 백선봉이 도망해 와 눕는 그날 밤, 그의 본집인 백주사의 집을 습격하였다.

집과 세간 죄다 부수고, 백선봉이 보낸 통제배급물자 숱한 것 죄다 빼앗기고, 가족들은 죽을 매를 맞고, 백선봉은 처가로, 백주사는 서울로 각기 피신하여 목숨만 우선 보전하였다.

백주사는 비싼 여관밥을 사먹으면서, 울적히 거리를 오락가락, 어떻게 하면 이 분풀이를 할까, 어떻게 하면 빼앗긴 돈과 물건을 도로 다 찾을까 하고 궁리를 하던 것이나, 아무런 묘책도 없었다.

그러자 오늘은 우연히 이 미스터 방을 만났다. 종로를 지향없이 거니는데, 지나가던 자동차가 스르르 멈추면서, 서양 사람과 같이 탔던 신사양반 하나가 내려서더니, 어쩌다 눈이 마주치자,

"아, 백주사 아니신가요"

하고 반기는 것이었었다.

자세히 보니, 무어 길바닥에서 신기료장수를 한다던 코삐뚤이 삼복이가 분명하였다.

"자네가, 저, 저, 방, 방……."

"네, 삼복입니다."

"아, 건데, 자네가……."

"허, 살 때가 됐답니다."

그리고는 내 집으루 갑시다, 하고 잡아끄는 대로 끌리어 온 것이었었다.

의표하며, 집하며, 식모에 침모에 계집하인까지 부리면서 사는 것하며, 신수가 훤히 트여 가지고 말도 제법 의젓하여진 것 같은 것이며, 진소위 개천에서 용이 났다고 할 것인지. 옛날의 영화가 꿈이 되고, 일보에 몰락하여 가뜩이나 초상집 개처럼 초라한 자기가 또한번 어깨가 옴츠러듦을 느끼지 아니치 못하였다. 그런데다 이 녀석이, 언제 적 저라고 무엄스럽게 굴어 심히 불쾌하였고, 그래서 엔간히 자리를 털고 일어설 생각이 몇 번이나 나지 아니한 것도 아니었었다. 그러나 참았다. 보아하니 큰 세도를 부리는 것이 분명하였다. 잘만 하면 그 힘을 빌려, 분풀이와 빼앗긴 재물을 도로 찾을 여망이 있을 듯싶었다. 분풀이를 하고, 더구나 재물을 도로 찾고 하는 것이라면야 코삐뚤이 삼복이는 말고, 그보다 더한 놈한테라도 머리 숙이는 것쯤 상관할 바 아니었다.

"그러니, 여보게 미씨다 방……."

있는 말 없는 말 보태 가며 일장 경과 설명을 한 후에, 백주사는 끝을 맺기를,

"어쨌든지 그놈들을 말이네, 그놈들을 한 놈 냉기지 말구섬 죄다 붙잡아다가 말이네, 괴수놈들 일랑 목을 썰어 죽이구, 다른 놈들일랑 뼉다구가 부러지두룩 두들겨 주구. 꿇어앉히구 항복 받구. 그리구 빼앗긴 것 일일이 도루 다 찾구. 집허구 세간 쳐부신 것 말끔 다 물리구…… 그렇게만 해준다면, 내, 내, 재산 절반 노나 주문세, 절반. 응, 여보게 미씨다 방."

"염려 마슈."

미스터 방은 선뜻 쾌한 대답이었다.

"진정인가"

"머, 지금 당장이래두, 내 입 한 번만 떨어진다 치면, 기관총 들멘 엠피가 백 명이구 천 명이구 들끓어 내려가서, 들이 쑥밭을 만들어 놉니다, 쑥밭을."

"고마우이!"

백주사는 복수하여지는 광경을 서언히 연상하면서, 미스터 방의 손목을 덥쑥 잡는다.

"백골난망이겠네."

"놈들을 깡그리 죽여 놀 테니, 보슈."

"자네라면야 어련하겠나."

"흰말이 아니라 참 이승만 박사두 내 말 한마디면 고만 다 제바리유."

미스터 방은 그리고는 냉수 그릇을 집어 한 모금 물고 꿀쩍꿀쩍 양치를 한다. 웬 버릇인지, 하여간 그는 미스터 방이 된 뒤로, 술을 먹으면서 양치하는 버릇이 생겼었다. 양치한 물을 처치하려고 휘휘 둘러보다, 일어서서 노대로 성큼성큼 나간다. 노대는 현관 정통 위였었다.

미스터 방이 그 걸쭉한 양칫물을 노대 아래로 아낌없이 좍 배앝는 바로 그 순간이었다. 그 순간이 공교롭게도, 마침 그를 찾으러 온 S소위가 현관으로 일단 들어서려다 말고(미스터 방이 노대로 나오는 기척이 들렸기 때문에) 뒤로 서너 걸음 도로 물러나,

"헬로."

부르면서 웃는 얼굴을 쳐드는 순간과 그만 일치가 되었었다.

"에구머니!"

놀라 질겁을 하였으나 이미 배앝아진 양칫물은 퀴퀴한 냄새와 더불어 백절폭포로 내려 쏟혀, 웃으면서 쳐드는 S소위의 얼굴 정통에가 좌르르.

"유 데블!"

이 기급할 자식이라고, S소위는 주먹질을 하면서 고함을 질렀고. 그 주먹이 쳐든 채 그대로 있다가, 일변 허둥지둥 버선발로 뛰쳐나와 손바닥을 싹싹 비비는 미스터 방의 턱을,

"상놈의 자식!"

하면서 철컥, 어퍼컷으로 한 대 갈겼더라고.

이효석

(李孝石, 1907.2.23 ~ 1942.5.25)

1928년 《조선지광(朝鮮之光)》에 단편 《도시와 유령》 발표

1932년 그의 작품세계는 초기의 경향문학적 요소를 탈피하고 그의 진면목이라고 할 수 있는 순수문학을 추구

1934년 평양 숭실전문학교 교수가 된 후 자연과의 교감을 수필적인 필체로 묘사한 작품 발표

1936년 한국 단편문학의 수작이라고 평가받는 [메밀꽃 핀 무렵]을 발표, 그 후 [장미 병들다], 장편[화분] 등을 발표, 성 본능과 개방을 추구하는 새로운 작품으로 주목

1940년 상처(喪妻)와 유아(乳兒)마저 잃은 뒤 극심한 실의에 빠져 건강을 해쳐 작품 활동도 활발하지 못함

1942년 뇌막염으로 병석에 눕게 되고 36세로 요절

작품분석

1. 메밀꽃 필 무렵

- 갈래 : 단편 소설, 순수 소설
- 시점 : 전지적 작가 시점
- 표현 : 낭만적 흐름을 보이면서도 사실적 묘사가 많이 나타남.
  대화의 진행과 암시에 의한 주제 부각. 지명의 반복으로 의식과 감정을 고조시키는 효과를 냄.
- 자연에 동화되어 떠돌아다니는 행상인의 정한과 애수를 표현
- 허생원과 정서적으로 융합하는 동물로 나귀를 등장시켜 외모, 행동의 양상까지 유사하게 설정, 개인어를 사용하는 문체적 특징을 나타냄.

2. 돼지(豚)

- 갈래 : 단편소설
- 시점 : 전지적 작가 시점
- 분석 : 낭만주의, 인간의 내면에 잠재한 애욕을 동물에 빗대어 표현,
  인간의 잠재한 성적 본능을 돼지의 교접 행위로 표현

메밀꽃 필 무렵

여름장이란 애시당초에 글러서, 해는 아직 중천에 있건만 장판은 벌써 쓸쓸하고 더운 햇발이 벌여놓은 전 휘장 밑으로 등줄기를 훅훅 볶는다. 마을 사람들은 거의 돌아간 뒤요, 팔리지 못한 나무꾼패가 길거리에 궁깃거리고들 있으나, 석유병이나 받고 고깃마리나 사면 족할 이 축들을 바라고 언제까지든지 버티고 있을 법은 없다. 칩칩스럽게 날아드는 파리떼도 장난꾼 각다귀들도 귀찮다. 얽음뱅이요 왼손잡이인 드팀전의 허생원은 기어이 동업의 조선달을 나꾸어보았다.

"그만 거둘까?"

"잘 생각했네. 봉평장에서 한 번이나 흐뭇하게 사본 일이 있었을까? 내일 대화장에서나 한몫 벌어야겠네. "

"오늘 밤은 밤을 새서 걸어야 될걸."

"달이 뜨렷다."

절렁절렁 소리를 내며 조선달이 그날 산돈을 따지는 것을 보고 허생원은 말뚝에서 넓은 휘장을걷고 벌여놓았던 물건을 거두기 시작하였다. 무명 필과 주단 바리가 두 고리짝에 꼭 찼다. 멍석 위에는 천조각이 어수선하게 남았다.

다른 축들도 벌써 거의 전들을 걷고 있었다. 약바르게 떠나는 패도 있었다. 어물장수도, 땜장이도, 엿장수도, 생강장수도, 꼴들이 보이지 않았다. 내일은 진부와 대화에 장이 선다. 축들은 그 어느쪽으로든지 밤을 새며 육칠십리 밤길을 타박거리지 않으면 안 된다. 장판은 잔치 뒤마당같이 어수선하게 벌어지고, 술집에서는 싸움이 터져 있었다. 주정꾼 욕지거리에 섞여 계집의 앙칼진 목소리가 찢어졌다. 장날 저녁은 정해놓고 계집의 고함 소리로 시작되는 것이다.

"생원, 시침을 떼두 다 아네.…… 충줏집 말야."

계집 목소리로 문득 생각난 듯이 조선달은 비죽이 웃는다.

"화중지병이지. 연소패들을 적수로 하구야 대거리가 돼야 말이지."

"그렇지두 않을걸. 축들이 사족을 못쓰는 것두 사실은 사실이나, 아무리 그렇다군 해두 왜 그 동이 말일세. 감쪽같이 충줏집을 후린 눈치거든."

"무어, 그 애숭이가? 물건 가지구 낚았나부지. 착실한 녀석인 줄 알았더니."

"그 길만은 알 수 있나.……궁리 말구 가보세나그려. 내 한 턱 씀세."

그다지 마음이 당기지 않는 것을 쫓아갔다. 허생원은 계집과는 연분이 멀었다. 얽음뱅이 상판을 쳐들고 대어설 숫기도 없었으나, 계집 편에서 정을 보낸 적도 없었고, 쓸쓸하고 뒤틀린 반생이었다. 충줏집을 생각만 하여도 철없이 얼굴이 붉어지고 발밑이 떨리고 그 자리에 소스라쳐버린다.

충줏집 문을 들어서 술좌석에서 짜장 동이를 만났을 때에는 어찌된 서슬엔지 발끈 화가 나버렸다. 상위에 붉은 얼굴을 쳐들고 제법 계집과 농탕치는 것을 보고서야 견딜 수 없었던 것이다. 녀석이 제법 난질꾼인데, 꼴사납다. 머리에 피도 안 마른 녀석이 낮부터 술 처먹고 계집과 농탕이야. 장돌뱅이 망신만 시키고 돌아다니누나. 그 꼴에 우리들과 한몫 보자는 셈이지. 동이 앞에 막아서면서부터 책망이었다. 걱정두 팔자요 하는 듯이 빤히 쳐다보는 상기된 눈망울에 부딪힐 때, 얼결김에 따귀를 하나 갈겨주지 않고는 배길 수 없었다. 동이도 화를 쓰고 팩하고 일어서기는 하였으나, 허생원은 조금도 동색하는 법 없이 마음먹은대로는 다 지껄였다--어디서 주워먹은 선머슴인지는 모르겠으나 네게도 아비 어미 있겠지? 그 사나운 꼴 보면 맘 좋겠다. 장사란 탐탁하게 해야 되지, 계집이 다 무어야. 나가거라, 냉큼 꼴 치워.

그러나 한마디도 대거리하지 않고 하염없이 나가는 꼴을 보려니, 도리어 측은히 여겨졌다. 아직두 서름서름한 사인데 너무 과하지 않았을까 하고 마음이 섬뻑해졌다. 주제도 넘지, 같은 술손님이면서도 아무리 젊다고 자식 낳게 된 것을 붙들고 치고 닦아셀 것은 무어야 원. 충줏집은 입술을 쭝긋하고 술 붓는 솜씨도 거칠었으나, 젊은 애들한테는 그것이 약이 된다고 하고 그 자리는 조선달이 얼버무려 넘겼다.

너 녀석한테 반했지? 애숭이를 빨면 죄된다. 한참 법석을 친 후이다. 담도 생긴데다가 웬일인지 흠뻑 취해보고 싶은 생각도 있어서 허생원은 주는 술잔이면 거의 다 들이켰다. 거나해짐을 따라 계집 생각보다도 동이의 뒷일이 한결같이 궁금해졌다. 내 꼴에 계집을 가로채서는 어떡헐 작정이었누 하고, 어리석은 꼬락서니를 모질게 책망하는 마음도 한편에 있었다. 그렇기 때문에 얼마나 지난 뒤인지 동이가 헐레벌떡거리며 황급히 부르러 왔을 때에는, 마시던 잔을 그자리에 던지고 정신없이 허덕이며 충줏집을 뛰어나간 것이었다.

"생원 당나귀가 바를 끊구 야단이에요."

"각다귀들 장난이지 필연코."

짐승도 짐승이려니와 동이의 마음씨가 가슴을 울렸다. 뒤를 따라 장판을 달음질하려니 거슴츠레한 눈이 뜨거워질 것 같다.

"부락스런 녀석들이라 어쩌는 수 있어야죠..."

"나귀를 몹시 구는 녀석들은 그냥 두지는 않을걸."

반평생을 같이 지내온 짐승이었다. 같은 주막에서 잠자고 같은 달빛에 젖으면서 장에서 장으로 걸어다니는 동안에 이십년의 세월이 사람과 짐승을 함께 늙게 하였다. 까스러진 목뒤 털은 주인의 머리털과도 같이 바스러지고, 개진개진 젖은 눈은 주인의 눈과 같이 눈꼽을 흘렸다. 몽당비처럼 짧게 슬리운 꼬리는 파리를 쫓으려고 기껏 휘저어 보아야 벌써 다리까지는 닿지 않았다. 닳아 없어진 굽을 몇 번이나 도려내고 새 철을 신겼는지 모른다. 굽은 벌써 더 자라나기는 틀렸고 닳아버린 철 사이로는 피가 빼짓이 흘렀다. 냄새만 맡고도 주인을 분간하였다. 호소하는 목소리로 야단스럽게 울며 반겨한다.

어린아이를 달래듯이 목덜미를 어루만져 주니 나귀는 코를 벌름거리고 입을 투르르 거렸다. 콧물이 튀었다. 허생원은 짐승 때문에 속도 무던히는 썩였다. 아이들의 장난이 심한 눈치여서, 땀밴 몸뚱어리가 부들부들 떨리고 좀체 흥분이 식지 않는 모양이었다. 굴레가 벗어지고 안장도 떨어졌다. 요 몹쓸 자식들, 하고 허생원은 호령을 하였으나, 패들은 벌써 줄행랑을 논 뒤요 몇 남지 않은 아이들이 호령에 놀래 비슬비슬 멀어졌다.

"우리들 장난이 아니우. 암놈을 보고 저 혼자 발광이지."

코흘리개 한녀석이 멀리서 소리를 쳤다.

"고녀석 말투가……"

"김첨지 당나귀가 가버리니까 온통 흙을 차고 거품을 흘리면서 미친 소같이 날뛰는 걸. 꼴이 우스워 우리는 보고만 있었다우. 배를 좀 보지."

아이는 앙돌아진 투로 소리를 치며 깔깔 웃었다. 허생원은 모르는 결에 낯이 뜨거워졌다. 뭇 시선을 막으려고 그는 짐승의 배 앞을 가리워 서지 않으면 안 되었다.

"늙은 주제에 암샘을 내는 셈야. 저놈의 짐승이."

아이의 웃음소리에 허생원은 주춤하면서 기어이 견딜 수 없어 채찍을 들더니 아이를 쫓았다.

"쫓으려거든 쫓아보지. 왼손잡이가 사람을 때려."

줄달음에 달아나는 각다귀에는 당하는 재주가 없었다. 왼손잡이는 아이 하나도 후릴 수 없다. 그만 채찍을 던졌다. 술기도 돌아 몸이 유난스럽게 화끈거렸다.

"그만 떠나세. 녀석들과 어울리다가는 한이 없어. 장판의 각다귀들이란 어른보다도 더 무서운 것들인걸."

조선달과 동이는 각각 제 나귀에 안장을 얹고 짐을 싣기 시작하였다. 해가 꽤 많이 기울어진 모양이었다.

드팀전 장돌이을 시작한지 이십년이나 되어도 허생원은 봉평장을 빼논 적은 드물었다. 충주 제천 등의 이웃 군에도 가고, 멀리 영남 지방도 헤매기는 하였으나 강릉쯤에 물건 하러 가는 외에는 처음부터 끝까지 군내를 돌아다녔다. 닷새만큼씩의 장날에는 달보다도 확실하게 면에서 면으로 건너간다. 고향이 청주라고 자랑삼아 말하였으나 고향에 돌보러 간일도 있는 것 같지는 않았다. 장에서 장으로 가는 길의 아름다운 강산이 그대로 그에게는 그리운 고향이었다. 반날 동안이나 뚜벅뚜벅 걷고 장터 있는 마을에 거의 가까왔을 때, 거친 나귀가 한바탕 우렁차게 울면--더구나 그것이 저녁녘이어서 등불들이 어둠 속에 깜박거릴 무렵이면 늘 당하는 것이건만 허생원은 변치 않고 언제든지 가슴이 뛰놀았다.

젊은시절에는 알뜰하게 벌어 돈푼이나 모아본 적도 있기는 있었으나, 읍내에 백중이 열린 해 호탕스럽게 놀고 투전을 하고 하여 사흘 동안에 다 털어버렸다. 나귀까지 팔게 된 판이었으나 애끓는 정분에 그것만은 이를 물고 단념하였다. 결국 도로아미타불로 장돌이를 다시 시작할 수밖에 없었다. 짐승을 데리고 읍내를 도망해 나왔을 때에는 너를 팔지 않기 다행이었다고 길가에서 울면서 짐승의 등을 어루만졌던 것이었다. 빚을 지기 시작하니 재산을 모을 염은 당초에 틀리고 간신히 입에 풀칠을 하러 장에서 장으로 돌아다니게 되었다.

호탕스럽게 놀았다고는 하여도 계집 하나 후려보지는 못하였다. 계집이란 쌀쌀하고 매정한 것이었다. 평생 인연이 없는 것이라고 신세가 서글퍼졌다. 일신에 가까운 것이라고는 언제나 변함없는 한 필의 당나귀였다.

그렇다고는 하여도 꼭 한번의 첫일을 잊을 수는 없었다. 뒤에도 처음에도 없는 단 한번의 괴이한 인연! 봉평에 다니기 시작한 젊은 시절의 일이었으나 그것을 생각할 적만은 그도 산 보람을 느꼈다.

"달밤이었으나 어떻게 해서 그렇게 됐는지 지금 생각해두 도무지 알 수 없어."

허생원은 오늘밤도 또 그 이야기를 끄집어내려는 것이다. 조선달은 친구가 된 이래 귀에 못이 박히도록 들어왔다. 그렇다고 싫증을 낼 수도 없었으나 허생원은 시치미를 떼고 되풀이할대로는 되풀이하고야 말았다.

"달밤에는 그런 이야기가 격에 맞거든,"

조선달 편을 바라는 보았으나 물론 미안해서가 아니라 달빛에 감동하여서였다. 이지러는 졌으나 보름을 갓 지난달은 부드러운 빛을 흐뭇이 흘리고 있다. 대화까지는 팔십리의 밤길, 고개를 둘이나 넘고 개울을 하나 건너고 벌판과 산길을 걸어야 된다. 길은 지금 긴 산허리에 걸려 있다. 밤중을 지난 무렵인지 죽은듯이 고요한 속에서 짐승 같은 달의 숨소리가 손에 잡힐 듯이 들리며, 콩포기와 옥수수 잎새가 한층 달에 푸르게 젖었다. 산허리는 온통 메밀밭이어서 피기 시작한 꽃이 소금을 뿌린 듯이 흐뭇한 달빛에 숨이 막힐 지경이다. 붉은 대궁이 향기같이 애잔하고 나귀들의 걸음도 시원하다. 길이 좁은 까닭에 세 사람은 나귀를 타고 외줄로 늘어섰다. 방울소리가 시원스럽게 딸랑딸랑 메밀밭게로 흘러간다. 앞장선 허생원의 이야기소리는 꽁무니에 선 동이에게는 확적히는 안 들렸으나, 그는 그대로 개운한 제멋에 적적하지는 않았다.

"장선 꼭 이런 날 밤이었네. 객줏집 토방이란 무더워서 잠이 들어야지. 밤중은 돼서 혼자 일어나 개울가에 목욕하러 나갔지. 봉평은 지금이나 그제나 마찬가지지, 보이는 곳마다 메밀밭이어서 개울가가 어디없이 하얀 꽃이야. 돌밭에 벗어도 좋을 것을, 달이 너무나 밝은 까닭에 옷을 벗으러 물방앗간으로 들어가지 않았나. 이상한 일도 많지. 거기서 난데없는 성서방네 처녀와 마주쳤단 말이네. 봉평서야 제일가는 일색이었지---팔자에 있었나부지."

아무렴, 하고 응답하면서 말머리를 아끼는 듯이 한참이나 담배를 빨 뿐이었다. 구수한 자줏빛 연기가 밤기운 속에 흘러서는 녹았다.

"날 기다린 것은 아니었으나 그렇다고 달리 기다리는 놈팽이가 있는 것두 아니었네. 처녀는 울고 있단 말야. 짐작은 대고 있으나 성서방네는 한창 어려워서 들고날 판인 때였지. 한집안 일이니 딸에겐들 걱정이 없을 리 있겠나? 좋은 데만 있으면 시집도 보내련만 시집은 죽어도 싫다지……그러나 처녀란 울 때같이 정을 끄는 때가 있을까! 처음에는 놀라기도 한 눈치였으나 걱정 있을 때는 누그러지기도 쉬운 듯해서 이럭저럭 이야기가 되었네……생각하면 무섭고도 기막힌 밤이었어."

"제천인지로 줄행랑을 놓은 건 그 다음 날이렷지."

"다음 장도막에는 벌써 온 집안이 사라진 뒤였네. 장판은 소문에 발끈 뒤집혀 오죽해야 술집에 팔려가기가 상수라고 처녀의 뒷공론이 자자들 하단 말이야. 제천 장판을 몇 번이나 뒤졌겠나. 허나 처녀의 꼴은 꿩궈먹은 자리야. 첫날밤이 마지막 밤이었지. 그 때부터 봉평이 마음에 든 것이 반평생을 두고 다니게 되었네. 반평생인들 잊을 수 있겠나."

"수 좋았지. 그렇게 신통한 일이란 쉽지 않어. 항용 못난것 얻어 새끼 낳고 걱정 늘고, 생각만 해두 진저리가 나지……그러나 늙으막바지까지 장돌뱅이로 지내기도 힘드는 노릇 아닌가. 난 가을까지만 하구 이 생계와두 하직하려네. 대화쯤에 조그만 전방이나 하나 벌이구 식구들을 부르겠어. 사시장천 뚜벅뚜벅 걷기란 여간이래야지."

"옛 처녀나 만나면 같이나 살까……난 거꾸러질 때까지 이 길 걷고 저 달 볼 테야."

산길을 벗어나니 큰 길로 틔어졌다. 꽁무니의 동이도 앞으로 나서 나귀들은 가로 늘어섰다.

"총각두 젊겠다, 지금이 한창시절이렷다. 충줏집에서는 그만 실수를 해서 그 꼴이 되었으나 설게 생각 말게."

"처 천만에요. 되려 부끄러워요. 계집이란 지금 웬 제격인가요. 자나 깨나 어머니 생각뿐인데요."

허생원의 이야기로 실심해 한 끝이라 동이의 어조는 한풀 수그러진 것이었다.

"아비 어미란 말에 가슴이 터지는 것도 같았으나 제겐 아버지가 없어요. 피붙이라고는 어머니 하나뿐인걸요."

"돌아가셨나?"

"당초부터 없어요."

"그런 법이 세상에……"

생원과 선달이 야단스럽게 껄껄들 웃으니 동이는 정색하고 우길 수밖에는 없었다.

"부끄러워서 말하지 않으려 했으나 정말예요. 제천 촌에서 달도 차지 않은 아이를 낳고 어머니는 집을 쫓겨났죠. 우스운 이야기나, 그러기 때문에 지금까지 아버지 얼굴도 본 적 없고 있는 고장도 모르고 지내 와요."

고개가 앞에 놓인 까닭에 세 사람은 나귀를 내렸다. 둔덕은 험하고 입을 벌리기도 대근하여 이야기는 한동안 끊겼다. 나귀는 건듯하면 미끄러졌다. 허생원은 숨이 차 몇 번이고 다리를 쉬지 않으면 안 되었다. 고개를 넘을 때마다 나이가 알렸다. 동이 같은 젊은축이 끝이없이 부러웠다. 땀이 등을 한바탕 쭉 씻어내렸다.

고개 너머는 바로 개울이었다. 장마에 흘겨버린 널다리가 아직도 걸리지 않은 채로 있는 까닭에 벗고 건너야 되었다. 고의를 벗어 띠로 등에 얽어매고 반 벌거숭이의 우스꽝스런 꼴로 물속에 뛰어들었다. 금방 땀을 흘린 뒤였으나 밤물은 뼈를 찔렀다.

"그래 대체 기르긴 누가 기르구?"

"어머니는 하는 수 없이 의부를 얻어가서 술장사를 시작했죠. 술이 고주래서 의부라고 전 망나니예요. 철들어서부터 맞기 시작한 것이 하룬들 편한 날 있었을까? 어머니는 말리다가 채이고 맞고 칼부림을 당하고 하니 집 꼴이 무어겠소. 열여덟 살 때 집을 뛰쳐나서부터 이짓이죠."

"총각 낫세론 동이 무던하다고 생각했더니 듣고 보니 딱한 신세로군."

물은 깊어 허리까지 찼다. 속 물살도 어지간히 센데다가 발에 채이는 돌멩이도 미끄러워 금시에 휩칠 듯하였다. 나귀와 조선달은 재빨리 거의 건넜으나 동이는 허생원을 붙드느라고 두 사람은 훨씬 떨어졌다.

"모친의 친정은 원래부터 제천이었던가?"

"웬걸요. 시원스리 말은 안해주나 봉평이라는 것만은 들었죠."

"봉평? 그래 그 아비 성은 무엇이구?“

"알 수 있나요. 도무지 듣지를 못했으니까."

"그 그렇겠지."하고 중얼거리며 흐려지는 눈을 까물까물하다가 허생원은 경망하게도 발을 빗디뎠다. 앞으로 꼬꾸라지기가 바쁘게 몸째 풍덩 빠져버렸다. 허위적거릴수록 몸을 걷잡을 수 없어 동이가 소리를 치며 가까이 왔을 때에는 벌써 퍽으나 흘렀었다. 옷째 쫄딱 젖으니 물에 젖은 개보다도 참혹한 꼴이었다. 동이는 물속에서 어른을 해깝게 업을 수 있었다. 젖었다고는 하여도 여윈 몸이라 장정 등에는 오히려 가벼웠다.

"이렇게까지 해서 안됐네. 내 오늘은 정신이 빠진 모양이야."

"염려하실 것 없어요."

"그래 모친은 아비를 찾지는 않는 눈치지?“

"늘 한 번 만나고 싶다고는 하는데요."

"지금 어디 계신가?“

"의부와도 갈라져서 제천에 있죠. 가을에는 봉평에 모셔오려고 생각 중인데요. 이를 물고 벌면 이럭저럭 살아갈 수 있겠죠."

"아무렴, 기특한 생각이야. 가을이랬다”

동이의 탐탁한 등어리가 뼈에 사무쳐 따뜻하다. 물을 다 건넜을 때에는 도리어 서글픈 생각에 좀더 업혔으면도 하였다.

"진종일 실수만 하니 웬일이요? 생원."

조선달은 바라보며 기어코 웃음이 터졌다.

"나귀야, 나귀 생각 하다 실족을 했어. 말 안했던가? 저 꼴에 제법 새끼를 얻었단 말이지. 읍내 강릉집 피마에게 말일세. 귀를 쫑긋 세우고 달랑달랑 뛰는 것이 나귀새끼같이 귀여운 것이 있을까? 그것 보러 나는 일부러 읍내를 도는 때가 있다네."

"사람을 물에 빠치울 젠 딴은 대단한 나귀새끼군!"

허생원은 젖은 옷을 웬만큼 짜서 입었다. 이가 덜덜 갈리고 가슴이 떨리며 몹시도 추웠으나 마음은 알 수 없이 둥실둥실 가벼웠다.

"주막까지 부지런히들 가세나. 뜰에 불을 피우고 훗훗이 쉬어. 나귀에겐 더운 물을 끓여주고, 내일 대화장 보고는 제천이다."

"생원도 제천으로……

"오래간만에 가보고 싶어. 동행하려나, 동이"

나귀가 걷기 시작하였을 때 동이의 채찍은 왼손에 있었다. 오랫동안 아둑신이같이 눈이 어둡던 허생원도 요번만은 동이의 왼손잡이가 눈에 띄지 않을 수 없었다.

걸음도 해깝고 방울소리가 밤 벌판에 한층 청청하게 울렸다.

달이 어지간히 기울어졌다.

돼지
豚

옛성 모퉁이 버드나무 까치 둥우리 위에 푸르둥한 하늘이 얕게 드리웠다.

토끼우리에서 하이얀 양토끼가 고슴도치 모양으로 까칠하게 웅크리고 있다. 능금나무 가지를 간들간들 흔들면서 벌판을 불어오는 바닷바람이 채 녹지 않은 눈 속에 덮인 종묘장(種苗場) 보리밭에 휩쓸려 돼지우리에 모질게 부딪친다.

우리 밖 네 귀의 말뚝 안에 얽어매인 암돼지는 바람을 맞으면서 유난히 소리를 친다. 말뚝을 싸고도는 종묘장(種苗場) 씨돝은 시뻘건 입에 거품을 뿜으면서 말뚝의 뒤를 돌아 그 위에 덥석 앞다리를 걸었다. 시꺼먼 바위 밑에 눌린 자라 모양인 암돼지는 날카로운 비명을 울리며 전신을 요동한다. 미끄러진 씨돝은 게걸덕 거리며 다시 말뚝을 싸고 돈다. 앞뒤 우리에서 응하는 돼지들의 고함에 오후의 종묘장 안은 떠들썩했다.

반 시간이 넘어도 여의치 않았다. 둘러싸고 보던 사람들도 흥이 식어서 주춤주춤 움직인다. 여러 번째 말뚝 위에 덮쳤을 때에 육중한 힘에 말뚝이 와싹 무지러지면서 그 바람에 밑에 깔렸던 돼지는 말뚝의 테두리로 벗어져서 뛰어났다.

"어려서 안되겠군."

종묘장 기수가 껄껄 웃는다.

"── 황소 앞에 암달 같으니 쟁그러워서 볼 수 있나."

"겁을 먹고 달아나는데."

농부는 날쌔게 우리 옆을 돌아 뛰어가는 돼지의 앞을 막았다.

"달포 전에 한번 왔다 갔으나 씨가 붙지 않아서 또 끌고 왔는데요."

식이는 겸연쩍어서 얼굴을 붉혔다.

"아무리 짐승이기로 저렇게 어리구야 씨가 붙을 수 있나."

농부의 말에 식이는 다시 얼굴을 붉혔다.

"빌어먹을 놈의 짐승."

무안도 무안이려니와 귀찮게 구는 짐승에 식이는 화를 버럭 내면서 농부의 부축을 하여 달아나는 돼지의 뒤를 쫓는다. 고무신이 진창에 빠지고 바지춤이 흘러내린다.

돼지의 허리를 매인 바를 붙잡았을 때에 그는 홧김에 바를 뒤로 잡아 나꾸며 기운껏 매질한다.

어린 짐승은 바들바들 뛰면서 비명을 울린다. 농가 일년의 생명선 —— 좀 있으면 나올 제일기 세금과 첫여름 감자가 나올 때까지의 가족의 양식의 예산의 부담을 맡은 이 어린 짐승에 대한 측은한 뉘우침이 나중에는 필연코 나련마는 종묘장 사람들 숲에서의 무안을 못 이겨 식이의 흔드는 매는 자연 가련한 짐승 위에 잦게 내렸다.

"그만 갖대 매시오."

말뚝을 고쳐 든든히 박고난 농부는 식이에게 손짓한다. 겁과 불안에 떨며 허둥거리는 짐승을 이번에는 이걸 더 든든히 말뚝 안에 우겨 넣고 나뭇 대를 가로질러 배까지 떠받쳐 올려 꼼짝 요동하지 못하게 탐탁하게 얽어매였다.

털몸을 근실근실 부딪히며 그의 곁을 궁싯궁싯 굼도는 씨돝은 미처 식이의 손이 떨어지기도 전에 '화차'와도 같이 말뚝 위를 엄습한다. 시뻘건 입이 욕심에 목메어서 풀무같이 요란히 울린다. 깔리운 암퇘은 목이 찢어져라 날카롭게 고함친다.

둘러 선 좌중은 일제히 웃음소리를 멈추고 일시 농담조차 잊은 듯 하였다.

문득 분이의 자태가 눈앞에 떠오른다. 식이는 말뚝에서 시선을 돌려 딴전을 보았다.

"—— 분이 고것 지금엔 어디 가 있는구."

—— 제 이기분은 새려 일기분 세금조차 밀려오는 농가의 형편에 돼지보다 나은 부업이 없었다. 한 마리를 일년동안 충시히 기르면 세금도 세금이려니와 잔돈푼의 가용돈은 훌륭히 우러나왔다. 이 돼지의 공용을 잘 아는 식이다. 푼푼이 모든 돈으로 마을 사람들의 본을 받아 종묘장에서 가주 난 양 돼지 한 자웅을 사놓은 것이 자는 여름이

었다. 기름이 자르를 흐르는 새까만 자웅을 식이는 사람보다도 더 귀히 여겨 가주사 왔던 무렵에는 우리에 넣기가 아까와 그의 방 한 구석에 짚을 펴고 그 위에 재우기까지 하던 것이 젖이 그리워서인지 한 달도 못돼서 숫놈이 죽었다. 나머지의 암놈을 식이는 애지중지하여 단 한 벌의 그의 밥그릇에 물을 받아 먹이기까지 하였다. 물도 먹지 않고 꿀꿀 앓을 때에는 그는 나무하러 가는 것도 그만두고 종일 짐승의 시중을 들었다. 여섯 달을 키우니 겨우 암퇘지 티가 났다. 달포 전에 식이는 첫 시험으로 십리가 넘는 종묘장으로 끌고 왔었다. 피돈 오십 전이나 내서 씨를 받은 것이 종시 붙지 않았다. 식이는 화가 났다. 때마침 정을 두고 지내던 이웃집 분이가 어디론지 도망을 갔다. 식이는 속이 상해서 며칠 동안 일이 손에 잡히지 않았다. 늘 뾰로통해서 쌀쌀하게 대꾸하더니 그 고운 살을 한번도 허락하지 않고 늙은 아비를 혼자 둔 채 기어이 도망을 가버렸구나 생각하니 분이가 괘씸하였다. 그러나 속깊은 박초시의 일이니 자기 딸 조처에 무슨 꿍꿍이 수작을 대었는지 도무지 모를 노릇이었다. 청진으로 갔느니 서울로 갔느니 며칠 전에 박초시에게 돈 십원이 왔느니 소문은 갈피갈피 였으나 하나도 종잡을 수 없었다. 이래저래 상할대로 속이 상했다. 능금꽃같은 두 볼을 잘강잘강 씹어먹고 싶던 분이인 만큼 식이는 오늘까지 솟아오르는 심화를 억제할 수 없었다.

"── 다 됐군."

딴전만 보고 섰던 식이는 농부의 목소리에 그쪽을 보았다. 씨돝은 만족한 듯이 여전히 꿀꿀 짖으면서 그곳을 떠나지 않고 빙빙 돈다.

파장 후의 광경이언만 분이의 그림자가 눈앞에 어른거리는 식이는 몹시도 겸연쩍었다. 잠자코 섰는 까칠한 암퇘지와 분이는 자태가 서로 얽혀서 그의 머리속에 추근하게 떠올랐다. 음란한 잡담과 허리꺾는 웃음소리에 얼굴이 더 한층 붉어졌다. 환영을 떨쳐버리려고 애쓰면서 식이는 얽어매었던 돼지를 풀기 시작하였다. 농부는 여전히 게걸덕거리며 어른어른 싸도는 욕심 많은 씨돝을 몰아 우리 속에 가두었다.

"이번에는 틀림없겠지."

장부에 이름을 올리고 오십 전을 치뤄주고 종묘장을 나오니 오후의 해가 느지막하였다. 능금밭 건너편 양옥 관사의 지붕이 흐린 석양에 푸르뎅뎅하게 빛난다. 옛성 어귀에는 드나드는 장꾼의 그림자가 어른어른 한다. 성안에서 한 채의 뻐스가 나오더니

폭넓은 이등도로를 요란히 달아온다. 돼지를 몰고 길 왼편 가으로 피한 식이는 푸뜩 지나가는 뻐스 안을 흘끗 살펴본다. 분이를 잃은 후로부터는 그는 달아나는 뻐스 안까지 조심스럽게 살피게 되었다. 일전에 나남에서 뻐스 차장 시험이 있었다더니 그런 데로나 뽑혀 들어가지 않았을까. 분이의 간 길을 이렇게도 상상하여 보았기 때문이다.

"장인 한바퀴 돌아올까."

북문 어귀 성밑 돌 틈에 돼지를 매놓고 식이는 성을 들어가 남문 거리로 향하였다.

분이가 없는 이제, 장꾼의 눈을 피하여 으슥한 가게 앞에 가서 겸연쩍은 태도로 매화분을 살 필요도 없어진 식이는, 석유 한 병과 마른명태 몇 마리를 사들고 장판을 오르락내리락 하였다. 한동네 사람의 그림자도 눈에 띠이지 않기에 그는 곧게 성밖을 나와 마을로 향하였다.

어기죽거리며 돼지의 걸음이 올때만큼 재지 못하였다. 그러나 매질할 용기는 없었다.

철로를 끼고 올라가 정거장 앞을 지나 오촌포 한길에 나서니 장보고 돌아가는 사람의 그림자가 드문드문 보인다. 산모퉁이가 바닷바람을 막아 아늑한 저녁 빛이 한길 위를 덮었다. 먼 산 위에는 전기의 고가선이 솟고 산밑을 물줄기가 돌아내렸다. 온천 가는 넓은 도로가 철로와 나란히 누워서 남쪽으로 줄기차게 뻗혔다. 저물어가는 강산 속에 아득하게 뻗힌 이 두 줄의 길이 새삼스럽게 식이의 마음을 끌었다. 걸어가는 그의 등뒤에서는 산모퉁이를 돌아오는 기차소리가 아련히 들린다. 별안간 식이에게는 이상한 생각이 들었다.

"이 길로 아무데로나 달아날까."

장에 가서 돼지를 팔면 노자가 되겠지. 차타고 노자 자라는 곳까지 달아나면 그곳에 분이가 있지 않을까, 어디서 들었는지 공장에 들어가기가 분이의 소원이더니 그곳에서 여직공 노릇하는 분이와 만나 나도 '노종자'가 되어 같이 살면 오죽 재미있을까. 공장에서 버는 돈을 달마다 고향에 부치면 아버지도 더 고생하실 것 없겠지. 돼지를 방에서 기르지 않아도 좋고 세금 못 냈다고 면소 서기들한테 밥솥을 빼앗길 염려도 없을 터이지. 농사같이 초라한 업이 세상에 또 있을지. 아무리 부지런히 일해도 못살기는 일반이니?? 분이 있는 곳이 어디인가? 돼지를 팔면 얼마를 받을까.

암돼지 양돼지

"앗!"

날카로운 소리에 번쩍 정신이 깨었다.

찬바람이 휙 앞을 스치고 불시에 일신이 딴 세상에 뜬 것 같았다. 눈 보이지 않고, 귀 들리지 않고, 잠시간 전신이 죽고, 감각이 없어졌다. 캄캄하던 눈앞이 차차 밝아지며 거물거물 움직이는 것이 보이고 귀가 뚫리며 요란한 음향이 전신을 쓸어 없앨 듯이 우렁차게 들렸다. 우뢰소리가 바다 소리가?? 바퀴 소리가?? 별안간 눈앞이 환해지더니 열차의 마지막 바퀴가 쏜살같이 눈앞을 달아났다.

"앗 기차!"

다 지나간 이제 식이는 정신이 아찔하며 몸이 부르르 떨린다.

진땀이 나는 대신 소름이 쭉 돋는다. 전신이 불시에 비인 듯이 거뿐하다. 글자대로 전신이 비었다. 한쪽 팔에 들었던 석유병도 명태 마리도 간 곳이 없고 바른 손으로 이끌던 돼지도 종적이 없다.

"아, 돼지!"

"돼지구 무어구 미친놈이지. 어디라고 건널목을 막 건너."

따귀를 철썩 맞고 바라보니 철로 망보는 사람이 성난 얼굴로 그를 노리구 섰다.

"돼지는 어찌됐단 말이오."

"어제밤 꿈 잘 꾸었지. 네 몸 안 친 것이 다행이다."

"아니 그럼 돼지가 치었단 말요."

"다음부터 차에 주의해."

독하게 쏘아붙이면서 철로 망군은 식이의 팔을 잡아 나꿔 건널목 밖으로 끌어냈다.

"아 돼지가 치었다니 두 번 종묘장에 가서 씨를 받은 내 돼지 암돼지 양돼지 엉겁결에 외치면서 훑어보았으나 피 한방울 찾아 볼 수 없다. 흔적조차 없다니 —— 기차가 달롱들고 간 것 같아서 아득한 철로 위를 바라보았으나 기차는 벌써 그림자조차 없다.

"한 방에서 잠재우고, 한 그릇에 물 먹여서 기른 돼지, 불쌍한 돼지

정신이 아찔하고 일신이 허전하여서 식이는 급시에 그 자리에 푹 쓰러질 것 같았다.

백신애

(白信愛, 1906. 5. 20. ~ 1939년)

1922 어려서 독학으로 공부하다가 영천 공립보통학교 졸업반에 편입

1923~1924 대구사범학교 강습과에서 수학, 조선여성동우회,
여자청년동맹등에 가입하여 활동

1928 시베리아를 여행

1929 조선일보 신춘문예에 당선하며 등단, 도쿄에 건너가 문학, 연극을 공부

1932 귀국. 경산 반야월의 과수원에 기거하며 농촌민들의 생활을 체험
체험을 기반으로 작품활동

1939 췌장암으로 사망

작품분석

1. 꺼래이

- 조선후기 농민들은 동양척식주식회사의 설립과 토지 수용령으로 농토를 빼앗기고 소작농으로 전락, 이로 인해 고향을 떠나지 않을 수 없게 됨
- '꺼래이'는 시회주의 변혁이 일어나 토지를 무상으로 준다는 소문을 믿고 시베리아로 넘어간 고려, 즉 조선 사람을 가리키는 것

2. 적빈

- 아버지의 유해를 찾아 떠났지만 찾지 못하고 러시아 군인들에게 잡혀 툰드라지방의 수용소를 전전하는 이야기로 단편[꺼래이]와 함께 빈궁 소설의 대표적 작품
- 3인칭 전지적 시점

- 궁핍한 현실 속에서 본능적 삶의 욕구를 그려내고 있다
- 요약 : 작품의 제목처럼 두 아들과 벙어리 며느리에게서 태어난 손자까지 먹여 살려야 하는 가난한 매촌댁을 소재로, 아들과 손자 뒷바라지 하느라 자신은 굶주리고 똥도 참으며 '똥힘'으로 살아야 한다고 생각하는 매촌댁이, 가난에 굴하지 않고 자식들을 돌보는 억척스런 한국 모성의 모습을 보여줌.

3. 금장

- 금비녀를 바라보는 솔직한 시선과 마음의 움직임을 그려 냄.

꺼래이

끌려갔습니다. 순이(順伊)들은 끌려갔습니다. 마치 병든 버러지 떼와도 같이……. 굵은 주먹만큼한 돌맹이를 꼭꼭 짜박은 울퉁불퉁하고도 딱딱한 돌길 위로……. 오랜 감금(監禁)의 생활에 울고 있느라고 세월이 얼마나 갔는지는 몰랐으나 여러 가지를 미루어 생각하건대 아마도 동짓달 그믐께나 되는가 합니다.

고국을 떠날 때는 첫가을이여서 세누겹 저고리에 엷은 속옷을 입고 왔었으므로 아직까지 그때 그 모양대로이니 나날이 깊어가는 시베리아의 냉혹한 바람에 몸뚱아리는 얼어터진지가 오래였습니다.

순이의 늙으신 할아버지, 순이의 어머니, 그리고 순이와 그 외 조선청년 두 사람, 중국 쿨리(勞動者) 한 사람, 도합 여섯 사람이 끌려가는 일행이었습니다.

'빤즈삿게'를 쓰고 길다란 '만도'를 이은 군인 두 사람이 총끝에다 날카로운 창을 끼어들고 앞뒤로 서서 뚜벅뚜벅 순이들을 몰아갔습니다.

몸뚱아리들은 군데군데 얼어 터져 물이 흐르는데 이따금 뿌리는 눈보라조차 사정없이 휘갈겨 몰려가는 신세를 더욱 애끓게 하였습니다. 칼날같이 산뜻하고 고추같이 매운 묵직한 무게를 가진 바람질이 엷은 옷을 뚫고 마음대로 온몸을 어여내었습니다. 모 — 든 감각을 잃어버린 '로보트'같이 어디를 향하여 가는 길인지 죽음의 길인지, 삶의 길인지 아무것도 모르고 얼어붙은 혼(魂)만이 가물가물 눈을 뜨고 없어지며 자빠지며 총대에 찔려가며 절름절름 걸어갔습니다.

"슈다!" 하면 이편 길로

"뚜다!" 하면 저편 길로 군인의 총끝을 따라 희미한 삶을 안고 자꾸 걸었습니다.

길가에 오고가는 사람들은 발길을 멈추고 바라보며 어린아이는 어머니 팔에 매달리며 손가락질 했습니다.

그러나 순이들은 부끄러운 줄 몰랐습니다.

'나도 고국 있을 그 어느 때 순사에게 묶여가는 죄인을 바라보고 무섭고 가엾어서 저렇게 서 있었더니…….' 하는 생각이 어렴풋이 나기는 했습니다마는 얼굴을 가리며 모양없이 웅크린 팔짐을 펴고 걷기에는 너무나 꽁꽁 언 몸뚱이였으며 너무나 억울한 그때였습니다. 그저 순이들은 바람맞이에서 까물거리는 등불을 두 손으로 보호하듯 냉각해진 몸뚱아리 속에서 까물거리는 한 개의 '삶'이란 그것만을 단단히 안고 무인광야를 가듯 웅크려질 대로 웅크리고 눈물 콧물 흘려가며 쩔름쩔름 걸어갔습니다.

걷고걷고 또 걸어 얼마나 걸었는지 순이의 일행은 거리를 떠나 파도치듯 바닷가에 닿았습니다.

어떻게 된 셈판인지 순이의 일행은 커다란 기선 위에 기어 올라갔습니다.

어느 사이에 기선은 육지를 떠나 만경창파 위에 술렁거리기 시작했습니다.

"아이구 아빠! 우리 아빠!"

"순이 아버지, 아이고 아이고, 순이 아버지."

"순이 애비 어디 있니? 순이 애비……."

순이는 할아버지와 어머니와 서로 목을 얼싸안고 일제히 소리쳐 울었습니다.

가슴이 찢어지고 두 귀가 꽉 멀어지며 자꾸자꾸 소리쳐 불렀습니다.

"여봅쇼, 울지들 마오. 얼어 죽는 판에 눈물은 왜 흘려요."

젊은 사나이 두 사람은 순이들의 울음을 막으려고 애썼으나 울음소리조차 내지 못하는 순이의 할아버지는 그대로 털썩 갑판 위에 주저앉아 작대기든 손으로 쾅쾅 갑판을 두들기며 곤두박질하였습니다.

"여보시오, 우리 아버지가 저기서 죽었어요."

순이도 발을 구르며 소리쳤습니다.

"죽은 아들의 뼈를 찾으러 온 우리를 무슨 죄로 이 모양이란 말이오."

할아버지는 자기의 하나 아들이 죽어 백골이 되어 누워 있다는 ×××란 곳을 바라보며 곤두박질을 그칠 줄 몰라 했습니다.

그러나 기선은 사정없이 육지와 멀어지며 차차 만경창파 위에서 울렁거리기 시작했습니다. 그때 한 떼의 물결이 '철썩'하며 갑판 위에 내려 덮이며 기선은 나무 잎사귀 처럼 흔들리기 시작했습니다. 그 순간 일행은 생명의 최후를 느끼며 일제히 바람 의지가 될 만한 곳으로 달려가 한 뭉치가 되었습니다.

그때 중국 쿨리는 메고 왔던 짐을 끌르고 이불 한 개를 꺼내어 둘러 쓰려하였습니다.

이것을 본 젊은 사나이 한 사람이 날랜 곰같이 달려들어 그 이불을 뺏어 순이의 할아버지를 둘러 주려고 했습니다.

중국 쿨리는 멍하니 잠깐 섰더니 갑자기 얼굴에 꿈틀꿈틀 경련을 일으키며 누런 이빨을 내어놓고 벙어리 울음같이 시작도 끝도 분별없는 소리로

"으어……." 하고 울었습니다. 그 눈에서 떨어지는 굵다란 눈물방울인지 내려 덮치는 물결 방울인지 바람결에 물방울 한 개가 순이의 뺨을 때려 붙였습니다.

순이는 한 손으로 물방울을 씻으며 한 손으로 이불자락을 당겨 쿨니도 덮으라고 했습니다.

"아이고 우리를 데리고 온 군인들은 어디로 갔을까……."

누구인지 이렇게 말하였으므로 일행은 고개를 들어 살펴보니 과연 군인 두 사람의 흔적이 없었습니다.

"모두들 추우니까 선실 안으로 들어간 게로군. 빌어먹을 자식들." 하고 젊은 사나이는 혀를 찼습니다. 그 말을 듣자 순이는 벌떡 일어나

"우리도 이러다가는 정말 죽을 테니 선실 안으로 들어갑시다." 하고 외쳤습니다.

"안됩니다. 들어오라고도 않는데 공연히 들어갔다, 봉변당하면 어찌 하게." 하고 젊은 사나이는 손을 흔들며 반대했습니다.

"봉변은 무슨 오라질 봉변이에요. 이러다가 죽느니보다 낫겠지요. 점잖과 체면을 차릴 때입니까?"

순이는 발악을 하며 외쳤습니다.

"쿨니에게 이불 빼앗을 때는 예사이고 선실 안에 들어가는 것은 부끄럽단 말이오? 나는 죽음을 바라 그대로 있기는 싫어요. 봉변을 주면 힘자라는 데까지 싸워 보지요."

순이는 그대로 있자는 젊은이들이 얄밉고 성이 났습니다. 자기들의 무력함을 한탄만 하고 앉았는 무리들이 안타까웠던 것입니다.

순이는 기어이 혼자 선실을 향하여 달려갔습니다. 기선은 연해 출렁거리며 이따금 흰 물결이 철썩 내려 덮치곤 하였습니다. 일행의 옷은 물결에 젖고 젖은 옷깃은 얼음이 되어 꽂꽂하게 나뭇가지처럼 되었습니다.

선실로 내려가는 층층대를 순이는 굴러 떨어지는 공과 같이 내려갔습니다.

선실 안에는 훈훈한 공기가 꽉 차 있어 순이는 얼른 정신을 차릴 수가 없었습니다. 잠깐 두리번두리번 살펴보다가 한 옆에 걸터앉아 있는 군인 두 사람을 찾아내었습니다. 순이는 번개같이 달려가 군인의 어깨를 잡아 젖히며

"우리는 죽으란 말이오?"하고 분노에 떨리는 소리로 물었습니다.

군인은 놀란 듯이 잠깐 바라본 후 웃는 얼굴을 지으며 제나라 말로

"모두 이리 내려오너라." 라고 말했습니다.

순이는 선실 안의 사람들이 웃는 소리를 귀 밖으로 들으며 다시 갑판 위로 올라갔습니다.

풍랑은 사나울 대로 사나와 잠시라도 훈훈한 공기를 쏘인 순이의 창자를 휘둘러 몸에 중심을 잡고 한 발자국도 내어 디디지 못하게 하였습니다. 그러나 순이는 일행이 있는 곳을 바라보았습니다.

이제는 아주 얼음덩이가 된 이불자락에다 머리를 감추고 모두 죽었는지 살았는지 움직이지도 않고 있는 것이 보였습니다.

순이는

"모두 이리 오시오." 하고 소리쳤습니다마는 풍랑 소리에 그의 음성은 안타깝게도 짓밟히고 말았습니다.

순이는 더 소리칠 용기가 없어 일행을 향하여 한 자국 내어놓자, 사나운 바람결이 몹쓸 장난같이 보드라운 순이의 몸뚱이를 갑판 위에 때려 누이고 말았습니다. 다시 일어나려고 발악을 하는 그의 귀에 중국 쿨리의 울음소리가 야공성같이 울려왔습니다.

이윽한 후 군인 한 사람이 갑판 위로 올라와 본 후 순이를 일으키고 여러 사람도 데리고 선실로 내려왔습니다.

선실 안에 앉았던 사람들은 일행의 모양을 바라보며 모두 찌글찌글 웃었습니다.

병든 문둥 환자의 모양이 그만큼 흉할는지, 얼고 얼어 푸르고 붉은데 다검게 탄 얼굴로 콧물을 흘리며 엉금엉금 층층대를 내려서는 여섯 사람의 모양을 보고 우습지 않

을리 누가 있겠습니까.

일행의 몸이 녹기 시작하자 시간은 얼마나 지났는지 기선은 어느 조그만 항구에 닿았습니다.

쌓아둔 짐뭉치에 기대 누운 순이의 할아버지는 뼈끝까지 추위가 사무쳤음인지 한결같이 떨며 끙끙 앓기만 하고 순이의 어머니는 수건을 푹 내려 쓰고 팔짱을 낀채 역시 웅크리고 앉아 있었습니다.

"여기서 내리는 모양이 구료."

젊은 사나이가 순이의 곁에 오며 말했습니다. 순이는 곳에서 또 다시 내릴 생각을 하니 다시 그 차가운 바람결이 연상되어 금방 기절할 것 같이 소름이 끼쳤습니다. 그러는 중에 군인이 일어서 순이의 할아버지를 총대로 툭툭 치며 무엇이라고 말했습니다.

"안돼요, 여기서 내릴 수 없오. 이 추운데 노인을 어떻게……."

순이는 군인의 총대를 밀치며 말했습니다. 군인은 신들신들 웃으며 어서 일어나라는 듯이 발을 굴렀습니다.

"아무래도 죽을 판이면 우리는 또 추운데로 나갈 수 없오."

할아버지를 가리워 앉으며 손을 내저었습니다. 군인은 한번 어깨를 움쭉 해보이며 무엇이라 한참 지껄대니까 선실 안에 가득한 그 나라 사람들은 순이를 바라보며 혹은 웃고 혹은 가엾다는 듯이 머리를 흔들고, 서로 고개를 끄덕이며 중얼중얼 했습니다. 순이는 그들의 중얼거리는 말소리에서

"꺼래이…… 꺼래이……." 하는 가장 귀익은 단어가 화살같이 두 귀에 꽂히는 것을 느꼈습니다. '꺼래이'라는 것은 고려(高麗)라는 말이니 즉 조선 사람을 가리키는 것이었습니다.

'꺼래이'라는 그 귀익고 그리운 소리가 그때의 순이들에게는 끝없는 분노를 자아내는 말 같았습니다.

"우리가 지금 웃음거리가 되어 있는 것이로구나. 추움에 못 이겨, 또 아무 죄도 없이 죽음의 길인지 삶의 길인지도 모르고 무슨 까닭에 꾸벅꾸벅 그들의 명령대로만 따르겠느냐." 라고 순이는 부르짖었습니다. 그러나 사람들과 군인들은 순이를 무지 몰식한 야만인, 그리고 무력하고도 불쌍한 인간들의 표본으로만 보았음인지 웃고 떠들고 '

꺼래이…….'만을 연발하는 것이었습니다. 그때까지 웃으며 무엇이라 중얼거리기만 하던 군인 한사람이 갑자기 정색을 지으며 총대로 순이의 옆구리를 꾹 찌르고 한손으로 기다랗게 땋아 내린 머리채를 거머잡고 "쓰까래…… "라고 소리쳤습니다. 이것을 본 순이 어머니는 벌떡 군인의 턱 볕에 솟아 일어서며 지금까지 눌러 두었던 분통이 툭 퉁기듯이 군인의 멱살을 잡으려 했습니다.

"여보십시오. 공연히 그러지 마시오. 당신이 여기서 발악을 하면 공연히 우리까지 봉변을 하게 됩니다." 하고 젊은 사나이는 순이의 어머니를 말렸습니다. 군인들이 그 당장에 자기들의 취한 태도를 얼른 생각해 내지 못하여 눈만 커다랗게 뜨고 있는 것을 보자 순이는 히스테리 같은 웃음으로 꽉 입안을 깨물며 눈물이 글썽 글썽 하였습니다.

"할아버지 일어나세요, 아버지의 뼈를 찾지는 못했으나 아버지의 영혼은 고국으로 가셨을 것입니다. 공연히 남의 땅 사람과 발악을 하면 무엇합니까……."

순이도 울고 할아버지, 어머니 모두 주루룩 눈물을 흘리며 그 조그마한 항구에 내렸습니다.

일행 여섯 사람은 또 다시 군인을 따라 이윽히 걸어가다가 붉은기를 꽂은 ×××에 이르렀습니다. 그곳에 이르니 군인 복색한 중국인 같은 사람이 우리를 맞았습니다. 같이 온 군인은 그곳 군인에게 일행을 맡기고 따뜻해 보이는 벽돌집 안으로 들어갔습니다.

순이들은 이제까지 언어를 통하지 못하여 안타깝던 설운 생각에 일시에 폭발되어 그 중국사람 같은 군인의 곁에 따라갔습니다.

"여보십시오!"

순이는 그 군인이 행여나 조선 사람이었으면…… 하는 기대에 숨이 막힐듯이 군인의 입술을 바라다보았습니다.

"왜 이러심둥?"

의외에도 그 군인은 조선 사람, 즉 꺼래이의 한 사람이었습니다. 일행중 중국 쿨니를 빼고는 모두 너무나 반갑고 기뻐서

"아이 그 당신 조선 사람이셔요?"

"내! 나 고려 사람입꼬마."

그 군인은 이렇게 대답하며 순이를 바라보았습니다. 순이는 무슨 말을 먼저 해야 좋을지 몰랐으므로 잠깐 묵묵히 조선말 소리의 반가움을 어찌할 줄 몰라 했습니다.

"저 젊은이 당신 남편이오?" 하고 군인은 아무 감동도 없는 무뚝뚝한 표정으로 순이에게 젊은 사나이 둘을 가리켰습니다. 그제야 순이는 오랫동안 잊어버렸던 처녀다운 감정을 느끼며 얼어붙은 얼굴에 잠깐 부끄러운 표정을 지었습니다.

"아니올시다. 이 애는 우리 딸이야요. 이 늙은이는 우리 시아버님이랍니다. 저 젊은 이들과 중국 사람은 ×××에서 동행이 된 사람인데 알지도 못하는 사람입니다."

순이의 어머니는 지금까지 같이 온 젊은이들보다 자기들 세 사람을 어떻게 구원해 달라는 듯이 이렇게 말했습니다.

"여기가 어데야요?"

순이만 자꾸 바라보는 군인에게 순이는 머뭇거리며 물었습니다.

"영긔 말임둥? 영긔는 ××××××라 합늬!"

"여보시오!"

곁에서 젊은 사나이가 가로질러 말을 건네었습니다.

"우리 두 사람은 해삼 위에 있는……." 하고 말을 꺼내었으나 그 군인은 들은 체 아니하고

"어서 들어갑소. 영긔 서서 말하는 것이 안임늬." 하며 일행을 몰아 마주 보이는 허물어져가는 흰 벽돌집을 가리켰습니다.

"여보십시오. 우리를 또 감금하단 말이요? 우리 두 사람 콤뮤니스트입니다. 우리는 감금 받을 이유가 없습니다." 라고 두 젊은이는 버티었으나 군인은 들은 체도 하지 않고 앞서 걸었습니다.

"여보시오. 나으리 우리 세 사람은 참 억울합니다. 나의 남편이 3년 전에 이 땅에 앉아 농사터를 얻어 살았는데 지난봄에 병으로 죽었구료. 우리 세 사람은 고국서 이 소식을 듣고 셋이 목숨이 끊어질지라도 남편의 해골을 찾아가려고 왔는데 ×××에서 그만 붙잡혀 한마디 사정 이야기도 하지 못한 채 몇 달을 갇혀 있다가 또 이렇게 여기까지 끌려왔습니다. 어떻게든지 놓아주시면 남편의 해골이나 찾아서 곧 고국으로 돌아가겠습니다." 라고 순이 어머니는 군인에게 애걸을 하듯 빌었습니다.

"여보시오 나으리. 이 늙은 몸이 죽기 전에 아들의 백골이나마 찾아다 우리 땅에 묻

게 해 주시오. 단지 하나뿐인 아들이요. 또 뒤 이을 자식이라고는 이 딸년 하나뿐이니 이 일을 어찌하오."

순이의 할아버지도 숨이 막히며 애걸하였습니다.

"당신 아들이 여기 왔심둥?"

군인은 울며 떠는 노인을 차마 밀치지 못하여 발길을 멈추고 물었습니다.

"네…… 후…… 우리도 본래는 남부럽지 않게 살았습니다. 네…… 그런데 잘못되어 있던 토지는 다 남의 손에 가버리고 먹고 살길은 없고하여 3년 전에 내 아들이 이 나라에서 돈 없는 사람에게도 토지를 꼭 나누어 준다는 말을 듣고 저 혼자 먼저 왔습지요. 우리 세 식구는 오늘이나 내일이나 하고 우리를 불러들이기만 바랐더니 지난봄에 갑자기 죽었다는 소식이 오니……."

노인은 더 말을 계속할 수 없어 그대로 목이 메이고 말았습니다.

군인은 체면으로 고개만 끄덕이더니

"영기서 말하면 안되옵니…… 어서 들어갑소. 들어가서 말 듣겠으니……." 하고 다시 뚜벅뚜벅 걸어 흰 벽돌집 안에 들어갔습니다.

조금 들어가니 나무로 만든 두터운 문이 있는데 그 문은 참새들의 똥이 말라붙어 있어 먼지와 말똥 집수세 등이 지저분하게 깔려 있어 아무리 보아도 마굿간이었습니다.

집 외양은 흰벽돌이나 그 집의 말 못할 속치장에 다시 놀라지 않을 수 없습니다.

'덜커덕'그 나무문이 열리자 그 안을 한번 들여다 본 일행은 하마터면 뒤로 넘어질 뻔 했습니다. 그문 안은 넓이 7,8평은 되어 보이는데, 놀라지 마십시오. 그 안에는 하얀 옷 입은 우리 꺼래이들이 '방이 터져라'고 차있었습니다.

"아이그머니! 조선 사람들……."

순이의 세 식구는 자빠지듯 방안으로 뛰어 들어갔습니다.

"동무들, 방은 이것 하나 뿐입꼬마. 비좁드라도 들어가 참소."

맨 나중까지 들어가지 않고 버티고 서 있는 젊은 사나이 한 사람의 등을 밀어 넣고 덜커덕 문을 잠그고 군인은 뚜벅뚜벅 가버렸습니다.

순이들은 잠깐 정신을 차려 방안을 살펴보니 전날에는 부엌으로 쓰던 곳인지 한쪽 벽에 잇대어 솥 걸던 부뚜막 자리가 있고, 그 곁에 블리키 물통이 놓여 있으며 좁다란 송판을 엉금엉금 걸쳐 공중(公衆) 침대를 만들어 두었습니다. 그 공중 침대 위에는 빽빽하게 백의 동포가 빨래상자의 상자 속같이 옹기종기 올라 앉아 있었습니다.

좌우간 앉아나 보려 했으나 대소변이 질벅하여 발붙일 곳도 없었습니다.

문이라고는 들어온 나무 문과, 그 문과 마주보는 편에 커다란 쇠창살을 박은 겹유리문이 하나 있을 뿐이었습니다. 그 쇠창살도 부러지고 구부러지고하여 더욱 그 방의 살풍경을 나타냈습니다.

"어찌겠오 앙? 여기 좀 앉소. 우리도 다 이럴 줄 모르고 왔었꾸이."

함경도 사투리로 두 눈에 눈물을 흠뻑 모으며 목 메인 소리로 겨우 자리를 비집어 내며 한 노파가 말했습니다. 가뜩이나 기름을 짜는 판에 새로운 일행이 덧붙이기를 해 놓았으니 먼저 온 그들에게는 그리 반가울 것이 없으련마는 그래도 그들은 방이야 터져 나가든 말든 정답게 맞아주며 갖은 이야기를 다 묻고 또 자기네들 신세타령도 하였습니다. 그래서 어떻게 빈줄러 내었는지 순이의 세 식구와 젊은 사나이 둘은 올라앉게 되었는데, 이불을 멘 중국 쿨니는 끝까지 자리를 얻지 못하고, 아니 자리를 빈줄러 낼 때마다 뒤에 선 젊은 사나이들에게 양보하고 맨 나중까지 우두커니 서서 자기 자리도 내어 주기를 기다리고 있었습니다.

순이들은 그래도 동포들의 몸과 몸에서 새어 나오는 훈기에 자이 녹기 시작하자 노근노근하니 정신이 황홀해지며 따뜻한 그리운 고향에나 돌아온 것같이 힘이 났습니다.

"저…… 늙은 앉을 자리가 없나? 왜 저렇게 말뚝 모양으로 서 있기 만해……."

하며 고개를 드는 노파의 말소리에 순이는 놀란 듯이 돌아보았습니다. 그때까지 쿨니는 이불을 멘채 서 있었습니다. 순이는 갑판 위에서 이불을 나눠 덮던 그때의 쿨니의 울며 순종하던 얼굴을 생각해 보았습니다. 능히 자기가 앉을 수 있었던 자리를 조선 청년에게 양보해 준 그의 마음속이 가여웠습니다.

쿨니가 자리를 물려준 그 마음은 도덕적 예의에 따른 것이 아님은 뻔히아는 일이었습니다. 그 자리에 자기와 같은 중국 사람이 하나라도 끼어 있었으면 그는 그렇게 서 있지는 않았을 것입니다.

그때의 쿨니의 심정은 꺼래이로 태어난 이들에게는, 아니 더구나 보드라운 감정을 가진 처녀인 순이는 남 몇배 잘 살펴볼 수 있었습니다.

순이는 가슴이 찌르르해지며 벌떡 일어나 그 나무문을 두들기기 시작했습니다.

이윽히 두들겨도 아무 반응이 없으므로 그는 얼어터진 손으로는 더 두들길 수가 없어 한편 신짝을 집어 힘껏 문을 두들겼습니다.

"왜 두들기오. 안 옵누마." 하며 방 안의 사람들은 자꾸 말렸습니다.

그러나 순이는 자꾸만 두들겼더니 갑자기 문이 덜커덕 열렸습니다. 순이는 더 두들기려고 올려 메었던 신짝을 그대로 발에 꿰어 신으며 바라보니 아까 그 조선 사람 군인이 서 있었습니다.

"어째 불렀음둥?" 하며 퉁명스럽게, 그러나 두들긴 사람이 순이였음에 얼마만큼은 부드러워지며 물었습니다.

"이것 보시오, 이렇게 좁은 자리에 어떻게 이 많은 사람이 앉을 수 있어요? 아무리 앉아봐두 앉을 수가 없습니다. 다른 방으로 나누어 주든지 어떻게 해 주세요." 하고 얼굴이 붉어지며 서 있는 쿨니를 가리켰습니다. 군인은 고국 말씨를 잘못 알아듣겠다는 듯이 자세히 귀를 기울이고 있더니

"동무, 말소리 잘 모르겠었꼬마, 무시기 말임둥, 앉을 재리가 배잡단 말입 꼬이?"하고 말했습니다. 순이는 기가 막혔습니다.

"참 어이없는 조선 동포시구려!"

김빠진 비어같이 순이는 입안이 믹믹하여졌습니다. 그때 노파의 손자인 듯한 소년 하나가 하하 웃으며 뛰어나와

"예! 예! 그렇섯꼬이." 하며 순이를 대신하여 군인에게 대답하였습니다. 군인은 고개를 끄덕끄덕하며 두 손을 펴고 어깨를 움쭉해 보이며

"할 쉬 없었꼬마, 방이 잉것뿐입꼬마." 하고는 문을 닫아 버리려 했습니다. 순이는 와락 군인의 팔을 잡으며

"한 시간 두 시간이 아니고 오늘밤을 이대로 둔다면 어떻게 하란 말이에요. 상관에게 말해서 좀 구처해 주시오." 하고 말했습니다. 군인은 휙 돌아서며

"동무들 내가 뭐를 알 쉬 있음둥? 저 — 위에서 하는 명령대로 영기는 그대로만 합꼬마. 나는 모르겠꽁이." 하고는 덜컥 그 문을 잠그려 했으나 순이는 한결같이 잠그려는 그 문을 떠밀며 "여보세요, 이대로는 안됩니다. 무슨 죄야요, 글쎄 무슨 죄들인가요. 왜 우리를, 죄 없는 우리를 이런 고생을 시킵니까. 다 같은 조선 사람인 당신이 모르겠다면 우리는 어떻게 하란 말이에요."

군인은 난감하다는 듯이 다시 고개를 문 안으로 들이밀며

"글쎄, 동무들이 무슨 죄 있어이라는 줄 압꽁이? 다 같은 조선 사람이라도 저 우에 있는 사람들은 맘이 곱지 못하옵니…… 나도 동무들같이 욕 본때 있었꼬마. ××에 친한 동무 없음둥? 있거든 쇠줄글(電報)해서 ×××에게 청을 하면 되오리……." 하고 이제는 아주 잠가 버리려 했습니다.

"아, 보십시오. 그러면 미안합니다마는 전보 한 장 쳐 주시겠습니까?"

"무시기?"

군인은 젊은 사나이의 말을 알아듣지 못하고 재쳐 물었습니다.

"전보 말이오. 전보 한 장 쳐 달라 말이오." 하고 젊은 사나이가 대답하려는 것을 노파의 손자인 소년이 또 하하 웃으며

"안 입 꼬마. 쇠줄글 말입니……." 하고 설명을 하였습니다.

"아아! 쇠줄글 말임둥, 내 놓아 드리겠꽁이." 하며 사나이들에게 연필과 종이쪽을 내주더니

"동무 둘은 잠깐 나오오." 하며 두 사나이를 문 밖으로 데리고 나가 버렸습니다. 순이는 어이없이 서있다가 문턱에 송판 한 조각이 놓인 것을 집어 들고 문 앞을 떠났습니다.

그 송판을 솥 걸었던 자리에 걸쳐 놓고 그 위에 올라앉으며 그때까지 그대로 서 있는 쿨니를 향하여

"거기 앉아……." 하며 자기가 앉았던 자리를 가리켰습니다.

"아! 이 놈을 그리로 보냄세, 당신이 이리로 오소."

방 안 사람들은 모두 순이를 침대 위로 오라고 하였습니다. 쿨니는 그 눈치를 챘는지 순이의 자리에 앉으려던 궁둥이를 얼른 들며 손으로 순이를 내려오라고 하며 부뚜막 위로 올라 앉았습니다.

그의 눈에는 눈물이 핑 돌며

"스파시이보 제브슈까." 하였습니다. '아가씨 고맙습니다'라는 뜻인가 보다고 생각하며 침대 위로 올라 앉았습니다. 쿨니는 짐뭉치 속에서 어느 때부터 감추어 두었던지 새까맣게 된 빵뭉치를 끄집어 내어 한 귀퉁이 뚝 떼더니 순이 앞에 쑥 내밀었습니다. 쿨니의 얼굴은 눈물과 땟물이 질질 흐르고 손은 새까맣게 때가 눌러 붙어 기다란 손

톱 밑에는 먼지가 꼭꼭 차 있었습니다.

"꾸—쉬, 꾸 — 쉬,"

한 손에 든 빵쪽을 뭉턱뭉턱 베어 먹으며 자꾸 순이에게 먹으라고 했습니다. 순이의 눈에 눈물이 고이며 그 빵쪽을 받아 들었습니다.

"고맙소……." 하고 머리를 끄덕여 보이며 급히 한 입 물어 뜯으려 했으나 이미 하루 반 동안을 물 한 모금 먹지 않은 할아버지, 어머니가 곁에 있었습니다. 순이는 입으로 가져가던 손을 얼른 머무르며 할아버지에게

"시장 하신 데 이것이라두……." 하며 권했습니다.

"이리 다고 보자."

어머니는 그제야 수건을 벗고 빵쪽을 받아 한복판을 뚝 잘라

"이것은 네가 먹어라, 안 먹으면 안 된다." 하고는 또 한 쪽을 할아버지에게 드렸습니다.

할아버지는 남 보기에 목이 막힐까 염려가 될 만큼 인사 체면 없이 빵을 베어 먹었습니다.

"싫어, 난 먹지 않을 테야."

"왜 이래. 너 먹어라." 하고 우리 모녀는 한참 다투다가 결국 또 절반으로 떼어 한 토막씩 먹게 되었습니다마는 온 방 안 사람이 빵 먹는 사람들의 입을 물끄러미 바라보고 있는 것이었으므로 차마 먹을 수가 없었습니다.

부뚜막 위에서 내려다보고 앉았던 쿨니는 자기가 먹던 빵을 또 절반 떼어

"순이 너 이것 더 먹어라." 라고나 하듯이 순이에게 주었습니다.

순이는 얼른 손이 나가다가 문득 생각났습니다. 자기들은 중국 사람들이라고 자리조차 내어주지 않던 것이…….

그러나 이미 주린 순이는 두번째 빵쪽을 받아 쥐고 있었습니다.

방 안의 사람들은 모두 세 집 식구로 나뉘어 있는데 도합 열아홉이었습니다. 늙은이, 노파, 젊은 부부, 총각, 처녀들이었습니다. 그들이 우리 모녀를 붙들고 하는 이야기를 들으며 모두 함경도 사람이며, 고국에는 바늘 한개 꽂을 만한 자기들 소유의 토지라고는 없는 신세라 공으로 넓은 땅을 떼어 농사하라고 준다는 그 나라로 찾아온 것이었는데, 국경을 넘어서자 ×××에게 붙들려 우리들처럼, 감금을 당했다가 이리로

끌려왔다는 것이었습니다.

"이 땅에는 돈 없는 사람 살기 좋다고 해서 이렇게 남부여대로 와 놓고 보니 이지경입꾸마. 굶으나 죽으나, 고국에 있었더면 이런 고생은 안 할것을……."

젊은 여인 하나가 이렇게 한탄했습니다.

"우리는 몇 번이나 재판을 했으니 또 한 번만 더하면 놓이게 되어 땅을 얻어 농사를 하게 되든지 다시 이대로 국경으로 쫓아내든지 한답대."

속옷을 풀어 젖히고 이를 잡기 시작한 노파가 말했습니다.

"우리가 무슨 죄일꼬……농사짓는 땅을 공떼어 준다길래 왔지……."

늙은이 하나가 끙끙 앓으며 이를 갈 듯이 말 하자

"참말 그저 땅을 떼어 준답두마, 우리는 바로 국경에서 붙들렸으니까 ×× 탐정꾼들인가 해서 이렇게 가두어 둔 거지!" 하고 늙은이의 아들인 성한 사나이가 말했습니다.

"아이구 말 맙소. 아무래도 우리 내지 땅이 좋습두마, 여기 오니 '얼마우자' 미워서 살겠습디?" 하고 사나이를 반박하였습니다.

'얼마우자'. 이것은 조선을 떠나온 지 몇 대(代)나 되는 이 나라에 귀화(歸化)한 사람들을 이르는 말이니 그들은 조선 사람이면서도 조선말을 변변히 할 줄 모르는 것이었습니다. 분명한 '마우자'(露人[노인]을 이르는말)도 되지 못한 '얼'인 '마우자'란 뜻이었습니다.

"못난 사람들 '얼간'이라는 말과 같구료." 하고 어머니가 오래간만에 웃었습니다.

"아까 그 군인도 역시 '얼마우자'로구먼." 하고 순이가 중얼거렸습니다. 이 말을 들은 노파의 손자는 또 깔깔 웃었습니다.

"아이구 어찌겠니야, 여기서 땅을 아니 떼어 주면 우리는 어찌겠니……."

노파는 웃을 때가 아니라는 듯이 걱정을 내놓았습니다.

"설마 죽겠소. 국경 밖에 쫓아내면 또한번 몰래 들어옵지요. 또 붙들어 쫓아내면 또 들어오고, 쫓아내면 또 들어오고 끝에 가면 뉘가 못 이기는 기강 해봅지요. 고향에 돌아간들 발붙일 곳이라고는 땅 한 쪼각 없지, 어떻게 살겠읍니……."

자기가 먼저 설두를 하여 데리고 온 듯한 사나이가 이렇게 말했습니다.

"아이고 듣기 싫소, 이 놈의 땅에 와서 이 고생이 뭐꼬……글쎄."

"아따 참, 몇 번 쫓겨가도 나종에는 이 땅에 와서 사오 일 갈이(四五日耕)쯤 땅을 얻어 놓거든 봅소."

"아이구……어찌겠느냐……."

노파는 자꾸 저대로 신음만 하였습니다.

한시도 못 참을 것 같은 그 방안의 생활도 벌써 일주일이 경과되었습니다.

아침에는 일찍 일어나 일제히 밖으로 나가 세수를 시키고, 저녁에 한번씩 불리워 나가 대소변을 보게 하는 것이었습니다. 일정한 변소도 없이 광막한 벌판에서 제 맘대로 대소변을 보게 하는 것이었습니다.

하루는 억지 대소변 시간에 순이는 대소변이 마렵지 않아 혼자 방안에 남아 있다가 쓸쓸하여 밖으로 나갔습니다.

그날 밤은 보름이었던지 퍽이나 크고도 둥근 달이었습니다. 시베리아다운 넓은 벌판 이곳저곳서 모두들 뒤를 보고 있고, 군인 한 사람이 총을 잡고 파수를 보고 있었습니다.

물끄러미 뒤보는 사람들을 바라보며 서 있는 순이에게 파수병이 수작을 붙였습니다.

"저 달님이 퍽이나 아름답지?" 라고나 하는지 정답게 제 나라 말로 내 곁에 다가섰습니다.

순이는 웬일인지 그 나라 군인들이 겁나지 않았습니다. 총만 가지지 않았으면 맘대로 친하여질 수 있는 정답고 어리석고 우둔스런 사람들 같게 느껴졌습니다.

"……."

순이도 언어가 통하지 않으므로 말을 할 수 없고 하여 달을 가리키고 뒤 보는 사람들을 가리킨 후 한번 웃어 보였습니다.

군인은 아주 정답게 나직이 웃고 입술을 닫은 채 팔을 들어 달을 가리키고 순이의 얼굴을 가리키고 난후 싱긋 웃고 순이를 와락 껴안으려 했습니다. 순이는 깜짝 놀라 획 돌라서 방안을 향하여 달음질쳤습니다. 군인은 순이를 붙들려고 조금 따라오다가 마침 뒤를 다본 사람이 서 있는 것을 보고 그대로 서 있었습니다.

그 이튿날이었습니다. 아침에 식료(食料)를 가지고 온 군인의 얼굴이 전날과 달랐으므로 순이는 자세히 바라보니 그는 훨씬 큰 키와 하얀 얼굴과 큼직한 귀염성 있는 눈을 가진 젊은 군인이었습니다.

'어제 저녁 파수 보던 그 군인…….'

순이는 속으로 말해보며 얼른 고개를 돌리려 했습니다. 군인은 싱긋 웃어 보이며 그대로 나갔습니다.

그날 하루가 덧없이 지나간 후 또 대소변 보는 시간이 되었습니다. 공연히 순이는 가슴이 울렁거려 문을 꼭 닫고 방안에 남아 있었습니다.

이윽고 뒤를 다본 사람들이 돌아오자 문을 잠그러 온 군인은 역시 그 젊은 군인이었습니다. 순이는 가만히 구부러진 쇠창살을 휘어잡고 달 밝은 시베리아 벌판의 한쪽을 내다보고 있었습니다.

"아이고 어찌겠느냐……."

노파는 밤이나 낮이나 이렇게 애호하며 끙끙 신음을 시작하였습니다. 언제나 밤이 되면 일층 더 심하게 안타까워하는 그들이었습니다.

젊은 내외는 트집거리고 여기저기 신음소리에 순이의 가슴은 더욱 설레어 적막한 광야의 밤을 홀로 지키듯 잠 못 들어 했습니다.

그 이튿날 아침 일찍 웬일인지 군인 두 사람이 들어와서 먼저 있었던 여러 사람을 짐 하나 남기지 않고 죄다 데리고 나갔습니다.

"아이고 우리는 또 국경으로 쫓겨나는구마, 그렇지 않으면 왜 이렇게 일찍 불러내겠느냐."

노파는 벌써 동당발을 굴리며

"아이구 아이구 어찌겠느냐." 라고만 소리쳤습니다.

방안에는 우리들 세 식구만 남아 있고 그 외는 다 불려 갔습니다. 갑자기 방안이 텅 비어지니 쌀쌀한 바람결이 쇠창살을 흔들며 그 방을 얼음 무덤 같이 적막하게 하였습니다.

세 식구는 창 앞에가 모여 앉아 장차 자기들 우에 내려질 운명을 예상하고 묵묵히 앉아 있었습니다.

그때 한 떼의 사람들이 일렬로 늘어서서 앞뒤로 말을 탄 군인을 세우고 건너편 벌판을 걸어가는 것이 보였습니다.

"어찌겠느냐, 어디를 가누마……."

노파의 귀 익은 애호성이 화살같이 날아와 우리의 세 식구가 내다보는 창을 두들겼습니다.

'이리에게 잡혀가는 목장 잃은 양 떼와도 같이 헤매어 넘어온 국경의 험악한 길을 다시금 쫓겨 넘는 가엾은 흰 옷의 꺼래이 떼…….'

눈물이 자르륵 흘러내리는 순이의 눈에 꼬챙이로 벽에 이렇게 새겨져 있는 것이 보였습니다.

'이 몸도 꺼래이니 면할 줄이 있으랴.'

바로 그 곁에 또 이렇게 씌어 있었습니다. 나도 무엇이라도 새겨 보고 싶었으나 자꾸만 눈물이 났습니다.

'아버지, 아버지는 왜 이 땅에 오셨습니까. 따뜻한 우리집을 버리시고…… 할아버지와 어머니와 이 딸은 아버지의 해골조차 모셔가지 못 하옵고 이지경에 빠졌습니다. 아버지의 영혼만은 고향집에 가옵시다. 순이.' 라고 눈물을 닦으며 손톱으로 새겼습니다.

그 날 해도 애처로이 서산을 넘고 그 키 큰 젊은 군인이 문을 열어 주어 도세 식구는 뒤보러 나갈 생각도 하지 않고 울었습니다.

그렇게 몇 날을 지낸 이른 아침이었습니다. 순이 세 식구는 또 밖으로 불려 나갔습니다. 나가는 문턱에서 그 키 큰 군인이 아무 말 없이 검은 무명으로 지은 헌 덧저고리 세 개를 가지고 차례로 한 개씩 등을 덮어주었습니다.

"추운데 이것을 입고라야 먼 길을 갈 것이오. 이것은 내가 입던 헌것이니 사양 말아라." 하고 쳐다보는 순이들에게 힘없는 정다운 눈으로 무엇이라 말했습니다.

"감사합니다."

순이들은 치하했으나 군인은 그대로 입을 다물고 순이의 등만 툭 쳤습니다. 비록 낡은 덧저고리였으나 순이들에게는 고향을 떠난 후 처음 맛보는 인정이었습니다.

넓은 마당에 나서자 안장을 지은 두 마리의 말이 고삐를 올리고, 처음 보던 조선 군인이 손에 흰 종이쪽을 쥐고 서서

"동무들 할 수 없었꼬마, 국경으로 가라합니……." 하고는 할아버지부터 차례로 악수를 해준 후

"잘 갑소……." 라고 최후 하직을 했습니다. 우리들이 아버지의 백골을 찾아가게 해 달라고 아무리 애걸했으나 다시 무슨 효험이 있을 리 만무했습니다.

"자 — 가누마, 잘 갑소."

그 '얼마우자' 군인도 처량한 얼굴로 길을 재촉하자 두 사람의 군인이 총을 둘러메고 말 위에 올랐습니다. 그 중의 한 사람은 키 큰 젊은 군인이었습니다.

황량한 시베리아 벌판 그 냉혹한 찬바람에 시달리며 세 사람은 추방의 길에 올랐습니다. 벌판을 지나 산등도 넘고 얼음길도 건너며 눈구덩이도 휘어가며 두 군인의 말굽소리를 가슴 위로 들으며 걸었습니다. 쫓겨 가는 가엾은 무리들의 걸어간 자취 위에 다시 발을 옮겨 디딜 때 자국마다 피 눈물이고 여 있었습니다.

말등 위에 높이 앉은 군인 두 사람은 높이높이 목을 빼어 유유하게 노래를 불러 그 노래 소리는 찬 벌판을 지나 산 너머로 사라지며 쫓겨 다니는 무리들을 조상하는 것 같았습니다.

이따금 추움과 피로에 발길을 멈추는 세 사람을 군인은 내려다보고 다섯손가락을 펴 보았습니다. 아직 오십로리(五十露里) 남았다는 뜻이었습니다.

한 떼의 싸리나무 울창한 산길을 지날 때 어느덧 산 그림자는 두터워지며 애 끊는 시베리아의 석양이었습니다.

어머니와 순이에게 양팔을 부축받은 할아버지가 문득 발길을 멈추더니 아무 소리 없이 스르르 쓰러졌습니다.

"할아버지! 할아버지."

"아버님, 아버님."

부르는 소리는 산등을 울렸으나 할아버지는 대답이 없었습니다. 말에서 내린 군인들은 할아버지를 주무르고 일으키고 해보며 이윽히 애를 쓴 후 입맛을 다시고 일어서 모자를 벗고 잠깐 묵도를 하였습니다.

키 큰 군인은 다시 모자를 쓴 후

"순이!" 하고 부른 후 이미 시체가 된 할아버지 목을 안고 부르짖는 순이의 어깨를 가만히 쓰다듬었습니다.

"순이야, 울지 말고 일어서라." 고 명령하듯 소리쳤습니다.

적빈

그의 둘째 아들이 매촌(梅村)이라는 산골에 장가를 간 후로는 그를 부를때 누구든지 '매촌댁 늙은이'라고 부른다. '늙은이'라는 위에다 '매촌댁'이라고 특히 '댁'자를 붙여 부르는 것은 이 늙은이가 은진 송씨(恩津 宋氏)인 고로 송우암(宋尤菴) 선생의 후예라고 그 동리에서 제법 양반 행세를 해오든 집안이 친정으로 척당이 됨으로서의 부득이한 존칭이다. 그러나 지금에 와서는 존칭으로 '댁'자를 붙여 준다고는 아무도 생각지 않았다.

아무래도 '매촌댁 늙은이'하면 의례히 '더럽고 불쌍하고 남의 일 해주는 거지보다 더 가난한 늙은이다'하는 멸시의 대명사로 여기는 것이었다. 그뿐 아니라 요즈음에 와서는 '매촌댁 늙은이'라고 '댁'자를 쑥 빼고 부르는 사람도 있어졌다. 그래도 늙은이는 그것을 노엽게 생각할 만한 양반에 대한 애착심이 낡아빠져서 아무런 생각도 느끼지 않았다.

몇 해 전 그가 늘 허드렛일을 해 주러 다니는 그 동리 면장의 집 아들이 장난말 끝에

"늙은이의 이름이 뭐요?"

하고 물었다.

"히힝, 내 말인가. 늙은이가 무슨 이름이 있어!"

"그래도 왜 없어요. 똥덕이었소, 개똥이었었소?"

하며 놀려대는 것이었다. 그는 젊은 놈이 당돌하게 늙은이의 이름을 묻는다는 것이 와락 분해져서

"왜? 나도 예전에는 다 귀하게 큰 사람이요. 우리 할아버지는 송우암 선생의 자손이요 글이 문장이라오. 내 이름도 할아버지가 귀한 딸이라고 귀남이라고 지었다오!"

하며 자기도 옛 세월 같았으면 너희들은 감히 나의 집에도 만만히 못 들어올 상놈들이다 하는 뜻을 암시하여 양반 자랑을 한 것도 지금 생각하면 다 우스운 일이었다.

"돈 없고 가난하면 지금 세상은 이런 것."

이라 하는 것만은 날이 갈수록 더 똑똑하게 알려질 뿐이었다.

가난하다면 이 매촌댁 늙은이보다 더 가난할 수는 없는 것이다. 거의 맏아들은 오래전에 죽어버린 자기 남편과 마찬가지로 '돼지'라고 별명을 듣는 멍청이었다. 모든 일에는 돼지같이 둔하고 욕심 많고 철딱서니 없고 소견 없는 멍청이면서도 술 먹고 담배 피우는데는 일당백이었다. 그래서 남의 집에서 품팔이라도 하면 돈이 손에 들어오기 바쁘게 술집으로 쫓아가는 것이었으므로 몸에 입은 옷이라고는 자칫하면 감추는 물건이 벌렁 내다보일 지경이었다. 그 동생은 스물여덟에 남의 집에서 고용살이로 모았던 몇 량 돈으로 매촌으로 장가를 들고 얼마 남은 것으로 형 되는 '돼지'도 장가를 들여주려고 했으나 눈 빠진 사람이 아니고는 그에게 딸을 내어줄 사람이 없었다. 그러나 이렇게 못난이 '돼지'라도 사위를 보려는 사람이 있었다.

그는 스무 살이나 먹도록 시집 못 보내고 둔 벙어리 색시의 아버지다. 돼지는 벙어리라고 하므로 생각할 인물이 못되어 '계집 얻는다'는 것만이 좋아서 싱글벙글하며 넓적한 콧구멍을 벌렁거리며 장가를 들었다.

늙은이는 아들 둘을 다 장가보내고 나니 이제는 걱정할 것이 없다고 생각했으나 장가를 보내고 나니 걱정은 더 많아졌었다. '돼지'는 한날 한시로 술만 찾아다니고 벙어리는 매촌의 아내와 같이 있는 늙은이에게 와서 배고프다고 우는 것이었다.

매촌이는 장가든 후에도 고용살이를 하는고로 그의 아내는 늙은이와 날만새이면 남의 집으로 돌아다니며 일해주고 밥 얻어먹고 해야 살아오므로 고용살이로 받은 돈은 그대로 남겨두게 되었다. 남겨둔다 하더라도 일 년에 십 원 내외이나 늙은이는 백만재산같이 귀중히 여겨 몸에 걸칠 옷 한 가지 바꾸어 입을 것이 없는 것은 생각할 줄도 몰랐다. 아주 옷이 없어지면 산골로 돌아다니며 무명베 짜는데 품팔이를 한다. 산골에서는 예전과 같이 아직까지도 제 손으로 옷감을 짜는 것이다. 한 필을 짜면 무명베 몇 척씩을 삯으로 받아가지고 며느리와 한 가지 자기 한 가지씩 옷을 해 입는 것이었다.

때로는 벙어리도 데리고 다니며 일을 거들어주며 밥을 얻어 먹이기도 하는 것이었다. 밥 한끼 얻어먹는다는 것이 무슨 큰 품삯이나 받는 것 같이 그들 셋은 뼈가 부서지도록 일을 해주고 돌아다녔으나 그래도 별 걱정은 없었다.

"어서 몇 백냥 모이게 되면 그것으로 남의 논이나 밭을 대지(貸地)로 얻어서 제 농사를 해 보리라."

하는 것만이 매촌의 부부와 늙은이의 유일한 희망이었다.

매촌이가 장가든지 사년 만에 이럭저럭 뼈를 깎아 모은 돈이 이원 모자라는 육십원이나 되었다. 매촌은 그 돈 중에서 십오 원을 떼어 일간 토옥 다 허물어져가는 것을 사 가지고 생전 처음으로 자기의 집이라는 것을 가지게 되었다. 늙은이도 기뻐했던 것이다. 그랬더니 남은 돈 사십삼 원으로 대지를 하기 전에 홀딱 날려 보내고 말았다. 동리에서도 똑똑하고 잘 하는 신용 있는 매촌이었으나 한꺼번에 많은 돈을 쥐고 보니 가뜩이나 마음이 벙벙한 데다가 돈 냄새를 맡고 다른 동리 알부랑 노름꾼들에게 속아 넘어서 하루 밤에 후딱 날려 보내고 만 것이었다. 매촌은 두 눈에 불이 켜고 뼈가 녹은 것 같이 쓰라리게 아까워서 죄 없는 담뱃대만 힘껏 두들겨 부수었다.

손에 쥐인 것 같이 믿고 믿었던 농사하는 그들의 꿈은 그대로 애처롭게 물거품으로 돌아가고 말게 되었으므로 늙은이는 온 밤이 새도록 아들을 조르며 죽는다고 목을 놓고 우는 것이었다.

"죽일 놈들 도적놈들 내 돈 사십삼원을 그대로는 못 먹을 것이다."

매촌은 딱 버티고 앉아 이를 갈았다. 그러나 한번 낚긴 돈이 아무리 간장을 녹인들 도로 제 손 안에 들어올 리가 없는 것이었으나 그래도 매촌은 제돈 찾으러 매일같이 노름판에 드나들었다. 그러는 중에 그는 제 자신도 모르는 사이에 어느 동리 알탕 노름꾼으로 변하고 말았다. 단순한 매촌이었었던 만큼 그의 변화는 쉽고 빠른 것이었다.

늙은이와 며느리는 태산같이 믿었던 매촌이가 그 모양이 되고 오직 하나 희망이었던 제 농사짓는다는 것도 꿈으로 돌아간 후 죽지도 살지도 못할판에 끼여 한결같이 남의 집에 다니며 입만은 살아갔다. 일 년 열두 달 남의 솥에 익혀낸 것만 얻어먹는 그들이라 비록 일은 해주고 먹는 것이라 해도 동리 사람들은 공밥을 먹이는 것같이 그들을 천대하는 것이다. 늙은이에게서 '매촌댁'의 '댁'자를 쑥 빼고 '매촌댁 늙은이'로 붙이게 된 것도 이때부터이다.

큰아들 돼지나마 이제는 심을 채울 나이도 된지 오래였건마는 그는 술 한잔이면 제목이라도 베어줄 작자였으므로 죽도록 일을 해 주고도 술만 얻어먹고 그대로 오는 것이었고 벙어리는 또 저대로 밥만 얻어먹고는 죽을똥 살똥 일을 해 주는 것이었다. 그러나 이중에도 불행이 하나 더 덮쳐 돼지는 그 마을에서 쫓겨나게 되었다. 그것은 몇 날 술을 먹지 못하여 못살 지경에 이른 돼지가 한 꾀를 생각해 가지고 술집에 가서 술 한 잔만 주면 나무 한 짐 해다 주겠다는 약속으로 먼저 술 한 잔을 얻어먹었다. 그리고는 갖다줄 나무가 없어 나무베기를 엄검하는 사방공사(沙防工事) 해 놓은데 같이 한 짐 잔뜩 버혀지고 내려오다가 일꾼 대장에게 들켜 나뭇짐은 나뭇짐대로다 빼앗기고 죽도록 얻어맞고 술집 마누라까지 무한 욕을 먹고 한 까닭에 그는 그 동리에서 쫓겨난 것이었다. 그 길로 매촌에게 왔으나 매촌이 역시 알부랑 노름쟁이라 하는 수가 없었다. 그래서 그는 하는 수 없이 오리(五里)가량 떨어진 동리에 가서 남의 집 곁방살이로 들어갔다. 방세는 내지 않더라도 그 집의 바쁜 일은 거들어 주겠다는 약속이었다. 그러나 당장에 입에 넣을 것이 없었으므로 벙어리를 두들기며 밥 얻어오라고 하는 것이었으나 벙어리는 이미 당삭이 된 커다란 배를 가리키며 서럽다는 듯이 우는 것이었다. 그래도 돼지는 어떻게든지 해서 양식을 얻어올 궁리는 하지 못하고 벙어리를 조르다가 지치면 그의 어머니인 늙은이가 무엇이나 가져다 주지나 않나! 하는 택없는 꿈을 꾸며 뒹굴뒹굴 하기만 하는 것이었다. 이따금 담배 생각이 나면들에 나가서 '씰랭이'의 꽃을 따다가 대에 넣어가지고 쥐새끼 소리를 내며 빨아대는 것이었다.

벙어리는 자기 뱃속에서 꿈틀 꿈틀하며 태아(胎兒)가 놀면 몸서리를 치며 무서워했다.

"빌어먹을 년, 어린애가 그러지 않냐 겁은 왜 내?"

하고 벼락같이 소리를 지르나 알아듣지 못하고

"끙끙……."

하는 소리로 울며 자기 배를 쿡 쥐어지르는 것이었다. 하루 한 끼도 얻어먹지 못하는 그들이라 벙어리의 커다란 두 눈은 쇠눈깔같이 험악하였다. 늙은이는 어느 날 밤에 큰 호랑이 두 마리가 꿈에 보이더라고 하며 그 이튿날 아침에 매촌의 아내를 보고 꿈 이야기를 하는 것이었다.

"아마도 오늘 내일 간에 너희 둘이다 아들을 낳을라는가 보더라……."

하며 신기하다는 듯이 며느리를 바라보는 것이었다. 매촌의 아내도 벙어리와 같이 당삭 있다던 것이다.

"한꺼번에 둘이 다 해산을 한다면 이 일을 어쩔까 작은 며느리는 그래도 해산 후에 먹을 것이나 준비해 두었지마는 저 벙어리를 어떻게……."

혼자 생각하다 못해 노란 것, 흰 것, 검은 것이 한데 섞인 몇 가락 안 되는 머리를 손가락으로 감아서 꽁쳐 매고 누덕누덕 집은 적삼에 걸레 같은 몽당 치마를 입고 빨리 집을 나섰다. 그는 그 길로 바로 단골로 다니며 일해 주는 집들을 돌아다니며 사정 이야기를 하고 얼마만큼만 꾸어주면 나중에 그만큼 일을 해주리라고 애원을 해도 한 집도 시원하게 대답하지 않았다.

"모다 그 늙은이는 참 그런 이들을 자식이라고 걱정을 해 먹일 것도 없을 줄 알며 어린애는 왜 만들었어?"

하고 비웃고 핀잔주고 놀려주고 할 뿐이었다. 늙은이는 이즈러지고 뿌리만 남은 몇 개 남지 않은 이빨을 드러내며

"히에 —".

하고 고양이같이 웃어 보이는 것이었다. 웃으면 곪아 비틀어진 우붕 뿌리같은 그 얼굴에 누비질한 것 같이 잘게 깊게 잡힌 주름살이 피며 주름 사이에서 햇빛을 보지 못한 살이 받고 지운 것 같이 여기저기 드러나는 것이었다.

"그러게 말이지. 자식 놈들이 몹쓸 놈이지. 그저 벙어리가 불쌍해서 그러는 거요……."

하고는 다시 한 번

"히에 —"

웃어 보이고 돌아서 나오는 것이었다.

그는 행여나! 하는 생각으로 마지막으로 또 한집에 들렀다. 오랫동안 천대받고 학대받아 온 늙은이라 남들의 냉정한 것을 슬프게나 원망스럽게 느낄 줄 몰랐다. 그리고 낙심할 줄도 몰랐다. 마지막 들린 집에서는 쉽사리 동정을 하는 것이었다.

"에구, 불쌍해라. 아이는 하필 저런데 가서 잘 테이거던……."

하며 쌀 한 되, 보리 두 되, 장 한 그릇, 미역 한 쪽, 명태 한 마리를 별말없이 내

어주는 것이었다. 밥 한 그릇에 온 전신이 녹도록 고맙다고 생각하는 이 늙은이라 이렇게 과분한 적선에는 도리어 고마운 줄 몰랐다. 그의 고마움을 느끼는 신경은 너무나 한도가 적었던 까닭이라 그의 신경은 모조리 감격에 차고 이 여러 가지에 대한 감사를 일일이 다 느끼기에는 그의 신경이 모자랐던 것이다. 늙은이는 채 머리만 절래절래 흔들며 연방 혀끝으로 콧물을 잡아뜯더니 닦았다. 아무 고맙다는 인사도 없이 그는 여러 가지를 바구니 속에 넣어가지고 머리에 이었다.

그 집을 나와 한참 돼지 있는 마을을 향해 걸어가다가 그는 힐끔 한번 뒤를 돌아보고는 얼른 바구니에서 명태를 끄집어내어 품속에 감추었다.

"이것은 작은 며느리 해산하거든 주지."

그는 벙어리만 중하게 생각하는 것 같아서 명태는 감추었다가 작은 며느리를 주려는 것이었다.

돼지가 있는 방 지게문을 덜컥 열어젖히니 방안에서는 더운 김과 퀘퀘한 냄새가 물씬 솟았다. 돼지는 혼자 방에 누웠다가 부시시 일어나 앉았다.

"그것 뭐요. 배고파라!"

하며 힐끔 아래서부터 옆으로 늙은이를 쳐다보는 것이었다. 그 모양이 정말 돼지 같아서 늙은이는 속으로 쓴웃음을 쳤다. 방 안 모양도 돼지우리 같았거니와 그의 느린 동작과 조그만 눈이 살그머니 흘겨보는 상은 병들은 돼지 그대로였다. 다만 한 가지 참 돼지처럼 살이 툭툭 찌지 않은 것만이 다를 뿐이었다.

늙은이는 지긋지긋하게도 ○○ 망나니인 두 아들을 원망이나 미워하는 것도 이제는 그만 지쳐서 그대로 잠자코 방으로 들어갔다.

"그것 뭐요!"

입 가장자리가 뽀얗게 침이 타 붙은 것을 손등으로 슬쩍 닦으며 배고파 못 견디겠다는 듯이 재차 묻는 것이었다.

늙은이는 혼자 중얼거리며 연방 채머리를 절래 흔드는 것이었다. 작은 며느리는 해산하면 먹는다고 쌀 다섯 되 보리 한 말을 준비해 두기라도 했거니와 벙어리는 지금 당장에 굶고 있는 판이니 그 일이 난감하였다.

"무엇이야 아무것도 아니지. 젊은 것이 해산을 하면 무엇을 먹으려고 밤낮 이러고만 있어."

늙은이는 목에 말라붙은 것 같은 적은 소리로 노하지도 않고 곱게 타이르는 것이었다.

"일하려 갈라고 해도 배고파서……."

"그렇다고 누웠으면 하늘에서 밥이 떨어지냐. 젊은 것은 어디 갔어?"

"뒷산에 나물 캐러 갔는가……."

늙은이는 네 손가락으로 뒤통수를 덕덕 긁으며 답답해 못 견디겠다는 듯이 벌떡 일어섰다.

"이것은 해산하면 먹일 약(藥)이다. 손도 대지 말아라!"

하고는 가지고 온 바구니를 윗목에 밀어놓고 밖에 나와 짚을 한숨 쥐어다가 그 위에 눌러 덮었다.

"정말 이것은 손을 대지 말아라. 아이를 낳으면 먹일 약이다."

늙은이는 열 번 스무 번 당부를 하는 것이었다.

"음! 그래 웬 잔소리는……."

하고 돼지는 온 몸뚱이의 껍질만 남겨두고 모든 정신이 그 바구니 속에 쏠리어 늙은이의 말은 지나가는 바람소리로만 여기는 것이었다. 늙은이는 돼지의 속마음을 잘 들여다 볼 수 있었다. 아무리 당부해도 그 말을 실행할 돼지가 아닌 것도 잘 알았으나 조금이라도 아껴 먹도록 하라는 뜻으로 자기도 몇 번이나 부탁만은 하는 것이었다. 그러나 아무리 지혜 없는 '축신이' 돼지라 할지라도 사십에 가까운 사나이에게 양식을 약이라고 말하는 자기가 서글프기도 하였거니와 그들에게 있어서는 양식이라는 것은 생명줄을 이어주는 귀하고 중한 약이 아니고 무엇이냐. 밥을 약과 같이 먹어야 하는 너희들이 아니냐 하는 생각도 났으므로 늙은이는 다시 또 입을 닫지 않고 그 방을 나섰다. 집으로 돌아오는 길에도 행여나 벙어리와 마주칠까해서 명태 한 마리는 품에 숨긴 채 왼편으로 그 위를 누르고 빨리 돌아왔다. 작은 며느리는 일하러 나가고 없었으므로 부엌 한 옆에 구덩을 파고 넣어둔 쌀 항아리 뚜껑을 열고 명태는 쌀 속에 파묻어 두었다. 그리고 자기도 어디 가서 좀 일을 해주고, 점심을 때우리라는 생각으로 그대로 집을 나왔다.

그는 그 길로 면장의 집으로 갔다.

"늙은이, 어서 오소. 이 애가 웬일이요!"

하며 면장의 마누라는 세 살 먹은 계집애를 안고 마루에서 어쩔 줄 몰라 하는 판이었다.

“왜? 어디가 아픈가?”

늙은이는 얼른 마루로 올라가서 익숙한 솜씨로 어린애의 이마와 가슴을 만져보았다.

“지금까지 뜰에서 놀던 것이 갑자기 이 모양이야!”

어린애는 정말 열이 나고 괴로운 울음을 우는 것이었다.

“별일 없어요. 어디 봅시다.”

늙은이는 어린애를 받아 안고 오므려진 입술을 더 오므려 가지고 가만가만히 가슴과 배를 만지는 것이었다. 평생에 하도 많이 남의 집을 들어 다닌 늙은이라 남의 앓는 것도 많이 보았거니와 고치는 것도 많이 보고 듣고 해온 것이라 지금에 와서는 웬만한 병은 자기의 생각나는 대로 조약도 가르쳐주고 ‘객귀’도 물어주고 채정도 내려주고 하여 신출내기 의원보다 동리에서는 더 믿는 것이었다. 그러므로 면장의 마누라도 늙은이에게 안심하고 아이를 맡기는 것이었다.

과연 어린애는 이윽고 소화되지 않은 음식을 토하기 시작하더니 한참만에 그대로 잠이 들었다. 늙은이는

“후 —.”

한숨을 하고 툇마루로 나와 앉으며,

“한숨 포근히 자고 나거든 노글노글한 조당수나 끓여 먹이고 저녁도 먹이지 말고 그대로 재우면 별일 없을 것이요.”

하였다. 마누라도 안심한 듯이 늙은이에게 줄밥을 참견하였다. 늙은이는 밥과 반찬 찌꺼기를 얻어 가지고 툇마루 한 옆에서 씹지도 않고 묵턱묵턱 삼키기 시작했다.

“에구, 늙은이. 천천히 좀 먹으면 어떤가. 그렇게 막 삼켰다가 걸려 죽으면 어째…….”

마누라는 늙은이의 밥 먹는 양을 바라보다가 주의를 시키는 것이었다.

“히엥 —.”

늙은이는 애교 있는 웃음을 웃고 간청어 꼬리를 뼈째로 모조리 묵턱 베어 우물우물 하더니 입이 움쑥하며 꿀꺽 소리를 내고 삼키는 것이었다.

“에그머니, 뼈를 막 먹네.”

"히엥! 걱정하지 마소. 죽어도 먹다가 죽는 것은 복이 아니요?"

그는 그의 버릇인

"히엥"

하는 고양이 웃음 같은 소리로 한 번 더 웃어 보이고 연방 주먹만한 밥숟가락이 오르내렸다.

"저 늙은이의 창자는 무쇠로 된 것이야!"

마누라는 자기도 침을 삼키며 찬장에서 먹던 김치찌개를 더 내어주었다.

늙은이는 지금까지 먹으라고 주는 것을 사양해 본적이 없는 판이라 주는 김치도 넙적 받아 국물부터 후루룩 삼켜 보는 것이었다. 그의 몸뚱이는 곯아 비틀어졌어도 오직 그의 창자만은 무쇠같이 억세고 든든하였던 것이다.

지금까지 배앓이를 해 본적이 없는 그이었다. 그날은 이것저것 거들어 주고 저녁까지 얻어먹고 돌아 나올 때 마누라는 늙은이의 치마자락에 보리 두어 되를 부어 주었다.

"에구, 이것은 왜?"

하면서도 사양하지 않고 그대로 집으로 돌아왔다. 그는 그 보리를 가져다가 헌 누더기 조각에 싸 가지고 며느리 몰래 부엌 나무단 밑에 감추었다. 벙어리의 양식이 없어지면 가져다 주려고…….

그런지 며칠 만에 벙어리가 해산 기미로 누웠다는 통보를 듣고 부랴부랴 달려간 때는 오정이 훨씬 지나서이다. 방문을 덜컥 열어젖히니 벙어리는 죽겠다고 머리를 방구석에 틀어박고 끙끙하며 손으로 벽을 쥐어뜯고 있고 돼지는 조급한 듯이 연기도 나지 않는 담뱃대만 쪽쪽 빨며 쥐새끼 소리를 내고 앉아 있었다.

"언제부터 저러냐?"

늙은이는 방에 들어가 앉으며 아들에게 묻는 것이었다.

"몰라요. 어제 밤부터 아직까지 물도 한 모금 마시지 않네요!"

늙은이는 벙어리의 고통을 잘 알았다. 아무것도 먹지 못해 기운이 없어 속히 어린애를 낳지 못하는 것이다 하는 생각이 들자

"전에 가져다 준 것 어디 있어?"

하고 물었다.

“뭐? 그거 다 먹었지.”

“뭐? 언제?”

늙은이는 기가 막혔다. 그까짓 쌀 한 되 보리 두되를 먹는다니 입에 붙일 것이나 있었으리요마는 미역까지 다 먹었다는 말에 와락 속이 상했다.

“빌어먹을 놈, 그것을 죄다 먹다니…….”

기운이 없어 아이를 속히 낳지 못하고 끙끙 하는 벙어리를 앞에 두고 늙은이의 가슴은 어리둥절하였다. 우선 조금 남아 있는 장으로 솥에 찬물 한 바가지를 붓고 물을 끓여 벙어리에게 두어 숟갈 먹였더니

“아버바!”

하는 고함소리와 함께 방바닥에 새빨간 고깃덩어리가 떨어지며

“으아!”

하고 힘 있는 첫소리를 쳤다. 늙은이는 탯줄을 끊으려 해도 가위도 아무것도 없어 생각하는 판에 돼지가 달려들어 입으로 탯줄을 석컥 베었다. 방바닥이라 해도 문 앞에 다 떨어진 사리 자리가 손바닥만치 깔려 있을 뿐이었으므로 어린애는 맨 흙 위에 그대로 누어 새빨간 팔과 다리를 꼬물락거리며 입술을 오물락거리고 있었다. 늙은이와 돼지는 얼른 어린애의 다리 사이를 헤치고 보았다. 조그만 무엇이 달리어 사나이라는 것을 뚜렷이 증명하고 있었다. 늙은이는 갑자기 두 팔을 덜덜 떨며 두리번두리번 살피다가 하는 수없이 손빠르게 자기의 치마를 벗어 어린애를 싸가지고 자리 위에 눕혔다.

벙어리는 죽은 것 같이 늘어져 누워 있었다. 돼지는 뜻도 없던 말소리를 혼자 분주히 중얼거리며 담뱃대를 쥐었다 놓았다 벙어리를 만져보았다 하는 것이었다. 늙은이는 잠시 가만히 앉아 예순셋에 처음으로 보는 손자라 그런지 그의 가슴은 감격에 꽉 차가지고 웬일인지 눈물이 줄줄 흘러내렸다. 연해서 안태(胎)를 낳자 그만한 피를 감당할 수 없어 떨어진 ‘가마니’ 쪽에다가 태를 움켜 담아 돼지를 시켜 뜰 한옆에 가서 불사르라고 시켰다.

“저것을 무엇을 먹일까!”

늙은이는 자기 집 나무 밑에 감추어둔 보리 두 되가 생각났으나 지금 그것을 가지러 가려 하니 몸을 빼서 나갈 수 없고 돼지를 시키려니 작은 며느리에게 들킬까 걱정

이 되어 자기 팔이라도 베이고 싶었다. 그럴 때 집주인 마누라가 이 모양을 알아채고 쌀 한 그릇을 주는 것이었다. 늙은이는 그것으로 밥을 지어 벙어리에게 크게 한 그릇 먹이고 남는 것은 바가지에 긁어 담았다.

"그년 어린애 낳고 아프지도 않나베. 밥이야 억세게 먹어댄다. 나도 배고파 죽겠는데. 제 — 기."

돼지는 뜰에서 태를 태우며 버럭 소리를 지르는 것이었다. 늙은이는 "빌어먹을 놈, '축신이'같이."

하며 바가지의 밥을 덜어서 돼지를 주고 자기는 손가락에 묻은 밥알만 뜯어먹었다. 어린애도 만지고 벙어리 몸도 단속하는 사이에 해는 저물어 갔다.

그는 남은 밥을 벙어리에게 먹여놓고 차마 어린 것을 덮어준 치마를 벗기지 못해 떨어진 속옷 바람으로 어둡기를 기다려 자기 집으로 보리를 가지러 가는 것이었다.

작은 며느리가 알면

"보리는 누구 것이요. 왜 숨기었다가 가져가요."

하고 마음을 상할까 하여 그는 가만히 자기 집으로 들어갔다. 매촌이는 또 노름방으로 갔는지 며느리 혼자서 깜박거리는 호롱불을 켜고 옷끈을 끌러놓고 '벼룩' 잡는다고 부시직거리고 있었다. 늙은이는 자취 없이 부엌으로 들어가 나무 밑에 손을 넣어 살그머니 보리 꾸러미를 끌어내었다. 진작 도로 나오려다가 조금 멈칫 하고 생각한 후 재주 있는 '쓰리'와 같은 손짓으로 쌀 항아리 속에 손을 넣었다. 전날 쌀 밑에 감추어 두었던 '명태'가 쌀 위에 쑥 빠져나와 있었다.

"아이구, 며느리가 보았구나."

하는 생각이 들자 그는 얼른 항아리에서 손을 빼어 집을 빠져나왔다. 보리 뭉치만을 옆에 끼고 번개같이 달려가서 돼지에게 갖다 주고

"이것으로 죽을 쑤어 너는 조금씩만 먹고 어린애 어미만 먹여라!"

고 몇 번이나 당부하고 자기는 다시 집으로 돌아오는 것이었다. 텅 빈 뱃가죽은 등에가 붙고 입안과 목안은 송정으로 붙인 것 같이 입맛을 다시면 찢어지는 것 같이 따가웠다.

"저까짓 보리 두 되로 몇 날을 지탱시킬까."

하는 생각이 들자 그의 두 다리는 가리가리 힘이 빠지고 돼지와 매촌이의 못난 것

이 새삼스럽게 얄미웠다. 그러나 눈앞에는 오늘 난 아기의 두 다리 사이에 사내란 또렷한 그 표적이 어릿어릿 나타나고 사라지고 하였다. 그는 이윽히 걸어가는 사이에 몹시 뒤가 마려워서 잠깐 발길을 멈추고 사방을 둘러본 후 속옷을 헤치려다가 무엇에 놀란 듯 재빠르게 걷기 시작하였다.

'사람은 똥힘으로 사는데…….'

하는 것을 생각해 내었던 것이다. 이제 집으로 돌아간들 밥 한 술 남겨 두었을 리가 없으며 반드시 내일 아침까지 굶고 자야 할 처지이므로 지금 똥을 누어 버리면 당장에 앞으로 거꾸러지고 말 것 같았던 까닭이었다.

그는 흘러내리는 옷을 연방 움켜잡아 올리며 코끼리 껍질 같은 몸뚱이를 벌름거리는 그대로 뒤가 마려운 것을 무시하려고 입을 꼭 다문 채 아물거리는 어두운 길을 줄달음치는 것이었다.

금잠

"여보 당신은 혼자 목비녀를 꼽고 있으니 재미적구려."

하고 모이는 친구마다 핀잔을 주고

"나 혼자 가지기 미안하다, 아가도 하나 사 가지요."

하고 올케언니가 권하고 ,

"형님도 하나 사세요, 보기 안됐어요."

하고 종매들이 권하면, 나중에는 어머니 숙모들까지 권하므로 오래 돌보지 않았던 것을

"그러면 하나사볼까……."

하고, 아니 바로 말하면 야릇한 여인의 심리가 움직여

"백 원만 가지면 될 것을……."

하고 나도 금비녀 사기를 작정하게 되었었다.

그러나 혼자 있을 때 생각하면

"백 원을 가지면 내가 우선 보고 싶어 하는 서적을 몇 권이라도 사 볼 수 있을 것인데……."

하는 생각이 들어 그래도 얼른 사지 않고 있었다.

그 후도 늘 핑계하여 말하면, 모두들 권하는 바람에 마음이 또 다시 움직여

"어머니 금비녀 사기보다, 서적을 사는 게 얼마나 더 효녀가 되지요?"

하고 물어봤더니 어머니는 물론이요, 모두 반대를 하고 논박을 하는데 정신이 암암할 지경이었다. 이후부터는 점점 모두 적극적으로 조르는 까닭에, 아니 차차 목비녀

꽂기가 좀 섭섭하게 느껴지기까지 충동을 받게 되어

"그까짓 것."

하고 돈에 애착심 없기로는 누구보다 밑지지 않을 만치 쓰고 싶어 껄떡대는 나인지라

"돈이 아까워 안 사는구나."

하는 말이 듣기 싫어서 하나 사겠다고 말해버렸다. 그러나 대구까지 사러가는 도중에서 또 맘이 변하여 그 돈으로 서적을 사버리든지 하면 집안사람에게 졸리는 그것이 귀찮고, 또 목비녀 꽂고 가서 금비녀 사기도 부끄럽고 해서 누구든지 사겠다고 말하는 즉시 얼른 사다주었으면 했더니 그날 H가 사가지고 왔었다. 나는 얼른 받아 농 안에 집어넣고 얼굴이 나도 모르게 새 빨개졌다.

나이 어릴 때, 비범하던 사람들, 원대한 포부와 이상을 열열이 논하던 사람들이

"내 언제 그런 때가 있었던가?"

하는 표정으로 현실 생활과 깊이 타협하고 마는 평범해져버린 사람들이, 옛이야기같이 자기의 비범했던 옛날을 하하 웃어버리며 소부르주아적 안일에 빠져 있음이 무슨 인생을 달관이나 한 듯이 살고 있는 사람들을 볼 때, 새삼스럽게 쓸쓸하여 한탄하던 내가 반성되었다. 아무리 핑계가 있더라도 금비녀를 사고 말은 내가, 누구에게 보다 나 자신에게 부끄러움을 느끼지 않을 수 없었다. 조금 있다가 다시 농문을 열고 비녀를 내어보았다. 분명히 조그마한 금 뭉치는 나를 조소하고 있었다. 돈 백 원이 커서 그렇다기보다, 단 일전이라도 내가 내 겉 몸뚱어리를 장식하려고 한 그 얕은 허영심을 가진 자신에 염증을 느꼈던 것이다.

"이러구러 한 가지씩 한 가지씩 평범해 버리고 퇴보되어 버리고 낙오되어버리고, 그리고 죽고……."

나는 중얼거렸다

"저렇게 좋아서 자꾸 내어 볼 것을 왜 바로 안사겠다고 야단이었노……."

하고 물끄러미 금비녀를 바라보고 서 있는 나를 모두들 놀려대었다. 그들은 내가 좋아서 자꾸 보고 서 있는 줄 여겼음인지 무슨 승리나 한 듯이 웃었다.

"여자란 아무래도 허영이 많다는 거야."

H까지 입을 넣는다. 나는

"응? 그래……좋은가보다."

하고 패전자같이 기운 없이 농문을 닫았다. 부끄러워 얼굴이 화둑화둑 타며.

『현대조선여류문학전집』,1937년

방정환

(方定煥, 1899.11.9. ~ 1931.7.23.)

1920년 일본 도요[東洋]대학에서 철학과에 입학, 아동예술과 아동심리학을 공부

1921년 서울로 돌아와 천도교소년회를 조직, 어린이들에 대한 부모의 변화를 위해 전국을 돌며 강연, '어린이'라는 용어를 처음으로 사용, 어린이 동화집도 출간

1923년 아동잡지 [어린이]를 창간하고 최초의 아동문화운동 단체인 색동회를 조직

5월 1일을 어린이날로 지정

작품분석과 업적

- 방정환이 남긴 작품은 번안물이 대부분이다. 원문의 뜻과 흐름을 손상시키지 않고 외국어의 장벽을 무난히 돌파하여 동화 번안 작가로서의 면모를 잘 보여주었다. 그가 번안 내지 개작한 동화들이 지닌 일관된 특징은 풍자와 해학의 정신과 교훈성에 있다고 할 것이다.
- 민족주의를 바탕으로 한 최초의 아동문화운동가요, 사회운동가였다.
- [어린이]지를 통하여 윤석중(尹石重)·이원수(李元壽)·서덕촌 등 아동문학가의 발굴, 육성에 힘썼다.

꼬부랑 할머니

환갑, 진갑 다 지나서 허리가 꼬부라진 꼬부랑 할머니가 꼬불꼬불 꼬부라진 꼬부랑 지팡이를 짚고 꼬부랑 고개를 올라갔습니다. 고개를 넘어가다가 똥이 마려우니까 다 쓰러져서 꼬부라진 꼬부랑 뒷간으로 기어 들어가서 똥을 누는데 꼬부랑 똥을 눕니다.

무엇? 꼬부랑 똥이 어디 있느냐고? 할머니의 허리가 꼬부라졌으니까 똥도 꼬부라져서 꼬부랑 똥이 나오겠지······ 재미있지 않아요?

그래 꼬부랑 고개 위에 꼬부랑 뒷간에서 꼬부랑 할머니가 꼬부랑 똥을 누는데 그때 마침 허리가 꼬부라진 꼬부랑 강아지가 뒷간 밑으로 들어와서 꼬부랑 똥을 먹습니다.

그러니까 꼬부랑 할머니가 그것을 보고 더러워서 꼬부랑 지팡이를 집어 들고 꼬부랑 강아지의 꼬부랑 허리를 '딱' 때렸지요.

그러니까 꼬부랑 강아지가 꼬부랑 뒷간에서 꼬부랑 할머니의 꼬부랑 똥을 먹다가 꼬부랑 지팡이에 꼬부랑 허리를 얻어맞고 '꼬부랑 깽깽' '꼬부랑 깽깽' 하면서 달아났습니다.

〈≪어린이≫7권 3호, 1929년 3월호, 깔깔박사〉

나비의 꿈

어느 들에 어여쁜 나비가 한 마리 살고 있었습니다. 나비는 날마다 아침때부터 꽃밭에서 동산으로, 동산에서 꽃밭으로 따뜻한 봄볕을 쪼이고 날아다니면서 온종일 춤을 추어, 여러 가지 꽃들을 위로해 주며 지내었습니다.

하루는 어느 포근한 잔디밭에 앉아서 따뜻한 볕을 쪼이면서, 이런 생각을 하였습니다.

여신께서는 나를 보시고,

'즐겁게 춤을 추어 많은 꽃들을 기껍게 해 주는 것이 너의 직책이다!'

하셨습니다.

'나는 오늘 지금까지 모든 꽃들을 모두 기껍게 해 주기 위하여, 내 힘껏하여 왔다! 그러나, 어떤 일이든지 좀더 좋은 일을 했으면 좋겠다.'고 생각하였습니다. 그 후부터는 날마다 그 '더 좋은 일'만 생각하고 있었습니다.

어느 날 밤이었습니다. 나비는 그 날도 온종일 재미롭게 춤을 추었기 때문에, 저녁때가 되니까 몹시 고단하여서, 일찍이 배추밭 노오란 꽃가지에 누워서, 콜콜 가늘게 코를 골면서 잠이 들었습니다.

그리고, 이런 꿈을 꾸었습니다.

나비는 전과 같이 이리저리 펄펄 날아다니노라니까, 어느 틈에 전에 보지못하던 모르는 곳에 이르렀습니다. 거기는 시골같이 쓸쓸스런 곳인데, 나직한 언덕 위에 조그마한 집이 한 채 있었습니다.

"에그? 어떻게 이런 곳으로 왔을까!"

하고, 나비는 이상해했습니다. 그리고, 언뜻 보니까, 그 조그마한 집 뒤뜰에는 동백나무가 서 있고, 나무에는 빨간 동백꽃이 많이 피어 있으므로, 나비는 그 꽃 위에 앉아서 날개를 쉬고 있었습니다.

따뜻하게 볕만 퍼지고 동네도 조용하고, 이 조그만 집도 사람 없는 집같이 조용하였습니다.

그러더니, 이 빈집같이 조용하던 집에서 나직하고 조심스런 소녀의 소리가 들리었습니다.

"이애 민수야, 얼른 나아야 약을 먹고 얼른 나아야 아니하니? 네가 이렇게 앓아 누웠기만 하면, 누나가 쓸쓸하지 않으냐?"

분명히 병든 동생의 머리맡에 앉아서 근심하는 소리였습니다. 그러니까, 그 병든 동생이 기운 없는 말로 대답하는 것이 들렸습니다.

"누나, 나는 약 먹기 싫어요! 써서 어떻게 먹우. 약보다도 나는 동산에 가고 싶어요. 살구꽃하고 복사꽃이 피었겠지요. 응? 누나야, 작년처럼 동산에 올라가서 새 우는 소리도 듣고, 나비가 날아다니는 것을 보고 싶어요.

아아, 어서 동산에를 가 보았으면!"

나비는 이 가느다란 불쌍한 소리를 듣고, 퍽 마음이 슬펐습니다.

잠이 깨어 눈이 뜨였습니다. 벌써 날이 밝아서 세상이 훤하였습니다. 나비는 지난 밤에 꾼 꿈을 다시 처음부터 차근차근히 생각하였습니다. 생각할수록 어디인지 분명히 그런 불쌍한 어린 남매가 있는 것같이 생각되었습니다.

그래서, 나비는 가끔가끔 놀러 오는 동무 꾀꼬리에게 찾아가서, 그 꿈 이야기를 하였습니다. 그러니까, 마음 착한 꾀꼬리도 그 말을 듣고,

"그럼 분명히 그런 불쌍한 남매가 어딘지 있는 모양일세."

하였습니다.

그리고 다시,

"그 앓는 동생이 새 소리를 듣고 싶고, 나비를 보고 싶드라고 하더라니, 우리가 어디인지는 모르지만 둘이 찾아가 보세그려."

하였습니다.

나비와 꾀꼬리는 꿈에 본집을 찾으러 나섰습니다. 그러나, 어디 어느 곳에 그런 집이 있는지 아는 수가 있겠습니까. 하는 수 없이 쩔쩔매다가, 마침 높이 떠서 날아오는 기러기를 불렀습니다.

서늘한 나라를 찾아서 북쪽으로 향하고 먼 길을 가던 기러기는 꾀꼬리가 부르는 소리를 듣고 내려왔습니다.

"남쪽에서 오시는 길에 혹시 언덕 위에 조그만 집에 어린 동생이 앓아 드러누웠고, 누이가 울고 있는 불쌍한 남매를 보지 못하였습니까? 우리는 그집을 찾아가려고 그럽니다."

하고, 꿈꾼 이야기를 자세히 하였습니다. 기러기는 그 말을 듣고,

"아아, 알고말고요. 착한 남매가 불쌍하게 근심을 하고 있습니다. 어서 가보십시오. 여기서 저어 남쪽으로 쭈욱 가서, 아마 십 리는 될 거요. 여기서 곧장 가면, 그 언덕 있는 곳이 보입니다. 어서 가 보십시오."

하고 아르켜 주고 북쪽 나라로 갈 길이 멀고 급하다고 인사하고 갔습니다.

나비와 꾀꼬리는 기꺼워서 한숨에 갈 듯이 남쪽으로 날아갔습니다. 한참이나 가니까, 언덕이 보였습니다. 그 언덕 위에는 꿈에 보던 그 조그만 집이있고, 뒤뜰에는 꿈에 앉았던 동백꽃도 피어 있었습니다. 어떻게도 반가운지,

"여기다, 여기다."

하고 나비는 꾀꼬리를 데리고 동백꽃 나무에 앉아서,

"아가씨 아가씨, 문 열어 주십시오."

하고 불렀습니다.

그러나, 아무리 불러도 방 속에서도 아무 대답도 없었습니다.

그러니까 꾀꼬리가,

"아무리 부른들 알아들을 리가 있나."

하고, 이번에는 자기가 그 어여쁜 목소리로,

"꾀꼴 꾀꼴 꾀꼴꼴……."

하고 노래를 불렀습니다. 그러니까, 방 속에서 깜짝 놀래는 듯한 소리가 나더니, 방문이 드르륵 열렸습니다.

꾀꼬리는 그냥 자꾸 노래를 불렀습니다.

방문을 열고 내다보는 사람은 열두 살쯤 되어 보이는 얌전한 소녀였습니다. 꾀꼬리와 나비가 나란히 앉았는 것을 보고, 몹시도 반가워하면서, 마치 반가운 사람이나 만난 듯이 기뻐서 어찌할 줄을 모르며, 사람에게 하는 말같이,

“아이구 고마워라, 꾀꼬리도 나비도 왔구먼……. 민수가 어떻게 너희들을 보고 싶어 했는지 모른단다.”

하고는,

“에그, 민수가 보게 방에까지 들어왔으면 좋으련만…….”

하였습니다.

나비와 꾀꼬리는 후루루 날아서 방으로 들어갔습니다. 방이라야 좁다란 한칸 방인데, 아홉 살쯤된 어린 사내아이가 마르고 파아란 얼굴에 눈을 감고 누워서 잠이 든 것 같기도 하고, 죽은 것 같기도 하였습니다.

“민수야, 눈을 떠 보아라. 꾀꼬리와 나비가 왔다.”

하면서, 소녀는 동생을 부드럽게 흔들어서 깨웠습니다.

꾀꼬리는 목소리를 곱게 내어 재미있고 씩씩하게,

“꾀꼴 꾀꼴 꾀꼴꼴…….”

하고, 노래를 정성껏 불렀습니다. 나비는 그 노래에 장단을 맞춰서, 재주껏 화려하게 춤을 덩싱덩실 추면서, 병든 어린이의 자리를 빙빙 돌았습니다.

그야말로 세상에서 들을 수 없는 훌륭한 음악이요, 진기한 무도이었습니다.

거슴프레하게 떴던 병든 소년의 두 눈은 점점 크게 떠지면서 생기가 나면서 춤추며 돌아다니는 나비를 따르고, 귀는 아름다운 꾀꼬리의 노랫소리를 정성스럽게 듣고 있었습니다.

꾀꼬리와 나비는 열심히 열심히 재주와 정성을 다하여, 노래를 부르고 춤을 추었습니다.

그러니까 병든 소년의 눈을 점점 점점 광채가 나기 시작하고, 파아란 얼굴에는 붉은 혈기가 점점 점점 돌아오더니, 이윽고는 긴긴 겨울이 지나도록 한번도 보지 못한 웃음의 빛이, 그의 눈에도 입에도 보이기 시작하였습니다.

그것을 보고 꾀꼬리와 나비는 기운껏 기운껏 피곤하기까지 노래와 춤을 추었습니다.

그 날 밤에는 소녀의 따뜻한 주선으로, 그 집 처마 끝 동백나무 그늘에서 자고, 그

이튿날도 방에 들어가서 노래를 부르고 춤을 추고 하였습니다.

어린이의 병은 차츰 나아지고, 기운과 정신이 나날이 새로워졌습니다.

나비와 꾀꼬리는 그 이튿날도 또 그 이튿날도 쉬지 않고 노래와 춤으로 병든 소년을 위로하였습니다.

이렇게 이레 동안을 지나자, 소년은 아주 쾌하게 병이 나아서, 누나의 손을 잡고, 동산에도 가고 뜰에도 가서, 꾀꼬리와 나비와 재미있게 뛰놀 수 있게 되었습니다.

《어린이》, 1923년, 《소파 전집》

千一夜話
천일야화

내가 이제 여러분을 위하여 시작하려는 천일 야화는 참으로 세계에 유명한 이야기입니다.

재미있고 신기하기로도 제일 유명하고 복잡하고 길다랗기로도 유명하고, 그 밖에 여러 가지 점으로 제일 유명한 것이 '천일 야화'라는 이야기입니다.

여러분이 활동사진에서 구경하신 '바그다드의 도적'도 이 속에 나오는 이야기요, 유명한 '알리바바와 도둑'의 이야기도 이 속에 나오는 이야기입니다.

신기 신기하여도 이것처럼 신기한 이야기가 없고 길다 길다 하여도 이것처럼 길다란 이야기가 없어서 이 천일 야화가 맨 처음 어찌해서 생긴 이야기만 하려도 이《어린이》책의 절반은 더 걸릴 것입니다. 밤마다 계속해하기를 일천 밤하고 또 하루를 두고 한 이야기이니 그 얼마나 길다란 것을 짐작할 것이고 또 일천 하루이면 거의 삼 년이나 되는 세월이니 삼 년을 계속해 들어도 염증 싫증이 나지 않고 도리어 마음이 이에 파묻혔으니 그 얼마나 재미있음을 짐작할 것입니다.

이렇게 무섭게 길다란 이야기를 한 달에 한 번씩 나는《어린이》에 조금씩 내자면 여러분과 내가 머리가 하얗게 늙도록 계속하게 될 것이니 도저히 안 될 일이라 그 중에 제일 재미있는 것, 또 여러분이 알기 쉬운 이야기만 골라 빼어서 내 정성으로 될 수 있는 데까지 쉽게 이야기해 드리기로 하고, 이번에는 그 시초된 이야기를 간단히 말씀해드리겠습니다.

이 이야기가 시작되던 시초의 이야기라 해야 어느 때, 어느 해에 어떻게 시작된 것인지, 실상은 그것이 분명하지 못합니다.

아라비아 괴담! 천 하룻밤 이야기! 하면 이 세상 어느 나라에 번역되지 않은 곳이 없고, 어느 누가 모르는 사람이 없지마는 맨 처음 누가 시작한 것인지 누가 지었는지 꾸몄는지 도무지 근본을 아는 이가 지금껏 없습니다.

그래서 모르는 것만큼 모두 자기 짐작대로 어림치고 이렇게도 말하고 저렇게도 말하기 때문에 어느 말이 정말인지 분간 못할 말이 많이 있습니다. 그중에 제일 그럴듯하게 세상 사람이 믿음직하게 전해오는 말을 들으면 그 시초가 대강 이러합니다.

옛날에 아라비아에 아주 마음이 인자하고 덕이 많은 임금 한 분이 있어 나라를 잘 다스리고 있었는데 그의 아내되는 왕비는 인물이 잘나기로 이 세상 제일이라고 이름난 그림같이 어여쁜 이였습니다.

그래 착한 왕은 그 왕비를 끔찍이 믿고 사랑하고 위하였는데 하루는 우연한 기회에 그 믿고 사랑하는 왕비가 자기의 눈을 속여 대궐 뒷마당에서 나쁜 심부름꾼 사내를 데리고 나쁜 짓을 하는 것을 보았습니다.

그래 자기가 착한 마음으로 진정으로 그 왕비를 믿어왔던 만큼 이 날까지 속아 온 것이 분하기도 하고 밉기도 하여 스스로 세상인심을 믿지 못할 것이라고 탄식하고 또 자기의, 덕이 부족함을 탄식하다가 마음을 결단하고 그밤에 넌지시 아무도 모르게 대궐과 나라를 버리고 멀리 멀리 정처없는 길을 떠났습니다.

그래 어느 바닷가로 다니다가 거기서 어느 이상한 여자와 괴상한 마귀를 만났습니다. 그리고, 그 어여쁜 여자도 그 무서운 마귀를 속이고 다른 나쁜 짓을 예사로 하는 것을 보고 두 번째 놀랐습니다. 그래,

'이 세상 계집이란 계집은 모두 남자를 속이는 것이다. 계집처럼 악하고 계집처럼 죄 많은 것은 없다.'

생각하고 그 길로 다시 대궐로 돌아왔습니다.

와서는 곧 그 왕비와 토인 남자를 죽이고 또 대궐 안에 있는 어여쁜 여자들과 나쁜 토인들을 모두 죽여 버렸습니다.

그리고 그 다음날부터 자기 밑에 있는 재상을 시켜 날마다 한 사람씩 어여쁜 처녀를 데려 오라는 새로운 법을 내리고 날마다 한 사람씩 새로운 처녀를 불러들여서는

반드시 그 이튿날 아침에 죽여 버리고 죽여 버리고 하였습니다.

날마다 한 사람씩 처녀가 대궐로 들어가고, 들어만 가면 이튿날 아침에 죽으므로 백성들이 큰일 났다고 소동하면서 처녀 있는 집에서는 모두 넌지시 다른 곳으로 도망을 하였습니다. 그래 나중에는 모두들 도망을 하고 없으므로 저녁마다 새로운 처녀를 불러들일 감이 없는데 왕은 자꾸 데려오라고만 하였으므로 중간에서 재상이 큰일 나게 되어 그만 머리를 싸고 누워 앓았습니다.

그런데, 그 재상에게는 어여쁜 두 딸 처녀가 있었습니다. 그 큰딸이 아버지의 앓는 것을 보고 까닭을 물어 무섭고 놀라운 내용을 듣더니 아버지가 말리는 것도 듣지 안고 대궐로 들어갔습니다. 이상한 일이지요? 그 이튿날 아침에 죽은 송장이 되어 나올 줄 알았더니 저녁때가 되어도 아무 소식이 없고 또 그 이튿날 또 그 이튿날 얼마를 지나도 죽어 나오지 않았습니다.

그리고 그 처녀가 들어간 날부터 날마다 처녀를 잡아들여가는 일도 딱 그쳤습니다.

재상의 딸은 배운 것이 많고 들은 것이 많아 지식도 많고 의견이 많은 처녀였습니다. 그래 들어가던 그 날 밤부터 왕의 앞에서 재미있는 이야기를 시작하였는데 그 이야기가 어떻게 재미있고 길던지 왕이 밤마다 턱을 고이고 앉아서 듣기를 한 해, 두 해, 세 해 꼭 일천 밤 하고도 또 하룻밤을 계속하였습니다.

이야기를 듣는 동안에 왕의 노여운 마음이 풀리고 다시 마음이 착하여져서 그 처녀를 왕비로 삼고, 전처럼 인자한 임금이 되어 나라를 평화롭게 다스려 갔습니다.

그 때, 그 처녀가 임금의 앞에서 일천 하룻밤 두고 계속한 이야기……. 얼마나 죽을지 모를 수 없는 처녀의 목숨을 살리고 그 무섭던 왕의 마음을 부드럽게 하여 놓은 유명한 이야기가 이 아라비아의 기담 천일 야화입니다.

《어린이》 4권 2호, 1926년 2월호

4월

그믐날 밤

사람들이 모두 잠자는 밤중이었습니다. 절간에서 밤에 치는 종소리도 그친 지 오래된 깊은 밤이었습니다. 높은 하늘에는 별만이 반짝반짝 아무 소리도 없는 고요한 밤중이었습니다.

이렇게 밤이 깊은 때 잠자지 않고 마당에 나와 있기는 나 하나밖에 없는 것 같았습니다. 참말 내가 알기에는 나 하나밖에 자지 않는 사람이 없었습니다. 시계도 안 보았어요. 아마 자정 때는 되었을 것입니다. 어두운 마당에 가만히 앉아 별들을 쳐다보고 있노라니까 별을 볼수록 세상은 더욱 고요하였습니다.

어디서인지 어린 아기의 숨소리보다도 가늘게 속살속살하는 소리가 들렸습니다. 누가 들어서는 큰일 날 듯한 가늘디가는 소리였습니다. 어디서 나는가 하고 나는 귀를 기울이고 찾다가 내가 공연히 그랬는가보다고 생각도 하였습니다. 그러나 그 속살거리는 작은 소리는 또 들렸습니다. 가만히 듣노라니까 그것은 담 밑 풀밭에서 나는 소리였습니다.

"아이구! 이제 곧 새벽이 될 터인데 꿀떡을 여태까지 못 만들었으니 어쩌나!"

하고 걱정하는 것은 곱디고운 보랏빛 치마를 입은 조그만 앉은뱅이 꽃의 혼이었습니다.

"에그, 꿀떡은 우리가 모두 만들어 놓았으니 염려 말아요. 그런데 내일 새들이 오면 음악 할 자리를 어디다 정하우." 하는 것은 분홍 옷을 입은 진달래꽃이었습니다.

"음악 할 자리는 저 집 이층 위로 정하지 않았나 봐! 잊어버렸나?"

하고 노란 젖나무꽃이 말을 하고는 복사나무 가지를 쳐다보고,

"에그, 여보! 왜 여태껏 새 옷도 안 입고 있소? 그 분홍치마를 얼른 입어요. 그리고 내일 거기서 새들이 음악할 자리를 치워 놓았소?"

하고 물었습니다.

"치워 놓았어요. 이제 우리는 새 옷만 입으면 그만이라오. 지금 분홍치마를 다리는 중이어요. 그 아래에서는 모두 차려 놓았소?"

하고 혼은 몹시 기뻐하는 모양이었습니다.

보니까 거기는 진달래꽃이랑 개나리꽃이랑 없는 것이 없었습니다. 날만 밝으면 좋은 세상이 온다고 그들은 모두 새 옷을 입고 큰 잔치의 준비를 바쁘게 하는 중이었습니다. 할미꽃은 이슬로 술을 담그느라고 바쁜 모양이고, 개나리는 무도장 둘레에 황금색 휘장을 둘러치느라고 바쁜 모양이었습니다. 그리고 그 중에는 벌써 심부름을 다 하고 앉아서 날이 밝기를 기다리는 아기꽃들도 많은 모양이었습니다.

그러자 그때 '따르릉 따르릉' 하고 조그만 인력거 한 채가 등불을 켜달고 손님을 태워 가지고 왔습니다. 인력거꾼은 개구리였습니다. 인력거를 타고 온 손님은 참새 색시였습니다. 왜 이렇게 별안간에 왔느냐고 꽃들이 놀래서 하던 일을 놓고 우루루 몰려왔습니다. 참새의 말을 들으면 제비와 종달새 들은 모두 준비를 하고 기다리고 있는데 꾀꼬리가 목병이 나서 내일 독창을 못하게 되기 쉽다는 소식이었습니다.

"에그, 그래 내일 꾀꼬리가 못 오면 어떻게 하나?" 하고 걱정들을 하다가 좋은 꿀을 한 그릇 담아서,

'약으로 잡수어 보라'고 주어 보냈습니다.

참새 색시는 꿀을 받아가지고 다시 인력거를 타고 급히 돌아갔습니다. 참새가 돌아간 후 얼마 안 있어서, 이번엔 '따르릉 따르릉' 하고 불 켠 자전거가 휘몰아 왔습니다. 자전거를 타고 온 것은 다리 긴 제비였습니다.

"어이구, 수고 많이 하였소."

"얼마나 애를 썼소."

하고 꽃들은 일을 하는 채로 내다보면서 치사를 하였습니다.

제비는 5월이 오는 줄도 모르고 잠만 자고 있는 꽃과 벌레들을 돌아다니면서 깨어 놓고 돌아온 것이었습니다. 그래 우선 애썼다고 이슬 술을 한 잔 얻어먹고 좋아하였

습니다. 동네 어느 집에선가 새로 두 점을 치는 시계 소리가 들려올 때에, 나비 한 마리가,

"나비들은 모두 무도복을 입고 기다리고 있는데 다른 준비가 어떻게 되었느냐?"

고 그것을 알러 왔다가 갔습니다.

모든 준비를 끝내고 날이 밝기를 기다릴 뿐이었습니다. 하늘의 별들은 내일은 날씨가 좋을 것이라고 일러주는 것처럼 반짝반짝하고 있었습니다. 고요하게 평화롭게, 5월 초하루의 새 세상이 열리어 가는 것이었습니다.

새벽 네 시쯤 되었습니다.

날이 채 밝기도 전에 벌써 종달새가 하늘에 높이 떠서 은방울을 흔들기 시작하였습니다. 꽃들이 그 소리를 듣고 문을 달각 열고 빵끗 웃었습니다. 참새가 벌써 큰 북을 짊어지고 왔습니다. 제비들이 길다란 피리를 가지고 왔습니다. 주섬주섬 모두 모여들어서 각각 자리를 잡았습니다. 이층 아래층에서 꽃들이 손님을 맞아들이기에 바빴습니다. 아침 해 돋을 때가 되어 무도복을 가뜬히 입은 나비들이 떼를 지어 왔습니다.

그러는 중에 갑자기 더 판이 울려졌습니다. 목을 앓는다던 꾀꼬리도 노란 새옷을 화려하게 차려 입고 인력거에 실려 당도하였습니다. 꾀꼬리가 온 것을 보고 모두들 어떻게 기뻐하는지 몰랐습니다.

일 년 중에도 제일 선명한 햇빛이 이 즐거운 잔치터를 비추기 시작하였습니다. 버들잎, 잔디풀은 물에 갓 씻어낸 것처럼 새파랬습니다.

5월 초하루! 거룩한 햇빛이 비치기 시작하는 것을 보고, 복사나무 가지 위 꽃그늘에서 온갖 새들이 일제히 5월 노래를 부르기 시작했습니다. 그러니까 거기에 맞춰서 나비들이 춤을 너울너울 추기 시작합니다. 모든 것이 즐거움을 이기지 못하고 덩실덩실 춤을 추었습니다. 잔디풀, 버들잎까지 우쭐우쭐 하였습니다.

즐거운 봄이었습니다. 유별나게 햇빛 좋은 아침에 사람들이 모여들면서,

"아이구, 복사꽃이 어느 틈에 저렇게 활짝 피었나!"

"아이구, 이게 웬 나비들이야!"

"이제 아주 봄이 익었는걸!"

하고 기쁜 낯으로 이야기하면서 보고 들었습니다. 5월 초하루는 참말 새 세상이 열리는 첫날이었습니다.

나도향

(羅稻香 1902년 ~ 1926년)

1919년 배재고등보통학교(培材高等普通學校)를 졸업. 해경성의학전문학교(京城醫學專門學校)에 입학하였으나 문학에 뜻을 두어 일본으로 갔으나 학비가 송달되지 않아서 귀국

1920년 경상북도 안동에서 보통학교 교사로 근무

1922년 현진건(玄鎭健)·홍사용(洪思容)·이상화(李相和)·박종화(朴鍾和)·박영희(朴英熙)등과 함께 『백조(白潮)』 동인으로 참여

1925년 「벙어리 삼룡(三龍)」·「물레방아」·「뽕」 등을 발표

1926년 일본에 갔다가 귀국한 후 요절

작품분석

1. 벙어리 삼룡이

- 갈래 : 단편 소설
- 배경 : 시간(일제 강점기) / 공간(남대문 밖 연화봉(蓮花峰) 마을)
- 경향 : 낭만주의적, 사실주의적
- 시점 : 전지적 작가 시점(서두에는 1인칭 관찰자 시점이다가 전지적 작가 시점으로 바뀜)
- 특징 : 신분을 초월한 사랑, 인간 감정에 대한 사실적 해부, 리얼리즘의 요소와 감상성 등 복합적 요소가 혼합된 작품
- 방화는 복수, 반항, 욕구 불만적 표현과 갈등을 해소하고 애정을 승화시키는 이중적 의미를 가지고 있음
- 소설의 구조는 삼룡이와 아씨의 만남의 구조로 이루어짐
- 아씨와 삼룡이는 박해를 당하는 피해자이며 순결한 영혼의 갖고 있는 소유자라는 동질성을 갖고 있어 서로에게 동료 의식을 느끼고 있다.

2. 물레방아

- 갈래 : 단편 소설
- 배경 : 시간(일제 강점기) / 공간(농촌)
- 시점 : 전지적 작가 시점
- 경향 : 낭만주의적 사실주의
- 배경 : 1920년대 한국 농촌의 물레방앗간
- 사건 : 방원의 아내와 신치규의 불륜 → 방원의 회유(懷柔)와 설득 → 아내의 거절
- 구성

  발단 - 신치규는 자기 집 막실에 사는 이방원의 아내를 탐낸다.

  전개 - 신치규는 이방원의 아내를 유혹한다.

  위기 - 이방원은 신치규와 자기 아내가 물레방앗간에서 나오는 것을 발견한다.

  절정 - 이방원은 신치규를 구타한 일로, 상해죄로 구속되어 석 달간 복역하게 된다.

  결말 - 출감한 이방원은 아내에게 본심을 묻고, 청을 하지만 안 듣자 죽이고 자살한다.
- 사회계층간의 갈등과 대립 보다는 탐욕이라는 인간의 동물적인 본능이 만들어낸 비극을 이야기하는 작품
- 방원은 숙명의 굴레를 벗어나려 하지만 물레방아처럼 제자리에서 벗어나지 못함
- 방원의 심리적 변화를 일으키는 배경은 신치규의 집 - 물레방아 - 감옥으로 변화

3. 그믐달

- 주제 : 그믐달에 대한 사랑, 한 많은 그믐달을 사랑하는 마음
- 표현 : 모든 문장에서 수사법을 사용, 비유법과 의인법을 주로 사용한 점이 두드러짐, 다른 달과 대조를 통해 그믐달을 효과적으로 표현하고 있다. 특히 여성으로 의인화하여 정감을 표현.

벙어리 삼룡이

1.

내가 열 살이 될락말락 한 때이니까 지금으로부터 십사오 년 전 일이다.

지금은 그곳을 청엽정(靑葉町)이라 부르지만 그때는 연화봉(蓮花峰)이라고 이름하였다. 즉 남대문에서 바로 내려다보면은 오정포(午正砲)가 놓여 있는 산등성이가 있으니 그 산등성이 이쪽이 연화봉이요, 그 새에 있는 동네가 역시 연화봉이다.

지금은 그곳에 빈민굴이라고 할 수밖에 없이 지저분한 촌락이 생기고 노동자들밖에 살지 않는 곳이 되어 버렸으나 그때에는 자기네 딴은 행세한다는 사람들이 있었다.

집이라고는 십여 호밖에 있지 않았고 그곳에 사는 사람들은 대개 과목밭을 하고, 또는 채소를 심거나, 아니면 콩나물을 길러서 생활을 하여 갔었다.

여기에 그중 큰 과목밭을 갖고 그중 여유 있는 생활을 하여 가는 사람이 하나 있었는데, 그의 이름은 잊어버렸으나 동네 사람들이 부르기를 오생원(吳生員)이라고 불렀다.

얼굴이 동탕하고 목소리가 마치 여름에 버드나무에 앉아서 길게 목늘여 우는 매미소리같이 저르렁저르렁하였다.

그는 몹시 부지런한 중년 늙은이로 아침이면 새벽 일찍이 일어나서 앞뒤로 뒷짐을 지고 돌아다니며 집안일을 보살피는데 그 동네에는 그가 마치 시계와 같아서 그가 일어나는 때가 동네 사람이 일어나는 때였다. 만일 그가 아침에 돌아다니며 잔소리를 하지 않으면 동네 사람들이 이상하여 그의 집으로 가보면 그는 반드시 몸이 불편하여 누웠었다. 그러나 그와 같은 때는 일년 삼백육십 일에 한번 있기가 어려운 일이요, 이태나 삼년에 한 번 있거나 말거나 하였다.

그가 이곳으로 이사를 온지는 얼마되지는 아니하나 언제든지 감투를 쓰고 다니므로 동네 사람들은 양반이라고 불렀고, 또 그 사람도 동네 사람들에게 그리 인심을 잃지 않으려고 선달이면 북어쾌, 김톳을 동네 사람에게 나눠 주며 농사 때에 쓰는 연장도 넉넉히 장만한 후 아무 때나 동네 사람들이 쓰게 하므로 그 동네에서는 가장 인심 후하고 존경을 받는 집인 동시에 세력 있는 집이다.

그 집에는 삼룡(三龍)이라는 벙어리 하인 하나가 있으니 키가 본시 크지 못하여 땅딸보로 되었고 고개가 빼지 못하여 몸뚱이에 대강이를 갖다가 붙인 것 같다. 거기다가 얼굴이 몹시 얽고 입이 크다. 머리는 전에 새꼬랑지 같은 것을 주인의 명령으로 깎기는 깎았으나 불밤송이 모양으로 언제든지 푸 하고 일어섰다. 그래 걸어다니는 것을 보면, 마치 옴두꺼비가 서서 다니는 것같이 숨차 보이고 더디어 보인다. 동네 사람들이 부르기를 삼룡이라고 부르는 법이 없고 언제든지 '벙어리' '벙어리'라고 하든지 그렇지 않으면 '앵모' '앵모'한다. 그렇지만 삼룡이는 그 소리를 알지 못한다.

그도 이 집 주인이 이리로 이사를 올 때에 데리고 왔으니 진실하고 충성스러우며 부지런하고 세차다. 눈치로만 지내 가는 벙어리지마는 듣는 사람보다 슬기로운 적이 있고 평생 조심성이 있어서 결코 실수한 적이 없다.

아침에 일어나면 마당을 쓸고, 소와 돼지의 여물을 먹이며, 여름이면 밭에 풀을 뽑고 나무를 실어들이고 장작을 패며, 겨울이면 눈을 쓸며 장 심부름과 진일 마른일 할 것 없이 못 하는 일이 없다.

그럴수록 이 집 주인은 벙어리를 위해주며 사랑한다. 혹시 몸이 불편한 기색이 있으면 쉬게 하고, 먹고 싶어하는 듯한 것은 먹이고, 입을 때 입히고 잘 때 재운다.

그런데 이 집에는 삼대독자로 내려오는 그 집 아들이 있다. 나이는 열일곱 살이나 아직 열네 살도 되어 보이지 않고 너무 귀엽게 기르기 때문에 누구에게든지 버릇이 없고 어리광을 부리며 사람에게나 짐승에게 잔인 포악한 짓을 많이 한다.

동네 사람들은,

"후레자식! 아비 속상하게 할 자식! 저런 자식은 없는 것만 못해."

하고 욕들을 한다. 그래서 그의 어머니는 아들이 잘못할 때마다 그의 영감을 보고,

"그 자식을 좀 때려 주구려. 왜 그런 것을 보고 가만두?"

하고 자기가 대신 때려 주려고 나서면,

"아뇨, 아직 철이 없어 그렇지. 저도 지각이 나면 그렇지 않을 것이 아뇨."

하고 너그럽게 타이른다.

그러면 마누라는 왜가리처럼 소리를 지르며,

"철이 없긴 지금 나이가 몇이오. 낼 모레면 스무 살이 되는데, 또 며칠 아니면 장가를 들어서 자식까지 날 것이 그래 가지고 무엇을 한단 말이오."

하고 들이대며,

"자식은 꼭 아버지가 버려 놓았습니다. 자식 귀여운 것만 알았지 버릇 가르칠 줄은 모르니까……."

이렇게 싸움만 시작하려 하면 영감은 아무 말도 하지 않고 바깥으로 나가 버린다.

그 아들은 더구나 벙어리를 사람으로 알지도 않는다. 말 못하는 벙어리라고 오고 가며 주먹으로 허구리를 지르기도 하고 발길로 엉덩이도 찬다.

그러면 그 벙어리는 어린것이 철없이 그러는 것이 도리어 귀엽기도 하고 또는 그 힘없는 팔과 힘없는 다리로 자기의 무쇠 같은 몸을 건드리는 것이 우습기도 하고 앙증하기도 하여 돌아서서 방그레 웃으면서 툭툭 털고 다른 곳으로 몸을 피해 버린다.

어떤 때는 낮잠 자는 벙어리 입에다가 똥을 먹인 때도 있었다. 또 어떤 때는 자는 벙어리 두 팔 두 다리를 살며시 동여매고 손가락과 발가락 사이에 화승불을 붙여 놓아 질겁을 하고 일어나다가 발버둥질을 하고 죽으려는 사람처럼 괴로워하는 것을 보고 기뻐하였다.

이러할 때마다 벙어리의 가슴에는 비분한 마음이 꽉 들어찼다. 그러나 그는 주인의 아들을 원망하는 것보다도 자기가 병신인 것을 원망하였으며 주인의 아들을 저주한다는 것보다 이 세상을 저주하였다.

그러나 그는 결코 눈물을 흘리지 않았다. 그의 눈물은 나오려 할 때 아주 말라붙어 버린 샘물과 같이 나오려 하나 나오지를 아니하였다. 그는 주인의 집을 버릴 줄 모르는 개 모양으로 자기가 있어야 할 곳은 여기밖에 없고 자기가 믿을 것도 여기 있는 사람들밖에 없을 줄 알았다. 여기서 살다가 여기서 죽는 것이 자기의 운명인 줄밖에 알지 못하였다. 자기의 주인 아들이 때리고 지르고 꼬집어 뜯고 모든 방법으로 학대

할지라도 그것이 자기에게 으레 있을 줄밖에 알지 못하였다. 아픈 것도 그 아픈 것이 으레 자기에게 돌아올 것이요, 쓰린 것도 자기가 받지 않아서는 안 될 것으로 알았다. 그는 이 마땅히 자기가 받아야 할 것을 어떻게 해야 면할까 하는 생각을 한 번도 하여 본 일이 없었다.

그가 이 집에서 떠나가려거나 또는 그의 생활환경에서 벗어나려는 생각은 한 번도 해보지 못하였다 할지라도 그는 언제든지 그 주인 아들이 자기를 학대하고 또는 자기를 못살게 굴 때 그는 자기의 주먹과 또는 자기의 힘을 생각하여 보았다.

주인 아들이 자기를 때릴 때 그는 주인 아들 하나쯤은 넉넉히 제지할 힘이 있는 것을 알았다.

어떠한 때는 아픔과 쓰림이 자기의 몸으로 스미어들 때면 그의 주먹은 떨리면서 어린 주인의 몸을 치려하다가는 그것을 무서운 고통과 함께 꽉 참았다.

그는 속으로,

'아니다, 그는 나의 주인의 아들이다. 그는 나의 어린 주인이다.'

하고 꾹 참았다.

그리고는 그것을 얼핏 잊어버렸다. 그러다가도 동넷집 아이들과 혹시 장난을 하다가 주인 아들이 울고 들어올 때에는 그는 황소같이 날뛰면서 주인을 위하여 싸웠다. 그래서 동네에서도 어린애들이나 장난꾼들이 벙어리를 무서워하여 감히 덤비지를 못하였다. 그리고 주인 아들도 위급한 경우에는 언제든지 벙어리를 찾았다. 벙어리는 얻어맞으면서도 기어드는 충견 모양으로 주인의 아들을 위하여 싫어하지 않고 힘을 다하였다.

2.

벙어리가 스물세 살이 될 때까지 그는 물론 이성과 접촉할 기회가 없었다. 동네의 처녀들이 저를 '벙어리' '벙어리' 하며 괴상한 손짓과 몸짓으로 놀려먹음을 받을 적에 분하고 골나는 중에도 느긋한 즐거움을 느끼어 본 일은 있었으나 그가 결코 사랑으로써 어떠한 여자를 대해 본 일은 없었다.

그러나 정욕을 가진 사람인 벙어리도 그의 피가 차디찰 리는 없었다. 혹 그의 피는 더욱 뜨거웠을는지도 알 수 없었다. 뜨겁다 뜨겁다 못하여 엉기어 버린 엿과 같을지도 알 수 없었다. 만일 그에게 볕을 주거나 다시 뜨거운 열을 준다면 그의 피는 다시 녹을는지도 알 수 없었다.

그가 깜박깜박하는 기름 등잔 아래에서 밤이 깊도록 짚신을 삼을 때면 남모르는 한숨을 아니 쉬는 것도 아니지마는 그는 그것을 곧 억제할 수 있을 만큼 정욕에 대하여 벌써부터 단념을 하고 있었다.

마치 언제 폭발이 될는지 알지 못하는 휴화산 모양으로 그의 가슴속에는 충분한 정열을 깊이 감추어 놓았으나 그것이 아직 폭발될 시기가 이르지 못한 것이었다. 비록 폭발이 되려고 무섭게 격동함을 벙어리 자신도 느끼지 않는 바는 아니지마는 그는 그것을 폭발시킬 조건을 얻기 어려웠으며 또는 자기가 여태까지 능동적으로 그것을 나타낼 수가 없을 만큼 외계의 압축을 받았으며, 그것으로 인한 이지가 너무 그에게 자제력을 강대하게 하여주는 동시에 또한 너무 그것을 단념만 하게하여 주었다.

속으로 '나는 벙어리다', 자기가 생각할 때 그는 몹시 원통함을 느끼는 동시에 나는 말하는 사람들과 똑같은 자유와 똑같은 권리가 없는 줄 알았다. 그는 이와 같은 생각에서 언제든지 단념 않으려야 단념하지 않을 수 없는 그 단념이 쌓이고 쌓이어 지금에는 다만 한 개의 기계와 같이 이 집에 노예가 되어 있으면서도 그것을 자기의 천직으로 알고 있을 뿐이요, 다시는 자기가 살아갈 세상이 없는 것같이 밖에 알지 못하게 된 것이다.

3.

그해 가을이다. 주인의 아들이 장가를 들었다. 색시는 신랑보다 두 살 위인 열아홉 살이다. 주인이 본시 자기가 언제든지 문벌이 얕은 것을 한탄하여 신부를 구할 때에 첫째 조건이 문벌이 높아야 할 것이었다. 그러나 문벌 있는 집에서는 그리 쉽게 색시를 내놀 리가 없었다. 그러므로 하는 수 없이 그 어떠한 영락한 양반의 딸을 돈을 주고 사오다시피 하였으니, 무남독녀의 딸을 둔 남촌 어떤 과부를 꿀을 발라서 약혼을 하고 혹시나 무슨 딴소리가 있을까 하여 부랴부랴 성례식을 시켜 버렸다.

혼인할 때의 비용도 그때 돈으로 삼만 냥을 썼다. 그리고 아들의 처갓집에 며느리 뒤 보아주는 바느질삯, 빨랫삯이라는 명목으로 한 달에 이천오백 냥씩을 대어 주었다.

신부는 자기 아버지가 돌아가기 전까지 상당히 견디기도 하고 또는 금지옥엽같이 기른 터이라, 구식 가정에서 배울 것 읽힐 것 못 하는 것이 없고 게다가 또는 인물이라든지 행동거지에 조금도 구김이 있지 아니하다.

신부가 오자 신랑의 흠절이 생기기 시작하였다.

"신부에게다 대면 두루미와 까마귀지."

"아직도 철딱서니가 없어."

"색시에게 쥐여 지내겠지."

"신랑에겐 과하지."

동넷집 말 좋아하는 여편네들이 모여 앉으면 이렇게 비평들을 한다. 어떠한 남의 걱정 잘 하는 마누라님은 간혹 신랑을 보고는 그대로 세워 놓고,

"글쎄, 인제는 어른이 되었으니 셈이 좀 나요, 저리구 어떻게 색시를 거느려 가누. 색시방에 들어가기가 부끄럽지 않담."

하고 들이대다시피 하는 일이 있다.

이럴 적마다 신랑의 마음은 그 말하는 이들이 미웠다. 일부러 자기를 부끄럽게 하려고 하는 것 같아서 그 후에 그를 만나면 말도 안하고 인사도 하지 아니한다.

또 그의 고모 되는 이가 와서 자기 조카를 보고,

"인제는 어른이야. 너도 그만하면 지각이 날때가 되지 않았니. 네 처가 부끄럽지 아니하냐."

하고 타이를 적마다 그의 마음은 그 말하는 사람이 부끄럽다는 것보다도 자기를 이렇게 하게 한 자기 아내가 더욱 밉살머리스러웠다.

"여편네가 다 무엇이냐? 저 빌어먹을년이 들어오더니 나를 이렇게 못살게들 굴지."

혼인한지 며칠이 못 되어 그는 색시방에 들어가지를 않았다. 집안에서는 야단이 났다. 마치 돼지나 말 새끼를 혼례시키려는 것같이 신랑을 색시방으로 집어넣으려 하나 막무가내였다. 그럴 때마다 신랑은 손에 닥치는 대로 집어 때려서 자기의 외사촌 누이의 이마를 뚫어서 피까지 나게 한일이 있었다. 집안 식구들이 하는 수가 없어 맨 나중에는 아버지에게 밀었다. 그러나 그것도 소용이 없을 뿐더러 풍파를 더 일으키게 하였다. 아버지께 꾸중을 듣고 들어와서는 다짜고짜로 신부의 머리채를 쥐어 잡아 마루 한복판에 태질을 쳤다.

그리고는,

"이년, 네 집으로 가거라. 보기 싫다. 내 눈앞에는 보이지도 마라."

하였다. 밥상을 가져오면 그 밥상이 마당 한복판에서 재주를 넘고, 옷을 가져오면 그 옷이 쓰레기통으로 나간다.

이리하여 색시는 시집오던 날부터 팔자 한탄을 하고서 날마다 밤마다 우는 사람이 되었다.

울면 요사스럽다고 때린다. 또 말이 없으면 빙충맞다고 친다. 이리하여 그 집에는 평화스러운 날이 하루도 없었다.

이것을 날마다 보는 사람 가운데 알 수 없는 의혹을 품게 된 사람이 하나 있으니 그는 곧 벙어리 삼룡이였다.

그렇게 예쁘고 유순하고 그렇게 얌전한, 벙어리의 눈으로 보아서는 감히 손도 대지 못할 만큼 선녀 같은 색시를 때리는 것은 자기의 생각으로는 도저히 풀 수 없는 의심이었다.

보기에도 황홀하고 건드리기도 황홀할 만큼 숭고한 여자를 그렇게 하대한다는 것은 너무나 세상에 있지 못할 일이다. 자기는 주인 새서방에게 개나 돼지같이 얻어맞는 것이 마땅한 이상으로 마땅하지마는, 선녀와 짐승의 차가 있는 색시와 자기가 똑같이 얻어맞는 것은 너무 무서운 일이다. 어린 주인이 천벌이나 받지 않을까 두렵기까지 하였다.

어떠한 달밤, 사면은 고요적막하고 별들은 드문드문 눈들만 깜박이며 반달이 공중에 뚜렷이 달려 있어 수은으로 세상을 깨끗하게 닦아낸 듯이 청명한데, 삼룡이는 검둥개 등을 쓰다듬으며 바깥마당 멍석 위에 비슷이 드러누워 하늘을 쳐다보며 생각하여 보았다.

주인 색시를 생각하면 공중에 있는 달보다도 더 곱고 별들보다도 더 깨끗하였다. 주인 색시를 생각하면 달이 보이고 별이 보이었다. 삼라만상을 씻어 내는 은빛보다도 더 흰 달이나 별의 광채보다도 그의 마음이 아름답고 부드러운 듯하였다. 마치 달이나 별이 땅에 떨어져 주인 새아씨가 된 것도 같고 주인 새아씨가 하늘에 올라가면 달이 되고 별이 될 것 같았다.

더구나 자기를 어린 주인이 때리고 꼬집을 때 감히 입 벌려 말은 하지 못하나 측은하고 불쌍히 여기는 정이 그의 두 눈에 나타나는 것을 다시 생각할 때 그는 부들부들

한 개 등을 어루만지면서 감격을 느꼈다. 개는 꼬리를 치며 자기를 귀여워하는 줄 알고 벙어리의 손을 핥았다.

삼룡이의 마음은 주인아씨를 동정하는 마음으로 가득 찼다. 또는 그를 위하여서는 자기의 목숨이라도 아끼지 않겠다는 의분에 넘치었다. 그것은 마치 살구를 보면 입 속에 침이 도는 것같이 본능적으로 느껴지는 감정이었다.

4.

새댁이 온 뒤에 다른 사람들은 자유로운 안 출입을 금하였으나 벙어리는 마치 개가 맘대로 안에 출입할 수 있는 것같이 아무 의심 없이 출입할 수가 있었다.

하루는 어린 주인이 먹지 않던 술이 잔뜩 취하여 무지한 놈에게 맞아서 길에 자빠진 것을 업어다가 안으로 들여다 누인 일이 있었다. 그때에 아무도 안에 있지 않고 다만 새색시 혼자 방에서 바느질을 하고 있다가 이 꼴을 보고 벙어리의 충성된 마음이 고마워서, 그 후에 쓰던 비단 헝겊조각으로 부시 쌈지 하나를 만들어 준 일이 있었다.

이것이 새서방님의 눈에 띄었다. 그래서 색시는 어떤 날 밤 자던 몸으로 마당 복판에 머리를 푼 채 내동댕이가 쳐졌다. 그리고 온몸에 피가 맺히도록 얻어맞았다.

이것을 본 벙어리는 또다시 의분의 마음이 뻗쳐 올라왔다. 그래서 미친 사자와 같이 뛰어들어가 새서방님을 내어던지고 새색시를 둘러메었다. 그리고 나는 수리와 같이 바깥사랑 주인 영감 있는 곳으로 뛰어가 그 앞에 내려놓고 손짓과 몸짓을 열 번 스무 번 거푸 하며 하소연하였다.

그 이튿날 아침에 그는 주인 새서방님에게 물푸레로 얼굴을 몹시 얻어맞아서 한쪽 뺨이 눈을 얼러서 피가 나고 주먹같이 부었다. 그 때릴 적에 새서방의 입에서 나오는 말은,

"이 흉측한 벙어리 같으니, 내 여편네를 건드려!"

하고 부시 쌈지를 빼앗아 갈가리 찢어서 뒷간에 던졌다.

"그러고 이놈아! 인제는 주인도 몰라보고 막 친다. 이런 것은 죽여야 해!"

하고 채찍으로 그의 뒷덜미를 갈겨서 그 자리에 쓰러지게 하였다.

벙어리는 다만 두 손으로 빌 뿐이었다. 말도 못 하고 고개를 몇백 번 코가 땅에 닿

도록 그저 용서해 달라고 빌기만 하였다. 그러나 그의 가슴에는 비로소 숨겨 있던 정의감이 머리를 들기 시작하였다. 그는 아픈 것을 참아 가면서도 북받치는 분노(심술)를 억제하였다.

그때부터 벙어리는 안방에 들어가지 못하였다. 이 들어가지 못하는 것이 더욱 벙어리로 하여금 궁금증이 나게 하였다. 그 궁금증이라는 것이 묘하게 빛이 변하여 주인아씨를 뵈옵고 싶은 심정으로 변하였다. 뵈옵지 못하므로 가슴이 타올랐다. 몹시 애상의 정서가 그의 가슴을 저리게 하였다. 한번이라도 아씨를 뵈올 수가 있으면 하는 마음이 나더니 그의 마음의 넋은 느끼기를 시작하였다. 센티멘틀한 가운데에서 느끼는 그 무슨 정서는 그에게 생명 같은 희열을 주었다. 그것과 자기의 목숨이라도 바꿀 수 있을 것 같았다. 어떤 때는 그대로 대강이로 담을 뚫고 들어가고 싶도록 주인아씨를 뵈옵고 싶은 것을 꾹 참을 때도 있었다.

그 후부터는 밥을 잘 먹을 수가 없었다. 일도 손에 잡히지 않았다. 틈만 있으면 안으로만 들어가고 싶었다.

주인이 전보다 많이 밥과 음식을 주고 더 편하게 하여 주었으나 그것이 싫었다. 그는 밤에 잠을 자지 않고 집 가장자리를 돌아다녔다.

5.

하루는 주인 새서방님이 술이 취하여 들어오더니 집안이 수선수선하여지며 계집 하인이 약을 사러갔다 들어오는 것을 보고 그 계집 하인을 붙잡았다. 그리고 무엇이냐고 물었다.

계집 하인은 한 주먹을 뒤통수에 대고 얼굴을 쓰다듬으며 둘째손가락을 내밀었다. 그것은 그 집 주인은 엄지손가락이요, 둘째손가락은 새서방이라는 뜻이요, 주먹을 뒤통수에 대는 것은 여편네라는 뜻이요, 얼굴을 문지르는 것은 예쁘다는 뜻으로 벙어리에게 쓰는 암호다.

그런 뒤에 다시 혀를 내밀고 눈을 뒤집어쓰는 형상을 하고 두 팔을 싹 벌리고 뒤로 자빠지는 꼴을 보이니, 그것은 사람이 죽게 되었거나 앓을 적에 하는 말 대신의 손짓이다.

벙어리는 눈을 크게 뜨고 계집 하인에게 한 발자국 가까이 들어서며 놀라는 듯이 멀거니 한참이나 있었다.

그의 가슴은 무섭게 격동하였다. 자기의 그리운 주인아씨가 죽었다는 말이나 아닌가, 그는 두 주먹을 마주 치며 한숨을 쉬었다. 그리고는 자기 방에서 무엇을 생각하는 것처럼 두어 시간이나 두 눈만 껌벅껌벅하고 앉았었다.

그는 밤이 깊어 갈수록 궁금증 나는 사람처럼 일어섰다 앉았다 하더니 두시나 되어서 바깥으로 나가서 뒤로 돌아갔다.

그는 도둑놈처럼 조심스럽게 바로 건넌방 뒤 미닫이 앞 담에 서서 주저주저하더니 담을 넘었다. 가까이 창 앞에 서서 문틈으로 안을 살피다가 그는 진저리를 치며 물러섰다.

어두운 밤에 그의 손과 발이 마치 그 뒤에 서 있는 감나무 잎같이 떨리더니 그대로 문을 박차고 뛰어 들어갔을 때, 그의 팔에는 주인아씨가 한손에는 기다란 명주 수건을 들고서 한 팔로 벙어리의 가슴을 밀치며 뻗디디었다. 벙어리는 다만 눈이 뚱그래서 '에헤' 소리만 지르고 그 수건을 뺏으려 애쓸 뿐이다.

집안이 야단났다.

"집안이 망했군!"

"어디 사내가 없어서 벙어리를!"

"어떻든 알 수 없는 일이야!"

하는 소리가 이구석 저구석에서 수군댄다.

6.

그 이튿날 아침에 벙어리는 온몸이 짓이긴 것이 되어 마당에 거꾸러져 입에서 피를 토하며 신음하고 있었다. 그 곁에서는 새서방이 쇠줄 몽둥이를 들고서 문초를 한다.

"이놈!"

하고는 음란한 흉내는 모조리 하여가며 건넌방을 가리킨다. 그러나 벙어리는 손을 내저을 뿐이다. 또 몽둥이에는 살점이 묻어 나왔다. 그리고 피가 흘렀다.

벙어리는 타들어가는 목으로 소리도 못 내며 고개만 내젓는다. 그는 피를 토하며 거꾸러지며 이마를 땅에 비비며 고개를 내흔든다. 땅에는 피가 스며든다. 새서방은 채찍 끝에 납뭉치를 달아서 가슴을 훔쳐 갈겼다가 힘껏 잡아 뽑았다. 벙어리는 그대로 거꾸러지며 말이 없었다.

새서방은 그래도 시원치 못하였다. 그는 어제 벙어리가 새로 갈아 놓은 낫을 들고 달려왔다. 그는 그 시퍼렇게 날선 낫을 번쩍 들었다. 그래서 벙어리를 찌르려 할 때 벙어리는 한 팔로 그것을 받았고, 집안사람들은 달려들었다. 벙어리는 낫을 뿌리쳐 저리로 내던졌다.

주인은 집안이 망하였다고 사랑에 누워서 모든 일을 들은 체 만 체 문을 닫고 나오지를 아니하며, 집안에서는 색시를 쫓는다고 야단이다. 그날 저녁에 벙어리는 다시 끌려 나왔다. 그때에는 주인 새서방이 그의 입던 옷과 신짝을 주며 눈을 부릅뜨고 손을 멀리 가리키며,

“가! 인제는 우리집에 있지 못한다.”

하였다. 이 소리를 듣는 벙어리는 기가 막혔다. 그에게는 이 집 외에 다른 집이 없다. 살 곳이 없었다. 자기는 언제든지 이 집에서 살고 이 집에서 죽을 줄밖에 몰랐다. 그는 새서방님의 다리를 껴안고 애걸하였다. 말도 못 하는 것을 몸짓과 표정으로 간곡한 뜻을 표하였다. 그러나 새서방님은 발길로 지르고 사람을 불렀다.

“이놈을 좀 내쫓아라.”

벙어리가 죽은 개 모양으로 끌려 나갔다. 그리고 대갈빼기를 개천 구석에 들이박히면서 나가 곤드라졌다가 일어서서 다시 들어오려 할 때에는 벌써 문이 닫혀 있었다. 그는 문을 두드렸다. 그의 마음으로는 주인 영감을 찾았으나 부를 수가 없었다. 그가 날마다 열고 날마다 닫던 문이 자기가 지금은 열려 하나 자기를 내어쫓고 열리지를 않는다. 자기가 건사하고 자기가 거두던 모든 것이 오늘에는 자기의 말을 듣지 않는다. 어려서부터 지금까지 모든 정성과 힘과 뜻을 다하여 충성스럽게 일한 값이 오늘에는 이것이다.

그는 비로소 믿고 바라던 모든 것이 자기의 원수란 것을 알았다. 그는 모든 것을 없애 버리고 자기도 또한 없어지는 것이 나은 것을 알았다.

그날 저녁 밤은 깊었는데 멀리서 닭이 우는 소리와 함께 개 짖는 소리만이 들린다. 난데없는 화염이 벙어리 있던 오생원 집을 에워쌌다. 그 불을 미리 놓으려고 준비하여 놓았는지 집 가장자리 쭉 돌아가며 흩어 놓은 풀에 모조리 돌라붙어 공중에서 내려다보면 집의 윤곽이 선명하게 보일 듯이 타오른다.

불은 마치 피 묻은 살을 맛있게 잘라먹는 요마(妖魔)의 혓바닥처럼 날름날름 집 한 채를 삽시간에 먹어 버리었다. 이와 같은 화염 속으로 뛰어들어가는 사람이 하나 있으니 그는 다른 사람이 아니라 낮에 이 집을 쫓겨난 삼룡이다. 그는 먼저 사랑에 가서 문을 깨뜨리고 주인을 업어다가 밭 가운데 놓고 다시 들어가려 할제 그의 얼굴과 등과 다리가 불에 데어 쭈그러져 드는 것을 알지 못하였다.

그는 건넌방으로 뛰어들었다. 그러나 색시는 없었다. 다시 안방으로 뛰어들었다. 그러나 또 없고 새서방이 그의 팔에 매달리어 구원하기를 애원하였다. 그러나 그는 그것을 뿌리쳤다. 다시 서까래에 불이 시뻘겋게 타면서 그의 머리에 떨어졌다. 그러나 그는 그것을 몰랐다. 부엌으로 가보았다. 거기서 나오다가 문설주가 떨어지며 왼팔이 부러졌다. 그러나 그것도 몰랐다. 그는 다시 광으로 가보았다. 거기도 없었다. 그는 다시 건넌방으로 들어갔다. 그때야 그는 색시가 타죽으려고 이불을 쓰고 누워있는 것을 보았다. 그는 색시를 안았다. 그리고는 길을 찾았다. 그러나 나갈 곳이 없었다. 그는 하는 수 없이 지붕으로 올라갔다. 그는 비로소 자기의 몸이 자유롭지 못한 것을 알았다. 그러나 그는 자기가 여태까지 맛보지 못한 즐거운 쾌감을 자기의 가슴에 느끼는 것을 알았다. 색시를 자기 가슴에 안았을 때 그는 이제 처음으로 살아난 듯하였다. 그는 자기의 목숨이 다한 줄 알았을 때, 그 색시를 내려놓을 때는 그는 벌써 목숨이 끊어진 뒤였다. 집은 모조리 타고 벙어리는 색시를 무릎에 뉘고 있었다. 그의 울분은 그 불과 함께 사라졌을는지! 평화롭고 행복스러운 웃음이 그의 입 가장자리에 엷게 나타났을 뿐이다.

물레방아

1.

덜컹덜컹 홈통에 들었다가 다시 쏟아져 흐르는 물이 육중한 물레방아를 번쩍 쳐들었다가 쿵 하고 확 속으로 내던질 제 머슴들의 콧소리는 허연 겻가루가 켜켜 앉은 방앗간 속에서 청승스럽게 들려 나온다.

솰 솰 솰, 구슬이 되었다가 은가루가 되고 댓줄기같이 뻗치었다가 다시 쾅 쾅 쏟아져 청룡이 되고 백룡이 되어 용솟음쳐 흐르는 물이 저쪽 산모퉁이를 십 리나 두고 돌고, 다시 이쪽 들 복판을 오 리쯤 꿰뚫은 뒤에 이 방원(芳源)이가 사는 동네 앞 기슭을 스쳐 지나가는데 그 위에 물레방아 하나가 놓여 있다.

물레방아에서 들여다보면 동북간으로 큼직한 마을이 있으니 이 마을의 가장 부자요, 가장 세력이 있는 사람으로 이름을 신치규(申治圭)라고 부른다.

이 방원이라는 사람은 그 집의 막실(幕室)살이를 하여 가며 그의 땅을 경작하여 자기 아내와 두 사람이 그날그날을 지내 간다.

어떠한 가을밤 유난히 밝은 달이 고요한 이 촌을 한적하게 비칠 때 그 물레방앗간 옆에 어떠한 여자 하나와 어떤 남자 하나가 서서 이야기를 하는 소리가 들리었다.

그 여자는 방원의 아내로 지금 나이가 스물두 살, 한참 정열에 타는 가슴으로 가장 행복스러울 나이의 젊은 여자요, 그 남자는 오십이 반이 넘어 인생으로서 살아올 길을 다 살고서 거의 거의 쇠멸의 구렁이를 향하여 가는 늙은이다.

그의 말소리는 마치 그 여자를 달래는 것같이,

"얘, 내 말이 조금도 그를 것이 없지? 쉰네 할멈에게도 자세한 말을 들었을 터이지

마는 너 생각해 보아라. 네가 허락만 하면 무엇이든지 네가 하고 싶다는 것은 내가 전부 해줄 터이란 말야. 그까짓 방원이 녀석하고 네가 몇백 년 살아야 언제든지 막실 구석을 면하지 못할 터이니. 허허, 사람이란 젊어서 호강해 보지 못하면 평생 호강 한 번 하여 보지 못하고 죽을 것이 아니냐. 내가 말하는 것이 조금도 잘못하는 것이 없느니라! 대강 너의 말을 쇤네 할멈에게 듣기는 들었으나 그래도 너에게 한번 바로 대고 듣는 것만 못해서 이리로 만나자고 한 것이다. 너의 마음은 어떠냐? 어디 허허, 내 앞이라고 조금도 어떻게 알지 말고 이야기해 봐, 응?"

이 늙은이는 두말할 것 없이 신치규다. 그는 탐욕스러운 눈으로 방원의 계집을 들여다보며 한 손으로 등을 두드린다.

새침한 얼굴이 파르족족하고 기다란 눈썹과 검푸른 두 눈 가장자리에 예쁜 입, 뾰로통한 빰이며 콧날이 오뚝한데다가 후리후리한 키에 떡벌어진 엉덩이가 아무리 보더라도 무섭게 이지적(理智的)인 동시에 또는 창부형(娼婦型)으로 생긴 여자이다.

계집은 아무 말이 없이 서서 짐짓 부끄러운 태를 지으며 매혹적인 웃음을 생긋 웃고는 고개를 돌렸다. 그 웃음이 얼마나 짐승 같은 신치규의 만족을 사게 되었으며, 또는 마음을 충동시켰는지 희끗희끗한 수염이 거의 계집의 빰에 닿도록 더 가까이 와서, "응? 왜 대답이 없니? 부끄러워서 그러니? 그렇게 부끄러워할 일은 아닌데." 하고 계집의 손을 잡으며,

"손도 이렇게 예쁜 줄은 여태까지 몰랐구나. 참 분결 같다. 이렇게 얌전히 생긴 애가 방원 같은 천한 놈의 계집이 되어 일평생을 그대로 썩는다는 것은 너무 가엾고 아깝지 않으냐? 애."

계집은 몸을 돌리려고 하지도 않고 영감이 하는 대로 내버려두며 눈으로 땅만 내려다보고 섰다가 가까스로 입을 떼는 듯하더니,

"제 말야 모두 쇤네 할멈이 여쭈었지요. 저에게는 너무 분수에 과한 말씀이니까요."

"온, 천만의 소리를 다 하는구나. 그게 무슨 소리냐. 너도 아다시피 내가 너를 장난삼아 그러는 것도 아니겠고 후사(後嗣)가 없어 그러는 것이니까 네가 내 아들이나 하나 나주렴. 그러면 내 것이 모두 네 것이 되지 않겠니? 자아, 그러지 말고 오늘 허락을 하렴. 그러면 내일이라도 방원이란 놈을 내쫓고 너를 불러들일 터이니."

"어떻게 내쫓을 수가 있에요."

"허어, 그것이 그리 어려울 것이 무엇 있니. 내가 나가라는데 제가 나가지 않고 배길 줄 아니?"

"그렇지만 너무 과하지 않을까요?"

"무엇? 저런 생각을 하니까 네가 이 모양으로 이때까지 있었지. 어떻단 말이냐? 그런 것은 조금도 염려하지 말구. 자! 또 네 서방에게 들킬라, 어서 들어가자."

"먼저 들어가세요."

"왜?"

"남이 보면 수상히 알게요."

"무얼 나하고 가는데 수상히 알게 무어야. 어서 가자."

계집은 천천히 두어 걸음 따라가다가,

"영감!"

하고 무춤하고 서 있다.

"왜 그러니."

계집은 다시 말이 없이 서 있다가,

"아니에요."

하고,

"먼저 들어가세요."

하며 돌아선다. 영감이 간이 달아서 계집의 손을 잡으며,

"가자, 집으로 들어가자."

그의 가슴은 두근거리는지 숨소리가 잦아진다. 계집은 손을 빼려 하며,

"점잖으신 어른이 이게 무슨 짓이에요."

하면서도 그의 몸짓에는 모든 것을 허락한다는 뜻이 보였다. 영감은 계집의 몸을 끌어안더니 방앗간 뒤로 돌아들어 섰다. 계집은 영감 가슴에 안겨서 정욕이 가득한 눈으로 그를 보면서,

"영감."

말 한마디 하고 침 한번 삼키었다.

"영감이 거짓말은 안 하시지요."

"아니."

그의 말은 떨리었다. 계집은 영감의 팔을 한 손으로 잡고 또 한 손으로는 방앗간 속을 가리켰다.

"저리로 들어가세요."

영감과 계집은 방앗간에서 이삼십 분 후에 다시 나왔다.

2.

사흘이 지난 뒤에 신치규는 방원이를 자기 집 사랑 마당 앞으로 불렀다.

"얘."

방원은 상전이라 고개를 숙이고,

"네."

공손하게 대답을 하였다.

"네가 그간 내 집에서 정성스럽게 일을 한 것은 고마운 일이지마는……."

점잔과 주짜를 빼면서 신치규는 말을 꺼내었다. 방원의 가슴은 이 '마는'이라는 말 뒤에 이어질 말을 미리 깨달은 듯이 온 전신의 피가 가슴으로 모여드는 듯하더니 다시 터럭이라는 터럭은 전부 거꾸로 일어서는 듯하였다.

"오늘부터는 우리집에 사정이 있어 그러니 내집에 있지 말고 다른 곳에 좋은 곳을 찾아가 보아라."

아무 조건도 없다. 또한 이곳에서도 할 말이 없다. 죽으라고 하면 죽는 시늉이라도 해야 하는 것이다. 주인은 돈 가지고 사람을 사고 팔 수도 있는 것이다.

방원은 가슴이 답답하였다. 자기 혼자몸 같으면 어디 가서 어떻게 빌어먹더라도 살 수가 있지마는 사랑하는 아내를 구해 갈 길이 막연하다. 그는 고개를 굽히고, 허리를 굽히고, 나중에는 마음을 굽히어 사정도 하여 보고 애걸도 하여 보았다. 그러나 그것은 헛된 일이다. 주인의 마음은 쇠나 돌보다도 더 굳었다.

그는 하는 수 없이 자기 아내에게 그 이야기를 하였다. 그리고 아내더러 안주인 마님께 사정을 좀하여 얼마간이라도 더 있게 하여 달라고 하여 보라 하였다. 그러나 아내는 방원의 말을 들을 리가 없었다. 도리어,

"그러면 어떻게 한단 말이오. 이제부터는 나를 어떻게 먹여살릴 터이오?"

"너는 그렇게도 먹고 살 수 없을까 봐 겁이 나니?"

“겁이 나지 않고. 생각을 해보구려. 인제는 꼼짝할 수 없이 죽지 않았소?”

“죽어?”

“그럼 임자가 나를 데리고 이곳까지 올 때에 무어라고 하였소. 어떻게 해서든지 너 하나야 먹여살리지 못하겠느냐고 하였지요.”

“그래.”

“그래, 얼마나 나를 잘 먹여살리고 나를 호강시켰소. 여태까지 이태나 되도록 끌구 돌아다닌다는 것이 남의 집 행랑이었지요?”

“얘, 그것을 내가 모르고 하는 말이냐? 내가 하려고 하지 않아서 그렇게 된 것이냐? 차차 살아가는 동안에 무슨 일이든지 생기겠지. 설마 요대로 늙어 죽기야 하겠니?”

“듣기 싫소! 뿔 떨어지면 구워 먹지 어느 천년에.”

방원이는 가뜩이나 내어쫓기고 화가 나는데 계집까지 그리하니까 속에서 열화가 치밀어 올라왔다.

“이 육시를 하고도 남을 년! 왜 남의 마음을 글컹거리니.”

“왜 사람에게 욕을 해.”

“이년아, 욕 좀 하면 어떠냐?”

“왜 욕을 해!”

계집이 얼굴이 노래지며 대든다.

“이년이 발악인가?”

“누가 발악야. 계집년 하나 건사 못 하는 위인이 계집보고 욕만하고 한게 무어야? 그래 은가락지 은비녀나 한 벌 사주어 보았어? 내가 임자 하자고 하는 대로 하지 않은 것은 없지!”

“이년아! 은가락지 은비녀가 그렇게 갖고 싶으냐. 이 더러운 년아.”

“무엇이 더러워? 너는 얼마나 정한 놈이냐!”

계집의 입 속에서는 ‘놈’ 소리가 나오기 시작한다.

“이년 보게! 누구더러 놈이래.”

하고 손길이 계집의 낭자를 휘어잡더니 그대로 집어 들고 두어 번 주먹으로 등줄기를 후리었다.

“이 주릿대를 안길 년!”

발길이 엉덩이를 두어 번 지르니까 계집은 그대로 거꾸러졌다가 다시 일어났다. 풀어 헤뜨린 머리가 치렁치렁 끌리고 씰룩한 눈에는 독기가 섞이었다.

"왜 사람을 치니? 이놈! 죽여라 죽여, 어디 죽여 보아라, 이놈 나 죽고 너 죽자!"

하고 달려드는 계집을 후려서 거꾸러뜨리고서,

"이년이 죽으려고 기를 쓰나!"

방원이가 계집을 치는 것은 그것이 주먹을 가지고 하는 일종의 농담이다. 그는 주먹이나 발길이 계집의 몸에 닿을 때 거기에 얻어맞는 계집의 살이 아픈 것보다 더 찌르르하게 가슴 한복판을 찌르는 아픔을 방원은 깨닫는 것이다. 홧김에 계집을 치는 것이 실상은 자기의 마음을 자기의 이빨로 물어뜯는 것이나 다름이 없는 것이다. 때리는 그에게는 몹시 애처로움이 있고 불쌍함이 있는 것이다. 그러나 자기의 화풀이를 받아주는 사람은 아직까지도 계집밖에는 없었다. 제일 만만하다는 것보다도 가장 마음놓고 화풀이할 수 있음이다. 싸움한 뒤, 하루가 못 되어 두 사람이 베개를 나란히 하고 서로 꼭 끼고 잘 때에는 그렇게 고맙고 그렇게 감격이 일어나는 위안이 또다시 없음이다. 계집을 치고 화풀이를 하고 난 뒤에 다시 가슴을 에는 듯한 후회와 더 뜨거운 포옹으로 위로를 받을 그때에는 두 사람 아니라 방원에게는 그만큼 힘있고 뜨거운 믿음이 또다시 없는 까닭이다. 계집은 일부러 소리를 높여서 꺼이꺼이 운다.

온 마을 사람이 거의 귀를 기울였으나,

"응, 또 사랑싸움을 하는군!"

하고 도리어 그 싸움을 부러워하였다. 옆집 젊은것이 와서 싱글싱글 웃으면서 들여다보며,

"인제 고만두라구."

하며 말리는 시늉을 한다. 동네 아이들만 마당 앞에 죽 늘어서서 눈들이 뚱그래서 구경을 한다.

3.

그날 저녁에 방원은 술이 얼근하여 돌아왔다. 아까 계집을 차던 마음은 어느덧 풀어지고 술로 흥분된 마음에 그는 계집의 품이 몹시 그리워져서 자기 아내에게 사과를 할 마음까지 생기었다. 본시 사람이 좋고 마음이 약하고 다정한 그는 무식하게 자라

난 까닭에 무지한 짓을 하기는 하나 그것은 결코 그의 성격을 말하는 무지함이 아니다.

그는 비척거리면서 집으로 향하는 길에 거슴츠레하게 풀린 눈을 스르르 내리감고 혼잣소리로,

"빌어먹을놈! 나가라면 나가지 무서운가? 제집 아니면 살 곳이 없는 줄 아는 게로군! 흥, 되지 않게 다 무엇이냐? 돈만 있으면 제일이냐? 이놈, 네가 그러다가는 이 주먹맛을 언제든지 볼라. 그대로 곱게 뒈질 줄 아니?"

하고 개천 하나를 건너뛴 후에,

"돈! 돈이 무엇이냐."

한참 생각하다가,

"에후."

한숨을 쉬고 나서,

"돈이 사람 죽이는구나! 돈! 돈! 흥, 사람 나고 돈 났지 돈 나고 사람 났니?"

또 징검다리를 비척비척하고 건넌 뒤에,

"고 배라먹을년이 왜 고렇게 포달을 부려서 장부의 마음을 긁어 놓아!"

그의 목소리에는 말할 수 없이 다정한 맛이 있었다. 그는 자기 계집을 생각하면 모든 불평이 스러지는 듯이, 숙였던 고개를 쳐들어 하늘을 보면서,

"허어, 저도 고생은 고생이지."

하고 다시 고개를 숙인 후,

"내가 너무해, 너무 그럴 게 아닌데."

그는 자기 집에 와서 문고리를 붙잡고 잡아 흔들면서,

"얘! 자니! 자!"

그러나 대답이 없고 캄캄하다. "이년이 어디를 갔어!"

그는 문짝을 깨어지라 하고 닫힌 후에 다시 길거리로 나와 그 옆집으로 가서,

"여보 아주머니! 우리집 색시 어디 갔는지 보았소?"

밥들을 먹던 옆엣집 내외는,

"어디서 또 취했소그려! 애 어머니가 아까 머리단장을 하더니 저 방아께로 갑디다."

"방아께로?"

"네."

"빌어먹을년! 방아께로는 무얼 먹으러 갔누!"

다시 혼자 방아를 향하여 가면서 혼자 중얼거린다.

그는 방앗간을 막 뒤로 돌아서자 신치규와 자기 아내가 방앗간에서 나오는 것을 보았다. "아!"

그는 너무 뜻밖의 일이므로 아무 말도 하지 못하고 그대로 한참이나 멀거니 서서 보기만 하였다.

그의 눈에서는 쌍심지가 거꾸로 섰다. 열이 올라와서 마치 주홍을 칠한 듯이 그의 눈은 붉어지고 번개 같은 광채가 번뜩거리었다.

그는 한참이나 사지를 떨었다. 두이가 서로 맞쳐서 달그락달그락 하여졌다. 그의 주먹은 부서질 것같이 단단히 쥐어졌었다.

계집과 신치규는 방원이 와 선것을 보고서 처음에는 조금 간담이 서늘하여졌으나 다시 태연하게 내려앉혔다. 일이 이렇게 되었으매 할대로 하라는 뜻이다.

방원은 달려들어서 계집의 팔목을 잡았다. 그리고 이를 악물고 부르르 떨었다.

"나는 네가 이럴 줄은 몰랐다."

계집은,

"무얼 이럴 줄을 몰라?"

하며 파란 눈을 흘겨보더니,

"나중에는 별꼴을 다 보겠네. 으레 그럴 줄을 인제 알았나? 놔요! 왜 남의 팔을 잡고 요모양야. 오늘부터는 나를 당신이 그리 함부로 하지는 못해요! 더러운 녀석 같으니! 계집이 싫다고 그러면 국으로 물러갈 일이지 이게 무슨 사내답지 못한 일야! 놔요!"

팔을 뿌리쳤으나 분노가 전신에 가득 찬 그는 그렇게 쉽게 손을 놓지 않았다.

"얘! 네가 이것이 정말이냐?"

"정말 아니구 비싼 밥 먹고 거짓말할까?"

"네가 참으로 환장을 하였구나!"

"아니 누구더러 환장을 했대? 온 기가 막혀 죽겠지! 놔요! 놔! 왜 추근추근하게 이 모양야? 놔."

하고서 힘껏 뿌리치는 바람에 계집의 손이 쑥 빠지었다. 계집은 손목을 주무르면서 암상맞게 돌아섰다.

이때까지 이 꼴을 멀찌가니 서서보고 있던 신치규는 두어 발자국 나서더니 기침 한 번을 서투르게 하고서,

"얘! 네가 술이 취하였으면 일찍 들어가 자든지 할 것이지 웬 짓이냐? 네 눈깔에는 아무것도 보이는 것이 없단 말이냐? 너희 연놈이 싸우는 것은 너희 연놈이 어디든지 가서 할 일이지 여기 누가 있는지 없는지 눈깔에 보이는 것이 없어?"

짐짓 소리를 높여 호령을 하였다.

"엣, 괘씸한 놈!"

눈깔을 부라리었다. 방원은 한참이나 쳐다보고서 말이 없었다. 생각대로 하면 한주먹에 때려눕힐 것이지마는 그래도 그의 머릿속에는 아까까지의 상전이라는 관념이 남아 있었다. 번갯불같이 그 관념이 그의 입과 팔을 얽어 놓았다. 어려서부터 오늘날까지 남을 섬겨 보기만 한 그의 마음은 상전이라면 모두 두려워하는 성질을 깊이깊이 뿌리를 박아 놓았다. 그러나 오늘부터는 신치규가 자기의 상전도 아니요, 자기가 신치규의 종도 아니다. 다만 똑같은 사람으로 마주 섰을 뿐이다. 아니다, 지금부터는 신치규는 방원의 원수였다. 그의 간을 씹어 먹어도 오히려 나머지 한이 있는 원수다.

신치규는 똑바로 쳐다보는 방원을 마주 쳐다보며,

"똑바루 보면 어쩔 터이냐? 온 세상이 망하려니까 별 해괴한 일이 다 많거든. 어째 이놈아?"

"이놈아?"

방원은 한걸음 들어섰다. 나무같이 힘센 다리가 성큼 하고 나설 때 신치규는 머리끝이 으쓱하였다. 쇠몽둥이 같은 두 주먹이 쑥 앞으로 닥칠 때 그의 가슴은 덜컥 내려앉았다.

"네 입에서 이놈아라는 소리가 나오니? 이 사지를 찢어 발겨도 오히려 시원치 못할 놈아! 네가 내 계집을 뺏으려고 오늘 날더러 나가라고 그랬지?"

"어허, 이거 그놈이 눈깔이 삐었군. 얘, 나는 먼저 들어가겠다. 너는 네 서방하고 나중 들어오너라!"

신치규는 형세가 위험하니까 슬금슬금 꽁무니를 빼려고 돌아서서 들어가려 하니까

방원은 돌아서는 신치규의 멱살을 잔뜩 쥐어 한 팔로 바싹 치켜들고,
"이놈, 어디를 가? 네가 이때까지 맛을 몰랐구나?"
하며 한번 집어쳐 땅바닥에다가 태질을 한 뒤에 그대로 타고 앉아서 목줄띠를 누르니까, 마치 뱀이 개구리 잡아먹을 적 모양으로 깩깩 소리가 나며 말 한마디도 하지 못한다.
"이놈, 너 죽고 나 죽으면 고만 아니냐?"
하고 방원은 주먹으로 사정없이 닥치는 대로 들이 팬다. 나중에는 주먹이 부족하여 옆에 있는 모루돌멩이를 집어서 죽어라 하고 내리친다. 그의 팔, 그의 온몸에는 끓어오르는 분노가 극도에 달하자 사람의 가슴속에 본능적으로 숨어 있는 잔인성(殘忍性)이 조금도 남지 않고 그대로 나타났다. 그의 눈은 마치 펄떡펄떡 뛰는 미끼를 가로차고 앉은 승냥이나 이리와 같이 뜨거운 피를 보고야 만족하다는 듯이 무섭게 번쩍거렸다. 그에게는 초자연(超自然)의 무서운 힘이 그의 팔과 다리에 올라왔다.
이 꼴을 보는 계집은 무서웠다. 끔찍끔찍한 일이 목전에 생길 것이다. 그의 맥이 풀린 다리는 마음대로 놓여지지 아니하였다.
"아! 사람 살류! 사람 살류!"
적적한 밤중의 쓸쓸한 마을에는 처참한 여자 목소리가 으스스하게 울리었다. 이 소리를 들은 방원은 더욱 힘을 주어서 눈을 딱 감고 죽어라 내리 짓찧었다. 뼈가 돌에 맞는 소리가 살이 을크러지는 소리와 함께 퍽퍽 하였다. 피 묻은 돌이 여기저기 흩어지고 갈가리 찢긴 옷에는 살점이 묻었다.
동네 편 쪽에서 수군수군하더니 구두 소리가 나며 칼소리가 덜거덕거리었다. 방원의 머리에는 번갯불같이 무엇이 보이었다. 그는 손에 주먹을 쥔 채 잠깐 정신을 차려 그쪽으로 귀를 기울였다.
"순검."
그는 신치규의 배를 타고 앉아서 순검의 구두 소리를 듣자 비로소 자기가 무슨 짓을 하였는지 깨달았다.
그는 미친 사람처럼 일어났다. 그리고는 옆에 서서 벌벌 떠는 계집에게로 갔다.
"얘! 가자! 도망가자! 너하고 나하고 같이 가자! 자! 어서, 어서!"
계집은 자기에게 또 무슨 일이 있을까 하여 겁을 내어 도망을 하려 한다. 방원은

계집을 따라가며,

"얘! 얘! 네가 이렇게도 나를 몰라주니? 내가 너를 어떻게 생각하는지 알지를 못하니? 자! 어서, 도망가자, 어서 어서, 뒤에서 순검이 쫓아온다."

계집은 그대로 서서 종종걸음을 치며,

"싫소! 임자나 가구려! 나는 싫어요, 싫어."

"가자! 응! 가!"

그는 미친 사람처럼 계집의 팔을 붙잡고 끌었다. 그때 누구인지 그의 두 팔을 마치 형틀에 매다는 것같이 꽉 뒤로 껴안는 사람이 있었다.

"이놈아! 어디를 가?"

그는 뒤를 돌아보지 않고도 그가 누구인지 알았다. 그는 온 전신에 맥이 풀리어 그대로 뒤로 자빠지려 할 때 어느덧 널판 같은 주먹이 그의 뺨을 사정없이 갈겼다.

"정신 차려."

"네."

그는 무의식하게 고개가 숙여지고 말소리가 공손하여졌다.

땅바닥에서는 신치규가 꿈지럭거리며 이리저리 뒹군다. 청승스러운 비명이 들린다.

방원은 포승 지인 채, 계집은 그대로 주재소로 끌려가고, 신치규는 머슴들이 업어 들였다.

4.

석 달이 지났다. 상해죄(傷害罪)로 감옥에서 복역을 하던 방원은 만기가 되어 출옥을 하였다. 그러나 신치규는 아무 일 없이 자기 집에서 치료하고 방원의 계집을 데려다 산다. 신치규는 온몸이 나은 뒤에 홀로 생각하였다.

'죽는 줄 알았더니 그래도 이렇게 살아 있으니!' 하고 얼굴에 흠이 진 곳을 만져 보며, '오히려 그놈이 그렇게 한 것이 나에게는 다행이지, 얼굴이 아프기는 좀 하였으나! 허어.' '어떻게 그놈을 떼어 버릴까 하고 그렇지 않아도 걱정을 하던 차에 잘되었지. 그놈 한 십 년 감옥에서 콩밥을 먹었으면 좋겠다.'

방원은 감옥 속에서 생각하기를 나가기만 하면 연놈을 죽여 버리고 제가 죽든지 요정을 내리라 하였다.

집에서 내어쫓기고 계집까지 빼앗기고, 그것을 생각하면 이가 갈리고 치가 떨리었다. 그것이 모두 자기가 돈 없는 탓인 것을 생각하매 더욱 분한 생각이 났다.

'에 더러운 년.'

그는 홍바지에 쇠사슬을 차고서 일을 할 때에도 가끔 침을 땅에다 뱉으면서 혼자 중얼거리었다.

'사람이 이러고서야 살아서 무엇 하나. 멀쩡한 놈이 계집 빼앗기고 생으로 콩밥까지 먹으니…….'

그가 감옥에서 나올 때에는 감옥소를 다시 한 번 둘러보고, 내가 여기서 마지막으로 목숨을 잃어버리든지 그렇지 않으면 내가 내 손으로 내 목을 찔러 죽든지, 무슨 요정이 날것을 생각하고, 다시 온몸에 힘을 주고 씁쓸한 웃음을 웃었다.

그는 이백 리나 되는 길을 걸어서 계집이 사는 촌에를 왔다.

그러나 아무도 그를 아는 척하는 사람이 없었다. 전에 친하게 지내던 사람들도 그를 보고 피해 갔다.

마치 문둥병자나 마찬가지 대우를 하였다. 감옥에서 나온 뒤로부터는 더욱 이 세상이 차디차졌다. 자기가 상상하던 것보다도 더 무정하여졌다. 그는 하는 수 없이 밤이 될 때까지 그 근처 산속으로 돌아다녔다. 그래서 깊은 밤에 촌으로 내려왔다. 그는 그 방앗간을 다시 지나갔다. 석 달 전 생각이 났다. 자기가 여기서 잡혀갔다는 것을 생각할 때 더욱 억울하고 분한 생각이 치밀어 올라왔다. 그는 한참이나 거기 서서 그때 일을 생각하고 몸서리를 친 후에 다시 그전 집을 찾아갔다.

날이 몹시 추워지고 눈이 쌓였다. 옷은 입은 것이 가을에 입고 감옥에 들어갔던 그것이므로 살을 에이는 듯한 것이로되 그는 분한 생각과 흥분된 마음에 그것도 몰랐다. '연놈을 모두 처치를 해버려?'

혼자 속으로 궁리를 하다가,

'그렇지, 그까짓 것들은 살려 두어 쓸데없는 인생들이야.'

하면서 옆구리에 지른 기름한 단도를 다시 만져 보았다. 그는 감격스런 마음으로 그것을 쓰다듬었다.

그는 신치규의 집 울을 넘어 들어갔다. 그의 발은 전에 다닐 적같이 익숙하였다. 그는 사랑을 엿보고 다시 뒤로 돌아서 건넌방 창밑에 와 섰었다. 귀를 기울였으나 아무 말도 들리지 않았다. 그는 손에 칼을 빼들었다. 그리고는 일부러 뒤 창문을 달각달각 흔들었다.

"그 뉘?"

하고 계집의 머리가 쑥 나오며 문이 열리었다. 그는 얼른 비켜섰다. 문은 다시 닫혀지고 계집은 들어갔다.

방원의 마음은 이상하게 동요가 되었다. 어여쁜 계집의 목소리가 오래간만에 귀에 들릴 때, 마치 자기가 감옥에서 꿈을 꿀 적 모양으로 요염하고도 황홀하게 그의 마음을 꾀는 것 같았다. 그는 꿈속에 다시 만난 것 같고 오래간만에 그를 만나 보매 모든 결심은 얼음같이 녹는 듯하였다. 그래도 계집이 설마 나를 영영 잊어버리랴 하고 옛날의 정리를 생각할 때 그것이 거짓말이 아니고 무엇이랴는 생각이 났다.

아무리 자기를 감옥에까지 가게 하였다 하더라도 그는 감히 칼을 들어 죽이려는 용기가 단번에 나지 않아서 주저하기 시작했다.

'아니다, 다시 한 번만 물어 보자!' 그는 들었던 칼을 다시 집고 생각하였다.

'거짓말이다. 거짓말이다! 그럴 리가 없다.' 그는 반신반의하였다.

'그렇다. 한 번만 다시 물어보고 죽이든 살리든 하자!'

그는 다시 문을 달각달각 하였다. 계집은 이번에 다시 문을 열고 사면을 둘러보더니 헌 짚신짝을 신고 나왔다.

"뉘요?"

그는 방원이 서 있는 집 모퉁이를 돌아서려 할 제,

"내다!"

하고 입을 틀어막고 칼을 가슴에 대었다.

"떠들면 죽어!"

방원은 계집의 입을 수건으로 틀어막고 결박을 한 후 들춰업고서 번개같이 달음질하였다. 그는 어느결에 계집을 업어다가 물레방아 앞에 내려놓은 후 결박을 풀었다. 그리고 한숨을 쉬었다.

"나를 모르겠니?"

캄캄한 그믐밤에 얼굴을 바짝 계집의 코앞에 들이대었다. 계집은 얼굴을 자세히 보더니, "아!"

소리를 지르더니 뒤로 물러섰다.

"조금도 놀랄 것이 없다. 오늘 네가 내 말을 들으면 살려줄 것이요, 그렇지 않으면 이것이야?"

하고 시퍼런 칼을 들이대었다. 계집은 다시 태연하게,

"말요? 임자의 말을 들으렬 것 같으면 벌써 들었지요, 이때까지 있겠소? 임자도 남의 마음을 알지요. 임자와 나와 이년 전에 이곳으로 도망해 올 적에도 전남편이 나를 죽이겠다고 칼로 허리를 찔러 그 흠이 있는 것을 날마다 밤에 당신이 어루만지었지요? 내가 그까짓 칼쯤을 무서워서 나 하고 싶은 짓을 못 한단 말이오? 힝, 이게 무슨 비겁한 짓이오, 사내자식이. 자! 찌르려거든 찔러 보아요. 자, 자."

계집은 두 가슴을 벌리고 대들었다. 방원은 너무 계집의 태도가 대담하므로 들었던 칼이 도리어 뒤로 움찔할 만큼 기가 막혔다. 그는 무의식하게,

"정말이냐?"

하고 한걸음 더 가까이 나섰다.

"정말이 아니고? 내가 비록 여자이지마는 당신같이 겁쟁이는 아니라오! 이것이 도무지 무엇이오?"

계집은 그래도 두려웠던지 방원의 손에 든 칼을 뿌리쳐 땅에 떨어뜨리었다.

이 칼이 땅에 떨어지자 방원은 여태까지 용사와 같이 보이던 계집이 몹시 비겁스럽고 더러워 보이어 다시 칼을 집어 들고 덤비었다.

"에잇! 간사한 년! 어쩔 터이냐? 나하고 당장에 멀리멀리 가지 않을 터이냐? 자아, 가자!"

그는 눈물이 어린 눈으로 타일러 보기도 하고 간청도 하여 보았다.

"자아, 어서 옛날과 같이 나하고 멀리멀리 도망을 가자! 나는 참으로 나의 칼로 너를 죽일 수는 없다!"

계집의 눈에는 독이 올라왔다. 광채가 어두운 밤의 번개같이 번쩍거리며,

"싫어요. 나는 죽으면 죽었지 가기는 싫어요. 이제 나는 고만 그렇게 구차하고 천한 생활을 다시 하기는 싫어요. 고만 물렸어요."

"너의 입으로 정말 그런 말이 나오느냐? 너는 나를 우리 고향에 다시 돌아가지도 못하게 만들어 놓고 나의 모든 것을 다 잃어버리게 한 후에 또 나중에는 세상에서 지

옥이라고 하는 감옥소에까지 가게 하였지! 그러고도 나의 맨 마지막 원을 들어주지 않을 터이냐?" "나는 언제든지 당신 손에 죽을 것까지도 알고 있소! 자! 오늘 죽으나 내일 죽으나 언제든지 죽기는 일반, 이렇게 된 이상 나를 죽이시오."

"정말이냐? 정말이야?"

"정말요!"

계집은 결심한 뜻을 나타내었다. 방원의 손은 떨리었다. 그리고 그는 눈을 꽉 감고,

"에, 여우같은 년!"

하고 칼끝을 계집의 옆구리를 향하고 힘껏 내밀었다. 계집은 이를 악물고,

"사람 죽인다!"

소리 한 번에 그 자리에 거꾸러졌다. 칼자루를 든 손이 피가 몰리는 바람에 우루루 떨리더니 피가 새어 나왔다. 방원은 그 칼을 빼어 들더니 계집 위에 거꾸러져서 가슴을 찌르고 절명하여 버렸다.

출전 : 조선문단11(1925.9)

그믐달

나는 그믐달을 몹시 사랑한다.

그믐달은 요염하여 감히 손을 댈 수도 없고, 말을 붙일 수도 없이 깜찍하게 예쁜 계집 같은 달이 동시에 가슴이 저리도 쓰리도록 가련한 달이다.

서산 위에 잠깐 나타났다. 숨어버리는 초생달은 세상을 후려 삼키려는 독부(毒婦)가 아니면 철모르는 처녀 같은 달이지마는, 그믐달은 세상의 갖은 풍상을 다 겪고, 나중에는 그 무슨 원한을 품고서 애처롭게 쓰러지는 원부(怨婦)와 같이 애절하고 애절한 맛이 있다. 보름에 둥근 달은 모든 영화와 끝없는 숭배를 받는 여왕(女王)과 같은 달이지마는, 그믐달은 애인을 잃고 쫓겨남을 당한 공주와 같은 달이다. 초생달이나 보름달은 보는 이가 많지마는, 그믐달은 보는 이가 적어 그만큼 외로운 달이다.

객창한 등에 정든 임 그리워 잠못 들어 하는 분이나, 못 견디게 쓰린 가슴을 움켜잡은 무슨 한(恨) 있는 사람이 아니면 그 달을 보아 주는 이가 별로 없을 것이다.

그는 고요한 꿈나라에서 평화롭게 잠들은 세상을 저주하며, 홀로이 머리를 풀어뜨리고 우는 청상(青孀)과 같은 달이다. 내 눈에는 초생달 빛은 따뜻한 황금빛에 날카로운 쇳소리가 나는 듯하고, 보름달은 치어다 보면 하얀 얼굴이 언제든지 웃는 듯하지마는, 그믐달은 공중에서 번듯하는 날카로운 비수와 같이 푸른빛이 있어 보인다. 내가 한(恨) 있는 사람이 되어서 그러한지는 모르지마는, 내가 그 달을 많이 보고 또 보기를 원하지만, 그 달은 한 있는 사람만 보아 주는 것이 아니라 늦게 돌아가는 술주정꾼과 노름하다 오줌 누러 나온 사람도 보고, 어떤 때는 도둑놈도 보는 것이다.

어떻든지, 그믐달은 가장 정(情) 있는 사람이 보는 중에, 또는 가장 한 있는 사람이 보아 주고, 또 가장 무정한 사람이 보는 동시에 가장 무서운 사람들이 많이 보아준다. 내가 만일 여자로 태어날 수 있다 하면, 그믐달 같은 여자로 태어나고 싶다.

출전 : 〈조선문단〉(1925)

이 상

(李箱, 1910~1937. 4. 17)

본명 김해경(金海卿)

1929년 졸업 후 조선총독부 내무국 건축과 기수로 근무, 12월 조선건축회지 『조선과 건축』 표지 도안 현상 모집에 1등과 3등으로 당선

1930년 조선총독부 기관지 『조선』에 첫 장편소설 「12월12일」을 연재

1934년 김기림 · 이태준 · 정지용 등이 중심이었던 '구인회'에 입회하고, 『조선중앙일보』에 7월부터 「오감도」를 연재 중 독자들의 비난으로 중단

1937년 일본 경찰에 의해 불령선인(不逞鮮人)으로 검거되어 2월 12일부터 3월 16일까지 구금되었다가 건강 악화로 풀려나와 도쿄대학 부속병원에 입원했으나 4월 17일 사망

작품분석

1. 봉별기

- 이상의 소설 중 대체로 평이한 지문과 대화문장으로 구성
- 자전적 소설
- 1인칭 주인공 시점

2. 날개

- 갈래 : 단편 소설, 심리주의 소설
- 배경 : 일제 강점기의 서울 거리
  18가구가 살고 있는 33번지 유곽(遊廓)
- 성격 : 고백적, 상징적
- 시점 : 1인칭 주인공 시점
- 아내에게 기생해 살아가는 '나'라는 인물의 생활을 통해 당대 지식인

들의 무기력한 삶과 새로운 삶에 대한 욕망을 나타냄
- '날자'라는 표현은 현실의 삶에서 새로운 삶을 살아 보고자 하는 의지의 표현
- 1930년대 모더니즘 작품 중 으뜸으로 평가

3. 거울

- 띄어쓰기 무시 - 기존 질서의 부정(다다이즘, 초현실주의)
- '거울'을 통해 대상에 말을 건네는 방식으로 화자의 정서를 드러냄
- 분열된 자아를 통해 식민지 지식인의 분열의 모습 형상화

4. 오감도

- 문법파괴는 기존 질서에 대한 저항의 표시
- 식민지 지식인의 공포와 좌절, 무의미를 표현
- 동일한 시구의 반복은 시인의 불안 의식을 강조
- '13'의 상징적 의미는 식민지였던 당시 우리나라의 도(道)가 13도였다는 것, 가장 불긴한 숫자로 공포 등을 의미

5. 이런 시

- 떠나간 연인에 대한 그리움이라는 표면적 주제 속에 내적 세계를 감추고 싶은 현대인들의 자폐적 욕망이라는 주제를 담고 있는 알레고리 수법의 작품

봉별기
逢別記

1.

스물세 살이요----삼월이요---

-각혈이다. 여섯 달 잘 기른 수염을 하루 면도칼로 다듬어 코밑에 다만 나비만큼 남겨 가지고 약 한 제 지어 들고 B라는 신개지(新開地) 한적한 온천으로 갔다. 게서 나는 죽어도 좋았다.

그러나 이내 아직 기를 펴지 못한 청춘이 약탕관을 붙들고 늘어져서는 날 살리라고 보채는 것은 어찌하는 수가 없다. 여관 한등(寒燈) 아래 밤이면 나는 늘 억울해했다.

사흘을 못 참고 기어이 나는 여관 주인영감을 앞장세워 밤에 장고소리 나는 집으로 찾아갔다. 게서 만난 것이 금홍(錦紅)[1)]이다.

"몇 살인구"

체대(體大)가 비록 풋고추만하나 깡그라진 계집이 제법 맛이 맵다. 열여섯 살 많아야 열아홉 살이지 하고 있자니까,

"스물한 살이에요."

"그럼 내 나인 몇 살이나 돼뵈지"

"글쎄 마흔? 서른아홉"

나는 그저 흥! 그래 버렸다. 그리고 팔짱을 떡 끼고 앉아서는 더욱더욱 점잖은 체했다. 그냥 그날은 무사히 헤어졌건만.

이튿날 화우(畵友) K군[2)]이 왔다. 이 사람인즉 나와 농하는 친구다. 나는 어쩌는 수

없이 그 나비 같다면서 달고 다니던 코밑수염을 아주 밀어 버렸다. 그리고 날이 저물기가 급하게 또 금홍이를 만나러 갔다.

“어디서 뵌 어른 같은데.”

“엊저녁에 왔던 수염 난 양반, 내가 바루 아들이지. 목소리꺼지 닮었지”

하고 익살을 부렸다. 주석이 어느덧 파하고 마당에 내려서다가 K군의 귀에 대고 나는 이렇게 속삭였다.

“어때? 괜찮지? 자네 한번 얼러 보게.”

“관두게, 자네나 얼러 보게.”

“어쨌든 여관으로 껄구 가서 짱껭뽕을 해서 정허기루 허세나.”

“거 좋지.”

그랬는데 K군은 측간에 가는 체하고 피해 버렸기 때문에 나는 부전승으로 금홍이를 이겼다. 그날 밤에 금홍이는 금홍이가 경산부라는 것을 감추지 않았다.

“언제?”

“열여섯 살에 머리 얹어서 열일곱 살에 낳았지.”

“아들?”

“딸.”

“어딨나?”

“돌 만에 죽었어.”

지어 가지고 온 약은 집어치우고 나는 전혀 금홍이를 사랑하는 데만 골몰했다.

못난 소린 듯하나 사랑의 힘으로 각혈이 다 멈췄으니까.

나는 금홍이에게 놀음채를 주지 않았다. 왜? 날마다 밤마다 금홍이가 내 방에 있거나 내가 금홍이 방에 있거나 했기 때문에----

그 대신----

우(禹)라는 불란서 유학생의 유야랑(遊冶郞)[3]을 나는 금홍이에게 권하였다. 금홍이는 내 말대로 우씨와 더불어 ‘독탕’에 들어갔다. 이 ‘독탕’이라는 것은 좀 음란한 설비였다. 나는 이 음란한 설비 문간에 나란히 벗어 놓은 우씨와 금홍이 신발을 보고 언짢아하지 않았다.

나는 또 내 곁방에 와 묵고 있는 C라는 변호사에게도 금홍이를 권하였다. C는 내

열성에 감동되어 하는 수 없이 금홍이 방을 범했다.

그러나 사랑하는 금홍이는 늘 내 곁에 있었다. 그리고 우, C등등에게서 받은 십 원 지폐를 여러 장 꺼내 놓고 어리광 섞어 내게 자랑도 하는 것이었다.

그러자 나는 백부님[4] 소상 때문에 귀경하지 않으면 안 되게 되었다. 복숭아꽃이 만발하고 정자 곁으로 석간수가 졸졸 흐르는 좋은 터전을 한군데 찾아가서 우리는 석별의 하루를 즐겼다. 정거장에서 나는 금홍이에게 십 원 지폐 한 장을 쥐어 주었다. 금홍이는 이것으로 전당잡힌 시계를 찾겠다고 그러면서 울었다.

2.

금홍이가 내 아내가 되었으니까 우리 내외는 참 사랑했다. 서로 지나간 일은 묻지 않기로 하였다. 과거래야 내 과거가 무엇 있을 까닭이 없고 말하자면 내가 금홍이 과거를 묻지 않기로 한 약속이나 다름없다.

금홍이는 겨우 스물한 살인데 서른한 살 먹은 사람보다도 나았다. 서른한 살 먹은 사람보다도 나은 금홍이가 내 눈에는 열일곱 살 먹은 소녀로만 보이고 금홍이 눈에 마흔 살 먹은 사람으로 보인 나는 기실 스물세 살이요, 게다가 주책이 좀 없어서 똑 여남은 살 먹은 아이 같다. 우리 내외는 이렇게 세상에도 없이 현란(絢亂)하고 아기자기하였다.

부질없는 세월이——--일년이 지나고 팔월, 여름으로는 늦고 가을로는 이른 그 북새통에——--금홍이에게는 예전 생활에 대한 향수가 왔다.

나는 밤이나 낮이나 누워 잠만 자니까 금홍이에게 대하여 심심하다. 그래서 금홍이는 밖에 나가 심심치 않은 사람들을 만나 심심치 않게 놀고 돌아오는——--즉 금홍이의 협착(狹窄)한 생활이 금홍이의 향수를 향하여 발전하고 비약하기 시작하였다는 데 지나지 않는 이야기다.

그런데 이번에는 내게 자랑을 하지 않는다. 않을 뿐만 아니라 숨기는 것이다.

이것은 금홍이로서 금홍이답지 않은 일일밖에 없다. 숨길 것이 있나? 숨기지 않아도 좋지. 자랑을 해도 좋지.

나는 아무 말도 하지 않는다. 나는 금홍의 오락의 편의를 돕기 위하여 가끔 P군 집에 가 잤다. P군은 나를 불쌍하다고 그랬던가싶이 지금 기억된다.

나는 또 이런 것을 생각하지 않았던 것도 아니다. 즉 남의 아내라는 것은 정조를 지켜야 하느니라고!

금홍이는 나를 내 나태한 생활에서 깨우치게 하기 위하여 우정 간음하였다고 나는 호의로 해석하고 싶다. 그러나 세상에 흔히 있는 아내다운 예의를 지키는 체해본 것은 금홍이로서 말하자면 천려(千慮)의 일실(一失)이 아닐 수 없다.

이런 실없는 정조를 간판삼자니까 자연 나는 외출이 잦았고 금홍이 사업에 편의를 돕기 위하여 내 방까지도 개방하여 주었다. 그러는 중에도 세월은 흐르는 법이다.

하루나는 제목(題目) 없이 금홍이에게 몹시 얻어맞았다. 나는 아파서 울고 나가서 사흘을 들어오지 못했다. 너무도 금홍이가 무서웠다.

나흘 만에 와보니까 금홍이는 때묻은 버선을 윗목에다 벗어놓고 나가 버린 뒤였다.

이렇게도 못나게 홀아비가 된 내게 몇 사람의 친구가 금홍이에 관한 불미한 가십을 가지고 와서 나를 위로하는 것이었으나 종시 나는 그런 취미를 이해할 도리가 없었다.

버스를 타고 금홍이와 남자는 멀리 과천 관악산으로 가는 것을 보았다는데 정말 그렇다면 그 사람은 내가 쫓아가서 야단이나 칠까 봐 무서워서 그런 모양이니까 퍽 겁쟁이다.

3.

인간이라는 것은 임시 거부하기로 한 내 생활이 기억력이라는 민첩한 작용을 하지 않았기 때문에 두 달 후에는 나는 금홍이라는 성명 삼자까지도 말쑥하게 잊어버리고 말았다. 그런 두절된 세월 가운데 하루 길일을 복(卜)하여 금홍이가 왕복 엽서처럼 돌아왔다. 나는 그만 깜짝 놀랐다.

금홍이의 모양은 뜻밖에도 초췌하여 보이는 것이 참 슬펐다. 나는 꾸짖지 않고 맥주와 붕어과자와 장국밥을 사먹여 가면서 금홍이를 위로해 주었다. 그러나 금홍이는 좀처럼 화를 풀지 않고 울면서 나를 원망하는 것이었다. 할 수 없어서 나도 그만 울어 버렸다.

"그렇지만 너무 늦었다. 그만해 두 달 지간이나 되니 않니? 헤어지자, 응"

"그럼 난 어떻게 되우, 응"

"마땅헌데 있거든 가거라, 응."

"당신두 그럼 장가가나? 응"

헤어지는 한에도 위로해 보낼지어다. 나는 이런 양식 아래 금홍이와 이별했더니라. 갈 때 금홍이는 선물로 내게 베개를 주고 갔다.

그런데 이 베개 말이다.

이 베개는 이인용(二人用)이다. 싫대도 자꾸 떠맡기고 간 이 베개를 나는 두 주일 동안 혼자 베어 보았다. 너무 길어서 안됐다. 안됐을 뿐 아니라 내 머리에서는 나지 않는 묘한 머릿기름 땟내 때문에 안면(安眠)이 적이 방해된다.

나는 하루 금홍이에게 엽서를 띄웠다.

'중병에 걸려 누웠으니 얼른 오라'고.

금홍이는 와서 보니까 참 딱했다. 이대로 두었다가는 역시 며칠이 못 가서 굶어 죽을 것 같이만 보였던가 보다. 두 팔을 부르걷고 그날부터 나가서 벌어다가 나를 먹여 살린다는 것이다.

"오—케이."

인간 천국——--그러나 날이 좀 추웠다. 그러나 나는 대단히 안일하였기 때문에 재채기도 하지 않았다.

이러기를 두 달? 아니 다섯 달이나 되나 보다. 금홍이는 홀연히 외출했다.

달포를 두고 금홍의 홈식(향수)을 기대하다가 진력이 나서 나는 기명집물(器皿什物)을 두들겨 팔아 버리고 이십일 년 만에 집으로 돌아갔다.

와보니 우리집은 노쇠했다. 이어 불초 이상(李箱)은 이 노쇠한 가정을 아주 쑥

밭을 만들어 버렸다. 그 동안 이태 가량——-- 어언간 나도 노쇠해 버렸다. 나는 스물일곱 살이나 먹어 버렸다.

천하의 여성은 다소간 매춘부의 요소를 품었느니라고 나 혼자는 굳이 신념한다.

그 대신 내가 매춘부에게 은화를 지불하면서는 한 번도 그네들을 매춘부라고 생각한 일이 없다. 이것은 내 금홍이와의 생활에서 얻은 체험만으로는 성립되지 않는 이론같이 생각되나 기실 내 진담이다.

4.

나는 몇 편의 소설과 몇 줄의 시를 써서 내 쇠망해 가는 심신 위에 치욕을 배가하

였다. 이 이상 내가 이 땅에서의 생존을 계속하기가 자못 어려울 지경에까지 이르렀다. 나는 하여간 허울 좋게 말하자면 망명해야겠다.

어디로 갈까. 나는 만나는 사람마다 동경으로 가겠다고 호언했다. 그뿐 아니라 어느 친구에게는 전기 기술에 관한 전문 공부를 하러 간다는 둥, 학교 선생님을 만나서는 고급 단식 인쇄술을 연구하겠다는 둥, 친한 친구에게는 내 오개 국어에 능통할 작정일세 어쩌구, 심하면 법률을 배우겠소까지 허담을 탕탕 하는 것이다.

웬만한 친구는 보통들 속나 보다. 그러나 이 헛선전을 안 믿는 사람도 더러는 있다. 하여간 이것은 영영 빈빈털터리가 되어 버린 이상의 마지막 공포에 지나지 않는 것만은 사실이겠다.

어느 날 나는 이렇게 여전히 공포(空砲)를 놓으면서 친구들과 술을 먹고 있자니까 내 어깨를 툭 치는 사람이 있다. '긴상'이라는 이다.

"긴상[5](이상도 사실은 긴상이다), 참 오래간만이슈. 건데 긴상 꼭 긴상 한번 만나뵙자는 사람이 하나 있는데 긴상 어떡허시려우."

"거 누군구. 남자야? 여자야?"

"여자니까 일이 재미있지 않느냐 그런 말야."

"여자라?"

"긴상 옛날 오쿠상(아내)."

금홍이가 서울에 나타났다는 이야기다. 나타났으면 나타났지 나를 왜 찾누

나는 긴상에게서 금홍이의 숙소를 알아 가지고 어쩔 것인가 망설였다. 숙소는 동생 일심(一心)이 집이다.

드디어 나는 만나 보기로 결심하고 그리고 일심이 집을 찾아가서,

"언니가 왔다지"

"어유— 아제두, 돌아가신 줄 알았구려! 그래 자그만치 인제 온단 말씀유, 어서 들오슈."

금홍이는 역시 초췌하다. 생활전선에서의 피로의 빛이 그 얼굴에 여실하였다.

"네놈 하나 보구져서 서울 왔지 내 서울 뭘 허려 왔다디?"

"그러게 또 난 이렇게 널 찾아오지 않었니?"

"너 장가갔다더구나."

“얘 디끼 싫다. 기 육모초 겉은 소리.”

“안 갔단 말이냐 그럼?”

“그럼.”

당장에 목침이 내 면상을 향하여 날아 들어왔다. 나는 예나 다름이 없이 못나게 웃어 주었다.

술상을 보아 왔다. 나도 한 잔 먹고 금홍이도 한 잔 먹었다. 나는 영변가를 한마디 하고 금홍이는 육자배기를 한마디했다.

밤은 이미 깊었고 우리 이야기는 이게 이 생(生)에서의 영이별이라는 결론으로 밀려갔다. 금홍이는 은수저로 소반전을 딱딱 치면서 내가 한 번도 들은 일이 없는 구슬픈 창가를 한다.

“속아도 꿈결 속여도 꿈결 굽이굽이 뜨내기 세상 그늘진 심정에 불질러 버려라 운운.”

출전: 여성9(1936.12)

주 해

1) 금홍 : 이상이 23세 때 황해도 배천 온천에서 만나 동거생활을 했던 술집 여자.
2) K군 : 구본웅(1906~1953) 서양화가. 곱추의 몸으로 예술을 통해 생의 희열을 찾으려 했으며, 입체주의의 영향을 받아 지적이고 분석적인 화풍을 지녔었다. 이상과는 매우 깊은 친구로 이상의 초상화를 그린 것이 남아 있다.
3) 유야랑 : 방탕을 일삼는 화류남.
4) 백부님 : 김연필(金演弼)을 말함. 그의 실부는 김연창(金演昌)이었음.
5) 긴상 : 이상의 본명은 김해경이니 김씨다. 긴상은 일본말로 김씨를 가리키는 말.

날 개

'박제가 되어 버린 천재'를 아시오? 나는 유쾌하오. 이런 때 연애까지가 유쾌하오.

육신이 흐느적흐느적하도록 피로했을 때만 정신이 은화처럼 맑소. 니코틴이 내 횟배 앓는 뱃속으로 스미면 머릿속에 으레 백지가 준비되는 법이오. 그 위에다 나는 위트와 파라독스를 바둑 포석처럼 늘어 놓소. 가증할 상식의 병이오.

나는 또 여인과 생활을 설계하오. 연애기법에마저 서먹서먹해진 지성의 극치를 흘깃 좀 들여다본 일이 있는, 말하자면 일종의 정신분일자말이오. 이런 여인의 반----그것은 온갖 것의 반이오.---만을 영수하는 생활을 설계한다는 말이오. 그런 생활 속에 한 발만 들여놓고 흡사 두 개의 태양처럼 마주 쳐다보면서 낄낄거리는 것이오. 나는 아마 어지간히 인생의 제행이 싱거워서 견딜 수가 없게끔 되고 그만둔 모양이오. 굿바이.

굿바이. 그대는 이따금 그대가 제일 싫어하는 음식을 탐식하는 아이로니를 실천해 보는 것도 놓을 것 같소. 위트와 파라독스와…….

그대 자신을 위조하는 것도 할 만한 일이오. 그대의 작품은 한번도 본 일이 없는 기성품에 의하여 차라리 경편하고 고매하리다.

19세기는 될 수 있거든 봉쇄하여 버리오. 도스토예프스키 정신이란 자칫하면 낭비일 것 같소. 위고를 불란서의 빵 한 조각이라고는 누가 그랬는지 지언인 듯싶소. 그러나 인생 혹은 그 모형에 있어서 '디테일' 때문에 속는다거나 해서야 되겠소?

화를 보지 마오. 부디 그대께 고하는 것이니……

"테이프가 끊어지면 피가 나오. 상채기도 머지 않아 완치될 줄 믿소. 굿바이." 감정은 어떤 '포우즈'. (그 '포우즈'의 원소만을 지적하는 것이 아닌지 나도 모르겠소.) 그 포우즈가 부동자세에까지 고도화할 때 감정은 딱 공급을 정지합네다.

나는 내 비범한 발육을 회고하여 세상을 보는 안목을 규정하였소.

여왕봉과 미망인---세상의 하고 많은 여인이 본질적으로 이미 미망인이 아닌 이가 있으리까? 아니, 여인의 전부가 그 일상에 있어서 개개'미망인'이라는 내 논리가 뜻밖에도 여성에 대한 모험이 되오? 굿바이.

그 33번지라는 것이 구조가 흡사 유곽이라는 느낌이 없지 않다.

한 번지에 18가구가 죽 어깨를 맞대고 늘어서서 창호가 똑같고 아궁이 모양이 똑같다. 게다가 각 가구에 사는 사람들이 송이송이 꽃과 같이 젊다.

해가 들지 않는다. 해가 드는 것을 그들이 모른 체하는 까닭이다. 턱살밑에다 철줄을 매고 얼룩진 이부자리를 널어 말린다는 핑계로 미닫이에 해가 드는 것을 막아 버린다. 침침한 방안에서 낮잠들을 잔다. 그들은 밤에는 잠을 자지 않나? 알 수 없다. 나는 밤이나 낮이나 잠만 자느라고 그런 것을 알 길이 없다. 33번지 18가구의 낮은 참 조용하다.

조용한 것은 낮뿐이다. 어둑어둑하면 그들은 이부자리를 걷어들인다. 전등불이 켜진 뒤의 18가구는 낮보다 훨씬 화려하다. 저물도록 미닫이 여닫는 소리가 잦다. 바빠진다. 여러가지 냄새가 나기 시작한다. 비웃 굽는 내, 탕고도오랑내, 뜨물내, 비눗내.

그러나 이런 것들보다도 그들의 문패가 제일로 고개를 끄덕이게 하는 것이다.

이 18가구를 대표하는 대문이라는 것이 일각이 져서 외따로 떨어지기는 했으나, 있다. 그러나 그것은 한 번도 닫힌 일이 없는, 한길이나 마찬가지 대문인 것이다. 온갖 장사치들은 하루 가운데 어느 시간에라도 이 대문을 통하여 드나들 수 있는 것이다. 이네들은 문간에서 두부를 사는 것이 아니라, 미닫이를 열고 방에서 두부를 사는 것이다. 이렇게 생긴 33번지 대문에 그들 18가구의 문패를 몰아다 붙이는 것은 의미가 없다. 그들은 어느 사이엔가 각 미닫이 위 백인당이니 길상당이니 써 붙인 한곁에다 문패를 붙이는 풍속을 가져 버렸다.

내 방 미닫이 위 한곁에 칼표 딱지를 넷에다 낸 것만한 내---아니! 내 아내의 명함이 붙어 있는 것도 이 풍속을 좇은 것이 아닐 수 없다.

나는 그러나 그들의 아무와도 놀지 않는다. 놀지 않을 뿐만 아니라 인사도 않는다.

나는 내 아내와 인사하는 외에 누구와도 인사하고 싶지 않았다. 내 아내 외의 다른 사람과 인사를 하거나 놀거나 하는 것은 내 아내 낯을 보아 좋지 않은 일인 것만 같이 생각이 되었기 때문이다. 나는 이만큼까지 내 아내를 소중히 생각한 것이다. 내가 이렇게까지 내 아내를 소중히 생각한 까닭은 이 33번 지 18가구 속에서 내 아내가 내 아내의 명함처럼 제일 작고 제일 아름다운 것을 안 까닭이다. 18가구에 각기 빌어 들은 송이송이 꽃들 가운데서도 내 아내가 특히 아름다운 한 떨기의 꽃으로 이 함석 지붕 밑 볕 안드는 지역에서 어디까지든지 찬란하였다. 따라서 그런 한 떨기 꽃을 지키고---아니 그 꽃에 매어달려 사는 나라는 존재가 도무지 형언할 수 없는 거북살스러운 존재가 아닐 수 없었던 것은 물론이다.

나는 어디까지든지 내 방이---집이 아니다. 집은 없다.---마음에 들었다. 방안의 기온은 내 체온을 위하여 쾌적하였고, 방안의 침침한 정도가 또한 내 안력을 위하여 쾌적하였다. 나는 내 방 이상의 서늘한 방도 또 따뜻한 방도 희망하지 않았다. 이 이상으로 밝거나 이 이상으로 아늑한 방은 원하지 않았다. 내 방은 나 하나를 위하여 요만한 정도를 꾸준히 지키는 것 같아 늘 내 방에 감사하였고, 나는 또 이런 방을 위하여 이 세상에 태어난 것만 같아서 즐거웠다.

그러나 이것은 행복이라든가 불행이라든가 하는 것을 계산하는 것은 아니었다. 말하자면 나는 내가 행복되다고도 생각할 필요가 없었고, 그렇다고 불행하다고도 생각할 필요가 없었다. 그냥 그날을 그저 까닭없이 펀둥펀둥 게으르고만 있으면 만사는 그만이었던 것이다.

내 몸과 마음에 옷처럼 잘 맞는 방 속에서 뒹굴면서, 축 쳐져 있는 것은 행복이니 불행이니 하는 그런 세속적인 계산을 떠난, 가장 편리하고 안일한 말하자면 절대적인 상태인 것이다. 나는 이런 상태가 좋았다.

이 절대적인 내 방은 대문간에서 세어서 똑 일곱째 칸이다. 럭키 세븐의 뜻이 없지 않다. 나는 이 일곱이라는 숫자를 훈장처럼 사랑하였다. 이런 이 방이 가운데 장지로 말미암아 두 칸으로 나뉘어 있었다는 그것이 내 운명의 상징이었던 것을 누가 알랴? 아랫방은 그래도 해가 든다. 아침결에 책보만한 해가 들었다가 오후에 손수건만 해지면서 나가 버린다. 해가 영영 들지 않는 윗방이 즉 내 방인 것은 말할 것도 없다. 이렇게 볕드는 방이 아내 방이요, 볕 안드는 방이 내 방이요 하고 아내와 나 둘 중에 누가 정했는지 나는 기억하지 못한다.

그러나 나에게는 불평이 없다.

아내가 외출만 하면 나는 얼른 아랫방으로 와서 그 동쪽으로 난 들창을 열어 놓고 열어놓으면 들이비치는 햇살이 아내의 화장대를 비쳐 가지각색 병들이 아롱이 지면서 찬란하게 빛나고, 이렇게 빛나는 것을 보는 것은 다시없는 내 오락이다. 나는 조그만 돋보기를 꺼내가지고 아내만이 사용하는 지리가미를 꺼내 가지고 그을려 가면서 불장난을 하고 논다. 평행광선을 굴절시켜서 한 촛점에 모아가지고 그 촛점이 따근따근해지다가, 마지막에는 종이를 그을리기 시작하고, 가느다란 연기를 내면서 드디어 구멍을 뚫어 놓는 데까지 이르는, 고 얼마 안되는 동안의 초조한 맛이 죽고 싶을 만큼 내게는 재미있었다.

이 장난이 싫증이 나면 나는 또 아내의 손잡이 거울을 가지고 여러가지로 논다. 거울이란 제 얼굴을 비칠 때만 실용품이다. 그 외의 경우에는 도무지 장난감인 것이다. 이 장난도 곧 싫증이 난다.

나의 유희심은 육체적인 데서 정신적인 데로 비약한다. 나는 거울을 내던지고 아내의 화장대 앞으로 가까이 가서 나란히 늘어 놓인 그 가지각색의 화장품 병들을 들여다본다. 고것들은 세상의 무엇보다도 매력적이다. 나는 그 중의 하나만을 골라서 가만히 마개를 빼고 병구멍을 내 코에 가져다 대고 숨죽이듯이 가벼운 호흡을 하여 본다. 이국적인 센슈얼한 향기가 폐로 스며들면 나는 저절로 스르르 감기는 내 눈을 느낀다. 확실히 아내의 체취의 파편이다.

나는 도로 병마개를 막고 생각해 본다. 아내의 어느 부분에서 요 냄새가 났던가를…… 그러나 그것은 분명하지 않다. 왜? 아내의 체취는 여기 늘어섰는 가지각색 향기의 합계일 것이니까.

아내의 방은 늘 화려하였다. 내 방이 벽에 못 한개 꽂히지 않은 소박한 것인 반대로, 아내 방에는 천장 밑으로 쫙 돌려 못이 박히고, 못마다 화려한 아내의 치마와 저고리가 걸렸다. 여러가지 무늬가 보기 좋다. 나는 그 여러 조각의 치마에서 늘 아내의 동체와, 그 동체가 될 수 있는 여러가지 포우즈를 연상하고 연상하면서 내 마음은 늘 점잖지 못하다.

그렇건만 나에게는 옷이 없었다. 아내는 내게 옷을 주지 않았다. 입고 있는 골덴양복 한 벌이 내 자리옷이었고 통상복과 나들이옷을 겸한 것이었다. 그리고 하이넥의 스웨터가 한 조각 사철을 통한 내 내의다. 그것들은 하나같이 다 빛이 검다. 그것은 내 짐작 같아서는 즉 빨래를 될 수 있는 데까지 하지 않아도 보기 싫지 않게 하기 위한 것이 아닌가 한다. 나는 허리와 두 가랑이 세 군데 다---고무밴드가 끼어 있는 부드러운 사루마다를 입고 그리고 아무 소리없이 잘 놀았다.

어느덧 손수건만해졌던 볕이 나갔는데 아내는 외출에서 돌아오지 않는다. 나는 요만 일에도 좀 피곤하였고 또 아내가 돌아오기 전에 내 방으로 가 있어야 될 것을 생각하고 그만 내 방으로 건너간다. 내 방은 침침하다. 나는 이불을 뒤집어쓰고 낮잠을 잔다. 한번도 걷은 일이 없는 내 이부자리는 내 몸뚱이의 일부분처럼 내게는 참 반갑다. 잠은 잘 오는 적도 있다. 그러나 또 전신이 까칫까칫하면서 영 잠이 오지 않는 적도 있다. 그런 때는 아무 제목으로나 제목을 하나 골라서 연구하였다. 나는 내 좀 축축한 이불속에서 참 여러가지 발명도 하였고 논문도 많이 썼다. 시도 많이 지었다. 그러나 그것들은 내가 잠이 드는 것과 동시에 내 방에 담겨서 철철 넘치는 그 흐늑흐늑한 공기에 다 비누처럼 풀어져서 온데간데 없고, 한잠 자고 깨인 나는 속이 무명헝겊이나 메밀껍질로 띵띵 찬 한 덩어리 베개와도 같은 한 벌 신경이었을 뿐이고뿐이고 하였다.

그러기에 나는 빈대가 무엇보다도 싫었다. 그러나 내 방에서는 겨울에도 몇 마리의 빈대가 끊이지 않고 나왔다. 내게 근심이 있었다면 오직 이 빈대를 미워하는 근심일 것이다. 나는 빈대에게 물려서 가려운 자리를 피가 나도록 긁었다. 쓰라리다. 그것은 그윽한 쾌감에 틀림없었다. 나는 혼곤히 잠이 든다.

나는 그러나 그런 이불 속의 사색 생활에서도 적극적인 것을 궁리하는 법이 없다. 내게는 그럴 필요가 대체 없었다. 만일 내가 그런 좀 적극적인 것을 궁리해내었을 경우에 나는 반드시 내 아내와 의논하여야 할 것이고, 그러면 반드시 나는 아내에게 꾸지람을 들을 것이고---나는 꾸지람이 무서웠다느니 보다는 성가셨다. 내가 제법 한 사람의 사회인의 자격으로 일을 해 보는 것도 아내에게 사설 듣는 것도 나는 가장 게으른 동물처럼 게으른 것이 좋았다. 될 수만 있으면 이 무의미한 인간의 탈을 벗어버리고도 싶었다.

나에게는 인간 사회가 스스러웠다. 생활이 스스러웠다. 모두가 서먹서먹할 뿐이었다.

아내는 하루에 두 번 세수를 한다.

나는 하루 한 번도 세수를 하지 않는다.

나는 밤중 세 시나 네 시쯤 해서 변소에 갔다.

달이 밝은 밤에는 한참씩 마당에 우두커니 섰다가 들어오곤 한다. 그러니까 나는 이 18가구의 아무와도 얼굴이 마주치는 일이 거의 없다. 그러면서도 나는 이 18가구의 젊은 여인네 얼굴들을 거반 다 기억하고 있었다. 그들은 하나 같이 내 아내만 못하였다.

열한 시쯤 해서 하는 아내의 첫번 세수는 좀 간단하다. 그러나 저녁 일곱 시쯤해서 하는 두번째 세수는 손이 많이 간다. 아내는 낮에 보다도 밤에 더 좋고 깨끗한 옷을 입는다. 그리고 낮에도 외출하고 밤에도 외출하였다.

아내에게 직업이 있었던가? 나는 아내의 직업이 무엇인지 알 수 없다. 만일 아내에게 직업이 없었다면 같이 직업이 없는 나처럼 외출할 필요가 생기지 않을 것인데--- 아내는 외출한다. 외출할 뿐만 아니라 내객이 많다. 아내에게 내객이 많은 날은 나는 온종일 내 방에서 이불을 쓰고 누워 있어야만 된다.

불장난도 못한다. 화장품 냄새도 못 맡는다. 그런 날은 나는 의식적으로 우울해 하였다. 그러면 아내는 나에게 돈을 준다. 오십전짜리 은화다. 나는 그것이 좋았다.

그러나 그것을 무엇에 써야 옳을지 몰라서 늘 머리맡에 던져두고 두고 한 것이 어느 결에 모여서 꽤 많아졌다 어느날 이것을 본 아내는 금고처럼 생긴 벙어리를 사다 준다.

나는 한푼씩 한푼씩 그 속에 넣고 열쇠는 아내가 가져갔다. 그후에도 나는 더러 은화를 그 벙어리에 넣은 것을 기억한다. 그리고 나는 게을렀다. 얼마 후 아내의 머리쪽에 보지 못하던 누깔잠이 하나 여드름처럼 돋았던 것은 바로 그 금고형 벙어리의 무게가 가벼워졌다는 증거일까. 그러나 나는 드디어 머리맡에 놓았던 그 벙어리에 손을 대지 않고 말았다. 내 게으름은 그런 것에 내 주의를 환기시키기도 싫었다.

아내에게 내객이 있는 날은 이불 속으로 암만 깊이 들어가도 비오는 날만큼 잠이 잘 오지 않았다. 나는 그런 때 나에게 왜 늘 돈이 있나 왜 돈이 많은가를 연구했다. 내객들은 장지 저쪽에 내가 있는 것을 모르나보다. 내 아내와 나도 좀 하기 어려운 농을 아주 서슴지 않고 쉽게 해 던지는 것이다. 그러나 내 아내를 찾은 서너 사람의 내객들은 늘 비교적 점잖았다고 볼 수 있는 것이, 자정이 좀 지나면 으레 돌아들 갔다.

그들 가운데에는 퍽 교양이 얕은 자도 있는 듯싶었는데, 그런 자는 보통 음식을 사다 먹고 논다.

그래서 보충을 하고 대체로 무사하였다. 나는 우선 아내의 직업이 무엇인가를 연구하기에 착수하였으나 좁은 시야와 부족한 지식으로는 이것을 알아내기 힘이 든다. 나는 끝끝내 내 아내의 직업이 무엇인가를 모르고 말려나보다.

아내는 늘 진솔 버선만 신었다. 아내는 밥도 지었다. 아내가 밥을 짓는 것을 나는 한번도 구경한 일은 없으나 언제든지 끼니때면 내 방으로 내 조석밥을 날라다 주는 것이다. 우리집에는 나와 내 아내 외의 다른 사람은 아무도 없다. 이 밥은 분명 아내가 손수 지었음에 틀림없다.

그러나 아내는 한 번도 나를 자기 방으로 부른 일은 없다. 나는 늘 윗방에서나 혼자서 밥을 먹고 잠을 잤다.

밥은 너무 맛이 없었다. 반찬이 너무 엉성하였다. 나는 닭이나 강아지처럼 말없이 주는 모이를 넓적넓적 받아먹기는 했으나 내심 야속하게 생각한 적도 더러 없지 않다.

나는 안색이 여지없이 창백해가면서 말라 들어갔다. 나날이 눈에 보이듯이 기운이 줄어들었다. 영양 부족으로 하여 몸뚱이 곳곳의 뼈가 불쑥불쑥 내어 밀었다. 하룻밤 사이에도 수십 차를 돌쳐 눕지 않고는 여기저기가 배겨서 나는 배겨낼 수가 없었다.

그렇기 때문에 나는 내 이불 속에서 아내가 늘 흔히 쓸 수 있는 저 돈의 출처를 탐색해 내는 일변 장지 틈으로 새어나오는 아랫방의 음성은 무엇일까를 간단히 연구하였다.

나는 잠이 잘 안 왔다.

깨달았다. 아내가 쓰는 그 돈은 내게는 다만 실없는 사람들로밖에 보이지 않는 까닭모를 내객들 이 놓고 가는 것이 틀림없으리라는 것을 깨달았다.

그러나 왜 그들 내객은 돈을 놓고 가나? 왜 내 아내는 그 돈을 받아야 되나? 하는 예의 관념이 내게는 도무지 알 수 없는 것이었다.

그것은 그저 예의에 지나지 않는 것일까? 그렇지 않으면 혹 무슨 댓가일까? 보수일까? 내 아내가 그들의 눈에는 동정을 받아야만할 한 가엾은 인물로 보였던가? 이런 것들을 생각하노라면 으레 내 머리는 그냥 혼란하여 버리고버리고 하였다. 잠들기 전에 획득했다는 결론이 오직 불쾌하다는 것뿐이었으면서도 나는 그런 것을 아내에게 물어 보거나 한일이 참 한 번도 없다. 그것은 대체 귀찮기도 하려니와 한잠 자고 일어나는 나는 사뭇 딴 사람처럼 이것도 저것도 다 깨끗이 잊어버리고 그만 두는 까닭이다.

내객들이 돌아가고, 혹 외출에서 돌아오고 하면 아내는 간편한 것으로 옷을 바꾸어 입고 내 방으로 나를 찾아온다. 그리고 이불을 들치고 내 귀에는 영 생동생동한 몇 마디 말로 나를 위로하려든다. 나는 조소도 고소도 홍소도 아닌 웃음을 얼굴에 띠고 아내의 아름다운 얼굴을 쳐다본다. 아내는 방그레 웃는다. 그러나 그 얼굴에 떠도는 일말의 애수를 나는 놓치지 않는다.

아내는 능히 내가 배고파하는 것을 눈치챌 것이다. 그러나 아랫방에서 먹고 남은 음식을 나에게 주려 들지는 않는다. 그것은 어디까지든지 나를 존경하는 마음일 것임에 틀림없다. 나는 배가 고프면서도 적이 마음이 든든한 것을 좋아했다. 아내가 무엇이라고 지껄이고 갔는지 귀에 남아 있을리가 없다. 다만 내 머리맡에 아내가 놓고 간 은화가 전등불에 흐릿하게 빛나고 있을 뿐이다.

고 금고형 벙어리 속에 은화가 얼마만큼이나 모였을까? 나는 그러나 그것을 쳐들어 보지 않았다. 그저 아무런 의욕도 기원도 없이 그 단추구멍처럼 생긴 틈바구니로 은화를 떨어뜨려 둘 뿐이었다.

왜 아내의 내객들이 아내에게 돈을 놓고 가나 하는 것이 풀 수 없는 의문인 것같이, 왜 아내는 나에게 돈을 놓고 가나 하는 것도 역시 나에게는 똑같이 풀 수 없는 의문이었다.

내 비록 아내가 내게 돈을 놓고 가는 것이 싫지 않았다 하더라도 그것은 다만 고것이 내 손가락 닿는 순간에서부터 고 벙어리 주둥이에서 자취를 감추기까지의 하잘 것 없는 짧은 촉각이 좋았달 뿐이지 그 이상 아무 기쁨도 없다.

어느날 나는 고 벙어리를 변소에 갖다 넣어 버렸다. 그때 벙어리 속에는 몇 푼이나 되는지 모르겠으나 고 은화들이 꽤 들어 있었다.

나는 내가 지구 위에 살며 내가 이렇게 살고 있는 지구가 질풍신뢰의 속력으로 광대무변의 공간을 달리고 있다는 것을 생각했을 때 참 허망하였다. 나는 이렇게 부지런한 지구 위에서는 현기증도 날 것 같고 해서 한시바삐 내려 버리고 싶었다.

이불 속에서 이런 생각을 하고 난 뒤에는 나는 고 은화를 고 벙어리에 넣고넣고 하는 것조차 귀찮아졌다. 나는 아내가 손수 벙어리를 사용하였으면 하고 생각하였다.

벙어리도 돈도 사실은 아내에게만 필요한 것이지 내게는 애초부터 의미가 전연 없는 것이었으니까 될 수만 있으면 그 벙어리를 아내는 아내 방으로 가져갔으면 하고 기다렸다.

그러나 아내는 가져가지 않는다. 나는 내가 아내 방으로 가져다 둘까 하고 생각하여 보았으나 그 즈음에는 아내의 내객이 워낙 많아서 내가 아내 방에 가볼 기회가 도무지 없었다. 그래서 나는 하는 수 없이 변소에 갖다 집어넣어 버리고 만 것이다.

나는 서글픈 마음으로 아내의 꾸지람을 기다렸다. 그러나 아내는 끝내 아무 말도 하지 않았다.

않았을 뿐 아니라 여전히 돈은 돈대로 머리맡에 놓고 가지 않나! 내 머리맡에는 어느덧 은화가 꽤 많이 모였다.

내객이 아내에게 돈을 놓고 가는 것이나 아내가 내게 돈을 놓고 가는 것이나 일종의 쾌감---그 외의 다른 아무런 이유도 없는 것이 아닐까 하는 것을 나는 또 이불 속에서 연구하기 시작하였다.

쾌감이라면 어떤 종류의 쾌감일까를 계속하여 연구하였다. 그러나 그것은 이불 속의 연구로는 알 길이 없었다. 쾌감, 쾌감, 하고 나는 뜻밖에도 이 문제에 대해서만 흥미를 느꼈다.

아내는 물론 나를 늘 감금하여 두다시피 하여 왔다. 내게 불평이 있을 리 없다. 그런 중에도 나는 그 쾌감이라는 것의 유무를 체험하고 싶었다.

나는 아내의 밤 외출 틈을 타서 밖으로 나왔다. 나는 거리에서 잊어버리지 않고 가지고 나온 은화를 지폐로 바꾼다. 오 원이나 된다. 그것을 주머니에 넣고 나는 목적지를 잃어버리기 위하여 얼마든지 거리를 쏘다녔다. 오래간만에 보는 거리는 거의 경이에 가까울 만큼 내 신경을 흥분시키지 않고는 마지않았다. 나는 금시에 피곤하여 버렸다.

그러나 나는 참았다. 그리고 밤이 이슥하도록 까닭을 잃어버린 채 이 거리 저 거리로 지향없이 헤매었다. 돈은 물론 한 푼도 쓰지 않았다. 돈을 쓸 아무 엄두도 나서지 않았다. 나는 벌써 돈을 쓰는 기능을 완전히 상실한 것 같았다.

나는 과연 피로를 이 이상 견디기가 어려웠다. 나는 가까스로 내 집을 찾았다. 나는 내 방을 가려면 아내 방을 통과하지 않으면 안 될 것을 알고, 아내에게 내객이 있나 없나를 걱정하면서 미닫이 앞에서 좀 거북살스럽게 기침을 한 번 했더니, 이것은 참 또 너무도 암상스럽게 미닫이가 열리면서 아내의 얼굴과 그 등 뒤에 낯설은 남자의 얼굴이 이쪽을 내다보는 것이다. 나는 별안간 내어 쏟아지는 불빛에 눈이 부셔서 좀 머뭇머뭇했다.

나는 아내의 눈초리를 못 본 것은 아니다. 그러나 나는 모른 체하는 수밖에 없었다.

왜? 나는 어쨌든 아내의 방을 통과하지 아니하면 안 되니까…….

나는 이불을 뒤집어썼다. 무엇보다도 다리가 아파서 견딜 수가 없었다.

이불 속에서는 가슴이 울렁거리면서 암만해도 까무러칠 것만 같았다. 걸을 때는 몰랐더니 숨이 차다. 등에 식은땀이 쭉 내배인다. 나는 외출한 것을 후회하였다. 이런 피로를 잊고 어서 잠이 들었으면 좋았다. 한잠 잘 자고 싶었다.

얼마동안이나 비스듬히 엎드려 있었더니 차츰차츰 뚝딱 거리는 가슴 동계가 가라앉는다. 그만해도 우선 살 것 같았다. 나는 몸을 들쳐 반듯이 천장을 향하여 눕고 쭈욱 다리를 뻗었다.

그러나 나는 또 다시 가슴의 동계를 피할 수 없게 되었다. 아랫방에서 아내와 그 남자의 내 귀에도 들리지 않을 만큼 낮은 목소리로 소곤거리는 기척이 장지 틈으로 전하여 왔던 것이다. 청각을 더 예민하게 하기 위하여 나는 눈을 떴다. 그리고 숨을 죽였다.

그러나 그 때는 벌써 아내와 남자는 앉았던 자리를 툭툭 털고 일어섰고 일어서면서 옷과 모자 쓰는 기척이 나는 듯하더니 이어 미닫이가 열리고 구두 뒤축 소리가 나고 그리고 뜰에 내려서는 소리가 쿵 하고 나면서 뒤를 따르는 아내의 고무신 소리가 두어 발짝 찍찍나고 사뿐사뿐 나나 하는 사이에 두사람의 발소리가 대문 쪽으로 사라졌다.

나는 아내의 이런 태도를 본 일이 없다. 아내는 어떤 사람과도 결코 소곤거리는 법이 없다. 나는 웃방에서 이불을 쓰고 누웠는 동안에도 혹 술이 취해서 혀가 잘 돌아가지 않는 내객들의 담화는 더러 놓치는 수가 있어도 아내의 높지도 낮지도 않은 말소리는 일찌기 한마디도 놓쳐 본 일이 없다.

더러 내 귀에 거슬리는 소리가 있어도 나는 그것이 태연한 목소리로 내 귀에 들렸다는 이유로 충분히 안심이 되었다.

그렇던 아내의 이런 태도는 필시 그 속에 여간하지 않은 사정이 있는 듯 시피 생각이 되고 내 마음은 좀 서운했으나 그보다도 나는 좀 너무 피로해서 오늘만은 이불 속에서 아무것도 연구하지 않기로 굳게 결심하고 잠을 기다렸다. 낮잠은 좀처럼 오지 않았다. 대문간에 나간 아내도 좀처럼 들어오지 않았다. 그러는 동안에 흐지부지 나는 잠이 들어 버렸다. 꿈이 얼쑹덜쑹 종을 잡을 수 없는 거리의 풍경을 여전히 헤매었다.

나는 몹시 흔들렸다. 내객을 보내고 들어온 아내가 잠든 나를 잡아 흔드는 것이다. 나는 눈을 번쩍 뜨고 아내의 얼굴을 쳐다보았다. 아내의 얼굴에는 웃음이 없다. 나는 좀 눈을 비비고 아내의 얼굴을 자세히 보았다. 노기가 눈초리에 떠서 얇은 입술이 바르르 떨린다. 좀처럼 이 노기가 풀리기는 어려울 것 같았다. 나는 그대로 눈을 감아 버렸다. 벼락이 내리기를 기다린 것이다. 그러나 쌔근하는 숨소리가 나면서 부스스 아내의 치맛자락 소리가 나고 장지가 여닫히며 아내는 아내 방으로 돌아갔다.

나는 다시 몸을 돌쳐 이불을 뒤집어쓰고는 개구리처럼 엎드리고 엎드려서 배가 고픈 가운데도 오늘 밤의 외출을 또 한 번 후회하였다.

나는 이불 속에서 아내에게 사죄하였다. 그것은 네 오해라고…… 나는 사실 밤이 퍽으나 이슥한 줄만 알았던 것이다. 그것이 네 말마따나 자정 전인지는 정말이지 꿈에도 몰랐다. 나는 너무 피곤하였다. 오래간만에 나는 너무 많이 걸은 것이 잘못이다.

내 잘못이라면 잘못은 그것밖에 없다. 외출은 왜 하였더냐고? 나는 그 머리맡에 저절로 모인 오 원 돈을 아무에게라도 좋으니 주어보고 싶었던 것이다. 그 뿐이다. 그러나 그것도 내 잘못이라면 나는 그렇게 알겠다. 나는 후회하고 있지 않나? 내가 그 오 원 돈을 써 버릴 수가 있었던들 나는 자정 안에 집에 돌아올 수 없었을 것이다. 그러나 거리는 너무 복잡하였고 사람은 너무도 들끓었다. 나는 어느 사람을 붙들고 그 오 원 돈을 내어 주어야할지 갈피를 잡을 수가 없었다. 그러는 동안에 나는 여지없이 피곤해 버리고 말았던 것이다.

나는 무엇보다도 좀 쉬고 싶었다. 눕고 싶었다. 그래서 나는 하는 수 없이 집으로 돌아온 것이다. 내 짐작 같아서는 밤이 어지간히 늦은 줄만 알았는데, 그것이 불행히도 자정 전이었다는 것은 참 안된 일이다. 미안한 일이다. 나는 얼마든지 사죄하여도 좋다. 그러나 종시 아내의 오해를 풀지 못하였다 하면 내가 이렇게까지 사죄하는 보람은 그럼 어디 있나? 한심하였다.

한 시간 동안을 나는 이렇게 초조하게 굴지 않으면 안 되었다. 나는 이불을 홱 젖혀 버리고 일어나서 장지를 열고 아내 방으로 비칠비칠 달려갔던 것이다. 내게는 거의 의식이라는 것이 없었다.

나는 아내 이불 위에 엎드러지면서 바지 포켓 속에서 그 돈 오 원을 꺼내 아내 손에 쥐어 준 것을 간신히 기억할 뿐이다.

이튿날 잠이 깨었을 때 나는 내 아내 방 아내 이불 속에 있었다. 이것이 이 33번지에서 살기 시작한 이래 내가 아내 방에서 잔 맨 처음이었다.

해가 들창에 훨씬 높았는데 아내는 이미 외출하고 벌써 내 곁에 있지는 않다. 아니! 아내는 엊저녁 내가 의식을 잃은 동안에 외출한 것인지도 모른다. 그러나 나는 그런 것을 조사하고 싶지 않았다. 다만 전신이 찌뿌드드한 것이 손가락 하나 꼼짝할 힘조차 없었다. 책보보다 좀 작은 면적의 볕이 눈이 부시다. 그 속에서 수없이 먼지가 흡사 미생물처럼 난무한다. 코가 꽉 막히는 것 같다. 나는 다시 눈을 감고 이불을 푹 뒤집어쓰고 낮잠을 자기에 착수하였다. 그러나 코를 스치는 아내의 체취는 꽤 도발적이었다. 나는 몸을 여러번 여러번 비비꼬면서 아내의 화장대에 늘어선 고 가지각색 화장품 병들의 마개를 뽑았을 때 풍기는 냄새를 더듬느라고 좀처럼 잠은 들지 않는 것을 나는 어찌하는 수도 없었다.

견디다못하여 나는 그만 이불을 걷어차고 벌떡 일어나서 내 방으로 갔다. 내 방에는 다 식어 빠진 내 끼니가 가지런히 놓여 있는 것이다. 아내는 내 모이를 여기다 두고 나간 것이다. 나는 우선 배가 고팠다. 한 숟갈을 입에 떠 넣었을 때 그 촉감은 참 너무도 냉회와 같이 써늘하였다. 나는 숟갈을 놓고 내 이불 속으로 들어갔다. 하룻밤을 비었던 내 이부자리는 여전히 반갑게 나를 맞아 준다. 나는 내 이불을 뒤집어쓰고 이번에는 참 늘어지게 한잠 잤다. 잘----

내가 잠을 깬 것은 전등이 켜진 뒤다. 그러나 아내는 아직도 돌아오지 않았나보다.

아니! 돌아왔다 또 나갔는지 알 수 없다. 그러나 그런 것을 상고하여 무엇하나? 정신이 한결 난다. 나는 밤일을 생각해 보았다. 그 돈 오 원을 아내 손에 쥐어 주고 넘어졌을 때에 느낄 수 있었던 쾌감을 나는 무엇이라고 설명할 수가 없었다. 그러나 내객들이 내 아내에게 돈 놓고 가는 심리며 내 아내가 내게 돈 놓고 가는 심리의 비밀을 나는 알아낸 것 같아서 여간 즐거운 것이 아니다.

나는 속으로 빙그레 웃어 보았다.

이런 것을 모르고 오늘까지 지내온 내 자신이 어떻게 우스꽝스럽게 보이는지 몰랐다.

따라서 나는 또 오늘 밤에도 외출하고 싶었다. 그러나 돈이 없다. 나는 또 엊저녁에 그 돈 오 원 을 한꺼번에 아내에게 주어 버린 것을 후회하였다. 또 고 벙어리를 변소에 갖다 쳐넣어 버린 것도 후회하였다. 나는 실없이 실망하면서 습관처럼 그 돈 오 원이 들어 있던 내 바지 포켓에 손을 넣어 한번 휘둘러보았다. 뜻밖에도 내 손에 쥐어지는 것이 있었다. 이 원 밖에 없다. 그러나 많아야 맛은 아니다. 얼마간이고 있으면 된다. 나는 그만한 것이 여간 고마운 것이 아니었다.

나는 기운을 얻었다. 나는 그 단벌 다 떨어진 골덴 양복을 걸치고 배고픈 것도 주제 사나운 것도 다 잊어버리고 활갯짓을 하면서 또 거리로 나섰다. 나서면서 나는 제발 시간이 화살 단듯해서 자정이 어서 홱 지나 버렸으면 하고 조바심을 태웠다. 아내에게 돈을 주고 아내 방에서 자 보는 것은 어디까지든지 좋았지만 만일 잘못해서 자정 전에 집에 들어갔다가 아내의 눈총을 맞는 것은 그것은 여간 무서운 일이 아니었다.

나는 저물도록 길가 시계를 들여다보고 들여다보고 하면서 또 지향없이 거리를 방황하였다. 그러나 이날은 좀처럼 피곤하지는 않았다. 다만 시간이 좀 너무 더디게 가는 것만 같아서 안타까웠다.

경성역(京城驛) 시계가 확실히 자정을 지난 것을 본 뒤에 나는 집을 향하였다. 그날은 그 일각 대문에서 아내와 아내의 남자가 이야기하고 섰는 것을 만났다. 나는 모른 체하고 두 사람 곁을 지나서 내 방으로 들어갔다. 뒤이어 아내도 들어왔다. 와서는 이 밤중에 평생 안 하던 쓰레질을 하는 것이었다. 조금 있다가 아내가 눕는 기척을 엿보자마자 나는 또 장지를 열고 아내 방으로 가서 그 돈 이 원을 아내 손에 덥석 쥐어

주고 그리고---하여간 그 이 원을 오늘 밤에도 쓰지 않고 도로 가져 온 것이 참 이상하다는 듯이 아내는 내 얼굴을 몇번이고 엿보고---아내는 드디어 아무 말도 없이 나를 자기 방에 재워 주었다. 나는 이 기쁨을 세상의 무엇과도 바꾸고 싶지는 않았다.

나는 편히 잘 잤다.

이튿날도 내가 잠이 깨었을 때는 아내는 보이지 않았다. 나는 또 내 방으로 가서 피곤한 몸이 낮잠을 잤다. 내가 아내에게 흔들려 깨었을 때는 역시 불이 들어온 뒤였다. 아내는 자기 방으로 나를 오라는 것이다. 이런 일은 또 처음이다. 아내는 끊임없이 얼굴에 미소를 띠고 내 팔을 이끄는 것이다. 나는 이런 아내의 태도 이면에 엔간치 않은 음모가 숨어 있지나 않은가 하고 적이 불안을 느끼지 않을 수 없었다.

나는 아내의 하자는 대로 아내의 방으로 끌려갔다. 아내 방에는 저녁 밥상이 조촐하게 차려져 있는 것이다. 생각하여 보면 나는 이틀을 굶었다. 나는 지금 배고픈 것까지도 긴가민가 잊어버리고 어름어름하던 차다.

나는 생각하였다. 이 최후의 만찬을 먹고 나자마자 벼락이 내려도 나는 차라리 후회하지 않을 것을. 사실 나는 인간 세상이 너무나 심심해서 못 견디겠던 차다. 모든 것이 성가시고 귀찮았으나 그러나 불의의 재난이라는 것은 즐겁다.

나는 마음을 턱 놓고 조용히 아내와 마주 이 해괴한 저녁밥을 먹었다.

우리 부부는 이야기하는 법이 없었다. 밥을 먹은 뒤에도 나는 말이 없이 부스스 일어나서 내 방으로 건너가 버렸다. 아내는 나를 붙잡지 않았다. 나는 벽에 기대어 앉아서 담배를 한 대 피워 물고 그리고 벼락이 떨어질 테거든 어서 떨어져라 하고 기다렸다.

오 분! 십 분!

그러나 벼락은 내리지 않았다. 긴장이 차츰 풀어지기 시작한다. 나는 어느덧 오늘 밤에도 외출할 것을 생각하고 있었다. 돈이 있었으면 하고 생각하고 있었다.

그러나 돈은 확실히 없다. 오늘은 외출하여도 나중에 올 무슨 기쁨이 있나? 내 앞이 그저 아뜩하였다. 나는 화가 나서 이불을 뒤집어쓰고 이리 뒹굴 저리 뒹굴 굴렀다. 금시 먹은 밥이 목으로 자꾸 치밀어 올라온다. 메스꺼웠다.

하늘에서 얼마라도 좋으니 왜 지폐가 소낙비처럼 퍼붓지 않나? 그것이 그저 한없이 야속하고 슬펐다.

나는 이렇게 밖에 돈을 구하는 아무런 방법도 알지는 못했다. 나는 이불 속에서 좀 울었나 보다.

왜 없느냐면서……

그랬더니 아내가 또 내 방에를 왔다. 나는 깜짝 놀라 아마 이제서야 벼락이 내리려나보다 하고 숨을 죽이고 두꺼비 모양으로 엎드려 있었다. 그러나 떨어진 입을 새어나오는 아내의 말소리는 참 부드러웠다. 정다웠다. 아내는 내가 왜 우는지를 안다는 것이다. 돈이 없어서 그러는 게 아니란다.

나는 실없이 깜짝 놀랐다. 어떻게 사람의 속을 환하게 들여다보는고 해서 나는 한편으로 슬그머니 겁도 안나는 것은 아니었으나 저렇게 말하는 것을 보면 아마 내게 돈을 줄 생각이 있나보다, 만일 그렇다면 오죽이나 좋은 일일까. 나는 이불 속에 뚤뚤 말린 채 고개도 들지 않고 아내의 다음 거동을 기다리고 있으니까 '옜소'하고 내 머리맡에 내려뜨리는 것은 그 가뿐한 음향으로 보아 지폐에 틀림없었다. 그리고 내 귀에다 대고 오늘을랑 어제보다도 늦게 돌아와도 좋다고 속삭이는 것이다.

그것은 어렵지 않다. 우선 그 돈이 무엇보다도 고맙고 반가웠다.

어쨌든 나섰다. 나는 좀 야맹증이다. 그래서 될 수 있는 대로 밝은 거리로 돌아다니기로 했다.

그리고는 경성역 일 이등 대합실 한곁 티이루움에를 들렀다. 그것은 내게는 큰 발견이었다. 거기는 우선 아무도 아는 사람이 안 온다. 설사 왔다가도 곧 돌아가니까 좋다. 나는 날마다 여기 와서 시간을 보내리라 속으로 생각하여 두었다. 제일 여기 시계가 어느 시계보다도 정확하리라는 것이 좋았다. 섣불리 서투른 시계를 보고 그것을 믿고 시간 전에 집에 돌아갔다가 큰 코를 다쳐서는 안된다.

나는 한 복스에 아무것도 없는 것과 마주 앉아서 잘 끓은 커피를 마셨다. 총총한 가운데 여객들은 그래도 한 잔 커피가 즐거운가보다. 얼른얼른 마시고 무얼 좀 생각하는 것같이 담벼락도 좀 쳐다보고 하다가 곧 나가 버린다. 서글프다. 그러나 내게는 이 서글픈 분위기가 거리의 티이루움들의 그 거추장스러운 분위기보다는 절실하고 마음에 들었다. 이따금 들리는 날카로운 혹은 우렁찬 기적 소리가 모오짜르트보다도 더 가깝다.

나는 메뉴에 적힌 몇 가지 안되는 음식 이름을 치읽고 내리읽고 여러번 읽었다. 그것들은 아물아물하는 것이 어딘가 내 어렸을 때 동무들 이름과 비슷한 데가 있었다.

거기서 얼마나 내가 오래 앉았는지 정신이 오락가락하는 중에 객이 슬며시 뜸해지면서 이 구석 저 구석 걷어치우기 시작하는 것을 보면 아마 닫는 시간이 된 모양이다. 열한 시가 좀 지났구나, 여기도 결코 내 안주의 곳은 아니구나, 어디 가서 자정을 넘길까? 두루 걱정을 하면서 나는 밖으로 나섰다. 비가 온다.

빗발이 제법 굵은 것이 우비도 우산도 없는 나를 고생을 시킬 작정이다. 그렇다고 이런 괴이한 풍모를 차리고 이 홀에서 어물어물하는 수도 없고 에이 비를 맞으면 맞았지 하고 그냥 나서 버렸다.

대단히 선선해서 견딜 수가 없다. 골덴 옷이 젖기 시작하더니 나중에는 속속들이 스며들면서 추근거린다. 비를 맞아 가면서라도 견딜 수 있는 데까지 거리를 돌아다녀서 시간을 보내려 하였으나, 인제는 선선해서 이 이상은 더 견딜 수가 없다. 오한이 자꾸 일어나면서 이가 딱딱 맞부딪는다. 나는 걸음을 늦추면서 생각하였다. 오늘 같은 궂은 날도 아내에게 내객이 있을라구? 없겠지, 하는 생각이 드는 것이다.

집으로 가야겠다. 아내에게 불행히 내객이 있거든 내 사정을 하리라. 사정을 하면 이렇게 비가 오는 것을 눈으로 보고 알아주겠지.

부리나케 와 보니까 그러나 아내에게는 내객이 있었다. 나는 너무 춥고 척척해서 얼떨김에 노크 하는 것을 잊었다. 그래서 나는 보면 아내가 덜 좋아할 것을 그만 보았다.

나는 감발자국 같은 발자국을 내면서 덤벙덤벙 아내 방을 디디고 내 방으로 가서 쭉 빠진 옷을 활활 벗어 버리고 이불을 뒤썼다. 덜덜덜덜 떨린다. 오한이 점점 더 심해 들어온다. 여전 땅이 꺼져들어가는 것만 같았다. 나는 그만 의식을 잃어버리고 말았다.

이튿날 내가 눈을 떴을 때 아내는 내 머리맡에 앉아서 제법 근심스러운 얼굴이다.

나는 감기가 들었다. 여전히 으스스 춥고 또 골치가 아프고 입에 군침이 도는 것이 씁쓸하면서 다리팔이 척 늘어져서 노곤하다. 아내는 내 머리를 쓱 짚어 보더니 약을 먹어야지 한다. 아내 손이 이마에 선뜻한 것을 보면 신열이 어지간한 모양인데 약을 먹는다면 해열제를 먹어야지 하고 속생각을 하자니까 아내는 따뜻한 물에 하얀 정제약 네 개를 준다. 이것을 먹고 한잠 푹 자고 나면 괜찮다는 것이다. 나는 널름 받아

먹었다. 쌉싸름한 것이 짐작 같아서는 아마 아스피린인가 싶다.

나는 다시 이불을 쓰고 단번에 그냥 죽은 것처럼 잠이 들어 버렸다.

나는 콧물을 훌쩍훌쩍 하면서 여러 날을 앓았다. 앓는 동안에 끊이지 않고 그 정제약을 먹었다.

그러는 동안에 감기도 나았다. 그러나 입맛은 여전히 소태처럼 썼다.

나는 차츰 또 외출하고 싶은 생각이 났다. 그러나 아내는 나더러 외출하지 말라고 이르는 것이다. 이 약을 날마다 먹고 그리고 가만히 누워 있으라는 것이다. 공연히 외출을 하다가 이렇게 감기가 들어서 저를 고생시키는게 아니란다. 그도 그렇다. 그럼 외출을 하지 않겠다고 맹세하고 그 약을 연복하여 몸을 좀 보해 보리라고 나는 생각하였다.

나는 날마다 이불을 뒤집어쓰고 밤이나 낮이나 잤다. 유난스럽게 밤이나 낮이나 졸려서 견딜 수가 없는 것이다. 나는 이렇게 잠이 자꾸만 오는 것은 내가 몸이 훨씬 튼튼해진 증거라고 굳게 믿었다.

나는 아마 한 달이나 이렇게 지냈나보다. 내 머리와 수염이 좀 너무 자라서 후틋해서 견딜 수가 없어서 내 거울을 좀 보리라고 아내가 외출한 틈을 타서 나는 아내 방으로 가서 아내의 화장대 앞에 앉아 보았다. 상당하다. 수염과 머리가 참 상당하였다.

오늘은 이발을 좀 하리라고 생각하고 겸사겸사 고 화장품 병들 마개를 뽑고 이것저것 맡아 보았다. 한동안 잊어버렸던 향기 가운데서는 몸이 배배 꼬일 것 같은 체취가 전해 나왔다. 나는 아내의 이름을 속으로만 한 번 불러 보았다. "연심이---"하고……

오래간만에 돋보기 장난도 하였다. 거울 장난도 하였다. 창에 든 볕이 여간 따뜻한 것이 아니었다. 생각하면 오월이 아니냐.

나는 커다랗게 기지개를 한 번 켜 보고 아내 베개를 내려 베고 벌떡 자빠져서는 이렇게도 편안하고 즐거운 세월을 하느님께 흠씬 자랑하여 주고 싶었다. 나는 참 세상의 아무것과도 교섭을 가지지 않는다. 하느님도 아마 나를 칭찬할 수도 처벌할 수도 없는 것 같다.

그러나 다음 순간 실로 세상에도 이상스러운 것이 눈에 띄었다. 그것은 최면약 아달린갑이었다.

나는 그것을 아내의 화장대 밑에서 발견하고 그것이 흡사 아스피린처럼 생겼다고 느꼈다. 나는 그것을 열어 보았다. 꼭 네 개가 비었다.

나는 오늘 아침에 네 개의 아스피린을 먹은 것을 기억하고 있었다. 나는 잤다. 어제도 그제도 그끄제도……나는 졸려서 견딜 수가 없었다. 나는 감기가 다 나았는데도…… 아내는 내게 아스피린을 주었다. 내가 잠이든 동안에 이웃에 불이 난일이 있다. 그때에도 나는 자느라고 몰랐다. 이렇게 나는 잤다. 나는 아스피린으로 알고 그럼 한 달 동안을 두고 아달린을 먹어 온 것이다. 이것은 좀 너무 심하다.

별안간 아뜩하더니 하마터면 나는 까무러칠 뻔하였다. 나는 그 아달린을 주머니에 넣고 집을 나섰다. 그리고 산을 찾아 올라갔다.

인간 세상의 아무것도 보기가 싫었던 것이다. 걸으면서 나는 아무쪼록 아내에 관계되는 일은 일체 생각하지 않도록 노력하였다. 길에서 까무러치기 쉬우니까다. 나는 어디라도 양지가 바른 자리를 하나 골라 자리를 잡아 가지고 서서히 아내에 관하여서 연구할 작정이었다. 나는 길가의 돌 장판, 구경도 못한 진개나리꽃, 종달새, 돌멩이도 새끼를 까는 이야기, 이런 것만 생각하였다. 다행히 길가에서 나는 졸도하지 않았다.

거기는 벤치가 있었다. 나는 거기 정좌하고 그리고 그 아스피린과 아달린에 관하여 연구하였다.

그러나 머리가 도무지 혼란하여 생각이 체계를 이루지 않는다. 단 오 분이 못가서 나는 그만 귀찮은 생각이 번쩍 들면서 심술이 났다. 나는 주머니에서 가지고 온 아달린을 꺼내 남은 여섯 개를 한꺼번에 질겅질겅 씹어먹어 버렸다. 맛이 익살맞다. 그리고 나서 나는 그 벤치 위에 가로 기다랗게 누웠다. 무슨 생각으로 내가 그 따위 짓을 했나, 알 수가 없다. 그저 그러고 싶었다. 나는 게서 그냥 깊이 잠이 들었다. 잠결에도 바위틈으로 흐르는 물소리가 졸졸 하고 언제까지나 귀에 어렴풋이 들려 왔다.

내가 잠을 깨었을 때는 날이 환히 밝은 뒤다. 나는 거기서 일주야를 잔 것이다. 풍경이 그냥 노오랗게 보인다. 그 속에서도 나는 번개처럼 아스피린과 아달린이 생각났다.

아스피린, 아달린, 아스피린, 아달린, 마르크, 말사스, 마도로스, 아스피린, 아달린…… 아내는 한 달 동안 아달린을 아스피린이라고 속이고 내게 먹였다.

그것은 아내 방에서 이 아달린 갑이 발견된 것으로 미루어 증거가 너무나 확실하다.

무슨 목적으로 아내는 나를 밤이나 낮이나 재웠어야 됐나? 나를 밤이나 낮이나 재워 놓고, 그리고 아내는 내가 자는 동안에 무슨 짓을 했나? 나를 조금씩 조금씩 죽이려던 것일까? 그러나 또 생각하여 보면 내가 한 달을 두고 먹어 온 것이 아스피린이었는지도 모른다. 아내는 무슨 근심되는 일이 있어서 밤이면 잠이 잘 오지 않아서 정작 아내가 아달린을 사용한 것이나 아닌지? 그렇다면 나는 참 미안하다. 나는 아내에게 이렇게 큰 의혹을 가졌다는 것이 참 안됐다.

나는 그래서 부리나케 거기서 내려왔다. 아랫도리가 홰홰 내어 저이면서 어찔어찔한 것을 나는 겨우 집을 향하여 걸었다. 여덟 시 가까이였다.

나는 내 잘못된 생각을 죄다 일러바치고 아내에게 사죄하려는 것이다. 나는 너무 급해서 그만 또 말을 잊어버렸다. 그랬더니 이건 참 큰일났다. 나는 내 눈으로 절대로 보아서 안될 것을 그만 딱 보아 버리고 만 것이다.

나는 얼떨결에 그만 냉큼 미닫이를 닫고 그리고 현기증이 나는 것을 진정시키느라고 잠깐 고개를 숙이고 눈을 감고 기둥을 짚고 섰자니까, 일 초 여유도 없이 홱 미닫이가 다시 열리더니 매무새를 풀어헤친 아내가 불쑥 내밀면서 내 멱살을 잡는 것이다. 나는 그만 어지러워서 게가 나둥그러졌다.

그랬더니 아내는 넘어진 내위에 덮치면서 내 살을 함부로 물어뜯는 것이다. 아파 죽겠다. 나는 사실 반항할 의사도 힘도 없어서 그냥 넙적 엎드려 있으면서 어떻게 되나 보고 있자니까, 뒤이어 남자가 나오는 것 같더니 아내를 한아름에 덥석 안아 가지고 방으로 들어가는 것이다. 아내는 아무 말 없이 다소곳이 그렇게 안겨 들어가는 것이 내 눈에 여간 미운 것이 아니다. 밉다.

아내는 너 밤새워 가면서 도둑질하러 다니느냐, 계집질하러 다니느냐고 발악이다. 이것은 참 너무 억울하다. 나는 어안이 벙벙하여 도무지 입이 떨어지지를 않았다. 너는 그야말로 나를 살해하려던 것이 아니냐고 소리를 한 번 꽥 질러 보고도 싶었으나, 그런 긴가민가한 소리를 섣불리 입밖에 내었다가는 무슨 화를 볼는지 알 수 없다. 차라리 억울하지만 잠자코 있는 것이 우선 상책인 듯시피 생각이 들길래, 나는 이것은 또 무슨 생각으로 그랬는지 모르지만 툭툭 떨고 일어나서 내 바지 포켓 속에 남은 돈 몇원 몇십전을 가만히 꺼내서는 몰래 미닫이를 열고 살며시 문지방 밑에다 놓고 나서는, 나는 그냥 줄달음박질을 쳐서 나와 버렸다.

여러번 자동차에 치일 뻔하면서 나는 그래도 경성역으로 찾아갔다. 빈자리와 마주 앉아서 이 쓰디쓴 입맛을 거두기 위하여 무엇으로나 입가심을 하고 싶었다.

커피! 좋다. 그러나 경성역 홀에 한 걸음 들여 놓았을 때 나는 내 주머니에는 돈이 한푼도 없는 것을 그것을 깜박 잊었던 것을 깨달았다. 또 아뜩하였다. 나는 어디선가 그저 맥없이 머뭇머뭇하면서 어쩔 줄을 모를 뿐이었다. 얼빠진 사람처럼 그저 이리갔다 저리갔다 하면서…….

나는 어디로 어디로 들입다 쏘다녔는지 하나도 모른다. 다만 몇시간 후에 내가 미쓰꼬시 옥상에 있는 것을 깨달았을 때는 거의 대낮이었다.

나는 거기 아무 데나 주저앉아서 내 자라 온 스물 여섯 해를 회고하여 보았다. 몽롱한 기억 속에서는 이렇다는 아무 제목도 불거져 나오지 않았다.

나는 또 내 자신에게 물어보았다. 너는 인생에 무슨 욕심이 있느냐고, 그러나 있다고도 없다고 도 그런 대답은 하기가 싫었다. 나는 거의 나 자신의 존재를 인식하기조차도 어려웠다.

허리를 굽혀서 나는 그저 금붕어를 들여다보고 있었다. 금붕어는 참 잘들도 생겼다. 작은놈은 작은놈대로 큰놈은 큰놈대로 다 싱싱하니 보기 좋았다. 내려 비치는 오월 햇살에 금붕어들은 그릇 바탕에 그림자를 내려뜨렸다. 지느러미는 하늘하늘 손수건을 흔드는 흉내를 낸다. 나는 이 지느러미 수효를 헤어 보기도 하면서 굽힌 허리를 좀처럼 펴지 않았다. 등이 따뜻하다.

나는 또 오탁의 거리를 내려다보았다. 거기서는 피곤한 생활이 똑 금붕어 지느러미처럼 흐늑흐늑 허우적거렸다. 눈에 보이지 않는 끈적끈적한 줄에 엉켜서 헤어나지들을 못한다. 나는 피로와 공복 때문에 무너져 들어가는 몸뚱이를 끌고 그 오탁의 거리 속으로 섞여 가지 않는 수도 없다 생각하였다.

나서서 나는 또 문득 생각하여 보았다. 이 발길이 지금 어디로 향하여 가는 것인가를…… 그때 내 눈앞에는 아내의 모가지가 벼락처럼 내려 떨어졌다. 아스피린과 아달린.

우리들은 서로 오해하고 있느니라. 설마 아내가 아스피린 대신에 아달린의 정량을 나에게 먹여 왔을까? 나는 그것을 믿을 수는 없다. 아내가 대체 그럴 까닭이 없을 것이니, 그러면 나는 날밤을 새면서 도둑질을 계집질을 하였나? 정말이지 아니다.

우리 부부는 숙명적으로 발이 맞지 않는 절름발이인 것이다. 내나 아내나 제 거동에 로직을 붙일 필요는 없다. 변해할 필요도 없다. 사실은 사실대로 오해는 오해대로 그저 끝없이 발을 절뚝거리면 서 세상을 걸어가면 되는 것이다. 그렇지 않을까?

그러나 나는 이 발길이 아내에게로 돌아가야 옳은가 이것만은 분간하기가 좀 어려웠다. 가야하 나? 그럼 어디로 가나?

이때 뚜우 하고 정오 사이렌이 울었다. 사람들은 모두 네 활개를 펴고 닭처럼 푸드덕거리는 것 같고 온갖 유리와 강철과 대리석과 지폐와 잉크가 부글부글 끓고 수선을 떨고 하는 것 같은 찰나! 그야말로 현란을 극한 정오다.

나는 불현듯 겨드랑이가 가렵다. 아하, 그것은 내 인공의 날개가 돋았던 자국이다. 오늘은 없는 이 날개. 머릿속에서는 희망과 야심이 말소된 페이지가 딕셔너리 넘어가듯 번뜩였다.

나는 걷던 걸음을 멈추고 그리고 일어나 한 번 이렇게 외쳐 보고 싶었다.

날개야 다시 돋아라.

날자. 날자. 한 번만 더 날자꾸나.

한 번만 더 날아 보자꾸나.

거울

거울속에는소리가없소
저렇게까지조용한세상은참없을 것이오

거울속에도내게귀가있소
내말을못알아듣는딱한귀가두개나있소

거울속의나는왼손잡이오
내악수(握手)를받을줄모르는 - 악수(握手)를모르는왼손잡이오

거울때문에나는거울속의나를만져보지를못하는구료마는
거울아니었던들내가어찌거울속의나를만나보기만이라도했겠소

나는지금(至今)거울을안가졌소마는거울속에는늘거울속의내가있소
잘은모르지만외로된사업(事業)에골몰할께요

거울속의나는참나와는반대(反對)요마는
또꽤닮았소

나는거울속의나를근심하고진찰(診察)할수없으니퍽섭섭하오

오감도

烏瞰圖

시 제1호

13인의 兒孩가도로로질주하오.
(길은막다른골목이적당하오)

제1의아해가무섭다고그리오.
제2의아해도무섭다고그리오.
제3의아해도무섭다고그리오.
제3의아해도무섭다고그리오.
제4의아해도무섭다고그리오.
제5의아해도무섭다고그리오.
제6의아해도무섭다고그리오.
제7의아해도무섭다고그리오.
제8의아해도무섭다고그리오.
제9의아해도무섭다고그리오.
제10의아해도무섭다고그리오.

제11의아해도무섭다고그리오.
제12의아해도무섭다고그리오.
제13의아해도무섭다고그리오.
13인의아해는무서운아해와무서워하는아해와그렇게뿐이모였소.(다른사정은없는것이차라리나았소.)

그중에1인의아해가무서운아해라도좋소.
그중에2인의아해가무서운아해라도좋소.
그중에2인의아해가무서워하는아해라도좋소.
그중에1인의아해가무서워하는아해라도좋소.

(길은뚫린골목이라도적당하오)
13인의아해가도로로질주하지아니하여도좋소.

'조선중앙일보(1934년 7월 24일)' 발표작

이런 시

역사를하노라고땅을파다가커다란돌을하나끄집어내어놓고보니도무지어디서인가본듯한생각이들게모양이생겼는데목도들이그것을메고나가더니어디다갖다버리고온모양이길래쫓아나가보니위험하기짝이없는큰길가더라.
그날밤에한소나기하였으니필시그돌이깨끗이씻겼을터인데그이튿날가보니까변괴로다간데온데없더라. 어떤돌이와서그돌을없어갔을까나는참이런처량한생각에서아래와같은작문을지었도다.「내가그다지사랑하던그대여내한평생에차마그대를잊을수없소이다. 내차례에못올사랑인줄은알면서도나혼자는꾸준히생각하리다. 자그러면내내어여쁘소서」

어떤돌이내얼굴을물끄러미치어다보는것만같아서이런시는그만찢어버리고싶더라

김유정

(金裕貞, 1908년 ~ 1937년)

1932년 고향에 금병의숙(錦屛義塾)을 세워 문맹퇴치운동 진행

1935년 단편소설「소낙비」「노다지」가 신춘문예에 각각 당선

「금 따는 콩밭」「떡」「산골」「만무방」「봄봄」등을 발표

1936년 「산골 나그네」「봄과 따라지」「동백꽃」등을 발표

1937년 「땡볕」「따라지」등을 발표

작품분석

1. 동백꽃

- 갈래 : 단편 소설
- 배경 : 시간(1930년대) / 공간(산골 마을)
- 시점 : 1인칭 주인공 시점
- 제재 : 동백꽃 핀 봄날 산골 마을의 젊은 남녀
- 표현의 아이러니 - 점순이의 말투는 '나'를 좋아하면서도 짓궂은 행동으로 괴롭힘, '나'의 우직한 행동은 가난과 어리석음 때문에 만들어짐
- 토속어와 개인어가 풍부하게 구사, 지문과 대사에 구어가 지배적으로 사용
- 이 작품은 많은 부분을 과거로 서술하여 이전 갈등과 인간관계를 보여주고 있다.
- 닭싸움은 '나'와 점순의 심리를 매개하는 구성적 장치로 사용

2. 봄봄

- 갈래: 단편 소설

- 배경: 시간(1930년대) / 공간(강원도 산골)
- 시점: 1인칭 주인공 시점
- 희극적 인물상과 다소 과장되고 우스꽝스러운 갈등 양상이 돋보이는 작품
- 노골적인 표현과 해학적이고 토속적인 문장사용, 아이러니(Irony) 구조
- 농촌 사회의 구조적 모순 및 부조리한 현실을 풍자
- 글의 진행은 시간적 순서에만 따르지 않고 부분적으로 뒤바뀜으로써 '장인'과 '나'사이의 갈등을 긴장감 있게 고조시키다가 갑작스런 역전에 의해 화해로 결말 유도

3. 땡볕

- 갈래 : 단편 소설, 농촌 소설
- 배경 : 시간(1930년대) / 공간(농촌, 서울)
- 성격 : 비극적, 사실적, 해학적, 휴머니즘적
- 시점 : 전지적 작가 시점
- 살길을 찾아 도시로 온 이주 농민 부부의 절망적인 삶의 모습을 그린 작품
- 서민들의 투박한 언어를 사용, 시간의 흐름에 따라 사건을 차례대로 서술

4. 소낙비

- 원제목은 '따라지 목숨' 이었지만 신문사에서 제목 바꿈
- 1930년대 한국 유랑 농민의 서글픈 삶의 한 단면을 그리면서, 농촌 사회의 구조적 모순과 가난한 농민의 모습을 사실적으로 묘사
- 돈 2원으로 인해 남편의 무자비한 매질과 극도의 궁핍으로 매음을 할 수밖에 없는 아내가 소낙비라는 매개 속에 암울한 분위기를 자아냄
- 농촌의 서글픈 삶의 단면과 지주와 소작농 사이의 부조리한 관계를 해학적이면서도 역설적으로 진솔하게 표현

동백꽃

오늘도 또 우리 수탉이 막 쫓기었다. 내가 점심을 먹고 나무를 하러 갈 양으로 나올 때이었다. 산으로 올라서려니까 등뒤에서 푸르득푸드득, 하고 닭의 횃소리가 야단이다. 깜짝 놀라서 고개를 돌려보니 아니나다르랴, 두 놈이 또 얼리었다.

점순네 수탉(은 대강이가 크고 똑 오소리같이 실팍하게 생긴 놈)이 덩저리 작은 우리 수탉을 함부로 해내는 것이다. 그것도 그냥 해내는 것이 아니라 푸드득 하고 면두를 쪼고 물러섰다가 좀 사이를 두고 또 푸드득 하고 모가지를 쪼았다. 이렇게 멋을 부려 가며 여지없이 닦아 놓는다. 그러면 이 못생긴 것은 쪼일 적마다 주둥이로 땅을 받으며 그 비명이 킥, 킥 할 뿐이다. 물론 미처 아물지도 않은 면두를 또 쪼이어 붉은 선혈은 뚝뚝 떨어진다.

이걸 가만히 내려다보자니 내 대강이가 터져서 피가 흐르는 것같이 두 눈에서 불이 번쩍난다. 대뜸 지게 막대기를 메고 달려들어 점순네 닭을 후려칠까 하다가 생각을 고쳐먹고 헛매질로 떼어만 놓았다.

이번에도 점순이가 쌈을 붙여 놨을 것이다. 바짝바짝 내 기를 올리느라고 그랬음에 틀림없을 것이다. 고놈의 계집애가 요새로 들어서서 왜 나를 못 먹겠다고 고렇게 아르렁거리는지 모른다. 나흘 전 감자 조각만 하더라도 나는 저에게 조금도 잘못한 것은 없다. 계집애가 나물을 캐러 가면 갔지 남 울타리 엮는 데 쌩이질을 하는 것은 다 뭐냐. 그것도 발소리를 죽여 가지고 등뒤로 살며시 와서,

"얘! 너 혼자만 일하니?"

하고 긴치 않은 수작을 하는 것이다.

어제까지도 저와 나는 이야기도 잘 않고 서로 만나도 본 척 만 척하고 이렇게 점잖게 지내던 터이련만 오늘로 갑작스레 대견해졌음은 웬일인가. 황차 망아지만한 계집애가 남 일하는 놈보구.

"그럼 혼자 하지 떼루 하디?"

내가 이렇게 내배앝는 소리를 하니까,

"너 일하기 좋니?"

또는,

"한여름이나 되거든 하지 벌써 울타리를 하니?"

잔소리를 두루 늘어놓다가 남이 들을까 봐 손으로 입을 틀어막고는 그 속에서 깔깔댄다.

별로 우스울 것도 없는데 날씨가 풀리더니 이놈의 계집애가 미쳤나 하고 의심하였다. 게다가 조금 뒤에는 제 집께를 할금할금 돌아보더니 행주치마의 속으로 껴던 바른손을 뽑아서 나의 턱밑으로 불쑥 내미는 것이다. 언제 구웠는지 아직도 더운 김이 확 끼치는 굵은 감자 세 개가 손에 뿌듯이 쥐였다.

"느 집엔 이거 없지?"

하고 생색 있는 큰소리를 하고는 제가 준 것을 남이 알면은 큰일날 테니 여기서 얼른 먹어버리란다. 그리고 또 하는 소리가

"너 봄감자가 맛있단다."

"난 감자 안 먹는다, 너나 먹어라."

나는 고개도 돌리려지 않고 일하던 손으로 그 감자를 도로 어깨너머로 쑥 밀어 버렸다. 그랬더니 그래도 가는 기색이 없고 뿐만 아니라 쌔근쌔근 하고 심상치 않게 숨소리가 점점 거칠어진다. 이건 또 뭐야, 싶어서 그때서야 비로소 돌아다보니 나는 참으로 놀랐다. 우리가 이 동리에 들어온 것은 근 삼 년째 되어 오지만 여태껏 가무잡잡한 점순이의 얼굴이 이렇게까지 홍당무처럼 새빨개진 법이 없었다. 게다 눈에 독을 올리고 한참 나를 요렇게 쏘아보더니 나중에는 눈물까지 어리는 것이 아니냐. 그리고 바구니를 다시 집어 들더니 이를 꼭 악물고는 엎어질 듯 자빠질 듯 논둑으로 휭허케 달아나는 것이다.

어쩌다 동리 어른이,

"너 얼른 시집가야지?"

하고 웃으면,

"염려 마서유. 갈 때 되면 어련히 갈라구!"

이렇게 천연덕스레 받는 점순이었다. 본시 부끄럼을 타는 계집애도 아니려니와 또한 분하다고 눈에 눈물을 보일 얼병이도 아니다. 분하면 차라리 나의 등허리를 바구니로 한번 모질게 후려쌔리고 달아날지언정.

그런데 고약한 그 꼴을 하고 가더니 그 뒤로는 나를 보면 잡아먹으려고 기를 복복 쓰는 것이다.

설혹 주는 감자를 안 받아먹은 것이 실례라 하면, 주면 그냥 주었지 '느 집엔 이거 없지'는 다 뭐냐. 그러잖아도 저희는 마름이고 우리는 그 손에서 배재를 얻어 땅을 부치므로 일상 굽실거린다. 우리가 이 마을에 처음 들어와 집이 없어서 곤란으로 지낼 제 집터를 빌리고 그 위에 집을 또 짓도록 마련해 준 것도 점순네의 호의였다. 그리고 우리 어머니 아버지도 농사 때 양식이 달리면 점순네한테 가서 부지런히 꾸어다 먹으면서 인품 그런 집은 다시없으리라고 침이 마르도록 칭찬하곤 하는 것이다. 그러면서도 열일곱씩이나 된 것들이 수군수군하고 붙어다니면 동리의 소문이 사납다고 주의를 시켜 준 것도 또 어머니였다. 왜냐하면 내가 점순이하고 일을 저질렀다가는 점순네가 노할 것이고, 그러면 우리는 땅도 떨어지고 집도 내쫓기고 하지 않으면 안 되는 까닭이었다.

그런데 이놈의 계집애가 까닭 없이 기를 복복 쓰며 나를 말려죽이려고 드는 것이다.

눈물을 흘리고 간 담날 저녁 나절이었다. 나무를 한짐 잔뜩 지고 산을 내려오려니까 어디서 닭이 죽는 소리를 친다. 이거 뉘 집에서 닭을 잡나, 하고 점순네 울 뒤로 돌아오다가 나는 고만 두 눈이 뚱그래졌다. 점순이가 저희 집 봉당에 홀로 걸터앉았는데 이게 치마 앞에다 우리 씨암탉을 꼭 붙들어 놓고는,

"이놈의 닭! 죽어라, 죽어라."

요렇게 암팡스레 패주는 것이 아닌가. 그것도 대가리나 치면 모른다마는 아주 알도 못 낳으라고 그 볼기짝께를 주먹으로 콕콕 쥐어박는 것이다.

나는 눈에 쌍심지가 오르고 사지가 부르르 떨렸으나 사방을 한번 휘돌아보고야 그

제서 점순이 집에 아무도 없음을 알았다. 잡은 참 지게 막대기를 들어 울타리의 중턱을 후려치며,

"이놈의 계집애! 남의 닭 알 못 낳으라구 그러니?"

하고 소리를 빽 질렀다.

그러나 점순이는 조금도 놀라는 기색이 없고 그대로 의젓이 앉아서 제 닭 가지고 하듯이 또 죽어라, 죽어라, 하고 패는 것이다. 이걸 보면 내가 산에서 내려올 때를 겨냥해 가지고 미리부터 닭을 잡아 가지고 있다가 너 보란 듯이 내 앞에 쥐지르고 있음이 확실하다. 그러나 나는 그렇다고 남의 집에 뛰어들어가 계집애하고 싸울 수도 없는 노릇이고 형편이 썩 불리함을 알았다. 그래 닭이 맞을 적마다 지게 막대기로 울타리나 후려칠 수밖에 별도리가 없다. 왜냐하면 울타리를 치면 칠수록 울섶이 물러앉으며 뼈대만 남기 때문이다. 하나 아무리 생각하여도 나만 밑지는 노릇이다.

"야, 이년아! 남의 닭 아주 죽일 터이냐?"

내가 도끼눈을 뜨고 다시 꽥 호령을 하니까 그제야 울타리께로 쪼르르 오더니 울 밖에 섰는 나의 머리를 겨누고 닭을 내팽개친다.

"에이, 더럽다! 더럽다!"

"더러운 걸 널더러 입때 끼고 있으랬니? 망할 계집애년 같으니!"

하고 나도 더럽단 듯이 울타리께를 힝하니 돌아 내리며 약이 오를 대로 다 올랐다. 라고 하는 것은 암탉이 풍기는 서슬에 나의 이마빼기에다 물찌똥을 찍 갈겼는데 그걸 본다면 알집만 터졌을 뿐 아니라 골병은 단단히 든 듯싶다.

그리고 나의 등뒤를 향하여 나에게만 들릴 듯 말 듯한 음성으로,

"이 바보 녀석아!"

"얘! 너 배냇병신이지?"

그만도 좋으련만,

"얘! 너 느 아버지가 고자라지?"

"뭐? 울 아버지가 그래 고자야?"

할 양으로 열벙거지가 나서 고개를 홱 돌리어 바라봤더니 그때까지 울타리 위로 나와 있어야 할 점순이의 대가리가 어디 갔는지 보이지를 않는다. 그러다 돌아서서 오자면 아까에 한 욕을 울 밖으로 또 퍼붓는 것이다. 욕을 이토록 먹어 가면서도 대거

리 한마디 못 하는걸 생각하니 돌부리에 채어 발톱 밑이 터지는 것도 모를 만치 분하고 급기야는 두 눈에 눈물까지 불끈 내솟는다.

그러나 점순이의 침해는 이것뿐이 아니다.

사람들이 없으면 틈틈이 제 집 수탉을 몰고 와서 우리 수탉과 쌈을 붙여 놓는다. 제 집 수탉은 썩 험상궂게 생기고 쌈이라면 홰를 치는 고로 으레 이길 것을 알기 때문이다. 그래서 툭하면 우리 수탉이 면두며 눈깔이 피로 흐드르하게 되도록 해놓는다. 어떤 때에는 우리 수탉이 나오지를 않으니까 요놈의 계집애가 모이를 쥐고 와서 꾀어 내다가 쌈을 붙인다.

이렇게 되면 나도 다른 배차를 차리지 않을 수 없다. 하루는 우리 수탉을 붙들어 가지고 넌지시 장독께로 갔다. 쌈닭에게 고추장을 먹이면 병든 황소가 살모사를 먹고 용을 쓰는 것처럼 기운이 뻗친다 한다. 장독에서 고추장 한 접시를 떠서 닭 주둥아리께로 들이밀고 먹여 보았다. 닭도 고추장에 맛을 들였는지 거스르지 않고 거진 반 접시 턱이나 곧잘 먹는다.

그리고 먹고 금세는 용을 못 쓸 터이므로 얼마쯤 기운이 들도록 홰 속에다 가두어 두었다.

밭에 두엄을 두어 짐 져내고 나서 쉴 참에 그 닭을 안고 밖으로 나왔다. 마침 밖에는 아무도 없고 점순이만 저희 울안에서 헌옷을 뜯는지 혹은 솜을 터는지 웅크리고 앉아서 일을 할 뿐이다.

나는 점순네 수탉이 노는 밭으로 가서 닭을 내려놓고 가만히 맥을 보았다. 두 닭은 여전히 얼리어 쌈을 하는데 처음에는 아무 보람이 없다. 멋지게 쪼는 바람에 우리 닭은 또 피를 흘리고 그러면서도 날갯죽지만 푸드득푸드득 하고 올라 뛰고 뛰고 할 뿐으로 제법 한번 쪼아보도 못 한다.

그러나 한번은 어쩐 일인지 용을 쓰고 펄쩍 뛰더니 발톱으로 눈을 하비고 내려오며 면두를 쪼았다. 큰 닭도 여기에는 놀랐는지 뒤로 멈씰하며 물러난다. 이 기회를 타서 작은 우리 수탉이 또 날쌔게 덤벼들어 다시 면두를 쪼니 그제는 감때사나운 그 대강이에서도 피가 흐르지 않을 수 없었다.

옳다 알았다, 고추장만 먹이면은 되는구나, 하고 나는 속으로 아주 쟁그라워 죽겠다. 그때에는 뜻밖에 내가 닭쌈을 붙여 놓는 데 놀라서 울 밖으로 내다보고 섰던 점순이도 입맛이 쓴지 눈살을 찌푸렸다.

나는 두 손으로 볼기짝을 두드리며 연방,

"잘한다! 잘한다!"

하고 신이 머리끝까지 뻗치었다.

그러나 얼마되지 않아서 나는 넋이 풀리어 기둥같이 묵묵히 서 있게 되었다. 왜냐하면 큰닭이 한번 쪼인 앙갚음으로 호들갑스레 연거푸 쪼는 서슬에 우리 수탉은 찔끔 못 하고 막곯는다. 이걸 보고서 이번에는 점순이가 깔깔거리고 되도록 이쪽에서 많이 들으라고 웃는것이다.

나는 보다못하여 덤벼들어서 우리 수탉을 붙들어 가지고 도로 집으로 들어왔다. 고추장을 좀더 먹였더라면 좋았을 걸 너무 급하게 쌈을 붙인 것이 퍽 후회가 난다. 장독께로 돌아와서 다시 턱밑에 고추장을 들이댔다. 흥분으로 말미암아 그런지 당최 먹질 않는다.

나는 하릴없이 닭을 반듯이 누이고 그 입에다 궐련 물부리를 물리었다. 그리고 고추장 물을 타서 그 구멍으로 조금씩 들이부었다. 닭은 좀 괴로운지 킥킥 하고 재채기를 하는 모양이나 그러나 당장의 괴로움은 매일같이 피를 흘리는 데 댈게 아니라 생각하였다.

그러나 한 두어 종지 가량 고추장 물을 먹이고 나서는 나는 그만 풀이 죽었다. 싱싱하던 닭이 왜 그런지 고개를 살며시 뒤틀고는 손아귀에서 뻐드러지는 것이 아닌가. 아버지가 볼까 봐서 얼른 홰에다 감추어 두었더니 오늘 아침에서야 겨우 정신이 든 모양 같다.

그랬던 걸 이렇게 오다 보니까 또 쌈을 붙여 놓으니 이 망할 계집애가 필연 우리집에 아무도 없는 틈을 타서 제가 들어와 홰에서 꺼내 가지고 나간 것이 분명하다.

나는 다시 닭을 잡아다 가두고 염려는 스러우나 그렇다고 산으로 나무를 하러 가지 않을 수도 없는 형편이었다.

소나무 삭정이를 따며 가만히 생각해 보니 암만해도 고년의 목쟁이를 돌려놓고 싶다. 이번에 내려가면 망할년 등줄기를 한번 되게 후려치겠다하고 싱둥겅둥 나무를 지고는 부리나케 내려왔다.

거지반 집에 다 내려와서 나는 호드기 소리를 듣고 발이 딱 멈추었다. 산기슭에 널려 있는 굵은 바윗돌 틈에 노란 동백꽃이 소보록하니 깔리었다. 그 틈에 끼어 앉아서 점순이가 청승맞게시리 호드기를 불고 있는 것이다. 그보다도 더 놀란 것은 그 앞에서 또 푸드득푸드득 하고 들리는 닭의 횃소리다. 필연코 요년이 나의 약을 올리느라고 또 닭을 집어 내다가 내가 내려올 길목에다 쌈을 시켜 놓고 저는 그 앞에 앉아서 천연스레 호드기를 불고 있음에 틀림없으리라.

나는 약이 오를 대로 다 올라서 두 눈에서 불과 함께 눈물이 퍽 쏟아졌다. 나무 지게도 벗어 놀 새 없이 그대로 내동댕이치고는 지게 막대기를 뻗치고 허둥지둥 달려들었다.

가까이 와보니 과연 나의 짐작대로 우리 수탉이 피를 흘리고 거의 빈사 지경에 이르렀다.

닭도 닭이려니와 그러함에도 불구하고 눈 하나 깜짝 없이 고대로 앉아서 호드기만 부는 그꼴에 더욱 치가 떨린다. 동리에서도 소문이 났거니와 나도 한때는 걱실걱실히 일 잘하고 얼굴 예쁜 계집애인 줄 알았더니 시방 보니까 그 눈깔이 꼭 여우새끼 같다.

나는 대뜸 달려들어서 나도 모르는 사이에 큰 수탉을 단매로 때려 엎었다. 닭은 푹 엎어진채 다리 하나 꼼짝 못 하고 그대로 죽어 버렸다. 그리고 나는 멍하니 섰다가 점순이가 매섭게 눈을 홉뜨고 닥치는 바람에 뒤로 벌렁 나자빠졌다.

"이놈아! 너 왜 남의 닭을 때려죽이니?"

"그럼 어때?"

하고 일어나다가,

"뭐 이 자식아! 누집 닭인데?"

하고 복장을 떼미는 바람에 다시 벌렁 자빠졌다. 그리고 나서 가만히 생각하니 분하기도하고 무안도스럽고 또 한편 일을 저질렀으니 인젠 땅이 떨어지고 집도 내쫓기고 해야 될는지 모른다.

나는 비슬비슬 일어나며 소맷자락으로 눈을 가리고는 얼김에 엉 하고 울음을 놓았다. 그러다 점순이가 앞으로 다가와서,

"그럼, 너 이 담부턴 안 그럴 테냐?"

하고 물을 때에야 비로소 살 길을 찾은 듯싶었다. 나는 눈물을 우선 씻고 뭘 안 그

러는지 명색도 모르건만,

"그래!"

하고 무턱대고 대답하였다.

"요 담부터 또 그래 봐라, 내 자꾸 못살게 굴 테니."

"그래 그래, 인젠 안 그럴 테야."

"닭 죽은 건 염려 마라. 내 안 이를 테니."

그리고 뭣에 떠다 밀렸는지 나의 어깨를 짚은 채 그대로 퍽 쓰러진다. 그 바람에 나의 몸뚱이도 겹쳐서 쓰러지며 한창 피어 퍼드러진 노란 동백꽃 속으로 폭 파묻혀 버렸다.

알싸한 그리고 향긋한 그 냄새에 나는 땅이 꺼지는 듯이 온 정신이 고만 아찔하였다.

"너 말 마라?"

"그래!"

조금 있더니 요 아래서,

"점순아! 점순아! 이년이 바느질을 하다 말구 어딜 갔어?"

하고 어딜 갔다 온 듯싶은 그 어머니가 역정이 대단히 났다.

점순이가 겁을 잔뜩 집어먹고 꽃 밑을 살금살금 기어서 산 아래로 내려간 다음 나는 바위를 끼고 엉금엉금 기어서 산 위로 치빼지 않을 수 없었다.

봄봄

"장인님! 인젠 저……."

내가 이렇게 뒤통수를 긁고, 나이가 찼으니 성례를 시켜 줘야 하지 않겠느냐고 하면 대답이 늘,

"이 자식아! 성례구 뭐구 미처 자라야지!"

하고 만다.

이 자라야 한다는 것은 내가 아니라 장차 내 아내가 될 점순이의 키 말이다.

내가 여기에 와서 돈 한푼 안 받고 일하기를 삼 년 하고 꼬박이 일곱 달 동안을 했다. 그런데도 미처 못 자랐다니까 이 키는 언제야 자라는 겐지 짜장 영문 모른다. 일을 좀더 잘해야 한다든지 혹은 밥을 (많이 먹는다고 노상 걱정이니까) 좀 덜 먹어야 한다든지 하면 나도 얼마든지 할 말이 많다. 하지만 점순이가 아직 어리니까 더 자라야 한다는 여기에는 어째 볼 수 없이 그만 벙벙하고 만다.

이래서 나는 애최 계약이 잘못된 걸 알았다. 이태면 이태, 삼 년이면 삼 년, 기한을 딱 작정하고 일을 했어야 원할 것이다. 덮어놓고 딸이 자라는 대로 성례를 시켜 주마, 했으니 누가 늘 지키고 섰는 것도 아니고 그 키가 언제 자라는지 알 수 있는가. 그리고 난 사람의 키가 무럭무럭 자라는 줄만 알았지 붙박이 키에 모로만 벌어지는 몸도 있는 것을 누가 알았으랴. 때가 되면 장인님이 어련하랴 싶어서 군소리 없이 꾸벅꾸벅 일만 해왔다. 그럼 말이다, 장인님이 제가 다 알아차려서,

"어 참 너 일 많이 했다. 고만 장가들어라."

하고 살림도 내주고 해야 나도 좋을 것이 아니냐. 시치미를 딱 떼고 도리어 그런

소리가 나올까 봐서 지레 펄펄 뛰고 이 야단이다. 명색이 좋아 데릴사위지 일하기에 싱겁기도 할 뿐 더러 이건 참 아무것도 아니다.

숙맥이 그걸 모르고 점순이의 키 자라기만 까맣게 기다리지 않았나.

언젠가는 하도 갑갑해서 자를 가지고 덤벼들어서 그 키를 한번 재볼까 했다마는, 우리는 장인님이 내외를 해야 한다고 해서 마주 서 이야기도 한마디 하는 법 없다. 우물길에서 언제나 마주칠 적이면 겨우 눈어림으로 재보고 하는 것인데 그럴 적마다 나는 저만큼 가서,

"제—미 키두!"

하고 논둑에다 침을 퉤, 뱉는다. 아무리 잘 봐야 내 겨드랑(다른 사람보다 좀 크긴 하지만)밑에서 넘을락말락 밤낮 요 모양이다. 개돼지는 푹푹 크는데 왜 이리도 사람은 안 크는지, 한동안 머리가 아프도록 궁리도 해보았다. 아하, 물동이를 자꾸이니까 뼈다귀가 움츠러드나 보다, 하고 내가 넌짓넌짓이 그 물을 대신 길어도 주었다. 뿐만 아니라 나무를 하러 가면 서낭당에 돌을 올려놓고,

"점순이의 키좀 크게 해줍소사. 그러면 담엔 떡 갖다 놓고 고사드립죠니까."

하고 치성도 한두 번 드린 것이 아니다. 어떻게 돼먹은 킨지 이래도 막무가내니…… 그래 내 어저께 싸운 것이지 결코 장인님이 밉다든가 해서가 아니다.

모를 붓다가 가만히 생각을 해보니까 또 싱겁다. 이 벼가 자라서 점순이가 먹고 좀 큰다면 모르지만 그렇지도 못한 걸 내 심어서 뭘 하는 거냐. 해마다 앞으로 축 불거지는 장인님의 아랫배(가 너무 먹은 걸 모르고 냇병이라나, 그 배)를 불리기 위하여 심곤 조금도 싫지 않다.

"아이구 배야!"

난 물 붓다 말고 배를 쓰다듬으면서 그대로 논둑으로 기어올랐다. 그리고 겨드랑에 꼈던 벼 담긴 키를 그냥 땅바닥에 털썩, 떨어치며 나도 털썩 주저앉았다. 일이 암만 바빠도 나 배 아프면 고만이니까. 아픈 사람이 누가 일을 하느냐. 파릇파릇 돋아오른 풀 한 숲을 뜯어 들고 다리의 거머리를 쓱쓱 문대며 장인님의 얼굴을 쳐다보았다.

가운데서 장인님이 이상한 눈을 해가지고 한참을 날 노려보더니,

"너 이 자식, 왜 또 이래 응?"

"배가 좀 아파서유!"

하고 풀 위에 슬며시 쓰러지니까 장인님은 약이 올랐다. 저도 논에서 철벙철벙 둑으로 올라오더니 잡은 참 내 멱살을 움켜잡고 뺨을 치는 것이 아닌가.

"이 자식아, 일허다 말면 누굴 망해 놀 속셈이냐, 이 대가릴 까놀 자식?"

우리 장인님은 약이 오르면 이렇게 손버릇이 아주 못됐다. 또 사위에게 이자식 저자식 하는 이놈의 장인님은 어디 있느냐. 오죽해야 우리 동리에서 누굴 물론하고 그에게 욕을 안먹는 사람은 명이 짜르다 한다. 조그만 아이들까지도 그를 돌아세 놓고 욕필이(본 이름이 봉필이니까), 욕필이, 하고 손가락질을 할 만치 두루 인심을 잃었다. 하나 인심을 정말 잃었다면 욕보다 읍의 배참봉 댁 마름으로 더 잃었다. 번이 마름이란 욕 잘 하고 사람 잘 치고 그리고 생김 생기길 호박개 같아야 쓰는 거지만 장인님은 외양에 똑 됐다. 장인께 닭 마리나 좀 보내지 않는다든가 애벌논 때 품을 좀 안 준다든가 하면 그해 가을에는 영락없이 땅이 뚝뚝 떨어진다. 그러면 미리부터 돈도 먹고 술도 먹이고 안달재신으로 돌아치던 놈이 그 땅을 슬쩍 돌아앉는다. 이 바람에 장인님 집 외양간에는 눈깔 커다란 황소 한 놈이 절로 엉금엉금 기어들고, 동리 사람들은 그 욕을 다 먹어 가면서도 그래도 굽신굽신하는 게 아닌가---- 그러나 내겐 장인님이 감히 큰소리할 계제가 못 된다. 뒷생각은 못 하고 뺨 한개를 딱 때려 놓고는 장인님은 무색해서 덤덤히 쓴 침만 삼킨다. 난 그 속을 펀 잘 안다. 조금 있으면 갈도 꺾어야 하고 모도 내야하고, 한창 바쁜 때인데 나 일 안 하고 우리집으로 그냥 가면 고만이니까. 작년 이맘때도 트집을 좀 하니까 늦잠 잔다고 돌멩이를 집어던져서 자는 놈의 발목을 삐게 해놨다. 사날씩이나 건숭 끙, 끙, 앓았더니 종당에는 거반 울상이 되지 않았는가.

"얘, 그만 일어나 일 좀 해라. 그래야 올 갈에 벼 잘 되면 너 장가들지 않니."

그래 귀가 번쩍 띄어서 그날로 일어나서 남이 이틀 품 들일 논을 혼자 삶아 놓으니까 장인님도 눈깔이 커다랗게 놀랐다. 그럼 정말로 가을에 와서 혼인을 시켜 줘야 원 경우가 옳지 않겠나. 볏섬을 척척 들여 쌓아도 다른 소리는 없고 물동이를 이고 들어오는 점순이를 담배통으로 가리키며,

"이 자식아 미처 커야지. 조걸 무슨 혼인을 한다고 그러니 원!"

하고 남 낯짝만 붉게 해주고 고만이다. 골김에 그저 이놈의 장인님, 하고 댓돌에다 메꽂 우리 고향으로 내뺄까 하다가 꾹꾹 참고 말았다.

참말이지 난 이 꼴 하고는 집으로 차마 못 간다. 장가를 들러 갔다가 오죽 못났어야 그대로 쫓겨 왔느냐고 손가락질을 받을 테니까…….

논둑에서 벌떡 일어나 한풀 죽은 장인님 앞으로 다가서며,

"난 갈 테아유, 그 동안 사경 쳐내슈."

"너 사위로 왔지 어디 머슴 살러 왔니?"

"그러면 얼찐 성례를 해줘야 안 하지유. 밤낮 부려만 먹구 해준다 해준다……."

"글쎄 내가 안 하는 거냐? 그년이 안 크니까……."

하고 어름어름 담배만 담으면서 늘 하는 소리를 또 늘어놓는다.

이렇게 따져 나가면 언제든지 늘 나만 밑지고 만다. 이번엔 안 된다 하고 대뜸 구장님한테로 판단 가자고 소맷자락을 내끌었다.

"아 이 자식아, 왜 이래 어른을."

안 간다고 뻗디디고 이렇게 호령은 제 맘대로 하지만 장인님 제가 내 기운은 못 당한다. 막 부려먹고 딸은 안 주고 게다 땅땅 치는 건 다 뭐야…….

그러나 내 사실 참 장인님이 미워서 그런 것은 아니다.

그 전날 왜 내가 새고개 맞은 봉우리 화전밭을 혼자 갈고 있지 않았느냐. 밭 가생이로 돌적마다 야릇한 꽃내가 물컥물컥 코를 찌르고 머리 위에서 벌들은 가끔 붕, 붕, 소리를 친다. 바위 틈에서 샘물 소리밖에 안 들리는 산골짜기니까 맑은 하늘의 봄볕은 이불 속같이 따스하고 꼭 꿈꾸는 것 같다. 나는 몸이 나른하고(몸살을 아직 모르지만) 병이 나려고 그러는지 가슴이 울렁울렁하고 이랬다.

"이러이! 말이! 맘 마 마……."

이렇게 노래를 하며 소를 부리면 여느 때 같으면 어깨가 으쓱으쓱한다. 웬일인지 밭 반도 갈지 않아서 온몸의 맥이 풀리고 대고 짜증만 난다. 공연히 소만 들입다 두들기며,

"안야! 안야! 이 망할자식의 소(장인님의 소니까) 대리를 꺾어 줄라."

그러나 내 속은 정말 안야 때문이 아니라 점심을 이고 온 점순이의 키를 보고 울화가 났던 것이다.

점순이는 뭐 그리 썩 예쁜 계집애는 못 된다. 그렇다구 개떡이냐 하면 그런 것도 아니고, 꼭 내 아내가 돼야 할 만치 그저 툽툽하게 생긴 얼굴이다. 나보다 십 년이

아래니까 올해 열여섯인데 몸은 남보다 두 살이나 덜 자랐다. 남은 잘도 훤칠히들 크건만 이건 위아래가 몽톡한 것이 내 눈에는 헐없이 감참외 같다. 참외 중에는 감참외가 제일 맛 좋고 예쁘니까 말이다. 둥글고 커단 눈은 서글서글하니 좋고 좀 지쳐 찢어졌지만 입은 밥술이나 톡톡히 먹음직하니 좋다. 아따 밥만 많이 먹게 되면 팔자는 고만 아니냐. 한데 한 가지 파가 있다면 가끔가다 몸이(장인님은 이걸 채신이 없이 들까분다고 하지만) 너무 빨리빨리 논다. 그래서 밥을 나르다가 때없이 풀밭에서 깻박을 쳐서 흙투성이 밥을 곧잘 먹인다. 안 먹으면 무안해할까 봐서 이걸 씹고 앉았노라면 으적으적 소리만 나고 돌을 먹는 겐지 밥을 먹는겐지…….

그러나 이날은 웬일인지 성한 밥채로 밭머리에 곱게 내려놓았다. 그리고 또 내외를 해야 하니까 저만큼 떨어져 이쪽으로 등을 향하고 웅크리고 앉아서 그릇 나기를 기다린다. 내가 다 먹고 물러섰을 때 그릇을 와서 챙기는데, 그런데 난 깜짝 놀라지 않았느냐. 고개를 푹 숙이고 밥함지에 그릇을 포개면서 날더러 들으라는지 혹은 제 소린지,

"밤낮 일만 하다 말 텐가!"

하고 혼자 쫑알거린다. 고대 잘 내외하다가 이게 무슨 소린가, 하고 난 정신이 얼떨떨했다.

그러면서도 한편 무슨 좋은 수가 있는가 싶어서 나도 공중을 대고 혼자말로,

"그럼 어떡해?"

하니까,

"성례시켜 달라지 뭘 어떡해……."

하고 되알지게 쏘아붙이고 얼굴이 발개져서 산으로 그저 도망질을 친다.

나는 잠시 동안 어떻게 되는 셈판인지 맥을 몰라서 그 뒷모양만 덤덤히 바라보았다.

봄이 되면 온갖 초목이 물이 오르고 싹이 트고 한다. 사람도 아마 그런가 보다, 하고 며칠내에 부쩍(속으로) 자란 듯싶은 점순이가 여간 반가운 것이 아니다.

이런 걸 멀쩡하게 안직 어리다구 하니까…….

우리가 구장님을 찾아갔을 때 그는 싸리문 밖에 있는 돼지우리에서 죽을 퍼주고 있었다.

서울엘 좀 갔다 오더니 사람은 점잖아야 한다고 웃쉼이(얼른 보면 지붕 위에 앉은 제비 꼬랑지 같다) 양쪽으로 뾰족이 뻗치고 그걸 에헴, 하고 늘 쓰다듬는 손버릇이 있다. 우리를 멀뚱히 쳐다보고 미리 알아챘는지,

"왜 일들 허다 말구 그래?"

하더니 손을 올려서 그 에헴을 한번 후딱 했다.

"구장님! 우리 장인님과 츰에 계약하기를……."

먼저 덤비는 장인님을 뒤로 떠다밀고 내가 허둥지둥 달려들다가 가만히 생각하고,

"아니 우리 빙장님과 츰에."하고 첫번부터 다시 말을 고쳤다. 장인님은 빙장님 해야 좋아하고 밖에 나와서 장인님 하면 괜스레 골을 내려 든다. 뱀두 뱀이래야 좋으냐구 창피스러우니 남 듣는 데는 제발 빙장님, 빙모님, 하라구 일상 당조짐을 받아 오면서 난 그것도 자꾸 잊는다. 당장도 장인님 하다 옆에서 내 발등을 꾹 밟고 곁눈질을 흘기는 바람에야 겨우 알았지만……. 구장님도 내 이야기를 자세히 듣더니 퍽 딱한 모양이었다. 하기야 구장님뿐만 아니라 누구든지 다 그럴 게다. 길게 길러 둔 새끼손톱으로 코를 후벼서 저리 탁 튀기며,

"그럼 봉필 씨! 얼른 성례를 시켜 주구려, 그렇게까지 제가 하구 싶다는 걸……."

하고 내 짐작대로 말했다. 그러나 이 말에 장인님은 삿대질로 눈을 부라리고,

"아 성례구 뭐구 계집애년이 미처 자라야 할 게 아닌가?"

하니까 고만 멀쑤룩해서 입맛만 쩍쩍 다실 뿐이 아닌가.

"그것두 그래!"

"그래, 거진 사 년 동안에도 안 자랐다니 그 킨 은제 자라지유? 다 그만두구 사경 내슈……."

"글쎄, 이 자식아! 내가 크질 말라구 그랬니, 왜 날 보구 떼냐?"

"빙모님은 참새만한 것이 그럼 어떻게 앨 낳지유?(사실 장모님은 점순이보다도 귀때기 하나가 작다.)"

장인님은 이 말을 듣고 껄껄 웃더니(그러나 암만해두 돌 씹은 상이다) 코를 푸는 척하고 날 은근히 곯리려고 팔꿈치로 옆 갈비께를 퍽 치는 것이다. 더럽다. 나도 종아리의 파리를 쫓는 척하고 허리를 구부리며 그 궁둥이를 콱 떼밀었다. 장인님은 앞으로 우찔근하고 싸리문께로 쓰러질 듯하다 몸을 바로 고치더니 눈총을 몹시 쏘았다. 이런

상년의 자식! 하곤 싶으나 남의 앞이라서 차마 못 하고 섰는 그 꼴이 보기에 퍽 쟁그라웠다. 그러나 이 밖에는 별반 신통한 귀정을 얻지 못하고 도로 논으로 돌아와서 모를 부었다. 왜냐면 장인님이 뭐라고 귓속말로 수군수군하고 간 뒤다. 구장님이 날 위해서 조용히 데리고 아래와 같이 일러주었기 때문이다. (뭉태의 말은 구장님이 장인님에게 땅 두 마지기 얻어 부치니까 그래 꾀었다고 하지만 난 그렇게 생각 않는다.)

"자네 말두 하기야 옳지, 암 나이찼으니까 아들이 급하다는 게 잘못된 말은 아니야. 허지만 농사가 한창 바쁜 때 일을 안 한다든가 집으로 달아난다든가 하면 손해죄루 그것두 징역을 가거든! (여기에 그만 정신이 번쩍 났다.) 왜 요전에 삼포말서 산에 불 좀 놓았다구 징역 간거 못 봤나? 제 산에 불을 놓아도 징역을 가는 이땐데 남의 농사를 버려 주니 죄가 얼마나 더 중한가. 그리고 자넨 정장을(사경 받으러 정장 가겠다 했다) 간대지만 그러면 괜시리 죄를 들쓰고 들어가는 걸세. 또 결혼두 그렇지, 법률에 성년이란 게 있는데 스물하나가 돼야 비로소 결혼을 할 수 있는 걸세. 자넨 물론 아들이 늦을 걸 염려하지만 점순이루 말하면 이제 겨우 열여섯이 아닌가. 그렇지만 아까 빙장님의 말씀이 올 갈에는 열일을 제치고라두 성례를 시켜 주겠다 하니 좀 고마울 겐가. 빨리 가서 모 붓던 거나 마저 붓게, 군소리 말구 어서 가."

그래서 오늘 아침까지 끽소리 없이 왔다.

장인님과 내가 싸운 것은 지금 생각하면 뜻밖의 일이라 안 할 수 없다. 장인님으로 말하면 요즈막 작인들에게 행세를 좀 하고 싶다고 해서 '돈 있으면 양반이지 별게 있느냐!' 하고 일부러 아랫배를 툭 내밀고 걸음도 뒤틀리게 걷고 하는 이 판이다. 이까짓 나쯤 두들기다 남의 땅을 가지고 모처럼 닦아 놓았던 가문을 망친다든지 할 어른이 아니다. 또 나로 논지면 아무쪼록 잘 뵈서 점순이에게 얼른 장가를 들어야 하지 않느냐.

이렇게 말하자면 결국 어젯밤 뭉태네 집에 마슬 간 것이 썩 나빴다. 낮에 구장님 앞에서 장 인님과 내가 싸운 것을 어떻게 알았는지 대고 빈정거리는 것이 아닌가.

"그래 맞구두 그걸 가만둬?"

"그럼 어떡하니?"

"임마 봉필일 모판에다 거꾸루 박아 놓지 뭘 어떡해?"

하고 괜히 내 대신 화를 내가지고 주먹질을 하다 등잔까지 쳤다. 놈이 본시 괄괄은

하지만 그래 놓고 날더러 석윷값을 물라고 막 지다위를 붙는다. 난 어안이 벙벙해서 잠자코 앉았으니까 저만 연방 지껄이는 소리가,

"밤낮 일만 해주구 있을 테냐?"

"영득이는 일 년을 살구도 장갈 들었는데 난 사 년이나 살구두 더 살아야 해."

"네가 세 번째 사윈 줄이나 아니? 세 번째 사위."

"남의 일이라두 분하다 이 자식아, 우물에 가 빠져 죽어."

나중에는 겨우 손톱으로 목을 따라고까지 하고 제 아들같이 함부로 훅닥이었다. 별의별 소리를 다 해서 그대로 옮길 수는 없으나 그 줄거리는 이렇다.

우리 장인님이 딸이 셋이 있는데 맏딸은 재작년 가을에 시집을 갔다. 정말은 시집을 간 것이 아니라 그 딸도 데릴사위를 해가지고 있다가 내보냈다. 그런데 딸이 열살 때부터 열 아홉, 즉 십 년 동안에 데릴사위를 갈아 들이기를, 동리에선 사위 부자라고 이름이 났지마는 열 놈이란 참 너무 많다. 장인님이 아들은 없고 딸만 있는 고로 그 담 딸을 데릴사위를 해 올 때까지는 부려먹지 않으면 안 된다. 물론 머슴을 두면 좋지만 그건 돈이 드니까, 일 잘하는 놈을 고르느라고 연방 바꿔 들였다. 또 한편 놈들이 욕만 줄창 퍼붓고 심히도 부려먹으니까 뱀이 상해서 달아나기도 했겠지. 점순이는 둘째딸인데 내가 일테면 그 세 번째 데릴사위로 들어온 셈이다. 내 담으로 네 번째 놈이 들어올 것을 내가 일도 참 잘하고 그리고 사람이 좀 어수룩하니까 장인님이 잔뜩 붙들고 놓질 않는다. 셋째딸이 인제 여섯 살, 적어 두 열 살은 돼야 데릴사위를 할 테므로 그 동안은 죽도록 부려먹어야 된다. 그러니 인제는 속 좀 차리고 장가를 들여 달라구 떼를 쓰고 나자빠져라, 이것이다.

나는 건성으로 엉, 엉, 하며 귓등으로 들었다. 뭉태는 땅을 얻어 부치다가 떨어진 뒤로는 장인님만 보면 공연히 못 먹어서 으릉거린다. 그것도 장인님이 저 달라고 할 적에 제 집에서 위한다는 그 감투(예전에 원님이 쓰던 것이라나, 옆구리에 뽕뽕 좀먹은 걸레)를 선뜻 주었더라면 그럴 리도 없었던 걸…….

그러나 나는 뭉태란 놈의 말을 전수이 곧이듣지 않았다. 꼭 곧이들었다면 간밤에 와서 장인님과 싸웠지 무사히 있었을 리가 없지 않은가. 그러면 딸에게까지 인심을 잃은 장인님이 혼자 나빴다.

실토이지 나는 점순이가 아침상을 가지고 나올 때까지는 오늘은 또 얼마나 밥을 담

왔나, 하고 이것만 생각했다. 상에는 된장찌개하고 간장 한 종지, 조밥 한 그릇, 그리고 밥보다 더 수부룩하게 담은 산나물이 한 대접, 이렇다. 나물은 점순이가 틈틈이 해 오니까 두 대접이고 네 대접이고 멋대로 먹어도 좋으나 밥은 장인님이 한 사발 외엔 더 주지 말라고 해서 안 된다. 그런데 점순이가 그 상을 내 앞에 내놓으며 제 말로 지껄이는 소리가,

"구장님한테 갔다 그냥 온담 그래!"

하고 엊그제 산에서와 같이 되우 쫑알거린다. 딴은 내가 더 단단히 덤비지 않고 만 것이 좀 어리석었다, 속으로 그랬다. 나도 저쪽 벽을 향하여 외면하면서 내 말로,

"안 된다는 걸 그럼 어떡헌담!"

하니까,

"쉼을 잡아채지 그냥 둬, 이 바보야!"

하고 또 얼굴이 빨개지면서 성을 내며 안으로 샐죽하니 튀들어 가지 않느냐. 이때 아무도 본 사람이 없었게 망정이지 보았다면 내 얼굴이 어미 잃은 황새새끼처럼 가엾다, 했을 것이다.

사실 이때만큼 슬펐던 일이 또 있었는지 모른다. 다른 사람은 암만 못생겼다 해도 괜찮지만 내 아내 될 점순이가 병신으로 본다면 참 신세는 따분하다. 밥을 먹은 뒤 지게를 지고 일터로 가려 하다 도로 벗어 던지고 바깥 마당 공석 위에 드러누워서 나는 차라리 죽느니만 같지 못하다 생각했다.

내가 일 안 하면 장인님 저는 나이가 먹어 못 하고 결국 농사 못 짓고 만다. 뒷짐으로 트림을 꿀꺽, 하고 대문 밖으로 나오다 날 보고서,

"이 자식아! 너 왜 또 이러니?"

"관격이 났어유, 아이구 배야!"

"기껀 밥 처먹고 나서 무슨 관격이야, 남의 농사 버려 주면 이 자식아 징역 간다 봐라!"

"가두 좋아유, 아이구 배야!"

참말 난 일 안 해서 징역 가도 좋다 생각했다. 일후 아들을 낳아도 그 앞에서 바보 바보 이렇게 별명을 들을 테니까 오늘은 열 쪽이 난대도 결정을 내고 싶었다.

장인님이 일어나라고 해도 내가 안 일어나니까 눈에 독이 올라서 저편으로 힝 하게

가더니 지게 막대기를 들고 왔다. 그리고 그걸로 내 허리를 마치 들떠 넘기듯이 쿡 찍어서 넘기고 넘기고 했다. 밥을 잔뜩 먹고 딱딱한 배가 그럴 적마다 퉁겨지면서 밸창이 꼿꼿한 것이 여간 켕기지 않았다. 그래도 안 일어나니까 이번엔 배를 지게 막대기로 위에서 쿡쿡 찌르고 발길로 옆구리를 차고 했다. 장인님은 원체 심청이 굳어서 그렇지만 나도 저만 못하지 않게 배를 채었다. 아픈 것을 눈을 꽉 감고 넌 해라 난 재미단 듯이 있었으나 볼기짝을 후려 갈길 적에는 나도 모르는 결에 벌떡 일어나서 그 수염을 잡아챘다마는 내 골이 난 것이 아니라 정말은 아까부터 부엌 뒤 울타리 구멍으로 점순이가 우리들의 꼴을 몰래 엿보고 있었기 때문이다. 가뜩이나 말 한마디 톡톡히 못 한다고 바보라는데 매까지 잠자코 맞는 걸 보면 짜장 바보로 알 게 아닌가. 또 점순이도 미워하는 이까짓 놈의 장인님 나하곤 아무것도 안 되니까 막 때려도 좋지만 사정 보아서 수염만 채고(제 원대로 했으니까 이때 점순이는 퍽 기뻤겠지) 저기까지 잘 들리도록,

"이걸 까셀라 부다!"

하고 소리를 쳤다.

장인님은 더 약이 바짝 올라서 잡은 참 지게 막대기로 내 어깨를 그냥 내리갈겼다. 정신이다 아찔하다. 다시 고개를 들었을 때 그때엔 나도 온몸에 약이 올랐다. 이 녀석의 장인님을, 하고 눈에서 불이 퍽 나서 그 아래 밭 있는 넝 알로 그대로 떠밀어 굴려 버렸다. 조금 있다가 장인님이 씩, 씩, 하고 한번 해보려고 기어오르는 걸 얼른 또 떠밀어 굴려 버렸다.

기어오르면 굴리고, 굴리면 기어오르고, 이러길 한 너덧 번을 하며 그럴 적마다,

"부려만 먹구 왜 성례 안 하지유!"

나는 이렇게 호령했다. 하지만 장인님이 선뜻, 오냐 낼이라두 성례시켜 주마, 했으면 나도 성가신 걸 그만두었을지 모른다. 나야 이러면 때린 건 아니니까 나중에 장인 쳤다는 누명도 안 들을 터이고 얼마든지 해도 좋다.

한번은 장인님이 헐떡헐떡 기어서 올라오더니 내 바짓가랑이를 요렇게 노리고서 단박 움켜잡고 매달렸다. 악, 소리를 치고 나는 그만 세상이 다 팽그르 도는 것이,

"빙장님! 빙장님! 빙장님!"

"이 자식! 잡아먹어라. 잡아먹어!"

"아! 아! 할아버지! 살려줍쇼, 할아버지!"

하고 두 팔을 허둥지둥 내절 적에는 이마에 진땀이 쭉 내솟고 인젠 참으로 죽나 보다, 했다. 그래도 장인님은 놓질 않더니 내가 기어이 땅바닥에 쓰러져서 거진 까무러치게 되니까 놓는다. 더럽다 더럽다. 이게 장인님인가, 나는 한참을 못 일어나고 쩔쩔맸다. 그러다, 얼굴을 드니(눈에 참 아무것도 보이지 않았다) 사지가 부르르 떨리면서 나도 엉금엉금 기어가 장인님의 바짓가랑이를 꽉 움키고 잡아나꿨다.

내가 머리가 터지도록 매를 얻어맞은 것이 이 때문이다. 그러나 여기가 또한 우리 장인님이 유달리 착한 곳이다. 여느 사람이면 사경을 주어서라도 당장 내쫓았지 터진 머리를 볼솜으로 손수 지져 주고, 호주머니에 희연 한 봉을 넣어 주시고 그리고,

"올 갈엔 꼭 성례를 시켜 주마. 암말 말구 가서 뒷골의 콩밭이나 얼른 갈아라."

하고 등을 뚜덕여 줄 사람이 누구냐.

나는 장인님이 너무나 고마워서 어느덧 눈물까지 났다. 점순이를 남기고 이젠 내쫓기려니,

하다 뜻밖의 말을 듣고,

"빙장님! 인제 다시는 안 그러겠어유."

이렇게 맹세를 하며 부랴사랴 지게를 지고 일터로 갔다.

그러나 이때는 그걸 모르고 장인님을 원수로만 여겨서 잔뜩 잡아당겼다.

"아! 아! 이놈아! 놔라, 놔."

장인님은 헛손질을 하며 솔개미에 챈 닭의 소리를 연해 질렀다. 놓긴 왜, 이왕이면 호되게 혼을 내주리라, 생각하고 짓궂이 더 댕겼다마는 장인님이 땅에 쓰러져서 눈에 눈물이 피잉 도는 것을 알고 좀 겁도 났다.

"할아버지! 놔라, 놔, 놔, 놔놔."

그래도 안 되니까,

"얘 점순아! 점순아!"

이 악장에 안에 있었던 장모님과 점순이가 헐레벌떡하고 단숨에 뛰어나왔다.

나의 생각에 장모님은 제 남편이니까 역성을 할는지도 모른다. 그러나 점순이는 내 편을 들어서 속으로 고소해서 하겠지——-대체 이게 웬 속인지(지금까지도 난 영문을 모른다) 아버질 혼내 주기는 제가 내래 놓고 이제 와서는 달려들며,

“에그머니! 이 망할 게 아버지 죽이네!”

하고 내 귀를 뒤로 잡아당기며 마냥 우는 것이 아니냐. 그만 여기에 기운이 탁 꺾이어 나는 얼빠진 등신이 되고 말았다. 장모님도 덤벼들어 한쪽 귀마저 뒤로 잡아 채면서 또 우는 것이다.

이렇게 꼼짝도 못하게 해놓고 장인님은 지게 막대기를 들어서 사뭇 내려조겼다. 그러나 나는 구태여 피하려지도 않고 암만해도 그 속 알 수 없는 점순이의 얼굴만 멀거니 들여다보았다.

“이 자식! 장인 입에서 할아버지 소리가 나오도록 해?”

조광(1935.12)

땡볕

우람스레 생긴 덕순이는 바른팔로 왼편 소맷자락을 끌어다 콧등의 땀방울을 훑고는 통안 네거리에 와 다리를 딱 멈추었다. 더위에 익어 얼굴이 벌거니 사방을 둘러본다. 중복 허리의 뜨거운 땡볕이라 길 가는 사람은 저편 처마 밑으로만 배앵뱅 돌고 있다. 지면은 번들번들히 달아 자동차가 지날 적마다 숨이 탁 막힐 만치 무더운 먼지를 풍겨 놓는 것이다.

덕순이는 아무리 참아 보아도 자기가 길을 물어 좋을 만치 그렇게 여유 있는 얼굴이 보이지 않음을 알자, 소맷자락으로 또 한번 땀을 훑어본다. 그리고 거북한 표정으로 벙벙히 섰다. 때마침 옆으로 지나는 어린 깍쟁이에게 공손히 손짓을 한다.

"얘! 대학병원을 어디루 가니?"

"이리루 곧장 가세요!"

덕순이는 어린 깍쟁이가 턱으로 가리킨 대로 그 길을 북으로 접어 들며 다시 내걷기 시작한다. 내딛는 한 발짝마다 무거운 지게는 어깨에 배기고 등줄기에서 쏟아져 내리는 진땀에 궁둥이는 쓰라릴 만치 물렀다. 속타는 불김을 입으로 불어 가며 허덕지덕 올라오다 엄지손가락으로 코를 힝 풀어 그 옆 전봇대 허리에 쓱 문댈 때에는 그는 어지간히 가슴이 답답하였다. 당장 지게를 벗어던지고 푸른 그늘에 가 나자빠지고 싶은 생각이 굴뚝 같으련만 그걸 못 하니 짜증이 안날 수 없다. 골피를 찌푸리어 데퉁스레,

"빌어먹을 거! 왜 이리 무거!"

하고 내뱉으려 하였으나, 그러나 지게 위에서 무색하여질 아내를 생각하고 꾹 참아

버린다. 제 속으로만 끙끙거리다 겨우,

"에이 더웁다!"

하고 자탄이 나올 적에는 더는 갈 수가 없었다. 덕순이는 길가 버들 밑에다 지게를 벗어 놓고는 두 손으로 적삼 등을 흔들어 땀을 들인다. 바람기 한 점 없는 거리는 그대로 타붙었고, 그 위의 모래만 이글이글 달아 간다. 하늘을 쳐다보았으나 좀체로 비 맛은 못 볼 듯싶어 바상바상한 입맛을 다시고 섰을 때 별안간 댕댕소리와 함께 발등에 물을 뿌리고 물차가 지나가니 그는 비로소 산 듯이 정신기가 반짝 난다. 적삼 호주머니에 손을 넣어 곰방대를 꺼내 물고 담배 한 대 붙이려 하였으나 훌쭉한 쌈에는 어제부터 담배 한 알 없었던 것을 다시 깨닫고 역정스레 도로 집어넣는다.

"꽁무니가 배기지 않어?"

덕순이는 이렇게 아내를 돌아본다.

"괜찮아요!"

하고 거진 죽어 가는 상으로 글썽글썽 눈물이 괸 아내가 딱하였다. 두 달 동안이나 햇빛 못본 얼굴은 누렇게 시들었고, 병약한 몸으로 지게 위에 앉아 까댁이는 양이 금시라도 꺼질 듯싶은 그 아내였다.

덕순이는 아내를 이윽히 노려본다.

"아 울긴 왜 우는 거야?"

하고 눈을 부라렸으나,

"병원에 가면 짼대겠지요."

"째긴 아무 거나 덮어놓고 째나? 연구한다니까."

하고 되도록 아내를 안심시킨다. 그러나 덕순이 생각에는 째든 말든 그건 차차 해 놓고 우선 먹어야 산다고,

"왜 기영이 할아버지의 말씀 못 들었어?"

"병원서 월급을 주구 고쳐 준다는 게 정말인가요?"

"그럼 노인이 설마 거짓말을 헐라구. 그래 시방두 대학병원의 이등 박산가 뭐가 열 네 살 된 조선 아이가 어른보다도 더 부대한 걸 보구 하두 이상한 병이라고 붙잡아 들여서 한 달에 십 원씩 월급을 주고, 그뿐인가 먹이구 입히구 이래 가며 지금 연구하고 있대지 않어?"

"그럼 나도 허구헌 날 늘 병원에만 있게 되겠구려."

"인제 가봐야 알지, 어떻게 될는지."

이렇게 시원스레 받기는 받았으나 덕순이 자신 역시 기영 할아버지의 말을 꼭 믿어서 좋을 지가 의문이었다. 시골서 올라온 지 얼마 안 되는 그로서는 서울 일이라 혹 알 수 없을 듯싶어 무료 진찰권을 내온데 더 되지 않았다. 그렇다 하더라도 병이 괴상하면 할수록 혹은 고치기가 어려우면 어려울수록 월급이 많다는 것인데 영문 모를 아내의 이 병은 얼마짜리나 되겠는가고 속으로 무척 궁금하였다. 아이가 십 원이라니 이건 한 십오 원쯤 주겠는가, 그렇다면 병 고치니 좋고, 먹으니 좋고, 두루두루 팔자를 고치리라고 속안으로 육조배판을 늘이고 섰을 때,

"여보십쇼! 이 채미 하나 잡숴 보십쇼."

하고 조만치서 참외를 벌여놓고 앉았는 아이가 시선을 끌어 간다. 길쭘길쭘하고 싱싱한 놈들이 과연 뜨거운 복중에 하나 벗겨 들고 으썩 깨물어 봄직한 참외였다. 덕순이는 참외를 이놈 저놈 멀거니 물색하여 보다 쌈지에 든 잔돈 사 전을 얼른 생각은 하였으나 다음 순간에 그건 안 될 말이라고 꺽진 마음으로 시선을 걷어 온다. 사 전에 일 전만 더 보태면 희연 한 봉이 되리라고 어제부터 잔뜩 꼽여 쥐고 오던 그 사 전, 이걸 참외 값으로 녹여서는 사람이 아니다.

"지게를 꼭 붙들어!"

덕순이는 지게를 지고 다시 일어나며 그 십오 원을 생각했던 것이니 그로서는 너무도 벅찬 희망의 보행이었다.

덕순이는 간호부가 지도하여 주는 대로 산부인과 문 밖에서 제 차례가 돌아오기를 기다리고 있었다.

아내는 남편이 업어다 놓은 대로 걸상에 가 번듯이 늘어져 괴로운 숨을 견디지 못한다. 요량 없이 부어오른 아랫배를 한 손으로 치마째 걷어 안고는 매 호흡마다 간댕거리는 야윈 고개로 가쁜 숨을 돌리고 있는 것이다. 게다가 수술실에서 들것으로 담아 내는 환자와 피고름이 섞인 쓰레기통을 보는 것은 그로 하여금 해쓱한 얼굴로 이를 떨도록 하기에는 너무도 충분한 풍경이었다.

"너무 그렇게 겁내지 말아, 그래두 다 죽을 사람이 병원엘 와야 살아 나가는 거야……."

덕순이는 아내를 위안하기 위하여 이런 소리도 하는 것이나, 기실 아내 못지않게 저로도 조바심이 적지 않았다. 아내의 이 병이 무슨 병일까, 짜장 기이한 병이라서 월급을 타먹고 있게 될 것인가, 또는 아내의 병을 씻은 듯이 고쳐 줄 수 있겠는가, 겸삼수삼 모두가 궁거웠다. 이생각 저생각으로 덕순이는 아내의 상체를 떠받쳐 주고 있다가 우연히도 맞은편 타구 옆댕이에 가 떨어져 있는 궐련 꽁댕이에 한눈이 팔린다. 그는 사방을 잠깐 살펴보고 휭허케 가서 집어다가는 곰방대에 피워 물며 제 차례를 기다렸으나 좀체로 불러 주질 않는 것이다.

이렇게 하여 그들은 허무히도 두 시간을 보냈다.

한점을 십사 분 가량 지났을 때 간호부가 다시 나와 덕순이 아내의 성명을 외는 것이다.

"네, 여깄습니다!"

덕순이는 허둥지둥 아내를 들쳐업고 진찰실로 들어갔다.

간호부 둘이 달려들어 우선 옷을 벗기고 주무를 제 아내는 놀란 토끼와 같이 조그맣게 되어 떨고 있었다. 코를 찌르는 무더운 약내에 소름이 끼치기도 하려니와 한쪽에 번쩍번쩍 늘여 놓인 기계가 더욱이 마음을 조이게 하는 것이다. 아내가 너무 병신스레 떨므로 옆에 섰는 덕순이까지도 겸연쩍지 않을 수 없었다. 아내의 한 팔을 꼭 붙들어 주고, 집에서 꾸짖 듯이 눈을 부릅뜨며,

"뭬가 무섭다구 이래?"

하고는 유리판에서 기계 부딪는 젤그럭 소리에 등줄기가 다 섬뜩할 제,

"은제부터 배가 이래요?"

간호부가 뚱뚱한 의사의 말을 통변한다.

"자세히는 몰라두……."

덕순이는 이렇게 머리를 긁고는 아마 이토록 부르기는 지난 겨울부턴가 봐요, 처음에는 이게 애가 아닌가 했던 것이 그렇지도 않구요, 애라면 열 달에 날 텐데,

"열석 달씩이나 가는 게 어딨습니까?"

하고는 아차, 애니 뭐니 하는 건 괜히 지껄였군 하였다. 그래 의사가 무어라고 또 입을 열수 있기 전에 얼른 뒤미처,

"아무두 이 병이 무슨 병인지 모른다구 그래요, 난생 처음 본다구요."

하고 몇 마디 더 얹었다.

덕순이는 자기네들의 팔자를 고칠 수 있고 없고가 이 순간에 달렸음을 또 한번 깨닫고 열심히 의사의 입만 쳐다보고 있는 것이다마는 금테 안경 쓴 의사는 그리 쉽사리 입을 열려지 않았다. 몇 번을 거듭 주물러 보고, 두드려 보고, 들어 보고, 이러기를 얼마 한 다음 시답지 않게 저쪽으로 가 대야에 손을 씻어 가며 간호부를 통하여 하는 말이,

"이 뱃속에 어린애가 있는데요, 나올려다 소문이 적어서 그대로 죽었어요. 이걸 그냥 둔다면 앞으로 일주일을 못 갈 것이니 불가불 수술을 해야 하겠으나 또 그 결과가 반드시 좋다고 단언할 수도 없는 것이매 배를 가르고 아이를 꺼내다 만일 사불여의하여 불행을 본다더라도 전혀 관계 없다는 승낙만 있으면 내일이라도 곧 수술을 하겠어요."

하고 나 어린 간호부는 조금도 거리낌없는 어조로 줄줄 쏟아 놓다가,

"어떻게 하실 테야요?"

"글쎄요……."

덕순이는 이렇게 얼떨떨한 낯으로 다시 한 번 뒤통수를 긁지 않을 수 없었다.

간호부의 말이 무슨 소린지 다는 모른다 하더라도 속대중으로 저쯤은 알아챘던 것이니 아내의 생명이 위험하다는 그 말이 두렵기도 하려니와 겨우 아이를 뱄다는 것쯤, 연구 거리는 못 되는 병인 양싶어 우선 낙심하고 마는 것이다. 하나 이왕 버린 노릇이매,

"그럼 먹을 것이 없는데요……."

"그건 여기서 입원시키고 먹일 것이니까 염려 마셔요……."

"그런데요 저……."

하고 덕순이는 열적은 낯을 무얼로 가릴지 몰라 주볏주볏,

"월급 같은 건 안 주나요?"

"무슨 월급이오?"

"왜 여기서 병을 고치면 월급을 주는 수도 있다지요."

"제 병 고쳐 주는데 무슨 월급을 준단 말이오?"

하고 맨망스레도 톡 쏘는 바람에 덕순이는 고만 얼굴이 벌개지고 말았다. 팔자를

고치려던 그 계획이 완전히 어그러졌음을 알자, 그의 주린 창자는 척 꺾이며 두꺼운 손으로 이마의 진땀이나 훑어 보는밖에 별도리가 없는 것이다. 하나 아내의 생명은 어차피 건져야 하겠기로 공손히 허리를 굽신하여,

"그럼 낼 데리고 올게 어떻게 해주십시오."

하고 되도록 빌붙어 보았던 것이, 그때까지 끔찍끔찍한 소리에 얼이 빠져서 멀뚱히 누웠던 아내가 별안간 기급을 하여 일어나 살뚱맞은 목성으로,

"나는 죽으면 죽었지 배는 안 째요."

하고 얼굴이 노랗게 되는 데는 더 할 말이 없었다. 죽이더라도 제 원대로나 죽게 하는 것이 혹은 남편 된 사람의 도릴지도 모른다. 아내의 꼴에 하도 어이가 없어,

"죽는 거 보담야 수술을 하는 게 좀 낫겠지요!"

비소를 금치 못하고 섰는 간호부와 의사가 눈에 보이지 않도록, 덕순이는 시선을 외면하여 뚱싯뚱싯 아내를 업고 나왔다. 지게 위에 올려놓은 다음 엎디어 다시 지고 일어나려니 이게 웬일일까, 아까 오던 때와는 갑절이나 무거웠다.

덕순이는 얼마 전에 희망이 가득히 차 올라가던 길을 힘 풀린 걸음으로 터덜터덜 내려오고 있었다. 보지는 않아도 지게 위에서 소리를 죽여 훌쩍훌쩍 울고 있는 아내가 눈앞에 환한 것이다. 학식이 많은 의사는 일자무식인 덕순이 내외보다는 더 많이 알 것이니 생명이 한이레를 못 가리라던 그 말을 어째 볼 도리가 없다. 인제 남은 것은 우중충한 그 냉골에 갖다 다시 눕혀 놓고 죽을 때나 기다리고 있을 따름이었다.

덕순이는 눈 위로 덮는 땀방울을 주먹으로 훔쳐 가며 장차 캄캄하여 올 그 전도를 생각해본다. 서울을 장대고 왔던 것이 벌이도 제대로 안 되고 게다가 인젠 아내까지 잃는 것이다. 지에미붙을! 이놈의 팔자가, 하고 딱한 탄식이 목을 넘어오다 꽉 깨무는 바람에 한숨으로 터져 버린다.

한나절이 되자 더위는 더한층 무서워진다.

덕순이는 통째 짓무를 듯싶은 등어리를 견디지 못하여 먼젓번에 쉬어 가던 나무 그늘에 지게를 벗어 놓는다. 땀을 들여 가며 아내를 가만히 내려다보니 그 동안 고생만 시키고 변변히 먹이지도 못하였던 것이 갑자기 후회가 나는 것이다. 이럴 줄 알았더면 동넷집 닭이라도 훔쳐다 먹였을 걸 싶어,

"울지 말아, 그것들이 뭘 아나 제까짓 게!"

하고 소리를 뻑 지르고는,

"채미 하나 먹어 볼 테야?"

"채민 싫어요."

아내는 더위에 속이 탔음인지 한길 건너 저쪽 그늘에서 팔고 있는 얼음냉수를 손으로 가리킨다. 남편이 한푼 더 보태어 담배를 사려던 그 돈으로 얼음냉수를 한 그릇 사다가 입에 먹여까지 주니 아내도 황송하여 한숨에 들이켠다. 한 그릇을 다 먹고 나서 하나 더 사다 주랴 물었을 때 이번에 왜떡이 먹고 싶다 하였다. 덕순이는 이것이 마지막이라는 생각으로 나머지 돈으로 왜떡 세 개를 사다 주고는 그대로 눈물도 씻을 줄 모르고 그걸 오직오직 깨물고 있는 아내를 이윽히 바라보고 있었다. 그러나 아내가 무슨 생각을 하였는지 왜떡을 입에 문 채 훌쩍훌쩍 울며,

"저 사촌 형님께 쌀 두 되 꿔다 먹은 거 부대 잊지 말구 갚우."

하고 부탁할 제 이것이 필연 아내의 유언이라 깨닫고는,

"그래 그건 염려 말아!"

"그리구 임자 옷은 영근 어머니더러 사정 얘길 하구 좀 빨아 달래우."

하고 이야기를 곧잘 하다가 다시 입을 일그리고 훌쩍훌쩍 우는 것이다.

덕순이는 그 유언이 너무 처량하여 눈에 눈물이 핑 돌아 가지고는 지게를 도로 지고 일어선다. 얼른 갖다 눕히고 죽이라도 한 그릇 더 얻어다 먹이는 것이 남편의 도릴 게다. 때는 중복, 허리의 쇠뿔도 녹이려는 뜨거운 땡볕이었다. 덕순이는 빗발같이 내려붓는 등골의 땀을 두 손으로 번갈아 훔쳐 가며 끙끙 내려올 제, 아내는 지게 위에서 그칠 줄 모르는 그 수많은 유언을 차근차근 남기자, 울자, 하는 것이다.

출전:여성11(1937.2)

소낙비

음산한 검은 구름이 하늘에 뭉게뭉게 모여드는 것이 금시라도 비 한 줄기 할 듯하면서도 여전히 짓궂은 햇발은 겹겹 산속에 묻힌 외진 마을을 통째로 자실 듯이 달구고 있었다. 이따금 생각나는 듯 산매들린 바람은 논밭간의 나무들을 뒤흔들며 미쳐 날뛰었다.

뫼 밖으로 농군들을 멀리 품앗이로 내보낸 안말의 공기는 쓸쓸하였다. 다만 맷맷한 미루나무 숲에서 거칠어 가는 농촌을 읊는 듯 매미의 애끊는 노래…….

매—음! 매—음!

춘호는 자기 집——올봄에 오 원을 주고 사서 든 묵삭은 오막살이집——방 문턱에 걸터 앉아서 바른 주먹으로 턱을 괴고는 봉당에서 저녁으로 때울 감자를 씻고 있는 아내를 묵묵히 노려보고 있었다. 그는 사날 밤이나 눈을 안 붙이고 성화를 하는 바람에 농사에 고리 삭은 그의 얼굴은 더욱 해쓱하였다.

아내에게 다시 한번 졸라 보았다. 그러나 위협하는 어조로,

"이 봐, 그래 어떻게 돈 이 원만 안 해줄 테여?"

아내는 역시 대답이 없었다. 갓 잡아온 새댁 모양으로 씻는 감자나 씻을 뿐 잠자코 있었다.

되나 안 되나 좌우간 이렇다 말이 없으니 춘호는 울화가 터져서 죽을 지경이었다. 그는 타 곳에서 떠돌아 온 몸이라 자기를 믿고 장리를 주는 사람도 없고 또는 그 알량한 집을 팔려 해도 단 이삼 원의 작자도 내닫지 않으므로 앞뒤가 꼭 막혔다마는, 그래도 아내는 나이 젊고 얼굴 똑똑하겄다, 돈 이 원쯤이야 어떻게라도 될 수 있겠기

에 묻는 것인데 들은 체도 안 하니 썩 괘씸한 듯싶었다.

그는 배를 튀기며 다시 한번,

"돈 좀 안 해줄 테여?"

하고 소리를 빽 질렀다.

그러나 대꾸는 역시 없었다. 춘호는 노기충천하여 불현듯 문지방을 떠다밀며 벌떡 일어섰다. 눈을 흡뜨고 벽에 기댄 지게 막대를 손에 잡자 아내의 옆으로 바람같이 달려들었다.

"이년아, 기집 좋다는 게 뭐여. 남편의 근심도 덜어 주어야지, 끼고 자자는 기집이여?"

지게 막대는 아내의 연한 허리를 모질게 후렸다. 까부라지는 비명은 모지락스레 찌그러진 울타리 틈을 벗어 나간다. 잼처 지게 막대는 앉은 채 고꾸라진 아내의 발 뒤축을 얼러 볼기를 내리갈겼다.

"이년아, 내가 언제부터 너에게 조르는 게여?"

범같이 호통을 치며 남편이 지게 막대를 공중으로 다시 올리며 모질음을 쓸 때 아내는,

"에그머니!"

하고 외마디를 질렀다. 연하여 몸을 뒤치자 거반 엎어질 듯이 싸리문 밖으로 내달렸다. 얼굴에 눈물이 흐른 채 황그리는 걸음으로 문 앞의 언덕을 내리어 개울을 건너고 맞은쪽에 뚫린 콩밭길로 들어섰다.

"너, 네가 날 피하면 어딜 갈 테여?"

발길을 막는 듯한 의미 있는 호령에 달아나던 아내는 다리가 멈칫하였다. 그는 고개를 돌리어 싸리문 안에 아직도 지게 막대를 들고 섰는 남편을 바라보았다. 어른에게 죄진 어린 애같이 입만 종깃종깃하다가 남편이 뛰어나올까 겁이 나서 겨우 입을 열었다.

"쇠돌 엄마 집에 좀 다녀올게유."

쭈뼛쭈뼛 변명을 하고는 가던 길을 다시 휭허케 내걸었다. 아내라고 요새 이돈 이원이 급 시로 필요함을 모르는 바도 아니었다마는, 그의 자격으로나 노동으로나 돈이 원이란 감히 땅 띔도 못 해볼 형편이었다. 벌이래야 하잘것없는 것----아침에 일

어나기가 무섭게 남에게 뒤질까 영산이 올라 산으로 빼는 것이다. 조그만 종댕이를 허리에 달고 거한 산중에 드문드문 박혀 있는 도라지, 더덕을 찾아가는 일이었다. 깊은 산속으로 우중충한 돌 틈바귀로 잔약한 몸으로 맨발에 짚신짝을 끌며 강파른 산등을 타고 돌려면 젖 먹던 힘까지 녹아내리는 듯 진땀이 머리로 발끝까지 쭉 흘러내린다.

아랫도리를 단 외겹으로 두른 낡은 치맛자락은 다리로, 허리로 척척 엉기어 걸음을 방해하였다. 땀에 불은 종아리는 거친 숲에 긁혀매어 그 쓰라림이 말이 아니다. 게다가 무거운 흙내는 숨이 탁탁 막히도록 가슴을 찌른다. 그러나 삶에 발버둥치는 순진한 그의 머리는 아무 불평도 일지 않았다.

가뭄에 콩 나기로 어쩌다 도라지순이라도 어지러운 숲속에 하나 둘 뾰족이 뻗어 오른 것을 보면 그는 그래도 기쁨에 넘치는 미소를 띠었다.

때로는 바위도 기어올랐다. 정히 못 기어오를 그런 험한 곳이면 칡덩굴에 매어달리기도 하는 것이었다. 땟국에 전 무명적삼은 벗어서 허리춤에다 꾹 찌르고는 호랑이숲이라 이름난 강원도 산골에 매어달려 기를 쓰고 허비적거린다. 골바람은 지날 적마다 알몸을 두른 치맛 자락을 공중으로 날린다. 그제마다 검붉은 볼기짝을 사양 없이 내보이는 칡덩굴이 그를 본다면, 배를 움켜쥐어도 다 못 볼 것이다마는, 다행히 그윽한 산골이라 그 꼴을 비웃는 놈은 뻐꾸기 뿐이었다.

이리하여 해동갑으로 헤갈을 하고 나면 캐어 모은 도라지, 더덕을 얼러 사발 가웃, 혹은 두어 사발 남짓하게 되는 것이다. 그러면 동리로 내려와 주막거리에 가서 그걸 내주고 보리 쌀과 사발바꿈을 하였다. 그러나 요즘엔 그나마도 철이 겨워 소출이 없다. 그 대신 남의 보리 방아를 온종일 찧어 주고 보리밥 그릇이나 얻어다가는 집으로 돌아와 농토를 못 얻어 뻔뻔히 노는 남편과 같이 나누는 것이 그날 하루하루의 생활이었다.

그러고 보니 돈 이 원 커녕 당장 목을 딴대도 피도 나올지가 의문이었다.

만약 돈 이 원을 돌린다면 아는 집에서 보리라도 꾸어 파는 수밖에는 다른 도리가 없다. 그리고 온 동리의 아낙네들이 치맛바람에 팔자 고쳤다고 쑥덕거리며 은근히 시새우는 쇠돌 엄마가 아니고는 노는 보리를 가진 사람이 없다. 그런데 도둑이 제 발 저리다고 그는 자기 꼴 주제에 제물에 눌려서 호사로운 쇠돌 엄마에게는 죽어도 가고 싶지 않았다. 쇠돌 엄마도 처음에는 자기와 같이 천한 농부의 계집이련만 어쩌다 하늘이 도와 동리의 부자 양반이 주사와 은근히 배가 맞은 뒤로는 얼굴도 모양 내고, 옷치장도 하고, 밥 걱정도 안 하고하여 아주 금방석에 뒹구는 팔자가 되었다. 그리고 쇠돌 아버지도 이게 웬 땡이냔 듯이 아내를 내어 논채 눈을 살짝 감아 버리고 이주사에게서 나온 옷이나 입고 주는 쌀이나 먹고 연년이 신통치 못한 자기 농사에는 한 손을 떼고는 희자를 뽑는 것이 아닌가!

사실 말인즉, 춘호 처가 쇠돌 엄마에게 죽어도 아니 가려는 그 속 까닭은 정작 여기 있었다.

바로 지난 늦은 봄, 달이 뚫어지게 밝은 어느 밤이었다. 춘호가 보름게추를 보러 산모퉁이로 나간 것이 이슥하여도 돌아오지 않으므로 집에서 기다리던 아내가 이젠 자고 오려나 생각하고는 막 드러누워 잠이 들려니까 웬 난데없는 황소 같은 놈이 뛰어들었다. 허둥지둥 춘호 처를 마구 깔다가 놀라서 으악 소리를 치는 바람에 그냥 달아난 일이 있었다. 어수룩한 시골 일이라 별반 풍설도 아니 나고 쓱싹 되었으나 며칠이 지난 뒤에야 그것이 동리의 부자 이주사의 소행임을 비로소 눈치채었다.

그런 까닭으로 해서 춘호 처는 쇠돌 엄마와 직접 관계는 없단대도 그를 대하면 공연스레 얼굴이 뜨뜻하여지고 무슨 죄나 진 듯이 어색하였다.

그리고 더욱이 쇠돌 엄마가,

"새댁, 나는 속곳이 세 개구, 버선이 네 벌이구 행."

하며 아주 좋다고 한들대는 꼴을 보면 혹시 자기에게 함정을 두고서 비양거리는 거나 아닌가, 하는 옥생각으로 무안해서 고개를 못 들었다. 한편으로는 자기도 좀만 잘했더면 지금쯤은 쇠돌 엄마처럼 호강을 할 수 있었을 그런 갸륵한 기회를 깝살려 버린 자기 행동에 대한 후회와 애탄으로 말미암아 마음을 괴롭히는 그 쓰라림도 적지 않았다.

그러나 아무러한 욕을 보더라도 나날이 심해 가는 남편의 무지한 매보다는 그래도 좀 헐 할 게다.

오늘은 한맘 먹고 쇠돌 엄마를 찾아가려는 것이었다.

춘호 처는 이번 걸음이 헛발이나 안칠까 일념으로 심화를 하며 수양버들이 쭉 늘어박힌 논두렁길로 들어섰다. 그는 시골 아낙네로는 용모가 매우 반반하였다. 좀 야윈 듯한 몸매는 호리호리한 것이 소위 동리의 문자로 외입깨나 하염직한 얼굴이었으되 추레한 의복이며 퀴퀴한 냄새는 거지를 볼 지른다. 그는 왼손 바른손으로 겨끔내기로 치맛귀를 여며 가며 속살이 삐질까 조심조심 걸었다.

감사나운 구름송이가 하늘 신폭을 휘덮고는 차츰차츰 지면으로 처져 내리더니 그예 산봉우리에 엉기어 살풍경이 되고 만다. 먼 데서 개 짖는 소리가 앞뒷산을 한적하게 울린다. 빗방울은 하나 둘 떨어지기 시작하더니 차차 굵어지며 무더기로 퍼부어 내린다.

춘호 처는 길가에 늘어진 밤나무 밑으로 뛰어들어가 비를 거니며 쇠돌 엄마 집을 멀리 바라보았다. 북쪽 산기슭 높직한 울타리로 뺑 돌려 두르고 앉았는 오목하고 맵시 있는 집이 그 집이었다. 그런데 싸리문이 꼭 닫힌 걸 보면 아마 쇠돌 엄마가 농군청에 저녁 제 누리를 나르러 가서 아직 돌아오지 않은 모양이었다.

그는 쇠돌 엄마 오기를 지켜보며 우두커니 서서 기다리고 있었다.

나뭇잎에서 빗방울은 뚝뚝 떨어지며 그의 뺨을 흘러 젖가슴으로 스며든다. 바람은 지날 적마다 냉기와 함께 굵은 빗발을 몸에 들이친다.

비에 쪼르륵 젖은 치마가 몸에 찰싹 휘감기어 허리로, 궁둥이로, 다리로, 살의 윤곽이 그대로 비쳐 올랐다.

무던히 기다렸으나 쇠돌 엄마는 오지 않았다. 하도 진력이 나서 하품을 하여 가며 정신없이 서 있노라니 왼편 언덕에서 사람 오는 발자국 소리가 들린다. 그는 고개를 돌려 보았다. 그러나 날쌔게 나무 틈으로 몸을 숨겼다.

동이배를 가진 이주사가 지우산을 받쳐 쓰고는 쇠돌네 집을 향하여 엉덩이를 껍죽거리며 내려가는 길이었다. 비록 키는 작달막하나 숱 좋은 수염이라든지, 온 동리를 털어야 단 하나뿐인 탕건이든지, 썩 풍채 좋은 오십 전후의 양반이다. 그는 싸리문 앞으로 가더니 자기 집처럼 거침없이 문을 떠다밀고는 속으로 버젓이 들어가 버린다.

이것을 보니 춘호 처는 다시금 속이 편치 않았다. 자기는 개돼지같이 무시로 매만 맞고 돌아치는 천덕구니다. 안팎으로 귀염을 받으며 간들대는 쇠돌 엄마와 사람 된 치수가 두드러지게 다름을 그는 알 수가 있었다. 쇠돌 엄마의 호강을 너무나 부럽게 우러러보는 반동으로 자기도 잘만 했더라면 하는 턱없는 희망과 후회가 전보다 몇 갑절 쓰린 맛으로 그의 가슴을 찌푸뜨렸다. 쇠돌네 집을 하염없이 건너다보다가 어느덧 저도 모르게 긴 한숨이 굴러 내린다.

언덕에서 쓸려 내리는 사탯물이 발등까지 개흙으로 덮으며 소리쳐 흐른다. 빗물에 푹 젖은 몸뚱어리는 점점 떨리기 시작한다.

그는 가볍게 몸서리를 쳤다. 그리고 당황한 시선으로 사방을 경계하여 보았다. 아무도 보이지는 않았다. 다시 시선을 돌리어 그 집을 쏘아보며 속으로 궁리하여 보았다. 안에는 확실히 이주사 뿐일 게다. 그때까지 걸렸던 싸리문이라든지 또는 울타리에 넌 빨래를 여태 안 걷어 들인 것을 보면 어떤 맹세를 두고라도 분명히 이주사 외의 다른 사람은 하나도 없을것이다.

그는 마음놓고 비를 맞아 가며 그 집으로 달려들었다. 봉당으로 선뜻 뛰어오르며,

"쇠돌 엄마 기슈?"

하고 인기를 내보았다.

물론 당자의 대답은 없었다. 그 대신 그 음성이 나자 안방에서 이주사가 번개같이 머리를 내밀었다. 자기 딴은 꿈밖이란 듯 눈을 두리번두리번하더니 옷 위로 벌거진 춘호 처의 젖가슴, 아랫배, 넓적다리, 발등까지 슬쩍 음충히 훑어보고는 거나한 낯으로 빙그레한다. 그리고 자기도 봉당으로 주춤주춤 나오며,

"쇠돌 엄마 말인가? 왜 지금 막 나갔지. 곧 온댔으니 안방에 좀 들어가 기다렸으면……."

하고 매우 일이 딱한 듯이 어름어름한다.

"이 비에 어딜 갔에유?"

"지금 요 밖에 좀 나갔지, 그러나 곧 올걸……."

"있는 줄 알고 왔는디……."

춘호 처는 이렇게 혼자말로 낙심하며 섭섭한 낯으로 머뭇머뭇하다가 그냥 돌아갈 듯이 봉당 아래로 내려섰다. 이주사를 쳐다보며 물차는 제비같이 산드러지게,

"그럼 요담에 오겠어유, 안녕히 계시유."

하고 작별의 인사를 올린다.

"지금 곧 온댔는데, 좀 기다리지……."

"담에 또 오지유."

"아닐세, 좀 기다리게. 여보게, 여보게, 이봐!"

춘호 처가 간다는 바람에 이주사는 체면도 모르고 기가 올랐다. 허둥거리며 재간껏 만류 하였으나 암만해도 안 될 듯싶다. 춘호 처가 여기에 찾아온 것도 큰 기적이려니와 뇌성벽력에 구석진 곳이것다 이렇게 솔깃한 기회는 두번 다시 못 볼 것이다. 그는 눈이 뒤집히어 입에 물었던 장죽을 쑥 뽑아 방 안으로 치뜨리고는 계집의 허리를 뒤로 다짜고짜 끌어안아서 봉당 위로 끌어올렸다.

계집은 몹시 놀라며,

"왜 이러서유, 이거 노세유."

하고 몸을 뿌리치려고 앙탈을 한다.

"아니 잠깐만."

이주사는 그래도 놓지 않으며 허겁스러운 눈짓으로 계집을 달랜다. 흘러내리는 고의춤을 왼손으로 연신 치우치며 바른팔로는 계집을 잔뜩 움켜잡고 엄두를 못 내어 쩔쩔매다가 간신히 방 안으로 끙끙 몰아넣었다. 안으로 문고리는 재빠르게 채이었다.

밖에서는 모진 빗방울이 배춧잎에 부딪히는 소리, 바람에 나무 떠는 소리가 요란하다. 가끔 양철통을 내려 굴리는 듯 거푸진 천둥소리가 방고래를 울리며 날은 점점 침침하였다.

얼마쯤 지난 뒤였다. 이만하면 길이 들었으려니, 안심하고 이주사는 날숨을 후— 하고 돌린다. 실없이 고마운 비 때문에 발악도 못 치고 앙살도 못 피우고 무릎 앞에 고분고분 늘어져 있는 계집을 대견히 바라보며 빙긋이 얼러 보았다. 계집은 온몸에 진땀이 쭉 흐르는 것이 꽤 더운 모양이다. 벽에 걸린 쇠돌 엄마의 적삼을 꺼내어 계집의 몸을 말쑥하게 훑닦기 시작한다. 발끝서부터 얼굴까지…….

"너, 열아홉이라지?"

하고 이주사는 취한 얼굴로 얼근히 물어보았다.

"니에."

하고 메떨어진 대답. 계집은 이주사 손에 눌리어 일어나도 못 하고 죽은 듯이 가만히 누워있다.

이주사는 계집의 몸뚱이를 다 씻기고 나서 한숨을 내뽑으며 담배 한 대를 턱 피워 물었다.

"그래, 요새도 서방에게 주리경을 치느냐?"

하고 묻다가 아무 대답도 없으매,

"원 그래서야 어떻게 산단 말이냐, 하루 이틀이 아니고, 사람의 일이란 알 수 있는 거냐? 그러다 혹시 맞아 죽으면 정장 하나 해볼 곳 없는 거야. 허니, 네 명이 아까우면 덮어놓고 민적을 가르는 게 낫겠지."

하고 계집의 신변을 위하여 염려를 마지않다가 번뜻 한 가지 궁금한 것이 있었다.

"너 참, 아이 낳았다 죽었다더구나?"

"니에."

"어디 난 듯이나 싶으냐?"

계집은 얼굴이 홍당무가 되어지며 아무 말 못 하고 고개를 외면하였다.

이주사도 그까짓 것 더 묻지 않았다. 그런데 웬 녀석의 냄새인지 무생채 썩는 듯한 시크무레한 악취가 불시로 코청을 찌르니 눈살을 찌푸리지 않을 수 없다. 처음에야 그런 줄은 소통 몰랐더니 알고 보니까 비위가 족히 역하였다. 그는 빨고 있던 담배통으로 계집의 배꼽께를 똑똑히 가리키며,

"얘, 이 살의 때꼽 좀 봐라. 그래 물이 흔한데 이것 좀 못 씻는단 말이냐?"

하고 모처럼의 기분이 상한 것이 앵하단 듯이 꺼림한 기색으로 혀를 찼다. 하지만 계집이 참다 참다 이내 무안에 못 이기어 일어나 치마를 입으려 하니 그는 역정을 벌컥 내었다. 옷을 빼앗아 구석으로 동댕이를 치고는 다시 그 자리에 끌어 앉혔다. 그리고 자기 딸이나 책하듯이 아주 대범하게 꾸짖었다.

"왜 그리 계집이 달망대니? 좀 듬직지가 못하구……."

춘호 처가 그 집을 나선 것은 들어간 지 약 한 시간 만이었다. 비가 여전히 쭉쭉 내린다. 그는 진땀을 있는 대로 흠뻑 쏟고 나왔다. 그러나 의외로 아니 천행으로 오늘 일은 성공이었다. 그는 몸을 솟치며 생긋하였다. 그런 모욕과 수치는 난생 처음 당하는 봉변으로, 지랄중에도 몹쓸 지랄이었으나 성공은 성공이었다. 복을 받으려면 반드시 고생이 따르는 법이니 이까짓 거야 골백번 당한대도 남편에게 매나 안 맞고 의좋게 살 수만 있다면 그는 사양치 않을 것이다. 이주사를 하늘같이, 은인같이 여겼다. 남편에게 부쳐 먹을 농토를 줄 테니 자기의 첩이 되라는 그 말도 죄송하였으나 더욱이 돈 이 원을 줄게니 내일 이맘때 쇠돌네 집으로 넌지시 만나자는 그 말은 무엇보다도 고마웠고 벅찬 짐이나 푼 듯 마음이 홀가분하였다. 다만 애 켜이는 것은 자기의

행실이 만약 남편에게 발각되는 나절에는 대매에 맞아 죽을 것이다. 그는 일변 기뻐하며 일변 애를 태우며 자기 집을 향하여 세차게 쏟아지는 빗속을 가분가분 내리달렸다. 춘호는 아직도 분이 못 풀리어 뿌루퉁하니 홀로 앉았다. 그는 자기의 고향인 인제를 등진지 벌써 삼 년이 되었다. 해를 이어 흉작에 농작물은 말못되고 따라 빚쟁이들의 위협과 악다구니는 날로 심하였다. 마침내 하릴없이 집 세간살이를 그대로 내버리고 알몸으로 밤도주하였던 것이다. 살기 좋은 곳을 찾는다고 나 어린 아내의 손목을 이끌고 이산 저산을 넘어 표랑하였다. 그러나 우정 찾아든 곳이 고작 이 마을이나 산속은 역시 일반이다. 어느 산골엘 가 호미를 잡아 보아도 정은 조그만치도 안 붙었고, 거기에는 오직 쌀쌀한 불안과 굶주림이 품을 벌려 그를 맞을 뿐이었다. 터무니없다 하여 농토를 안 준다. 일 구멍이 없으 매품을 못 판다. 밥이 없다. 결국에 그는 피폐하여 가는 농민 사이를 감도는 엉뚱한 투기심에 몸이 달떴다. 요사이 며칠 동안을 두고 요 너머 뒷산 속에서 밤마다 큰 노름판이 벌어지는 기미를 알았다. 그는 자기도 한몫 보려고 끼룩거렸으나 좀체로 밑천을 만들 수가 없었다.

이 원! 수나 좋아서 이 이원이 조화만 잘 한다면 금시 발복이 못 된다고 누가 단언할 수 있으랴! 삼사십 원 따서 동리의 빚이나 대충 가리고 옷 한 벌 지어 입고는 진저리나는 이 산골을 떠나려는 것이 그의 배포였다. 서울로 올라가 아내는 안잠을 재우고 자기는 노동을 하고, 둘이서 다부지게 벌면 안락한 생활을 할 수가 있을 텐데, 이런 산구석에서 굶어 죽을 맛이야 없었다. 그래서 젊은 아내에게 돈 좀 해오라니까 요리 매낀 조리 매낀 매만 피하고 곁들어 주지 않으니 그 소행이 여간 괘씸한 것이 아니다.

아내가 물에 빠진 생쥐 꼴을 하고 집으로 달려들자 미처 입도 벌리기 전에 남편은 이를 악물고 주먹뺨을 냅다 붙인다.

"너 이년, 매만 살살 피하고 어디가 자빠졌다 왔니?"

볼치 한 대를 얻어맞고 아내는 오기가 질리어 벙벙하였다. 그래도 직성이 못 풀리어 남편이 다시 매를 손에 잡으려 하니 아내는 질겁을 하여 살려 달라고 두 손으로 빌며 개신개신 입을 열었다.

"낼 되유…… 낼. 돈, 낼 되유."

하며 돈이 변통됨을 삼가 아뢰는 그의 음성은 절반이 울음이었다.

남편이 반신반의하여 눈을 찌긋 하다가,

"낼?"

하고 목청을 돋웠다.

"네, 낼 된다유."

"꼭 되여?"

"네, 낼 된다유."

남편은 시골 물정에 능통하니만치 난데없는 돈 이 원이 어디서 어떻게 되는 것까지는 추궁해 물으려 하지 않았다. 그는 적이 안심한 얼굴로 방문턱에 걸터앉으며 담뱃대에 불을 그었다. 그제야 아내도 비로소 마음을 놓고 감자를 삶으러 부엌으로 들어가려 하니 남편이 곁으로 걸어오며 측은한 듯이 말리었다.

"병나, 방에 들어가 어여 옷이나 말리여. 감자는 내 삶을게."

먹물같이 짙은 밤이 내리었다. 비는 더욱 소리를 치며 앙상한 그들의 방벽을 앞뒤로 울린다. 천장에서 비는 새지 않으나 집 지은 지가 오래 되어 고래가 물러앉다시피 된 방이라 도배를 못 한 방바닥에는 물이 스며들어 귀축축하다. 거기다 거적 두 닢만 덩그렇게 깔아 놓은 것이 그들의 침소였다. 석윳불은 없어 캄캄한 바로 지옥이다. 벼룩은 사방에서 마냥 스멀거린다.

그러나 등걸잠에 익달한 그들은 천연스럽게 나란히 누워 줄기차게 퍼붓는 밤비 소리를 귀 담아 듣고 있었다. 가난으로 인하여 부부간의 애틋한 정을 모르고 나날이 매질로 불평과 원한 중에서 복대기던 그들도 이 밤에는 불시로 화목하였다. 단지 남의 품에 든 돈 이 원을 꿈꾸어 보고도…….

"서울 언제 갈라유."

남편의 왼팔을 베고 누웠던 아내가 남편을 향하여 응석 비슷이 물어보았다. 그는 남편에게 서울의 화려한 거리며 후한 인심에 대하여 여러 번 들은 바 있어 일상 안타까운 마음으로 몽상은 하여 보았으나 실지 구경은 못 하였다. 얼른 이 고생을 벗어나 살기 좋은 서울로 가고 싶은 생각이 간절하였다.

"곧 가게 되겠지, 빚만 좀 없어도 가뜬하련만."

"빚은 낭중 갚더라도 얼핀 갑세다유."

"염려 없어. 이달 안으로 꼭 가게 될 거니까."

남편은 썩 쾌히 승낙하였다. 딴은 그는 동리에서 일컬어 주는 질꾼으로 투전장의 가보쯤은 시루에서 콩나물 뽑듯 하는 능수였다. 내일 밤 이 원을 가지고 벼락같이 노름판에 달려가서 있는 돈이란 깡그리 모집어 올 생각을 하니 그는 은근히 기뻤다. 그리고 교묘한 자기의 손재간을 홀로 뽐내었다.

"이번이 서울 처음이지?"

하며 그는 서울 바람 좀 한번 쐬었다고 큰 체를 하며 팔로 아내의 머리를 흔들어 물어보았다. 성미가 워낙 겁겁한지라 지금부터 서울 갈 준비를 착착 하고 싶었다. 그가 제일 걱정되는 것은 둠 구석에서 놰 자라 먹은 아내를 데리고 가면 서울 사람에게 놀림도 받을 게고 거리끼는 일이 많을 듯싶었다. 그래서 서울 가면 꼭 지켜야 할 필수조건을 아내에게 일일 이설 명치 않을 수도 없었다.

첫째, 사투리에 대한 주의부터 시작되었다. 농민이 서울 사람에게, '꼬라리'라는 별명으로 감잡히는 그 이유는 무엇보다도 사투리에 있을지니 사투리는 쓰지 말며, '합세'를 ' 하십니까'로, '하게유'를 '하오'로 고치되 말끝을 들지 말지라. 또 거리에서 어릿어릿하는 것은 내가 시골뜨기요 하는 얼뜬 짓이니 갈 길은 재게 가고 볼 눈을 또릿또릿이 볼지라---- 하는것 들이었다. 아내는 그 끔찍한 설교를 귀담아들으며 모기 소리로 '네, 네'를 하였다. 남편은 둬 시간 가량을 샐 틈 없이 꼼꼼하게 주의를 다져 놓고는 서울의 풍습이며 생활방침 등을 자기의 의견대로 그럴싸하게 이야기하여 오다가 말끝이 어느덧 화장술에까지 이르게 되었다. 시골 여자가 서울에 가서 안잠을 잘 자주면 몇 해 후에는 집까지 얻어 갖는 수가 있는데, 거기에는 얼굴이 예뻐야 한다는 소문을 일찍 들은 바 있어 하는 소리였다.

"그래서 날마다 기름도 바르고, 분도 바르고, 버선도 신고해서 쥔 마음에 썩 들어야……."

한참 신바람이 올라 주워섬기다가 옆에서 쌔근쌔근 소리가 들리므로 고개를 돌려 보니 아내는 이미 곯아져 잠이 깊었다.

"이런 망할 거, 남 말하는데 자빠져 잔담."

남편은 혼자 중얼거리며 바른팔을 들어 이마 위로 흐트러진 아내의 머리칼을 뒤로 쓰다듬어 넘긴다. 세상에 귀한 것은 자기의 아내! 이 아내가 만약 없었던들 자기는 홀로 어떻게 살 수 있었으려는가! 명색이 남편이며 이날까지 옷 한 벌 변변히 못해 입히고 고생만 짓시킨 그 죄가 너무나 큰 듯 가슴이 뻐근하였다. 그는 왁살스러운 팔로 다 아내의 허리를 꼭 껴안아 가지고 앞으로 바특이 끌어당겼다.

밤새도록 줄기차게 내리던 빗소리가 아침에 이르러서야 겨우 그치고 점심때에는 생기로운 볕까지 들었다. 쿨렁쿨렁 논물 나는 소리는 요란히 들린다. 시내에서 고기 잡는 아이들의 고함이며, 농부들의 희희낙락한 메나리도 기운차게 들린다.

비는 춘호의 근심도 씻어 간 듯 오늘은 그에게도 즐거운 빛이 보였다.

"저녁 제누리 때 되었을걸, 얼른 빗고 가봐 ---- "그는 갈증이 나서 아내를 대고 재촉하였다.

"아직 멀었어유."

"먼 게 뭐냐, 늦었어."

"뭘!"

아내는 남편의 말대로 벌써부터 머리를 빗고 앉았으나 원체 달포나 아니 가리어 엉큰 머리가 시간이 꽤 걸렸다. 그는 호랑이 같은 남편과 오래간만에 정다운 정을 바꾸어 보니 근래에 볼 수 없는 희색이 얼굴에 떠돌았다. 어느 때에는 맥적게 생글생글 웃어도 보았다.

아내가 꼼지락거리는 것이 보기에 퍽으나 갑갑하였다. 남편은 아내 손에서 얼레빗을 쑥 뽑아 들고는 시원스레 쭉쭉 내려 빗긴다. 다 빗긴 뒤, 옆에 놓은 밥사발의 물을 손바닥에 연신 칠해 가며 머리에다 번지르하게 발라 놓았다. 그래 놓고 위서부터 머리칼을 재워 가며 맵시 있게 쪽을 딱 찔러주더니 오늘 아침에 한사코 공을 들여 삼아 놓았던 짚신을 아내의 발에 신기고 주먹으로 자근자근 골을 내주었다.

"인제 가봐!" 하다가,

"바루 곧 와, 응?"

하고 남편은 그 이 원을 고이 받고자 손색 없도록, 실패 없도록 아내를 모양내어 보냈다.

김명순

(金明淳, 1896.1.20 ~ 1951.6.22.)

1911년 서울 진명여학교(進明女學校)를 졸업

1917년 숙명여자고등보통학교 졸업, 전통적인 결혼관을 부정하고 여성해방에 대한 의식이 성숙했다. 잡지 『청춘(青春)』의 현상소설에 응모한 단편소설 「의심(疑心)의 소녀(少女)」가 당선되어 등단

1939년 이후 일본 도쿄로 건너갔으나 그곳에서 작품도 발표하지 못하고 생활고에 시달리다 정신병에 걸려 동경 아오야마정신병원[青山腦病院]에 수용 중 사망한 것으로 알려짐

[신문학 최초의 여성문인으로서 여성해방을 부르짖은 선구자적 역할을 하였으며, 여자주인공의 내면심리를 치밀하게 묘사한 소설들을 많이 남겼다]

작품분석

1. 의심의 소녀

- 주인공 가희의 어머니는 남편의 잇단 외도에 자살로서 항거
- 가부장주의에 대한 일종의 고발문학
- 사람들의 심리 묘사에 주력한 작품

의심의 소녀

1.

평양 대동강 동쪽 해안을 이리쯤 들어가면 새마을이라는 동리가 있다. 그 동리는 그리 작지는 않다. 그리고 동리의 인물이든지 가옥이 결코 비루하지도 않으며 업은 대개 농사다. 이 동리에는 '범네'라 하는 꽃인가 의심할 만하게 몹시 어여쁘고 범이라는 그 이름과는 정반대로 지극히 온순한 팔구세의 소녀가 있다. 그 소녀가 이 동리로 온 것은 두어 해 전이니 황진사라는 육십여 세 되는 젊지 않은 백발옹과 어디로선지 표연히 이사하여 거한다. 그 후 몇 달을 지나서 범네의 집에는 삼십 세 가량된 여인이 왔으나 역시 타향인이었다. 하는 일은 없으나 생활은 흡족한 듯이 보이며 내객이라고는 일 년에 한 번도 없고 동리 사람들과 사귀지도 않는다. 그런 고로 이 동리에는 이 범네의 집안 일이 한 의심거리가 되어 하절 장마 때와 동절기인 밤에 담뱃 때들 사이의 이야기 거리가 되었다.

범네라는 미소녀는 그 이웃 소녀들과 사귀기를 간절히 바라는 것 같다. 혹때를 타서 나물하는 소녀들을 바라보고 섰으면 그 이웃 소녀들은 범네의 어여쁜 용자(容姿)에 눈이 황홀하여져 서로 물끄러미 바라보고 있을 때에 백발옹은 반드시 언제든지

"야 — 범네야 — 야 — 범네야"하고 부른다.

범네는 가엾은 모양으로 뒤를 돌아보며 도로 들어간다. 또한 의심을 일으키게 하는 것은 삼인이 각각 타향 언어를 쓰는 것이라. 옹(翁)은 순연한 평양 사투리요 범네는 사투리 없는 경언(京言)이며 여인은 영남 말씨라. 또 범네는 옹더러는 '할아버지', 여

인더러는 '어멈'이라고 칭호한다. 무식한 촌 소년들은 그 여인이 범네의 모친인가 하였다. 촌사람들도 이렇게 외에는 범네의 집 내용을 구태여 알려고도 아니하였다.

2.

그들이 이사 하여온지 만 이 년이나 지난 하절이라.

어떤 장날 마침 옹은 오후 이 시경에 외출하여 어슬어슬한 저녁때까지 귀가치 않았더라. 범네는 심심함을 못 이김이던지 싸리문 안에서 문을 방긋이 열고 내다보고 섰다. 그때 동리 이장의 딸 특실이가 그 어머니를 찾아 방황하는 모양을 보고 살며시 문 밖으로 흰 얼굴만 나타내어 자기를 쳐다보는 특실이를 향하여 미소하여 은근하게

"네가 특실이냐?"

특실이는 반가웁게 그 지방말로

"응 너희 할아버지 어디 가셨니?"

범네는 어여쁜 얼굴에 웃음을 띠며

"벌써부터 성내에 가셨는데……."

말 마치기 전에 은행 껍질 같은 눈꺼풀이 발그레하다. 두 소녀는 잠깐 잠잠하다.

"너는 아버지는 안 계시니?"

"아버지는 서모하고 큰 언니하고 서울 계시구……."

또다시 눈꺼풀이 붉어진다.

"지금 같이 있는 이는 너의 누군가?"

"외할아버지 하고 밥 짓는 어멈이다……."

두 소녀의 담화가 점점 정다워 갈 시에 멀리서 옹의 점잖고 화평한 모양이 보였다. 범네는 특실이를 향하여 온정하게 "내일 또 놀러오너라"하고 걸음을 빨리하여 옹의 옷소매를 붙들며 옹의 귀가를 무한히 기뻐한다. 옹은 범네의 손목을 끌어 싸리문으로 들어가며

"심심하든?"한다.

범네가 이같이 특실이와 이야기 한 것도 이 년이나 한 동리 앞 뒤 집에 살았지만 처음이더라.

3.

혹독한 서중(暑中)에 기다리던 추절이 기별 없이 와서 맑고 시원한 바람에 오동잎이 힘없이 떨어지매 년년이 변치 않고 돌아오는 추석명절이 금년에도 돌아왔다. 도(都)에나 비(鄙)에나 성묘 가는 사람이 조조부터 끊일 새 없이 각기 조선(祖先) 부모 부처 자녀의 고혼(故魂)을 위로키 위하여 술이며 음식을 준비하여 남녀노소를 물론하고 북촌 길로 향한다. 새마을 동리의 범네와 옹도 누구의 묘에 가는지 기중에 끼었더라. 어느덧 해는 모란봉 서편에 기울어지고 능라도 변에 연연(涓涓)한 세파(細波)는 금색을 대(帶)하였다.

이슬아침과 주간에 그리 분요(紛擾)하던 성묘인들도 지금은 끊어져 벌써 청류벽 아래 신작로에는 얼근히 취하여 혼자 중얼거리며 돌아오는 사람이 사이사이 보이기 시작하였다.

대동강 건너 새마을 동리를 향하고 바삭바삭 모래를 울리는 노유(老幼) 두사람의 그림자가 보인다. 심히 피로하여 귀촌하는 옹과 범네라. 범네의 발뒤꿈치에 내려드리운 검은 머리가 제 윤에 번지르하다. 대리석으로 조각한 듯이 흰 양협에 앞이마 털이 한두 올 늘어져 시시로 불어오는 청풍에 빛날리어 그의 아름다움을 더하였다. 풋남순인 치마에 담황색 겹저고리 입고 분홍신을 신었다. 실로 새마을 동리 소녀들과는 '군계중에학'이라. 옹도 무언, 소녀도 무언. 소녀의 어여쁜 얼굴에는 어린 아해에게는 없을 비애에 지친 빛이 보인다. 강안에는 석향을 준비하는 촌부들이 있다. 처음 보는 바가 아니로대 이날은 더욱이 호기심을 일으켜가며 주목한다.

기중 한 아이

"어드메 살던 아해인지 곱기도 하다."

또 한 아이

"늘 보아도 늘 곱다. 한 번 실컷 보았으면 좋겠다." 또 하나는 하하 웃으며

"범네야 어디 갔다 오니?"하고 묻는다. 범네는 촌부들을 향하여 눈만 웃으며 입다물은 채 옹의 뒤를 따른다. 이때에 대동강 외 우뚝 솟은 난벽(卵壁)의 이층 양옥에서도 이편을 향하여 망원경을 눈에 대이고 바라보는 외국인인지 조선인인지 분별키 어려운 신사가 있다. 신사는 급히 상노를 부른다. 상노는 주인의 명을 받아 문전 녹색 소주(小舟)에 제등을 달고 속히 저어 강안을 향하여 배 대었을 때는 옹과 범네가 새마을에

들어갔을 때이라.

신사는 새마을 가는 길을 두고 다른 동리의 길로 향하였다. 그 신사가 낙심한 안색으로 강안에 돌아왔을 때에는 동천에 둥근 달이 맑은 광선을 늘이어 암흑한 곳 몇 만 민에게 은혜 베푼 때이니 평양 대동강문 외에는 전등빛이 반짝반짝 불야성이오 강 위에는 오늘이 좋은 날이라고 선유하는 소선(小船)이 루비 홍옥 같은 등불을 밝히고 남녀 성을 합하여 수심가를 부르며 오르락내리락한다. 신사는 실심한 듯이 강가에서 바라보고 섰다. 한참 만에 힘없이 배에 올라 도로 저어 저편에서 내리어 조국장의 별장으로 들어갔다.

신사는 그 별장 주인인 듯싶다.

4.

강안에서 신사의 모양을 본 촌부인 중에 '언년어멈'이라는 남의 일 참견 잘하는 사람이 있다. 보고 싶은 범네도 볼 겸 범네의 집을 찾아가 신사의 일을 고하였더라. 옹은 별로 놀라지도 않으며 천연스럽게 언년 모에게 감사하였다. 언년 모가 돌아간 후 두시 가량이나 지나 옹과 범네는 동리 이웃에게 고별하려고 이장의 집을 심방하였다. 옹이 이장의 집을 심방함도 이사왔을 시와 이번뿐이라.

동리 머슴들이 행담(行擔) 칠팔 개와 기타 기구를 강안으로 나르고 옹과 범네의 뒤에는 그 집 여인과 인심 후한 이웃 사람들이 별로 깊이 사귀었던 정도 아니건만 전별차(餞別次)로 따라 나온다. 강가에는 마침 물아래로 가는 배가 있다.

잔잔한 파도는 명랑한 월야의 색채를 비치었다.

선인(船人)이 준비 다됨을 고한대 옹은 서서히 전별 나온 이웃 사람들에게 고별하였다. 동리 사람들은 소리를 합하여 여중(旅中)의 안녕을 축 하였다. 그 소리에 산천까지 소리를 합하였다. 범네의 흰 얼굴은 월광을 받아 처참히 보인다. 백설 같은 담요를 두르고 오슬오슬 떠는 모양 감기에 걸린 것 같다. 범네도 떠는 목소리도 인사를 마치고 옹의 손을 잡고 차박차박 걸어 뱃머리에 오르다가 고개를 돌리며 둥글고 광채 있는 눈으로 동리 사람들을 한 번 더 본다…….

밤은 깊어 사방이 적막한데 옛적부터 기억 만 년의 비밀을 담은 대동강물이 고금을 말하려는 듯이 가는 물결 소리를 낸다. 배 젓는 노 소리는 지긋지긋 철썩철썩 심야의

적막을 파한다. 배가 물아래를 향하여 삼단 쯤이나 갔을 때에 특실이가 "범네야 잘 가거라 —"하매 저편에서도 범네가 "특실아 잘 있거라 —"한다.

그 소리가 양금 소리같이 떨리어 들린다. 촌인들은 배가 멀리서 희미하게 보이고 노 소리가 안 들릴 때까지 그곳에서 의논이 분분하여 물이 밀어 그들의 발을 적시는 것도 몰랐더라. 이장은 저녁 때 일을 언년 모에게 듣고 머리를 기울여가며 생각하더니 한참 만에 언년어멈을 향하여

"그래 그 신사는 어디서 옵디까?"물었다. 언년어멈은 원시(遠視)를 잘하는 양이라

"저기 보이는 우뚝 솟은 이층집에서 시커먼 것을 눈에 대고 보더니……."

이장은 또 한 번 머리를 기울였다…… 한참 만에 이제야 비로소 수년래의 의심을 푼 듯이

"알았소. 범네는 그렇게 봄에 자살한 조국장 부인의 기출인 가희 아기구려."

일동은 무슨 무서운 말을 들은 듯이 눈이 휘둥그레진다. 이장은 한숨을 지으며

"불쌍한 아해?"하고 부르짖는 듯이 말하였다.

5.

이는 연전(年前) 가정의 파란으로 인하여 자살해버린 조국장 부인의 기념으로 끼친 일녀 가희니 외양과 심지가 과히 아름다움으로 그 반대로 그 외조부가 개명하여 범네라 한다.

가희의 모씨는 평양성 내에 그 당시 유명한 미인이기 때문에 피서차로 왔던 조국장의 간절한 소망에 이끌리어 그 부인이 되었었다. 부인은 재산가 황진사의 무남독녀이니 십사 세에 그 모친이 별세하매 그 부친 황진사가 재취도 아니하고 금지옥엽 같이 기른 바이라. 누가 뜻하였으리오. 그 옥여(玉輿)가 형극으로 얽은 것인 줄이야. 조국장은 세세로 양반이라. 농화(弄花)에 교(巧)하고 사적(射的)에 묘(妙)하다. 저는 세 번 처를 바꾸고 첩을 갈기도 십 여인이라. 화류에 놀고 촌백성의 계집까지 희롱하였고 그의 별업(別業)에서는 주야를 전도하고 놀았다. 부인이 그에게 가(嫁)하여 그 딸 가희를 낳았다. 육(肉)의 미(美)는 싫어지지 않기가 어려운 것이매 남편의 난행은 부인의 불행과 같이 자랐다. 새로 들어온 첩은 남편의 사랑을 앗았다.

남편은 친척 간에도 끊었다. 전처의 딸은 매사에 틈을 타서 부인을 무함(誣陷)한다.

사랑을 원하여도 얻지 못하고 자유를 원하여도 얻지 못하고 이별을 청하여도 안 들어 의심받고 학대받고 갇혀 비관하던 나머지에 병든 몸을 일으켜 평양의 별장에서 자살하였다. 길바닥에 인마의 발에 밟힌 이름없는 작은 풀까지 꽃피는 사월 모일에 인세(人世)의 꽃일 이십사 세의 젊은 부인은 단도로써 자처(自處)하였다. 가련한 부인의 서러운 죽음이 기시에는 원근에 전파되어 모든 사람이 느끼었더라. 고어에 '사람은 없어진 후 더 그립다'는 것같이 기후 조국장은 얼만큼 정신을 차려 얼마큼 서러워도 하였다. 그러나 늦었더라. 기후 조국장은 부인 생시보다도 가희를 사랑하였다. 그러나 그 외조부 황진사는 조국장의 첩이 그 총애를 일신에 감으려고하는 간책이 두려워 가희와 함께 가엾은 표랑의 객이 되었다. 하시에나 표랑객인 가련한 가희에게는 춘양려일(春陽麗日)이 돌아올는지 — 절기는 하추동(夏秋冬) 삼계(三季)가 지나면 다시 양춘(陽春)이 오건만 — 불쌍한 어머니의 불쌍한 아해?

—《청춘》 11호(1917. 11).

언니 오시는 길에

언니 오실 때가
두벌 꽃 필 때라기에
빨간 단풍잎을 따서
지나실 길가마다 뿌렸더니
서리 찬 가을바람이 넋 잃고
이리저리 구릅디다

떠났던 마음 돌아오실 때가
물 위의 얼음 녹을 때라기에
애타는 피를 뽑아서
쌓인 눈을 녹였더니
마저 간 겨울바람이 취해서
또 눈보라를 칩디다

언니여 웃지 않으십니까
꽃 같은 마음이 꽃 같은 마음이

이리저리 구르는 대로
피 같은 열성이 오오 피 같은 열성이
이리저리 깔린 대로
이 노래의 반가움이 무거운 것을

《조선문단》 제8호, 1925년 5월.

옛날의 노래여

1
고요한 옛날의 노래여, 그는……
내 어머니 입에서 우러나서
가장 신묘하게 사라지는 음향이어라
어머니의 노래여 사랑의 탄식이여

2
"타방타방 타방네야 너 어디를 울며 가니
내 어머니 몸 진 곳에 젖 먹으러 울며 간다"
이는 내 어머니의 가르치신 장한가(長恨歌)이나
물결 이는 말 못 미쳐 이것만 알겠노라

3
황혼을 울리는 신음은 선율만 숨질 듯 애탈 때
젖꽃빛으로 열린 들길에는 미풍조차 서러워라
옛날에 날 사랑하시던 내 어머니를
큰사랑을 세상에서 잃은 설움이니,

4
오래인 노래여 내게 옛 말씀을 들리사
어린이의 설움 속에 인도하소서
불로초로 수놓은 녹의를 입히소서
그러면 나는 만년청(萬年靑)의 빨간 열매 같으리다

5
말을 잊은 노래여 음향만 남아서……
길 다한 곳에 레테 강이 흐릅디까
오 — 그러면 그는 나를 정화해줄 것이요
웃음빛을 모은 신비의 거울이 되리다

6
무언가(無言歌)여 다만 음향이여 나를 이끌어
그대의 말씀 사라진 곳에 저 젖꽃빛 길에
내 어머니 몸 진 곳에 산을 넘고 물을 건너라
옛날의 노래여 사라지는 음향이여.

《개벽》 제27호, 1922년 9월.

김동인

(金東仁, 1900년 10월 2일 ~ 1951년 1월 5일)

친일반민족행위자

1919년 2월 일본 도쿄에서 한국 최초의 문예 동인지 『창조(創造)』를 자비로 간행

1919년 동생 김동평(金東平)의 부탁으로 격문을 기초한 혐의로 구속되었다가 같은 해 풀려남

1929년 춘원의 계몽주의문학관에 대립되는 예술주의문학관을 바탕으로 「근대소설고」를 발표

1930년 「광염소나타」,「광화사」와 같은 유미주의 계열의 단편을 발표

1938년 2월 4일자 『매일신보』에 산문 「국기」를 쓰며 내선일체와 황민화를 선전, 선동하면서 일제에 협력하는 글쓰기를 시작

1939년 4월부터 5월까지 '북지(北支) 황군(皇軍) 위문 문단 사절'로 활동

1951년 1·4후퇴 때 가족들이 피난간 동안 하왕십리 자택에서 사망했다.

작품분석

1. 발가락이 닮았다

- 배경 : 부조리한 현실 세계
- 시점 : 1인칭 관찰자 시점
- 주제 : 부조리한 현실 속에서의 인간의 심리 세계
- 자연주의적 수법을 사용하면서 본질은 휴머니즘에 바탕을 둔 작품
- M에 대한 의사의 고찰은 실험주의적, 해부적 현상을 포착한 것이지만 "발가락뿐 아니라 얼굴도 닮은 데가 있네."라고 표현은 휴머니티의 발로라 할 수 있음

2. 붉은 산

- 갈래 : 단편 소설

- 배경 : 시간(일제 강점기) / 공간(만주의 어느 마을)
- 시점 : 1인칭 관찰자 시점
- 경향 : 민족주의적 경향
- 표현 : 사실주의적 기법
- 민족주의적 저항정신을 표현한 작품
- '삵'은 고국은 떠나 유랑하는 우리 민족을 상징, 송첨지의 죽음은 만주에 흘러들어가 사는 우리 동포의 비극을 상징
- '붉은 산'과 '흰 옷 입은'은 우리 국토와 겨레를 드러내는 것으로 조국에 대한 애정과 향수를 나타냄
- 조국과 민족의식을 극대화해 보여주는 인생희화(人生戱畫)라 볼 수 있는 작품

3. 감자

- 갈래 : 단편 소설, 본격 소설
- 배경 : 시간(1920년대) / 공간(평양 칠성문 밖 빈민굴)
- 문체 : 간결체
- 경향 : 자연주의적 경향
- 표현 : 사실주의적 기법
- 복녀 : 도덕성을 지닌 여자에서 도덕성을 상실한 여자로 변하는 입체적 인물
- 작품은 작가 관찰자 시점이나 부분적으로 전지적 작가 시점을 보임
- 환경에 따른 인간성 변모와 사회 부조리 고발
- 왕 서장과 한의사, 복녀의 남편이 돈을 주고받는 장면을 객관적으로 묘사하여 현실의 비참함과 추악함을 냉정하게 그려냄

4. 배따라기

- 갈래 : 단편 소설, 액자 소설
- 배경 : 시간(일제 강점기) / 공간(평양과 영유) / 상황적 배경(바다)
- 경향 : 낭만적 경향, 유미주의(唯美主義, 탐미주의)

- 시점 : 외부 이야기(1인칭 관찰자 시점), 내부 이야기(전지적 작가 시점)
- 사실감과 하층민의 생활상을 표현하기 위해 방언과 비어 사용, 구어체에 가까운 문체를 구사함으로 문학사적 의의가 있는 작품
- 주인공이 바다를 유랑하는 것은 아내와 행복했던 지난날을 재생시키는 행위이며 상실된 자신의 낙원을 찾으려는 행위
- 우리나라 단편 소설사에서 이 작품은 액자소설 양식을 뚜렷하게 정형화 했다는 평가를 받음
- 겉 이야기와 속 이야기는 서로 대응하면서 동일한 주제 의식으로 구성, 화자인 '나'와 주인공인 '그'가 느끼는 삶의 비극과 허무함이 동일선상에 놓여 있음.

5. 광염 소나타

- 갈래 : 단편 소설
- 배경 : 시간적·공간적으로 제한 없음
- 주제 : 미(美)에 대한 광기(狂氣)의 동경(憧憬). 예술 창조에 대한 욕구와 인간성의 희생
- 심리주의 소설, 탐미주의(유미주의)소설
- 1인칭 관찰자 시점과 1인칭 주인공 시점이 혼용 기술됨
- 주인공 백성수가 추구하는 '미'는 신비하고 음습하며 광기와 열정의 '미'
- 주인공 백성수가 불을 지르고 예배당에 들어가 연주하는 장면에서 작가는 참된 음악은 순결주의, 정신주의와 같은 도덕적 차원과는 달리 광기를 속성으로 완성된다는 주장을 강하게 나타냄

발가락이 닮았다

노총각 M이 혼약을 하였다.

우리들은 이 소식을 들을 때에 뜻하지 않고 서로 얼굴을 마주보았습니다.

M은 서른두 살이었습니다. 세태가 갑자기 변하면서 혹은 경제문제 때문에, 혹은 적당한 배우자가 발견되지 않기 때문에, 혹은 단지 조혼(早婚)이라 하는데 대한 반항심 때문에, 늦도록 총각으로 지내는 사람이 많아 가기는 하지만, 서른두 살의 총각은 아무리 생각하여도 좀 너무 늦은 감이 없지 않았습니다. 그래서 그의 친구들은 아직껏 기회가 있을 때마다 그에게 채근 비슷이, 결혼에 대한 주의를 하고 하였습니다. 그러나, M은 언제나 그런 의론을 받을 때마다 (속으로는 매우 흥미를 가진 것이 분명한데) 겉으로는 고소로써 친구들의 말을 거절하고 하였습니다. 그러던 M이 우리의 모르는 틈에 어느덧 혼약을 한 것이외다.

M은 가난하였습니다. 매우 불안정한 어떤 회사의 월급쟁이였습니다. 이 뿌리 약한 그의 경제상태가 그로 하여금 늙도록 총각으로 지내게 한 듯도 합니다. 그리고 이 때문에 친구들은 M의 총각생활을 애석히 생각하여 장가들기를 권하는 것이었습니다.

그러나 나뿐은 M이 장가를 가지 않는 데 다른 종류의 해석을 내리고 있었습니다. 의사라는 나의 직업이 발견한 M의 육체적의 결함---- 이것 때문에 M은 서른이 넘도록 총각으로 지낸다, 나는 이렇게 믿고 있었습니다.

M은, 학생시대부터 대단한 방탕생활을 하였습니다. 방탕이래야 금전상의 여유가 부족한 그는, 가장 하류에 속하는 방탕을 하였습니다. 오십 전 혹은 일 원만 생기면, 즉

시로 우동집이나 유곽으로 달려가던 그였습니다. 체질상, 성욕이 강한 그는, 그 불붙는 성욕을 끄기 위하여 눈앞에 닥치는 기회는 한 번도 놓치지 않았습니다. 친구들을 만날지라도, 음식을 한턱하라기보다 유곽을 한턱하라는 그였습니다.

"질(質)로는 모르지만, 양(量)으로는 세계의 누구에게든 그다지 지지 않을 테다."

관계한 여인의 수효에 대하여 이렇게 발언하기를 주저치 않으리만치, 그는 선택(選擇)이라는 도정을 밟지 않고 '집어세었'습니다. 스물서너 살에 벌써 이백 명은 넘으리라는 것을 발표하였습니다. 서른 살 때는 벌써 괴승(怪僧) 신돈(辛旽)이를 멀리 눈 아래로 굽어보았을 것입니다. 그런지라, 온갖 성병(性病)을 경험하지 못한 것이 없었습니다. 더구나, 술이 억배요, 그 위에 유달리 성욕이 강한 그는, 성병에 걸린 동안도 결코 삼가지를 않았습니다.

일년 삼백육십여 일 그에게서 성병이 떠나 본 적은 없었습니다. 늘 농이 흐르고, 한 달 건너 큼 고환염(睾丸炎)으로써, 걸음걸이도 거북스러운 꼴을 하여 가지고 나한테 주사를 맞으러 오고하였습니다. 그러는 동안에도, 오십 전, 혹은 일 원만 생기면 또한 성행위를 합니다. 이런지라 무론 그는 생식능력이 없어진 사람이었습니다.

이 일을 잘 아는 나는, M이 결혼을 안 하는 이유를 여기다가 연결시켜 가지고, 그의 도덕심(?)에 동정까지 하고 있었습니다. 일생을 빈곤한 가운데서 보내고, 늙은 뒤에도 슬하도 없이 쓸쓸하게 지낼 그, 더구나 자기를 봉양할 슬하가 없기 때문에, 백발이 되도록 제 손으로 이 고해를 헤엄치어 나갈 그는, 과연 한 가련한 존재이겠습니다.

이렇던 M이 어느덧 우리의 모르는 틈에 우물쭈물 혼약을 한 것이외다.

하기는 며칠 전에 이런 일이 있었습니다. 그날 저녁을 먹은 뒤에, 혼자서 신간 치료 보고서를 읽고 있을 때에 M이 찾아왔습니다. 그리고 비교적 어두운 얼굴로서, 내가 묻는 이야기에도 그다지 시원치 않은 듯이 입술엣 대답을 억지로 하고 있다가, 이런 질문을 나에게 던졌습니다.

"남자가 매독을 앓으면 생식을 못 하나?"

"괜찮겠지."

"임질은?"

"글쎄, 고환을 오카사레루(침범당하다)하지 않으면 괜찮어."

"고환은---- 내 친구 가운데 고환염을 앓은 사람이 있는데, 인제는 생식을 못 하겠다고 비관이 여간이 아니야. 고환을 오카사레루하면 절대 불가능인가? 양쪽 다 앓았다는데……."

"그것도 경하게 앓았으면 영향 없겠지."

"가령 그 경하다 치면, 내가 앓은 게 그게 경한 편일까, 중한 편일까?"

나는 뜻하지 않고 그의 얼굴을 보았습니다. 중하기도 그만치 중하게 앓은 뒤에, 지금 그게 경한 게냐 중한 게냐 묻는 것이 농담으로밖에는 들리지 않았으므로…… M의 얼굴은 역시 무겁고 어두웠습니다. 무슨 중대한 선고를 기다리는 사람과 같이 눈을 푹 내리뜨고 나의 대답을 기다리고 있었습니다. 잠시 그의 얼굴을 바라본 뒤에, 나는 어이가 없어서,

"아주 경한 편이지."

이렇게 대답하여 버렸습니다.

"경한 편?"

"그럼."

이리하여 작별을 하였는데, 지금에 이르러 생각하면 그 저녁의 그 문답이 오늘날의 그의 혼약을 이루게 하지 않았는가 합니다.

*

M이 혼약을 하였다는 기보(奇報)를 가지고 온 것은 T라는 친구였습니다. 그때는 마침 (다M을 아는) 친구가 너덧 사람 모여 있을 때였습니다.

"골동(骨董) 국보 하나 없어졌다."

누가 이런 비평을 가하였습니다. 나는 T에게 이렇게 물었습니다.

"그래 연애로 혼약이 된 셈인가요?"

"연애? 연애가 다 무에요. 갈보 나까이밖에는 여자라는 걸 모르는 녀석이, 어디서 연애의 대상을 구하겠소?"

"그럼 지참금(持參金)이라도 있답디까?"

"지참금이란 뉘 집 애 이름이오?"

나는 여기서 이 혼약에 대하여 가장 불유쾌한 한 면을 보았습니다. 삼십이 넘도록 총각으로 지낸 그로서, 연애라 하는 기묘한 정사 때문에 그 절(節)을 굽혔다면, 그것은 도리어 축하할 일이지 책할 일이 아니외다. 지참금을 바라고 혼약을 하였다 하여

도, 지금의 세상에 살아가는 우리로서 (더구나 그의 빈곤을 잘 아는 처지인지라) 크게 욕할 수가 없는 일이외다. 그러나 연애도 아니요, 금전문제도 아닌 이 혼약에서는, 가장 불유쾌한 한가지의 결론 밖에는 얻을 수가 없습니다.

“그럼-----”

나는 가장 불유쾌한 어조로 이렇게 말하였습니다.

“유곽에 다닐 비용을 경제하기 위하여 마누라를 얻는 셈이구료.”

이 혹평(酷評)에 대하여는 T는 마땅치 않다는 듯이 나를 보았습니다.

“그렇게 혹언할 것도 아니겠지요. M도 벌써 서른두 살이든가, 세 살이든가, 좌우간 그만하면 차차로 자식도 무릎에 앉혀 보고 싶을 게고, 그렇다고 마땅한 마누라를 선택할 길이나 방법은 없고-----”

“자식? 고환염을 그만침이나 심히 앓은 녀석에게 자식? 자식은-----”

불유쾌하기 때문에 경솔히도 직업적 비밀을 입 밖에 내인 나는 하던 말을 중도에 끊어 버렸습니다. 그러나 이미 한 말까지는 도로 삼킬 수가 없었습니다.

“네? 그게 무슨 말씀이오?”

M의 생식능력에 대하여 사면에서 질문이 들어왔습니다. 이미 한 말에 대하여 책임을 지지 않을 수 없는 나는, 그 말을 돌려 꾸미기에 한참 애를 썼습니다. 단언할 수는 없지만 혹은 M은 생식능력이 없을지도 모른다. 그러나 진찰을 안 해본 바이니까, 혹은 또한 생식능력이 있을지도 모른다. M이 너무도 싱거운 혼약을 한데 대하여 불유쾌하여 그런 혹언은 하였지만 그 말은 취소한다. 이러한 뜻으로 꾸며 대었습니다. 그리고 그 좌석에 있던 스무 살쯤 난 젊은이가,

“외려 일생을 자식 없이 지내면 편치 않아요?”

이러한 의견을 내이는 데 대하여, ‘젊은이로서는 도저히 이해할 수 없는 혈속의 애정’ 이라는 문제와, 그 문제를 너무도 무시하는 이즈음의 풍조에 대한 논평으로 말머리를 돌려 버리고 말았습니다.

M은 몰래 결혼식까지 하였습니다. 그의 친구들로서 M의 결혼식의 날짜를 미리 안 사람은 한 사람도 없었습니다. 뿐만 아니라, 지금 모두들 제각기 하는 소위 신식 혼례식을 하지 않고, 제 집에서 구식으로 하였습니다. 모 여고보 출신인 신부는 구식 결혼식이 싫다고 하였지만, M이 억지로 한 것이라 합니다.

이리하여 유곽에서는 한 부지런한 손님을 잃어버렸습니다.

*

“독점이라 하는 건 참 유쾌하거든.”

결혼한 뒤에 M은 어떤 친구에게 이런 말을 하였다 합니다. 비록 연애로써 성립된 결혼은 아니지만, 그다지 실패의 결혼은 아닌 듯하였습니다. 오십 전, 혹은 일 원의 돈을 내어던지고 순간적 성욕의 만족을 사던 이 노총각이, 꿈에도 생각지 못할 독점을 하였으매, 그의 긍지가 작지 않았을 것이외다. 연애결혼은 아니었지만 결혼한 뒤에 연애가 생긴 듯하였습니다. 언제든 음침한 기분이 떠돌던 그의 얼굴이, 그럴싸해서 그런지 좀 밝아진 듯하였습니다.

“복받거라.”

우리들, 더구나 나는 그들의 결혼을 심축하였습니다. 처음에는 한낱 M의 성행위의 기구로 M과 결합게된 커다란 희생물인 그의 젊은 아내를 위하여, 이것이 행복된 결혼이 되기를 축수하였습니다. 동기는 여하튼 결과에 있어서 아름다운 열매를 맺어라. 너의 아내로서, 한개 ‘희생물’이 되지 않게 하여라. 어머니로서의 즐거움을 맛볼 기회가 없는 너의 아내에게, 그 대신 아내로서는 남에게 곱 되는 즐거움을 맛보게 하여라. M의 일을 생각할 때마다 진심으로 이렇게 축수하였습니다.

신혼의 며칠이 지난 뒤부터는 M이 자기의 젊은 아내를 학대한다는 소문이 조금씩 들렸습니다. 완력을 사용한단 말까지 조금씩 들렸습니다. 그러나, 나는 이 문제는 그다지 크게 생각지 않았습니다. 이런 소문이 귀에 들어올 때마다, 나는 『아라비안 나이트』의 마신(魔神)의 이야기를 머릿속에서 되풀이하여 보고 하였습니다.

어떤 어부가 그물질을 하고 있었습니다. 그런데 한번 그물을 끄을어 올리니까 거기는 고기는 없고, 그 대신, 병(瓶)이 하나 걸려 있었습니다. 병은 마개가 닫혀 있고, 그 위에 납〔鉛〕으로 굳게 봉함까지 되어 있었습니다. 어부는 잠시 주저한 뒤에 그 병의 봉함을 뜯고 마개를 뽑아 보았습니다. 즉, 병에서는 한 줄기 검은 연기가 하늘로 올라갔습니다. 그리고 하늘로 올라간 그 연기는 차차 뭉쳐서 거기는 커다란 마신이 나타났습니다.

“나를 이 병 속에 감금한 것은 선지자 솔로몬이다. 이 병 속에 갇혀 있는 동안 나는 스스로 맹서하였다. 백년 안에 나를 구해 주는 사람이 있으면, 나는 그 사람에게 거대한 부(富)를 주겠다고. 그리고 백년을 기다렸지만 아무도 나를 구해 주는 사람이 없었다. 그래서 나는 다시 맹서했다. 인제 다시 백년 안으로 나를 구해 주는 사람이 있으면 나는 그 사람에게 이 세상에 있는 보배를 다 주겠다고. 그리고 헛되이 백년을 더 기다린 뒤에, 백년을 더 연기해서 그 백년 안에 나를 구해 주는 사람이 있으면, 그 사람에게 이 세상에서 가장 큰 권세와 영화를 주겠다고---- 그러나 그 백년이 다 지나도 역시 구해 주는 사람은 없었다. 그래서 나는 마지막으로 다시 맹서했다. 인제 누구든지 나를 구해 주는 놈이 있거든 당장에 그놈을 죽여서 그새 갇혀 있던 그 분풀이를 하겠다고."

이것이 병 속에서 나온 마신의 이야기였습니다. M이 자기의 젊은 아내를 학대한다는 소문이 들릴 때에, 나는 이 이야기를 생각지 않을 수가 없었습니다. 삼십이 지나도록 총각으로 지낸 그 고통과 고적함에 대한 분풀이를 제 아내에게 하는 것이라 했습니다. 그리고, 실컷 학대해라 실컷 학대해라, 더욱 축수하였습니다.

*

M이 결혼한지 일 년이 거의 된 어떤 날 저녁이었습니다. 그와 나는 어떤 곳에서 저녁을 같이 하고 있었습니다.

그의 얼굴은 이날 유난히 어둡고 무거웠습니다. 그는 음식에는 거의 손을 대지 않고 술만 들이켜고 있었습니다. 본시 말이 많지 않은 그가 이날은 더욱 입이 무거웠습니다.

몹시 취하여 더 술을 먹지 못하리만치 되어서, 그는 처음으로 자발적으로 입을 열었습니다. 충혈이 된 그의 눈은 무시무시하게 번득였습니다.

"여보게, 여보게, 속이지 말구 진정으로 말해 주게. 내게 생식능력이 있겠나?"

"글쎄, 검사를 해봐야지."

나는 이만치 하여 넘기려 하였습니다.

"그럼 한번 진찰해 봐주게."

"왜 갑자기----"

그는 곧 대답하려 하였습니다. 그러나 나오려던 말을 삼켰습니다. 그리고 다시 술을 한잔 먹은 뒤에 눈을 푹 내려뜨며 말했습니다.

"아니, 다른 게 아니라, 내게 만약 생식능력이 없다면 저 사람(자기의 아내)이 불쌍하지 않나. 그래서 없는 게 판명되면, 아직 젊었을 때에 헤져서 저 사람이 제 운명을 다시 개척할 '때'를 줘야지 않겠나? 그래서 말일세."

"진찰해 보아야지."

"그럼 언제 해보세."

그 며칠 뒤에 나는 M의 아내가 임신했다는 소문을 듣고 깜짝 놀랐습니다. 검사해 볼 필요도 없습니다. M은 그 능력이 없을 것입니다. 그런데 M의 아내는 임신했습니다.

그리고 며칠 전에 M이 검사하겠다던 마음을 짐작했습니다. 그것은 결코 그날의 제 말마따나 '아내의 장래를 위하여' 하려는 것이 아니고, 아내에게 대한 의혹 때문에 하여 보려는 것일 것이외다. 자기도 온전히 모르는 바는 아니로되, 십중팔구는 자기는 생식불능자일 텐데 자기의 아내는 임신을 한 것이외다.

생각하면 재미있는 연극이외다. 생식능력이 없는 M은, 그런 기색도 뵈지 않고 결혼을 하였습니다. 그리하여 M에게로 시집을 온 새 아내는 임신을 하였습니다. 제 남편이 생식불능자인 줄을 모르는 아내는, 뻐젓이 자기의 가진 죄의 씨를 M에게 자랑하고 있을 것이외다. 일찍이 자기가 생식불능자인지도 모르겠다는 점을 밝혀 주지 않은 M은, 지금 이 의혹의 구렁텅이에서도 제 아내를 책할 권리가 없을 것이외다. 그가 검사를 하겠다 하나, 검사를 하여서 자기가 불구자인 것이 판명된 뒤에는 어떤 수단을 취할는지 짐작도 할 수가 없습니다. 아내의 음행을 책하자면, 자기의 사기적 행위를 폭로시키지 않을 수가 없을 것이외다.

그것을 감추자면, 제 번민만 더욱 크게 할 것이외다.

어떤 날 그는 검사를 하자고 왔습니다. 그때 마침 환자가 몇 사람 밀려 있던 관계상, 나는 그를 내 사실에 가서 좀 기다리라 하고, 환자 처리를 다 하고 내려갔습니다. 그랬더니 그는 나를 기다리지 않고 돌아가 버렸습니다.

이튿날 그는 다시 왔습니다. 그러나 그는 또 돌아가 버렸습니다.

나도 사실 어찌하여야 할지 똑똑히 마음을 작정치 못했던 것이외다. 검사한 뒤에 당연히 사멸해 있을 생식능력을, 살아 있다고 하자니, 그것은 나의 과학적 양심이 허락지 않는 바외다. 그러나 또한 사멸하였다고 하자니, 이것은 한 사람의 일생을 망쳐 버리는 무서운 선고에 다름없습니다. M이라 하는 정당한 남편을 두고도 불의의 쾌락을 취하는 M의 아내는 분명히 책받을 여인이겠지요. 그러나 또한 다른 편으로 이 사건을 관찰할 때에, 내가 눈을 꾹 감고 그릇된 검안을 내린다면 그로 인하여, 절대로 불가능하던 M이 슬하에 사랑스런 자식(?)을 두고 거기서 노후의 위안도 얻을 수 있을 것이요, 만사가 원만히 해결될 것이외다.

내가 자유로 선택할 수 있는 두 가지의 갈랫길에 서서, 나는 어느 편 길을 취하여야 할지 판단을 주저하고 있었습니다.

이 문제가 사오 일 뒤에 저절로 해결이 되었습니다. 그날도 역시 침울한 얼굴로 찾아온 M에게 대하여 나는 의리상,

"오늘 검사해 보자나?"

하니깐 그는 간단히 대답하였습니다.

"벌써 했네."

"응? 어디서?"

"P병원에서."

"그래서 결과는?"

"살았다데."

"?"

나는 뜻하지 않고 그의 얼굴을 보았습니다. 그것은 의외의 대답을 들은 때문이라기보다 오히려 '살았다데' 하는 그의 음성이 너무 침통하기 때문에…….

이렇게 대답하는 동안 나는 내가 하마터면 질 뻔한 괴로운 임무에서 벗어난 안심을 느끼는 동시에, P병원에서의 검안의 의외에 눈을 크게 뜨지 않을 수가 없었습니다.

내 눈을 만난 M의 눈은 낭패한 듯이 이리저리 돌아다녔습니다. 그리고 나는 그 눈으로 그가 방금 한 말이 거짓말이었음을 알았습니다.

그럼 그는 왜 거짓말을 하였나. 자기의 아내의 명예를 보호하기 위하여? 세상과 및 제 마음을 속여 가면서라도 자식을 슬하에 두어 보기 위하여? 나는 그의 마음을 알 수가 없었습니다.

그가 입을 열었습니다. 무겁고 침울한 음성이었습니다 .

"여보게, 자네 이런 기모치(기분) 알겠나?"

"어떤?"

그는 잠시 쉬어서 말을 시작했습니다.

"월급쟁이가 월급을 받았네. 받은 즉시로 나와서 먹고 쓰고 사고, 실컷 마음대로 돈을 썼네. 막상 집으로 돌아가는 길일세. 지갑 속에 돈이 몇 푼 안 남아 있을 것은 분명해. 그렇지만 지갑을 못 열어 봐. 열어 보기 전에는 혹은 아직은 꽤 많이 남아 있겠거니 하는 요행심도 붙일 수 있겠지만, 급기 열어 보면 몇 푼 안 남은 게 사실로 나타나지 않겠나? 그게 무서워서 아직 있거니, 스스로 속이네그려. 쌀도 사야지. 나무도 사야지. 열어 보면 그걸 살 돈이 없는 게, 사실로 나타날 테란 말이지. 그래서 할 수 있는 대로 지갑에서 손을 멀리하고 제 집으로 돌아오네. 그 기모치 알겠나?"

나는 머리를 끄덕이었습니다.

"알겠네."

그는 다시 입을 봉하였습니다. 그러나 그때에 나는 알았습니다. M은 검사도 하여 보지 않은 것이외다. 그는 무서워합니다. 그는 검사를 피합니다. 자기의 아내가 임신을 하였습니다. 그것은, 상식으로 판단하여 무론 남편의 아이일 것이외다. 거기에 대하여 의심을 품을자는 하나도 없을 것이외다. 의심을 품을 필요도 없는 것이외다. 왜? 여인이 남편을 맞으면 원칙상 임신을 하는 것이 당연한 일이니깐.

이 의심할 필요가 없는 일을 의심하다가 향기롭지 못한 결과가 나타나면 이것은 자작지얼(自作之孽)로서 원망을 할 곳이 없을 것이외다. 벌의 둥지를 건드리는 것은 어리석은 짓이외다. 십중팔구는 향기롭지 못한 결과가 나타날 '검사'를 M은 회피한 것이외다. 절망을 스스로 사지 않으려, 그리고 번민 가운데서도 끝끝내 일루의 희망을 붙여 두려 M은 온전히 '검사'라는 위험한 벌의 둥지를 건드리지 않기로 한 것이외다. 그리고 상식으로 판단할 수 있는 (제 아내의 뱃속에 있는) 자식에게 대하여, 억지로 애정을 가져 보려 결심한 것이외다. 검사를 하여서 정충이 살아 있다면 다행한 일이지만, 사멸하였다면 시재 제 아내와의 새에 생길 비극과 분노와 절망은 둘째 두고라도, 일생을 슬하에 혈육이 없이 보내고, 노후에 의탁할 곳을 가질 가능성조차 없는 절망의 지위에 빠지지 않을 수가 없을 것이외다.

이것은 무서운 일이외다. 상식으로 판단할 수 있는 일을 거부하고까지 이런 모험행

위를 할 필요가 없을 것이외다.

이리하여 그는 검사는 단념했지만, 마음에 있는 의혹뿐은 온전히 끄지를 못한 모양이었습니다. 그 뒤에 어떤 날, 그는 이런 이야기 저런 이야기 하다가 이런 말을 했습니다.

"자식은 꼭 제 애비를 닮는다면 좋겠구먼……."

거기 대하여 나는 닮는 예를 여러 가지로 들어서 말하여 주었습니다.

그는 한숨을 쉬었습니다.

"여인이 애를 배면 걱정일 테야. 아버지나 친할아비를 닮는다면 문제가 없겠지만, 외편을 닮거나, 그렇지 않으면, 아무도 닮지 않으면 걱정이 아니겠나. 그저 애비를 닮아야 제일이야, 하하하."

나는 대답하였습니다.

"글쎄 말이지, 내 전문이 아니니깐 이름은 기억 못 하지만, 독일 소설에 이런 게 있지 않나.

「아버지」라나 하는 희곡 말일세. 자식을 낳았는데 제 자식인지 아닌지 몰라서 번민하는 그런 이야기가 있지? 그것도 아버지만 닮으면 문제가 없겠지."

"아— 아, 다 구찮어."

*

M의 아내가 아들을 낳았습니다.

그 아이가 반년쯤 자랐습니다.

어떤 날 M은 그 아이를 몸소 안고 병을 뵈러 나한테 왔습니다. 기관지가 조금 상하였습니다.

약을 받아 가지고도 그냥 좀 앉아 있던 M은 묻지도 않는 말을 이런 말을 하였습니다.

"이놈이 꼭 제 증조부님을 닮았다거든."

"그래?"

나는 그의 말에 적지 않은 흥미를 느끼면서 이렇게 응했습니다. 내 눈으로 보자면, 그 어린애와 M과는 아무런 관련도 없는 바인데, 그 애가 M의 할아버지를 닮았다는 것은 기이하므로서…… 어린애의 진편과 외편의 근친(近親)에서 아무도 비슷한 사람을 찾아내지 못한 M의 친척은, 하릴없이 예전의 죽은 조상을 들추어낸 모양이었습니다. 그리고 그 어린애에게, 커다란 의혹과 그보다 더 커다란 희망(의혹이 오해였던 것을 바라는)은 M으로 하여금 손쉽게 그 말을 믿게 한 모양이었습니다. 적어도 신뢰하려고 마음먹게 한 모양이었습니다.

내가 자기의 말에 흥미를 가지는 것을 본 M은, 잠시 주저하다가 그가 예비하였던 둘째말을 마침내 꺼내었습니다.

"게다가 날 닮은 데도 있어."

"어디?"

"이보게."

M은 어린애를 왼편 팔로 가만히 옮겨서 붙안으면서, 오른손으로는 제 양말을 벗었습니다.

"내 발가락 보게. 내 발가락은 남의 발가락과 달라서 가운데 발가락이 그중 길어. 쉽지 않은 발가락이야. 한데----"

M은 강보를 들치고 어린애의 발을 가만히 꺼내어 놓았습니다.

"이놈의 발가락 보게. 꼭 내 발가락 아닌가? 닮았거든……."

M은 열심으로, 찬성을 구하는 듯이 내 얼굴을 바라보았습니다. 얼마나 닮은 곳을 찾아보았기에 발가락 닮은 것을 찾아내었겠습니까.

나는 M의 마음과 노력에 눈물겨워졌습니다. 커다란 의혹 가운데서, 그 의혹을 어떻게 하여서든 삭여 보려는 M의 노력은, 인생의 가장 요절할 비극이었습니다. M이 보라고 내어놓은 어린애의 발가락은 안 보고 오히려 얼굴만 한참 들여다보고 있다가, 나는 마침내 이렇게 말하였습니다.

"발가락뿐 아니라, 얼굴도 닮은 데가 있네."

그리고 나의 얼굴로 날아오는 (의혹과 희망이 섞인) 그의 눈을 피하면서 돌아앉았습니다.

출전: 동광29(1932.1)

二十歲[이십세]의 野望家[야망가]

나의 이십 살 때 —— 그 때는 꼭 三[삼]•一[일] 사건의 다음 해요, 내가 문학 생활을 시작한 지 꼭 이태째 되는 해외다.

三[삼]•一[일] 사건이라 하는 것은 그때의 조선을 후조선으로 나누니만치, 조선에 있어서는 뜻 깊은 운동이었습니다. 조선 사람들은 모두 이 사건에 자극이 되어 무엇이든 해보겠다고 움직이기 시작한 때였읍니다. 마침 文學生活[문학생활]을 시작한 직후에 또한 이런 큰 사건이 있었읍니다. 조선문학의 開拓者[개척자] —— 이런 놀라운 野望[야망]을 품고 있던 나는 이 〈움직이는 조선〉에 더욱 등이 밀리는 듯하여 성급히 앞으로 邁進[매진]할 따름이었읍니다. 때가 때였읍니다. 나이가 나이였읍니다. 게다가 방금 文學[문학]의 길에 발을 들여 놓은 풋靑年[청년]이었읍니다. 앞뒤를 돌아보거나 남의 말을 기이거나 비평을 겁내거나 할 줄을 모르고 눈 감고 돌진하였읍니다. 중년의 오늘날에 생각하면 그 용맹이 부럽습니다.

(一九三二年 三月[일구삼이년 삼월] 《三千里[삼천리]》 所載[소재])

붉은 산

-어떤 醫師의 手記-

그것은 여(余)가 만주를 여행할 때 일이었다. 만주의 풍속도 좀 살필 겸 아직껏 문명의 세례를 받지 못한 그들의 사이에 퍼져 있는 병(病)을 조사할 겸해서 일년의 기한을 예산하여 가지고 만주를 시시콜콜이 다 돌아온 적이 있었다. 그때에 ××촌이라 하는 조그만 촌에서 본 일을 여기에 적고자 한다.

××촌은 조선사람 소작인만 사는 한 이십여 호 되는 작은 촌이었다. 사면을 둘러보아도 한개의 산도 볼 수가 없는 광막한 만주의 벌판 가운데 놓여 있는 이름도 없는 작은 촌이었다. 몽고사람 종자(從者)를 하나 데리고 노새를 타고 만주의 촌촌을 돌아다니던 여가 그 ××촌에 이른 때는 가을도 다 가고 어느덧 광포한 북극의 겨울이 만주를 찾아온 때였다.

만주의 어느 곳이나 조선 사람이 없는 곳은 없지만 이러한 오지(奧地)에서 한 동네가 죄 조선 사람뿐으로 되어 있는 곳을 만나니 반가왔다. 더구나 그 동네는 비록 모두가 만주국인의 소작인이라 하나, 사람들이 비교적 온량하고 정직하여, 장성한 이들은 그래도 모두 천자문 한 권쯤은 읽은 사람이었다.

살풍경한 만주, 그 가운데서 살풍경한 살림을 하는 만주 국인이며 조선 사람의 동네를 근 일년이나 돌아다니다가 비교적 평화스런 이런 동네를 만나면, 그것이 비록 외국인의 동네라 하여도 반갑겠거늘, 하물며 우리 같은 동족임에랴. 여는 그 동네에서 한 십여 일 이상을 일없이 매일 호별 방문을 하며 그들과 이야기로 날을 보내며, 오래간만에 맛보는 평화적 기분을 향락하고 있었다.

'삵'이라는 별명을 가지고 있는 '정익호'라는 인물을 본 것이 여기서이다.

익호라는 인물의 고향이 어디인지는 ××촌에서 아무도 몰랐다. 사투리로 보아서 경기 사투리인 듯하지만 빠른 말로 재재거리는 때에는 영남 사투리가 보일 때도 있고, 싸움이라도 할 때는 서북 사투리가 보일 때도 있었다. 그런지라 사투리로서 그의 고향을 짐작할 수가 없었다. 쉬운 일본말도 알고, 한문글자도 좀 알고, 중국말은 물론 꽤 하고, 쉬운 러시아말도 할 줄 아는 점 등등, 이곳저곳 숱하게 줏어먹은 것은 짐작이 가지만 그의 경력을 똑똑히 아는 사람은 없었다.

그는 여(余)가 ××촌에 가기 일년 전쯤 빈손으로 이웃이라도 오듯 후덕덕 ××촌에 나타났다 한다. 생김생김으로 보아서 얼굴이 쥐와 같고 날카로운 이빨이 있으며 눈에는 교활함과 독한 기운이 늘 나타나 있으며, 발룩한 코에는 코털이 밖으로까지 보이도록 길게 났고, 몸집은 작으나 민첩하게 되었고, 나이는 스물 다섯에서 사십까지 임의로 볼 수 있으며, 그 몸이나 얼굴 생김이 어디로 보든 남에게 미움을 사고 근접치 못할 놈이라는 느낌을 갖게 한다.

그의 장기(長技)는 투전이 일쑤며, 싸움 잘하고, 트집 잘 잡고, 칼부림 잘하고, 색시에게 덤벼들기 잘하는 것이라 한다.

생김생김이 벌써 남에게 미움을 사게 되었고, 거기다 하는 행동조차 변변치 못한 일만이라, ××촌에서도 아무도 그를 대척하는 사람이 없었다. 사람들은 모두 그를 피하였다. 집이 없는 그였으나 뉘 집에 잠이라도 자러 가면 그 집 주인은 두말없이 다른 방으로 피하고 이부자리를 준비하여주고 하였다. 그러면 그는 이튿날 해가 낮이 되도록 실컷 잔 뒤에 마치 제 집에서 일어나듯 느직이 일어나서 조반을 청하여 먹고는 한마디의 사례도 없이 나가버린다.

그리고 만약 누구든 그의 이 청구에 응치 않으면 그는 그것을 트집으로 싸움을 시작하고, 싸움을 하면 반드시 칼부림을 하였다.

동네의 처녀들이며 젊은 여인들은 익호가 이 동네에 들어온 뒤부터는 마음놓고 나다니지를 못하였다. 철없이 나갔다가 봉변을 당한 사람도 몇이 있었다.

'삵'

이 별명은 누가 지었는지 모르지만 어느덧 ××촌에서는 익호를 익호라 부르지 않고 '삵'이라고 부르게 되었다.

“삵이 뉘 집에서 묵었나?”

“김 서방네 집에서.”

“다른 봉변은 없었다나?”

“요행히 없었다네.”

그들은 아침에 깨면 서로 인사 대신으로 '삵'의 거취를 알아보고 하였다.

'삵'은 이 동네에는 커다란 암종이었다. '삵' 때문에 아무리 농사에 사람이 부족한 때라도 젊고 튼튼한 몇 사람은 동네의 젊은 부녀를 지키기 위하여 동네 안에 머물러 있지 않을 수가 없었다. '삵' 때문에 부녀와 아이들은 아무리 더운 여름 저녁에라도 길에 나서서 마음놓고 바람을 쏘여보지를 못하였다. '삵' 때문에 동네에서는 닭의 가리며 돼지우리를 지키기 위하여 밤을 새지 않을 수가 없었다.

동네의 노인이며 젊은이들은 몇번을 모여서 '삵'을 이 동리에서 내어쫓기를 의논하였다. 물론 합의는 되었다. 그러나 내어 쫓는데 선착할 사람이 없었다.

“첨지가 선착하면 뒤는 내 담당하마.”

“뒤는 걱정 말고 형님 먼저 말해보시오.”

제각기 '삵'에게 먼저 달겨들기를 피하였다.

이리하여 동리에서는 합의는 되었으나 '삵'은 그냥 태연히 이 동네에 묵어있게 되었다.

“며늘년들이 조반이나 지었나?”

“손주놈들이 잠자리나 준비했나?”

마치 그 동네의 모두가 자기의 집안인 것같이 '삵'은 마음대로 이집 저집을 드나들었다.

××촌에서는 사람이라도 죽으면 반드시 조상 대신으로,

“삵이나 죽지 않고.”

하는 한마디의 말을 잊지 않고 하였다. 누가 병이라도 나면,

“에익! 이놈의 병 '삵'한테로 가거라.”

고 하였다.

암종 - 누구나 '삵'을 동정하거나 사랑하는 사람이 없었다.

'삵'도 남의 동정이나 사랑은 벌써 단념한 사람이었다. 누가 자기에게 아무런 대접

을 하든 탓하지 않았다. 보이는 데서 보이는 푸대접을 하면 그 트집으로 반드시 칼부림까지 하는 그였지만, 뒤에서 아무런 말을 할지라도 - 그리고 그것이 '삵'의 귀에까지 갈지라도 탓하지 않았다.

"흥…"

이 한마디는 그의 가장 큰 처세 철학이었다.

흔히 곁 동네 만주 국인들의 투전판에 가서 투전을 하였다. 때때로 두들겨 맞고 피투성이가 되어서 돌아오는 일도 있었다. 그러나 그는 그 하소연을 하는 일이 없었다. 한다 할지라도 들을 사람도 없거니와 - 아무리 무섭게 두들겨 맞은 뒤라도 하루만 샘물에 상처를 씻고 절룩절룩한 뒤에는 또 이튿날은 천연히 나다녔다.

여(余)가 ××촌을 떠나기 전날이었다.

송 첨지라는 노인이 그해 소출을 나귀에 실어 가지고 만주국인 지주가 있는 촌으로 갔다. 그러나 돌아올 때는 송장이 되었다. 소출이 좋지 못하다고 두들겨 맞아서 부러져 꺾어진 송 첨지는 나귀등에 몸이 결박되어서 겨우 ××촌으로 돌아왔다. 그리고 놀란 친척들이 나귀에서 몸을 내릴 때에 절명하였다.

××촌에서는 왁자하였다.

"원수를 갚자!"

명 아닌 목숨을 끊은 송 첨지를 위하여 동네의 젊은이는 모두 흥분하였다. 제각기 이제라도 들고 일어설 듯하였다.

그러나 그뿐이었다. 누구든 앞장을 서려는 사람이 없었다. 만약 이때에 누구든 앞장을 서는 사람만 있었더면 그들은 곧 그 지주에게로 달려갔을지 모른다. 그러나 제가 앞장을 서겠노라고 나서는 사람은 없었다. 제각기 곁사람을 돌아보았다.

발을 굴렀다. 부르짖었다. 학대받는 인종의 고통을 호소하며 울었다. 그러나 - 그뿐이었다. 남의 일로 지주에게 반항하여 제 밥자리까지 떼우기를 꺼림인지, 용감히 앞서 나가는 사람은 없었다.

여는 의사라는 여의 직업상 송 첨지 시체를 검시를 하였다. 돌아오는 길에 여는 '삵'을 만났다. 키가 작은 '삵'을 여는 내려다보았다. '삵'은 여를 쳐다보았다.

'가련한 인생아. 인종의 거머리야. 가치 없는 인생아. 밥 버러지야. 기생충아!'

여는 '삵'에게 말하였다.

“송 첨지가 죽은 줄 아나?”

여의 말에 아직껏 여를 쳐다보고 있던 '삵'의 얼굴이 아래로 떨어졌다. 그리고 여가 발을 떼려는 순간 얼핏 '삵'의 얼굴에 나타난 비창한 표정을 여는 넘길 수가 없었다.

고향의 떠난 만리 밖에서 학대받는 인종의 가엾음을 생각하고 그 밤은 여도 잠을 못 이루었다.

그 억분함을 호소할 곳도 못 가진 우리의 처지를 생각하고, 여도 눈물을 금치를 못하였다.

이튿날 아침이었다.

여를 깨우러 오는 사람의 소리에 여는 반사적으로 일어났다.

'삵'이 동구(洞口) 밖에서 피투성이가 되어 죽어 있다는 것이었다. 여는 '삵'이라는 말에 눈살을 찌푸렸다. 그러나 의사라는 직업상, 곧 가방을 수습하여 가지고 '삵'이 넘어진 데까지 달려갔다. 송 첨지의 장례식 때문에 모였던 사람 몇은 여의 뒤를 따라왔다.

여는 보았다. '삵'의 허리가 기역자로 뒤로 부러져서 밭고랑 위에 넘어져 있는 것을 여는 달려가 보았다. 아직 약간의 온기는 있었다.

“익호! 익호!”

그러나 그는 정신을 못 차렸다. 여는 응급수단을 취하였다. 그의 사지는 무섭게 경련되었다. 이윽고 그가 눈을 번쩍 떴다.

“익호! 정신드나?”

그는 여의 얼굴을 보았다. 끝이 없이 한참을 쳐다보았다. 그의 눈동자가 움직이었다.

겨우 처지를 깨달은 모양이었다.

“선생님, 저는 갔었습니다.”

“어디를?”

“그 놈… 지주 놈의 집에…”

무얼? 여는 눈물 나오려는 눈을 힘있게 닫았다. 그리고 덥석 그의 벌써 식어가는 손을 잡았다. 잠시의 침묵이 계속되었다. 그의 사지에서는 무서운 경련이 끊임없이 일었다. 그것은 죽음의 경련이었다. 듣기 힘든 그의 작은 소리가 또 그의 입에서 나왔다.

"선생님."

"왜?"

"보고 싶어요. 전 보구 시…"

"뭐이?"

그는 입을 움직였다. 그러나 말이 안나왔다. 기운이 부족한 모양이었다. 잠시 뒤에 그는 또다시 입을 움직였다. 무슨 소리가 그의 입에서 나왔다.

"무얼?"

"보고 싶어요. 붉은 산이 - 그리고 흰 옷이!"

아아, 죽음에 임하여 그의 고국과 동포가 생각난 것이었다. 여는 힘있게 감았던 눈을 고즈너기 떴다. 그때에 '삵'의 눈도 번쩍 뜨이었다. 그는 손을 들려고 하였다. 그러나 이미 부러진 그의 손은 들리지 않았다. 그는 머리를 돌이키려 하였다. 그러나 그런 힘이 없었다.

그의 마지막 힘을 혀끝에 모아가지고 입을 열었다…

"선생님!"

"왜?"

"저것… 저것…"

"무얼?"

"저기 붉은 산이… 그리고 흰 옷이… 선생님 저게 뭐예요!"

여는 돌아보았다. 그러나 거기는 황막한 만주의 벌판이 전개되어 있을 뿐이었다.

"선생님 노래를 불러주세요. 마지막 소원 - 노래를 해주세요. 동해물과 백두산이 마르고 닳도록…"

여는 머리를 끄덕이고 눈을 감았다. 그리고 입을 열었다. 여의 입에서는 창가가 흘러나왔다. 여는 고즈너기 불렀다.

"동해물과 백두산이…"

고즈너기 부르는 여의 창가 소리에 뒤에 둘러섰던 다른 사람의 입에서도 숭엄한 코러스는 울리어나왔다.

무궁화 삼천리
화려 강산…

광막한 겨울의 만주벌 한편 구석에서는 밥 버러지 익호의 죽음을 조상하는 숭엄한 노래가 차차 크게 엄숙하게 울리었다. 그 가운데 익호의 몸은 점점 식어갔다.

감자

싸움, 간통, 살인, 도적, 구걸, 징역 이 세상의 모든 비극과 활극의 근원지인, 칠성문 밖 빈민굴로 오기 전까지는, 복녀의 부처는 (사농공상의 제2위에 드는) 농민이었었다.

복녀는, 원래 가난은 하나마 정직한 농가에서 규칙 있게 자라난 처녀였었다. 이전 선비의 엄한 규율은 농민으로 떨어지자부터 없어졌다 하나, 그러나 어딘지는 모르지만 딴 농민보다는 좀 똑똑하고 엄한 가율이 그의 집에 그냥 남아 있었다. 그 가운데서 자라난 복녀는 물론 다른 집 처녀들과 같이 여름에는 벌거벗고 개울에서 멱감고, 바짓바람으로 동리를 돌아다니는 것을 예사로 알기는 알았지만, 그러나 그의 마음속에는 막연하나마 도덕이라는 것에 대한 저픔을 가지고 있었다.

그는 열다섯 살 나는 해에 동리 홀아비에게 팔십 원에 팔려서 시집이라는 것을 갔다. 그의 새서방(영감이라는 편이 적당할까)이라는 사람은 그보다 이십 년이나 위로서, 원래 아버지의 시대에는 상당한 농군으로서 밭도 몇 마지기가 있었으나, 그의 대로 내려오면서는 하나 둘 줄기 시작하여서 마지막에 복녀를 산 팔십 원이 그의 마지막 재산이었었다. 그는 극도로 게으른 사람이었었다. 동리 노인들의 주선으로 소작 밭깨나 얻어 주면, 종자만 뿌려 둔 뒤에는 후치질도 안하고 김도 안 매고 그냥 내버려 두었다가는, 가을에 가서는 되는 대로 거두어서 '금년은 흉년이네' 하고 전주집에는 가져도 안가고 자기 혼자 먹어 버리고 하였다. 그러니까 그는 한밭을 이태를 연하여 부쳐 본 일이 없었다. 이리하여 몇 해를 지내는 동안 그는 그 동리에서는 밭을 못 얻으리만큼 인심을 잃고 말았다.

복녀가 시집을 간뒤 한 삼사 년은 장인의 덕택으로 이렁저렁 지나갔으나, 이전 선비의 꼬리인 장인은 차차 사위를 밉게 보기 시작하였다. 그들은 처가에까지 신용을 잃게 되었다.

그들 부처는 여러 가지로 의논하다가 하릴없이 평양성 안으로 막벌이로 들어왔다. 그러나 게으른 그에게는 막벌이나마 역시 되지 않았다. 하루 종일 지게를 지고 연광정에 가서 대동강만 내려다보고 있으니, 어찌 막벌이인들 될까. 한 서너 달 막벌이를 하다가, 그들은 요행 어떤 집 막간(행랑)살이로 들어가게 되었다.

그러나 그 집에서도 얼마 안하여 쫓겨나왔다. 복녀는 부지런히 주인집 일을 보았지만 남편의 게으름은 어찌할 수가 없었다. 매일 복녀는 눈에 칼을 세워 가지고 남편을 채근하였지만, 그의 게으른 버릇은 개를 줄 수는 없었다.

"벳섬 좀 치워 달라우요."

"남 졸음 오는데. 님자 치우시관."

"내가 치우나요?"

"이십 년이나 밥 먹구 그걸 못 치워!"

"에이구, 칵 죽구나 말디."

"이년, 뭘."

이러한 싸움이 그치지 않다가, 마침내 그 집에서도 쫓겨나왔다.

이젠 어디로 가나? 그들은 하릴없이 칠성문 밖 빈민굴로 밀리어 나오게 되었다.

칠성문 밖을 한 부락으로 삼고 그곳에 모여 있는 모든 사람들의 정업은 거라지요, 부업으로는 도적질과 (자기네끼리의) 매음, 그 밖에 이 세상의 모든 무섭고 더러운 죄악이었었다. 복녀도 그 정업으로 나섰다.

*

그러나 열아홉 살의 한창 좋은 나이의 여편네에게 누가 밥인들 잘 줄까.

"젊은 거이 거랑질은 왜."

그런 소리를 들을 때마다 그는 여러가지 말로, 남편이 병으로 죽어 가거니 어쩌거니 핑계는 대었지만, 그런 핑계에는 단련된 평양 시민의 동정은 역시 살 수가 없었다. 그들은 이 칠성문 밖에서도 가장 가난한 사람 가운데 드는 편이었다. 그 가운데서 잘 수입되는 사람은 하루에 오 리짜리 돈뿐으로 일 원 칠팔십 전의 현금을 쥐고 돌아오는 사람까지 있었다. 극단으로 나가서는 밤에 돈벌이 나갔던 사람은 그날 밤 사백여 원을 벌어 가지고 와서 그 근처에서 담배 장사를 시작한 사람까지 있었다.

복녀는 열아홉 살이었었다. 얼굴도 그만하면 빤빤하였다. 그 동리 여인들의 보통 하는 일을 본받아서 그도 돈벌이 좀 잘하는 사람의 집에라도 간간 찾아가면 매일 오륙십 전은 벌수가 있었지만, 선비의 집안에서 자라난 그는 그런 일은 할 수가 없었다.

그들 부처는 역시 가난하게 지냈다. 굶는 일도 흔히 있었다.

*

기자묘 솔밭에 송충이가 끓었다. 그때, 평양 '부'에서는 그 송충이를 잡는데(은혜를 베푸는 뜻으로) 칠성문 밖 빈민굴의 여인들을 인부로 쓰게 되었다.

빈민굴 여인들은 모두 다 지원을 하였다. 그러나 뽑힌 것은 겨우 오십 명쯤이었다. 복녀도 그 뽑힌 사람 가운데 한 사람이었었다.

복녀는 열심으로 송충이를 잡았다. 소나무에 사다리를 놓고 올라가서는, 송충이를 집게로 집어서 약물에 잡아넣고 잡아넣고, 그의 통은 잠깐 새에 차고 하였다. 하루에 삼십이 전씩의 공전이 그의 손에 들어왔다.

그러나 대엿새 하는 동안에 그는 이상한 현상을 하나 발견하였다. 그것은 다른 것이 아니라, 젊은 여인부 한 여남은 사람은 언제나 송충이는 안 잡고 아래서 지절거리며 웃고 날뛰기만 하고 있는 것이었다. 뿐만 아니라, 그 놀고 있는 인부의 공전은 일하는 사람의 공전보다 팔 전이나 더 많이 내어주는 것이다.

감독은 한 사람뿐이지만 감독도 그들의 놀고 있는 것을 묵인할 뿐 아니라, 때때로는 자기까지 섞여서 놀고 있었다.

어떤 날 송충이를 잡다가 점심때가 되어서, 나무에서 내려와서 점심을 먹고 다시 올라가려 할 때에 감독이 그를 찾았다.

"복네, 얘 복네."

"왜 그릅네까?"

그는 약통과 집게를 놓은 뒤에 돌아섰다. "좀 오나라."

그는 말없이 감독 앞에 갔다.

"얘, 너, 음…… 데 뒤 좀 가보디 않갔니?"

"뭘 하레요?"

“글쎄, 가야…….”

“가디요, 형님.”

그는 돌아서면서 인부들 모여 있는 데로 고함쳤다.

“형님두 갑세다가레.”

“싫다 얘. 둘이서 재미나게 가는데, 내가 무슨 맛에 가갔니?”

복녀는 얼굴이 새빨갛게 되면서 감독에게로 돌아섰다.

“가보자.”

감독은 저편으로 갔다. 복녀는 머리를 수그리고 따라갔다.

“복네 좋갔구나.”

뒤에서 이러한 고함 소리가 들렸다. 복녀의 숙인 얼굴은 더욱 발갛게 되었다. 그날부터 복녀도 ‘일 안 하고 공전 많이 받는 인부’의 한 사람으로 되었다.

*

복녀의 도덕관 내지 인생관은 그때부터 변하였다.

그는 아직껏 딴 사내와 관계를 한다는 것을 생각하여 본 일도 없었다. 그것은 사람의 일이 아니요 짐승의 하는 짓으로만 알고 있었다. 혹은 그런 일을 하면 탁 죽어지는지도 모를 일로 알았다.

그러나 이런 이상한 일이 어디 다시 있을까. 사람인 자기도 그런 일을 한 것을 보면, 그것은 결코 사람으로 못 할 일이 아니었었다. 게다가 일 안하고도 돈 더 받고, 긴장된 유쾌가 있고, 빌어먹는 것보다 점잖고…….

일본말로 하자면 ‘삼박자(三拍子)’ 같은 좋은 일은 이것뿐이었었다. 이것이야말로 삶의 비결이 아닐까. 뿐만 아니라, 이 일이 있은 뒤부터, 그는 처음으로 한 개 사람이 된 것 같은 자신까지 얻었다.

그 뒤부터는, 그의 얼굴에는 조금씩 분도 바르게 되었다.

*

일년이 지났다.

그의 처세의 비결은 더욱더 순탄히 진척되었다. 그의 부처는 이제는 그리 궁하게 지내지는 않게 되었다.

그의 남편은 이것이 결국 좋은 일이라는 듯이 아랫목에 누워서 벌신벌신 웃고 있었다. 복녀의 얼굴은 더욱 이뻐졌다.

"여보, 아즈바니, 오늘은 얼마나 벌었소?"

복녀는 돈 좀 많이 번듯한 거라지를 보면 이렇게 찾는다.

"오늘은 많이 못 벌었쉐다."

"얼마?"

"도무지 열서너 냥."

"많이 벌었쉐다가레, 한 댓 냥 꿰주소고래."

"오늘은 내가……."

어쩌고어쩌고 하면, 복녀는 곧 뛰어가서 그의 팔에 늘어진다.

"나한테 들킨 댐에는 꿔구야 말아요."

"난 원 이 아즈마니 만나문 야단이더라. 자, 꿰주디. 그 대신 응? 알아 있디?"

"난 몰라요. 해해해해."

"모르문, 안 줄 테야."

"글쎄, 알았대두 그른다."

그의 성격은 이만큼까지 진보되었다.

*

가을이 되었다.

칠성문 밖 빈민굴의 여인들은 가을이 되면 칠성문 밖에 있는 중국인의 채마밭에 감자(고구마)며 배추를 도적질하러 밤에 바구니를 가지고 간다. 복녀도 감자깨나 잘 도적질하여 왔다.

어떤 날 밤, 그는 감자를 한 바구니 잘 도적질하여 가지고, 이젠 돌아오려고 일어설 때에, 그의 뒤에 시꺼먼 그림자가 서서 그를 꽉 붙들었다. 보니, 그것은 그 밭의 소작인인 중국인 왕서방이었었다. 복녀는 말도 못 하고 멀진멀진 발아래만 내려다보고 있었다.

"우리집에 가."

왕서방은 이렇게 말하였다.

"가재문 가디. 훤, 것두 못 갈까."

복녀는 엉덩이를 한번 홱 두른 뒤에 머리를 젖히고 바구니를 저으면서 왕서방을 따라갔다.

한 시간쯤 뒤에 그는 왕서방의 집에서 나왔다. 그가 밭고랑에서 길로 들어서려 할 때에, 문득 뒤에서 누가 그를 찾았다.

"복네 아니야?"

복녀는 홱 돌아서 보았다. 거기는 자기 곁집 여편네가 바구니를 끼고 어두운 밭고랑을 더듬더듬 나오고 있었다.

"형님이댔쉐까? 형님두 들어갔댔쉐까?"

"님자두 들어갔댔나?"

"형님은 뉘 집에?"

"나? 눅서방네 집에. 님자는?"

"난 왕서방네…… 형님 얼마 받았소?"

"눅서방네 그 깍쟁이놈, 배추 세 페기……."

"난 삼 원 받았디."

복녀는 자랑스러운 듯이 대답하였다.

십 분쯤 뒤에 그는 자기 남편과, 그 앞에 돈 삼 원을 내어놓은 뒤에, 아까 그 왕서방의 이야기를 하면서 웃고 있었다.

*

그 뒤부터 왕서방은 무시로 복녀를 찾아왔다.

한참 왕서방이 눈만 멀진멀진 앉아있으면, 복녀의 남편은 눈치를 채고 밖으로 나간다. 왕서방이 돌아간 뒤에는 그들 부처는, 일 원 혹은 이 원을 가운데 놓고 기뻐하고 하였다. 복녀는 차차 동리 거지들한테 애교를 파는 것을 중지하였다. 왕서방이 분주하여 못 올 때가 있으면 복녀는 스스로 왕서방의 집까지 찾아갈 때도 있었다. 복녀의 부처는 이제 이 빈민굴의 한 부자였었다.

*

그 겨울도 가고 봄이 이르렀다.

그때 왕서방은 돈 백 원으로 어떤 처녀를 하나 마누라로 사오게 되었다.

"흥."

복녀는 다만 코웃음만 쳤다.

"복녀, 강짜하갔구만."

동리 여편네들이 이런 말을 하면, 복녀는 흥하고 코웃음을 웃고 하였다.

내가 강짜를 해? 그는 늘 힘있게 부인하고 하였다. 그러나 그의 마음에 생기는 검은 그림자는 어찌할 수가 없었다.

"이놈 왕서방, 네 두고 보자."

왕서방의 색시를 데려오는 날이 가까웠다. 왕서방은 아직껏 자랑하던 기다란 머리를 깎았다. 동시에 그것은 새색시의 의견이라는 소문이 쫙 퍼졌다.

"흥."

복녀는 역시 코웃음만 쳤다.

마침내 색시가 오는 날이 이르렀다. 칠보 단장에 사인교를 탄 색시가, 칠성문 밖 채마밭 가운데 있는 왕서방의 집에 이르렀다.

밤이 깊도록, 왕서방의 집에는 중국인들이 모여서 별한 악기를 뜯으며 별한 곡조로 노래하며 야단하였다.

복녀는 집 모퉁이에 숨어 서서 눈에 살기를 띠고 방 안의 동정을 듣고 있었다.

다른 중국인들은 새벽 두시쯤 하여 돌아갔다. 그 돌아가는 것을 보면서 복녀는 왕서방의 집 안에 들어갔다. 복녀의 얼굴에는 분이 하얗게 발리어 있었다.

신랑신부는 놀라서 그를 쳐다보았다. 그것을 무서운 눈으로 흘겨보면서, 그는 왕서방에게 가서 팔을 잡고 늘어졌다. 그의 입에서는 이상한 웃음이 흘렀다.

"자, 우리집으로 가요."

왕서방은 아무 말도 못 하였다. 눈만 정처없이 두룩두룩하였다. 복녀는 다시 한번 왕서방을 흔들었다.

"자, 어서."

"우리, 오늘 밤 일이 있어 못 가."

"일은 밤중에 무슨 일."

"그래두, 우리 일이……."

복녀의 입에 아직껏 떠돌던 이상한 웃음은 문득 없어졌다.

"이까짓 것."

그는 발을 들어서 치장한 신부의 머리를 찼다.

"자, 가자우 가자우."

왕서방은 와들와들 떨었다. 왕서방은 복녀의 손을 뿌리쳤다.

복녀는 쓰러졌다. 그러나 곧 다시 일어섰다. 그가 다시 일어설 때는, 그의 손에는 얼른얼른 하는 낫이 한 자루 들리어 있었다.

"이 되놈, 죽어라, 죽어라, 이놈, 나 때렸디! 이놈아, 아이구, 사람 죽이누나."

그는 목을 놓고 처울면서 낫을 휘둘렀다. 칠성문 밖 외딴 밭 가운데 홀로 서있는 왕서방의 집에서는 일장의 활극이 일어났다. 그러나 그 활극도 곧 잠잠하게 되었다. 복녀의 손에 들리어 있던 낫은 어느덧 왕서방의 손으로 넘어가고, 복녀는 목으로 피를 쏟으면서 그 자리에 고꾸라져 있었다.

*

복녀의 송장은 사흘이 지나도록 무덤으로 못 갔다. 왕서방은 몇 번을 복녀의 남편을 찾아 갔다. 복녀의 남편도 때때로 왕서방을 찾아갔다. 둘의 새에는 무슨 교섭하는 일이 있었다. 사흘이 지났다.

밤중에 복녀의 시체는 왕서방의 집에서 남편의 집으로 옮겼다.

그리고 그 시체에는 세 사람이 둘러앉았다. 한 사람은 복녀의 남편, 한 사람은 왕서방, 또 한 사람은 어떤 한방 의사. 왕서방은 말없이 돈주머니를 꺼내어, 십 원짜리 지폐 석 장을 복녀의 남편에게 주었다. 한방의의 손에도 십 원짜리 두 장이 갔다.

이튿날 복녀는 뇌일혈로 죽었다는 한방의의 진단으로 공동묘지로 가져갔다.

거지

무서운 세상이다.

목적과 결과 의사와 사후(事後)가 이렇듯 어그러지는 지금 세상은 말세라는 간단한 설명으로 넘겨버리기에는 너무도 무서운 세상이다.

여는 살인을 하였다. 한 표랑객을…….

'그대의 장래에는 암담이 놓여 있을 뿐이외다. 삶이라 하는 것은 그대에게 있어서는 고(苦)라는 것과 조금도 다름이 없사외다. 낙(樂)? 희(喜)? 안(安)? 그대는 그대의 장래에서 이런 것을 몽상이라도 할 수 있을까? 여는 단언하노니, 그대의 장래에는 암(暗)과 고(苦)와 신(辛)이 있을 뿐이외다.

이 문간에서 저 문간으로 또 그다음 문간으로, 한 덩이의 밥을 구하기 위하여…… 혹은 한 푼의 동전을 얻기 위하여, 그대의 그 해진 신을 종신토록 끄는 것이 그대의 운명이겠사외다. 그리고 그것은 그대의 죽음조차 모욕하는 행동이외다.'

여는 이러한 동정심으로 그 표랑객을 죽였던가.

'그대의 존재는 세상의 암종이외다. 그대가 뉘 집 문간에 설 때에 그 집 주부는 가계부에 일전 한 닢을 더 적어넣지 않을 수가 없사외다. 그대가 어느 집을 다녀간 뒤에 그 집에서는 그대가 먹은 그릇을 부시기 위하여 소독약의 얼마를 소비하지 않을 수 없사외다. 그대가 잠을 잔 근처에는 무수한 이가 배회합니다. 많은 며느리들은 그대를 위하여 두 벌 설거지를 합니다.

그대의 곁은 사람들이 피하는지라 그대 한 사람의 존재는 가뜩이나 좁은 이지구를 더욱 좁게 합니다. 존재하여서 세상에 아무 이익도 주지 못하는 그대는 존재하기 때

문에 세상에 많은 불편을 줍니다. 따라서 그대의 '존재'는 '소멸'만 같지 못하외다.'

여는 이러한 활세적(活世的) 의미로 그 표랑객을 죽였던가.

집 안은 통 비었다. 행랑아범은 벌이를 나갔다. 어멈은 주부(여의 아내)와 함께 예배당에 갔다. 아이들은 놀러 나갔다. 집 안에는 여 혼자밖에는 아무도 없었다. 본시 아내는 여와 동반을 하여 이 일요일을 이용하여 산보를 갈예산이었지만, 여의 감기 기미로 중지된 것이었다.

집을 혼자서 지키기는 무시무시하였다. 더구나 이것을 처음 겪어보는 여는 극도로 신경이 날카로워졌다. 문간에서 조그마한 소리가 나도 귀가 바싹 하였다. 뜰을 고양이가 달아나도 여는 문을 열고 내다보았다. 아무 소리도 없었지만 무슨 소리가 난 듯하여 나가서 구석구석을 검분 해본 일까지 있었 다. 이런 가운데서 여는 여의 아내의 장부적 일면을 발견하고 스스로 고소하기를 마지않았다. 그리고 얼른 예배가 끝나고 그가 돌아오기를 기다리고 있었다.

삐꺽! 문득 대문 소리가 조금 났다. 누워 있던 여는 반사적으로 머리를 베개에서 들었다. 그리고 온 신경을 귀로 모았다. 또 삐꺽! 대문은 조금 또 열렸다.

여는 그것이 아내의 돌아옴이 아님을 알았다. 활발한 발걸음의 주인인 아내는 이렇듯 기운없이 대문을 열지 않을 것이므로.

그 뒤에는 대문간으로 들어서는 발소리도 작으나마 들을 수가 있었다. 그다음에는 무슨 흥얼흥얼하는 사람의 소리가 대문 안에서 났다.

여는 벌컥 일어나서 나가보았다. 그리고 대문 안에서 한 사람, 표랑객이 서 있는 것을 보았다. 아니, 적절히 말하자면 사람의 모양을 한 어떤 물건이 벽에 기대어 서 있는 것을 발견하였다.

이 기이한 동물에 대하여 여가 경이와 불안의 눈을 던질 때에 그의 입에서는 또 무슨 알아듣기 힘든 흥얼거리는 소리가 들렸다.

여는 다시 방 안으로 들어와서 지갑에서 일전 한 닢을 꺼내가지고 나왔다.

그리고 그의 앞으로 그 선물을 던지려다가 극도로 쇠약하여 몸의 동작조차 마음대로 못하는 듯한 그의 모양을 보고 좀 그에게 가까이 가서 팔을 길게 해가지고 그의 앞으로 적선품을 내밀었다.

그는 그 돈을 힐끗 보았다. 그러나 받으려도 아니하였다. 또 무엇이라 흥얼흥얼하였다.

"무얼?"

여는 반문하였다.

그는 또 무엇이라 흥얼거렸다.

"무얼?"

여는 재차 반문하였다. 그리고 귀를 기울여서 겨우 알아들은 바는 돈보다도 한 덩이의 찬밥을 달라는 것이었다.

여는 그를 다시 보았다. 아직 익숙지 않은 표랑객이었다. 혹은 오늘의 이길이 그에게 있어서 처녀 구걸인지도 알 수 없었다. 40이 조금 넘었음직한 아직 건장한 사나이지만, 주림과 영양 불량으로 혈색이 몹시 나쁘고 허리가 굽었다. 그는 걸인에게 특유한 애원적 비명을 내지 않았다. 비열한 눈자위를 보이지 않았다.

"나흘을…… 굶었습니다."

"일자리를…… 떼었습니다."

주림으로 인하여 그 발음은 비록 분명하지 못하나마 한 마디씩 한 마디씩 끊어서 말하는 그의 호소는 현대에 처한 사람의 공통적 애소로서 그것은 여의 마음을 움직였다.

여는 내밀었던 일전을 도로 움치고 부엌으로 들어갔다. 그러나 부엌에 익숙지 못한 여는 무엇이 어디 있는지 알 수가 없었다. 시렁, 찬장 등을 모두 뒤졌다. 그리고 시렁에서 무슨 찌개를 얻어내고 찬장에서 여의 먹다 남은 밥을 발견하였다. 여는 그것을 그대로 내다줄까 하였으나 다시 생각을 돌이 켜서 밥그릇에다가 찌개를 절반쯤 부어서 비비기 좋게 해가지고 숟갈을 꽂아다가 그 표랑객에게 내다 주었다.

그는 그것을 받아 쥐고 덜컥 주저앉았다. 그다음 순간 그는 무서운 속력으로 밥을 입으로 옮겨갔다. 그것을 보면서 여는 얼른 방안으로 들어와서 50 전짜리 은전 한 닢 내다가 그의 곁에 던져주었다.

여는 얼른 방 안에 들어갔다 나왔다. 사실에 있어서 여는 전속력으로 방안에 들어갔다 나온 것이었다. 현대인의 근성을 그대로 가지고 있는 여는 그 표랑객에게 호의를 표하면서도 경계하는 마음은 풀지를 못하였다. 여는 몇 푼짜리 되지 않는 숟갈과 그릇을 감시하기 위하여 도로 나와서도 아닌 듯이 그의 위에 경계의 눈을 붓기를 그치지 않았다. 그리고 만약 그로서(10 전짜리밖에 되지 않는)그 순갈을 몰래 허리춤에 라도 넣었으면 여는 달려가서 그의 따귀에 여의손을 붙이기를 결코 주저하지 않았을 것이었다.

표랑객은 정직한 사나이였다. 한참을 먹을 것에만 열중하던 그는 먹기를 끝낸 뒤에 처음으로 아까 여가 던져준 돈에 눈을 부었다. 그리고 그는 거기서 뜻밖에 50전짜리 은전을 발견하였다. 그는 머밋머밋 그것을 집어가지고 두어 번 여와 돈을 번갈아 본 뒤에,

"나리."

하고 여를 찾았다.

여는 그의 마음을 알았다. 여는 순간 전의 기괴한 경계심 때문에 얼굴을 붉혔다. 그리고 그를 향하여 염려 말고 50전짜리를 가지고 가라고 하였다.

그는 몇 번을 사례를 하였다. 그리고 들어올 때와는 판이하게 힘있는 걸음으로 돌아갔다.

여는 그를 보내고 도로 방 안으로 들어와서 이불을 쓰고 누웠다. 자선, 구조, 동정, 이런 것에서 느끼는 열락을 맛보면서…….

아내가 돌아왔다. 그는 돌아오는 대로 옷을 갈아입은 뒤에 무엇이 바쁜지곧 부엌으로 뛰어나갔다.

"먹었는지……."

여에게는 뜻을 알지 못할 기괴한 소리를 중얼거리면서. 그리고 나갔던 그는 곧 도로 들어왔다.

"절반이나 먹었군."

역시 여에게는 이해하지 못할 혼잣말을 하면서…….

"먹기는 무얼?"

여는 누워서 그를 쳐다보면서 물었다.

"네? 아니 쥐가 너무 성했기에 찌개에 아비산(亞砒酸) 을 섞어두었더니 절반이나 먹었구려. 언제나 먹었는지 지금쯤은 몰살을 했을게지……."

무얼? 여는 힘 있게 눈을 감았다. 여의 근육이 부들부들 떨렸다.

"어느 찌개에?"

“시렁의 쇠고기 찌개에…….”

아아, 여는 표랑객에게 아비산을 먹였다. 여는 다리를 들었다가 놓았다. 머리를 들었다가 놓았다. 여의 입에서는 기이한 신음이 나왔다.

“왜 그러세요?”

“음…….”

“열기가 나세요?”

“아 ― 니.”

“그럼?”

“냉수를 좀 주우.”

찌개에는 아비산을 두 그램을 두었다 한다. 그러면 표랑객은 적어도 한 그램은 먹었을 것이다. 탱탱 비었던 위 속에서 아비산은 그의 위력을 다할 테지. 지금쯤은 그는 벌써 송장이 되었을지도 알 수 없다.

사람의 몸이란 이상한 것이다. 비록 감기 기미는 있다 하나 열기도 보이지 않던 몸이 갑자기 열기가 나기 시작하였다. 순간순간 열기는 더하였다. 조금 뒤에 여는 중병환자가 되어버렸다. 그런 가운데서 여는 끊임없이 아까의 그 표랑객의 여위고 혈색이 나쁘던 그림자를 보았다. 그리고 죽으려면 여의 모르는 곳에 가서 여의 모르는 동안에 죽어다오. 죽은 뒤에도 그 소문이 여의 귀에 오지 않게 해다오. 연하여 이런 생각을 하고 있었다.

문득 여는 무엇이 재재하니 지껄이는 소리를 들었다. 열기에 들뜬 여는 어느덧 잠이 들었던 모양이었다. 펄떡 정신이 들면서 들으니 그것은 놀러 나갔던 아이들이 온 모양이었다.

“어머니! 어머니!”

열세 살 난 큰아이가 지껄이며 들어왔다.

“쉬, 조용해라. 아버님께서 몸이 고달파 하신다.”

아내는 지껄이는 아이를 막았다.

그러나 아이들은 자기네가 가지고 온 진귀한 보고를 그냥 둘 수가 없는 모양이었다. 이번은 일곱 살 난 계집아이가 속살거림(이라하나 숨찬 그들의 목소리는 속살거림이 아니었다)으로 또 찾았다.

"어머니! 어머니!"

"왜 그래?"

"저기서 사람이 죽었어."

"어떤 사람이?"

"거지가."

무얼? 여는 벌떡 일어났다.

"어디? 어디?"

"아버지, 사람이…… 거지가……."

"어디야, 어디?"

"조 — 기. 요 앞에……."

여는 일어서면서 문을 박차고 뛰어나갔다. 놀라서 어디를 가느냐고 따라오는 아내를 돌아보지도 않고.

여는 발견하였다. 한 무리의 사람의 떼가 멀리 둘러선 것을. 그리고 그 가운데에는 순사의 모자가 걸핏걸핏 보이는 것을. 몇 사람의 위생부가 소독약을 펌프로 뿌리며 돌아가는 것을.

달려가서 보니 사람의 담장의 복판 가운데에는 아까의 표랑객이 거적 아래 고요히 누워 있었다. 그의 주위에는 소독약에 젖은 구토물이 널려 있었다.

"주소 성명 미상."

"소지품은 50전 은화 한 닢. 일전 동화 네 닢."

"의사 호열자."

"추정 연령 42세."

여의 귀에는 단편적으로 이런 소리가 들렸다. 좀 뒤에 시체는 가매장에 부치러 가져갔다. 그 뒤에는 구경꾼들도 헤어졌다. 그러나 여는 그냥 멍멍히 그 자리에 서 있었다.

누가 여의 어깨를 툭 쳤다. 돌아다보니 순사였다.

"왜 이렇게 서 계시우?"

"아니, 너무도 참담한 운명이기에."

"당신은 그사람을 아시오?"

"네."

"누구요? 어디 사는 사람이오?"

"그건 모릅니다. 아까 우리 집에 동냥을 왔기에 50전짜리 은전을 한 닢 줘 보냈소. 소지품 가운데 50전 은전이 그것이오."

여는 이 자리에서도 그에게 밥을 주었다는 말을 못하였다. 순사는 여를 쳐다보았다. 그런 뒤에 두어 번 머리를 저었다.

"적선하신 50전도 국고로 들어가는 수밖에는 도리가 없을까 보우다. 웬 친척이 있겠소? 있기로서니 장비(葬費)를 부담할 각오로 나설 사람이 웬걸 있겠소? 항용 있는 일이지요."

하고는 저 갈 길로 가버렸다.

여가의 그의 주림을 동정하여 준 밥은 그의 생명을 빼앗았다. 여가 그의 곤궁을 동정하여 준 돈은 국고로 들어가게 되었다. 그날 여는 일기에 이렇게 썼다.

'동정조차 엄밀한 음미(吟味)하에 하지 않으면 안 되는 현대인은 진실로 비참하다.'

광염 소나타

독자는 이제 내가 쓰려는 이야기를, 유럽의 어떤 곳에 생긴 일이라고 생각하여도 좋다. 혹은 사십 오십 년 뒤에 조선을 무대로 생겨날 이야기라고 생각하여도 좋다. 다만, 이 지구상의 어떠한 곳에 이러한 일이 있었는지도 모르겠다, 있는지도 모르겠다, 혹은 있을지도 모르겠다, 가능성뿐은 있다——--이만치 알아두면 그만이다.

그런지라, 내가 여기 쓰려는 이야기의 주인공 되는 백성수(白性洙)를 혹은 알벨트라 생각 하여도 좋을 것이요 짐이라 생각하여도 좋을 것이요 또는 호모(胡某)나 기무라모(木村某)로 생각하여도 괜찮다. 다만 사람이라 하는 동물을 주인공삼아 가지고 사람의 세상에서 생겨난 일인 줄만 알면…….

이러한 전제로써, 자 그러면 내 이야기를 시작하자.

*

"기회(찬스)라 하는 것이 사람을 망하게도 하고 흥하게도 하는 것을 아시오?"

"네, 새삼스러이 연구할 문제도 아닐걸요."

"자, 여기 어떤 상점이 있다 합시다. 그런데 마침 주인도 없고 사환도 없고 온통 비었을 적에 우연히 그 앞을 지나가던 신사가——--그 신사는 재산도 있고 명망도 있는 점잖은 사람인데——--그 신사가 빈 상점을 들여다보고 혹은 이렇게 생각할 수도 있지 않아요? 통 비었으니깐 도적놈이라도 넉넉히 들어갈게다, 들어가서 훔치면 아무도 모를 테다, 집을 왜 이렇게 비워 둔담…… 이런 생각 끝에 혹은 그 그 뭐랄까 그 돌발적 변태심리로써 조그만 물건 하나(변변치도 않고 욕심도 안 나는)를 집어서 주머니에 넣는 경우가 있을지도 모르지 않겠습니까?"

"글쎄요."

"있습니다, 있어요."

어떤 여름날 저녁이었었다. 도회를 떠난 교외 어떤 강변에 두 노인이 앉아서 이런 이야기를 하고 있었다. 그 기회론을 주장하는 사람은 유명한 음악비평가 K씨였었다. 듣는 사람은 사회 교화자의 모씨였었다.

"글쎄 있을까요?"

"있어요. 좌우간 있다 가정하고 그러한 경우에는 그 책임은 어디 있습니까?"

"동양 속담말에 외밭서는 신끈도 다시 매지 말랬으니 그 신사가 책임을 질까요?"

"그래 버리면 그뿐이지만 그 신사는 점잖은 사람으로서 그런 절대적 기묘한 찬스만 아니 더라면 그런 마음은커녕 염도 내지도 않을 사람이라 생각하면 어찌 됩니까?"

"……"

"말하자면 죄는 '기회'에 있는데 '기회'라는 무형물은 벌은 할 수가 없으니깐 그 신사를 가해자로 인정할 수밖에는 지금은 없지요."

"그렇습니다."

"또 한 가지——--사람의 천재라 하는 것도 경우에 따라서는 어떤 '기회'가 없으면 영구히 안 나타나고 마는 일이 있는데, 그 '기회'란 것이 어떤 사람에게서 그 사람의 '천재'와 '범죄 본능'을 한꺼번에 끄을어 내었다면 우리는 그 '기회'를 저주하여야겠습니까 축복하여야겠습니까?"

"글쎄요."

"선생은 백성수라는 사람을 아시오?"

"백성수? 자, 기억이 없는데요."

"작곡가로서 그——--"

"네, 생각납니다. 유명한 '광염(狂炎) 소나타'의 작가 말씀이지요?"

"네, 그 사람이 지금 어디 있는지 아십니까?"

"모릅니다. 뭐 발광했단 말이 있었는데——--"

"네, 지금 ××정신병원에 감금돼 있는데 그 사람의 일대기를 이야기할게 들으시고 사회 교화자로서의 의견을 말씀해 주십쇼."

*

내가 이제 이야기하려는 백성수의 아버지도 또한 천분 많은 음악가였습니다. 나와는 동창생이었는데 학생시대부터 벌써 그의 천분은 넉넉히 볼 수가 있었습니다. 그는 작곡과를 전공하였는데 때때로 스스로 작곡을 하여서는 밤중에 혼자서 피아노를 두드리고 하여서 우리들로 하여금 뜻하지 않고 일어나게하고 하였습니다. 그리고 우리는 그 밤중에 울리어 오는 야성적 선율에 몸을 소스라치고 하였습니다.

그는 야인(野人)이었습니다. 광포스런 야성은 때때로 비위에 틀리면 선생을 두들기기가 예사이며 우리 학교 근처의 술집이며 모든 상점 주인들은 그에게 매깨나 안 얻어맞은 사람이 없었습니다. 그러한 야성은 그의 음악속에 풍부히 잠겨 있어서 오히려 그 야성적 힘이 그의 예술을 더 빛나게 하는 것이었습니다.

그러나 그가 학교를 졸업하고 난 뒤에는 그 야성은 다른 곳으로 발전되고 말았습니다. 술! 술! 무서운 술이었습니다. 아침부터 저녁까지, 저녁부터 아침까지, 술잔이 그의 입에서 떠나지를 않았습니다. 그리고 술을 먹고는 여편네들에게 행패를 하고, 경찰서에 구류를 당하고, 나와서는 또 같은 일을 하고…….

작품? 작품이 다 무엇이외까. 술을 먹은 뒤에 취흥에 겨워 때때로 피아노에 앉아서 즉흥으로 탄주를 하고 하였는데 지금 생각하면 그 귀기(鬼氣)가 사람을 엄습하는 힘과 야성 (베토벤 이래로 근대 음악가에서 발견할 수 없던) 그런 보물이라 하여도 좋을 것이 많았지만 우리들은 각각 제길 닦기에 바쁜 사람이라 주정꾼의 즉흥악을 일일이 베껴 둔다든가 그런 일은 꿈에도 생각하지 않았습니다.

우리들은 그의 장래를 생각하여 때때로 술을 삼가기를 권고하였지만 그런 야인에게 친구의 권고가 무슨 소용이 있겠습니까.

"술? 술은 음악이다!"

하고는 하하하하 웃어 버리고 다시 술집으로 달아나고 합니다.

그러한지 칠팔 년이 지난 뒤에 그는 아주 폐인이 되고 말았습니다. 술이 안 들어가면 그의 손은 떨렸습니다. 눈에는 눈곱이 꼈습니다. 그리고 술이 들어가면, 술이 들어가면 그는 그 광포성을 발휘하였습니다. 누구를 물론하고 붙잡고는 입에 술을 부어 넣어 주었습니다. 그러다가는 장소를 불문하고 아무데나 누워서 잡니다.

사실 아까운 천재였습니다. 우리들 새에는 때때로 그의 천분을 생각하고 아깝게 여기는 한숨이 있었지만 세상에서는 그 '장래가 무서운 한 천재'가 있었다는 것은 몰랐었습니다.

그러는 동안에는 그는 어떤 양가의 처녀를 어떻게 관계를 맺어서 애까지 뱄습니다. 그러나 그 애의 출생을 보지 못하고 아깝게도 심장마비로 죽어 버리고 말았습니다.

그 유복자로 세상에 나온 것이 백성수였습니다.

그러나 우리는 백성수가 세상에 출생되었다는 풍문만 들었지, 그 애 아버지가 죽은 뒤부터는 그 애의 소식이며 그 애 어머니의 소식은 일절 몰랐습니다. 아니, 몰랐다는 것보다, 그 집안의 일은 우리의 머리에서 온전히 잊어버리고 말았습니다.

*

삼십 년이라는 세월이 흘렀습니다.

십 년이면 산천도 변한다 하는데 삼십 년 새의 변천을 어찌 이루 다 말하겠습니까. 좌우간 그 동안에 나는 내 이름을 닦아 놓았습니다. 아시다시피 지금 K라 하면 이 나라에서 첫 손가락을 꼽는 음악비평가가 아닙니까. 견실한 지도적 비평가 K라면 이 나라의 음악계의 권위이며, 이 나의 한마디는 음악가의 가치를 결정하는 판결문이라 하여도 옳을 만치 되었습니다. 많은 음악가가 내손 아래서 자랐으며 많은 음악가가 내 지도로써 이름을 날렸습니다.

*

재작년 이른 봄 어떤 날이었습니다.

그때 나는 조용한 밤중의 몇 시간씩을 ○○예배당에 가서 명상으로 시간을 보내는 것이 습관이 되어 있었습니다. 언덕 위에 홀로 서 있는 집으로서 조용한 밤중에 혼자 앉아 있노라면 때때로 들보에서 놀라 깬 비둘기의 날개 소리와 간간이 기둥에서 뚝뚝하는 소리밖에는 아무 소리도 들리지 않는, 말하자면 나 같은 괴상한 성미를 가진 사람이 아니면 돈을 주면서 들어가래도 들어가지 않을 음침한 집이었습니다. 그러나 나 같은 명상을 즐기는 사람에게는 다른 데서 구하기 힘들도록 온갖 것을 가진 집이었습니다. 외따로고 조용하고 음침하며 간간이 알지 못할 신비한 소리까지 들리며 멀리서는 때때로 놀란 듯한 기적(汽笛) 소리도 들리는…… 이것뿐으로도 상당한데, 게다가 이 예배당에는 피아노도 한대 있었습니다. 예배당에는 오르간은 있을지나 피아노가 있는 곳은 쉽지 않은 것으로서 무슨 흥이나 날 때에는 피아노에 가서 한 곡조 두드리는 재미도 또한 괜찮았습니다.

그날 밤도 (아마 두시는 지났을걸요) 그 예배당에서 혼자서 눈을 감고 조용한 맛을 즐기고 있노라는데, 갑자기 저편 아래에서 재재 하는 소리가 납디다. 그래서 눈을 번쩍 뜨니까 화광이 충천하였는데, 내다보니까 언덕 아래 어떤 집이 불이 붙으며 사람들이 왔다갔다 야단이었습니다.

이렇게 말하면 어떨지 모르지만 그다지 멀지 않은 곳에서 불붙는 것을 바라보는 맛도 괜찮은 것이었습니다. 일어서는 불길이며 퍼져 나가는 연기, 불씨의 날아나는 양, 그 가운데 거뭇거뭇 보이는 기둥, 집의 송장, 재재거리는 사람의 무리, 이런 것은 어떻게 생각하면 과연 시도 될지며 음악도 될 것이었습니다. 옛날에 네로가 로마의 불붙는 것을 바라보면서, 자기는 비파를 들고 노래를 하였다는 것도 음악가의 견지로 보면 그다지 나무랄 것이 아니었습니다.

나도 그때에 그 불을 보고 차차 흥이 났습니다.

……네로를 본받아서 나도 즉흥으로 한 곡조 두드려 볼까. 어렴풋이 이런 생각을 하며 나는 그 불을 정신없이 바라보고 있었습니다.

그때였습니다. 갑자기 덜컥덜컥 하는 소리가 들리더니 예배당 문이 열리며 웬 젊은 사람이 하나 낭패한 듯이 뛰어들어왔습니다. 그리고 무엇에 놀란 사람같이 두리번두리번 사면을 살피더니 그래도 내가 있는 것은 못 보았는지 저편에 있는 창안에 가서 숨어 서서 아래서 붙는 불을 내다봅니다.

나도 꼼짝을 못 하였습니다. 좌우간 심상스런 사람은 아니요 방화범이나 도적으로밖에는 인정할 수 없지 않겠습니까? 그래서 꼼짝을 못 하고 서 있노라니까 그 사람은 한숨을 쉽니다. 그리고 맥없이 두 팔을 늘이고 도로 나가려고 발을 떼려다가 자기 곁에 피아노가 놓인 것을 보더니 교의를 끌어다 놓고 피아노 앞에 주저앉고 말겠지요. 나도 거기는 그만 직업적 흥미에 끌렸습니다. 그래서 무엇을 하나보자 하고 있노라니까 뚜껑을 열더니 한번 뚱하고 시험을 해보아요. 그리고 조금 있더니 다시 뚱뚱 하고 시험을 해보겠지요.

이때부터 그의 숨소리가 차차 높아 가기 시작했습니다. 씩씩거리며 몹시 흥분된 사람같이 몸을 떨다가 벼락같이 양 손을 키위에 갖다가 덮었습니다. 그 다음 순간으로

C샤프 단음계의 알레그로가 시작되었습니다.

처음에는 다만 흥미로써 그의 모양을 엿보고 있던 나는 그 알레그로가 울리어 나오는 순간 마음은 끝까지 긴장되고 흥분되었습니다.

그것은 순전한 야성적 음향이었습니다. 음악이라 하기에는 너무 힘있고 무기교(無技巧)이었습니다. 그러나 음악이 아니라기에는 거기는 너무 괴롭고도 무겁고 힘있는 '감정'이 들어 있었습니다. 그것은 마치 야반의 종소리와도 같이 사람의 마음을 무겁고 음침하게 하는 음향인 동시에 맹수의 부르짖음과 같이 사람으로 하여금 소름 돋치게 하는 무서운 감정의 발현이었습니다. 아아 그 야성적 힘과 남성적 부르짖음, 그 아래 감추어 있는 침통한 주림과 아픔, 순박하고도 아무 기교가 없는 그 표현!

나는 덜석 그 자리에 주저앉고 말았습니다. 그리고 음악가의 본능으로써 뜻하지 않고 주머니에서 오선지와 연필을 꺼내었습니다. 피아노의 울리어 나아가는 소리에 따라서 나의 연필은 오선지 위에서 뛰놀았습니다.

좀 급속도로 시작된 빈곤, 거기 연하여 주림, 꺼져가는 불꽃과 같은 목숨, 그러한 것을 지나서 한참 연속되는 완서조(緩徐調)의 압축된 감정, 갑자기 튀어져 나오는 광포. 거기 연한 쾌미(快味) 홍소(哄笑)---- 이리하여 주화조(主和調)로서 탄주는 끝이 났습니다. 더구나 그 속에 나타나 있는 압축된 감정이며 주림 또는 맹렬한 불길 등이 사람의 마음에 주는 그 처참함이며 광포성은 나로 하여금 아직 '문명'이라 하는 것의 은택에 목욕하여 보지 못한 야인(野人)을 연상케 하였습니다.

탄주가 다 끝이 난 뒤에도 나는 정신을 못 차리고 망연히 앉아 있었습니다. 물론 조금이라도 음악의 소양이 있는 사람일것 같으면 이제 그 소나타를 음악에 대하여 정통으로 아무러한 수양도 받지 못한 사람이 다만 자기의 천재적 즉흥뿐으로 탄주한 것임을 알 것입니다. 해결이 없이 감칠도화현(減七度和絃)이며 증육도화현(增六度和絃)을 범벅으로 섞어 놓았으며 금칙(禁則)인 병행 오팔도(竝行五八度)까지 집어넣은 것으로서, 더구나 스케르초는 온전히 뽑아 먹은, 대담하다면 대담하고 무식하다면 무식하달 수도 있는 방분 자유한 소나타였습니다.

이때에 문득 내 머리에 떠오른 것은 삼십 년 전에 심장마비로 죽은 백○○였습니다. 그의 음악으로서 만약 정통적 훈련만 뽑고 거기다가 야성을 더 집어넣으면 지금 내 눈앞에 있는 그 음악가의 것과 같은 것이 될 것이었습니다. 귀기가 사람을 엄습하는 듯한 그 힘과 방분스런 표현과 야성---- 이것은 근대 음악가에게 구하기 힘든 보물이었습니다.

그 소나타에 취하여 한참 정신이 어리둥절히 앉았던 나는 고즈넉이 일어서서, 그 피아노 앞에 가서 그의 어깨에 가만히 손을 얹었습니다. 한 곡조를 타고 나서 아주 곤한 듯이 정신이 없이 앉아 있던 그는 펄떡 놀라며 일어서서 내 얼굴을 보았습니다.

"자네 몇 살 났나?"

나는 그에게 이렇게 첫 말을 물었습니다. 가슴이 답답한 나로서는 이런 말밖에는 갑자기 다른 말이 생각 안 났습니다. 그는 높은 창에서 들어오는 달빛을 받고 있는 내 얼굴을 한순간 쳐다보고 머리를 돌이키고 말았습니다.

"배고프나?"

나는 두 번째 그에게 물었습니다.

그는 시끄러운 듯이 벌떡 일어섰습니다. 그리고 달빛이 비친 내 얼굴을 정면으로 바라보다 가,

"아, K선생님 아니세요?"

하면서 나를 붙들었습니다. 그래서 그렇노라고 하니깐,

"사진으로는 늘 봤습니다마는……."

하면서 다시 맥없이 나를 놓으며 머리를 돌렸습니다.

그 순간, 그가 머리를 돌이키는 순간 달빛에 얼핏, 나는 그의 얼굴을 처음으로 보았습니다. 그리고 나는 거기서 뜻밖에 삼십 년 전에 죽은 벗 백○○의 모습을 발견하였습니다.

"자, 자네 이름이 뭐인가?"

"백성수……."

"백성수? 그 백○○의 아들이 아닌가. 삼십 년 전에, 자네가 나오기 전에 세상 떠난……." 그는 머리를 번쩍 들었습니다.

"네? 선생님 어떻게 아세요?"

"백○○의 아들인가? 같이두 생겼다. 내가 자네의 아버지와 동창이네. 아아, 역시 그 애비의 아들이다."

그는 한숨을 길게 쉬며 머리를 수그려 버렸습니다.

*

나는 그날 밤 그 백성수를 데리고 집으로 돌아왔습니다. 그리고 비록 작곡상 온갖 법칙에는 어그러진다 하나 그만치 힘과 정열과 야성으로 찬 소나타를 거저 버리기가 아까워서 다시 한번 피아노에 올라앉기를 명하였습니다. 아까 예배당에서 내가 베낀 것은 알레그로가 거의 끝난 곳부터였으므로 그전 것을 베끼기 위해서였습니다.

그는 피아노를 향하여 앉아서 머리를 기울였습니다. 몇 번 손으로 키를 두드려 보다가는 다시 머리를 기울이고 생각하고 하였습니다. 그러나 다섯 번 여섯 번을 다시 하여 보았으나 아무 효과도 없었습니다. 피아노에서 울려 나오는 음향은 규칙 없고 되지 않은 한낱 소음(騷音)에 지나지 못하였습니다. 야성? 힘? 귀기? 그런 것은 없었습니다. 감정의 재뿐이 있었습니다.

"선생님 잘 안됩니다."

그는 부끄러운 듯이 연하여 고개를 기울이며 이렇게 말하였습니다. "두 시간도 못 되어서 벌써 잊어버린담?"

나는 그를 밀어 놓고 내가 대신하여 피아노 앞에 앉아서 아까 베낀 그 음보를 펴놓았습니다. 그리고 내가 베낀 곳부터 다시 시작하였습니다.

화염! 화염! 빈곤, 주림, 야성적 힘, 기괴한 감금당한 감정! 음보를 보면서 타던 나는 스스로 흥분이 되었습니다. 미상불 그때는 내 눈은 미친 사람같이 번득였으며 얼굴은 흥분으로 새 빨갛게 되었을 것이었습니다.

즉 그때에 그가 갑자기 달려들더니 나를 떠밀쳐 버렸습니다. 그리고 자기가 대신하여 앉았습니다.

의자에서 떨어진 나는 너무 흥분되어 다시 일어날 힘도 없이 그 자리에 앉은 대로 그의 양을 쳐다보았습니다. 그는 나를 밀쳐 버린 다음에 그 음보를 들고서 읽기 시작하였습니다. 아아 그의 얼굴! 그의 숨소리가 차차 높아지면서 눈은 미친 사람과 같이 빛을 내기 시작하였습니다. 그러더니 그 음보를 홱 내어던지며 문득 벼락같이 그의 두 손은 피아노 위에 덧 업혔습니다.

'C샤프 단음계'의 광포스런 '소나타'는 다시 시작되었습니다. 폭풍우같이 또는 무서운 물결같이 사람으로 하여금 숨막히게 하는 그 힘, 그것은 베토벤 이래로 근대 음악가에서 보지 못하던 광포스런 야성이었습니다. 무섭고도 참담스런 주림, 빈곤, 압축된 감정, 거기서 튀어져 나온 맹염(猛炎), 공포, 홍소---- 아아 나는 너무 숨이 답답하여 뜻하지 않고 두 손을 홰홰 내저었습니다.

*

그날 밤이 새도록, 그는 흥분이 되어서 자기의 과거를 일일이 다 이야기하였습니다. 그 이야기에 의지하면 대략 그의 경력이 이러하였습니다.

그의 어머니는 그를 밴 뒤에 곧 자기의 친정에서 쫓겨나왔습니다. 그때부터 그의 가난함은 시작되었습니다.

그러나 교양이 있고 어진 그의 어머니는 품팔이를 할지언정 성수는 곱게 길렀습니다. 변변치는 않으나마 오르간 하나를 준비하여 두고, 그가 잠자렬 때에는 슈베르트의 '자장가'로써 그의 잠을 도왔으며 아침에 깰 때는 하루 종일 유쾌히 지내게 하기 위하여 도랜드의 '세컨드 왈츠'로써 그의 원기를 돋우었습니다.

그는 세 살 났을 적에 어머니의 품에 안겨서 오르간을 장난하여 보았습니다. 이 오르간을 장난하는 것을 본 어머니는 근근이 돈을 모아서 그가 여섯 살 나는 해에 피아노를 하나 샀습니다.

아침에는 새소리, 바람에 버석거리는 포플러잎, 어머니의 사랑, 부엌에서 국 끓는 소리, 이러한 모든 것이 이 소년에게는 신비스럽고도 다정스러워 그는 피아노에 향하여 앉아서 생각나는 대로 키를 두드리고 하였습니다.

이러한 가운데 고이 소학과 중학도 마치었습니다. 그러는 동안에 음악에 대한 동경은 그의 가슴에 터질 듯이 쌓였습니다.

중학을 졸업한 뒤에는 인젠 어머니를 위하여 그는 학업을 중지하지 않을 수가 없었습니다. 그는 어떤 공장의 직공이 되었습니다. 그러나 어진 어머니의 교육 아래서 길러난 그는 비록 직공은 되었다 하나 아주 온량한 사람이었습니다.

그리고 음악에 대한 집착은 조금도 줄지 않았습니다. 비록 돈이 없어서 정식으로 음악교육은 못 받을망정 거리에서 손님을 끄느라고 틀어 놓은 유성기 앞이며 또는 일요일날 예배당에서 찬양대의 노래에 젊은 가슴을 뛰놀리던 그이었습니다. 집에서는 피아노 앞을 떠나 본 일이 없었습니다.

때때로 비상한 감흥으로 오선지를 내어놓고 음보를 그려 본 적도 한두 번이 아니었습니다. 그러나 이상한 것은 그만치 뛰놀던 열정과 터질 듯한 감격도 음보로 그려 놓으면 아무 긴장도 없는 싱거운 음계가 되어 버리고 하였습니다. 왜? 그만치 천분이 있고 그만치 열정이 있던 그에게서 왜 그런 재와 같은 음악만 나왔느냐고 물으실 테지요. 거기 대하여서는 이따가 설명하리다.

감격과 불만 열정과 재, 비상한 흥분과 그 흥분에 대한 반비례되는 시원치 않은 결과 이러 한 불만의 십 년이 지났습니다.

*

그의 어머니는 문득 몹쓸 병에 걸렸습니다.

자양과 약값, 그의 몇 해를 근근이 모았던 돈은 차차 줄기 시작하였습니다. 조금이라도 안락한 생활이 되기만 하면 정식으로 음악에 대한 교육을 받으려고 모아 두었던 저금은 그의 어머니의 병에 다 들어갔습니다. 그러나 그의 어머니의 병은 차도가 보이지 않았습니다.

그리하여, 그와 내가 그 예배당에서 만나기 전해 여름 어떤 날, 그의 어머니는 도저히 회복할 가망이 없는 중태에까지 빠지게 되었습니다. 그러나 그때는 벌써 그에게는 돈이라고는 다 떨어진 때였습니다.

그날 아침, 그는 위독한 어머니를 버려두고 역시 공장에를 갔습니다. 그러나 아무리 하여도 마음이 놓이지 않아서 일을 중도에 그만두고 집으로 돌아왔습니다. 그때는 어머니는 벌써 혼수상태에 빠져 있었습니다. 가슴이 덜컥 내려앉은 그는 황급히 다시 뛰어나갔습니다. 그러나 어디로? 무얼 하러? 뜻없이 뛰어나와서 한참 달음박질하다가, 그는 문득 정신을 차리고 의사라도 청할 양으로 히끈 돌아섰습니다.

그때였습니다. 아까 내가 말한바 '기회'라는 것이 그때에 그의 앞에 나타났습니다. 그것은 조그만 담뱃가게 앞이었는데 가게와 안방과의 새의 문은 닫겨 있고 안에는 미상불 사람이 있을지나 가게를 보는 사람은 눈에 안 띄었습니다. 그리고 그 담배 상자 위에는 오십 전짜리 은전 한 닢과 동전 몇 닢이 놓여 있었습니다.

그는 자기로도 무엇을 하는지 몰랐습니다. 의사를 청하여 오려면, 다만 몇십 전이라도 돈이 있어야겠단 어렴풋한 생각만 가지고 있던 그는, 한번 사면을 살핀 뒤에 벼락같이 그 돈을 쥐고 달아났습니다.

그러나 그는 이십 간도 뛰지 못하여 따라오는 그 집 사람에게 붙들렸습니다.

그는 몇 번을 사정하였습니다. 마지막에는 자기의 어머니가 명재경각이니, 한 시간만 놓아주면 의사를 어머니에게 보내고 다시 오마고까지 하여 보았습니다. 그러나, 그런 말은 모두 헛소리로 돌아가고, 그는 마침내 경찰서로 가게 되었습니다.

경찰서에서 재판소로 재판소에서 감옥으로—--- 이러한 여섯 달 동안에 그는 이를 갈면서 분해하였습니다. 자기 어머니의 운명이 어찌 되었나. 그는 손과 발을 동동 구르면서 안타까워했습니다. 만약 세상을 떠났다 하면 떠나는 순간에 얼마나 자기를 찾았겠습니까. 임종에도 물 한잔 떠넣어 줄 사람이 없는 어머니였습니다. 애타하는 그 모양, 목말라하는 그 모양을 생각하고는 그 어머니에게 지지 않게 자기도 애타하고 목말라했습니다.

반년 뒤에 겨우 광명한 세상에 나와서 자기의 오막살이를 찾아가매 거기는 벌써 다른 사람이 들어 있었으며 그의 어머니는 반년 전에 아들을 찾으며 길에까지 기어나와서 죽었다 합니다.

공동묘지를 가보았으나 분묘조차 발견할 수가 없었습니다.

이리하여 갈 곳이 없이 헤매던 그는 그날도 역시 잘 곳을 찾으러 헤매다가 그 예배당(나하고 만난)까지 뛰쳐 들어온 것이었습니다.

*

여기까지 이야기해 오던 K씨는 문득 말을 끊었다. 그리고 마도로스 파이프를 꺼내어 담배를 피워 가지고 빨면서 모씨에게 향하였다.

"선생은 이제 내가 이야기한 가운데 모순된 점을 발견 못하셨습니까?" "글쎄요."

"그럼 내가 대신 물으리다. 백성수는 그만치 천분이 많은 음악가였었는데 왜 그 광염 소나타(그날 밤의 소나타를 '광염 소나타'라고 그랬습니다)를 짓기 전에는 그만치 흥분되고 긴장되었다가도 일단 음보로 만들어 놓으면 아주 힘없는 것이 되어 버리고 했겠습니까?"

"그게야 미상불 그때의 흥분이 '광염 소나타'를 지을 때의 흥분만 못한 연고겠지요."

"그렇게 해석하세요? 듣고 보니 그것은 한 해석이 되기는 합니다. 그러나 나는 그렇게 해석 안하는데요."

"그럼 K씨는 어떻게 해석하십니까?"

"나는, 아니, 내 해석을 말하는 것보다 그 백성수한테서 내게로 온 편지가 한 장 있는데, 그것을 보여 드리리다. 선생은 오늘 바쁘시지 않으세요?"

"일은 없습니다."

"그러면 우리집까지 잠깐 같이 가보실까요?" "가지요."

두 노인은 일어섰다.

도회와 교외의 경계에 달린 K씨의 집에까지 두 노인이 이른 때는 오후 너덧시가 된 때였었다.

두 노인은 K씨의 서재에 마주앉았다.

"이것이 이삼 일 전에 백성수한테서 내게로 온 편지인데 읽어 보세요."

K씨는 서랍에서 기다란 편지 뭉치를 꺼내어 모씨에게 주었다. 모씨는 받아서 폈다.

"가만, 여기서부터 보세요. 그전에는 쓸데없는 인사이니까."

*

……(중략) 그리하여 그날도 또한 이제 밤을 지낼 집을 구하느라고 돌아다니던 저는 우연히 그 집, 제가 전에 돈 오십여 전을 훔친 집 앞에까지 이르렀습니다. 깊은 밤 사면은 고요한데 그 집 앞에서 잘 곳을 구하느라고 헤매던 저는 문득 마음속에 무서운 복수의 생각이 일어났습니다. 이 집만 아니었더면, 이 집 주인이 조금만 인정이라는 것을 알았더면, 저는 그 불쌍한 제 어머니로서 길에까지 기어나와서 세상을 떠나게 하지는 않았겠습니다. 분묘가 어디인지조차 알지 못하여 꽃 한번 갖다가 꽂아 보지 못한 이러한 불효도 이 집 때문이 외다. 이러한 생각에 참지를 못하여, 그 집 앞에 가려 있는 볏짚에다가 불을 놓았습니다. 그리고 거기 서서 불이 집으로 옮아가는 것을 다본 뒤에 갑자기 무서운 생각이 나서 달아났습니다.

좀 달아나다 보매 아래서는 벌써 사람이 꾀어들기 시작한 모양인데 이때에 저의 머리에 타 오르는 생각은 통쾌하다는 생각과 달아나려는 생각뿐이었습니다. 그리하여 저는 몸을 숨기기 위하여 앞에 보이는 예배당 안으로 뛰어 들어갔습니다.

거기서 불이 다 꺼지도록 구경을 한 뒤에 나오려다가 피아노를 보고…….

*

"이 보세요."

K씨는 편지를 보는 모씨를 찾았다.

"비상한 열정과 감격은 있어두 그것이 그대로 표현 안 된 것이 그것 때문이었습니다. 즉 성수의 어머니는 몹시 어진 사람으로서 어렸을 때부터 성수의 교육을 몹시 힘을 들여서 착한 사람이 되도록, 이렇게 길렀습니다그려. 그 어진 교육 때문에 그가 하늘에서 타고난 광포성과 야성이 표면상에 나타나지를 못하였습니다. 그 타오르는 야성적 열정과 힘이 음보(音譜)로 그려 놓으면 아주 힘없는, 말하자면 김빠진 술과 같이 되고 하는 것이 모두 그 때문이었습니다그려. 점잖고 어진 교훈이, 그의 천분을 못 발휘하게 한 셈이지요."

"흠."

"그것이, 그 사람 성수가, 감옥생활을 할 동안에 한번 씻기기는 하였으나, 그러나 사람의 교양이라 하는 것은 온전히 씻지는 못하는 것이외다. 그러다가, 그 '원수'의 집 앞에서 갑자기, 말하자면 돌발적으로 야성과 광포성이 나타나서 불을 놓고 예배당 안에 숨어 서서 그 야성적 광포적 쾌미를 한껏 즐긴 다음에, 그에게서 폭발하여 나온 것이 그 '광염 소나타'였구려. 일어서는 불길, 사람의 비명, 온갖 것을 무시하고 퍼져 나가는 불의 세력---- 이런 것은 사실 야성적 쾌미 가운데 으뜸이 되는 것이니깐요."

"……"

"아셨습니까. 그러면 그 다음에 그 편지의 여기부터 또 보세요."

*

……(중략) 저는 그날의 일이 아직 눈앞에 어리는 듯하외다. 선생님이 저를 세상에 소개하시기 위하여 늙으신 몸이 몸소 피아노에 앉으셔서 초대한 여러 음악가들 앞에서 제 '광염 소나타'를 탄주하시던 그 광경은 지금 생각하여도 제 눈에서 눈물이 나오려 합니다. 그때에 그 손님 가운데 부인 손님 두 분이 기절을 한 것은 결코 '광염 소나타'의 힘뿐이 아니고 선생의 그 탄주의 힘이 많이 섞인 것을 뉘라서 부인하겠습니까. 그 뒤에 여러 사람 앞에 저를 내어세우고,

"이 사람이 '광염 소나타'의 작자이며 삼십 년 전에 우리를 버려두고 혼자 간 일대의 귀재 백○○의 아들이외다."

고 소개를 하여 주신 그때의 그 감격은 제 일생에 어찌 잊사오리까.

그 뒤에 선생님께서 저를 위하여 꾸며 주신 방도 또한 제 마음에 가장 맞는 방이었습니다. 널따란 북향 방에 동남쪽 귀에 든든한 참나무 침대가 하나, 서북쪽 귀에 아무 장식 없는 참 나무 책상과 의자, 피아노가 하나씩, 그 밖에는 방안에 장식이라고는 서

남쪽 벽에 커다란 거울이 하나 있을 뿐, 덩더렇게 넓은 방은 사실 밤에 전등 아래 앉아 있노라면 저절로 소름이 끼치도록 무시무시한 방이었습니다. 게다가 방안은 모두 꺼먼 칠을 하고, 창 밖에는 늙은 홰나무의 고목이 한 그루 서 있는 것도 과연 귀기가 돌았습니다. 이러한 가운데서 선생님은 저로 하여금 방분스러운 음악을 낳도록 애써 주셨습니다.

저도 그런 환경 아래서 좋은 음악을 낳아 보려고 얼마나 애를 썼겠습니까. 어떤 날 선생님께 작곡에 대한 계통적 훈련을 원할 때에 선생님은 이렇게 대답하셨습니다.

"자네게는 그러한 교육이 필요가 없어. 마음대로 나오는 대로 하게. 자네 같은 사람에게 계통적 훈련이 들어가면 자네의 음악은 기계화해 버리고 말아. 마음대로 온갖 규칙과 규범을 무시하고 가슴에서 터져 나오는 대로……."

저는 이 말씀의 뜻을 똑똑히는 몰랐습니다. 그러나 대략한 의미뿐은 통하였습니다. 그리하여 저는 마음대로 한껏 자유스러운 음악의 경지를 개척하려 하였습니다.

그러나 그 동안에 제가 산출한 음악은 모두 이상히도 저의 이전(제 어머니가 아직 살아 계실 때)의 것과 마찬가지로 아무러한 힘도 없는 음향의 유희에 지나지 못하였습니다.

저는 얼마나 초조하였겠습니까. 때때로 선생님께서 채근 비슷이 하시는 말씀은 저로 하여금 더욱 초조하게 하였습니다. 그리고 마음이 초조하면 초조할수록 제게서 생겨나는 음악은 더욱 나약한 것이 되었습니다.

저는 때때로 그 불붙던 광경을 생각하여 보았습니다. 그리고 그때에 통쾌하던 감정을 되풀이하여 보려 하였습니다. 그러나 그것 역시 실패에 돌아갔습니다.

때때로 비상한 열정으로 음보를 그려 놓은 뒤에 몇 시간을 지나서 다시 한번 읽어보면 거기는 아무 힘이 없는 개념만 있고 하였습니다.

저의 마음은 차차 무거워지기 시작하였습니다. 그리고 큰 기대를 가지고 계신 선생님께도 미안하기가 짝이 없었습니다.

"음악은 공예품과 달라서 마음대로 만들고 싶은 때에 되는 것이 아니니 마음놓고 천천히 감흥이 생긴 때에……."

이러한 선생님의 위로의 말씀이 듣기가 제 살을 깎아 먹는 듯하였습니다. 그러나 제 마음 상은 인제는 제게서 다시 힘있는 음악이 나올 기회가 없는 것같이만 생각되었습니다.

이러는 동안에 무위의 몇 달이 지났습니다.

어떤 날 밤중, 가슴이 너무 무겁고 가슴속에 무엇이 가득 찬 것같이 거북하여서, 저는 산보를 나섰습니다. 무거운 머리와 무거운 가슴과 무거운 다리를 지향없이 옮기면서 돌아다니다가 저는 어떤 곳에서 커다란 볏짚 낟가리를 발견하였습니다.

이때의 저의 심리를 어떻게 형용하였으면 좋을지 저는 모르겠습니다. 저는 무슨 무서운 적(敵)을 만난 것같이 긴장되고 흥분되었습니다. 저는 사면을 한번 살펴보고, 그 낟가리에 달려가서 불을 그어서 놓았습니다. 그리고 갑자기 무서움증이 생겨서 돌아서서 달아나다가, 멀찌가니까지 달아나서 돌아보니까, 불길은 벌써 하늘을 찌를 듯이 일어났습니다. 왁, 왁, 꺄, 꺄, 사람들이 부르짖는 소리도 들렸습니다. 저는 다시 그곳까지 가서, 그 무서운 불길에 날아올라가는 볏짚이며, 그 낟가리에 연달아 있는 집을 헐어 내는 광경을 구경하다가 문득 흥분되어서 집으로 돌아왔습니다.

그날 밤에 된 것이 '성난 파도'이었습니다.

그 뒤에 이 도회에서 일어난, 알지 못할 몇 가지의 불은, 모두 제가 질러 놓은 것이었습니다. 그리고 불이 있던 날 밤마다 저는 한 가지의 음악을 얻었습니다. 며칠을 연하여 가슴이 몹시 무겁다가 그것이 마침내 식체와 같이 거북하고 답답하게 되는 때는 저는 뜻없이 거리를 나갑니다. 그리고 그러한 날은 한 가지의 방화사건이 생겨나며 그날 밤에는 한 곡의 음악이 생겨났습니다.

*

그러나 그것도 번수가 차차 많아 갈 동안, 저의, 그 불에 대한 흥분은 반비례로 줄어졌습니다. 온갖 것을 용서하지 않는 불꽃의 잔혹함도, 그다지 제 마음을 긴장시키지 못하였습니다.

"차차, 힘이 적어져 가네."

선생님께서 제 음악을 보시고 이렇게 말씀하신 것이 그러한 때였습니다.

그러나 저는 게서 더할 도리가 없었습니다. 하는 수 없이 저는 한동안 음악을 온전히 잊어버린 듯이 내버려두었습니다.

*

모씨가 성수의 마지막 편지를 여기까지 읽었을 때에, K씨가 찾았다.

"재작년 봄에서 가을에 걸쳐서, 원인 모를 불이 많지 않았습니까. 그것이 성수의 장난이었습니다그려."

"K씨는 그것을 온전히 모르셨습니까?"

"나요? 몰랐지요. 그런데, 그 어떤 날 밤이구려. 성수는 기대에 반해서, 우리집으로 온지 여러 달이 됐지만, 한 번도 힘있는 것을 지어 본 일이 없겠지요. 그래서, 저 사람에게 무슨 흥분될 재료를 줄 수가 없나 하고 혼자 생각하며 있더랬는데, 그때에 저—편—"

K씨는 손을 들어 남편 쪽 창을 가리켰다.

"저—편 꽤 멀리서 불붙는 것이 눈에 뜨입디다그려. 그래서 저것을 성수에게 보이면, 혹 그때의 감정(그때는, 나는 그 담배 장수네 집에 불이 일어난 것도 성수의 장난인 줄은 꿈에도 생각 안했구료)을 부활시킬지도 모르겠다, 이렇게 생각하구 성수의 방으로 올라가려는데, 문득 성수의 방에서 피아노 소리가 울려 나옵니다그려. 나는 올라가려던 발을 부지중 멈추고 말았지요. 역시 C샤프 단음계로서, 제일곡은 뽑아 먹고, 아다지오에서 시작되는데, 고요하고 잔잔한 바다, 수평선 위로 넘어가려는 저녁 해, 이러한 온화한 것이 차차 스케르초로 들어가서는 소낙비, 풍랑, 번개질, 무서운 바람소리, 우레질, 전복되는 배, 곤해서 물에 떨어지는 갈매기, 한번 뒤집어지면서 해일에 쓸려 나가는 동네 사람의 부르짖음—--- 흥분에서 흥분, 광포에서 광포, 야성에서 야성, 온갖 공포와 포학한 광경이 눈앞에 어릿거리는데, 이 늙은 내가 그만 흥분에 못견디어, 뜻하지 않고 '그만두어 달라'고 고함친 것만으로도 짐작하시겠지요. 그리고 올라가서 보니깐, 그는 탄주를 끝내고 피곤한 듯이 피아노에 기대고 앉아 있고, 이제 탄주한 것은 벌써 '성난 파도'라는 제목 아래 음보로 되어 있습디다."

"그러면 성수는 불을 두 번 놓고, 두 음악을 얻었다는 말씀이지요?"

"그렇지요. 그러고, 그 뒤부터는 한 십여 일 건너서는 하나씩 지었는데, 그것이 지금 보면, 한 가지의 방화사건이 생길 때마다 생겨난 것이었습니다. 그러나, 그의 편지 마따나, 얼마 지나서부터는 차차 그 힘과 야성이 적어지기 시작했지요. 그래서—---"

"가만계십쇼. 그 사람이 그 다음에도 '피의 선율'이나 그 밖에 유명한 곡조를 여러 개 만들지 않았습니까?"

"글쎄 말이외다. 거기 대한 설명은 그 편지를 또 보십쇼. 여기서부터 또 보시면 알리다.”

*

……(중략) ××다리 아래로서 나오려는데, 무엇이 발길에 채는 것이 있었습니다. 성냥을 그어 가지고 보니깐, 그것은 웬 늙은이의 송장이었습니다. 저는 그것이 무서워서 달아나려 다가, 돌아서려던 발을 다시 돌이켰습니다. 그리고, 선생님은 이제 제가 쓰는 일을 이해하여 주실는지요. 그것은 너무도 기괴한 일이라 저로서도 믿어지지 않는 일이었습니다. 그 송장을 타고 앉았습니다. 그리고 그 송장의 옷을 모두 찢어서 사면으로 내어던진 뒤에, 그 벌거벗은 송장을, (제 힘이라 생각되지 않는) 무서운 힘으로써 높이 쳐들어서, 저편으로 내어던졌습니다. 그런 뒤에는, 마치 고양이가 알을 가지고 놀듯, 다시 뛰어가서 그 송장을 들어서, 도로 이편으로 던졌습니다. 이렇게 몇 번을 하여 머리가 깨지고, 배가 터지고---- 그 송장은 보기에도 참혹스러이 되었습니다. 그리하여 그 송장을 다시 만질 곳이 없이 된 뒤에, 저는 그만 곤하여 그 자리에 앉아서 쉬려다가 갑자기 마음이 긴장되고 흥분되어서, 집으로 달려왔습니다. 그날 밤에 된 것이 ‘피의 선율’이었습니다.

*

“선생은 이러한 심리를 아시겠습니까?” “글쎄요.”

“아마, 모르실걸요, 그러나 예술가로서는 능히 머리를 끄덕일 수 있는 심리외다. 그리고 또 여기를 읽어 보십시오.”

*

……(중략) 그 여자가 죽었다는 것은 제게는 사실 뜻밖이었습니다.

저는, 그날 밤 혼자 몰래 그 여자의 무덤을 찾아갔습니다. 그리고 칠팔 시간 전에 묻어 놓은 그의 무덤의 흙을 다시 파서 그의 시체를 꺼내어 놓았습니다.

푸르른 달빛 아래 누워있는 아름다운 그의 모양은 과연 선녀와 같았습니다. 가볍게 눈을 닫고 있는 창백한 얼굴, 곧은 콧날, 풀어헤친 검은 머리---- 아무 표정도 없는 고요한 얼굴은 더욱 처염함을 도왔습니다. 이것을 정신이 없이 들여다보고 있던 저는 갑자기 흥분이 되어, 아아, 선생님 저는 이 아래를 쓸 용기가 없습니다. 재판소의 조서를 보시면 저절로 아실 것이올시다.

그날 밤에 된 것이 ‘사령(死靈)’이었습니다.

*

“어떻습니까?”

“……”

“네?”

“……”

“언어도단이에요? 선생의 눈으로는 그렇게 뵈시리다. 또 여기를 읽어 보십쇼.”

*

……(중략) 이리하여 저는 마침내 사람을 죽인다 하는 경우에까지 이르렀습니다. 그리고 한 사람이 죽을 때마다 한 개의 음악이 생겨났습니다. 그 뒤부터 제가 지은 그 모든 것은 모두 다 한 사람씩의 생명을 대표하는 것이었습니다.

*

“인전 더 보실 것이 없습니다. 그런데 그만큼 보셨으면 성수에 대한 대략 한일은 아셨을 터인데, 거기 대한 의견이 어떻습니까?”

“……”

“네?”

“어떤 의견 말씀이오니까?”

“어떤 ‘기회’라는 것이 어떤 사람에게서, 그 사람의 가지고 있는 천재와 함께, ‘범죄 본능’까지 끄을어내었다 하면, 우리는 그 ‘기회’를 저주하여야겠습니까 혹은 축복하여야겠습니까? 이 성수의 일로 말하자면 방화, 사체 모욕, 시간, 살인, 온갖 죄를 다 범했어요. 우리 예술가협회에서 별로 수단을 다 써서 정부에 탄원하고 재판소에 탄원하고 해서 겨우 성수를 정신병자라 하는 명목 아래 정신병원에 감금했지, 그렇지 않으면 당장에 사형이 아닙니까. 그런데 이제 그 편지를 보셔도 짐작하시겠지만 통상시에는 그 사람은 아주 명민하고 점잖고 온화한 청년입니다. 그러나, 때때로 그, 뭐랄까, 그 흥분 때문에 눈이 아득하여져서 무서운 죄를 범하고 그 죄를 범한 다음에는 훌륭한 예술을 하나씩 산출합니다. 이런 경우에 우리는 그 죄를 밉게 보아야 합니까, 혹은 그 범죄 때문에 생겨난 예술을 보아서 죄를 용서하여야 합니까?”

“그게야 죄를 범치 않고 예술을 만들어 냈으면 더 좋지 않습니까?”

“물론이지요. 그러나 이 성수 같은 사람도 있는 것이니깐 이런 경우엔 어떻게 해결

하렵니까?”

“죄를 벌해야지요. 죄악이 성하는 것을 그냥 볼 수는 없습니다.” K씨는 머리를 끄덕였다.

“그렇겠습니다. 그러나 우리 예술가의 견지로는 또 이렇게 볼 수도 있습니다. 베토벤 이후로는 음악이라 하는 것이 차차 힘이 빠져 가서 꽃이나 계집이나 찬미할 줄 알고 연애나 칭송할 줄 알아서 선이 굵은 것은 볼 수가 없이 되었습니다. 게다가 엄정한 작곡법이 있어서 그것은 마치 수학의 방정식과 같이 작곡에 대한 온갖 자유스런 경지를 제한해 놓았으니깐 이후에 생겨나는 음악은 새로운 길을 개척하기 전에는 한 기술이 될 것이지 예술이 될 수는 없습니다. 예술가에게는 이것이 쓸쓸해요. 힘있는 예술, 선이 굵은 예술, 야성으로 충일된 예술——--는 이것을 기다린지 오랬습니다. 그럴 때에, 백성수가 나타났습니다. 사실 말이지 백성수의 그새의 예술은 그 하나하나가 모두 우리의 문화를 영구히 빛낼 보물입니다. 우리의 문화의 기념탑입니다. 방화? 살인? 변변치 않은 집개, 변변치 않은 사람개는 그의 예술의 하나가 산출되는데 희생하라면 결코 아깝지 않습니다. 천 년에 한 번, 만 년에 한 번 날지 못 날지 모르는 큰 천재를, 몇 개의 변변치 않은 범죄를 구실로 이 세상에서 없이하여 버린다 하는 것은 더 큰 죄악이 아닐까요. 적어도 우리 예술가에게는 그렇게 생각됩니다.”

K씨는 마주앉은 노인에게서 편지를 받아서 서랍에 집어넣었다. 새빨간 저녁 해에 비치어 서 그의 늙은 눈에는 눈물이 반득였다.

출전: 중외일보(1929.1.1~12)

김교신

(金敎臣, 1901.4.18 ~ 1945.4.25.)

1927년 함석헌(咸錫憲), 송두용(宋斗用), 정상훈(鄭相勳), 유석동(柳錫東), 양인성(楊仁性) 등과 함께 《성서조선(聖書朝鮮)》을 창간

1942년 3월호의 권두언 '조와(弔蛙)'가 한국민족의 영혼을 찬양했다는 이유로 폐간

1944년 7월 함남질소비료공장에 강제징용된 한국인 노무자들의 처참한 생활을 돕기 위해 입사

[일생 평교사로 지내며 『성서조선』이라는 잡지를 간행, 신앙운동을 일으킨 인물. 그는 한국인의 성서적, 신앙적 사명을 강조함, 아무리 어둡고 두려운 현실 속에서도 희망을 꺾지 않았던 신앙저항자.]

포플라나무 예찬

낙락장송의 우거진 경개가 장하지 아님이 아니나, 백설이 만건곤(滿乾坤)할 때 독야청청(獨也靑靑)할만한 의열(義烈)의 사(士)가 아님을 어찌하며, 운표(雲表)에 우뚝 솟은 은행의 거수(巨樹)가 위관(偉觀)이 아님이 아니나, 인의에 기반을 세운 공부자(孔夫子)에게 경원하는 생각이 앞섬을 어찌하며, 매죽(梅竹)이 귀엽지 아님이 아니나, 시인 묵객의 취흥을 손(損)할까 저어하니, 차라리 우리는 계변(溪邊)에 반열(班列)지으며 혹은 고성(古城)에 외로이 솟은 포플라나무를 우러러보고자 하노라.

포플라는 하늘을 향하고 산다.

인간 살림에 세력투쟁이 있고 국가 생활에 영토확장의 야망이 없을 수 없는 것처럼 무릇 거대한 수목은 그 수세(樹勢)를 널리 횡(橫)으로 펴서 일장공성(一將功成)에 만골고(萬骨枯)라는 셈으로 거수의 광활한 지엽(枝葉)이 임의로 무성을 극하기 위하여 그 전후좌우의 만초(萬草)가 고갈을 당하고야 만다. 오직 포플라나무만은 횡으로 세력을 벌이려 하지 않고 종(縱)으로 하늘을 향하여 자라고 또 자라기만 한다.

그 일직한 구간(軀幹)과 수직적으로 하늘을 향한 대지(大枝), 소지(小枝)는 호렙산 아래서 축복하는 모세의 손인가, 겟세마네 동산에서 피땀 흐리신 예수의 팔뚝인가? 유한한 횡으로 살지 않고 무한한 종으로 하늘로 사는 포플라야말로 고귀하도다.

포플라는 비애의 나무다.

춘양(春陽)에 포플라의 새싹이 발동하는 것처럼 생명의 요동을 우리에게 보여주는 것이 다시없으니 신추늬 포플라가 물론 가하며 녹음방초 승화시(勝花時)에 우후(雨後)에 천지를 새롭게 하는 포플라의 청풍이 또한 가상한 것임은 물론이나 포플라의 본색은 아무래도 추색(秋色)에 비창(悲愴)이 만신(滿身)함에 있는 듯하다. 단풍의 붉음은 오히려 염태(艷態, 고운 자태)를 보이거니와 포플라나무의 황엽(黃葉)은 문자 그대로 처참한 신세를 표시한다. 고성에 외로이 솟은 포플라 한 대가 풍우에 부대껴 큰 줄기와 가는 가지까지 끄들렸다간 풀리고 휘어졌다간 다시 서고하는 광경이며, 만추(晩秋)에 석양을 황엽에 반영하면서 미풍에도 오히려 일엽씩 귀근(歸根, 뿌리로 돌아옴)하는 자태를 보라. 포플라의 장간섬지(長幹纖枝)가 만신에 비창을 머금은 것은 우리로 하여금 상복에 싸인 젊은 과부의 처지를 연상케 하거니와 그보다도 오히려 깊고 높고 넓은 비통이다.

실로 처재 레오나르도 다빈치의 〈비애의 사람〉 예수의 초상을 생각지 않고는 포플라 특유의 처참한 광경을 비기지 못하며, 눈물의 예언자 예레미야의 한숨소리 없이는 포플라나무를 차마 보지 못한다. 천하의 비통을 일신에 머금은 포플라와 인류의 비애를 한몸에 걸머진 예수!

포플라나무는 지평선을 깨뜨린다. 호주에는 유카리수(樹)라는 고목(高木)이 있다 하나 우리 주위에는 100척 내지 150척까지 천공에 솟은 포플라가 우선 고수(高樹)가 아닐 수 없다. 무릇 시기와 당쟁은 왜소에서 생긴다. 홀로 운표에 두각을 두고 미풍과 전광(電光)에 전신이 진동하여 책하는 이 없어도 스스로 통회하고 섰으니 그 민감, 그 고결함이여! 놀랍도다.

〈1934. 11〉

무표정과 위표정

"말하기 싫은지라 두 입술은 붙었고, 눈이 무거운지라 대개는 감은 채로 누웠는데 희로애락에 대한 반응도 신속하지 못합니다. 물론 한창 괴로웠을 때엔 신음하는 소리〔聲〕와 고뇌의 빛〔色〕을 드러내지 않은바 아니나, 그 후 웬만큼 견디게 된 다음부터는 만사에 무표정하여 대하는 이로 하여금 본의 아닌 미안을 가지게 합니다." 운운.

이는 3년 이상 폐환으로 투병하고 있는 한형제의 실기(實記)이다. 이처럼 무표정한 고로 저의 친절한 구우(舊友) 한 분은 주사약을 10여 원어치나 사들고 찾아왔다가 일거에 무소식이 되어 버렸고, 또한 병실의 벽에다 "볼일없이 오지 마시오. 병에 대해 묻지 말고 말하지 마시오. 볼일 끝나면 곧 가시오. 오고 가는 데 인사 마시오."라고 써 붙이고 대개는 창전(窓前)에서 면회 사절하여 보내는 고로 불원천리하고 찾아왔던 구우도 그 번이 막걸음이 되고 만다고 한다. 이 형제의 무표정은 단지 선천적 기질뿐도 아닐 터이요, 또한 후천적 수양의 결과뿐도 아닐 것이다.

실로 장세월의 투균(鬪菌)에 지친 원기가 한마디 말, 한 찌푸림, 한 웃음도 등한히 할 수 없는, 허튼수작은 일절 불허하는 생리적 필요와 심령적 세련이 자연히 이까지에 도달하였을 것이다. 과연 심한 병고는 인생의 모든 불필요한 '허튼수작'을 박탈하여 버리고 무표정한 엄숙한 인간의 실질적 부분만을 남겨 준다.

생물학자 다윈(Dawin)은 동물과 인간의 제반 표정을 비교 연구하여 방대한 저술을 발표하였거니와 소위 고등동물에 이를수록 표정이 다종다양하고 능란하며, 만물의 영

장인 인류에 이르러 표정의 절정에 달하였음은 물론이다.

특히 현대 사람은 표정이 곧 생활이다. 군자지교담여수(君子之交淡如水)라고 하였으니 참으로 경애하는 우인에게 무표정 이외에 어찌 표정할 것인지를 우리는 모르건마는 현대인들은 표정으로 벗을 사고 표정으로 벗을 판다. 진정으로 사랑하는 처자에게는 무표정 이외에 표정하는 방도가 없는 줄로 우리는 알았건마는 현대인들은 활동사진에나 볼 수 있는 사탕같이 달콤한 표정이 없으면 고통이 생겨난다. 평생에 사모하는 선생과 동자(障子) 같이 귀여워하는 제자에게 대하여 무표정 이외에 그 정을 실을 그릇이 없는 줄로만 우리는 알았더니 현대의 사제들은 표정으로 제자를 매수하고 안색으로 은사를 배반함이 다반사로다. 심지어는 기독교회 내에까지 표정은 가장 큰 정책이요, 상략(商略)으로 통용되었다.

아, 화 있을진저! 무교회 신자의 일대 결함은 저들에게 친절미(親切味)가 없는 일이라고 한다. 다정한 표정이 없을 뿐인가, 항상 항의적(프로테스트)이요, 쟁탈적 불손한 태도가 보임은 사실이다. 무교회 신자는 활동사진 같은 농후한 구미식 표정보다 유교 전래의 담박미(淡薄味)를 좋아하며 기독교회 내의 현금 거래식 표정보다 불교도의 목석 같은 무표정을 존숭하나, 그보다도 간사한 현세에 처하여는 위표정(僞表情)의 필요를 느낌이 심대한 자이다. 신뢰치 않는 척, 애지중지 않는 척, 경모하지 않는 척, 미워하는 척, 효도하지 않는 척, 애국심이 없는 척하지 않고는 내심의 울분을 처치하지 못한다.

(1936년 4월)

문학 청년에게

근일에 하계 휴가라고 동경으로부터 돌아온 문학청년 한 사람이 찾아와 묻기를 "기독교의 저명한 선생님들의 문학에 대한 견해는 어떻습니까. 문학과 신앙과는 아주 양립할 수 없습니까"고.

답. 문학이란 무슨 뜻으로 하는 말인지 알 수 없으나 내가 아는 대로는 기독교 성서 안에도 문학이 있다. 훌륭한 문학이 있다. 그러므로 구약성서 문학이라는 과목을 택하여 특히 전공하는 학자도 있음은 물론이다. 널리 세계의 대문학을 감상함은 기독교 신앙과 배치될 것이 아니라, 도리어 기독신도 될 만한 자의 일종 의무라고도 할 수 있다. 그뿐만 아니라 독신자로서 자기 자신이 대문학을 남기고 간 이도 많고 번역과 비평 등으로 널리 소개 전파의 공을 세운 이도 적지 않다. 대체로 구미의 문학에서 기독교 신앙에 기초한 것을 제외하고 보면 문학이라고 할 만한 문학이 몇 푼어치 될 줄 아는가. 단테(Dante), 밀턴(Milton)의 시는 말할 것도 없고 비근한 예로 말하여도 군등(君等)이 동경에서 들은바, 우치무라 간조 선생은 무운(無韻) 시인이라는 데에 타의 추종을 불허하는 특장(特長)이 있으며 신앙을 제외하고라도 영문학 소개의 선구자로서 일본 문학사상에 불멸의 공적을 점유한다고 하지 않는가. 또 후지이 다케시(藤井武)씨는 그의 「어린양의 혼인」이라는 장편시 하나만 하여도 일본 기독교 문학사상에 영구히 기억되리라고 세평(世評)이 있지 않은가.

다만 문학을 하려면 인간 사회의 만반 경험을 통과해야만 된다는 듯이 생각하여서 신앙을 버리고 가지 못할 데 친근(親近)하던 결과는 오사나이 가오 루(小山內薰), 아리시마 다케오(有島武郞) 같은 종국을 볼 것이라고 우치무라 선생이 경고하는 것을 들었고, 삼문문사배(三文文士輩)가 연(軟)문학을 그릴 때의 버릇으로 인간 만사를 상상의 세계, 조작의 환영으로 해석하려는 소위 문인들은 사실의 세계인 기독교 신앙을 이해하기에 법학이나 자연과학을 공 부한 자보다 못쓸 물건이 되어 버린다고 통탄함을 보았다. 교과서 공부보다 소설 읽는 편이 흥미 있다고 해서 천재로 자임하고 문학을 지망하는 무리는 인간의 찌꺼기라고, 일류의 문학자 못 될 바엔 이류의 농공업자 되라는 니토 베 이나조(新渡戶稻造) 박사의 말씀이 건실한 줄 안다.

문. 술집(카페)에 가는 것이 기독교 신앙과는 배치됩니까?

답. 석수장이 눈껍적이부터 먼저 배우며, 비스마르크(Bismarck)를 사숙(私淑)하는 자 흡연부터 배운다고. 문학을 하려니 술집부터 문제야. 무릇 건전한 생활과 평행할 수 없는 문학은 문학이 아니다. 술집 출입은 기독교의 문제가 아니라, 건전한 인간으로서 판단할 문제다. 오늘날 조선 상층의 부패가 술에 기인함은 말할 것도 없고, 더욱 농민의 피폐와 의무 교육의 시행 불능과 군의 고학(苦學) 문제가 모두 술집 때문이 아닌가!

문학청년을 보낸 후 내가 스스로 나를 향하여 분격함을 불금하였으니, 그는 정신병 의사에게 보내어 신경중추를 진찰받게 하여야 할 자를 통상 사람 상대로 하여 정성껏 응대한 나의 우둔을 향하여 발분함이었다. 오호, 문학 청년!

강경애

(姜敬愛, 1906.4.20 ~ 1943.4.26)

1921년 평양 숭의여학교에 입학하였으나, 동맹휴학에 가담

1923년 퇴학

1924년 9월 귀향하여 야학운동·신간회 등 여러 사회운동에 투신

1931년 잡지《혜성(彗星)》에 장편소설《어머니와 딸》을 발표, 문단에 등장

1932년 간도(間島)로 이주, 단편소설《부자(父子)《채전(菜田)》《소금》등 을 발표

[카프조직과 직접적인 관련을 맺지 않으면서도 식민지적 갈등과 모순에서 계급 문제를 읽어내고 그것을 사실적으로 형상화한 작가로 평가된다. 간도 체험을 기반으로 많은 작품을 창작했고, 사회계급 문제를 관념보다는 체험에 의지했다는 점에서 최서해(崔曙海)의 경향을 이은 작가로 평가]

작품분석

1. 원고료 이백원

- ‘위태한 꿈’에서 벗어나지 못하다가 원고료로 인한 부부싸움을 통해 허영에서 벗어나는 이야기
- 1인칭 주인공 시점
- 입으로만 민중을 위하고 허영심으로 살아가는 당대 여류 문사들을 비판
- 편지 형식은 자신의 체험을 소상하게 드러낼 수 있는 장치로 독자에게 작가의 주제 의식을 직접적으로 나타낼 수 있는 기능을 함

2. 월사금

- 1933년에 발표한 단편소설로, 어두웠던 일제 강점기 가난과 삶에 지쳐 각박했던 그 시절 배우고 싶어도 다달이 내는 수업료가 없어서 위축된 순수한 어린학생의 이야기를 사실적으로 담고있다.

3. 나의 유년 시절

- 가난한 농민의 딸로 태어나 5살 즈음 부친을 여윈 뒤, 모친의 재가로 유년시절의 의붓형제와 갈등을 겪는다, 어렵고 궁핍한 어린 시절의 기억이 어머니에 대한 의지와 그리움 등, 작가의 문학적 감수성으로 나타남

원고료 이백원
原稿料 二百圓

친애하는 동생 K야.

간번 너의 편지는 반갑게 받아 읽었다. 그러고 약해졌던 너의 몸도 다소 튼튼해짐을 알았다. 기쁘다. 무어니 무어니 해야 건강밖에 더 있느냐.

K야, 졸업기를 앞둔 너는 기쁨보다도 괴롬이 앞서고 희망보다도 낙망을 하게 된다고? 오냐 네 환경이 그러하니 만큼 응당 그러하리라. 그러나 너는 그 괴롬과 낙망 가운데서 단연히 깨달음이 있어야 한다. 그래서 기쁘고 희망에 불타는 새로운 길을 발견해야 한다.

K야, 네가 물은바 이 언니의 연애관과 내지 결혼관은 간단하게 문장으로 표현할 만한 지식이 아직도 나는 부족하구나. 그러니 나는 요새 내가 지내는 생활 전부와 그 생활로부터 일어나는 나의 감정 전부를 아무 꾸밀 줄 모르는 서투른 문장으로 적어놓을 터이니 현명한 너는 거기서 버릴 것은 버리고 취하여다고.

K야, 내가 요새 D신문에 장편소설을 연재하여 원고료로 이백여 원을 받은 것은 너도 잘 알지. 그것이 내 일생을 통하여 처음으로 많이 가져보는 돈이 구나. 그러니 내 머리는 갑자기 활기를 얻어 온갖 공상을 다하게 되두구나.

K야, 너도 짐작하는지 모르겠다마는! 나는 어려서부터 순조롭지 못한 가정에서 자랐고 또 커서까지라도 순경에 처하지 못한 나는 그나마 쥐꼬리만큼 배운 이 지식까지라도 우리 형부의 덕이었니라. 그러니 어려서부터 명일빔 한 벌 색들여 못 입어 봤으

며 먹는 것이란 언제나 조밥이었구나. 그러고 학교에 다니면서도 맘대로 학용품을 어디 써보았겠니. 학기초마다 책을 못 사서 울고 울다가는 겨우 남의 낡은 책을 얻어 가졌으며 종이와 붓이 없어 나의 조고만 가슴은 그 몇 번이나 달막거리었는지 모른다.

K야, 나는 아직도 잘 기억한다. 내가 학교 일년급 때 일이다. 내일처럼 학기시험을 치겠는데 나는 종이 붓이 없구나. 그래서 생각다 못해서 나는 옆의 동무의 것을 훔치었다가 선생님한테 얼마나 꾸지람을 받았겠니. 그러구 애들한테서는 '애! 도적년 도적년'하는 놀림을 얼마나 받았겠니. 더구나 선생님은 그 큰 눈을 부라리면서 놀 시간에도 나가 놀지 못하게 하고 벌을 세우지 않겠니. 나는 두 손을 벌리고 유리창 곁에 우두커니 서 있었구나. 동무들은 운동장에서 눈사람을 맨들어 놓고 손뼉을 치며 좋아하지 않겠니. 나는 벌을 서면서도 눈사람의 그 입과 그 눈이 우스워서 킥 하고 웃다가 또 울다가 하였다.

K야, 어려서는 천진하니까 남의 것을 훔칠 생각을 했지만 소위 중학교까지 오게 된 나는 아무리 바뿌더라도 그러한 맘은 먹지 못하였다. 형부한테서 학비로 오는 돈은 겨우 식비와 월사금밖에는 못 물겠더구나. 어떤 때는 월사금도 못 물어서 머리를 들고 선생님을 바루 보지 못한 적이 많았으며 모르는 학과가 있어도 맘놓고 물어보지를 못했구나. 그러니 나는 자연히 기운이 죽고 바보같이 되더라. 따라서 친한 동무 한 사람 가져 보지 못하였다. 이렇게 외로운 까닭에 하느님을 더 의지하게 되었으니 나는 밤마다 기숙사 강당에 들어가서 목을 놓고 울면서 기도하였다. 그러나 그 괴롬은 없어지지 않고 날마다 달마다 자라만 가두구나. 동무들은 양산을 가진다, 세루 치마 저고리를 입는다, 털목도리 자켓을 짠다, 시계를 가진다. 지금 생각하면 그 모든 것이 우습게 생각되지마는 그때는 왜 그리도 부러운지 눈물이 날 만큼 부럽두구나. 그 폭신폭신한 털실로 목도리를 짜는 동무를 보면 나도 모르게 그 실을 만져보다가는 앞서는 것이 눈물이두구나. 여학교 시대가 아니구서는 맛보지 못하는 이 털실의 맛! 어떤 때 남편은 당신은 왜 자켓 하나 짤 줄 모루? 하고 쳐다볼 때마다 나는 문득 여학교 시절을 회상하며 동무가 가진 털실을 만지며 간이 짜르르하게 느끼던 그 감정을 다시 한 번 느끼군 하였다.

K야, 어느 여름인데 내일같이 방학을 하고 고향으로 떠날 터인데 동무들은 떠날 준

비에 바뿌구나. 그때는 인조견이 나지 않았을 때이다. 모두가 쟁친 모시 치마 적삼을 잠자리 날개처럼 가볍게 해 입고 흰 양산 검은 양산을 제 각기 사두구나. 그때에 나는 어째야 좋을지 모르겠더라. 무엇보다도 양산이 가지고 싶어 영 죽겠두구나. 지금은 여염집 부인들도 양산을 가지지만 그때야말로 여학생이 아니구서는 양산을 못 가지는 줄로 알었다. 그러니 양산이야말로 무언중에 여학생을 말해주는 무슨 표인 것같이 생각되었니라. 철없는 내 맘에 양산을 못 가지면 고향에도 가고 싶지를 않두구나. 그래서 자꾸만 울지 않었겠니. 한방에 있는 동무 하나가 이 눈치를 채었음인지 혹은 나를 놀리누라구 그랬는지는 모르나 대부러진 낡은 양산 하나를 어데서 갖다 주더구나. 나는 그만 기뻤다. 그러나 어쩐지 화끈 달며 냉큼 그 양산을 가질 수가 없두구나. 그래서 새침하고 앉았노라니 동무는 킥 웃으며 나가두구나. 그 동무가 나가자마자 나는 얼른 양산을 쥐고 펼쳐보니 하나도 성한 곳이 없더라. 그때 나는 무어라 말할 수 없는 울분과 슬픔이 목이 막히도록 치받치더구나. 그러나 나는 그 양산을 버리지는 못하였다.

K야, 나는 너무나 딴 길로 달아나는 듯싶다. 이만하면 나의 과거 생활을 너는 짐작할 터이지…… 나의 현재를 말하려니 말하기 싫은 과거까지 들추어 놓았다. 그런데 K야, 아까 말한 그 원고료가 오기전에 나는 밤 오래도록 잠을 못 이루고 그 돈으로 무엇을 할까? 하고 생각하였다. 지금 생각하면 부끄러운 말이지만 '우선 겨울이니 털외투나 하고, 목도리, 구두, 내 앞니가 너무 새가 넓으니 가늘게 금니나 하고, 가늘게 금반지나 하고, 시계 나…… 아니 남편이 뭐랄지 모르지. 그래두 뭘 내 벌어서 내 해 가지는데야 제가 입이 열이니 무슨 말을 한담. 이번 기회에 못하면 나는 금시계 하나도 못 가지게. 눈 딱 감고한다. 그러고 남편의 양복이나 한 벌 해줘야지, 양복이 그 꼴이니.' 나는 이렇게 깡그리 생각해 두었구나. 그런데 어느날 원고료가 내 손에 쥐어졌구나.

K야, 남편과 나와는 어쩔 줄을 모르게 기뻐했다. 그날 밤 나는 유난히 빛나는 등불을 바라보면서, "이 돈으로 뭘하는 것이 좋우?" 남편의 말을 들어보기 위하여 나는 이렇게 물었구나. 남편은 묵묵히 앉았다가 혼자 하는 말처럼, "거참 우리 같은 형편에는 돈이 없는 것이 오히려 맘 편하거던…… 글쎄 이왕 생긴 것이니 써야지. 우선 제일 급한 것이 응호 동무를 입원시키는 게 지……" 나는 이같이 뜻밖의 말에 앞이 아뜩해

지며 아무 말도 할 수가 없두구나. 그러고 나를 쳐다보는 남편의 그 얼굴이 금시로 개 모양 같고 또 그 눈이 예전 소눈깔 같두구나. "그러고 다음으로는 홍식의 부인이지. 이 겨울 동안은 우리가 돌봐야지 어찌겠수?" 나는 이 이상 남편의 말을 듣고 싶지 않더라. 그래서 머리를 돌려 저편 벽을 물끄러미 바라보았구나. 물론 남편의 동지인 응호라든지 혹은 같은 친구인 홍식의 부인이라든지를 나 역시 불쌍하게 생각하지 않는 배는 아니오, 그래서 이 돈이 오기 전까지는 우리의 힘 미치는 데까지는 도와주고 싶은 맘까지 가졌지만 그러나 막상 내 손에 이백여 원이라는 돈을 쥐고 나니 그 때의 그 생각은 흔적도 없이 사라지두구나. 어쩔 수 없는 나의 감정이더라. 남편은 대답이 없는 나를 한참이나 바라보다가 약간 거세인 음성으로, "그래 당신은 그 돈을 어떻게 썼으면 좋을 듯싶소?" 그 물음에 나는 혀를 깨물고 참았던 눈물이 샘솟듯 쏟아지두구나. 그 순간에 남편이야말로 돌이나 깎아논 듯 그렇게도 답답하고 안타깝게 내 눈에 비치어지두구나. 무엇보다도 제가 결혼 당시에 있어서도 남들이 다 하는 결혼 반지 하나 못해 주었고 구두 한 켤레 못 사주지 않었겠니. 물론 그것이야 제가 돈이 없어서 그리한 것이니 내가 그만한 것은 이해 못하는 것은 아니다. 그러나 돈이 생긴 오늘에 그것도 남편이 번 것도 아니요, 내 손으로 번 돈을 가지고 평생의 원이던 반지나 혹은 구두나를 선선히 해 신으라는 것이 떳떳한 일이 아니겠니. 그런데 이 등신 같은 사내는 그런 것은 염두에도 먹지 않는 모양이더라. 나는 이것이 무엇보다도 원망스러웠다. 그러고 지금 신는 구두도 몇 해 전에 내가 중이염으로 서울 갔을 때 남편의 친구인 김경호가 그의 아내가 신다가 벗어 논 구두를 자꾸만 신으라구 하두구나. 내 신발이 오죽잖아야 그리했겠니. 그때 나의 불쾌함이란 말할 수 없었다. 사람의 맘은 일반이지 낸들 왜 남이 신다 벗어 논 것을 신고 싶겠니. 그러나 내 신발을 굽어볼 때는 차마 딱 잘라 거절할 수는 없두구나. 그래서 그 구두를 둘러보니 구멍난 곳은 없더라. 그래서 약간 신고 싶은 맘이 있지만 남편이 알면 뭐라고 할지 몰라 그 다음으로 남편에게 편지를 했구나. 며칠 후에 남편에게서는 승낙의 편지가 왔겠지. 그래서 나는 그 구두를 신게 되지 않었겠니. 그러나 항상 그 구두를 볼 때마다 나는 불쾌한 맘이 사라지지 않두구나. 그런데 오늘밤 새삼스러이 그 구두를 빌어 신던 그때의 감정이 목구멍까지 치받치며 참을 수 없이 울음이 응응 터지는구나. 나는 마침내 어린애 같이 입을 벌리고 울지 않었겠니. 남편은 벌떡 일어나며 윙 소리가 나도록 나의 빰을 후려치누나. 가뜩이나 울분에 못 이겨 울던 나는 악이 있는 대로 쓸어나두구나. "왜 때려. 날 왜 때려!" 나는 달려들지 않었겠니. 남편은 호랑이눈 같은 눈을 번쩍이며 재차 달려들더니 나의 머리끄댕이를 치는 바람에 등불까지 왱그렁 젱 하고 깨지두구나. 따라서 온 방안에 석유내가 확 뿜기누나. "죽여라, 죽여라." 나는 목이 메어 소리쳤다. 이제야말로 이 사나이와는 마지막이다 싶더라. 남편은 씨근벌덕이며, "응, 너 따위는 백 번 죽여 싸다. 내 네 맘을 모르는 줄 아니 흥 돈푼이 나 생기니까 남편을 남편같이 안 알구. 에이 치사한 년, 가라! 그 돈 다 가지고 내일 네 집으로 가. 너 같은 치사한 년과는 내 못 살아. 온 여우같은 년…… 너도 요새 소위 모던껄이라는 두리홰능년이 되고 싶은게구나. 아, 일류 문인으로서 그리해야 하는게지. 허허 난 그런 일류 문인의 사내 될 자격은 못 가졌다. 머리를 지지고 볶고, 상판에 밀가루 칠을 하구, 금시계에 금강석 반지에 털외투를 입고, 입으로만 아! 무산자여 하고 부르짖는 그런 문인이 되고 싶단 말이지. 당장 나가라!" 내 손을 잡아 끌어내누나. 나는 문밖으로 쫓기어 났구나.

K야, 북국의 바람이 얼마나 찬것은 말할 수 없다. 내가 여기에 온지 4개 성상을 맞이했건만 그날 밤 같은 그러한 매서운 바람은 맛보지 못하였다. 온 세상이 얼음덩이로 된듯 하더구나. 쳐다보기만 해도 눈등이 차오는 달은 중천에 뚜렷한데 매서운 바람결에 가루눈이 씽씽 날리누나. 마치 예리한 칼끝으로 내 피부를 찌르는 듯 내몸에 부딪치는 눈발이 그렇게 따굽구나. 나는 팔짱을 찌르고 우두커니 눈위에 서 있었다. 그때에 나의 머리란 너머나 많은 생각으로 터질 듯 하더구나. 어떻게 하나? 나는 이 여러가지 생각 중에서 어떤 결정적 태도를 취하려고 이렇게 중얼거리며 머리 속에 돌아가는 생각을 한 가지씩 붙잡아 내었다. 제일 먼저 내달아오는 것이 저 사나이와는 이전 못 사는 게다. 금을 줘도 못 사는 게다. 그러면 나는 어떻거나. 고향으로 가나? 고향…… 저년 또 다 살았나, 글쎄 그렇지. 며칠 살겠기, 저런 홰능년하고 비웃는 고향 사람들의 얼굴과 어머니의 안타까워하는 모양! 나는 흠칫하였다. 그러면 서울로 가서 어느 신문사나 잡지사에 취직을 해? 종래의 여기자들이 염문만 퍼친 것을 보아 나 역시 별다른 인간이 못 된다 는 것을 깨닫자 그 말로는 타락할 것밖에 없는 듯…… 그러면 어디로 어떡 허나. 동경으로 가서 공부나 좀 해봐. 학비는 무엇이 대구. 내 처지로서는 공부가 아니라 타락공부가 될 것 같다. 나는 이러한 결론을 얻을 때 어쩐지

이 세상에서 버림을 받은 듯, 나는 여기를 가나 저기를 가나 누가 반가이 맞받아줄 사람이라구는 없는 듯하구나. 그나마 호랑이같이 씨근거리며 저 방안에 앉아 있을 저 사나이가 아니면 이 손을 잡아줄 사람이 없는 듯하구나.

K야, 이것이 애정일까? 무엇일까. 나는 그때 또다시 더운 눈물을 푹푹 쏟았다. 동시에 그 호랑이 같은 사나이가 넙쩍넙쩍 지껄이던 말을 문득 생각 하였다. 그러고 흥식의 부인이며 그 어린것이 헐벗은 모양, 또는 뼈만 남은 웅호의 얼굴이 무시무시 하리만큼 떠오르는구나. 남편을 감옥에 보내고 떠는 그들 모자! 감옥에서 심장병을 얻어가지고 나와서 신음하는 응호! 내 손에 쥐어진 이백여 원…… 이것이면 그들을 구할 수가 있는 것이다. 나는 아직까지 몸이 성하다. 그러고 헐벗지는 않았다. 이 위에 무엇을 더 바라는 것이 허영 그것이 아니냐! 나는 갑자기 이때까지 어떤 위태한 꿈을 꾸고 있었다는 것을 확실히 알었다.

K야, 나와 같은 처지에서 금시계 금반지 털외투가 무슨 소용이 있는게냐. 그것을 사는 돈으로 동지의 한 생명을 구원할 수 있다면 구원하는 것이 얼마나 떳떳한 일이냐. 더구나 남편의 동지임에랴. 아니 내 동지가 아니냐. 나는 단박에 문앞으로 뛰어갔다. "여보 나 잘못했소" 뒤미처 문이 홱 열리두나. 그래서 나는 뛰어들어가 남편을 붙들었다. "여보 나 잘못했소. 다시는 응." 목이 메어 울음이 쓸어 나왔다. 이 울음은 아까 그 울음과는 아주 차이가 있는 울음이었던 것만은 알아다고.

K야, 남편은 한숨을 푹 쉬면서 내 머리를 매만진다. "당신의 맘을 내 전연히 모르는 배는 아니오. 단벌 치마에 단벌 저고리를 입고 있으니…… 그러나 벗지는 않았지. 입었지. 무슨 걱정이 있소. 그러나 응호 동무라든가 홍식의 부인을 보구려. 그래 우리 손에 돈이 있으면서 동지는 앓아 죽거나 굶어 죽거나 내버려 둬야 옳단 말이오…… 그러기에 환경이 같아야 하는 게야, 환경이. 나부터라도 그 돈이 생기기 전과는 확실히 다르니까." 남편은 입맛을 다시며 잠잠하다. 그도 나 없는 동안에 이리저리 생각해 본 후의 말이며 그가 그렇게 분풀이를 한것도 내게 함보다도 자기 자신에서 일어나는 모든 불쾌한 생각을 제어하고저 함이었던 것을 나는 알 수가 있었다. 나는 도리어 대담해지며 가슴에서 뜨거운 불길이 확 일어나두구나. "여보, 값 헐한 것으로 우리 옷이나 한 벌씩하고 쌀이나 한 말, 나무나 한 바리 사구는 그들에게 노나 줍시다! 우리는 앞으로 또 벌지 않겠소." 남편은 와락 나를 쓸어안으며, "잘 생각했소!"

K야, 네가 지루할 줄도 모르고 내 말만 길게 늘어놓았구나. 너는 지금 졸업기를 앞두고 별의별 공상을 다 할 줄 안다. 물론 그 공상도 한때는 없지 못할 것이니 나는 결코 너의 그 공상을 나무라려고 드는 것은 아니다. 그러나 그 공상에서 한보 뛰어나와서 현실에 착안하여라. 지금 삼남의 이재민은 어떠하냐? 그리운 고향을 등지고 쓸쓸한 이 만주를 향하여 몇만의 군중이 달려오고 있지 않느냐. 만주에 와야 누가 그들에게 옷을 주고 밥을 주더냐. 그러나 행여 고향보다는 날까 하고 와서는 처자는 요릿간에, 혹은 부호의 첩으로 빼앗기우고 울고불고 하며 이 넓은 벌을 헤매이지 않느냐. 하필 삼남의 이재민뿐이냐. 요전에 울릉도에서도 수많은 군중이 남부여대하여 원산에 상륙하지 않었더냐. 하여간 전 조선의 빈한한 군중은, 아니 전 세계의 무산 대중은 방금 기아선상에서 헤매이고 있는 것을 너는 아느냐 모르느냐.

K야, 이 간도는 토벌단이 들어밀리어서 지금 한창 총소리와 칼소리에 전 대중이 공포에 떨고 있는 중이다. 그러니 농민들은 들에서 농사를 짓지 못하였으며 또 산에서 나무를 베이지 못하고 혹시 목숨이나 구해볼까하여 비교적 안전지대인 용정시와 국자가 같은 도시로 몰려드나 장차 그들은 무엇을 먹고 살겠느냐. 이곳에서는 개목숨보다도 사람의 목숨이 헐하구나.

K야, 너는 지금 상급학교에 가게 되지 못한다고, 혹은 스위트 홈을 이루게 되지 못한다고 비관하느냐? 너의 그러한 비관이야말로 얼마나 값없는 비관 인가를 눈감고 가만히 생각해 보아라. 네가 만일 어떠한 기회로 잠시 동안 너의 이상하는 바가 실현될지 모르나 그러나 그것은 잠깐 동안이고 너는 또 다시 대중과 같은 그러한 처지에 서게 될 터이니 너는 그 때에는 그만 자살 하려느냐.

K야, 너는 책상 위에서 배운 그 지식은 그것만으로도 훌륭하다. 이제야말로 실천으로 말미암아 참된 지식을 얻어야 할 때이다. 그리하여 너는 오직 너의 사회적 가치(社會的價値)를 향상시킴에 힘써야 한다. 이 사회적 가치를 떠난 그야말로 교환가치(交換價値)를 향상시킴에만 몰두한다면 너는 낙오자요 퇴패자이다. 이것은 결코 너를 상품시 혹은 물건시 하는 데서 하는 말이 아니요, 사람이란 인격상 취하는 방면도 이러한 두 방면이 있다는 것을 네게 알려주고자 함이다. —(『신가정』, 1935. 2)

월사금
月謝金

어느 날 아침. 이천여 호나 되는 C읍에 다만 하나의 교육기관인 C보통학교 운동장에는 언제나 어린 학생들이 귀엽게 뛰놀고 있었다.

금년 열 살 나는 셋째는 아직 커텐도 걷지 않은 컴컴한 교실에 남아있어 멍하니 앉아 있었다. 난로에 불은 이글이글 타오른다. 그리고 난로 위에 놓인 주전자에서는 물 끓는 소리가 설설한다.

밖에서는 여전히 애들의 떠드는 소리 싸움하는 소리가 뚜렷이 들려온다. 마침 손뼉치는 소리와 함께 "하하" 웃는 소리에 셋째는 얼핏 창문 켠으로 가서 커튼을 들쳤다. 눈허리가 시큼해졌다.

밖에는 함박꽃 같은 눈이 소리없이 푹푹 쏟아진다. 그리고 저켠 울타리로 돌아가며 심은 다방솔 포기며 아카시아 나무엔 꽃이 하얗게 송이송이 피었다.

운동장 가운데는 눈사람이 눈을 부릅뜨고 한일 자 입을 멋있게 다물고 섰는 주위로 학생들이 죽 늘어서서 손뼉을 치며 웃는다, 그들의 입김과 입김……

어떤 학생이 제 모자를 벗어 씌우며 나뭇가지로 수염을 꽂아 놓는다. 그들은 발까지 구르며 웃는다. 셋째도 빙긋이 웃으며 나도 나가 보겠다는 충동에 머리를 휘끈 돌렸을 때 저켠 복도로 선생님의 그 무서운 얼굴이 천천히 지나친다.

그는 꿈칠 놀라 몸을 소스라치며 잠깐 잊었던 월사금 생각이 또 다시 그의 가슴을 보챈다. '오늘은 꼭 가져오랬는데 안 가져오면 저밖으로 쫒아낸다고 했는데……' 이런 생각과 함께 어떠하다고 말로 형용하기 어려운 그 무엇이 목구멍이 빠듯하도록 치밀어 얼핏 두 손으로 눈을 꼭 가렸다.

유리창을 통하여 뚜렷이 나타나 보이는 눈사람의 그 눈! 그 입! 그 수염! 셋째는 손으로 두 눈을 폭 가리고서도 새끼손가락을 배움하니 열고 억지로 흥흥 하고 몰아 웃었다. "깅산사이[김셋째]!" 부르는 소리에 그는 선생님이 월사금 달라고 찾는구나 하고 그만 얼굴을 푹 숙이며 눈물이 거뜩해졌다. 그러나 셋째는 그것이 봉호인 줄을 알 때 풀끼없이 멀뚱멀뚱 바라보았다.

"이 돈 봅구. 우리 아부지가 저금하랬어야. 그러구 외투두 해준다구 했단다. 우리 아부지 입고 다니는 것 따위로……"

그는 자랑 겸 은전을 들어보이고 나서 책상 속에다 돈소리가 나도록 집어넣고 벼락치듯 밖으로 뛰어나간다. 그 씩씩히 놀리는 팔과 다리. 셋째는 그가 보이지 않도록 멍하니 바라보다가 무심히 손끝을 입에 물며,

"엄마는 왜 돈이 없나?"

이렇게 중얼거리자 눈등이 따가와지며 눈물이 주루루 흘러내렸다. 그는 주먹으로 눈물을 좌우로 씻으며

"우리 엄마두 내일은 꼭 준댔어야. 호감자 팔아서 월사금 준댔어야!"

이렇게 허공을 향하여 중얼거리고도 어제 선생님께 꾸지람 받던 일을 생각하면 그 선생님으로서 내일까지 참아줄 것 같지 않았다.

이제 종만 치면 그리고 선생님이 저 교단 위에 올라서 호령하고 나면 자신은 저 눈오는 밖으로 쫓겨나서 엉엉 울고 있을 것만 같았다. 국어도 못 배우고 조선어도 못 배우고…… 순간에 그의 눈에는 아까 본 은전이 뚜렷이 보였다. 따라서 그것만 있으면 여기서 쫓겨나지 않고 다른 애들과 함께 글을 배우겠거니 하는 생각이 눈썹 끝에서 번개같이 일어나는 것을 느꼈다. 셋째는 한숨을 가볍게 쉬며 봉호의 책상을 바라보았다. 이제까지 캄캄하던 그의 눈에는 일종의 이상한 빛! 환희의 빛! 돌진의 빛이 번쩍이는 것을 볼 수가 있었다. 상학종은 뎅그렁뎅그렁 울리기 시작하였다. 셋째는 종소리를 따라 봉호의 책상을 향하여 미친 듯이 달음질치고 있었다.

나의 유년시절

5세에 아버지를 여읜 나는 일곱 살에 고향인 송화를 등지고 장연으로 오게 되었습니다. 말할 것도 없이 어머니는 생계가 곤란하시므로 더구나 장차 의지할 아들도 없고 다만 딸자식인 나를 믿고 언제까지나 살아가실 수 없는고로 개가를 하셨던 것입니다.

그때에 의붓아버지에게는 남매가 있었으니 남아는 16,7세가량이었으며 계집애는 내 한 살 위가 되었습니다. 그러므로 내가 온 지 이틀도 지나기 전에 벌써 우리들은 싸움을 시작하였습니다.

날이 갈수록 어머니의 속상하실 것은 말할 것도 없고 의붓아버지까지라도 적지 않게 실망을 하여 나중에는 몇 번이나 헤어지려고까지 한 기억이 아직껏 남아 있습니다.

우리들이 싸움을 하고 울 때마다 어머니는 너무 속상해서 우시면서,

"경애야 너 싸우지 마라. 너 정말 늘 그러면 난 이렇게 눈 감고 죽고 말겠다."

하시는 것이 거의 날마다 하시는 말씀이었습니다. 철없는 나이라 죽는다는 말에는 그만 겁이 나서 그렇게 북받치는 울음도 마음껏 내 울지 못하고 어머니 일하는 곁에 성명없이 쪼그려 앉아 있었습니다. 아버지의 돌아가시는 것을 본 까닭으로.

그러나 웬일인지 날이 갈수록 어머니를 빼놓고 그 집안 식구는 나를 몹시도 미워하는 것 같았습니다. 무엇보다도 어머니가 잠시만 빨래 같은 것을 하시게 되어 집에 안 계시면 의붓아버지까지라도 한목이 되어 나에게 그 무서운 눈을 흘기며 조금만 잘못

하면 때리는 것이었습니다. 인생의 반길에 가까워 오는 저이건만 아직까지도 그 눈흘기는 기억이 문득 문득 생각키울 때가 많습니다.

제가 바로 열 살 나던 때의 봄입니다. 지금도 이렇게 적으니까 그때에는 모두가 날보고 도토리알이라는 별명까지 지어주었습니다. 그러나 이지는 엉뚱나게 발달되었던 것입니다. 그때에 벌써 『조웅전』이며 『숙향전』 할 것 없이 내 눈에 띄인 소설책이라고는 기어코 독파하고야 견디었습니다.

봄! 우리집 뒷산에는 살구꽃 앵두꽃 복숭아꽃 피어오르는 솜뭉치같이 아주 온 산을 푹 덮어버렸습니다. 따라서 우리들이 각시를 만들어 가질 달래풀까지 길이길이 좋았습니다.

어머니는 그날도 빨래를 가시며 싸움하지 말고 잘 놀아라고 몇 번이나 부탁하시며 누룽지를 두 아이에게 똑같이 나누어주시고 가셨습니다. 우리들은 누룽지를 먹으며 소꿉질을 하다가 그것도 싫증이 나서 산으로 기어올라 달래풀을 뜯기 시작하였습니다.

큰년이는 몸이 비둔하여 빨랑빨랑치를 못함으로 언제나 산에 오르게 되면 내 뒷꽁무니를 쫓아다니며 내가 먼저 뜯은 나무지에 손을 대었습니다. 역시 그날도 그러하였습니다. 한참 후에,

"경애야 경애야, 이리 오라우, 여기 달래풀 많아"

큰년이가 부름에 생각 없이 깡충깡충 뛰어갔더니 덮어놓고 내 치마앞을 헤치고 들여다보며 그 중 좋은 것으로 움켜 쥐었습니다. 불의지변을 당한 나는 그만 너무 분하여서 큰년의 손을 쥐며 뿌리치니 그는 담박에 달려들어 나의 머리를 잡아 숙치며 꼬집어 당겼습니다.

그의 힘을 잘 아는 나는 어쩌는 수 없이 힘껏 뿌리치고 도망쳤습니다. 그는 씩씩하며 무섭게 따라왔습니다.

집으로 내려가려니 어머니가 아직도 안 오셨을 터이고 그래서 산 위로 도망질치다가 내가 매일 잘 오르는 살구나무를 타고 잔나비 모양으로 발발 기어올랐습니다. 그가 나무를 타지 못하는 줄 잘 알기 때문이었습니다. 마침내 큰년이는 살구나무 아래에까지 와서는 나무를 사정없이 흔들어 놓으니 마치 겨울에 눈 내리는 것처럼 꽃송이가 펄펄 날아 내 머리와 옷이며 그 애에게까지 빨갛고 희게 떨어집니다.

한참이나 흔들던 그는 싫증이 났던지 뭐라고 욕을 퍼부으며 집으로 내려갔습니다.

나는 적이 가쁜 숨을 몰아쉬고 어서 바삐 어머니가 오시기를 눈이 아물아물하도록 바라보고 있었습니다. 그때에 내 눈이 뚫어지도록 바라보던 어머니가 오실 그 길! 이 봄을 맞는 나에게 아직까지 그 길이 아득하게 나타나 보입니다.

계용묵

(桂鎔默, 1904.9.8 ~ 1961.8.9

1927년 단편 [최서방(崔書房)]을《조선문단(朝鮮文壇)》에 발표

1928년 [인두지주(人頭蜘蛛)]를《조선지광(朝鮮之光)》에 발표

1935년 대표작 [백치 아다다]를《조선문단》에 발표

1961년『현대문학』에「설수집(屑穗集)」을 연재하던 중 사망

[그의 소설은 1930년대 한국문학의 언어적 미감을 세련시키고 단편양식에 대한 관심을 확장했다는 점에서 문학사적 의의를 지니지만, 적극적 현실감각 및 역사의식의 부재, 서민에 대한 관조적 시선이 현실감 결여라는 지적이 있었다.]

작품분석

1. 백치 아다다

- 갈래 : 단편 소설
- 배경 : 시간(1930년대) / 공간(평안도 어느 마을과 신미도)
- 주인공 아다다는 돈보다 사랑을 추구하는 인물, 백치이며 벙어리로 설정된 것도 순수한 인물임을 드러내려는 작가의 의도
- 수롱이로 대변되는 물질을 향한 소유욕, 아다다로 대변되는 순순함이 극명하게 대립
- 백치 아다다의 죽음은 더욱 강한 비극성을 나타냄
- 전지적 작가 시점, 사실주의적 기법으로 표현

2. 율정기

- 고향 집 정원에 있는 늙은 밤나무는 작가의 삶과 글쓰기의 방향을 제시해 주는 존재, 밤나무에 인격을 불어넣어 자신의 삶을 성찰

백치(白痴) 아다다

질그릇이 땅에 부딪치는 소리가 났다고 들렸는데, 마당에는 아무도 없다.

부엌에 쥐가 들었나? 샛문을 열어 보려니까,

"아 아 아이 아아 아야!"

하는 소리가 뒤란 곁으로 들려온다. 샛문을 열려던 박씨는 뒷문을 밀었다.

장독대 밑.

비스듬한 켠 아래, 아다다가 입을 헤벌리고 납작하니 엎데져 두 다리만을 힘없이 버지럭거리고 있다. 그리고 머리 편으로 한발쯤 나가선 깨어진 동이 조각이 질서 없이 너저분하게 된장 속에 묻혀 있다.

"아이구테나! 무슨 소린가 했더니 이년이 동애를 또 잡았구나! 이년아! 너더러 된장 푸래든 푸래?"

어머니는 딸이 어딘가 다쳤는지 일어나지도 못하고 아파하는데 가는 동정심보다 깨어진 동이만이 아깝게 눈에 보였던 것이다.

"어 어마! 아다아다 아다 아다아다……."

모닥불을 뒤집어쓰는 듯한 끔찍한 어머니의 음성을 또다시 듣게 되는 아다다는 겁에 질려 얼굴에 시퍼런 물이 들며 넘어진 연유를 말하여 용서를 빌려는 기색이나 말이 되지를 않아 안타까워한다.

아다다는 벙어리였던 것이다. 말을 하렬 때에는 한다는 것이 아다다 소리만이 연거푸 나왔다. 어찌어찌 가다가 말이 한 마디씩 제법 되어 나오는 적도 있었으나 그것은 쉬운 말에 그치고 만다.

그래서, 이것을 조롱삼아 확실이라는 뚜렷한 이름이 있음에도 불구하고, 누구나 그를 부르는 이름은 아다다였다. 그리하여 이것이 자연히 이름으로 굳어져, 그 부모네까지도 그렇게 부르게 되었거니와, 그 자신조차도 "아다다!" 하고 부르면 마땅히 들을 이름인 듯이 대답을 했다.

"이년까타나 끌이 세누나! 시켠엘 못 가갔으문 오늘은 어드메든디 나가서 뒈디고 말아라, 이년아! 이년아!"

어머니는 눈알을 가로세워 날카롭게도 흰자위만으로 흘기며 성큼 문턱을 넘어선다.

아다다는 어머니의 손길이 또 자기의 끌채를 감아쥘 것을 연상하고 몸을 겨우 뒤재비꼬아 일어서서 절룩절룩 굴뚝 모퉁이로 피해 가며 어쩔 줄을 모르고 일변 고개를 좌우로 둘러살피며 아연하게도,

"아다 어 어마! 아다 어마! 아다다다다다!"

하고 부르짖는다. 다시는 일을 아니 저지르겠다는 듯이, 그리고 한번만 용서를 하여 달라는 듯싶게.

그러나, 사정 모르는 체 기어코 쫓아간 어머니는,

"이년! 어서 뒈데라. 뒈디기 싫건 시집으루 당당 가가라. 못 가간……?"

그리고 주먹을 귀 뒤에 넌지시 얼메고 마주선다.

순간, 주먹이 떨어지면? 하는 두려운 생각에 오싹하고 끼치는 소름이 튀해논 닭같이 전신에 돋아나는 두드러기를 느끼는 찰나, '턱' 하고 마침내 떨어지는 주먹은 어느새 끌채를 감아쥐고 갈짓자로 흔들어댄다.

"아다 어어 어마! 아 아고 어 어마!"

아다다는 떨며 빌며 손을 몬다. 그러나 소용이 없다. 한 번 손을 댄 어머니는 그저 죽어 싸다는 듯이 자꾸만 흔들어 댄다. 하니, 그렇지 않아도 가꾸지 못한 텁수룩한 머리는 물결처럼 흔들리며 구름같이 피어나선 얼크러진다.

그래도, 아다다는 그저 빌 뿐이요, 조금도 반항하려고는 않는다. 이런 일은 거의 날마다 지내보는 것이기 때문에 한대야 그것은 도리어 매까지 사는것이 됨을 아는 것이다. 집의 일이 아무리 꼬여 돌아가더라도 나 모르는 체 손 싸매고 들어앉았으면 오히려 이런 봉변은 아니 당할 것이, 가만히 앉았지는 못했다.

선천적으로 타고난 천치에 가까운 그의 성격은 무엇엔지 힘에 부치는 노력이 있어야 만족을 얻는 듯했다. 시키건, 안 시키건, 헐하나, 힘차나, 가리는 법이 없이 하여야 될 일로 눈에 띄기만 하면 몸을 아끼는 일이 없이 하는 것이 그였다. 그래서 집안의 모든 고된 일은 실로 아다다가 혼자서 치워놓게 된다.

그러나 어머니는 그것이 반갑지 않았다. 둔한 지혜로 차부 없이 뼈가 부러지도록 몸을 돌보지 않고, 일종 모험에 가까운 짓을 하게 되므로, 그 반면에 따르는 실수가 되려 일을 저질러 놓게 되어 그릇 같은 것을 깨쳐먹는 일은 거의 날마다 있다 하여도 옳을 정도로 있었다.

그래도, 아다다의 힘을 빌지 않고는 집안일을 못 치겠다면 모르지만, 그는 참례를 하지 않아도 행랑에서 차근차근히 다 해줄 일을 쓸데없이 가로맡아선 일을 저질러 놓고 마는데 그 어머니는 속이 상했다.

본시 시집을 보내기 전에도 그 버릇은 지금이나 다름이 없어, 벙어리인데다 행동까지 그러하였으므로 내용 아는 인근에서는 그를 얻어 가려는 사람이 없었다. 그리하여, 열아홉 고개를 넘기도록 처묻어 두고 속을 태우다 못해 깃부로 논 한 섬지기를 처넣어 똥 치듯 치워버렸던 것이 그만 오 년이 머다 다시 쫓겨와 시집에는 아예 갈 생각도 아니하고 하루 같은 심화를 올렸다. 그래서, 어머니는 역겨운 마음에 아다다가 실수를 할 때마다 주릿대를 내리고 참례를 마라건만 그는 참는다는 것이 그 당시뿐이요, 남이 일을 하는 것을 보면 속이 쏘는 듯이 슬그니 나와서 곁을 슬슬 돌다가는 손을 대고 만다.

바로 사흘 전엔가도 무명을 할 때 활짝 달은 솥뚜껑을 차부 없이 맨손으로 열다가 뜨거움을 참지 못해 되는대로 집어엎는 바람에 그만 자배기를 깨쳐서 욕과 매를 한모태 겪고 났었건만 어제 저녁 행랑 색시더러 오늘은 묵은 된장을 옮겨 담아야 되겠다고 이르는 말을 어느 겨를에 들었던지 아다다는 아침밥이 끝나자 어느새 나가서 혼자 된장을 퍼 나르다가 그만 또 실수를 한 것이었다.

"못 가간? 시집이! 못 가간? 이년! 못 가갔음 죽어라!"

붙잡았던 머리를 힘차게 훽 두르며 밀치는 바람에 손에 감겼던 머리카락이 끊어지는지 빠지는지 무뚝 묻어나며 아다다는 비칠비칠 서너걸음 물러난다. 순간, 어찔해진 아다다는 넘어지지 않으려고 애써 버지럭거리며 삐치는 다리에 겨우 진정을 얻어세우

자,

"아다 어마! 아다 어마! 아다 아다!"

하고, 다시 달려들 듯이 눈을 흘기고 섰는 어머니를 향하여 눈물 글썽한 눈을 끔벅 한 번 감아 보이고, 그리고 북쪽을 손가락질하여, 어머니의 말대로 시집으로 가든지 그렇지 않으면 죽어라도 버리겠다는 뜻으로 고개를 주억이며 겁에 질려 어쩔 줄을 모르고 허청허청 대문 밖으로 몸을 이끌어냈다.

나오기는 나왔으나, 갈 곳이 없는 아다다는 마당귀를 돌아서선 발길을 더 내놓지 못하고 우뚝 섰다.

시집으로 간다고는 하였으나, 아무리 생각해도 남편의 매는 어머니의 그것보다 무섭다. 그러면 다시 집으로 들어가나? 이번에는 외상없는 매가 떨어질 것 같다. 어디로 가야 하나? 갈 곳 없는 갈 곳을 짜보니 눈물이 주는 위로밖에 쓸데없는 오년 전 그 시집이 참을 수 없이 그립다.

- 추울세라, 더울세라, 힘이 들까, 고단할까. 알뜰살뜰히 어루만져 주던 시부모, 밤이면 품속에 꼭 껴안아 피로를 풀어주던 남편. 아, 얼마나 시집에서는 자기를 위하여 정성을 다하던 것인고? 참으로 아다다가 처음 시집을 가서의 오년 동안은 온 집안의 사랑을 한몸에 받아왔던 것이 사실이다.

벙어리라는 조건이 귀에 들어맞는 것은 아니었으나, 돈으로 아내를 사지 아니하고는 얻어볼 수 없는 처지에서 스물여덟 살에 아직 장가를 못 들고 있는 신세로 목구멍조차 치기 어려운 형세이었으므로 아내를 얻게 되기의 여유를 기다리기까지에는 너무도 막연한 앞날이었다. 벙어리이나 일생을 먹여줄 것까지 가지고 온다는데 귀가 번쩍 띄어 그 자리를 앗길까 두렵게 혼사를 지었던 것이니, 그로 의해서 먹고 살게 되는 시집에서는 아다다를 아니 위할 수가 없었던 것이다. 그러한 가운데 또한 아다다는 못하는 일이 없이 일 잘하고, 고분고분 말 잘 듣고, 조금도 말썽을 부리는 일이 없었다.

그래서 생활고가 주는 역겨움이 쓸데없이 서로 눈독을 짓게 하여 불쾌한 말만으로 큰소리가 끊일 새 없이 오고 가던 가족은 일시에 봄비를 맞는 동산같이 화락의 웃음에 꽃이 피었다.

원래, 바른 사람이 못 되는 아다다에게는 실수가 없는 것이 아니었으나, 그로 의해서 밥을 먹게 되는 시집에서는 조금도 역겹게 안 여겼고, 되레 위로를 하고 허물을 감추기에 서로 힘을 썼다.

여기에 아다다가 비로소 인생의 행복을 느끼며 시집가기 전 지난날 어머니 아버지가 쓸데없는 자식이라는 구실 밑에, 아니, 되레 가문을 더럽히는 앙화(殃禍) 자식이라고 사람으로서의 푼수에도 넣어 주지 않고 박대하던 일을 생각하고는 어머니 아버지를 원망하는 나머지 명절목이나 제향 때이면 시집에서는 그렇게도 가보라는 친정이었건만 이를 악물고 가지 않고 행복속에 묻혀 살던 지나간 그날이 아니 그리울 수가 없을 게다. 그러나, 그날은 안타깝게도 다시 못 올 영원한 꿈속에 흘러가고 말았다.

해를 거듭하며 생활의 밑바닥에 깔아 놓았던 한 섬지기라는 거름이 차츰 그들을 여유한 생활로 이끌어, 몇 백 원이란 돈이 눈앞에 굴게 되니 까닭없이 남편 되는 사람은 벙어리로서의 아내가 미워졌다.

조그만 실수가 있어도 눈을 흘겼다. 그리고 매를 내렸다. 이 사실을 아는 아버지는 그것은 들어오는 복을 차 버리는 짓이라고 타이르나, 듣지 않았다. 그리하여, 부자간에 충돌이 때때로 일어났다. 이럴 때마다 아버지에게는 감히 하고 싶은 행동을 못하는 아들은 그 분을 아내에게로 돌려 풀기가 일쑤였다.

"이년 보기 싫다! 네 집으루 가거라."

그리고, 다음에 따르는 것은 매였다. 그러나, 아다다는 참아가며 아내로서의, 그리고 며느리로서의 임무를 다했다. 이것이 시부모로 하여금 더욱 아다다를 귀엽게 만드는 것이어서, 아버지에게서는 움직일 수 없는 며느리인 것을 깨닫게 된 아들은 가정적으로 불만을 느끼게 되어 한 해의 농사를 지은 추수를 온통 팔아가지고 집을 떠나 마음의 위안을 찾아 주색에 돈을 다 탕진하고 물거품같이 밀려 돌다가 동무들과 짝지어 안동현(安東縣)으로 건너갔다.

그리하여, 이 투기적인 도시에 무젖어 노동의 힘으로 본전을 얻어선 '양화'와 '은떼루'에 투기하여 황금을 꿈꾸어 오던 것이 기적적으로 맞아나기 시작하여 이태 만에는 2만 원에 가까운 돈을 손에 쥐고 완전한 아내로서의 알뜰한 사랑에 주렸던 그는 돈에 따르는 무수한 여자 가운데서 마음대로 흡족히 골라가지고 집으로 돌아왔다. 그리고는, 새로운 살림을 꿈꾸는 일변 새로이 가옥을 건축함과 동시에 아다다를 학대함이 전에 비할 정도가 아니었다. 이에는, 그 아버지도 명민하고 인자한 남부끄럽지 않는 뻐젓한 새 며느리에게 마음이 쏠리는 나머지 이미 생활은 걱정이 없이 되었으니 아다다의 깃부로서가 아니라도 유족한 앞날의 생활을 내다볼 때 아들로서의 아다다에게 대하는 태도는 소모도 마음에 거슬리는 것이 없었다. 그리하여, 시부모의 눈에서까지 벗어나게 된 아다다는 호소할 곳조차 없는 사정에 눈감은 남편의 매를 견디다 못해 집으로 쫓겨오게 되었던 것이니, 생각만 하여도 옛 매 자리가 아픈 그 시집은 죽으면 죽었지 다시는 찾아갈 생각이 없었던 것이다.

그래서, 집에 있게 되니 그것보다는 좀 헐할망정, 어머니의 매도 결코 견디기에 족한 것이 아니다. 그리고, 그것은 날마다 더 심해만 왔다. 오늘도 조금만 반항이 있었던들, 어김없이 매는 떨어지고 말았을 것이다. 그러나, 어디로 가나? 아무리 생각을 해 보아야 그저 이 세상에서는 수롱이네 집밖에 또 찾아갈 곳은 없었다.

수롱은 부모 동생조차 없는 삼십이 넘은 총각으로, 누구보다도 자기를 사랑하여 준다고 믿는 단 한 사람이었다. 그리하여 쫓기어날 때마다 그를 찾아가선 마음의 위안을 얻어 오던 것이다.

아다다는 문득 발걸음을 떼어 아지랑이 얼른거리는 마을 끝 산턱아래 떨어져 박힌 한 채의 오막살이를 향하여 마당귀를 꺾어돌았다.

수롱은 벌써 일 년 전부터 아다다를 꾀어 왔다. 시집에서까지 쫓겨난 벙어리였으나, 김초시의 딸이라, 스스로도 낮추 보여지는 자신으로서는 거연히 염을 내지 못하고 뜻 있는 마음을 속으로 꾸여 가며 눈치를 보여 오던것이, 눈치에서보다는 베풀어진 동정이 마침내, 아다다의 마음을 사게 된 것이었다.

아이들은 아다다를 보기만 하면 따라다니며 놀렸다. 아니, 어른들까지도 "아다다, 아다다" 하고, 골을 올려서 분하나, 말을 못 하고 이상한 시늉을 하며 두덜거리는 것을 봄으로 행복을 느끼는 듯이 손뼉을 치며 웃었다. 그래서, 아다다는 사람을 싫어하였다. 집에 있으면 어머니의 욕과 매, 밖에 나오면 뭇 사람들의 놀림, 그러나 수롱이만은 자기를 사랑하는 것이었다. 아이들이 따라다닐 때에도 남 아니 말려 주는 것을 그는 말려 주고, 그리고, 애에 터질 듯한 심정을 풀어주는 것이었다. 그리하여, 아다다는 마음이 불편할 때마다 수롱을 생각해 오던 것이, 얼마 전부터는 찾아다니게까지 되어 동네의 눈치에도 어느덧 오른지 오랬다.

그러나, 아다다의 집에서도 그 아버지만이 지체를 가지기 위하여 깔맵게 아다다의 행동을 경계하는 듯하고, 그 어머니는 도리어 수롱이와 배가 맞아서 자기 눈앞에 보이지 아니하고, 어디로든지 달아났으면 하는 눈치를 알게된 수롱이는 지금에 와서는 어느 정도까지 내어놓다시피 그를 사귀어 온다.

아다다는 제 집이나처럼 서슴지도 않고 달리어오자마자 수롱이네 집 문을 벌컥 열었다.

"아, 아다다!"

수롱은 의외에 벌떡 일어섰다.

"너 또 울었구나!"

울었다는 것이 창피하긴 하였으나, 숨길 차비가 아니다. 호소할 길 없는 가슴속에 꽉 찬 설움은 수롱이의 따뜻한 위무가 어떻게도 그리웠는지 모른다.

방안에 들어서기가 바쁘게 쫓겨난 이유를 언제나같이 낱낱이 고했다.

"그러기 이젠 아야, 다시는 집으루 가디 말구 나하구 둘이서 살아 응?"

그리고, 수롱은 의미 있는 웃음을 벙긋벙긋 웃으며 아다다의 등을 척척 뚜드려 달랬다. 오늘은 어떻게 해서든지 자기의 것으로 영원히 만들어 보고싶은 욕망에 불탔던 것이다. 그러나, 아다다는,

"아다 무 무서! 아바 무 무서! 아다 아다다다!"

하고, 그렇게 한다면 큰일난다는 듯이 눈을 둥그렇게 뜬다. 집에서 학대를 받고 있느니보다는 수롱의 사랑 밑에서 살았으면 오죽이나 행복되랴! 다시 집으로는 아니 들어가리라는 생각이 없었던 바도 아니었으나, 정작 이런말을 듣고 보니, 무엇엔지 차마 허하지 못할 것이 있는 것 같고 그렇지 않은지라 눈을 부릅뜨고 수롱이한테 다니지 말라는 아버지의 말이 연상될 때 어떻게도 그 말은 엄한 것이었다.

"우리 둘이 달아났음 그만이디 무섭긴 뭐이 무서워."

"……."

아다다는 대답이 없다.

딴은 그렇기도 한 것이다. 당장 쫓기어난 몸이 갈 곳이 어딘고? 다시 생각을 더듬어볼 때 어머니의 매는 아버지의 그 눈총보다도 몇 배나 더한 두려움으로 견딜 수 없이 아픈 것이다. 먼저 한 말이 금시 후회스러웠다.

"안 그래? 무서울 게 뭐야. 이젠 아야 가지 말구 나하구 있어 응?"

"응, 아다 이이 있어, 아다 아다."

하고, 아다다는 다시 있자는 말이 나오기를 기다렸던 듯이, 그리고 살길은 찾기었다는 듯이, 한숨과 같이 빙긋 웃으며 있겠다는 뜻을 명백히 보이기 위하여 고개를 주억이며 삿바닥을 손으로 톡톡 뚜드려 보인다.

"그렇지 그래, 정 있으야 되 응?"

"응, 이서 이서 아다 아다!"

"정말이야?"

"으, 응 저 정 아다 아다."

단단히 강문을 받고 난 수롱이는 은근히 솟아나는 미소를 금할 길이 없었다.

벙어리인 아다다가 흡족할 이치는 없었지만, 돈으로 사지 아니하고는 아내라는 것을 얻어 볼 수 없는 처지였다. 그저 생기는 아내는 벙어리였어도 족했다. 그저 일이나 도와주고 아이들, 딸이나 낳아 주었으면 자기는 게서 더 바랄 것이 없었다. 아내를 얻으려고 십여 년 동안을 불피풍우 품을 팔아 궤 속에 꽁꽁 묶어둔 일백오십 원이란 돈이 지금에 와서는, 아내 하나를 얻기에 그리 부족할 것은 아니나, 장가를 들지 아니하고 아다다를 꼬여 온 이유도, 아다다를 꾐으로 돈을 남겨서, 그 돈으로 가정의 마루를 얹자는 데서였던 것이다. 이제 계획이 은근히 성공에 가까워 옴에 자기도 남과 같이 가정을 이루어 보누나하니 바라지도 못하였던 인생의 행복이 자기에게도 이제 찾아오는 것 같았다.

"우리 아다다."

수롱이는 아다다의 등에 손을 얹으며 빙그레 웃었다.

"아다 다다."

아다다도 만족한 듯이 히쭉 입이 벌어졌다.

그날 밤을 수롱의 품안에서 자고 난 아다다는 이미 수롱의 아내 되기에 수줍음조차 잊었다. 아니, 집에서 자기를 받들어 들인다 하더라도 수롱을 떨어져서는 살 수 없으리만큼 마음은 굳어졌다. 수롱이가 주는 사랑은 이 세상에서는 더 찾을 수 없는 행복이리라 느끼었던 것이다.

그러나 영원한 행복을 위하연 이 자리에 그대로 박혀서는 누릴 수 없을 것이 다음에 남은 근심이었다. 수롱이와 같이 삶에는, 첫째 아버지가 허하지 않을 것이요, 동네 사람도 부끄럽지 않은 노릇이 아니다. 이것은 수롱이도 짐짓 근심이었다. 밤이 깊도록 의논을 하여 보았으나 동네를 피하여 낯 모르는 곳으로 감쪽같이 달아나는 수밖에는 다른 묘책이 없었다.

예식 없는 가약을 그들은 서로 맹세하고 그날 새벽으로 그 마을을 떠나 신미도라는 섬으로 흘러가서 그곳에 안주를 정하였다. 그러나 생소한 곳이므로 직업을 찾을 길이 없었다. 고기를 잡아먹고 사는 섬이라, 뱃놀음을 하는 것이 제 길이었으나, 이것은 아다다가 한사코 말렸다. 몇 해 전에 자기네 동네에서도 농토를 잃은 몇몇 사람이 이 섬으로 들어와 첫 배를 타다가 그만 풍랑에 몰살을 당하고 만 일이 있던 것을 잊지 못하는 때문이었다.

그렇지 않은지라, 수롱이 조차도 배에는 마음이 없었다. 섬으로 왔다고는 하지만 땅을 파서 먹는 것이 조마구 빨 때부터 길러 온 습관이요, 손 익은 일이었기 때문에 그저 그 노릇만이 그리웠다.

그리하여, 있는 돈으로 어떻게, 밭날갈이나 사서 조 같은 것이나 심어가지고 겨울의 불목이와 양식을 대게하고 짬짬이 조개나 굴, 낙지, 이런 것들을 캐어서 그날그날을 살아갔으면 그것이 더할 수 없는 행복일 것만 같았다.

그러지 않아도 삼십 반생에 자기의 소유라고는 손바닥만한 것조차 없어, 어떻게도 몽매에 그리던 땅이었는지 모른다. 완전한 아내를 사지 아니하고 아다다를 꼬여 온 것도 이 소유욕에서였다. 아내가 얻어진 이제, 비록 많지는 않은 땅이나마 가져 보고 싶은 마음도 간절하였거니와, 또는 그만한 소유를 가지는 것이 자기에게 향한 아다다의 마음을 더욱 굳게 하는 데도 보다 더한 수단일 것 같았기 때문이다.

그런 데다, 본시 뱃놀음판인 섬인데, 작년에 놀구지가 잘되었다 하여 금년에 와서 더욱 시세를 잃은 땅은 비록 때가 기경시라 하더라도 용이히 살수까지 있는 형편이었으므로, 그렇게 하리라 일단 마음을 정하니, 자기도 땅을 마침내 가져 보누나 하는 생각에 더할 수 없는 행복을 느끼며 아다다에게도 이 계획을 말하였다.

“우리 밭을 한 뙈기 사자. 그래두. 농살 허야 사람 사는 것 같디. 내가 던답을 살라구 묶어둔 돈이 있거던.”

하고 수롱이는 봐라 하는 듯이 실경 위에 얹힌 석유통 궤 속에서 지전 뭉치를 뒤져 내더니, 손끝에다 침을 발라 가며 펄떡펄떡 뒤어보인다. 그러나, 그 돈을 본 아다다는 어쩐지 갑자기 화기가 줄어든다.

수롱이는 이상했다. 기꺼워할 줄 알았던 아다다가 도리어 화기를 잃은 것이다. 돈이 있다니 많은 줄 알았다가 기대에 틀림으로써인가?

"이거 봐! 그래뵈두, 1천5백 냥(一百五十圓)이야. 지금 시세에 이천 평은 한참 놀다가두 떡 먹두룩 살 건데."

그래도 아다다는 아무 대답이 없다. 무엇 때문엔지 수심의 빛까지 역연히 얼굴에 떠오른다.

"아니 밭이 이천 평이문 조를 심는다 하구, 잘만 가꿔 봐, 조가 열섬에 조짚이 백여 목 날 터이야. 그래, 이걸 개지구 겨울 한동안이야 못 살아? 그렇거구 둘이 맞붙어 몇 해반 벌어 봐? 그적엔 논이 또 나오는 거야. 이건 괜히 생……."

아다다는 말없이 머리를 흔든다.

"아니, 내레 이게, 거즈뿌레기야? 아 열 섬이 못 나?"

아다다는 그래도 머리를 흔든다.

"아니, 고롬 밭은 싫단 말인가?"

비로소 아다다는 그렇다는 듯이 머리를 주억거린다.

아다다는 돈이 있다 해도 실로 그렇게 많은 돈이 있는 줄은 몰랐다. 그래서, 그 많은 돈으로 밭을 산다는 소리에 지금까지 꿈꾸어 오던 모든 행복이 여지없이도 일시에 깨어지는 것만 같았던 것이다. 돈으로 위해서 그렇게 행복일 수 있던 자기의 신세는 남편(전남편)의 마음을 악하게 만듦으로, 그리고, 시부모의 눈까지 가리는 것이 되어, 필야엔 쫓겨나지 아니치 못하게 되던 일을 생각하면, 돈 소리만 들어도 마음은 좋지 않던 것인데, 이제 한푼 없는 알몸인 줄 알았던 수롱이에게도 그렇게 많은 돈이 있어 그것으로 밭을 산다고 기꺼워하는 것을 볼 때, 그 돈의 밑천은 장래 자기에게 행복을 갖다 주기보다는 몽둥이를 벼리는 데 지나지 못하는 것 같았고, 밭에다 조를 심는다는 것은 불행의 씨를 심는다는 것만 같았기 때문이다.

아다다는 그저 섬으로 왔거니 조개나, 굴 같은 것을 캐어서 그날그날을 살아가야 할 것만이 수롱의 사랑을 받는 데 더할 수 없는 살림인줄만 안다. 그래서, 이러한 살림이 얼마나 즐거우랴! 혼자 속으로 축복을 하며 수롱을 위하여 일층 벌기에 힘을 써야 할 것을 생각해 오던 것이다.

“고롬 논을 사재나? 밭이 싫으문?”

수롱은 아다다의 의견이 알고 싶어 이렇게 또 물었다. 그러나, 아다다는 그냥 고개만 주억여 버린다. 논을 산대도 그것은 똑같은 불행을 사는 데 있을 것이다. 돈이 있는 이상 어느 것이든지간 사기는 반드시 사고야 말 남편의 심사이었음에 머리를 흔들어댔자 소용이 없을 것 이었다. 그리하야, 그 근본 불행인 돈을 어찌할 수 없는 이상엔 잠시라도 남편의 마음을 거슬림으로 불쾌하게 할 필요는 없다고 아는 때문이었다.

“흥! 논이 도흔 줄은 너두 아누나! 그러나, 어려운 놈에게 밭이 논보다 나았디 나아.”

하고, 수롱이는 기어코 밭을 사기로 그 달음에 거간을 내세웠다.

그날 밤.

아다다는 자리에 누웠으나 잠이 오지 않았다.

남편은 아무런 근심도 없는 듯이 세상 모르고 씩씩 아침부터 자내건만 아다다는 그저 그 돈 생각을 하면 장차 닥쳐올 불길한 예감에 잠을 이룰 수가 없었다. 이불을 붙안고 밤새도록 쥐어틀며 아무리 생각을 해야 그 돈을 그대로 두고는 수롱의 사랑 밑에서 영원한 행복을 누릴 수 있으리라고는 믿기지 않았다.

짧은 봄밤은 어느덧 새어, 새벽을 알리는 닭의 울음 소리가 사방에서 처량히 들려온다.

밤이 벌써 새누나 하니, 아다다의 마음은 더욱 조급하게 탔다. 이 밤으로 그 돈에 대한 처리를 하지 못하는 한, 내일은 기어이 거간이 밭을 흥정하여 가지고 올 것이다. 그러면 그 밭에서 나는 곡식은 해마다 돈을 불려 줄 것이다. 그때면 남편은 늘어가는 돈에 따라 차차 눈은 어둡게 되어 점점 정은 멀어만 가게 될 것이다. 그 다음에는? 그 다음에는 더 생각하기조차 무서웠다.

닭의 울음 소리에 따라 날은 자꾸만 밝아온다. 바라보니 어느덧 창은 희끄스름하게 비친다. 아다다는 더 누워 있을 수가 없었다. 옆에 누운 남편을 지그시 팔로 밀어 보았다. 그러나 움찍하지도 않는다. 그래도 못 믿기는 무엇이 있는 듯이 남편의 코에다 가까이 귀를 가져다대고 숨소리를 엿들었다.

씨근씨근 아직도 잠은 분명히 깨지 않고 있다. 아다다는 슬그머니 이불 속을 새어

나왔다. 그리고 실겅 위에 석유통을 휩쓸어 그 속에다 손을 넣었다. 그리하여 마침내 지전 뭉치를 더듬어서 손에 쥐고는 조심조심 발자국 소리를 죽여 가며 살그머니 문을 열고 부엌으로 내려갔다.

그리고는, 일찍이 아침을 지어먹고 나무새기를 뽑으러 간다고 바구니를끼고 바닷가로 나섰다. 아무도 보지 못하게 깊은 물속에다 그 돈을 던져 버리자는 것이다. 솟아오르는 아침 햇발을 받아 붉게 물들며 잔뜩 밀린 조수는 거품을 부걱부걱 토하며 바람결조차 철썩철썩 해안을 부딪친다.

아다다는 바구니를 내려놓고 허리춤 속에서 지전 뭉치를 쥐어들었다. 그리고는 몇 겹이나 쌌는지 알 수 없는 헝겊 조각을 둘둘 풀었다. 헤집으니 1원짜리, 5원짜리, 10원짜리 무수한 관 쓴 영감들이 나를 박대해서는 아니 된다는 듯이 모두들 마주 바라본다. 그러나 아다다는 너 같은 것을 버리는데는 아무런 미련도 없다는 듯이 넘노는 물결 위에다 휙 내어뿌렸다. 세찬 바닷바람에 채인 지전은 바람결 좇아 공중으로 올라가 팔랑팔랑 허공에서 재주를 넘어가며 산산이 헤어져, 멀리, 그리고, 가깝게 하나씩 하나씩 물위에 떨어져서는 넘노는 물결 좇아 잠겼다 떴다 소꾸막질을 한다.

어서 물속으로 가라앉든지. 그러니 않으면 흘러내려가든지 했으면 하고 아다다는 멀거니 서서 기다리나 너저분하게 물 위를 덮은 지전 조각들은 차마 주인의 품을 떠나기가 싫은 듯이 잠겨 버렸는가 하면, 다시 기웃거리며 솟아올라서는 물 위를 빙글빙글 돈다. 하더니, 썰물이 잡히자부터야 할 수 없는 듯이 슬금슬금 밑이 떨어져 흐르기 시작한다.

아다다는 상쾌하기 그지없었다. 밀려 내려가는 무수한 그 지전 조각들은, 자기의 온갖 불행을 모두 거두어가지고 다시 돌아올 길이 없는 끝없는 한바다로 내려갈 것을 생각할 때 아다다는 춤이라도 출 듯이 기꺼웠다.

그러나, 그 돈이 완전히 눈앞에 보이지 않게 흘러 내려가기까지에는 아직도 몇 분 동안을 요하여야 할 것인데, 뒤에서 허덕거리는 발자국 소리가 들리기에 돌아다보니 뜻밖에도 수롱이가 헐떡이며 달려오는 것이 아닌가.

"야! 야! 아다다야! 너 돈 돈 안 건새햇? 돈 돈 말이야 돈……?"

청천의 벽력같은 소리였다.

아다다는 어쩔 줄을 모르고 남편이 이까지 이르기 전에 어서어서 물결은 휩쓸려 돈을 모두 거둬가지고 흘러 버렸으면 하나, 물결은 안타깝게도 그닐그닐 한가히 돈을 이끌고 흐를 뿐, 아다다는 그 돈이 어서 자기의 눈앞에서 자취를 감추어 버리는 것을 보기 위하여 그닐거리고 있는 돈 위에 쏘아박은 눈을 떼지 못하고 쩔쩔매는 사이, 마침내 달려오게 된 수롱의 눈에도 필경 그 돈은 띄고야 말았다.

뜻밖에도 바다 가운데 무수하게 지전 조각이 널려서 앞서거니, 뒤서거니, 둥둥 떠내려가는 것을 본 수롱이는 아다다에게 그 연유를 물을 겨를도 없이 미친듯이 옷을 훨훨 벗고 첨버덩 물속으로 뛰어들었다.

그러나 헤엄을 칠 줄 모르는 수롱이는 돈이 엉키어 도는 한복판으로 들어 갈 수가 없었다. 겨우 가슴패기까지 잠기는 깊이에서 더 들어가지 못하고 흘러내려가는 돈 더미를 안타깝게도 바라보며 허우적허우적 달려갔다. 차츰 물결은 휩쓸려 떠내려가는 속력은 빨라진다. 돈들은 수롱이더러 어디 달려와 보라는 듯이 휙휙 소꾸막질을 하며 흐른다. 그러나 물결이 세어질수록 더욱 걸음발은 자유로 놀릴 수가 없게 된다. 더퍽더퍽 물과 싸움이나 하듯 엎어졌다가는 이러서고 일어섰다가는 다시 엎어지며 달려가나 따를 길이 없다. 그대로 덤비다가는 몸조차 물속으로 휩쓸려 들어갈 것 같아, 멀거니 서서 바라보니 벌써 지전 조각들은 가물가물하고 물거품인지 지전인지도 분간할 수 없으리만치 먼 거리에서 흐르고 있다. 그러나 그것도 한 순간이었다. 눈앞에는 아무것도 보여지는 것이 없다. 휙휙 하고 밀려 내려가는 거품진 물결뿐이다.

수롱이는 마지막으로 돈을 잃고 말았다고 아는 정도의 물결 위에 쏘아진 눈을 돌릴 길이 없이 정신 빠진 사람처럼 그냥그냥 바라보고 섰더니, 쏜살같이 언덕켠으로 달려오자 아무런 말도 없이, 벌벌 떨고 섰는 아다다의 중동을 사정없이 발길로 제겼다.

"흥앗!"

소리가 났다고 아는 순간, 철썩 하고 감탕이 사방으로 튀자 보니 벌써 아다다는 해안의 감탕판에 등을 지고 쓰러져 있다.

"이- 이 - 이……."

수롱이는 무슨 말인지를 하려고는 하나, 너무도 기에 차서 말이 되지를 않는 듯 입만 너불거리다가 아다다가 움찍하는 것을 보더니 아직도 살았느냐는 듯이 번개같이 쫓아내려가 다시 한 번 발길로 제겼다.

"푹!"

하는 소리와 같이 아다다는 가꿉선 언덕을 떨어져 덜덜덜 굴러서 물속에 잠긴다. 한참만에 보니 아다다는 복판도 한복판으로 밀려가서 솟구어 오르며 두팔을 물 밖으로 허우적거린다. 그러나 그 깊은 파도 속을 어떻게 헤어나랴! 아다다는 그저 물 위를 둘레둘레 굴며 요동을 칠 뿐, 그러나, 그것도 한 순간이었다. 어느덧 그 자체는 물속에 사라지고 만다.

주먹을 부르쥔 채 우상같이 서서 굽실거리는 물결만 그저 뚫어져라 쏘아보고 섰는 수롱이는 그 물속에 영원히 잠들려는 아다다를 못 잊어 함인가? 그러지 않으면 흘러버린 그 돈이 차마 아까워서인가?

짝을 찾아 도는 갈매기 떼들은 눈물겨운 처참한 인생 비극이 여기에 일어난 줄도 모르고 '끼약 끼약' 하며 흥겨운 춤에 훨훨 날아다니는 깃 치는 소리와 같이 해안의 풍경만 도웁고 있다.

(乙亥[을해] 4월)

율정기
栗亭記

인제 버들잎이 완전히 푸르른 걸 보니 밤나무 잎에도 살이 한참 오르고 있을 것 같다.

버들 뒤에 잎이 푸르른 나무가 하필 밤나무뿐이랴만 버들잎이 푸르면 나는 내 고향집 정원의 그 늙은 밤나무의 안부가 궁금해진다. 그것은 몇 백 년이나 되었는지 팔순의 노인네들까지 자기의 어렸을 시절에도 역시 그저 지금이나 다름없는 모양으로 그렇더라고 하는, 언제 어느때에 심어졌는지 그 유래조차 알 수 없는 그러한 연령을 가진 밤나무다.

어떠한 나무든지 아름드리로 굵게 되면 그 보이는 품이 사람으로 비해 보면 많은 수양에 단련이 된 그러한 학자같이 침착하고 장중한 맛이 있어 보이거니와, 이 밤나무야말로 사상이 일관된 철학자같이 숭엄하게, 무겁게, 그리고 거룩하게 보였다.

주위에 둘러선 백양이라든가 솔 같은 것은 바람이 부는 듯만 해도 바람 좇아 몸을 부지할 줄 모르건만 유독 이 밤나무만은 고삭고 무지러진 가지일래 의연히 서서 그 자세를 변치 않는다.

척 보면 이젠 아주 생명이 다한 것 같이 속속들이 좀이 파먹어 들어가 껍데기 안으로 겨우 한 치 두께의 살밖에 붙어 있지 않지만 그래도 버들잎이 푸르면 잊는 법이 없이 뒤이어 잎을 피우고, 가을이면 기어이 열매를 맺어 굽알을 떨궜다.

이것은 마치 그 속속들이 구새 먹어 썩어진 등덜미가 이러한 도를 닦기까지 얼마나 한 세고의 풍상에 부대끼며 속을 썩인 그 자취인가를 우리에게 보여주는 것 같아, 그 밤나무를 대할 때마다 나는 무엇엔지의 사색에 저도 모르게 머리가 숙군했다. 어쩐지 나는 그것이 좋았다. 그것이 좋아서 조석으로 이 밤나무 그늘 아래를 거니는 것이 남 모르는 내 한동안의 즐거움이었다.

조부님도 내 마음과 같았던지 항상 이 밤나무 밑을 떠나지 못하시고 나와 같이 그 그늘 아래 거닐기를 즐기셨다. 그러다가 요 바로 몇해 전에는 해마다 그 가지가 고삭고 축나는 이 늙은 철학자를 보호하여 그로부터 영원한 벗을 삼으시려 돈을 들여가며 인부를 사서는 북을 돋우어 주고, 그리고 그 둘레론 돌을 때려 대를 쌓고 정자를 만들어 놓았다. 그리고는 과객조차도 그 아래 머물러 같이 즐기게 하기 위하여 자연석을 주어다가 곳곳에 좌석을 만들어 놓고 이 늙은 철학자를 주위로 돌아가며 장미라, 목단이라, 매화라, 이런 향기 높은 꽃나무까지 구해다 심어서 정자로서의 정취를 한층 더하게 했다.

이렇게 하시는 것이 나로 하여금 이 늙은 철학자와 좀더 친할 수 있게 하는 원인이 되었거니와, 사람들은 이것을 율정이라 이름 짓고 여가(餘暇)가 있으면 이 철학자를 찾아 모여 와서 고풍한 그 정취 속에 잔을 기울여 가며 시를 읊었다. 내 그 시를 지금 일일이 기억 못 하거니와 그 지방 일대는 물론, 남북관(南北關)으로부터서까지 모여든 시문이 실로 기백수(幾百首)로 조부님도 지금은 그것을 노여(老餘)의 보배로 제책(製冊)까지 하여 머리맡에 두시고 그 시문 속에 구원한 진리가 담긴 듯이, 그리하여 그것을 찾으시려는 듯이 짬짬이 읊으심으로 심신의 위로를 삼아 오신다.

내 창작도 태반(殆半)은 여기서 되었다. 직접 이 철학자를 두고 짜여진 것은 아직 한 편도 없으나, 이 철학자와 벗하여 상이 닦였던 것만은 사실이다. 상(想)이 막히어 붓대가 내키지 않을 때, 나는 나도 모르게 책상을 떠나 이 철학자의 그늘 밑으로 나왔다, 그리하여 그 밑에서 고요히 눈을 감고 뒷짐을 지고 거닐면서 매듭진 상을 골라서 풀곤 했다, 생각이 옹색해도 이 그늘을 찾았고 독서와 붓놀음에 지친 피로가 몸에 마칠 때에도 이 그늘을 찾았다, 실로 이 늙은 철학자 밤나무는 나에게 있어 내 생명의 씨를 밝혀 주는 씨앗터였다.

이러한 씨앗터를 내 이제 떠나 살게 되니 해마다 버들잎에 기름이지면 이 늙은 철학자의 그늘 밑이 더할 수 없이 그리워진다. 인제 그 밤나무에도 잎이 아마 푸르렀겠지. 비바람에 고삭은 가지들은 어떻게 됐을까 그 안부가 지극히 알고 싶어지고, 그 밑에서 고요히 눈을 감고 사색에 잠겨 보고 싶어진다.

더욱이 생각의 가난에 원고를 자꾸만 찢게 될 땐, 어쩐지 그 그늘 밑 자연석 위에 잠깐만 앉아 눈을 감아 보아도 매듭진 상의 눈앞은 훤히 트여질 것만 같게 그 품속이 생각난다.

얼마나 나는 그 품속에 그렇게 주렸든지, 바로 며칠 전 그때가 아마 밤 열시는 넘었으리라, 역시 그 밤에도 나는 기한이 박두한 원고와 씨름을 하다가 뜻대로 되는 것이 아니어서 이런 때이면 언제나 하던 버릇 그대로 이미 쓰인 몇 장의 원고를 사정조차 없이 왈왈 찢어 쓰레기통에 동댕이를 치고 대문 밖으로 뛰쳐나왔다.

그러나 일단 발이 멎고 보았을 때 그것은 가지리라고 믿었던 그 철학자의 품속이 아니었고 대문 밖이자 행길인 냉천정(冷泉町)도 한 꼭대기 돌층대 위임을 알았다. 그적에야 비로소 나는 내 몸이 서울에 있는 몸임을 또한 깨달을 수가 있었다.

그리하여 그 순간, 갈 곳을 모르는 나는 어처구니도 없이 한동안을 그대로 멍하니 서서 쓴웃음을 삼키고, 아까 낮에 일터에서 돌아올 때 복덕방 영감이 돌층대 아래 죽어 가는 한 그루의 포플러 그늘을 지고 담배를 한가히 빨고 앉았던 것을 문득 생각하고 거기라도 좀 앉아서 생각을 더듬어 보리라.

포플러 그늘을 찾아 내려갔다.

그러나 낮에 있던 그 나무 판쪽의 기다란 의자는 거기에 있지 않았다. 그대로 두면 그것도 잃어버릴 염려가 있어 영감은 필시 가지고 들어간 모양이다. 그러니 그 행길가에 그대로 우뚝 서 있을 맛이 없다. 그것보다도 나는 지금 마음을 가라앉힐 시원하고도 고요한 자리를 찾는 것이다. 이 근처엔 어디 그만한 곳이 없을까, 담배를 한 대 피어 물고 뒷짐을 지고 연희장((延禧莊)으로 넘은 산탁 길을 추어 올랐다. 그러나 거기도 역시 마음을 놓고 앉았을 만한 곳이 없다. 산이라고는 하나 사람의 발부리에 지지리 밟히어 돋아나다 죽은 풀밭 위에는 먼지만이 보얗게 쌓여 조금도 신선한 맛이 없다. 밑도 대여 볼 생념이 없어 다시 집으로 내려와 옷을 갈아입었다. 내 다방에 취미를 모르거니와 이러한 경우엔 싫더라도 서울선 다방이란 곳밖에 찾을 데가 없는 것이다.

다방에도 제법 그 우리 고향 집 정원의 주인공 늙은 철학자와 같이 구새가 먹은 모양으로 흉내를 내어 꾸며서 분에다 심어 놓은 마치 애들의 장난감 같은 나무가 있기는 있다. 그러나 그것의 그늘 밑에서는 한동안의 마음을 가라앉히기커녕, 그리하여 사색에의 힘을 얻기커녕 인위적으로 자연을 모독하여 순진한 사람의 눈을 속이려는 그것에 도리어 불쾌를 느끼게 되는 것밖에 없다. 그리고 현대의 권태가 담배연기와 같이 자욱이 떠도는 그 분위기 속에 숨 막히는 답답함이 도리어 정신을 흐려 놓아 줄 뿐이다. 하지만 잠지나마 다리를 쉬자면 역시 그러한 다방밖에 어디 밑 붙일 휴식처가 없으니 인위적인 철봉으로 생나무를 지지여 놓고 자연을 비웃으려는 그 분에 심은 나무와 억지로라도 벗이 되어야 하는 것인가 하면 그리하여 그 나무를 무시로 대하고 바라보며 인생을 생각해야 되는 것인가 하면 내 자신의 마음까지도 그 나무와 같이 철봉에 지지워드는 것 같아 그러지 않아도 속인으로서의 고민이 큰데 자꾸만 인위적인 속인의 속인으로 현대화되어 가는 것 같은 자신을 생각하면 할수록 그 늙은 철학자 밤나무의 자연 속에 생각을 깃들여 자연 그대로 살고 싶은 욕망이 전에보다도 더 한층 간절하다.

나 떠난 이후에 이 늙은 철학자는 누구와 더불어 뜻을 바꿈으로 마음을 치는지 조부님 좇아 이젠 연로에 자유롭게 이 철학자와 벗을 하실 기력이, 근심되는데…….

《조선일보》(1939. 5.)

고독한 세계

나의 창작 생활은 한 폭의 슬픈 그림이다. 소복한 여인의 심정과도 같이 늘 고독하다. 내 세계는 언제든지 독자의 이해 밖에 있는 것이다. 창작을 한다고 붓을 든지 금년까지 꼭 35년 발표한 작품수가 50에 가깝건만 그 어느 하나 이해의 대상이 되어 있음을 보지 못했다. 간혹 비평가의 붓끝이 다소 찬사를 아끼지 않았다고 했다. 그것으로 그들이 완전히 이해를 하였는가 하면 그렇게 볼 수가 없었다. 찬사가 도리어 고소(苦笑)를 불금(不禁)케 하는 경우가 없지도 않았다. 이럴 때면 작가로서의 자존심이 스스로 높이 앉아도 보거니와 주위가 다 그렇지 않다니 역시 고독함을 느끼게 됨을 어쩌는 수가 없다.

그러나 나는 나를 제일 잘 알고 또 나를 제일 사랑한다. 그러기 때문에 나를 떠나서 내 작품의 생명은 있을 수가 없다. 그러니까 비위에 틀린다고 아무리 나를 욕했댔자 내 귀에는 마이동풍 격일 것이요 또 그와 반대로 아무리 내 작품을 칭찬했댔자 작자의 의도를 이해한 위에서가 아니면 역시 고소로서밖에 보상할 길이 없다.

이러구러 누구보다도 나는 나를 믿는 나라는 작가다. 이 슬픈 존재를 비소(鼻笑)의 손가락이 내 꼭대기를 향해서 흔들며 가리킬 것이 빤하다. 그러나 나는 눈앞에서 마주 웃어 주는 뭇 웃음보다 이렇게 혼자 즐기는 고독이 더 즐겁다.

그러니 앞으로도 문단적으로는 늘 슬픈 그림에 불과할 것이요, 그 고독을 나는 또한 생명과 같이 사랑할 것이다. 《예술(藝術)》

한용운

(韓龍雲, 1879.8.29. ~ 1944.6.29.)

1918년 월간지 《유심(惟心)》을 발간

1919년 3·1운동 때 민족대표 33인의 한 사람으로서 독립선언서에 서명
체포되어 3년형을 선고받고 복역

1926년 시집 《님의 침묵(沈默)》을 출판하여 저항문학에 앞장

1937년 불교관계 항일단체인 만당사건(卍黨事件)의 배후자로 검거

1943년 조선인 학병출정 반대운동

1944년 6월 29일 그토록 그리던 조국광복과 민족독립을 눈앞에 두고 입적

작품분석

1. 사랑하는 까닭

- 갈래 : 자유시, 서정시
- 성격 : 낭만적, 상징적주제
  있는 그대로를 받아들이는 조건 없는 진정한 사랑
- 특징 : 같은 구조의 반복을 통해 운율 형성, '다른 사람들'과 '당신'의 대조를 통해 의미를 분명히 드러냄

2. 님의 침묵

- 성격 및 어조 - 낭만적, 상징적, 의지적 성격, 연가풍의 여성적 어조
- 특징 - 불교의 윤회설과 공(空)사상에 바탕
- 주제 - 님에 대한 영원한 사랑
- 님의 침묵은 님과의 이별을 인식, 이별이 새로운 만남을 준비하는 것임을 자각하는 것에서 시작함

3. 복종

- 당신(조국)을 사랑하는 방법을 '자유'와 '복종'이라는 상반되는 두 이미지로 표현
- 불교의 명상을 바탕으로 낭만적 시풍과 연가풍의 여성적 어조를 나타냄
- 1연에서는 자발적인 복종의 행복에 대해
- 2연에서는 자발적인 복종과 일반적인 복종의 차이에 대해 이야기함

사랑하는 까닭

내가 당신을 사랑하는 것은
까닭이 없는 것은 아닙니다.
다른 사람들은 나의 홍안만을 사랑하지만은
당신은 나의 백발도 사랑하는 까닭입니다.

내가 당신을 사랑하는 것은
까닭이 없는 것은 아닙니다.
다른 사람들은 나의 미소만을 사랑하지만은
당신은 나의 눈물도 사랑하는 까닭입니다.

내가 당신을 사랑하는 것은
까닭이 없는 것은 아닙니다.
다른 사람들은 나의 건강만을 사랑하지만은
당신은 나의 죽음도 사랑하는 까닭입니다.

님의 손길

님의 사랑은 강철을 녹이는 물보다도 뜨거운데,
님의 손길은 너무 차서 한도가 없습니다.
나는 이 세상에서 서늘한 것도 보고 찬 것도 보았습니다.
그러나 님의 손길같이 찬 것은 볼 수가 없습니다.

국화 핀 서리 아침에 떨어진 잎새를 울리고
오는, 가을 바람도 님의 손길보다는 차지 못합니다.
달이 작고 별에 뿔나는 밤에, 얼음 위에 쌓인 눈도
님의 손길보다는 차지 못합니다.

나의 작은 가슴에 타오르는 불꽃은
님의 손길이 아니고는 끄는 수가 없습니다.

님의 손길의 온도를 측량할만한 한란계는
나의 가슴 밖에는 아무데도 없습니다.
님의 사랑은 불보다도 뜨거워서, 근심 산(山)을 태우고 한(恨)
바다를 말리는데, 님의 손길은 너무도 차서 한도가 없습니다.

님의 침묵

님은 갔습니다. 아아 사랑하는 나의 님은 갔습니다.

푸른 산빛을 깨치고 단풍나무 숲을 향하여 난 작은 길을 걸어서 차마 떨치고 갔습니다.

황금의 꽃같이 굳고 빛나던 옛 맹서는 차디찬 티끌이 되어서 한숨의 미풍(微風)에 날어갔습니다.

날카로운 첫 키스의 추억은 나의 운명의 지침(指針)을 돌려 놓고 뒷걸음쳐서 사라졌습니다.

나는 향기로운 님의 말소리에 귀먹고 꽃다운 님의 얼굴에 눈멀었습니다.

사랑도 사람의 일이라 만날 때에 미리 떠날 것을 염려하고 경계하지 아니한 것은 아니지만 이별은 뜻밖의 일이 되고 놀란 가슴은 새로운 슬픔에 터집니다.

그러나 이별을 쓸데없는 눈물의 원천을 만들고 마는 것은 스스로 사랑을 깨치는 것인 줄 아는 까닭에 걷잡을 수 없는 슬픔의 힘을 옮겨서 새 희망의 정수박이에 들어부었습니다.

우리는 만날 때에 떠날 것을 염려하는 것과 같이 떠날 때에 다시 만날 것을 믿습니다.

아아 님은 갔지마는 나는 님을 보내지 아니하였습니다.

제 곡조를 못 이기는 사랑의 노래는 님의 침묵을 휩싸고 돕니다.

그를 보내며

그는 간다.
그가 가고 싶어서 가는 것도 아니요.
내가 보내고 싶어서 보내는 것도 아니지만 그는 간다.

그의 붉은 입술, 흰니, 가는 눈썹이 어여쁜 줄만 알았더니,
구름같은 뒷머리, 실버들같은 허리,
구슬같은 발꿈치가 보다 아름답습니다.

걸음이 걸음보다 멀어지더니 보이려다 말고 말려다 보인다.
사람이 멀어질수록 마음은 가까와지고,
마음이 가까와질수록 사람은 멀어진다.
보이는 듯한 것이 그의 흔드는 수건인가 하였더니,
갈매기보다도 작은 조각 구름이 난다.

복 종

남들은 자유를 사랑한다지마는, 나는
복종을 좋아하여요
자유를 모르는 것은 아니지만, 당신에게는
복종만 하고 싶어요
복종하고 싶은데 복종하는 것은
아름다운 자유보다도 달콤합니다.
그것이 나의 행복입니다.

그러나, 당신이 나더러 다른 사람을
복종하라면
그것만은 복종할 수가 없습니다.
다른 사람을 복종하려면 당신에게
복종할 수 없는 까닭입니다.

정지용

(鄭芝溶, 1902.6.20 - 1950.9)

1919년 3·1운동 당시에는 교내 시위를 주동하다가 무기정학을 받음, 창간된 월간종합지 ≪서광(瑞光)≫에 '3인'이라는 소설을 발표

1923년 휘문고보의 교비생으로 일본 교토[京都]의 도시샤[同志社] 대학 영문과에 입학

1926년 유학생 잡지인 ≪학조(學潮)≫ 창간호에 '카페 프란스' 등 9편의 시를 발표

1930년 박용철(朴龍喆), 김영랑(金永郎), 이하윤(異河潤) 등과 함께 동인지 ≪시문학≫을 발간

1939년 ≪문장(文章)≫의 시 부문 추천위원이 되어 조지훈(趙芝薰), 박두진(朴斗鎭), 박목월(朴木月), 이한직(李漢稷), 박남수(朴南秀) 등을 등단시킴

1950년 한국전쟁이 일어난 뒤 김기림(金起林). 박영희(朴英熙) 등과 함께 서대문 형무소에 수용되었다. 이후 북한군에 의해 납북되었다가 사망

작품분석

1. 향수

- 감각적, 묘사적, 서정적, 회화적, 향토적
- 시에 묘사된 고향의 정경과 등장하는 인물들의 삶이 한국인의 보편적정서와 맞닿아 많은 사랑을 받음
- 이 시는 반복법과 선명한 시각적 이미지를 통해 고향의 이미지와 그리움을 잘 표현
- 각 연의 끝은 '~는(던) 곳'으로 되어 향수를 불러일으키는 정경을 사실적으로 제시

2. 카페 프란스

- 구성
  1~4연 : 카페 프란스의 바깥 정경
  (근대적 풍경에서 느끼는 상실과 자조적 자의식)
  5~6연 : 카페 프란스의 풍경
  7~9연(주제) : 국권 상실과 무기력한 자신에 대한 부정적 자의식
- 이 시는 '카페' 라는 폐쇄된 현실 공간을 상징적으로 드러내 나라 잃은 가난한 유학생들이 겪어야 하는 외로움과 슬픔의 정서를 나타내고 있음

3. 조약돌

- 작가는 유학시절 일본에서 느꼈던 자신의 존재감을 조약돌에 비유하여 청각적, 시각적으로 표현
- `-이러뇨'나 `-노나' 등의 한숨 내 뿜는 분위기의 종결어미는 작가의 어둡고 무거운 서정적인 공간을 표현

鄕愁
향수

넓은 벌 동쪽 끝으로
옛이야기 지줄대는 실개천이 회돌아 나가고,
얼룩백이 황소가
해설피 금빛 게으른 울음을 우는 곳,

── 그 곳이 참하 꿈엔들 잊힐리야.

질화로에 재가 식어지면
뷔인 밭에 밤바람 소리 말을 달리고,
엷은 조름에 겨운 늙으신 아버지가
짚벼개를 돋아 고이시는 곳,

── 그 곳이 참하 꿈엔들 잊힐리야.

흙에서 자란 내 마음
파아란 하늘 빛이 그립어
함부로 쏜 활살을 찾으려
풀섶 이슬에 함추름 휘적시든 곳,

── 그 곳이 참하 꿈엔들 잊힐리야.

傳說[전설]바다에 춤추는 밤물결 같은
검은 귀밑머리 날리는 어린 누의와
아무러치도 않고 여쁠것도 없는
사철 발벗은 안해가
따가운 해ㅅ살을 등에지고 이삭 줏던 곳,

──그 곳이 참하 꿈엔들 잊힐리야.

하늘에는 석근 별
알수도 없는 모래성으로 발을 옮기고,
서리 까마귀 우지짖고 지나가는 초라한 집웅,
흐릿한 불빛에 돌아 앉어 도란 도란거리는 곳,

── 그 곳이 참하 꿈엔들 잊힐리야.

봄

외ㅅ가마귀 울며 나른 알로
허울한 돌기둥 넷이 스고,
이끼 흔적 푸르른데
黃昏[황혼]이 붉게 물들다.

거북 등 솟아오른 다리
길기도한 다리,
바람이 水面[수면]에 옴기니
휘이 비껴 쓸리다.

歸路
귀로

舖道[포도]로 나리는 밤안개에
어깨가 저윽이 무거웁다.

이마에 觸[촉]하는 쌍그란 季節[계절]의 입술
거리에 燈[등]불이 함폭! 눈물 겹구나.

제비도 가고 薔薇[장미]도 숨고
마음은 안으로 喪章[상장]을 차다.

걸음은 절로 드딜데 드디는 三十[삼십]적 分別[분별]
咏嘆[영탄]도 아닌 不吉[불길]한 그림자가 길게 누이다.

밤이면 으레 홀로 돌아오는
붉은 술도 부르지않는 寂寞[적막]한 習慣[습관]이여!

카페
프란스

옮겨다 심은 종려나무 밑에
비뚜루 선 장명등,
카페 프란스에 가자.

이놈은 루바쉬카
또 한 놈은 보헤미안 넥타이
뻐쩍 마른 놈이 앞장을 섰다

밤비는 뱀눈처럼 가는데
페이브멘트에 흐느끼는 불빛
카페 프란스에 가자.

이놈의 머리는 비뚤은 능금
또 한 놈의 심장은 벌레 먹은 장미
제비처럼 젖은 놈이 뛰어간다.

'오오 패롯[鸚鵡] 서방! 굳 이브닝!'

'굳 이브닝!'(이 친구 어떠하시오?)

울금향 아가씨는 이 밤에도
경사 커—튼 밑에서 조시는구려!

나는 자작의 아들도 아무것도 아니란다.
남달리 손이 희어서 슬프구나!

나는 나라도 집도 없단다.
대리석 테이블에 닿는 내 뺨이 슬프구나!

오오, 이국종 강아지야
내 발을 빨아다오.
내 발을 빨아다오.

(《학조》 창간호, 1926.6)

조약돌

조약돌 도글도글……
그는 나의 혼(魂)의 조각이러뇨.

알는 피에로의 설음과
첫길의 고달픈
청(靑)제비의 푸념겨운 지줄댐과,
꾀집어 아즉 붉어오르는
피에 맺혀,
비날리는 이국(異國) 거리를
탄식(嘆息)하며 헤매노나.

조약돌 도글도글……
그는 나의 혼(魂)의 조각이러뇨.

장정심

(張貞心, 1898년 ~ 1947년)

1927년 『청년』지에「기도실」「병상눈을 밟으면서」「이잔을 받으셔요」 등의 시를 발표

1933년 제1시집『주의 승리』발간

1934년 제2시집『금선(琴線)』발간

[그녀의 시는 종교적인 색채가 짙고 윤리의식을 바탕으로 맑은 서정성의 종교시를 씀으로써 선구자적 소임을 다한 여류시인으로 높이 평가되고 있다.]

자연의 마음

눈이 나려덮고 어름이 얼어붙어
언제다시 풀이돋고 꽃이필가
막연하던 저땅우에서
자연의마음은 손을버려 헤처주었소

그리고 사나운 바람도 막아주고
어름을끄고 눈을 녹여서
저 어린풀삭 저꽃은 꽃봉아리
지나간 봄같이 잎돋고 꽃피게하었소

밟아버리고 긁어바린
저 거츨고 사나운 뜰에서도
자연의마음이 꽃씨와 풀씨를
또다시 고루 고루 뿌려주고 갔소

그래서 어려운 움집길에나
부요한 대궐 앞에 한결같이
향기와 색채를 고루고루
인간에 사랑을 주고갔소

마음
꽃

꽃 피는 봄날이니 맘에도 꽃피려오
마음꽃 피려하면 몇가지 빛이 될고
보시오 저청산 같이 한빛만이 어떴소

사랑

사랑이 어떻던가 묻지마서요
설명할수 없는것은 사랑이라 합니다
사랑의맛이 어떨가 생각마서요
달고 쓰다고 말할수 없다 합니다

웃음이 사랑인가?
눈물이 사랑인가?
아무에도 묻지마서요
슬픈지 기쁜지 뉘알겠어요

사랑을 부르라 호령마서요
입도없는지 대답도없다 합니다
사랑을 사달라 조르지마서요
값도없는지 살수도없다 고합니다

사랑은 사랑인지 모르고있을
그때가 진실한 사랑이라 합니다
사랑의 경중을 달아보자 마서요
눈물과 우숨밖에 없다고 합니다

그 노래

시보다 더 고운 노래
꽃보다 더 고운 노래
물결이 헤어지듯이
가만한 노래가 듣고싶소

듣도록 더 듣고싶은 그 노래
이제는 도무지 들을수 없으니
어디로 가면은 들여 주려오
맑고도 곱고도 다정한 그 노래

병상에 와서도 위로해 주고
고적할 그때도 불러 주고
분주한 그 날에 도와주든
고상하고 다정한 그 노래

침묵의 벗 노래의 벗
그보다 미소의 벗이여
봄에 오려오 가을에 오려오
꿈에라도 그 노래 다시 들려 주시오

윤동주

(尹東柱,1917.12.30. ~ 1945.2.16.)

독립운동가

1941년 서울의 연희전문학교(延禧專門學校) 문과를 졸업

1942년 일본으로 건너가 도쿄에 있는 릿쿄[立敎]대학 영문과에 입학
다시 도시샤대학[同志社大學] 영문과로 옮김

1943년 항일운동을 했다는 혐의로 일본 경찰에 체포되어, 2년형을 선고받고
후쿠오카(福岡) 형무소에서 복역

1945년 복역중 건강이 악화되어 2월, 생을 마감

작품분석

1. 별 헤는 밤

- 가을(과거, 그리움), 겨울(현재, 반성), 봄(미래, 희망)으로 이어지면 시상이 전개
- 담화체 형식으로 애틋한 서정을 어머니에게 이야기하는 드러냄
- 별은 화자에게 과거를 회상하는 매개체의 기능과 그리워하는 세계에 속한 '아름다운 이름들'을 비유
- 시대의 아픔에서 도망가지 않고 자기 성찰을 통해 부끄럽게 살지 않는 것이 진정한 가치라는 삶의 태도를 표현한 작품

2. 서 시

- '별'과 '부끄럼'과 '죽음'이 주요 모티브로 사용
- '하늘'은 절대적 윤리의 표상, 즉 천도(天道)
- '별을 노래하는 마음'은 시적 자아가 지향하는 삶의 태도와 모습을

나타냄
- '오늘 밤에도 별이 바람에 스치운다.'는 시인이 처한 암담한 현실 상황을 대변하는 동시에 투철한 현실 인식과 자기 인식으로 시인의 인간적 성숙도를 알 수 있음

3. 소년
- 시상의 반복을 통해 정서를 부각
- 산문적인 형태이지만 시어의 반복으로 운율감을 획득
- 계절적 배경을 통해 시적 분위가 조성
- 감각적 이미지 표현을 많이 사용

4. 사랑의 추억
- 동경 유학중 삶에 대한 회의와 소망을 표현한 작품, 힘겨운 상황에서 꿈과 희망을 품었던 과거 자신의 모습을 그리워하며 과거로부터 자신을 놓치고 싶지 않은 소망을 노래한 작품

5. 새벽이 올 때까지
- 일제강점기 힘들고 고통스러운 시간을 한 가닥의 희망으로 언제가 고통은 지나가고 새로운 날이 시작됨을 노래한 작품

6. 새로운 길
- 인생을 상징하는 '길'이라는 시어를 바탕으로 인생을 대하는 시인의 태도를 잘 보여 주는 작품이다. 언제나 가야 할 길을 '새로운 길'이라고 말하며 날마다 새로운 마음으로 살고자하는 미래 지향적인 의지를 보여 준다.

별 헤는 밤

계절이 지나가는 하늘에는
가을로 가득 차 있습니다.

나는 아무 걱정도 없이
가을 속의 별들을 다 헬 듯합니다.

가슴 속에 하나 둘 새겨지는 별을
이제 다 못 헤는 것은
쉬이 아침이 오는 까닭이요
내일 밤이 남은 까닭이요
아직 나의 청춘이 다 하지 않은 까닭입니다.

별 하나에 추억과
별 하나에 사랑과
별 하나에 쓸쓸함과
별 하나에 동경과
별 하나에 시와
별 하나에 어머니, 어머니,

어머님, 나는 별 하나에 아름다운 말 한마디씩 불러 봅니다. 소학교 때 책상을 같이 했던 아이들의 이름과 패, 경, 옥, 이런 이국 소녀들의 이름과, 벌써 아기 어머니된 계집애들의 이름과, 가난한 이웃 사람들의 이름과, 비둘기, 강아지, 토끼, 노새, 노루, '프랑시스 잠', '라이너 마리아 릴케' 이런 시인의 이름을 불러 봅니다.

이네들은 너무나 멀리 있습니다.
별이 아스라이 멀 듯이.

어머님,
그리고 당신은 멀리 북간도에 계십니다.

나는 무엇인지 그리워
이 많은 별빛이 내린 언덕 위에
내 이름자를 써 보고
흙으로 덮어 버리었습니다.

딴은 밤을 새워 우는 벌레는
부끄러운 이름을 슬퍼하는 까닭입니다.

그러나 겨울이 지나고 나의 별에도 봄이 오면
무덤 위에 파란 잔디가 피어나듯이
내 이름자 묻힌 언덕 우에도
자랑처럼 풀이 무성할거외다.

서 시

죽는 날까지 하늘을 우러러
한 점 부끄럼이 없기를,
잎새에 이는 바람에도
나는 괴로워했다.
별을 노래하는 마음으로
모든 죽어가는 것을 사랑해야지.
그리고 나한테 주어진 길을
걸어가야겠다.

오늘 밤에도 별이 바람에 스치운다.

少年
소년

여기저기서 단풍잎 같은 슬픈 가을이 뚝뚝 떨어진다.
단풍잎 떨어져 나온 자리마다 봄을 마련해 놓고
나뭇가지 우에 하늘이 펼쳐있다. 가만히 하늘을
들여다보려면 눈섭에 파란 물감이 든다.

두손으로 따뜻한 볼을 쓰어보면 손바닥에도 파란 물감이
묻어난다. 다시 손바닥을 들여다본다. 손금에는 맑은
강물이 흐르고, 맑은 강물이 흐르고, 강물 속에는
사랑처럼 슬픈 얼골..... 아름다운 순이(順伊)의 얼골이
어린다. 소년은 황홀히 눈을 감어 본다. 그래도 맑은
강물은 흘러 사랑처럼 슬픈 얼골..... 아름다운 순이의
얼골은 어린다.

사랑스런 추억(追憶)

봄이 오던 아침, 서울 어느 쪼그만 정거장(停車場)에서
희망(希望)과 사랑처럼 기차(汽車)를 기다려,

나는 플랫폼에 간신한 그림자를 떨어뜨리고,
담배를 피웠다.

내 그림자는 담배연기 그림자를 날리고
비둘기 한떼가 부끄러울 것도 없이
나래 속을 속, 속, 햇빛에 비춰, 날았다.
기차(汽車)는 아무 새로운 소식도 없이
나를 멀리 실어다 주어,

봄은 다 가고—동경교외(東京郊外) 어느 조용한
하숙방(下宿房)에서, 옛거리에 남은 나를 희망(希望)과
사랑처럼 그리워한다.

오늘도 기차(汽車)는 몇 번이나 무의미(無意味)하게 지나가고,

오늘도 나는 누구를 기다려 정거장(停車場) 가까운 언덕에서
서성거릴게다.

—아아 젊음은 오래 거기 남아 있거라.

새벽이 올 때까지

다들 죽어가는 사람들에게
검은 옷을 입히시오.

다들 살아가는 사람들에게
흰 옷을 입히시오.

그리고 한 침실(寢室)에
가지런히 잠을 재우시오

다들 울거들랑
젖을 먹이시오

이제 새벽이 오면
나팔소리 들려 올 게외다.

새로운 길

내를 건너서 숲으로
고개를 넘어서 마을로

어제도 가고 오늘도 갈
나의 길 새로운 길

민들레가 피고 까치가 날고
아가씨가 지나고 바람이 일고

나의 길은 언제나 새로운 길
오늘도..... 내일도.....

내를 건너서 숲으로
고개를 넘어서 마을로

오일도

(吳一島, 1901 ~ 1946)

1929년 리쿄대학을 졸업하고 귀국

1935년 2월 시 전문잡지 《시원(詩苑)》을 창간

1936년《을해명시선(乙亥名詩選)》을 출판

1942년 낙향하여 「과정기 瓜亭記」 등 수필을 쓰면서 칩거하였다

1946년『시원』의 복간을 위하여 노력하였으나 뜻을 이루지 못하고 우울한 심정으로 폭음을 계속하다 간경화증으로 사망

[그는 낭만주의 기조위에 애상과 영탄이 서로 얽혀 있는 경향을 보였다. 그의 시는 지성으로 감정을 절제하기보다는 감정의 자유로운 표출에 역점을 두었다. 그는 작품 활동보다는 순수한 시 전문잡지인 『시원』을 창간, 한국현대시의 발전에 기여하였다는 점에서 더 중요한 시사적 의미를 지니는 시인이다.]

작품분석

1. 꽃에 물 주는 뜻은

- 마른 땅에 피어난 꽃에 허리를 굽혀 물을 주는 시인은 낮춘 자세를 다정하고 아름답게 표현하고 있다. 작은 꽃은 비록 보잘 것 없지만 미래에도 보잘 것 없다고 생각하지 않고 언젠가는 열매를 맺을 것이라는 희망을 생각하며 글을 쓰고 있다.

2. 새해 아침

- 일제로 인해 나라가 신음하고 있었다는 것을 우회적으로 표현한 것이다.

꽃에 물 주는 뜻은

꽃물 주는 뜻은
봄 오거던 꽃 피라는 말입니다.

남들이 말합니다.
마른 이 땅 위에 어이 꽃 필까

그러나 나는 뜰에 나가서
꽃에 물을 줍니다.
자모(慈母)의 봄바람이 불어 오거든
보옵소서 담뿍 저 가지에 피는 붉은 꽃을

한 포기 작은 꽃에
물 주는 뜻은
여름 오거든 잎 자라라는 탓입니다.

남들이 말하기를 —
가을 오거든 열매 맺으라는 탓입니다.
남들이 말하기를

돌과 모래 위에 어이 열매 맺을까

그러나 나는
꽃에 물을 줍니다.
황금(黃金)의 가을 볕 쪼일 제
보옵소, 저 가지에 익어 달린 누런 열매를.
페라운 이 땅 위에 어이 잎 자라날까

그러나 나는 날마다 쉬지 않고
꽃에 물을 줍니다.
여름 하늘 젖비가 나리거든
보옵소, 가득 저 가지에 피는 푸른 잎을.

한 포기 작은 꽃에
물 주는 뜻은
한 포기 작은 꽃에
물 주는 뜻은
님의 마음을 아니 어기랴는 탓입니다.

꽃 필 때에는 안 오셨으나
잎 필 때에도 안 오셨으나
열매 맺을 때에야 설마 아니 오실까.

오늘도 나는 뜰에 나가서
물을 줍니다. 꽃에 물을 줍니다.

새해 아침

한겨울 앓던 이 몸
새해라 산(山)에 오르니
새해라 그러온지 햇살도 따스고나
마른 가지에 곧 꽃도 필 듯하네.

멀리 있는 동무가 그리워요
이 몸에 병(病)이 낫고
이 산(山)이 꽃 피거든
날마다 이 산(山)에 올라
파 - 란 하늘이나 치어다볼까.

가을 하늘

藍碧[남벽]의 하늘이 동그란 蓮[연]잎처럼
바람에 말려 나날이 높아간다.

紙鳶[지연]을 딸는 아기의 마음으로
나는 발돋움하며 언덕에 여기 섰나니.

저 한 점 白雲[백운]이
어린날 風船球[풍선구]보담 더 타고 싶어……

제비도 날아 닿지 못하는 곳
저기, 가을 女神[여신]의 치마 끝이 나부낀다.

김소월

(金素月, 1902년 ~ 1934년)

본명 김정식(金廷湜)

1920년 <창조>에 <낭인의 봄, 그리워, 춘강> 등을 발표하며 등단

1925년 시집 《진달래꽃》 발표. 시론 <시혼>을 <개벽> 5호에 발표

이 시집에는 써 두었던 전 작품 126편이 수록

1930년 생활고가 겹쳐서 생에 대한 의욕을 잃고 고향 곽산에 돌아가

아편을 먹고 자살

작품분석

1. 예전엔 미처 몰랐어요

- 민요조의 율격과 구조를 갖고 있음
- 사랑하는 사람과의 이별로 인한 그리움과 설움이라는 정서를 표현
- 짧은 시이지만 감정의 완급 조절 및 서경과 서정의 조화가 뛰어남

2. 진달래 꽃

- 전통적 정한(情恨)을 예술적으로 승화시킨 작품
- [공무도하가], [가시리], [서경별곡], [아리랑]으로 계승되어 왔던 우리 민족의 전통정서와 그 맥을 같이함
- '진달래꽃'은 단순히 '영변 약산'에 피어 있는 꽃이 아니라 헌신적 사랑을 표상하기 위해 선택된 시적 자아의 분신
- '죽어도 아니 눈물'같은 생략적 도치법은 인상적 변화의 묘미를 준다. 이를 유교적 휴머니즘에 바탕을 둔 애이불비(哀而不悲)의 측면에서 보기도 함

예전엔 미처 몰랐어요

봄 가을 없이 밤마다 돋는 달도
예전엔 미처 몰랐어요.

이렇게 사무치게 그리울 줄도
예전엔 미처 몰랐어요.

달이 암만 밝아도 쳐다볼 줄을
예전엔 미처 몰랐어요.

이제금 저 달이 설움인 줄은
예전엔 미처 몰랐어요.

진달래꽃

나 보기가 역겨워
가실 때에는
말없이 고이 보내드리우리다

영변(寧邊)에 약산(藥山)
진달래꽃
아름 따다 가실 길에 뿌리우리다

가시는 걸음 걸음
놓인 그 꽃을
사뿐히 즈려밟고 가시옵소서

나 보기가 역겨워
가실 때에는
죽어도 아니 눈물 흘리우리다

가을

검은 가시윌 서리 맞은 긴 덩굴들은
시닥나무꾸부러진 가지위에
회색인 밀봉의 구멍에도벙어 말라서
압히는 가을은 더 쓰리게 왔어라

서러라 인 눌린 우리의 가슴아!
겉으로는 사랑이 꿈의 발아래
아! 나의 아름다운 붉은 물가의
새로운 밀물만 스쳐가며 밀려와라

가시나무

산에도 가시나무 가시덤불은
덤불덤불 산마루로 뻗어 올랐소.

산에는 가려 해도 가지 못하고
바로 말로 집도 있는 내 몸이라오.

길에 가선 혼잣몸이 홑옷자락은
하룻밤에 두세 번은 젖기도 했소.

들에도 가시나무 가시덤불은
덤불덤불 들 끝으로 뻗어나갔소.

가는 봄 三月[삼월]

가는 봄 三月[삼월], 三月[삼월]은 삼질
江南[강남] 제비도 안 잊고 왔는데.
아무렴은요
설게 이때는 못 잊게, 그리워.

잊으시기야, 했으랴, 하마 어느새,
님 부르는 꾀꼬리 소리.
울고 싶은 바람은 점도록 부는데
설리도 이때는
가는 봄 三月[삼월], 三月[삼월]은 삼질.

김영랑

(金永郎, 1903년 ~ 1950년)

1919년 3·1운동이 일어나자 강진에서 거사하려다 일본경찰에 체포되어 6개월간 대구형무소에서 옥고를 치름

1920년 일본 아오야마학원[靑山學院] 중학부를 거쳐 같은 학원 영문학과에 진학, 박렬(朴烈), 시인 박용철(朴龍喆)과 친교를 맺음

1930년 3월에 창간된 『시문학』에 시「동백잎에 빛나는 마음」·「언덕에 바로 누워」 등 6편과 「사행소곡칠수(四行小曲七首)」를 발표

1949년 공보처 출판국장을 지냄

1950년 9·28수복 당시 유탄에 맞아 사망

작품분석

1. 모란이 피기까지는

- 순환적 구조(봄을 기다림 – 봄의 상실 – 봄을 기다림)와 수미상관의 구성
- '찬란한 슬픔의 봄'은 역설법적인 표현으로 희망과 절망이 교차하는 상황을 표현
- '모란'은 삶의 보람이자 아름다움이며 유일한 소망을 의미

2. 돌담에 속삭이는 햇발

- 화자는 현실 세계가 아닌 하늘을 동경하고 있음. 화자가 처한 현실은 고요하거나 평화롭지 못하기 때문
- '내 마음'은 햇발과 샘물로 이미지화하여 맑고 밝은 마음을 형상화함
- 이 작품의 내용과 짜임새는 매우 단순, '~같이', '~고 싶다'로 표현하여 간절한 소망을 나타냄

모란이 피기까지는

모란이 피기까지는
나는 아직 나의 봄을 기다리고 있을테요
모란이 뚝뚝 떨어져버린 날
나는 비로소 봄을 여읜 설움에 잠길테요
5월 어느 날, 그 하루 무덥던 날
떨어져 누운 꽃잎마저 시들어 버리고는
천지에 모란은 자취도 없어지고
뻗쳐 오르던 내 보람 서운케 무너졌느니
모란이 지고 말면 그뿐, 내 한 해는 다가고 말아
삼백 예순 날 하냥 섭섭해 우옵네다
모란이 피기까지는
나는 아직 기다리고 있을테요,
찬란한 슬픔의 봄을.

동백닙에 빛나는 마음

내마음의 어딘듯 한편에 끗업는
  강물이 흐르네
도처르는 아츰날빗이 빤질한
  은결을 도도네
가슴엔듯 눈엔듯 또 피ㅅ줄엔 듯
마음이 도른도른 숨어잇는곳
내마음의 어딘듯 한편에 끗업는
  강물이 흐르네

내마음 고요히 고흔봄 길우에

돌담에 색는 햇발가치
풀아래 우슴짓는 샘물가치
내마음 고요히 고흔봄 길우에
오날하루 하날을 우러르고십다

새악시볼에 떠오는 붓그럼가치
詩[시]의 가슴을 살프시 젓는 물결가치
보드레한 에메랄드 얄게 흐르는
실비단 하날을 바라보고십다

꿈밭에
봄 마음

구비진 돌담을 돌아서 돌아서
달이 흐른다 놀이 흐른다
하이얀 그림자
은실을 즈르르 몰아서
꿈밭에 봄마음 가고 가고 또 간다

돌담에
속삭이는 햇발

돌담에 속삭이는 햇발같이
풀 아래 웃음짓는 샘물같이
내 마음 고요히 고운 봄 길 위에
오늘 하루 하늘을 우러르고 싶다

새악시 볼에 떠오는 부끄럼같이
시의 가슴 살포시 젖는 물결같이
보드레한 에메랄드 얇게 흐르는
실비단 하늘을 바라보고 싶다.

이상화

(李相和, 1901년 ~ 1943년)

1917년 대구에서 현진건(玄鎭健), 백기만, 이상백(李相佰)과 『거화(炬火)』를 내며 시작활동(詩作活動)

1919년 3·1운동 때 백기만 등과 함께 대구 학생봉기를 주도하였다가 사전에 발각

1922년 파리 유학을 목적으로 일본 동경의 아테네프랑세에서 2년간 프랑스어와 프랑스 문학을 공부

1925년 8월에 조선프롤레타리아예술동맹(KAPF)의 창립회원

1927년 의열단(義烈團) 이종암(李鍾巖)사건에 연루되어 구금

1943년 위암으로 사망

작품분석

1. 나의 침실로

- 낭만적, 감상적, 격정적, 현실 도피적, 퇴폐적
- 1920년대 등장한 낭만주의 시인들의 공통된 주제는 죽음의 세계를 동경하고 예찬까지 한다. 이상화도 강한 목소리로 '나의 침실로'를 썼다.
  죽음의 예찬은 추악한 현실에 대한 부정 의식이며 순수 미학에 충실하고자 간절한 염원의 역설적 표현
- '마돈나'를 반복하여 간절함을 표현, 감상적 낭만이 주된 내용, 직설적 표현과 반복수법으로 긴박한 리듬감 창출

2. 빼앗긴 들에도 봄은 오는가

- 국권 상실한 민족의 비통한 현실에 대한 슬픔, 허탈감, 비애
- '다리를 절며 하루를 걷는다.' - 화자의 정서적 불균형을 외적으로 표출
- 질문과 대답 형식의 대칭적 구조
- 향토적 시어를 사용하여 민족적 정서를 형상화함

나의 침실로

가장 아름답고 오랜 것은 오직 꿈 속에만 있어라
`마돈나' 지금은 밤도 모든 목거지에 다니노라. 피곤하여 돌아가련도다.
아, 너도 먼동이 트기 전으로 수밀도의 네 가슴에 이슬이 맺도록 달려오너라.
`마돈나' 오려무나, 네 집에서 눈으로 유전(遺傳)하던 진주는 다 두고 몸만 오너라.
빨리 가자, 우리는 밝음이 오면 어딘지 모르게 숨는 두 별이어라.
`마돈나' 구석지고도 어둔 마음의 거리에서 나는 두려워 떨며 기다리노라.
아, 어느덧 첫닭이 울고—뭇 개가 짖도다. 나의 아씨여, 너도 듣느냐.
`마돈나' 지난 밤이 새도록 내 손수 닦아 둔 침실로 가자, 침실로—
낡은 달은 빠지려는데, 내 귀가 듣는 발자욱—오, 너의 것이냐
`마돈나' 짧은 심지를 더우잡고 눈물도 없이 하소연하는 내 맘의 촉(燭)불을 봐라.
양털 같은 바람결에도 질식이 되어 얄푸른 연기로 꺼지려는도다.
`마돈나' 오너라, 가자, 앞산 그리메가 도깨비처럼 발도 없이 이곳 가까이 오도다.
아, 행여나 누가 볼는지—가슴이 뛰누나, 나의 아씨여, 너를 부른다.
`마돈나' 날이 새련다, 빨리 오려무나, 사원의 쇠북이 우리를 비웃기 전에.
네 손이 내 목을 안아라. 우리도 이 밤과 함께 오랜 나라로 가고 말자.
`마돈나' 뉘우침과 두려움의 외나무다리 건너 있는 내 침실 열 이도 없으니.
아, 바람이 불도다. 그와 같이 가볍게 오려무나. 나의 아씨여, 네가 오느냐

`마돈나' 가엾어라, 나는 미치고 말았는가. 없는 소리를 내 귀가 들음은—,
내 몸에 파란 피—가슴의 샘이 말라 버린 듯 마음과 목이 타려는도다.
`마돈나' 언젠들 안 갈 수 있으랴. 갈 테면 우리가 가자, 끄을려가지 말고!
너는 내 말을 믿는 `마리아'—내 침실이 부활의 동굴임을 네야 알련만……
`마돈나' 밤이 주는 꿈, 우리가 엮는 꿈, 사람이 안고 뒹구는 목숨의 꿈이 다르지 않으니.
아, 어린애 가슴처럼 세월 모르는 나의 침실로 가자, 아름답고 오랜 거기로.
`마돈나' 별들의 웃음도 흐려지려 하고 어둔 밤 물결도 잦아지려는도다.
아, 안개가 사라지기 전으로 네가 와야지. 나의 아씨여, 너를 부른다.

빼앗긴 들에도 봄은 오는가

지금은 남의 땅 빼앗긴 들에도 봄은 오는가
나는 온몸에 햇살을 받고
푸른 하늘 푸른 들이 맞붙은 곳으로
가르마 같은 논길을 따라 꿈 속을 가듯 걸어만 간다.
입술을 다문 하늘아, 들아,
내 맘에는 내 혼자 온 것 같지를 않구나!
네가 끌었느냐, 누가 부르더냐. 답답워라, 말을 해 다오.
바람은 내 귀에 속삭이며
한 자욱도 섰지 마라, 옷자락을 흔들고.
종다리는 울타리 너머 아씨같이 구름 뒤에서 반갑다 웃네.
고맙게 잘 자란 보리밭아,
간밤 자정이 넘어 내리던 고운 비로
너는 삼단 같은 머리털을 감았구나, 내 머리조차 가뿐하다.
혼자라도 가쁘게나 가자.
마른 논을 안고 도는 착한 도랑이
젖먹이 달래는 노래를 하고, 제 혼자 어깨춤만 추고 가네.
나비 제비야 깝치지 마라.
맨드라미 들마꽃에도 인사를 해야지.

아주까리 기름을 바른 이가 지심 매던 그 들이라 다 보고 싶다.
내 손에 호미를 쥐어 다오.
살진 젖가슴과 같은 부드러운 이 흙을
발목이 시도록 밟아도 보고, 좋은 땀조차 흘리고 싶다.
강가에 나온 아이와 같이,
짬도 모르고 끝도 없이 닫는 내 혼아
무엇을 찾느냐, 어디로 가느냐, 웃어웁다, 답을 하려무나.
나는 온몸에 풋내를 띠고,
푸른 웃음 푸른 설움이 어우러진 사이로
다리를 절며 하루를 걷는다. 아마도 봄 신령이 지폈나 보다.
그러나, 지금은 들을 빼앗겨 봄조차 빼앗기겠네.

통곡

하늘을 우러러
울기는 하여도
하늘이 그리워 울음이 아니다.
두 발을 못 뻗는 이 땅이 애닯어
하늘을 흘기니
울음이 터진다.
해야 웃지 마라.
달도 뜨지 마라.

이육사

(李陸史, 1904. 4. 4. ~ 1944. 1. 16)

1925년 독립운동단체 의열단에 가입

1926년 <문예운동> 창간호에 시 '전시(前時)'를 발표, 이 무렵 발생한 조선은행 대구지점 폭탄 사건에 연루되어 3년형을 선고받고 투옥

1930년 중국으로 가서 베이징대학교 사회학과에 입학해 의열단 등 여러 독립운동 단체에 가입해 학문과 항일 운동 전개

1934년 <신조선사>, <중외일보사>, <조광>, <인문사> 등에 다니며 언론계에 종사

1943년 초봄 독립운동을 위해 북경으로, 그 해 4월 귀국했다가 6월에 피검되어 북경으로 압송되어 수감중 북경의 감옥에서 옥사

작품분석

1. 한 개의 별을 노래하자

- 별을 순수의 극치로 인식 순수 세계에 대한 희망을 잃지 않는 순연한 심정을 형상화하였다.

2. 청포도

- 청포도 : 청색이미지를 통해 맑고 풍요로움을 보여주며 꿈과 소망을 의미
- 손님 : 화자의 기다림의 대상, 기다림은 조국의 광복
- 마련해 두렴 : 손님이 올 것을 확신하는 예언자적 태도
- 독립에 대한 의지와 항일투쟁에 대한 내용을 직설적으로 표현하지 않고 시각적 상징을 이용하거나 은유법을 사용하여 독립의 의지를 시 속에 표현

3. 광야

- 시간의 추이에 따른 구성을 보여주며 미래에 대한 의지를 정당화하고 있음
- 웅장하고 강건한 남성적 어조를 사용하여 강렬한 인상을 줌
- 부사(어데, 차마, 비로소)의 적절한 사용으로 선택이나 결단을 나타냄
- '이 광야에서 목놓아 부르게 하리라.' - 미래의 소망, 미래 지향적 의지를 나타냄

4. 황혼

- '골방'은 밀실이지만 도피의 공간이 아닌, 번민과 고뇌를 통해 지구의 반쪽을 내다볼 수 있는 열려진 공간
- '황혼'은 스스로는 사라지지만 붉은 빛으로 모든 것을 안을 수 있는 사랑, 평화, 안식의 기간을 나타냄
- '별들, 수녀들, 수인들, 행상대, 토인들'은 소외당하고 고통받는 존재라는 공통적인 속성을 지니고 있다.

5. 교목

- 교목 - 신념을 향한 절대적이고 자신의 의지를 굽히지 않는 시인의 모습을 나타냄
- 간결하고도 강인한 어조로 이육사 시의 특유한 분위기를 형성, '차라리, 아예, 차마'등 강한 의지를 표현함
- 1연 - 교목이 우뚝 서 있는 모습
  2연 - 교목의 내면세계
  3연 - 변하지 않는 정신자세

한 개의 별을 노래하자

한 개의 별을 노래하자 꼭 한 개의 별을

십이성좌(十二星座) 그 숱한 별을 어찌나 노래하겠니

꼭 한 개의 별! 아침 날 때 보고 저녁 들 때도 보는 별
우리들과 아-주 친(親)하고 그 중 빛나는 별을 노래하자
아름다운 미래(未來)를 꾸며 볼 동방(東方)의 큰 별을 가지자

한 개의 별을 가지는 건 한 개의 지구(地球)를 갖는 것
아롱진 설움밖에 잃을 것도 없는 낡은 이 땅에서
한 개의 새로운 지구(地球)를 차지할 오는 날의 기쁜 노래를
목안에 핏대를 올려가며 마음껏 불러 보자

처녀의 눈동자를 느끼며 돌아가는 군수야업(軍需夜業)의 젊은 동무들
푸른 샘을 그리는 고달픈 사막(沙漠)의 행상대(行商隊)도 마음을 축여라
화전(火田)에 돌을 줍는 백성(百姓)들도 옥야천리(沃野千里)를 차지하자

다 같이 제멋에 알맞는 풍양(豊穰)한 지구(地球)의 주재자(主宰者)로
임자 없는 한 개의 별을 가질 노래를 부르자

한 개의 별 한 개의 지구(地球) 단단히 다져진 그 땅 위에
모든 생산(生產)의 씨를 우리의 손으로 휘뿌려 보자
영속처럼 찬란한 열매를 거두는 찬연(餐宴)엔
예의에 끄림없는 반취(半醉)의 노래라도 불러 보자

염리한 사람들을 다스리는 신(神)이란 항상 거룩합시니
새 별을 찾아가는 이민들의 그 틈엔 안 끼여 갈 테니
새로운 지구(地球)엔 단죄(罪) 없는 노래를 진주(眞珠)처럼 흩이자

한개의 별을 노래하자. 다만 한 개의 별일망정
한 개 또 한 개의 십이성좌(十二星座) 모든 별을 노래하자

靑葡萄
청포도

내 고장 칠월(七月)은
청포도가 익어가는 시절

이 마을 전설이 주저리 주저리 열리고
먼데 하늘이 꿈 꾸며 알알이 들어와 박혀

하늘밑 푸른 바다가 가슴을 열고
흰 돛단 배가 곱게 밀려서 오면

내가 바라는 손님은 고달픈 몸으로
청포를 입고 찾아 온다고 했으니

내 그를 맞아 이 포도를 따 먹으면
두 손은 함뿍 적셔도 좋으련

아이야 우리 식탁엔 은쟁반에
하이얀 모시 수건을 마련해 두렴

曠野
광야

까마득한 날에
하늘이 처음 열리고
어데 닭 우는 소리 들렸으랴

모든 산맥(山脈)들이
바다를 연모(戀慕)해 휘달릴때도
차마 이곳을 범(犯)하던 못하였으리라

끊임 없는 광음(光陰)을
부지런한 계절(季節)이 피여선 지고
큰 강(江)물이 비로소 길을 열었다

지금 눈 나리고
매화향기(梅花香氣) 홀로 아득하니
내 여기 가난한 노래의 씨를 뿌려라

다시 천고(千古)의 뒤에
백마(白馬)타고 오는 초인(超人)이 있어
이 광야(曠野)에서 목놓아 부르게 하리라

黃昏
황혼

내 골ㅅ방의 커-텐을 걷고
정성된 마음으로 황혼(黃昏)을 맞아드리노니
바다의 흰 갈메기들 같이도
인간(人間)은 얼마나 외로운것이냐

황혼(黃昏)아 네 부드러운 손을 힘껏 내밀라
내 뜨거운 입술을 맘대로 맞추어보련다
그리고 네 품안에 안긴 모든것에
나의 입술을 보내게 해다오

저-십이(十二) 성좌(星座)의 반짝이는 별들에게도
종(鍾)ㅅ소리 저문 삼림(森林) 속 그윽한 수녀(修女)들에게도
쎄멘트 장판우 그 많은 수인(囚人)들에게도
의지할 가지없는 그들의 심장(心臟)이 얼마나 떨고 있는가

『고비』사막(沙漠)을 걸어가는 낙타(駱駝)탄 행상대(行商隊)에게나
『아프리카』 녹음(綠陰)속 활 쏘는 토인(土人)들에게라도,
황혼(黃昏)아 네 부드러운 품안에 안기는 동안이라도

지구(地球)의 반(半)쪽만을 나의 타는 입술에 맡겨다오

내 오월(五月)의 골ㅅ방이 아늑도 하니
황혼(黃昏)아 내일(來日)도 또 저-푸른 커-텐을 걷게 하겠지
정정(情情)히 사라지긴 시내ㅅ물 소리 같아서
한번 식어지면 다시는 돌아올 줄 모르나보다

-五月의 病床에서-

喬木
교목

푸른 하늘에 닿을듯이
세월에 불타고 우뚝 남아서셔
차라리 봄도 꽃피진 말어라.

낡은 거미집 휘두르고
끝없는 꿈길에 혼자 설내이는
마음은 아예 뉘우침 아니라

검은 그림자 쓸쓸하면
마침내 호수(湖水)속 깊이 거꾸러저
참아 바람도 흔들진 못해라.

---- SS에게 ----

노천명

(盧天命, 1911년 9월 1일 ~ 1957년 6월 16일)

친일반민족행위자

1932년 이화여자전문학교 영문과 재학 중
「밤의 찬미」(『신동아(新東亞)』를 발표하면서 등단

1937년 조선중앙일보사를 사직
잡지 『여성(女性)』(조선일보사 발생)의 편집을 담당

1938년 대표작인 「사슴」을 비롯한 「자화상」 등이 실린 시집
『산호림(珊瑚林)』을 출간

1942년 일본군의 무운을 비는 「기원(祈願)」(『조관(朝光)』 1942.2)
'대동아공영권' 건설의 당위성을 강조한 「싱가폴 함락」(『매일신보』 1942.2.19.)·「노래하자 이 날을」(『춘추(春秋)』 1942.3) 등의 글을 기고

작품분석

1. 사슴

- 감상적, 관조적인 절제된 언어를 통한 감상(感傷)의 극복
- 사슴을 의인화하여 감정을 이입, 작가의 분신(分身)이 되게 하여 표현, 여성이 빠지기 쉬운 감정의 지나친 노출을 극복
- '먼 데 산을 바라본다.'- 향수에 젖은 모습, 동경과 자유의 세계를 상징(먼 데 산)을 나타냄

2. 남사당

- 아들을 원했던 부모의 뜻에 어린 시절 남장을 했던 노천명 시인의 경험을 토대로 쓴 작품
- 화자는 남사당패의 일원으로 자신이 맡은 향단이 역할에 만족감보다는 서글픔과 비애감을 굴욕되다로 표현
- '고운 처녀'는 과거 공간에 있던 여인으로 '은반지를 사 주고 싶은'이란 표현으로 화자가 사랑하는 대상이라 유추할 수 있고 결혼을 함으로써 정착에 대한 화자의 소망을 알 수 있는 대목

사슴

모가지가 길어서 슬픈 짐승이여
언제나 점잖은 편 말이 없구나
관(冠)이 향기로운 너는
무척 높은 족속이었나 보다

물속의 제 그림자를 들여다보고
잃었던 전설을 생각해 내고는
어찌할 수 없는 향수에
슬픈 모가지를 하고 먼 데 산을 바라본다.

밤의 찬미

삶의 즐거움이여! 삶의 괴로움이여!
이제는 아우성소리 그쳐진 밤
죽은 듯 다 잠들고 고요한 깊은 밤

미움과 시기의 낙시눈도 감기고
원수와 사랑이 한가지 코를 고나니
밤은 거룩하여라 이 더러운 땅에서도
이 밤만은 별 반짝이는 저 하늘과
그 깨끗함을- 그 향기를- 겨누나니

오- 밤, 거룩한 밤이여
영원히 네 눈을 뜨지 말지니
네가 눈뜨면 고통도 눈뜨리
밤이여, 네 거룩한 베개를 빼지 말고
고요히 고요히 잠들어 버려라

남사당

나는 얼굴에 분칠을 하고
삼단 같은 머리를 땋아 내린 사나이
초립에 쾌자를 걸친 조아치들이
나라리를 부는 저녁이면
다홍치마를 두르고 나는 향단이가 되다.
이리하여 장터 어느 넓은 마당을 빌어
램프불을 돋운 포장 속에선
내 남성(男聲)이 십분 굴욕된다.

산 넘어 지나 온 저 동리엔
은반지를 사주고 싶은
고운 처녀도 있었건만
다음날이면 떠남을 짓는
처녀야!
나는 집시의 피였다.
내일은 또 어느 동리로 들어간다냐
우리들의 소도구를 실은
노새의 뒤를 따라
산딸기의 이슬을 털며

길에 오르는 새벽은
구경꾼을 모으는 날라리 소리처럼
슬픔과 기쁨이 섞여 핀다.

푸른 오월

청자빛 하늘이
육모정 탑 위에 그린 듯이 곱고
연당 창포잎에-
여인네 행주치마에-
첫여름이 흐른다.

라일락 숲에
내 젊은 꿈이 나비같이 앉은 정오
계절의 여왕 오월의 푸른 여신 앞에
내가 웬 일로 무색하고 외롭구나
밀물처럼 가슴속 밀려드는 것을
어찌하는 수 없어
눈은 먼 데 하늘을 본다.
긴 담을 끼고 외진 길을 걸으면
생각은 무지개로 핀다.

풀냄새가 물큰
향수보다 좋게 내 코를 스치고

청머루순이 뻗어나든 길섶
어디선가 하나절 꿩이 울고
나는 활나물 홋잎나물 젓갈나물
참나물 고사리를 찾던-
잃어버린 날이 그립구나 나의 사람아

아름다운 노래라도 부르자
아니 서러운 노래를 부르자
보리밭 푸른 물결을 헤치며
종달이 모양 내 맘은
하늘 높이 솟는다.

오월의 창공이여
나의 태양이여

장날

대추밤을 돈사야 추석을 차렸다.
이십리를 걸어 열하룻장을 보러 떠나는 새벽
막내딸 이뿐이는 대추를 안 준다고 울었다.
절편 같은 반달이 싸리문 위에 돋고건
건너편 서낭당 사시나무 그림자가 무시무시한 저녁
나귀방울이 지껄이는 소리가 고개를 넘어 가까와지면
이쁜이보다 찹쌀개가 먼저 마중을 나갔다.

박인환

(朴寅煥, 1926년 ~ 1956년)

1946년 시 <거리>를 《국제신보》에 발표하며 창작 활동 시작

1948년 김병욱(金秉旭)·김경린 등과 동인지 『신시론(新詩論)』을 발간

1950년 김차영(金次榮) · 김규동(金奎東) · 이봉래(李奉來) 등과 부산에서 동인 '후반기(後半紀)'를 결성, 모더니즘운동 전개

1955년 첫 시집 『박인환선시집(朴寅煥選詩集)』 발간

1956년 심장마비로 사망

작품분석

1. 목마와 숙녀

- 6.25 직후의 상실감과 허무주의를 띤 작품이다, 모든 것이 파괴되고 퇴색된 것에 대한 절망감과 애상이 작품의 기조를 이룸
- 1행에서 11행까지 '떠난다, 떨어진다, 부서진다, 죽고, 버릴 때, 보이지 않는다.'가 계속 사용되는 것은 시적 자아의 허무와 절망을 읽을 수 있음
- 12행에서 25행까지 시적자아는 무엇을 '해야한다.'고 반복하지만 결단의 모습보다는 절망적 현실을 수용하는 체념에 가까움
- '목마'가 표상하는 것은 버지니아 울프의 비극적 생애와 불안, 절망, 시대적 슬픔

2. 세월이 가면

- '그늘의 밤'은 화자가 처한 어두운 시대적 상황을 암시하는 시구
- '나뭇잎'은 사라지고 잊혀지는 것들을 함축하고 있음

목마와 숙녀

한 잔의 술을 마시고
우리는 버지니아 울프의 생애와
목마를 타고 떠난 숙녀의 옷자락을 이야기한다
목마는 주인을 버리고 거저 방울 소리만 울리며
가을 속으로 떠났다 술병에서 별이 떨어진다
상심한 별은 내 가슴에 가벼웁게 부서진다
그러한 잠시 내가 알던 소녀는
정원의 초목 옆에서 자라고
문학이 죽고 인생이 죽고
사랑의 진리마저 애증의 그림자를 버릴 때
목마를 탄 사랑의 사람은 보이지 않는다
세월은 가고 오는 것
한때는 고립을 피하여 시들어가고
이제 우리는 작별하여야 한다
술병이 바람에 쓰러지는 소리를 들으며
늙은 여류작가의 눈을 바라다보아야 한다
……등대에……
불이 보이지 않아도

거저 간직한 페시미즘의 미래를 위하여
우리는 처량한 목마 소리를 기억하여야 한다
모든 것이 떠나든 죽든
거저 가슴에 남은 희미한 의식을 붙잡고
우리는 버지니아 울프의 서러운 이야기를 들어야 한다
두 개의 바위 틈을 지나 청춘을 찾은 뱀과 같이
눈을 뜨고 한 잔의 술을 마셔야 한다.
인생은 외롭지도 않고
거저 잡지의 표지처럼 통속하거늘
한탄할 그 무엇이 무서워서 우리는 떠나는 것일까
목마는 하늘에 있고
방울 소리는 귓전에 철렁거리는데
가을 바람소리는
내 쓰러진 술병 속에서 목 메어 우는데

살아 있는 것이 있다면

— 현재의 시간과 과거의 시간은
거의 모두가 미래의 시간 속에서 나타난다 — T. S. 엘리엇

살아 있는 것이 있다면
그것은 나와 우리들의 죽음보다도
더한 냉혹하고 절실한
회상과 체험일지도 모른다.

살아 있는 것이 있다면
여러 차례의 살육에 복종한 생명보다도
더한 복수와 고독을 아는
고뇌와 저항일지도 모른다.

한 걸음 한 걸음 나는 허물어지는
정적과 초연(硝煙)의 도시 그 암흑 속으로……
명상과 또다시 오지 않을 영원한 내일로……

살아 있는 것이 있다면
유형(流刑)의 애인처럼 손잡기 위하여
이미 소멸된 청춘의 반역을 회상하면서
회의와 불안만이 다정스러운
모멸의 오늘을 살아 나간다.

……아 최후로 이 성자의 세계에
살아 있는 것이 있다면 분명히
그것은 속죄의 회화(繪畵) 속의 나녀(裸女)와
회상도 고뇌도 이제는 망령에게 팔은
철없는 시인
나의 눈 감지 못한
단순한 상태의 시체일 것이다……

검은 신이여

저 묘지에서 우는 사람은 누구입니까.

저 파괴된 건물에서 나오는 사람은 누구입니까.

검은 바다에서 연기처럼 꺼진 것은 무엇입니까.

인간의 내부에서 사멸된 것은 무엇입니까.

일 년이 끝나고 그 다음에 시작되는 것은 무엇입니까.

전쟁이 뺏어간 나의 친우는 어디서 만날 수 있습니까.

슬픔 대신에 나에게 죽음을 주시오.

인간을 대신하여 세상을 풍설로 뒤덮어주시오.

건물과 창백한 묘지 있던 자리에

꽃이 피지 않도록.

하루의 일 년의 전쟁의 처참한 추억은
검은 신이여
그것은 당신의 주제(主題)일 것입니다.

세월이 가면

지금 그 사람의 이름은 잊었지만
그의 눈동자 입술은
내 가슴에 있어.

바람이 불고
비가 올 때도
나는 저 유리창 밖
가로등 그늘의 밤을 잊지 못하지

사랑은 가고
과거는 남는 것
여름날의 호숫가
가을의 공원
그 벤치 위에
나뭇잎은 떨어지고
나뭇잎은 흙이 되고
나뭇잎에 덮여서
우리들 사랑이 사라진다 해도

지금 그 사람 이름은 잊었지만
그의 눈동자 입술은
내 가슴에 있어
내 서늘한 가슴에 있건만

변영로

(卞榮魯 1897.5.9 ~ 1961.3.14.)

1915년 조선중앙기독교청년회학교 영어반에 입학하여 3년 과정을 6개월만에 마침

1918년 『청춘(靑春)』에 영시「코스모스(Cosmos)」를 발표
당시에 천재시인이라는 찬사

1919년 독립선언서를 영문으로 번역

1921년 『폐허』 제2호에 평문「메텔링크와 예이츠의 신비사상」
『신천지(新天地)』에 논문「종교의 오의(奧義)」
시「꿈많은 나에게」·「나의 꿈은」 등 5편을 발표

1924년 첫 시집 『조선의 마음』이 평문관(平文館)에서 간행되었는데 거기에는「버러지도 싫다하올 이몸이」를 비롯한 28편의 시와 수상 8편이 수록, 내용이 불온하다 하여 발행과 동시에 곧 총독부에 의하여 압수되어 폐기

1931년 미국 캘리포니아주립 산호세대학에서 수학

1946년 성균관대학교 영문과 교수

작품분석

1. 논개

- 진주의 기생이었던 논개가 임진왜란 때 촉석루 술자리에서 왜장을 안고 강에 몸을 날려 죽은 역사적 사실을 바탕으로 한 작품
- '거룩한 분노' 거룩과 분노는 모순이 되는 단어이다. 그러나 내면적으로 '분노'가 성스러운 것과 의로운 것이 결부될 때, 분노는 고귀한 것이 되므로 역설적 표현이라고 할 수 있음
- 우국충절(憂國忠節)을 찬미하는 진부한 주제를 '더 붉은 그 마음'으로 풀어쓰고 있음

2. 봄비

- 고요하고 잔잔한 시정(詩情)을 세련되고 섬세한 시어로 유려하게 그려냄
- '노라!', '누나!' 등의 영탄조의 어미 사용은 작품을 더 낭만적 분위기로 만들어주는데 기여하고 있음

論介
논개

거룩한 분노는
종교보다도 깊고
불붙는 情熱[정열]은
사랑보다도 강하다
　아, 강낭콩꽃보다도 더 푸른
　그 물결 위에
　양귀비꽃보다도 더 붉은
　그 마음 흘러라.

아리땁던 그 娥眉[아미]
높게 흔들리우며
그 石榴[석류] 속 같은 입술
죽음을 입맞추었네 !
　아, 강낭콩꽃보다도 더 푸른
　그 물결 위에
　양귀비꽃보다도 더 붉은

그 마음 흘러라.

흐르는 江[강] 물은
길이길이 푸르리니
그대의 꽃다운 혼
어이 아니 붉으랴
아, 강낭콩꽃보다도 더 푸른
그 물결 위에
양귀비꽃보다도 더 붉은
그 마음 흘러라.

봄 비

나직하고, 그윽하게 부르는 소리 있어.
나아가보니, 아, 나아가보니—
졸음 잔뜩 실은 듯한 젖빛 구름만이
무척이나 가쁜 듯이, 한없이 게으르게
푸른 하늘 위를 거닌다.
아, 잃은 것 없이 서운한 나의 마음 !

나직하고, 그윽하게 부르는 소리 있어.
나아가보니, 아, 나아가보니—
아려—ㅁ풋이 나는, 지난날의 回想[회상]같이
떨리는, 뵈지 않는 꽃의 입김만이
그의 향기로운 자탕 안에 자지러지노나 !
아, 찔림없이 아픈 나의 가슴 !

나직하고, 그윽하게 부르는 소리 있어.
나아가보니, 아, 나아가보니—
이제는 젖빛 구름도 꽃의 입김도 자취
없고
다만 비둘기 발목만 붉히는 銀[은]실 같은 봄

비만이
노래도 없이 근심같이 내리노나 !
아, 안 올 사람 기다리는 나의 마음 !

생시에
못 뵈올
님을

생시에 못 뵈올 님을 꿈에나 뵐가 하여
꿈가는 푸른 고개 넘기는 넘었으나
꿈조차 흔들리우고 흔들리어
그립던 그대 가까울 듯 멀어라.

아 미끄럽지 않은 곳에 미끄러져 ,
그대와 나 사이엔 만리가 격했어라.
다시 못 뵈올 그대의 고운 얼굴
사라지는 옛 꿈보다도 희미하여라.

夢美人
몽미인

꿈이면 가지는 그 길
꿈이면 들리는 그 집
꿈이면 만나는 그 이

어느결 가지는 그 길
언제나 낯 익은 그 길
웃잖고 조용한 그 얼굴

커다란 유심한 그 눈
담은채 말 없는 그 입
잡으랴 놓치는 그 모습

어찌다 깨이면 그 꿈
서글기 끝 없네 내 마음
다시금 잠 들랴 헛된 일

딱딱한 舖道[포도]를 걸으며
짝 잃은 나그네 홀로서

희미한 그 모습 더듬네

머잖아 깊은 잠 들 때엔
밤 낮에 못 잊은 그대를
그 길가 그 집서 뵈시리.

버러지도 싫다하올 이몸이

1
버러지도 싫다하올 이몸이
불현듯 그대 생각 어인 일가
그리운 마음 자랑스럽습니다.

촛불 밝고 마음 어둔 이밤에
당신 어디 계신지 알길 없어
답답함에 이내 가슴 터집니다.

2
철 안나 복스럽던 옛날엔
그대와 나 한 동산에 놀았지요
그 때는 꽃빛도 더 짙었읍니다.

언젠가 우리 둘이 강가에 놀 때
날으던 것은 흰 새였건만은

모래 위 그림자는 붉었습니다.

바로 그 때 난데없는 바람 일어
그대와 나의 어린 눈 흐리워져
얼결에 서로 손목 쥐었습니다.

3
그러나 바람이 우리를 시기하였던가
바람은 나뉘어 불지 아니하였으련만
찢기이는 옷 같이 우리는 갈렸읍니다.

이제 것도 그리움이 눈 흐리울 때
길에서 그대같은 이 보건만은
아니실 줄 알고 눈 감고 곁길로 가옵니다.

한국단편소설과 시 100

초판 1쇄 발행 | 2021년 10월 5일
2쇄 발행 | 2022년 10월 30일

감 수 | 키작은기린

펴낸이 | 이원호

디자인 | 심플리

펴낸곳 | 리나북스

등 록 | 제99-2021-000013호

주 소 | 경기도 남양주시 와부읍 덕소로97 101, 104-902

전 화 | 031)576-0959

이메일 | rinabooks@naver.com

구입문의 | 031)576-0959

ISBN | 979-11-974084-2-7 43810

※ 작품에 일부 수필이 포함되어 있습니다.